The Lost Swan World

范迁 ● 著

惊鸿

上海文艺出版社
Shanghai Literature & Art Publishing House

时光薄如蝉翼
万物转瞬即逝

——题记

目 录

威尼斯之雨（代自序）..................1

楔　子　索尔画廊的纪念画展..................3
第一章　地平线上的巴黎..................11
第二章　拣尽寒枝不肯栖..................163
第三章　又见巴黎，再见巴黎..................287
第四章　寂寞沙洲冷..................385

附　记　巴黎散记..................459

威尼斯之雨（代自序）

回溯到 1980 年代，我在欧洲已经旅行了一年左右，看遍了各大博物馆，从米开朗基罗、莫奈一直到弗朗西斯·培根，淹没在绘画大师的海洋里。

有一天我在威尼斯的圣马可广场闲逛，突然下起了倾盆大雨，我急忙窜入曲折小巷去寻找避雨之处。无意中踅进一家古董家具店，店堂里堆放着满坑满谷的洛可可式家具，青铜雕像，繁复的镀金烛台，花哨的壁毯，令人目不暇接。一张路易十四时期的靠背椅上方，挂了一幅怀抱婴儿的女子肖像，我第一眼的直感，这是一张拉斐尔的复制品——西斯廷圣母的变体。走近细看，却是一张如假包换的油画原作，画风宁静悠然，技巧优美高超，与拉斐尔的真迹相比也不遑多让，底下签名却是一个不知名的画家，作于 1593 年。

看我驻足良久，店主趋近来拉生意，跟我攀谈起来，他说此画肯定是文艺复兴时期作品，但他也不知道这画家的来龙去脉，因为当时有太多的绘画好手，他常常能收到无名画家精美的画作。你要的话，七千五百美金这画就是你的了。

我口袋里没有七千五百美金，但这张油画一直在我眼前晃悠，圆熟优美的绘画技巧，人物描绘得心应手，最主要的，是画面后面透出的气质，宁静深远，对描绘对象宏大和细微的绝对把握，还有排除了一切杂念，只剩下对绘画本身的投入和狂热。当年的意大利产生文艺复兴运动绝不是偶然，皮匠铺子里随便拉个小伙计出来可能比中央美术学院的教授画得好。但是几百年一过，我们耳熟能详的就那么几个大艺术家。

艺术女神真是残酷，你殚精竭虑，受苦受难，奉献出一生，但她很快地把你遗忘。

回想当年留学欧洲学艺的中国学子，前前后后总有上百人，缘于个人的际遇，一些人回归，一些人流浪，一些人留在当地继续深造。筚路蓝缕，他们在异国他乡的奋斗、挫折、辛酸与苦难都无人知晓。时至如今，除一两个幸运者，大部分人已经被时光湮灭，他们的追寻与付出，失败的困扰，成功的喜悦，都被世人所忽略，所忘怀。

苏东坡说过：我们抬头见到南来北往的鸿雁，在我们只是几秒钟的惊鸿一瞥，但那是鸿雁的全部生命和生活。鸿雁在飞行途中歇息、觅食、交配，留下足迹在雪地上；届时雪融化了，鸿雁飞走了，一切就像从没发生过的那样。

世界上有太多我们所不知晓的生与灭，来与去，但那一切确确实实是发生过的，在时光之外，在我们的认知之外。而倏忽而去的时光是最为无情，也是最为公平的。现在绽放的，有一天将会陨落，已经陨落的，也曾经绽放过，哪怕是短短的一刹那。

这部小说力图钩沉所有艺术家都有过的那短短的、灿烂绽放的一刹那，一刹那中的缘起缘落，获得与丧失，狂喜和遗痛，以及献身艺术的参悟与释义，直面人性中与生俱来的罪错，对生命和死亡的观照与通透，还有像蝴蝶一样飘忽不定的爱情，如冰雪般凝结又消融的仇恨和误解……

时光薄若蝉翼，万物转瞬即逝。

楔子　索尔画廊的纪念画展

上世纪八十年代初，某个冬日，巴黎索尔画廊展出已故中国画家范国粹的四十张油画。

索尔画廊坐落在近勒内·维维亚尼广场的一条小街上，街区遗留了波拿巴三世时期的风貌，铸铁灯柱，鹅卵石路面，路中间凹下去，是下雨时的排水沟。沿街的房子老旧，却有着花哨的洛可可式门廊和阳台，僻静的巷陌里还遗留着拴马的铁柱，墙上贴满小广告和喷上去的涂鸦。街上有几家画廊，三四家酒吧，街角，摩洛哥人开的蔬果店撑开蓝白相间的布篷。这儿距离西堤岛一箭之遥，与莎士比亚书店也离得不远，走到小街尽头，水声传来，下面是废弃的蒙特贝罗码头，有人在那儿钓鱼，从码头上望得见巴黎圣母院高耸的塔楼。

索尔画廊的前身是个杂货店，门面翻新过，漆成赭红色，钉有一块发绿的铜质铭牌。左边是两扇玻璃拉门，黄铜拉手被磨得锃亮。右边是个玻璃橱窗，橱窗里放了一幅小型油画——《女人与花束》。笔触流丽，颜色鲜亮，看得出是受了德加以及印象派的影响。

昨夜下过一场雪，天亮时停了。气温还是很低，塞纳河上空刮着朔风，带来英吉利海峡冷冽气息。下午出了太阳，积雪开始融化，街上的行人多了起来。

四点过后,陆陆续续有人进来了。画廊的女秘书站在入口处,巧笑倩兮,给客人们分发着介绍画家生平的小册子。画廊里半暗微明,布置得很是考究,水晶花瓶中插着大丛鲜花。灰色粗亚麻贴布的墙面,很得体地把金色画框衬托出来。在每幅油画上方,装有一盏小小的柔光灯,光线均匀地打在画幅上,观赏起来很舒服。

画廊呈L形,很深,观众们走到底部,从大玻璃窗可以看到支撑着圣母院墙体的石柱,以及西堤岛的一部分堤岸,暗绿色的河水在下面流淌。靠窗的一张长桌上放置着成排香槟酒杯、Rougié鹅肝酱、各种干酪和切成小块的鲔鱼三明治,正中是一大捧盛开的香水百合,香气四溢。再过去一点,在画廊办公室门前,站着老板娘米恰,正与一对东方人夫妇聊天。

男人叫傅云裳,五十多岁,个子不高,一身黑色燕尾服,系一枚桃红色的领结。昏暗中,桃红色格外地出挑,像一朵妖艳之花。傅云裳有一副圆润富态的面相,神色温和谦恭。皮肤一如中国南方人之白皙,但鬓边已是一片斑驳,脑门前的头发也显得疏落。法令纹很深,两个眼袋很大并下垂,这是内心沧桑的表征。

站在他身边的女子赵承曦,穿一身秋香色旗袍,墨绿色高跟鞋,显得身材苗条,腰背挺直。她挽着高耸的发髻,烟不离手,两枚翡翠耳坠摇曳飘忽,神色冷峻。

老板娘米恰个子高大肥硕,穿着巴黎最新款的天蓝色香奈儿套装,一头浓密丰厚的黑发,鹰鼻深目,面部的轮廓使人想起古代波斯女战士。为了今天的酒会,米恰征用了她的全部首饰军团,脖子戴着粗大的金链子,耳垂上是红玛瑙耳坠,肥胖的手指上,硕大的祖母绿戒指熠熠生辉。她曾经跟傅云裳说过,香水、时装和首饰是法国女人的第二生命。

说来奇怪,米恰这个如豹式坦克一样庞大肥硕的女人,偏偏喜欢东方人神秘又带点忧郁的画风。她曾为傅云裳办过多次展览,凭着三寸不烂之舌、长袖善舞的推销术,也卖出了不少画,分成也很公平。她俯身对傅云裳说:"虽然天气不太好,观众还是来得不少。看来是个好兆头。"

傅云裳含蓄地笑笑,极力抑制着一个喷嚏,同时避开一步。老板娘的香水用得太猛了,他实在吃不消。

身边的赵承曦显得有些神不守舍,她大口地吸烟,把半支香烟按熄在水晶大烟灰缸里,掸掸袖口上的烟灰,再重新点上一支。

米恰双手相握,神情祈盼,说:"法国经济不太好,政府又要加税了,这样一来,买画的大户都看紧了荷包。不过,傅,你我合作总是运气不错,希望这次也一样。"

云裳啊啊地应着,未置可否。

这是他为亡友范国粹举办的纪念画展,云裳垫付了画展所有费用,售画所得将用来建立一个基金,资助中国青年画家来法国学习艺术。这个画展已经筹备了两三年,但由于种种原因一直延搁至今。

米恰还在唠叨:"据说大使馆也会派人来。不过到现在还没见到人影。"

里间办公室的电话响了,米恰赶去接电话,像煞一辆庞大的坦克车轰隆隆地开走。

云裳总算松了口气。

米恰一走,一直沉默的承曦开口道:"你说她会来吗?"声音嘶哑。

云裳转头看看窗外的天色:"她回信说一定会来的。不过,这种天气,真难说的。"

赵承曦怅然若失,过了一会儿又说:"她真来的话,我大概会很紧张。"

云裳笑道:"想见她的也是你。几次三番催我把开幕请帖寄到香港去。"

承曦伤感道:"她到底陪了国粹许多年,开幕展不邀请她说不过去。"

傅云裳耸耸肩,不知如何应答,只是叹了一口长气。

环顾画廊,人多了起来,十几个参观者,三三两两伫立在画幅前面。也有不少人聚在长桌前喝香槟,吃三明治,互相欢快地交谈。米恰画廊的酒会总是搞得不错,在业界颇有名声,香槟和鹅肝酱都是很好的品牌,三明治是从美心餐馆特地订来的,有七八种不同口味,《巴黎人报》的美食栏上曾有过推荐的。

但是,画廊毕竟不是酒吧餐馆。曾几何时,巴黎人把所有的文化聚会变成了社交场合,画展影展开幕式,读书会作家签售会,熟人半熟人乘了这个机会碰头寒暄,饮酒吃点心,交流些花边新闻,名人逸事,东家长西家短。而对艺术家的作品本身,关注很少或根本不加关注。

云裳一刹那怀疑起自己推动这个画展的意义何在。

世事如此,文化泛滥,艺术家在庸俗的大潮中没顶,而大众随波逐流。

突然背后一声招呼,两人转头看去,米恰笑吟吟地陪一对中年夫妇走过来,男的身材矮小,西装革履,神情拘谨。他身边的女子撑了一支玉色手杖,身材纤细挺拔,亭亭玉立。虽然已届中年,但脸容还是年轻姣好,满头的乌发,但正中有一缕白发,显得非常突兀。女子一双杏形的眼睛凝望着他俩,瞳仁深不可测。

云裳上前一步跟这对夫妻握手,一时竟说不出话来。女子眼中似有泪花闪耀。云裳拍拍女子手背,眼神中也流露出一丝沉湎的伤感:"距上次见面,总有七八年了吧,哎,日子过得真快。"

女子转过脸来,眼神一闪:"是承曦吧?"

从第一眼看见这女子,承曦的思维就停驻了。十几年前惊鸿一瞥,如今虽然有了年纪,面前的女人还是出奇地好看。承曦手上擎着的香烟已经烧到根蒂,一时找不到烟灰缸,情急之下,承曦下意识地把还燃着的烟蒂掐灭在掌心里。

女子一瘸一瘸地走到她面前,四目相对无言。承曦听到自己心脏急促的跳动声,却一句话都说不出来。女子上前一步,踌躇地伸出手来,轻抚承曦的脸颊。

"承曦,这副耳坠你戴真是好看……"

窗外,冬日夕阳,照得西堤岛上雪光晶莹。

第一章 地平线上的巴黎

一

时光倥偬。三十三年前的杭州,戊子晚岁,也是霁雪初晴。

赵宅坐落在涌金门。这天早上天色微明,一家人就起身了。用人王妈在客堂里生了一个炭盆御寒,火盆里青冈木炭嫣红隐隐,烟气刺鼻。青砖地上铺了蒲草编织的垫子,隔开了脚底下透出的寒意。楠木八仙桌上清供了一盆水仙,碧绿生青,细细的花苞含在叶片里,欲绽未绽。东窗前,明式长条香案上置了几枚鸟笼,用暗色缎子罩着,偶尔听得一声婉转啾鸣。

赵家少爷承晚,一身出远门行头,长及过膝的厚呢风雪大衣,枣红色驼毛围巾,头戴黑呢礼帽。唇间叼了支雪茄烟,心神不定地在客堂里来回踱步,不时瞅一眼腕表。最后站定在香案前,伸手揭开鸟笼的缎罩。

一只八哥,通体乌黑,嘴啄和脚杆却是橘红色的,平时聒噪善言,又会说几句发噱的杭州话。今日大概刚醒转,只是侧头看看主人,喉咙里咕哝一声。两只黄鹂,一雌一雄,还在交颈而眠。还有一只笼子空着,两天前,不晓得家中谁疏忽了,一只他最喜爱的白眉画眉,笼门没关紧,被猫拖去,一命呜呼,为此承晚不开心了好几天。

他掩好鸟笼罩子,瞥一眼西厢房,房门还关着。他们要去赶火车,而时间已经不早了。每次出行,妹子承曦总是磨磨蹭蹭,不到最后一分钟不露面。女人家真是麻烦透顶,出门要着啥衣裳穿啥鞋子,一分钟变三个主意,还说不得,催不得。任凭承晚这么好脾气的,也被吊得肚肠打结。

西厢房内,各式长短衣裳,一件件摊在红木大眠床上。承曦拿起放下,举棋不定,到底要穿哪件?再配什么帽子和鞋子?试了无数遍,好容易选定当,又为要戴哪件首饰犯了愁。八宝箱里翻来拣去,最后取出一副古色古香的翡翠耳坠,白金镶嵌,做工精细,长长的水滴形状,绿得晶莹剔透。耳坠是去世祖母留给她的念物,据说是清廷宫中某个妃子的遗物,被太监盗卖到民间。承曦平日不舍得戴的,只有在出大客,或者年节盛会时才佩戴出来。

耳坠戴上之后,她向镜中望去,云鬓蓬松,粉妆均匀,一张俏脸显得容光焕发。承曦抬起下巴,轻轻地摆了摆头,两叶绿色就飘扬起来,宛如夏风中柳叶翻飞。差不多就要好了,还有女人出门的最后一道程序,旋开一管鲜红色的密斯陀唇膏,对了镜子仔细涂抹,再抿着嘴,使唇膏分布匀均。一切总算弄停当,才开了门出来。

客堂里,承晚已经等得双脚跳,一叠声抱怨道:"天气不好,叫你不要去,不要去,不听。临走了,偏偏又要磨蹭上半天,真是弄得人家肚肠发痒。"

承曦莞尔一笑,勾了承晚臂膀:"好了,好了呀,我的好阿哥,不要跟女人家一般见识嘛。"

承晚退后一步,上下打量着妹子,承曦提着天蓝色的赛璐珞小提箱,身着驼绒米色长风衣,系一条玫瑰红丝巾,脚蹬玻璃丝袜高筒靴子,头上戴一顶时髦的暗棕色贝雷帽,亭亭玉立,青春焕发。

承晚一笑，促狭道："嘀哟，赵小姐打扮得这么漂亮，跑到上海去寻男朋友啊？"

承曦嗔道："我要是邋里邋遢地跑去上海，不怕坍了你的台？要么，叫娘姨王妈陪你去好了。"

承晚憋住笑，继续逗他的妹子："王妈？她并没有想要去啊，倒是你，天天吵着要去。噢，我晓得了：小姑娘大了，心也野了……"

承曦涨红了脸，在阿哥肩膀上狠狠地捶了一拳。

承曦到了这个含苞欲放的年纪，芳心萌动也是正常的。

真要怪的话，还是要怪赵承晚自己，每次去上海白相了回来，总是绘声绘色一番：百乐门大舞厅是如何地闹猛，红男绿女舞客盈门；大光明戏院头轮上映的好莱坞电影是如何地精彩，万人空巷；凯司令的法国咖啡多么地香醇，鲜奶油蛋糕又是如何美味；而他那批画画的狐朋狗友，一个个都是才情兼备，风流活跃，跟他们聚在一起，又是怎么地妙趣横生，欢笑不断。

这般吹嘘夸赞，你叫一个豆蔻年华的女小囡怎么不动心，不想去百乐门跳个通宵，也顺便结识一下这些青年才俊？

黄包车把他们载到火车站，刚刚够辰光买票上车，承曦还嘲笑道："阿哥你这个人只晓得催、催、催，不是正好赶上了吗？早来吃西北风啊。"

他俩买的是二等车厢，虽是早班车，人还是满进满出。车厢里气味杂陈，冬天人长久不洗澡的隔宿气，压在箱底的棉衣散发出樟脑丸的味道；也有跑单帮的携带了年货，提篓中透出一股宁波咸黄鱼气味，熏得人头昏脑涨。

时局不靖，铁路常常阻塞，火车走走停停，有时在分岔道上一停就是一天，乘客只好窝在车厢里孵豆芽，怨天怨地。报上说是北面有军事行动,因此政府发令:兵车先行,民用火车靠边。这块牌子一戗出来,民众只好自求多福了。

这种风雪天气,如不是有要紧事体,杭州人都孵在屋里厢,伴一炉炭火,沏一壶龙井清茶,剥剥小胡桃,听听绍兴戏,日子惬意自在。江南,本是金粉奢靡之地,文人辈出,却也沉耽于琴棋书画,轻歌曼舞的飘逸人生。从南宋伊始,一代代下来,几百年的薰风蜜雨,人被浸淫得骨酥筋软。有为男子生在这种地方,是大幸,也是大不幸。

赵承晚个子不高,外表俊逸,性格颇为平和谦冲。据说赵家祖上也曾经显赫过,跟宋代的皇亲国戚有点血缘关系。承晚自幼聪慧,尤喜欢绘画作图,曾经拜过名师,擅画一手好水彩,带点中国水墨的留白,淡雅空灵。他生在殷实人家,从小饭来张口衣来伸手,却也晓得此地风气的局促与沉湎,内心一直向往更大的天地。前段时候在上海朋友家聚会时,说起要结伴去巴黎学画,先上一年半载的美术预备班,如果觉得合适,再谋后缀,或归国,或深造。承晚也动了心思,只是他性格优柔寡断,前思后想,几番踌躇,一直决定不了。

上礼拜,上海的朋友写了快信来:法国学堂报名截止日期已近,如果要去的话,要赶紧定下来了;同时还要订船票,办签证,一干事情都要商洽,最好大家再碰头面谈一次。

承曦是蛮赞成阿哥到巴黎去的。古话说,读万卷书,行万里路。男人家是要出去泼泼辣辣地闯一闯的。不就是一年半载吗?"阿哥,你成日介地孵在家里,今日吃席明朝踏青,后日又是啥人的生日派对。日日复日日,日子好过得很,却是蹉跎光阴。"

"小妹你说得轻巧,去法国,可不是跑一次上海那么便当,上万里路呢,坐轮船也要两个多月。"

"我的好阿哥!又不是叫你走路去,坐大轮船多少惬意快活,吃吃大菜,沿途观光,我想去还去不得。真是的……"

承晚一脸忧思:"我只是担心,屋里如果没个男人,有起事情来,老娘和你怎么办?"

承曦扑哧一笑:"哦,天真要塌下来了?你自己也不想想,这些年来,家里的大大小小事情,你这个甩手掌柜又管过多少?"

承晚尴尬一笑,做了个鬼脸。的确如此。四年前,昏了头的爹爹,跟了个女戏子离家出走。老娘想不开吞了金,救回来之后性格大变,老是说心口痛,又吃上了鸦片,倾日躺在烟榻上吞云吐雾,家中百事不管。承晚是家中唯一的男人,也曾试着维持一二。可他生就的糯米性子,弄点诗词唱和,吟花弄月还差不多,对世俗的柴米油盐诸般经营事务,却全无章法,越管越乱。

亏得小妹承曦,从十六岁起,就统筹料理家中大小事务,大到和同宗叔伯打官司,争财产,中到处理赵家名下的茶园进账出账,小到安排娘姨每日买菜清扫。别看她小女子一个,却条理清楚,杀伐果断。三四年中,外面世界翻天覆地,眼看多少家庭分崩离析,赵家这条漏水船却被她一个人撑了过来。要数最烦心的事,是老娘的鸦片瘾头,几年下来已经深入骨髓,可以连着几日不出门,不见人,整日蜷在烟榻上吞云吐雾。饭可以不吃,鸦片烟不可一日无有。一旦断了档,发起脾气来,摔盆打碗,啥个刻毒怨恨的话都说得出口。想来赵母原本也是一个书香门第出身的女子,一旦沾上了阿芙蓉癖,全然变了个人样。只有承曦还能对她约束一二,承晚遇上了,只有躲的分。

承曦反过来安慰胞兄:"船到桥头自会直。你尽管放宽心,只要进账出账轧平,老娘有得呼两口,屋里厢不会有啥事的。"

承晚不响,心里还是忐忑。他虽不经管账目,多少也是晓得屋里家底的，赵家的门面，外面看起来还好，内里是渐渐虚空。打分产官司，几年耗下来，总有一多半的钱财落入律师口袋。家里的茶园，是股东制的，他家没人到茶园去监管，分红时便总是吃亏，又捉不着人家的把柄。这些倒也算了，屋里最大的出账还是老娘的鸦片开销，前两年还不怎么觉得，现在这鸦片烟的价钿便是三级跳。春申堂药局的掌柜，笑面狐狸沈老四，每次送货上门，总要抱怨一番进货涨价了："天地良心，我这是一分钱不赚，还要贴上车马费。谁叫赵太太是我的老病人呢！"话讲到这个地步，承曦只好赔上笑脸，终归还要靠老四供货的。

真要去法国留学，船票车马铜钿置装费学费材料费房钿伙食零花开销，不是一笔小数目。承晚也极想去巴黎开开眼界，但是钞票呢？

承曦捅捅承晚的胳膊："哎，阿哥，你们朋友的碰头会要开多久？"

"有许多事体要商量，总要两三个时辰吧。"

"那么开完了会，夜里做点啥呢？"

"夜里？当然是回旅馆去睏觉咯。"

承曦竖起眉头："阿哥你这个人真没劲。老远路跑去上海，就窝在旅馆里孵豆芽？"

"天寒地冻的，难道要我陪你去荡马路？"

承曦雀跃："我要你陪我跳舞去，阿哥说好了啊，夜里到百乐门大舞场跳舞去呀。"

到了上海北站，叫了黄包车先去国际饭店订好房间，梳洗一番。承晚的朋友住在贝当路，上海最洋派的地段，高级公寓和花园洋房鳞次栉比，街道清静优雅，处处显示了浓厚的财富气息。时值冬季，马路两旁梧桐树的叶子落尽，枝丫间还悬着一串串铃铛般的毛栗子，在风中摇荡。他们将要去拜访的贝当路二三五号，是一幢英国都铎式大房子，墨绿色的屋顶大角度地倾斜，石砌的烟囱轻烟袅袅，窗户高挑，占地比别的房子更广些。花园是用黑色的铸铁围栏圈起来的，冬日干枯的草坪呈现一片焦黄色。隔着围栏的间隙，承曦看见一个男佣跑下台阶，奔出来开门。

贝当路寓所的少主人，傅云裳、傅云鹏兄弟出身巨贾之家，生活优裕，交游甚广。这两个富家子弟不知中了什么邪，不肯继承家业，只喜好艺术，一个学油画，一个做雕塑。偌大的独幢花园洋房，底层的大客厅被兄弟俩用来做画室。踏进门，到处摆放着大大小小的泥胚塑像，画架，墙上挂着五颜六色的风景画幅。昂贵的橡木地板上，到处是一摊摊颜料、一坨坨泥巴，墙壁上、窗帘上也是溅得星星点点，真是天晓得。

承晚与傅家兄弟相熟，平时谈得投机，几次来沪都结伴出游、吃酒、跳舞、看电影。去法国留学，也是这两兄弟牵的头。同船赴法的除了他，还有一个同好姓范名国粹，洞庭东山人氏，说是风流倜傥，才高八斗。承晚只是听说，却从未晤面。

房子里开了水汀，融融如春日。用人接过兄妹俩的大衣，在壁橱里挂好。再引了去到后客厅，坐在沙发上的几个人都站起身来。房间里，一架打开盖子的三角大钢琴遮住了窗户，光线显得较暗。赵承晚跟众人一一握手，再把妹子介绍给大家："小妹赵承曦，久仰诸位大名，特来拜见受教。"

主人傅云裳、傅云鹏兄弟都是中等个子，短手短脚，疏目淡眉，福态面孔，仔细看去却有些微差别。阿哥云裳面孔圆润，性格和蔼，待人热情，他握了承曦的手，连说欢迎欢迎："赵小姐光临舍下，真是蓬荜生辉啊。"

弟弟云鹏小他岁半，肤色较黑，善说笑话，朋友圈里出名的冷面滑稽。此刻在旁笑着说："承晚兄，这么时髦的妹子，真该早点带来上海。大家看看，杜月笙刚挑中的上海小姐三甲，跟赵家妹子一比，真叫六宫粉黛无颜色啊。"

众人谈笑，握手，好不闹猛，只见钢琴旁站起一人，打断众人："哎呀，你们几个磨磨蹭蹭的，说好了没有？不要忘记，我还等着被介绍给赵小姐呢。"

云裳笑道："国粹兄不要心急，先来后到，时机到了，自然会轮到你，哪能忘记你这个大才子呢。"

国粹自嘲道："你们都晓得我的臭毛病，见了漂亮的女小囡，就按捺不住了。等了一阵子，你几个还在那儿牵丝扳藤，不由我要急煞了。"

众人都笑："果然不是才子不风流，一分钟都等不得。"

云裳把国粹引到承晚兄妹面前，笑着介绍道："这位就是当代苏州的唐伯虎，范国粹先生，文采画艺都是一等的，只是有点急惊风。"

国粹先是礼貌性地跟承晚握了握手，随即眼光盯在赵承曦的脸上，微微笑着，却一声不出。承曦在他炽热眼光的压力之下，不由得乱了方寸，下意识地先伸出手来。国粹握住她的指尖，轻轻地托到唇边，很快吻了一下。

当男人嘴唇触及手背的皮肤，承曦只觉一阵战栗，从指尖窜到后背脊，手臂上的寒毛都竖起来。

国粹放开承曦的手之后，又一手按在胸前，夸张地鞠了个躬，一缕散开的头发落到前额上。随即直起腰，潇洒地把头发往后一甩。

众人起哄："国粹兄还未去法国，法国人的吻手礼倒先学会了。"

承曦抬眼打量这个叫范国粹的青年男子，肤色微黄，身量比在座的几人都要高,大概有六尺以上。国粹穿一袭深蓝色的毛葛长衫,人前一立,显得玉树临风,留着长发,梳到耳后,面容清癯消瘦,腮帮刮得发青,下巴的线条很硬扎。神情高傲,与人交谈时目光炯炯地锁住对方,还带了一丝嘲讽。

国粹烟瘾很重,总见他一只手擎着点燃的香烟,跟人握手时也不放下。

这个男人跟在座的人都不一样,身上有一种莫名吸引人的东西,又有着某种说不出来的危险气息。在大家说笑交谈时,承曦静静地坐在一旁,不时偷瞥一眼这个男人,偶尔两人目光一对上,承曦觉得像是被探照灯罩住一样,即刻别开头去,自感脸红心跳。

云裳招呼众人:"已经是午餐辰光,舍下备了些便筵,请到大菜间里坐吧,不要客气。"

说是便筵,其实还是很丰富。傅家常年雇着好厨子,来了客人,自然要显露身手一番。桌上摆了六个冷盘,两个用人进进出出,把大师傅烧好的热菜一盘盘端出来。除了他们五个,在座还有两位陌生人:一个是沪上出名的私人钢琴教师;一个是傅家的姑表兄弟,姓余,法国留学生,在巴黎索邦大学读化学,趁寒假之际,归国省亲来的。

初次见面,大家还有些拘束。云裳提议道:"国粹兄是无酒不欢的,如果没有酒的话,请他吃了饭还不落好。何不大家陪他小酌一番,也抵抵寒气?"

国粹抚掌笑道:"知我者,傅云裳大兄也。"

赵承晚说:"早就听闻国粹兄好酒量,在下虽量浅,也不敢推辞。"

云裳转头关照用人:"叫厨下把那坛二十年的善酿酒烫了来。"

酒过三巡，气氛活跃起来。众人向傅家表兄弟提出留学法国的种种问题，余先生抽着雪茄，一一耐心作答，又说了许多法国社会的文明开放，繁荣昌盛：巴黎是欧洲的中心，全世界的知识分子、艺术家，都到巴黎来寻求发展前途；而巴黎也宽容地接纳所有的人，只要你努力，必定会得到相应的回报。

赵承晚道："我看招生简章，是一年的预备班，那么是没有文凭的咯？"

国粹不以为然："画画要什么文凭？古今中外，大师都是没有文凭的。"

承晚有点尴尬："我想，如果有张文凭，将来找个教书职位也许有用。"

云裳说："一年半载去打个基础。读下来如果觉得合适，还想深造，亦可以报名入读正式学堂的。"

国粹并不认同："上课用处不大，还是常去博物馆、画廊，多观摩前人的作品，收获可能还大些。"

云裳说："国粹兄说的也有道理。只是，法兰西学院教出了那么多的画家，肯定有其手法心得。如果真要把画画作为毕生职业，去正规学院读几年一定有所助益的。"

国粹嘲笑道："云裳，你怎么晓得会一辈子画画？哪一天，你家老爷子退了休，或者翘了辫子，要你去顶班，你会怎样？"

承曦正埋首剔一条河鲫鱼的刺，不禁侧目。国粹此话可真够唐突的。

不过，云裳并不以为意，至少面上看不出来，哈哈一笑道："宋徽宗做了皇帝，亦可画画的。就算要顶班，日里做生意，夜里画画，也不相违的。"

国粹喷出一口浓烟，说："云裳啊，宋徽宗是个亡国之君，实在不是个好例子。又要画好画,又要赚钞票,最后只怕是驼子跌跤,两头不着杠。"

众人哗然:"国粹兄又要走极端了。画家也是要吃饭要养家的。郑板桥那么清高,还是要收润笔的,不然全家老小吃西北风啊。"

国粹说:"那就不要结婚啊。在我看来,要做艺术家,家庭就是个累赘。"

云裳反诘:"你们听他的?国粹兄说说罢了,不结婚,你娘第一个不肯,要哭死了,范家没人传宗接代了。"

国粹说:"不要忘记我还有两个兄弟,怎么会没人传宗接代?"

云裳马上抓住国粹辫子,嘲笑道:"原来如此,你还是在乎传宗接代的,只是自己不肯负责,推到兄弟头上。伪君子一个……"

国粹于是涨红了脸,夹香烟的手漫天挥舞,摆出要与云裳论战三百回合的样子。

傅家表哥出来打圆场:"哎,你们两个,也不想想还有小姐在座,就这样不管不顾地吵起来了?"

承曦莞尔一笑:"不碍的,我听着有趣。"

云鹏说:"这两个人啊,就像两只红头蟋蟀,见了面,就非要斗嘴磨牙一番;不见吧,又实在想煞。今天一清早,云裳坐立不安,到窗口去张望了好几次,嘴里嘀咕道:这个范蛤蜊怎么还没到?"

众人皆笑:"好一对欢喜冤家。"

云鹏说:"好了,无轨电车也开了长久,趁余家阿哥在座,还是说说留学的正题吧。"

于是傅家表兄弟又细细地说了一番关于签证、入学、住宿、大致费用等事项。最后道:"诸位还有什么要问的吗?"

承曦抬头:"我倒要请问一句:那里的学堂……也收女生吗?"

余先生答道:"怎么会不收?法国是全世界最讲究男女平等的,

出了好多女科学家、女文人跟女艺术家。更厉害的，还有女人在政府里做大官呢。"

国粹插嘴："赵小姐也要去留学？再好不过。否则我们几个和尚头，就是到了法国也无趣得很呢。"

承曦脸一红："我就是问问罢了。"

承晚说："我妹子很喜欢画图的，小辰光临过芥子园画谱，还蛮像样的。"

说说讲讲，这顿饭一直吃到三点多钟才散，赵家兄妹向众人告别。云裳挽留道："已经是下半天了，你回旅馆也没啥事，索性在此吃了夜饭吧？"

承晚笑道："刚吃下去的中饭还在喉咙口，哪里还吃得下夜饭。再说，夜里承曦要我陪她去百乐门跳舞呢。"

国粹在一旁雀跃："跳舞？好主意。独乐不如众乐，我们一起去轧个闹猛，百乐门也是长远没去白相了。"

当下说好，夜里九点钟在百乐门碰头，难得大家碰次头，要玩个尽兴。

国际饭店底层有个咖啡座，走进大门，一股浓烈香气沁入鼻腔。杭州西子湖上弥漫了龙井淡淡的幽香，黄浦江畔则飘荡着哥伦比亚咖啡浓香。承曦都莫名地喜欢。

承晚归房小憩。承曦为了夜里的舞会，去楼下美发厅做头发。店堂里水蒸气萦绕，温暖如春。无线电里播放着《蔷薇花开》轻软的旋律。汏头师傅的手指插在满头喷香的洗发膏里，紧一下慢一下地搔刨。承曦闭着眼睛，满脑子还是那个范国粹，言谈作派都别具一格，唐突得使人发笑，又坦率得使人动容。都说艺术家是怪人，就像一只锦鸡置身在一群家鸡之间。今天晚上范国粹说也会去百乐门白相，不晓得他会来邀请她跳舞吗？如果跟他跳舞，又会是什么样的感觉？

赵家兄妹进场之际，九点差一刻，舞池里还只有两对舞伴，一个菲律宾人小乐队在角落里伴奏。上海滩是不夜城，百乐门这种灯红酒绿之地，夜越深，越闹猛，辰光还早呢。

赵承晚身穿深灰色的三件头西装，黑色硬底牛津皮鞋，胸口纽孔里插一朵大红的康乃馨，蛮登样的一个公子哥儿。承曦更是精心打扮了：一袭银灰色的貂皮披肩下是秋香色的紧身旗袍，斜襟盘扣从腋下一直扣到喉间，衬托出圆润的胸脯，纤细柔和的肩膀，收紧的腰身；旗袍下露出穿长筒玻璃丝袜的膝盖，足蹬一双暗红如血的高跟舞鞋；脸上化了淡妆，整个人如清水芙蓉，头发盘起在头顶上，那对翡翠耳坠分外耀眼。从踏进舞厅伊始，舞场里就有好几道闪烁的眼光抛过来。

赵承晚先带妹子跳了一曲。承晚也是个爱白相的，到上海来也常去百乐门跳舞，喜欢身体随着音乐流荡的感觉，喜欢那种到了深夜而情绪高涨，乐队越奏越快，众人一起拍手高喊"嗨"的场合。只是今晚别有心思，舞也跳得心不在焉。一曲终了，正好看到云裳兄弟、国粹偕了一干朋友进场。

回到座位，众人一起拍手："一进来就看到你们两兄妹，蝴蝶穿花，跳得真好，把别人都比下去了。"

承晚解嘲道："哪里，也怪你们几个姗姗来迟，承曦脚痒，一刻也耽不住，我只好先临时抱个佛脚。"

国粹伸出手来，笑道："那么，承晚兄，你先歇息。我是否能邀请赵小姐跳一曲呢？"

今晚国粹着了一套米色的西装，系了一枚深紫红色的蝴蝶领结，跟穿长衫时像是换了一个人，煞是英挺潇洒。

此时乐队正奏起 *Tango del Atardecer*。承曦轻呼道："啊呀，是支探戈曲子呢，我可是不大会跳的呀。"

国粹微笑着，只是坚邀。承曦咯咯地笑着："如果踩痛了范先生的脚，千万担待些。"

国粹一本正经地说："不要紧，能与赵小姐共舞，就是脚骨被踩断了，我也是甘之如饴的。"

承曦红了脸，被国粹牵了手下到舞池。

舞蹈是男女契合的试剂和催化剂。身体往往比思维走在前面，自然而然地放出强烈的生物电波。在舞池中，国粹和承曦面对面一立，就晓得此言不虚。国粹高个子，肩背挺直。承曦在女人中也算高身量，形体纤细，腰身柔软。两人站在一起，无形中就给人一种俊男美女的暗示。等音乐奏起，舞姿施展开来，更是令人眼花缭乱。承曦嘴上谦虚，其实是跳探戈的好手。只见她一根背脊骨挺得笔直，下巴扬起，肩膀却十分放松，腰肢扭得也很合节拍。被国粹握着的手，手背微拱，柔若无骨，脚下却收放自如，踏着连锁步子从舞池这头飘到那头，身轻如燕。国粹敢于挑探戈下场，当然也是个中好手，在拥挤的舞池里，他轻松自如地走着交叉的方步，前进后退，准确地引导着舞伴穿过人群，举重若轻。两人或是相倚相偎，或是一甩手猛然分开，肢体相缠，眉目含情，其中自有一种缠绵的情愫漫起。在音乐强烈的节拍下，身体微微冒汗，血液也渐渐地加速，冲上面颊。承曦眼睛半闭，整个人进入半无意识的状态，身随心，心随曲，让自己随着音乐 sweep, amague, sweep, amague and boleo。

一曲结束，承曦以一个标准的探戈姿态，仰面朝天倒在男伴的臂弯里。

众人拼命鼓掌欢迎这对大出风头的舞伴。承曦面孔通红,双眼闪耀发亮,人像是在云里雾里,还未从探戈的高潮中醒转过来,众人的赞美如蜜蜂嗡嗡之声在耳边絮绕,而脚下的地板好像还在移动,强烈的鼓点还在血管里穿梭,她手心里还感到国粹手掌的余温,跳舞时贴身缠绵又迅捷分开的奇妙感觉,鼻息中还留有男人身上的尼古丁气息,既雄性又温柔。

接下来,承曦又与云裳兄弟和别的朋友们跳舞,不过有点心不在焉。虽然其中也有几个舞场高手,却跳不出跟国粹那种心领神会、天作之合的感觉。她一直在心中暗忖:下一支曲子,他应该会来邀舞吧。但一眼瞥去,国粹跷着腿坐在卡座上,擎了杯琴汤尼,微笑地看她与别人跳舞,并没过来邀舞的意思。

一丝失落,油然而生。

欢乐的时间总是过得很快,好像一眨眼就过了半夜,有人开始打哈欠,上年纪的舞客已经先行退场。终于,到了两点多钟,灯光暗了下来,乐队奏起了《魂断蓝桥》的主题曲——*Time Goes By*。这是压轴戏,让舞客们心照不宣地跟自己心仪的舞伴跳最后一曲。

承曦推脱了好几个来邀舞的,心中忐忑:已经是最后一曲了,这人要有眼色的话,应该要过来邀舞了呀。可是国粹还在跟人说话,头都没有转过来。

承曦就赌了气,别转了头,肚皮里想:真是个拎不清的,不来的话,以后就再也不睬他了。正在犹自发痴,突然就闻到一股尼古丁气息。一抬头,国粹夹了香烟,微微地笑着,站在她面前。承曦像是被什么东西撞了一记,不由脸上飞红一片。

国粹一笑,丢下烟蒂,牵起她的手下了舞池。

长夜将尽,人人都想搭上末班车,舞池里很是拥挤,好在是慢三,不占太多空间。国粹这个浪荡公子,跳起舞来倒很绅士,与女伴保持礼貌的距离。倒是承曦自己,一直有种想靠过去,把脸伏在国粹肩上的欲望,偶有身体接触,承曦都会起一阵战栗。她不明白,这个今早才见,差不多是完全陌生的男人,每一个眼神,每一次轻触,每一次微笑,怎么都会给她带来一阵波动和震颤?承曦是活泼的,外向的,但也有女人天生的矜持,把自己的心看得很牢,今天怎么就会如此地把握不住自己?

国粹侧头附在承曦的耳边,轻轻地说道:"今朝能跟赵小姐共舞,真是交关开心。"

承曦抬头一笑:"真的?我还只当我笨手笨脚,舞技入不了国粹兄的眼。不过,国粹兄真是温良君子,勉为其难地跟我跳了两曲,也算是给我面子。"

国粹反驳:"哪里的话,赵小姐的舞技是鹤立鸡群。今天夜里百乐门大舞场的皇后,非你莫属。"

承曦心里受落,但嘴上还是要抱怨几句:"哼!国粹兄,你就不要哄我了,一晚上十来支曲子,你都没过来邀请我。"

国粹笑道:"我也想啊,最好每一支舞都来邀请赵小姐。但舞场里的规矩是好舞伴不可独占。不过嘛,今天我的第一支舞是跟赵小姐跳,最后一支也是跟了你跳。这真是天大的面子,我是交关开心的。"

承曦闻言,抿嘴轻笑,肚里心花怒放。

散场后,傅家的轿车把承晚兄妹送回国际饭店。众人依依惜别,云裳兄弟不舍:"难得碰次头,还未尽兴就要回转去,何不多住几天?"

承晚拱手道:"已买好了回程票,否则,真要多叨扰了。"

国粹在旁说:"相见时难别亦难,下次不知啥时再碰头了。"

承曦笑道:"国粹兄有空的话,何不跟了我们去杭州玩两日。吃吃茶,看看湖光山色?"

见国粹踌躇,赵承晚也邀请道:"如果范兄不嫌寒酸,可在舍下安顿。虽然僻静简陋,但只要出门走几步,就是湖边,看到的景色却是极好的。"

国粹略一思量,便点头应允:"杭州山水天下有名,早就想去一游了,只是要叨扰主人了。"

当夜备好行装,第二天一早,由傅家包车送到旅馆,会合了赵家兄妹,同赴杭州。

二

赵宅在城东涌金门附近,沿了小山坡拾级而上,坡上遍植青翠修竹,虽是冬令,一眼看去还是苍苍郁郁。一幢隐蔽在竹丛中的老屋,有点年头了,还看得出当年造房子的精工细作。青石屋基,楠木廊柱,虽然老房子年久失修,但仍骨架挺括,气象犹在。飞檐高挑,白石门楣上饰有砖雕的喜鹊闹梅,跨进门槛,是个幽深的天井,沿墙几枚石凳,数丛瘦竹。花坛角落里,一株腊梅正在开放,寥寥数蕊,一缕清香。

踏进客厅,放下行李,国粹让承晚请出赵母拜见,鞠躬行礼,送上带来的上海乔家栅点心礼品孝敬。随后承曦自去整妆安顿,赵承晚则陪了国粹出门活动腿脚,从后门出去,过一条甬道左拐,便来到西湖边。近岸的水面上结着薄冰,一片残荷在风中摇曳,树木都脱尽了叶子,游人寥寥。冬日景色颇为清冷,空旷如濛,如张岱所说:"惟长堤一痕,湖心亭一点,与余舟一芥……"

再往东边漫步行去，走到断桥残雪处，两人立定，临水眺望。保俶塔淡淡的身影映在灰色天幕上，湖山叠影，光色迷离。国粹叹道："真叫山水有情，就是在阴天，景色也蛮有味道的。"陪同的赵承晚说："如果下场大雪，湖光山色一片银白，那就更有看头了。"

湖边风大，阴冷刺骨，他们走了小半个时辰，实在是冻得吃不消，于是打道回府。进得门来，客厅里炭炉正旺，与外面是两重世界。承曦候着，说是在西厢房内已备好了茶水点心，请两位哥哥去小憩。

进房坐定，国粹被让到靠近火盆的位子，娘姨又送上热水毛巾，让两人揩面暖手。国粹环顾，这间西厢房应是承曦的闺房，一张大型宁波雕花红木床挂了帐子，一张梳妆台上摆有女人用的胭脂口红、香水与雪花膏。茶桌则摆在南窗下，湘妃竹帘挑起，两把藤椅上设了软垫，桌上罗列了各式各样的茶具，还有一枚雪青色的广口瓷瓶，疏疏落落地插了几株腊梅，暗香袭人。承曦已卸去了正妆，一副家居打扮，穿件黛色的半旧织锦缎夹袄，头发盘上去了，在脑后松松地绾了个髻，耳垂上还是戴了那一对极透极亮的翡翠水滴耳环，一仰一俯之间，摇曳生姿，相映之下，肤色更是如雪。

等两人坐定，承曦挽起袖子，亲自煎水布茶。小小的炭炉上搁了一只白铜开水铞子，案上一把造型古朴的紫砂壶，三枚青色细瓷茶杯，再有几盘金丝蜜枣、松子胡桃之类茶食。赵家本是做茶叶生意的，又自有茶园，吃茶的程式也颇为讲究：第一潽煮开的开水，先倒入紫砂壶，烫壶，洗茶，再倒掉；要待第二潽水滚后，才用来沏茶。

承曦擎了紫砂茶壶，把清亮的茶水倾倒在国粹的茶杯中，说："国粹哥，这茶是今春新收上来的龙井，水呢，也是特为去虎跑泉打来的，你尝尝吧。"

又笑了说:"还有,这茶杯,你别看样子普通,却是家里传下来的钧窑,原有四枚,被我娘不小心打碎一枚,剩下这三枚,正好我们一人一枚,再多来个客人,就不能用这套茶具了。"

窗外雪光晶莹,室内温暖如春,梅花妍放,茶香沉郁。国粹家乡太湖的碧螺春也是茶中极品,自然懂得舌间一味之高下。今日,茶好水好不说,更难得的是掌茶之人,你看承曦裸了一双雪白的手腕,纤指若兰,笑语盈盈。谈天说地之间,游刃有余地布茶添水,纤纤十指捧了一枚淡绿色细瓷茶杯送到你面前,再一抬头,一双深渊般的瞳仁盯视着你,含笑不语。

国粹不由赞叹道:"好茶好茶,龙井名不虚传,跟碧螺春比起来,味道更为娟秀灵动。"

承曦笑道:"国粹哥还真是个懂茶的,娟秀灵动这四个字一点不错。采茶工都是十几岁没出阁的女小囡,要的就是这股娟秀之气。焙茶时,也是这些女小囡赤了一双素手,在铁锅里慢火翻炒,水磨工夫,男人家做不来的。"

国粹赞道:"我只晓得吃茶,原来还有这些门道,承曦你可懂得真多。"

承晚说:"家里在山上茶园有点股份,从小是茶天茶地,不懂亦懂了。"

"原来府上是茶叶世家,所以我进门就闻到一股茶香。"

赵承晚叹了口气,说:"现在市面不好,茶叶卖不出去,股东们的分红就用茶叶来抵了。家里到处堆着茶篓子。"

赵承曦白了她哥一眼,岔开话头说:"国粹哥如果喜欢我家的茶,回苏州时亦带些去吧。"

国粹说:"谢谢厚意,杭州的茶,一定要到杭州来喝,才有味道。"

赵承晚说："尽管来，欢迎之至。"又转头问承曦，"天色已经不早，晚上你准备些什么小菜招待范兄？"

承曦道："回来已经过午，菜场里也没什么新鲜货色了。我想到知味观去叫几个菜，你说如何？"

承晚还未接口，国粹就一个劲地摆手："这两天，在云裳那儿吃得太多了。真的不要麻烦了，随便弄些汤汤水水，简单些就好。"

承曦略为一想，说："那么，晚上就吃片儿川吧。王妈早上倒是买了些猪腰和河虾，厨下还有几株冬笋的。"

承晚跟国粹解释："片儿川，就是面，范兄吃面没问题吧。"

国粹说："那最好，汤汤水水都有了。"

承曦笑道："苏州人的奥灶面是出名的，朱鸿兴、陆稿荐面馆的名头都蛮大的。国粹兄这次来，也尝尝杭州人的面，倒是不大一样。"

晚餐开出来了。说是吃面，厨下还是准备了不少酒菜，有炸响铃、虾籽冬笋、蜜汁火方、鸡油香菌等，都是杭州风味。承曦晓得国粹好饮，也备下了烫过的绍兴酒。国粹入席时不见赵母，遂说："烦请你去请令堂大人出来吧，我们小辈才得坐下。"

承曦进房去，旋即出来，说："我娘说有点不舒服，失陪了。国粹哥，你坐吧。"

国粹当然要表示一下关心："要紧不要紧？是否要请大夫来看一下？"

不料承曦气鼓鼓地说："不要紧的，我娘是鸦片吃饱了，饭不要吃了。"

此话一出，大家都尴尬，时下大力提倡新生活运动，吃鸦片是被明令禁止的。年轻人普遍认为吃鸦片是件见不得人的恶习，谁家有一个吃鸦片的,会被人看轻几分。

赵承晚搓着手,期期艾艾地想解释,却说不出个所以然来,面孔涨得通红。

其实,国粹一走进赵宅之际,就隐约闻到了这幢老房子里有着茶香、印度线香、烧木炭的烟味、淡淡的猫尿味,混杂了灶间里的油烟气,以及一股甜腻沉郁的鸦片烟味,心里多少有了点数。

虽然时下吃鸦片是被禁止的,但挡不住阿芙蓉信徒众多,江南一带的遗老遗少、文人雅士多有阿芙蓉癖,半日不吃的话,鼻涕眼泪一起来,熬不过去。政客们嘴上说得好听,新生活的口号叫得山响,其实也是灯下黑,吃烟的大有人在。送贿受贿,也常以鸦片烟膏作礼。生意人做买卖,也要在烟榻上面对面呼上两筒,联络感情,生意才谈得拢。再有些几十年的老枪,沉溺之深,就是杀他头,掘他祖坟,鸦片也是要吃的。而且这个行业利润丰厚,刀口舔血的大有人在,明里暗里,地下买卖一直没有真正断绝过。

国粹晓得瘾君子多年吸食,戒掉毕竟不是那么容易的。旧式人家,几乎每家每户都有一两个此道中人,他亲友中也有人好这一口的。

当即淡然说道:"鸦片这物事,也有其利弊,毕竟当年也是作为药品的一种进口的。我婶娘也是有个心口疼的毛病,常年嗝气,中药西药都不见效,也是抽两筒就好了,比啥都灵。我想令堂的情形,大概也是如此。"

赵承晚吁出一口长气:"范兄真是善解人意。"

三人抛开这个话题,入席饮酒吃菜,谈笑甚欢。等到面上来了,蓝花大碗盛着,浇头是炒虾腰,细面宽汤,汤里有冬笋雪菜,国粹举箸一尝,只觉鲜美异常,不由赞道:"我作为一个苏州人,也算是吃面大王了,陆长兴、朱鸿兴、美味斋、陆稿荐,林林总总,至少有几百碗面吃下来。论软熟温润,竟难有比过这碗片儿川,汤水也鲜美。承曦你究竟放了些啥神仙作料?"

承曦笑道:"国粹哥吃遍大小筵席,偶尔吃碗家常片儿川,真叫隔灶头饭特别香。其实也没什么奥妙,就是虾腰要新鲜,汤要老母鸡熬出来,再加冬笋雪菜,很平常的杭州人家的饭食。"

"平常饭食?那么,考究起来又是什么样子?"

承曦道:"考究也谈不上,杭州人待客用的龙井虾仁、西湖醋鱼,无非是材料新鲜些,做工用心些。倒是还有些食材,别的地方没有的,像莼菜,杭州却是独一份。"

"你说得人垂涎欲滴,这样我要搬到杭州来了。"

赵承晚笑道:"古人说的莼鲈之思,颇有其道理,口腹之欲是人生的重头戏之一。范兄如果搬来杭州,我也有个画画的道伴,一块出去写生,回来让承曦给我们做片儿川吃,再好不过!"

承曦嗔道:"阿哥你真是一厢情愿,再好的片儿川也有吃厌的一天。国粹哥何等人物?为了一碗面而搬来杭州?他说笑,你当真?"

两个男人相视而笑,国粹道:"也不仅仅如此,这儿山好水好人也好,当然,片儿川也好。"

赵承晚说:"说到山水,我倒要当仁不让了。就算是这种天气,杭州可看可玩的地方还是很多的。春夏是一番景色,秋冬又是另一番。有些地方,竟是冬季更有味道,如孤山寻梅、断桥残雪,听听名字就晓得了。"

说好了承晚兄妹明日陪了国粹出游,大家都早早回房歇息。

是夜,国粹宿在承晚的书房里,一张草绿色的行军床,大概是美国陆军的剩余物资。二战结束后,大批美国军用物资在黑市上倒卖，几乎家家户户都有一两件。承曦叫用人在房内放了炭盆，铺了两条棉花胎，再加一床鸭绒被，床就很舒服也够暖和。

临睡前，承曦敲门，给他送来了一个灌满的热水袋。在灯下，女人云鬓蓬松，脂粉未施，另有一番家居的慵懒风情。国粹吃了酒，多少有点恍惚，接过热水袋，却还牵了承曦的手不放。长夜空屋，两个年轻男女间暗流激荡。承曦也显然是动了情，面色酡红，身子微微打战，呼吸急促。最后她镇定下来，把手从国粹的掌握中抽回，微微一笑并说道："你也劳累了一天，快去睡个好觉吧。"遂掩上门离去。

杭州之寒夜，万籁俱寂，寂静中可闻微微的水波声，轻软似催眠。国粹又喝了不少酒，很快地睡去。但半夜突然醒来，再想入睡，却辗转睡不着了。这几天的事都浮了起来，即将成行的巴黎之旅，那是他一直期盼的。还有昨夜的舞场，新结识的朋友们，幽暗中金蛇狂舞的承曦，小小的，汗湿的手跟他紧紧相握，纤腰一束，翡翠耳坠摇曳。薄暗中她的眼神一瞥，热切的，带着莫名的娇羞。

范国粹人才出众，又生得风流倜傥，交游也广阔，喜欢他的女子当然很多，既有苏州世家的大家闺秀，也有上海名牌大学的女生，但他从未动心过。他秉持着男人先要以事业为重，立身立功立言。而女人，天涯何处无芳草？因此在男女情事上一概采取游戏人间的态度，以致常有对他不利的风评。传到他耳朵里，也只是一笑，继续我行我素。

这个承曦，跟他接触过的女孩子有些不一样。

不一样在什么地方，倒也说不上来。承曦并没有受过高深教育，家境看来也普通。平心说来，承曦并不是那种一眼难忘的绝色美人，她的优点是体态婀娜风流，颀长纤细。长发如瀑，肤色雪白，但卸了妆之后，眼皮有些沉重，盯着人看时眼神很锐利，但嫣然一笑时也很魅惑。鼻梁旁有些浅色的雀斑，一边脸颊上有个浅浅的酒窝，嘴巴倒是圆润而性感。而令人更为捉摸不透的是承曦的性格，有时很冷然，那副眼神就可以拒人千里之外；对熟稔又对得上心情的朋友，承曦又活泼自然如自家小妹，爽脆纯真，嗔怒娇笑全不掩饰，而且分寸拿捏得很好，令人如沐春风。

国粹不相信自己会对一个才见过几面的女人动心，这不是他的作派，也不符他的人生信条。

但他的确是动心了，其中缘由，如深井里的一条鱼，若现若隐，似有又无。

翌日出门，三人虽是新结交，但已经像是多年的朋友，无话不谈，偶尔也会嬉闹说笑。先是信步当车，东逛西游，自由自在。走累了叫辆三轮车，三人紧紧挤作一堆，倒也有趣。一路欢笑，游花港，行苏堤，祭岳庙，登雷峰塔，望三潭印月，听南屏晚钟。天气时晴时阴，虽寒风扑面，但青年人凭了勃勃兴致、旺盛精力，倒也不以为意。

冬天的杭州，在冰天雪地之中，也呈现着一股轻软奢靡之气。而诸多的名胜古迹，述说着历史的悠长苍凉，对照了生命之短促和脆弱，以及说不尽的人生遗憾。人人都是过客，何不优哉游哉，潇洒度日？如此看来，天下文人迷恋苏杭风光不是没有道理的，时光悠永，人生短促，景色的秀美，再加文化的沉淀。文人在游览山水之际，想到比自己早几百年的文人墨客种种际遇，或喜或悲或惆怅或轻狂，一律被时光蒙上了薄纱，变得诗情画意起来，不由得也把自己代入，山水就不仅仅是山水，而是幽古之情了，南朝四百八十寺，多少楼台烟雨中。

逛得腿脚乏了，找一家湖边茶馆，一壶香茗，三二小食，遥望西湖，谈天说地，也端的自在。国粹叹道："我这次来，杭州竟比我想象中的还要好，真是山灵水秀，人杰地灵。如此乱世中，有这么一方清净之地，住在此地，乃是福气。"

承晚说："世局再乱，杭州一直是个避风港。文人墨客失了意，来到此地寄情山水。国粹兄如有意，也许将来你我可以在此合办个绘画学校，收几十枚学生。虽不能报国经济，但也可陶冶人文心性，不知兄意如何？"

国粹说："好倒是好，只是我不似个教书先生的料，如果收来的学生太过愚笨，我会先没了耐心，骂人肯定的，发起火来，请人家吃耳光也说不定。"

承曦取笑道："那么，收些漂亮女学生呗，再笨点也不要紧，国粹哥怜香惜玉，舍不得打骂的。"

大家笑过。国粹说："真的办了学校，倒要请承曦来做教务长。凭我们这几个不懂经营，恣意妄为，肯定把学校办塌了。"

承曦道："你俩真是书生脾气，也不看现在是什么局面？市面每况愈下，短期中难见起色。加之国共谈和不成，如一旦开打，玉石俱焚，还办什么学校？"

国粹沉吟一阵，说："国家多难，但一味苟安，局势只会每况愈下。知不可为而为之，总是要想办法尽一份自己的力。"

承晚说："这个只是说说而已，要等到时局稳定才好筹谋。我看报纸，老蒋跑东跑西，上台下野，简直如无头苍蝇。这样下去，说不定划江而治的局面又会出现。"

隔壁桌上有人"嘘"了一声，又指了指墙上的招贴——莫谈国事。

众人不免扫兴。承曦率先起身，说："真是的，出来玩，无端讨个没趣。还是出去走走吧。"

从平湖秋月出来时,已近傍晚,暗灰色的天幕上,一个通红的落日,陷在西边天目山巅。余晖映照着近岸的枯荷,景色又瑰丽又忧伤。一整天奔波下来,几个人也累了,但是地处偏僻,三轮车难叫,只好慢慢地踱回去。

行经西泠桥畔,承曦不经意地用手一指,说:"其实这儿还有一处可看的,苏小小的墓就做在那儿。"

承晚不以为然:"哎呀,就是一个坟墩头,真没啥看头。何况天要暗下来了,还是早点回去吧。"

国粹却想去:"已经走到这儿,还是去看一看吧。无物结同心,烟花不堪剪。苏小小也是一代才女,值得去凭吊一番。"

三人趋近,只见坟墓多年无人照料,墓樽塌陷,石碑也已经倾圮,黄昏落日,枯枝寒鸦,一派凄凉无主的况味。

国粹不忍道:"怎么会是这个样子,也没人去修葺一下?"

承晚说:"大厦将倾,谁还会来管这些小事?"

国粹惆怅不已:"苏小小生于乱世,红颜薄命,只活了廿三岁,正是你我这个年纪。唉,活着即不幸,居然身后又是如此不堪。"

大家都不说话。最后承曦说:"都是我不好,引了你们来,弄得国粹哥感伤。还是回家去吧。"

隔日是佛七,说好了去灵隐寺进香的,不想,前一天承晚受了风寒,发起烧来。国粹和承曦只好两人出行。

是日天色晦暗,欲雪未雪,灵隐寺却还是有不少香客,在通往山门的甬道上拾级而上。两边的竹林挂着残雪,在风中摇曳,簌簌有声。远处山峦却烟云笼罩,缥缈虚空。

山门前,有轿夫上来兜生意。

国粹怕承曦弄湿了脚,要她乘轿子上去。承曦却不肯,说:"进香,最要讲究一个心诚,叫了人抬上去,这就先亏了几分。"

国粹就挽了她的臂膊,一步步往上去。越往上走,风越大,路边竹枝上时有零碎雪沫飘落,承曦拿出把小小的绸伞,跟国粹合撑。伞小,遮挡有限,两人挨得很紧,恍如风雨同归。

到了山门口,前面就是大雄宝殿。一回首,来路空茫,风雪欲起,世界淡淡,万宗归一。

承曦收拢绸伞,帮国粹拍去肩上的雪花。外面雪光耀眼,大殿里显得昏暗。两人仰首环望,只见金刚怒目,普贤颔首,文殊无言。如来大佛莲座趺坐,遥看世事翻覆起伏,拈花微笑。

香案上烛火飘摇,烟气袅袅,案前挤满了磕头跪拜的信徒,一片人头涌动,连只脚都踏不进。他俩只好先去寺里兜一圈。药师殿旁边房间里,正在做法事,几个和尚挂了清水鼻涕,咿咿啊啊地念着地藏王菩萨经。经文间歇,铙钹"当"的一声响起,余音绕梁。

国粹兴趣悠然,好一阵驻足观看,承曦拉了他一把:"哎呀,国粹哥,和尚念经有什么好看的?我们再转回大殿去看看吧。"

国粹一面往外走,一面说:"世道再难,什么不好做,怎么会有人甘心去做了和尚?青灯黄卷,念经打坐,一世人真是糟蹋了。"

承曦道:"和尚六根清净,不入轮回呀。"

国粹失笑:"啊,天晓得,你刚刚在门口一站,几个光榔头就偷眼瞄过来。还说六根清净?"

承曦羞恼地捶了他一拳:"国粹哥,你也真是的!拿我来打趣,是吧。还不快点去大殿上香。"

在佛前,承曦低头合掌:"佛祖保佑我娘心神安康,阖家平安。保佑我两个阿哥顺利出洋留学,早日学成归来……"

随后，承曦跪下磕了头。

后山上，两个年轻人并肩向坡上走去。空山不见人，但闻风竹声，雪地里有一群斑鸠在寻食，有人路过即飞起，遁入疏林。

国粹的头发被山风吹得纷乱。他抽着香烟，饶有兴趣地欣赏着沿途景色。承曦走在他身边，心潮涌动。她曾无数次来到灵隐寺进香，对周围一草一木都了然于心，但这次感觉完全不一样，是陪伴了心仪的男子，挨得很近地走在他身边，看着他的侧影，闻着他身上的尼古丁气息，情不自禁地为他动情。承曦自己也觉得不可思议，这个男人，认识了不过三四日而已，却不知怎的，如刻骨铭心之人，几世轮回转来，蓦然相遇了，竟有隔世恍然之感。

两人一直走到一线天，走到腿脚乏力，一身薄汗，才打回票。下山的路，反而更难走，承曦差点滑跤，亏得国粹眼疾手快，一把搂住，才未滑进山涧去。当国粹的手触到她的腰上时，承曦浑身起了一阵战栗，面孔也飞红，像是吃醉酒一样。

到了山下，承曦招手叫来黄包车，转身说："国粹哥，你饿了吧，我们找个馆子吃午饭去。"

仁和路上的知味观，落雪天，饭店的生意清淡。在临窗的桌位上，远远地望见雪雾中的平湖秋月，三潭的白塔时隐时现。承曦点了宋嫂鱼羹，好几个小菜，和一壶绍兴酒女儿红。

国粹说："太多了，吃不了。"

承曦说："这些菜都是杭州的特色，既来了，总要叫你领略一下杭州的好处才是。"

国粹说："已经领略够多了，再这样下去，我可要赖在杭州不走了。"

承曦促狭一句："哦，国粹哥莫非是想去灵隐寺做和尚？"

国粹闻言大笑："谁晓得呢，也许我天生就是做和尚的命。"

知味观的菜肴，向以精巧出名，湖鲜山蔬，亦都是本地特有的。只是国粹的心思全不在吃喝上，道道菜肴浅尝一二就放下，只顾一杯杯地饮酒，两眼直勾勾地盯牢了跟前的人面桃花。承曦被他看得发窘，站起身来，盛了一碗宋嫂鱼羹放在他面前，招呼道："啊呀，国粹哥，别看野眼了，还不赶快多吃点。去了法国，就吃不到杭州菜了。"

国粹仰头喝干杯中的酒："美人在前，令人食不知味啊。"

承曦嗔道："我的国粹哥啊，别发痴了，再怎样饭还是要吃的。就算是食色性，食还是第一位的呀。"

国粹有点醉了，直统统看着承曦："恰恰相反，山珍海味常有，但一个赏心悦目的美人却是可遇不可求。"

承曦掩了嘴，嗤嗤笑道："等你去了法国，赏心悦目的美人多得是。金发碧眼，丰乳肥臀，像图画里画的那样。"

国粹拼命摇头："外国女人，我大概是无法消受的。"

承曦憋住笑逗他："真的？国粹哥，那你说说看，你心目中的天仙美人是啥样子？"

国粹低头不响。承曦捅了他一下："说呀。"

"远在天边，近在眼前。"

承曦笑啐道："国粹哥，你可真看走眼了。我可不是什么天仙，我很凶的，家里人都怕我。"

国粹醉眼蒙眬："西洋传说中，有个母夜叉叫梅杜莎，极美，也极凶，看她一眼就会变成石头。"

承曦掩嘴笑道："那么，你碰到那个梅杜莎，看呢还是不看？"

"我，大概也是忍不住要看的。"

"真是没出息。国粹哥，要变石头的呀！"

国粹乘了七分酒意："真的是美女的话，变了石头也心甘情愿的。"

区区一壶女儿红，平时酒量很好的国粹，许是酒入愁肠，竟然大醉。回家路上，在黄包车上就吐了两次酒。到了家，进门时脚步飘摇，又差点被门槛绊倒。承曦赶紧扶住，喊了家里的长年出来，把国粹搀扶到客房，又打来热水毛巾，帮他擦净手脸。才放到床上，即刻昏睡过去。直到晚饭时分，还不见动静。承晚不放心，到东厢房里去探视，只听到鼾声震天，国粹还是醉得人事不知。承晚责怪妹子："明日就要动身，何苦还让他喝成这样，弄得大家不太平。"

承曦一声不响。

半夜，国粹倏然醒来，脑中一片空白，竟不明了身在何地，好一阵才醒悟过来：今夜是在杭州的最后一夕，明日就要乘火车回上海。房子里很安静，赵家上下都已入睡。国粹在床上坐起，环顾四周，墙上有反光浮动，不知是月光还是雪色。一股莫名的离愁泛起，不免心里烦躁。打开台灯，披衣起身，在房中抽烟，踱步。突然听到有轻轻的敲门声，开门处，赫然是穿着睡袍的承曦，云鬓蓬松，分明也是刚从床上爬起来。

承曦轻声说："看到你房内有灯光，晓得国粹哥你醒了。你一下午还未吃过啥东西，要不要我替你去下碗面？"

国粹摇头："别麻烦了，半夜三更的。"

承曦说："要么，我帮你泡壶茶，用些点心？"

国粹略微一想，颔首同意。两人蹑手蹑脚地来到西厢房，承曦泡了茶，搬出一堆巧克力、云片糕等小点心，说："国粹哥怠慢了，只好垫垫饥的。"

国粹坐在单人沙发上抽烟，承曦欠身把果盘推到他面前，却不防被拉住了手腕，又不敢挣扎怕吵醒家人，只好顺势坐到沙发的扶手上，轻声道："啊呀，小祖宗，不要闹了呀。"

国粹不响，目光炯炯地看着近在咫尺的脸庞，眼神里有寻求、试探，也有迷惑和欲望的狂野。承曦哪抵挡得了这眼神，只好低头不响，却不防一个不稳，被国粹顺势搂进怀里。

国粹把烟蒂揿熄在烟缸里，开始亲吻承曦的头发、耳朵，及睡衣里裸露出来的脖颈。承曦浑身发抖，每当男人嘴唇触及她的肌肤，像是通了电一样。虽然也举手去推挡，哪推得开，挡得住。毕竟是在两情相悦之中，索性闭了眼睛，双手勾住了男人的脖子，任凭男人的亲吻像春雨一样，滋润着她十九岁的身心。

长夜冥冥，万籁俱寂。两个坠入情网的男女，挤在一张窄窄的单人沙发上，像两只相思鸟一样你啄我一口，我啄你一口，缠绵不已。情到浓处，国粹的手伸进承曦的睡衣上下游走。承曦虽在热恋之中，还未丢失最后的一丝清醒，因此在国粹的全面进攻之下，像条鱼似的扭动挣扎着，喘息着，只是犟不过男人的力气。眼看就要全面失守，毫无征兆地，国粹只觉得嘴唇一麻，承曦竟然咬了他一口。直如分开八片顶阳骨，倾下一桶冰雪水，国粹捂着嘴巴直起身来。

承曦眼睛里满是歉意："哦，我真是没轻没重，痛吗？"

国粹摊开手掌，上面显然一抹血痕。

他不由得苦笑一声："真是条美女蛇。"

承曦一个劲地赔不是，取出一块手绢："捂着，别放开。"

天差不多要亮了，承曦起身整理好衣服，抱着国粹乞求道："国粹哥，不要生我的气。"

天又下雪了，从杭州到上海的火车上，国粹望着白茫茫的窗外出神，他口袋里揣着承曦的手绢，手绢上有浅浅的血迹，还有女人幽兰般的气息。

三

苏州东山范家，说是书香传世，耕读人家，但那是几辈子前的事情了。

从曾祖父那代起，范家主业是经营观前街上的当铺。两代人吃辛吃苦，多少赚了些银子。在离虎丘不远处，买了块地皮，造起一座前后两进的宅邸。依了苏州考究人家造宅邸的样式，也辟出了一角来造园林。螺蛳壳里做道场，挖了如澡堂子大小的一泊水池子，砌三两太湖石，养几尾锦鲤，植些花草，再添一个八角亭子。照国粹的说法：照猫画虎，俗得可以。

国粹自小就极为捣蛋，拆天拆地，在鱼池里撒尿，在太湖石缝隙里放炮仗，上房掏鸟窝，挖墙根捉蟋蟀。父亲棍棒侍候无数次，照旧不改。

俗话说富不过三代，任凭你祖上再勤俭持家，生财有道，隔一两代总会出个败家子。本来，当铺也不是什么好营生，收进卖出，全靠锱铢必较，小利聚集，才能赚钱。国粹的父亲，身为三世祖，从小饭来张口，衣来伸手，再要他去辛苦守店，自然不屑。于是把铺子交给一个远亲掌管，自己堂会花局，日日做神仙。而这个请来做掌柜的亲戚，人倒是忠厚老实，不大会转圜，再加上有点集物癖，日子一久，后面栈房里堆满了止赎的货物，满坑满谷。现在行市又不好，卖不出去。这样一来，银钱上面就搁死了。偏偏在这个关口，国粹父亲瞒着屋里，在外面偷偷地娶了一房小老婆，买房子添家具雇娘姨坐月子生小囡唱堂会，再加上日常开销，铜钿更是短缺了。纸岂能包火？范母应氏，也是个厉害人物，听到传言，在高人指点下，雇了私家侦探，捏牢了男人的把柄，再请了律师一状子告进官里，几年缠讼下来，官司是赢了，但自家也元气大伤。当铺虽然拿下,营业状况只是不死不活。这几年来,就靠着应氏东借西挪,以及出售乡下的几处租田来维持屋里的开销。

国粹自懂事起,满眼看到的都是家中不堪之事,因此养成了他怪癖叛逆的性子,你要我往东,我偏要往西;你要我好好读书,我偏逃学生事;你要我成家立业,我偏要特立独行,尽做些使人冒火的事情。他是范家的长子长孙,上下都拿他没办法,出了事情闯了祸,也只好向人家赔礼道歉,或拿钞票去摆平。日子一久,纨绔就此养成,学业荒废了不说,再结交了一大批狐朋狗友,嬉玩作乐,用起铜钿来如流水,实在令人头疼。

也许是隔代遗传,国粹顽劣成性,却多少还有些文墨气,人又聪明。族里有个吃鸦片的叔公,清末秀才,画一笔好山水,尤擅米芾的泼墨大写意。国粹在旁看了几次,竟无师自通,随便涂抹,落笔布局皴法竟也像模像样。一日,国粹偶然在自家的当铺里寻着一套廿四本西洋画大集子,系日本东京上野美术馆印制,色彩鲜艳,制作精良,从文艺复兴三杰、威尼斯画派、荷兰画派、浪漫主义、写实主义,一直到法国印象画派。他当即捧回家来,爱不释手,连夜观赏揣摩。去上海买来油画材料,关起门来照了画册临摹。又晓得印象派是要出门画写生的,也背了画夹徜徉于水乡小巷、山野农田。画风颇有个人风格,大胆泼辣。再被狐朋狗友们一撺掇,也择地开画展,竟有人赏识,在报上撰文称他为画界新锐。国粹得意之余,心里也晓得西洋绘画浩瀚如海,巨匠辈出,他连门槛还没摸着呢。所谓"画界新锐",内行人一看就晓得是野狐禅。所以傅家兄弟一提去法国学画,国粹一拍即合。

范母应氏却不以为然,画图画是件好白相事情,但当不了饭吃。何况去万里之外的法国留学,一大笔盘缠是逃不了的,范母想起来就肉疼。近来家里麻烦不断:当铺老掌柜跌了一跤,摔断了大腿骨；新请来的视事又笨又懒，还多有欺瞒；范家三子一女，两个小的还是稚龄，老二又在上海南洋模范中学读书寄宿，也是银钱结交无数。国粹作为范家的长子长孙，理应由他担起肩膀，倒并不指望他日日去店里应卯，但一个男人家至少镇得住点。可是说了多少次，他只当是耳边风。范应氏一个妇道人家，逼不得已要天天去铺子里坐堂监督，已经是怨天怨地。现在这位公子哥儿又翻弄出新花样，要去法兰西那么远的地方，真以为铜钿是天上落下来的？

这几个月来，母子鸡狗相争，龃龉不断。范应氏从早到晚嘀咕个不停，烦得国粹一佛出世，二佛涅槃。国粹吵到后来，只咬牢一句话：不让出国，那么就要到寒山寺出家去。

最终，范应氏还是犟不过大儿子，败下阵来。虽然还是不情不愿，但也开始请了裁缝赶制行装，并且接洽土地拍卖牙行，出售木渎乡下的两亩水田，为国粹准备去法国的盘缠。

国粹从杭州回来后，茶饭不思，整日背着手站在窗前发呆。应氏猜想他大概是法国去不成了，私下窃喜。后生们的性子都是瞻前不顾后，外国是那么容易去的？语言不通，人生地不熟，万一有个头疼脑热，连个照应的人都没有。一高兴闲话就多了："现在上好的水田也卖不出啥铜钿。法国不去也好。"

国粹一听火大："啥人说不去的？船票都订好了。"

应氏碰了个钉子不响了，过一阵，又嘀咕道："说起来画图画也蛮好，隔壁巷子的韩家二爷叔，在太监弄摆了个画摊头，帮人家画遗像，一张白纸，两支炭笔，擦擦弄弄，一天能画个两三张，说是赚头不错的。"

国粹嗤之以鼻："韩家小二子？一副洋瓶底眼镜，四十几岁的人还是两挂清水鼻涕，走路内八字，碰鼻头转弯。赚头再好又怎的？"

应氏嗔道:"你专门好高骛远,看不起人家。像二爷叔老老实实的一个人,赚钱养家,有啥不好。"

国粹懒得和她多啰嗦,一句狠话顶回去:"像他那样狗屁倒灶一辈子,我情愿一根绳子上吊去。"

国粹陷在一种陌生的情感中,难以识辨,也难以定夺。

鲁迅翻译的尼采哲学,国粹看过不少。痛苦提炼艺术,孤独是必要的,能使人独立于世俗之外,家庭和爱情都是美丽的毒药,会蒙蔽艺术家锐利的眼光,使他看不透人世的悲凉本质。在他的心底,又不可避免地受到习俗上轻视女子的影响:女人头发长见识短;历史上众多好男子,本有大好前途,结果受了女色的诱惑,小者丢了前程,大者丢了江山;有心成大事的男人,必须避开此等温柔陷阱。

对待女人的分寸,国粹一向游刃有余,可以跳舞,可以派对,也可以逢场作戏,但真要谈恋爱,国粹必定抽身而去,绝不回头。

与承曦相遇,国粹却动了真情。心里又晓得,要去法国的话,就不能顾及这段感情。感情使人软弱,感情使人不能全力以赴,感情使人看不清前方。但这又是他第一个真正动心的女子。如此挣扎,就像站在悬崖上,向下俯视一道美丽的峡谷,头晕目眩,心里知道危险,一个不慎就会坠下去。但双脚却不肯移动,贪婪地享受临渊俯视的晕眩和快感。

几日后,云裳来了一信,曰:

国粹兄大鉴,昨日接获轮船公司的通知,原定于五月份去香港的轮船被军队征用。为此轮船公司给予两个选择:一是延后到今秋,二是提前到二月廿日出发。轮船公司说:已经尽了最大的力，整年的船票已全部订完，挤出这四张舱位殊属不易。如等秋日成行，业已错过暑期的学业，看来也只有提前动身，不知兄意如何？望尽快来信告知，我等也可筹划共同进退。

国粹当即回信，表示晚去不如早去，还有半个多月准备行装，没有问题。不晓得承晚兄之意如何，如能一块同行最好。

国粹转身就催促范应氏赶快准备，裁缝还可赶一赶，但乡下的水田却不容易即刻找到买家。有跑单帮的人从北面回来，说黄河两岸都是军队，剑拔弩张，钉头碰铁头，看样子大战一触即发，本来有意的买家也踌躇起来。范应氏急得兜兜转，国粹还是没心没肺地催。无奈之下，范应氏最后以市价三分之二的价钱把田地出手，肉疼之余，不由得抱怨道："真是前世欠了你范家的债，我作了啥孽？养出你这个散财童子。"

国粹钞票到手，一派嬉皮笑脸："老娘你忘记了绍兴戏是怎么唱的？钱财乃是阿堵物，生不带来，死不带去。所以啊，看开点，不要跳脚。"

船票、学费、一路上的吃用开销，算下来这笔款子还是紧巴巴的。

百里之外的杭州，承曦也在为阿哥的盘缠伤脑筋。

这天春申堂的沈老四送货上门，承曦陪了他奉茶说话。言谈间，老四满腹牢骚，说现在的生意太难做，各种苛捐杂税，官府里的大大小小，看样子都要滑脚，走之前能捞一把是一把。承曦帮了他斟茶，随手就给他戴顶高帽子："老四叔啊，涌金门这块地头，除了你老法师，还有谁能兜转得过来呀？你老啥没见过？啥个没经历过？"

老四得了意，说："那是，那是，日本人的时候，汪伪政府刨黄瓜更是厉害,药材、生丝、桐油、茶叶都是控制物资,运到日本去。多少商家倒闭,春申堂也差不多到了山穷水尽的地步,还好被我尽力维持了下来。"

承曦说:"说起茶叶,我倒有件心事,要请四叔帮忙了。我家在山上那个茶园,常年都没人照管,你晓得,承晚是做惯了甩手掌柜,百事不管,我老是抛头露面也不好。想来想去,还是盘出去了好。四叔你看怎样?"

沈老四一直垂涎赵家的茶园,听承曦如此说,心中暗喜。但他是生意老手,喜怒都不形于色。当下略一沉吟:"二小姐啊,你倒是真会挑好时辰。现在的局面糜烂,人心惶惶,啥人吃错了药,挑了这个当口来买实业啊?"

承曦还是轻笑着,低声说:"价钿嘛,好商量。"

"你要多少?"

承曦附到他耳边,轻声说了个数目。

老四一个劲地摇头:"高了。"

承曦就扳了手节头,一件件数给他听:"七亩二分地,一千九百枝百年老茶树,好年头能收三四百担,不好,也有个毛二百担,上等龙井,独此一家,客户都是上海、南京的老牌子大茶庄……"

老四冷笑一声:"这年头,货色再好,卖不出去有啥用?只好囤在屋里,我踏进赵家大门,就是一股陈年旧茶叶味道。"

承曦娇笑道:"我的老爷叔啊,年头再不好,人活着两件事,第一饭是要吃的,第二茶是要喝的呀。要么,我去寻根缝被褥的针,把嘴缝起来,你看可好?"

沈老四缠不过,说:"我帮了问问看,不好打包票的。"

承曦一口长气吐出:"我晓得,托了老四叔,事情就没有不成功的,先谢了。"

沈老四叹道:"我也是作孽,一把年纪被你二小姐捏牢了做人。啥人叫我前世欠了你赵家的呢。"

沈老四本是萧山乡下种田人家出身,幼年即被送去药铺里做学徒,凭了勤勉巴结,做人八面玲珑,一步步混到掌柜这个位置。铜钿和地位有了,但一直有个心结,想结一门真正的杭州亲眷。他有一子三女,第二个是儿子文渊,比承曦小两岁,幼时曾带来赵宅玩耍,不知怎的看上了八岁的承曦,吵着闹着要娶来做媳妇。赵家大人只当是童言无忌,也就顺水推舟地说等你读完书,有了出息,就把承曦嫁给你。这是玩笑话,说过即忘。但老四父子却存在心里。平心而论,作为一个生意人,无利不起早,但沈老四对赵家还是多少有所帮衬。承曦只想是老熟人、老主顾,哪晓得沈老四暗地里还有这么一层想头。

承曦还要去安抚承晚,赵家这个大少爷,性子的确风流儒雅,但叫他做件正经事体就牵丝扳藤,今天说好了要去法国,明日又变了主意,后天再心猿意马。承曦晓得他是担心费用,所以盘售茶园也是无奈之举。承曦总觉得一个男人长年累月孵在屋里厢,是不会有大出息的,只是日益疲沓。相比之下,用掉些钞票还是值得的。

晚饭桌上,说起留学之事,承晚皱紧了眉头:"小妹,你讲得蛮轻松的,我也晓得读万卷书,行万里路。可是铜钿不会从天上落下来的呀,拿了钞票出国留洋,把你和老娘扔下吃穷吃紧,我是做不出来的。下午我收到云裳的信,说要在上海再碰个头,我想干脆回他一信,说不去了。"

承曦闻言放下筷子,说:"阿哥啊,你真是只大象屁股,推也推不动。钞票的事你不用担心,我自有办法。"

承晚疑惑道:"你有啥办法?屋里的底子,我也晓得些……"

承曦突然就发作了:"阿哥,你晓得,你晓得个啥呀!这些年来,屋里油瓶倒了,你扶过一扶吗?茶园、老娘、日日的开销、阿三阿四,诸般杂事,你管过一管吗?一直是样样事情端正好了送到你门前头,你还不是轻轻松松,理所当然?天生做少爷的命。现在有机会出去,你倒想起屋里厢了?推三阻四,讲到底还是怕出了门,没有人再这样地伺候你了!"

承晚满面通红:"承曦你吃了炸药了?要去法国,随时可去的,也要等个妥当些的时机……"

"你倒说说看,什么时机才算妥当?"

承晚道:"时下兵荒马乱的,打起仗来,我人在法国,你和老娘在这里,那我不要急煞?"

承曦不作声,末了说:"生死有命。到了那个时辰,你人在这儿,怕也是解不了多少忧的。"

承晚说:"就是死,也至少是全家人在一起。"

承曦真的发脾气了:"胡说些什么呀,死啊活的。不跟你说了,被你气得心口痛。"

云裳对兄弟说:"这个赵承晚也真奇怪。前日写了封信来,吞吞吐吐一大篇,我看了好久才明白,是说家中有事,不去法国了。今日他妹妹又来了一信,叫我不要退票,说承晚要去的。兄妹俩唱对台戏,不晓得是啥意思?"

云鹏说:"也许他妹子自个想去吧?"

"女人家跑去巴黎学画,说笑呀,你当真?"

云鹏耸耸肩:"有何不可?马奈的弟媳班奈特·莫里索,不也是个女将？印象派画展上也占有一席的。"

云裳道："你啊，就不要异想天开了。男女有别，中外有别。"

云鹏摇头道："阿哥，你面上新派，骨子里还真是老古板一个。"

云裳挥手："去去，不谈这个了。我说，离动身还有两个多礼拜，要么大家再聚一次，啥人去啥人不去，作个最后定夺。同时也请些朋友，就当作告别派对，你看如何？"

云鹏笑道："随便你，上海滩上啥人不晓得你傅云裳少爷是开派对大王，过年过节、过生日、开画展、出国游学，连屋里的猫生了小猫也算一桩事体，反正总是寻得出名堂来开派对的。"

派对场地订在新雅大酒店，云裳兄弟席开十二桌，请来所有认识的上海名人雅士吃饭、跳舞。一时酒楼里衣香鬓影，闹猛得很。

国粹从苏州赶来，不巧火车脱班，晚到了一个时辰。匆匆上了楼梯，一眼看见赵氏兄妹坐在云裳身边。承曦穿一身藕荷色的旗袍，头发盘起，耳朵上的一对翡翠耳坠格外显眼。国粹刚想过去招呼，正好云裳对承曦附耳说了些什么戏话，女小囡咯咯笑得花枝乱颤，一只手还搭牢了云裳的肩膀，把个头埋到人家臂弯里。

国粹就不开心了，坐下后，也不与众人打招呼，自顾自地喝闷酒。承曦几次想要与他说话，他只装作看不见，反而借了酒意，与邻座一个胖乎乎的摩登少妇大谈法国文学、小仲马、莫泊桑，看到承曦若有所失的样子，不但不收敛，反倒更为作态。

宴毕，仆役进来收拾桌椅，布置舞场。承曦趋近国粹，悄声抱怨道："国粹哥，几次要跟你说话，都不睬人家。"

国粹摆出一副扑克脸孔："哦，我看你正跟云裳有说有笑，热络得很，想着还是不要打扰你们为好。"

承曦一愣，说："国粹哥，你怎么可以这么说？我百事放下跑来上海,就是为了见你一面呀。"

国粹还是强词夺理:"喔,我可当不起,恐怕更多是来看傅云裳的吧。"

这下,承曦真的被气到了,面色发白:"云裳是今天的主人呀!从礼数上来说,我也不能不与他周旋。你就是吃醋,总也要讲点道理的。"说罢承曦一跺脚,冲到衣帽间取了大衣,转身下楼。

过一歇,国粹也下了楼,点起香烟。大马路上灯火灿烂,人流如潮,承曦已经不见人影。

正好一辆黄包车掠过,国粹招手叫停,上了车吩咐道:"国际饭店。"

两地不远,一支烟没抽完,黄包车已停在国际饭店门前。国粹叼着香烟付了车资,转身进了大堂。问柜台:"赵承曦小姐回来了吗?"

柜台照例问道:"请问你是……?"

国粹大言不惭:"她是我未婚妻。"

柜台看他西装笔挺,倒也不疑有它,殷勤答道:"赵小姐刚刚回来,住廿一楼六十八号房间,先生乘右面那部电梯上去好了。"

国粹站在二一六八房间前,举手敲门,房间里无声无息。又敲了几声,倒是隔壁房间门开了,一个肥胖外国男人冒出头来,说了一大篇,他听不懂,但明白是怪罪的意思。刚想辩护几句,六十八号房门却开了,门内站着承曦,沉着脸,一声不吭。

国粹走进房间,向窗外眺望,外面天色发红,马路上已经人车稀疏。东边沿江还有灯光明明灭灭,黄浦江上的轮船一声汽笛长鸣,穿透上海的夜色。

承曦在背后说:"你来做啥?饭店里还没吵够?又追到这儿来。"

国粹拉上窗帘,回头看见承曦双手抱肩,站在房间中央,满脸幽怨。于是说："我是晓得错了，所以来赔礼的呀。"

承曦尖利地回嘴道："你大才子的礼，我小女子不敢当。"

"不当也得当，是我错了嘛。"

"哦，这么想赔礼的话，干吗不去找那个胖太太？人家被你逗得心花怒放，胃口大开，不想一块叉烧刚刚塞进嘴里，人就此不见了，此刻说不定在哭鼻子呢。"

国粹笑了："还说我吃醋，看看你自家这个醋罐子。"

两人都扑哧一笑。

国粹走近承曦，女人只是抬头看了一眼，没搭话，眼里却有掩藏不住的笑意。国粹就顺势揽她入怀："好了，别吵了，我就要走了，没有多少辰光在一起了。"

承曦依偎在国粹肩上，已经安静下来了。听了这话，又挣出身子，走到窗前望着外面。

国粹在背后抱怨："难道我说错了什么？又惹得你不高兴了。"

承曦回转身来，轻声说："国粹哥，我总感到，我俩是很难在一起的。"

"为什么？"

"我们两个脾气太像了，真在一起，钉头碰铁头，恐怕常常要吵架的。"

听了这话，国粹一手搭在承曦肩上，沉思不语。承曦伸出手来，帮了国粹整了整领带。房内气氛诡谲，窗外，大自鸣钟敲了十一响，时近午夜。

良久，国粹长叹一声："吃饭要噎着，难道就不吃饭吗？我才不管将来会不会吵架。也许我去法国途中遇上风暴，淹死在海里；也许回来一看，你已经嫁人了……"

话音未落，就被承曦一把掩住了嘴："不许你讲不吉利的话。

死呀活的。"

国粹道："所以说，每个人的将来都是不可知的。但叫我就此放弃，那是万万不肯的。"

承曦不语，抬头望着国粹的眼神火热。国粹一笑，低头去亲她，承曦使劲推他，哪推得动半点，索性放弃了，抬手勾了男人的脖子，频频地回吻他。

晓得前途不畅，所以吻得忘我，吻得过了今朝没有明天，吻得心脏别别跳，血脉偾张，吻得两人都天昏地暗，气喘吁吁。

总算告个段落，国粹点起香烟，承曦对镜整理鬓发，背对着国粹，说："好了呀，吵也吵过了，好也好过了。辰光不早了，你还是早点回去吧。"

"我一下火车，就直接去了新雅饭店，旅馆也没订。你叫我回哪儿去。"

"要么，再去叫柜台开一间房间？"

国粹不响，承曦拿起电话打给柜台，却被告知，全部房间客满。

承曦还要打电话去查询别的旅馆，国粹作势要走："算了，别麻烦了。我去睡大马路好了。"

承曦眼睛一瞪："瞎说。"

国粹嬉皮笑脸："又要赶我走，又不许我去睡马路，承曦你好霸道。"

承曦不响，国粹又说："那么，借你这张沙发将就过个夜，如何？"

承曦仍在犹豫，国粹自顾自地在沙发上躺下，伸了个懒腰。

承曦拿他没办法，狠声道："先关照你在前头，只许规规矩矩，不许乱来啊。"

国粹双手交叉在脑后，仰面朝天笑道："我是最规矩的人了，全世界也找不到像我这样规矩的人了。"

承曦拉上窗帘,再从壁橱里拿出毯子铺在沙发上,让国粹先行歇息。

在盥洗室,承曦对着镜子卸妆,心潮难平。自记事起,她从未与人同处一室过夜,现在房里多了个男人,虽然是自己深爱的,但总觉得不习惯。内心意识暗暗地提醒她,今晚,不会那么平静地过去。但事至如今,又能怎么办?承曦心里七上八下。

承曦卸完妆,漱了口,做完了女人家就寝之前的一应事宜,也不能老是躲在盥洗室里不出来。于是她轻手轻脚地开了门出来,房间里亮着一盏壁灯,半暗薄明,有低低的鼾声,国粹竟然已经睡着了,半截熄掉的香烟还夹在手上。承曦蹲下身,轻轻地帮他取下,端详着睡着的男子。他眉头紧蹙,睫毛微微地抖动。太阳穴微微向内凹进,所以颧骨很明显。虽然新刮了胡子,还是泛出一片青苍。最好白相的是,国粹的左耳郭缺了那么一小块,平时看不出来,现在就很明显。承曦静静地看了几分钟,抑制住想伸手抚摸这张脸的冲动,站起身,蹑手蹑脚地回到床上。

城市安静下来,遥远处,最后一辆回厂的有轨电车响了一记铃铛,如一声呼哨穿透夜色。房间里,热水汀嘶嘶响一阵,歇一阵。承曦有心事,辗转着难以入睡。沙发上国粹翻了个身,仰面朝天。因为沙发长度不够,两只脚只好跷在沙发的扶手上。这个样子是睡不舒服的,承曦心里不踏实了,想着要不要跟他对换,让他睡到床上来。正想着,国粹又是一个翻身蜷腿而睡,承曦才放下心来,慢慢进入睡乡。

承曦虽然睡着了,但睡不踏实,蒙眬中听到国粹起身进入盥洗室,抽水马桶响了两次。再回到房间里,走到窗前,"哒"的一声按下打火机，然后一股香烟的味道飘了过来。承曦也就彻底醒了，坐起身，打开床畔的台灯。

"吵醒你了？"国粹转回身来。

"没关系。"承曦看了眼腕表，"才三点多，你怎么不睡了？"

国粹苦笑一声："睡得腰酸背痛，我坐等天亮好了。"

承曦不由得一阵内疚。

国粹带了烟灰缸走到床畔坐下："还是说说话吧。"

夜深人静，世界沉睡。一盏床头灯投下微弱的光晕。

两人靠在枕头上，国粹一手擎烟，一手抚摸着承曦的头发、脖颈和肩头。承曦则把头倚在国粹的肩上。两人喃喃地说着情人之间的甜言蜜语，不时低声地痴笑，接着是很响地亲吻。

国粹突然哑然一笑。

"你笑什么？"

"我在想……眼下这情景：国际饭店的房间，与世隔绝，夜不成寐，讲不完的情话，你说我俩像不像新婚夫妇正在蜜月旅行？"

承曦脸红了，手指刮着国粹的面皮："想得美！"

"你再仔细想一下，难道我说错了吗？"

承曦不语，过一会儿说："我还是想要先结了婚，再去度蜜月。"

国粹嬉皮笑脸："蜜月，是无论如何不嫌多的。"

承曦轻轻地搥了他一拳，然后又羞涩地问道："国粹哥，你真的会娶我吗？"

国粹俯下头来，满脸专注："一如我之所愿。"

说完，转身把烟蒂按熄在烟灰缸里，顺手拉灭了台灯。

在深浓如墨的夜色中，在远东最高建筑物国际饭店的二十一层楼，在分离之前，在前景未明的氛围中，生命之门悄然洞开，一切都发生得那么自然。而在恋爱之中的少男和少女，是造物最美妙的作品。国粹虽然消瘦，但年轻的男人宽肩细腰，四肢有力。承曦更是一朵初绽的花，皮肤滋润而富有弹性，身体饱满，腰肢柔软，如水果般散发着甜美清香。虽然两人都是初试雨云，如蜂采蜜，如鸟归巢，年轻的身体自然会找到途径。

长夜如水，流淌不息。

窗帘中开始透进灰白色的晨光，两人终于累极睡去。窗外，麻雀在窗台上啾鸣，头班有轨电车驶过街头，拉响黎明前第一记铃铛。门外走廊里有轻微响动，大概是仆役在帮退房的客人搬行李，电梯门扉"叮"的一声洞开。

在昏暗的房间里，两人时睡时醒，醒来蒙蒙眬眬地亲吻，缠绵，倦极又再次相拥睡去。

然后一切安静下来，新的一天来到。

四

在贝当路的傅宅，用人们忙成一团，跑前跑后，打扫整理，家具都用白布遮盖了起来。整理好的行李箱，在客厅中排成一排。傅家兄弟端了咖啡杯，站在窗前闲谈。

云鹏像是无意中说起："阿哥，前晚的派对，范蛤蜊一直魂不守舍，饭吃了一半就走，舞会也没参加，走时连招呼也不打一声。"

云裳只是淡淡地："哦，我倒没留意，那天太忙了。"

云鹏又说："承曦也是半途里人影不见，他俩是否在搞什么名堂？"

云裳一下子脸色就暗下来，半晌道："别人家的闲事，你去管他做啥？一点名堂没有的。"

"我是为承曦担心呀，小姑娘蛮单纯的。范国粹却是个情场老手，换女朋友像换衣裳那样快。到辰光，女小囡吃了亏，哭都来不及。"

云裳说:"你担心,又能如何?这种事情,人家你情我愿,我们又不好去当中插一脚,都是朋友面上的。"

云鹏说:"也许可以在适当的辰光,跟承晚提个醒,毕竟他兄妹认得国粹还时日不久。"

云裳朝了地下的行李踢一脚,不置可否。

云鹏斜眼看了,一笑:"阿哥啊,其实我晓得的,你也蛮喜欢赵承曦。前日在新雅饭店门口,你接着她时,嘴巴都笑得豁到耳朵边去了……"

话没说完,就被云裳呵斥:"瞎话三千。"

云鹏笑道:"倒并非是瞎话,承曦这个女小囡生得好看,活泼风趣,再加上人又聪明能干,男人喜欢她蛮正常的。我承认,我也有点喜欢承曦的,只是阿哥在前头,我不好跟你抢啊。"

云裳哭笑不得:"天晓得。八字还没一撇的事情,我倒要承你情了?"

云鹏笑道:"我没说错吧。阿哥既然喜欢,那就放大胆子去追求啊。"

云裳叹了口气:"真要抢女朋友的话,我大概是抢不过范蛤蜊的。"

云鹏说:"阿哥,不要长别人志气,灭自家威风。"

"你说说,我拿什么去跟范蛤蜊争?长相比不过,谈吐比不过,画画也比不过,还有,连跳舞也没他跳得好。"

"难说的,范蛤蜊这种花心大萝卜,朝三暮四,心思活络透顶。女小囡一旦看穿了,就晓得这种人是嫁不得的。你看这世上,有几个浪荡子最后修成正果的?再说,姻缘自有前定,是你的终究会是你的。"

云裳很烦恼地打断弟弟:"好了呀!空口白话,尽说些没名堂的事体。去去,就要动身了,交关事情要办。你下午到恒生银行弯一趟,兑两千银票出来。"

云裳走到门口,再回头关照:"再多换些零钱,路上要打赏下人的。"

动身那天,下着蒙蒙细雨。十六铺码头上,庞大的伊莎贝拉皇后号邮轮深灰色剪影,泰山压顶般靠在江边。码头上一片混乱,人头涌动,污水横流。旅客、船员、仆役、黄包车脚夫、黄牛贩子、扒手、贼骨头、闲杂人等,再加上前来送行的亲朋好友,在码头上乱糟糟地挤成一锅粥。国粹前几日就到了上海,借寓在南市的姨丈家里。今日一早,两个表兄弟偕二弟国樟为他送行。四个年轻人扛了行李,挤挤挨挨着上了船,一阵忙乱之后,总算在三等舱里安顿下来。告别之际,一向木讷的国樟,递给阿哥一个信封,国粹打开一看,是张一百元银票。国樟怯生生地说:"家里近年来捉襟见肘,老娘也是实在没办法。晓得你的盘缠不足,这是弟妹们的一点心意。小妹滋祯,把她存下的压岁钱也放在里面了。望大哥笑纳。"

国粹也不推辞,客气一声就收下了。

送走兄弟,国粹伫立在甲板上。朔风呼号,他竖起大衣领子,指间夹了根香烟,闲看从舷梯上陆续登船的人流。在舷桥上望出去,灰色天幕下,黄浦江的滚滚浊流浩荡东去。江面上,几叶驳船前后连接,装载了沉重的货物,在一片黄汤中上下沉浮。对岸浦东田野中,村庄黯淡,农舍零落,残冬景色一片肃杀。远处的吴淞口则是水天相接,一片烟雨迷蒙。如果仔细观看,接近地平线之处,有三两抹灰扑扑的影子,隐约看得出舰桥和炮管。旁边的旅客说是美国军舰,停泊在吴淞口准备撤离外国侨民的。

再转过头来,沙逊大厦的尖顶,被浓厚的雨雾裹卷着,时隐时现。外滩的楼群鳞次栉比，哀怨地站成一排，像一列即将要被抛下的弃妇。天色晦暗，乌云压城城欲摧。一辆拖着小辫子的绿色有轨电车，叮叮当当地穿过湿淋淋的街道。不时有黄包车、轿车在码头大门前停下，下车的旅客匆匆奔向轮船的舷梯。码头上，簇拥着送行的人群中间，一把鲜黄色的油布伞倏然打开，像是灰色雨幕中绽放的一朵新鲜雏菊。

这是他生于斯、长于斯的长江三角洲，江浙沪交汇的要冲之地。这块土地阴冷潮湿，但又丰腴柔软。在这儿，近代中国与西方文明鱼水交融，催生出极端的奢华和绝望的贫穷，却不无令人留恋之处。

再过一个小时，他脚下的轮船甲板就会移动，向烟雨蒙蒙的吴淞口驶去。这次航行将穿过三大海洋，途经香港、孟买、开普敦，最后到达马赛，再换乘火车去巴黎。

国粹心绪不宁地在甲板上来回踱步，不停地看腕表。

承曦她会来送行吗？毕竟是远行，于理于情，她都应该要来的。

他再一次地向码头的入口处望去，正好看到傅家黑色的雪佛兰汽车开进入口处，直驶到舷桥边停下，他扔掉香烟，不管不顾地逆着人流走下舷梯，可是从车里钻出来的只有三个人，傅家兄弟和赵承晚，并不见承曦的身影。

众人相互握手，国粹道："我来一歇了，一个人都不见，怕你们脱班了。行李呢？"

云裳说："隔夜就叫用人把大件行李送入舱房安顿好了，这样上船时也从容些。"

国粹又转头问赵承晚："承曦她没来吗？"

承晚说："也不晓得为啥，本来说好要来送行的，车子已经到了旅馆门口，承曦突然变了主意，无论如何不肯来了。不过，她托我把这个带给你。"

随即递过来一个厚厚的信封。国粹很想即刻拆开，碍于云裳兄弟在场，便随手放进了衣袋。众人上了船，挨次到各人船舱里看了看，认了门。就各自回房歇息，等着开船。

在不知不觉之间，轮船开始移动，一声汽笛长鸣，岸上送行的人群骚动起来。旅客们都走出了自己的舱房，聚集在甲板上向码头上挥手，呼喊。轮船调过头来，渐渐地加速，岸上的人模糊成一片。风大了起来，远望外滩，楼群的天际线一点点地隐没在雨雾之中。

轮机轰鸣，轮船轻微地摇晃着。舱房内亮着顶灯，国粹抽着香烟，仰躺在卧铺上。承曦一手娟秀的钢笔小楷，写满了整整三页信纸：

国粹哥，不要怪我没来送行。昨夜一宿没睡好，翻来覆去，想想总有好几年将见不到你，就止不住地落泪。今晨起来，眼泡肿得厉害，眼睛里也布满血丝。这个样子怎么好跑到人前去？

你千万别以为我是个爱哭的女小囡。自成年来，只有这一次抑制不住而落泪，固然为了离别，更是因为觉得人生无常，人相聚，又分离，缘分半点也由不得自己。

有时会想，国粹哥哥，你我相遇，究竟是桩什么样的缘分？我从小就是个要强的女小囡，主意很大，家里人都听我的。但是自从遇见了你，我变得不认识自己了，从来没有一个人能使我像对你那么仰望。我会煞费苦心地打扮自己，只为了在舞会中能捕捉到你一道欣赏的目光。我开始关注绘画的方方面面，为了能听懂你对艺术的见解。我甚至希望能放下一切，跟你们一起去法国，当你们上学去时，我在家里为你们做饭，整理房间，还记得你喜欢吃我做的小菜和片儿川的，跟你们一起去逛美术馆，听你们高谈阔论。如果你们喝醉了，再帮你们烧一锅酸笋醒酒汤。你不知道，在你面前，我重新变得像个小姑娘，并且像只猫似的敏感，就算离你还有几尺的距离，我会做深呼吸，可以感受到你带些尼古丁的气息。我也变得软弱，样样都答应了你，事后又骂自己，怎么可以这般不守女小囡的规矩。但回忆起跟你在一起的点点滴滴，却醉酒般的甜蜜，恍惚。真不敢相信这一切都是真的，常常在半夜醒来，怀疑是否在做梦。

所有的女小囡都希望跟自己喜欢的人谈恋爱，卿卿我我，结婚成家，养儿育女，再白头偕老。但我也晓得国粹哥你是有更高志向的男子，你说过，为了你从事的艺术，可以舍弃世间一切。所以，我再依恋你，也不晓得这个梦是否能圆，也常为之苦恼。原来的日常，对我说来已经够头疼的，现在再加了个你，我更是不知所措了。

不过，无论怎样，你国粹哥是第一个走进我心里的男子。人世跌宕，今后的一切，都不是我们可以预料的。但我对你的一片初心，却会长长久久地保存下来。你对我的情意，更是我的珍藏，想到有这么出色的一个男子喜欢过我，我就会得安宁，如意……

我还要请你帮我保存一样物件。你说过，喜欢看我佩戴这副翡翠耳坠。这本是我最心爱之物，现在，你走了，我再也不会戴它了。那么就拜托你帮我收好，你看到这副耳坠时就会想起我。等到你我重逢那天，我会盛装打扮，再一次地在你面前戴上这副翡翠耳坠。

看到此处，国粹打开随信附上的小锦袋，叮当一声，两枚晶莹剔透的翠玉落入他掌心。

舷窗外，风浪乍起。

五

从上海到香港那段海路还算平稳，但从香港途经印度洋去开普敦那三个多礼拜，旅客们真是吃足苦头。在茫茫无际的海面上，风云变幻一瞬间，春季风暴说来就来，浪高十几尺，巨大的伊莎贝尔邮轮如小舢板似的被浪头抛上抛下，颠簸至极。旅客们全体躺倒，也没人吃得下东西。船上的餐厅每天要往海里扔掉大量食物，引来成群的海鸟追逐。一望无际的印度洋上刮着风，空气里的湿度很高，床单和毛巾都是黏答答的。而船舱里弥漫着一股酸臭之味，腐败的食物、来不及清理的呕吐物、长期没洗澡人身上的隔宿气，以及撒在船头船尾的鸟粪，处处令人掩鼻。偶尔风浪平静之际，虚弱的客人互相搀扶着走上甲板透气，强烈的阳光刺得他们睁不开眼睛，旅客们像在洞里冬眠了太久的土拨鼠，在上面待了几分钟又钻进舱房里去了。

国粹和云鹏还好，虽也晕船，但还能起来走动，稍微能吃些汤水小食。云裳和承晚两个，则是晕得天旋地转，躺着起不来，吐得七荤八素，连胆汁也吐出来了，浑身虚脱。一照镜子，面色青中带白，嘴唇脱皮，腮帮子凹下，像是地狱里逃出来的小鬼，不禁自己也吓一跳，一路上还亏得国粹和云鹏多有照料。天放晴时，国粹跑去他们舱房，拖他们出去透气。自家闻闻看，浑身上下一股馊气，再窝下去，人都要发霉了。

在二等舱甲板上，云裳和承晚躺在仆役端来的帆布椅上，裹了毯子,戴了眼罩,仰面朝天。国粹笑他们像煞是两条从海里钓上来晾干的咸鱼。

在船上,天天看同样的景色,天天吃差不多的食物,日期亦变得混乱,而目的地似乎永无尽头。国粹住的舱房,只有一扇碗盏大的舷窗,门一关,直如囚笼。一天总有十二三个钟头躺在狭窄的铺位上,捏了一本《基础法语对话》,小和尚念经似的一句句背诵。倦极睡了过去,恍然一觉醒来,舱顶一灯如豆,不知白昼黑夜。

唯一能排解烦闷的是观海——看不尽的光色大戏。只要不是颠簸得太厉害,国粹就耽在甲板上,从船首到船尾散步,抽烟,伏在舷墙上,让海风吹乱一头长发。

黎明之前海面是凝固的钢灰色,感觉坚硬无比。然后,晨曦在海平面上染了薄薄一层暖色,光波开始跳跃。不知不觉中,一轮朝阳跃出海面,绽放粉色光芒。傍晚又是另一番景色,西面一轮金乌还在缓缓下沉,而东面一钩新月已经高悬,辽阔天宇,日月同辉,叫人叹为观止。

一个阴天,稍有点小风浪,国粹去看望云裳兄弟。刚走上二层舷梯,不防一排浪头卷来,船身一个倾斜。过道上,一辆残疾人的轮椅失去控制,一路滑下来,速度越来越快,眼看就要撞上舷墙,翻到海里去。国粹眼明手快,一把抓住轮椅的扶手,却料不到轮椅在滑动中的冲击力量极大,竟把他拖倒在地。眼看就要出事,幸好附近舱房里有人听见动静,赶出来帮忙,总算避免了一场意外事故。坐在轮椅上的年轻女子,显然是受了惊吓,头发纷乱,花容失色。

舷桥上一团混乱,船上的职员来了,国粹被人搀扶起来,一碰触到右面的肩膀,不由得痛叫出声来。即刻被送去船上医务室,比利时医生诊视下来,是肩膀脱了臼。花了一个时辰,总算把脱臼的肩膀推了回去,再用绑带吊住,大夫给了止痛药,吩咐回舱房好生休养。

吃了药,国粹昏昏沉沉地睡了很久,被一阵敲门声惊醒,头昏脑涨地爬起身来,开门见是坐了轮椅的女子,偕了她的母亲,很文雅细气的一位太太,总有五十出头了。

进门后,那位太太捧了他的手:"多谢范先生搭救之恩,说来也是我的疏忽,回舱房去拿条围巾,只道是几分钟就回来的,哪知道就是一眨眼工夫,差点闯出大祸,还连累先生伤了臂膊,真是过意不去。"

国粹客气道:"区区小事。任何人碰到这情况,都会出手相助的。"

那女子安静地坐在轮椅上,并不作声,只是定定地看着国粹。当初在甲板上,事发突然,国粹并未看清女子的相貌。此时看去,女子大概是廿四五岁光景,生了一副极好看的脸庞,肤色雪白,头发乌黑,端正的鼻子,特别是那双眼睛,又大又黑,深邃中带点幽怨,竟与好莱坞的大明星费雯·丽有几分相似。国粹心中大叹可惜:好一朵娇艳的花,竟被困在轮椅上,实在是造化弄人。在交谈之际,又注意到女子那双搭在轮椅扶手上的手,手形很优美,手腕如皓,十指细长,但食指间似有香烟熏出的黄色。国粹取出香烟,先让了女人一支,然后自己也衔了一支。用打火机帮女人点烟时,对方紧紧地攥住他的手腕,力量之大,捏得他骨节生痛。一口浓烟喷出,女子的眼神变得迷茫。

老太太说她们姓钟,上海人氏,搬去香港已经三四年了。此次去欧洲是想为女儿求医。在香港、澳门,也看了无数的中西医生、民间高人,不过收效甚微。欧洲的医药总归比较先进,也许有办法医治。

老妇人说到此处，被女儿不耐烦地打断："姆妈，你遇人就说这些废话。真是莫名其妙，跟你讲过多少次了……"

钟太太被女儿当面抢白，多少有点尴尬。国粹连忙打圆场："幸好是有惊无险，途中还是要小心。如需帮忙，请不要客气。"

告辞之际，钟太太又一次千恩万谢，女子只是淡淡地说了声再会。

船上餐厅里，云裳一伙人调侃国粹："整条轮船上都传遍了，说有一个英雄救美。我们都在猜是谁？原来是我们国粹兄。"

云鹏笑道："你们看国粹兄这个样子，像煞好莱坞电影里的英雄，吊了一只臂膊，咬了一支雪茄烟，大衣披在肩上，最好腰里再别一支左轮枪，分分钟可以去拍电影。"

国粹笑啐道："你们几个赤佬，说些啥鬼话，像煞是我要出风头似的。一切都发生得猝不及防，我只是本能地挡了一下而已。"

赵承晚打圆场，说："云裳云鹏，你们在场的话也会那样做。毕竟是救人一命。"

云裳苦着脸，摇手道："我？大概是办不到的。上船至今，没吃过一顿囫囵饭，上吐下泻，两只脚软得像棉花。如果被飞过来的轮椅一撞，说不定跌进海里去的是我。"

大家笑过。赵承晚扳了手指头算日子，还有一个多礼拜可以到法国马赛港口，总算要熬出头了。

云裳感叹道："我算是领教了，晕船的滋味真比死都难过。翻江倒海，五脏六腑都要吐出来了。最难熬的时候，真想跑到甲板上，跳进海里去算了，一了百了。"

大家都叫："不可不可，傅家大少爷，不要想不开，晕船再苦，终有云开日出的一天。"

赵承晚推开面前的盘子："我也是吃足了晕船的苦头。两个多月来,吃啥吐啥,活像是受刑一样。不吃又不行,人要发虚的。只是我实在消受不了洋人的吃食,一看到这些半生的带血牛排,拌了番茄酱和干酪的面条,还没吃进嘴里,呕——胃里已经翻腾起来了。"

大家都同意:洋人在烹饪上真是乏善可陈。

承晚又说:"现在三四月份,算算杭州正是出笋的辰光,地里厢马兰头也长出来了。如果能来一碟凉拌马兰头,一盘西湖醋鱼,再来一碗鲜笋鸡皮汤,那该有多好。"

四人正抱怨着船上的伙食,忽见钟姓女子坐在轮椅上,一身黑衣,由她母亲推着,进到餐厅来。钟太太看见他们,微笑着向他们点头。女儿却只是冷冷地看了一眼,就把头转了过去。众人像是中了定身法,一动也动不了。待她们走远,大家不由得松了一口气。承晚道:"你们看到那女子的眼光吗,像煞是冰一样。"云鹏叹道:"真是个冰雪美人。"

国粹阻止了众人说三道四:"哎,你们几个注意点,不要转头张来望去,惹人家讨厌。"

国粹回到舱房,发觉大衣遗落在餐厅里了,再回去拿。已过饭点,餐厅里只有寥寥零落几个客人,却见钟太太一个人坐在角落里,很落寞寂寥的样子。面前一杯红茶,几块苏打饼干,一小碟果酱。他犹豫了一下,走过去打了个招呼。钟太太抬头见他,脸上绽开笑容,邀请他坐一会儿。

闲谈之余,国粹发觉钟太太竟然是上海沪江大学的毕业生,会说一口美国腔的英语,温文有礼,谈吐也非常得体。但钟太太的神情中总有一股忧伤,就是微笑之际,眼角的皱纹也透出一丝无奈。国粹还发觉她的手一直在打战,显示出内心的紧张,以及身体上极端的疲惫。

国粹说:"钟太太,你只吃这么一点东西?"

钟太太苦笑道:"我已经记不得上次吃东西是啥辰光了。今天总算抽出了一点空,可以坐下来吃点东西。"

国粹表示理解:"哦,我在船上胃口也不怎么好。"

钟太太说她倒是从不晕船,风浪再大也不受影响。

"那又是为什么呢?"

钟太太好一阵不响,末了说:"我想是——焦虑,人处在焦虑的时候,是没有食欲的呀。"

国粹劝慰道:"钟太太你要放宽心情,钟小姐也总有好起来的一天。"

钟太太长长地叹了一口气:"我的这个囡啊,作天作地……哎,我已经是筋疲力尽了。"

国粹闻言吓了一跳,以钟太太的教养,突然说出这种失控的话来,以致他一时不知如何应对。

钟太太眼睛看着远处,自言自语地说:"我也老了,实在是力不从心了。"

国粹料不到引出这样的话题,走也不好,坐也不好,尴尬透顶。

钟太太转过头来,凄苦地一笑:"其实,今天早上,我记得我是固定好轮椅支架的。"

国粹好久才明白过来,是钟小姐等她母亲走后,自己拉起支架,好让轮椅滑向海里。

"她为啥要这样做?"国粹哑着嗓子问道。

钟太太道:"不是第一趟了。我跪下来求她:囡呀,如果侬不在了,我也活不下去的……现在虽然不那么作了,但我晓得她心里还是想不开。我真是防不胜防啊。"

国粹倒觉得不平了:"虽说人生不易,但也不可以那样做啊!敢问钟小姐是生来就这样呢,还是后来才碰上不测的?"

钟太太不响,手哆嗦着,从挎包里摸出一张照片来,递给他。国粹接过,是一张二寸见方的小照,上面是一个女小囡踮着脚尖,在练功房里跳芭蕾。阳光从窗外映进来,只看得见女孩的侧身轮廓,清丽矫健。

国粹大为惊讶,抬头问道:"这是钟小姐吗?"

一颗泪珠凝在钟太太的眼角,她拿了手帕捂住,没说话,只是点了点头。

国粹晓得不能再问下去了,只好泛泛地再劝慰几句,就像逃一样地出了餐厅。

国粹整个下午情绪不宁,跟云鹏他们打桥牌,他心不在焉地乱叫牌,两局下来输了不少铜钿。

对面的云裳说:"你今天怎么啦,魂不守舍的,老是出臭牌?"

云鹏笑道:"国粹兄今天做了送财童子啊。"

国粹喝着威士忌,嘴硬道:"你们没看到我受了伤,还单手敌你们六拳。铜钿暂时寄放在你们那里,到时候要连本带利收回来的。"

但是到了牌局结束时,三赢一输。国粹掏空了口袋,还欠了承晚八块银洋,意兴阑珊地回到自己舱房。

已经十点多钟了,海上刮小风,船稍有点晃动,国粹合衣躺在铺上,酒意上来,差不多要睡了过去,隐约听见敲门声,还以为是做梦,翻身再睡。

敲门声继续着,开门一看是钟姓女子。国粹诧异地问道:"钟小姐,你有什么事需要帮忙吗?"

钟姓女子并不作答，径自越过他，摇了轮椅入房。国粹是又迷惑又震惊，直到房门关上，女子才把轮椅转过来面对了他。

房里只亮着一盏小小的壁灯，在薄暗微明之中，女人的眼睛竟然比壁灯还亮，炯炯逼人。国粹在这双眼睛的逼视之下，全然乱了方寸，像是做错了什么事。慌乱中掏出香烟，自己先衔上一支，再递了支烟给女子，点了火，两人同时吐出一大团烟雾。

深吸几口之后，国粹总算镇定下来，端详着面前的女人，不禁再一次为她少见的美丽所触动。钟姓女子化了淡妆，戴了珍珠耳环和项链，穿了一件黑色的露肩夜礼服，深灰色的貂皮围脖搭在肩上，宽大的百褶裙裾在膝盖处散开。夜礼服的黑，珍珠的闪耀，和她肤色的象牙白，交相辉映。她五官线条的精巧与和谐，衬着浓密的黑发，和杏仁般的大眼，好看得清丽脱俗。脸上的表情，在平和时有一种说不出的纯净和天真，宛如法国大画家安格尔的名画——《泉》，盯着看，真能使人融化。但在冷然傲视之际，又如古代希腊女战神狄安娜，使人不敢稍有轻薄之意。

女子开口问道："范先生，你下午在餐厅里见了我母亲？"

国粹有点心虚："是的，我们随便聊了几句。"

"聊些什么呢？"

国粹说："聊天气，聊船上的饭食，还聊了些令堂在沪江读书的前事。"

钟姓女子眼睛眯了起来："还有呢？"

国粹心里有点不快，这个女人虽然生得好看，但实在太咄咄逼人了。"我与你只是萍水相逢，你半夜里跑到我房间来三堂会审啊。"

女人抿起嘴唇，从鼻孔喷出一股青烟，眼睛并不看他，说："我太晓得我姆妈了。她碰到个人就哭诉，说我想寻死。"

国粹发窘，只好说："钟小姐，你不好想不开的呀。"

女子愤慨地说:"范先生,你真相信我姆妈的话?那么,她有没有告诉你我为什么要寻死?"

"何必呢?钟小姐,那么做是不值得的。"

"没什么值得不值得。人活百年,也终究有一死。"

"钟小姐……"

"我叫钟樱之。"

国粹耐下性子劝慰道:"好吧,钟小姐。令堂是担心你呀,她这么大年纪了,还漂洋过海陪你去欧洲寻医。做子女的,总要有点感恩之心吧。俗话说,可怜天下父母心,你真的不好想太多的。"

女子皱紧了眉头,一声不出,只是大口地吸着手中的香烟,小小的舱房里,青烟缭绕,连老烟枪国粹都被呛到了,不得已把舱房门打开。再回过头来,却看见钟樱之把脸埋在手掌心里,极为压抑地抽泣,哭得肩膀一耸一耸,半截燃着的香烟还夹在她的指间。国粹慌了手脚,不知如何应付才好。耽了好一会儿,才走过去,拍拍她的肩膀,把她手中的烟取下,再把一块手帕送到她面前。

"钟樱之小姐,你不要再哭了呀,人家听到还以为我欺负你了。"

女子抬起头来,眼皮微肿,一缕头发粘在唇边,一副梨花带雨的样子。她哑了喉咙说道:"范先生你说的没错,是做人的大道理。可是你终究是外人,看不透这团乱麻是怎样地纠缠到今天这个地步的。"

国粹不知如何应答,过了半晌,起身拿出一瓶威士忌,两个玻璃杯,语带安慰道:"也许吧,家家都有本难念的经,最好的办法是忘记它。钟小姐,能不能喝一点?"

钟樱之神情恍惚地点了点头,国粹斟了小半杯,递给她:"慢慢地喝,喝完了我送你回去。"

当国粹推着轮椅走上甲板之际,夜已深了,船上灯熄人静。在远方天际，一弯新月高高悬挂。风浪已经平息，墨绿色的天幕下，海水显出像翡翠一样透明的波光，缓缓起伏，像是童话世界。

月色皎洁，舷桥上空无一人，两人驻足眺望，天地无声。良久，钟樱之怯怯地碰了碰国粹的手臂，仰起头来，幽幽地说："我晓得——我脾气不好。范先生，不要生我的气。"

她此刻的表情，像极了无辜受罚的天使，仰起的脸庞，在月光下像白瓷一样，近乎透明。而眼神如桃花，如深潭，任凭国粹风流倜傥，阅女无数，也几乎把持不住。

船轻轻地摇晃一下，国粹一个踉跄，掩饰地说："钟小姐。看你说到哪儿去了？只是——我酒有点多了，趁现在还站得住，我先送你回舱房去吧。"

六

伊莎贝尔邮轮，二月初从上海起航，到达法国海岸已经是四月下旬。又为了检疫的问题，在马赛港口外多耽搁了一个多礼拜。旅客们孤悬海上，而在这段音讯隔绝的日子里，远在几千里之外的故土，发生了改天换地的大倾覆。

仅仅几个月，共产党与国民党在中原逐鹿的大局，胜负已定。蒋某人在东北和华北连吃几个大败仗，宣布下野。南京政府一片乱象，病急乱求医，先是想和谈，以争得时机苟且残喘。但为时已晚，共产党的两大野战军集结完毕，全线合击长江防线，东进镇江、江阴，西围安庆，攻铜陵，直逼南京。四月初，渡江战役开始，南京方面并没有做出什么像样的抵抗，于四月中旬，南京失守。

同时，杭州城内，由汤恩伯部队据险扼守，山上有炮兵阵地，环城路上堆满了沙包，架设了铁丝网路，满载兵丁的卡车来回逡巡。

如此情况下，市面极为萧条，大部分的店家上了排门板，乡下的菜贩也不能轻易来城里了。街上到处是散兵游勇。凡投亲靠友而不遇的民众，只好携了箱笼家什露宿街头。又听说常有乱兵掠劫，市民们都关紧大门，从门缝里窥探外面的动静。

赵家的茶园，虽然承曦一再降价，还是没有卖出去，实在是时机不对。从一九四八年起，国民党内部已经做好撤去台湾的准备，消息传到外面，有些身价的人家，抛售实业和房产，只身携了金银细软跑去南洋和香港。市面上三进三出的房子，带庭院，青砖绿瓦，只叫价几千大洋，还是难以出手。沈老四提出：茶园看样子一时脱不了手，要么这样，先抵押给药局，我出两千银洋，照月息四厘算，止赎期三年。沈老四说："二小姐啊，这可是天地良心价，眼下今朝不晓得明朝的，我只好当是捐了个末梢。"

这个价钱，跟承曦的心理价位相去甚远，也晓得笑面狐狸刀切豆腐两面光，便宜被他占去了，好人也被他做尽了。但是阿哥去法国留学，船票置装盘缠欠下不少钞票，再下去也是处处要用铜钿的，承曦也只有如此这般接受下来。

承曦再强，再能干伶俐，毕竟也没见过如此兵荒马乱的场面，一日数惊，惶惶不可终日。家里的财政也日益捉襟见肘，茶园卖掉了，便没了进账。抵押来的钱款，还掉了欠账，再寄了一笔钱款去巴黎，让余先生转交承晚。照理说，剩余的还够一段时日的开销，但彼时物价飞涨，几个铜钿根本不经用。最要命的是老娘的鸦片烟开销，沈老四拿来的货色越来越差，从云土、贵土变成下等的川土，价钿又贵，成色又不足。沈老四叹苦经："二小姐啊，你说得真轻巧，不看看现在是啥个辰光？到处在打仗。我手里这点货色，也是用性命换来的。"

承曦手里实在吃紧，一咬牙干脆就停了，本想破釜沉舟，就此断绝了老娘的鸦片瘾头。不想老娘使出撒手锏,来个彻底绝食,送进房去的餐食连碗盘一起给你摔出来:"你敢断我鸦片,我就死给你看。"

三天一过,承曦只好投降。

城里人能囤积就囤积,以防饥馑。赵家有四口人吃饭,也买了不少米面等民生用品囤积在家里。天上积满了乌云,原想是应该会有一场狂风暴雨的。可是乌云越来越浓,雷声隆隆,雨却一直不下来。

到了四月下旬,苏州是第一个被攻下的,四月二十五号,在胥门出现解放军的先头部队。二十七号午夜开始全面进击,枫桥、铁岭、横山,清晨之际,已经到了千年古刹寒山寺。国民党守军已没什么斗志,二十七日上午,金门、阊门、齐门、娄门全部失守。

接下来轮到杭州,时值四月春回,西湖边的垂杨冒出一片嫩绿。什么预兆也没有,突然就传说杭州已经解放了。原本担心有一场大战的老百姓不禁松了一口大气。街上的氛围确实变了,常常看到大量的兵换防,却非常安静,并没有扰民的事件发生。街巷里贴出安民告示,鼓励商家开市营业,老百姓照常过日子。市面也渐渐恢复,好像噩梦一觉醒来,日子还是一如既往地过去。

一日王妈买菜回来,说一个住在街隔壁两条巷子的邻居,人叫二孃孃的上吊了。街坊传说她是某个前政府要员的外室,前阵子,男人跑去台湾,把她给撇下了。女人生活无着,一时想不开就寻了短见。承曦也见过她,并不熟,但进出碰面都会点点头寒暄几句,蛮文气的一个女人,常年穿一袭织锦缎旗袍,肤色有点泛黄,听春申堂老四说起过,她也有很深的阿芙蓉癖,是跟她男人在应酬中染上的。

由此想到，今后进货怕是难了，老娘却一日不可没有此物。承曦先是找老四，遍寻不见。无奈之下，她跑去萧山一个熟人处打探，那家人原来也做些小额的鸦片买卖，跟她是很熟稔的，见了她，吓得说话都走调了："小曦妹妹啊，你好大的胆子。这个市面现在不行咯，吃烟的人，都要去登记。春申堂的沈老四被抓起来了，都在传要坐牢的。你不晓得？我是再也不敢沾这物事了。"

说完连赶带撵地把承曦搡出门来。再跑了另外几处熟人，也是一样，有的干脆连面都避而不见，只让家人带话："千万不要再来了。"

鸦片断了档，老娘日日在家里跟女儿惹气。承曦也试着跟她讲道理："这是新的规定：不许吃鸦片了。你就是逼死我，也没用的。"

老娘却一点听不进："你不要骗我，自古以来有买就有卖。我晓得，你是肉疼几张钞票，想留了做嫁妆是吗？"

承曦被她气得要命，但面对一个被鸦片瘾头逼得神志不清的娘，承曦又有什么办法？

老娘这个样子，不但坍台，而且危险，又无人可说，朋友熟人不能说，家里用人说了也没用，承晚又远在天边。承曦只好一个人咬牙承担。

一日有客上门，沈老四的二儿子文渊，大前年春节倒是见过的，沈老四领了上门拜年，说儿子在之江大学读书，很是得意。年轻人梳个分头，高高瘦瘦，眉眼间有几分像沈老四，穿件毛葛蓝布长衫，拘谨得可以，见了承曦，竟然还会脸红。今日穿一套灰布中山装，口袋里插了两支钢笔，脚蹬一双黑布鞋，剪个平头，人也晒得黑黑的。承曦猛然见了，一下子没认出来。

沈文渊倒是蛮从容地打招呼："承曦姐姐，我是文渊呀。上次见你时总两年多了，你都好吗？"

承曦见是熟人，放下心来，遂请进客厅奉茶。沈文渊坐下，寒暄了几句，说他大学已经读了三年，决定退学，因为那种帝国主义教育对新中国的青年并不合适。承曦倒觉得蛮可惜的。沈文渊微微一笑，说参加工作有几个月了，现在是区里卫生处干部，专门负责改造鸦片吸食者，晓得赵家姆妈也有这个毛病，所以上门做工作来的。看承曦面有惊惶之色，又沉痛地说："我家老头子，以前曾做过鸦片买卖，是作了孽，也是对人民犯了罪。我作为儿子，现在要尽力做出补偿，帮助鸦片吸食者戒烟，重新做人。"

这话说得诚恳，承曦听进去了。

沈文渊继续说："鸦片亦称毒品，是帝国主义用来毒害中国人民的。一旦上瘾，吸食者要自我戒断，真是千难万难，十个中能有一个成功，也难说的。但也不是没有办法，卫生处设立了鸦片戒断所，有专门的医生护士。我今天上门，就是来动员赵家姆妈进戒断所的。"

承曦疑虑道："我也晓得，吃鸦片又耗费铜钿，对身体亦不好。问题是，我姆妈吃上鸦片已经许多年了，瘾头是很重的。饭可以不吃，鸦片不吃，就要发神经的。我也想过各种办法，都没啥用。不晓得进戒断所有用吗？"

沈文渊说："我们要相信科学。承曦姐姐，除此之外，你还能有什么办法？"

承曦被沈文渊如此这般一说，也就答应下来。

但怎么去跟老娘说，多少让承曦犯了难。她晓得老娘的脾气：直说，是万万不行的，只好骗她说是健康检查。好说歹说，终于把老娘哄上了三轮车。一路上,老娘紧紧地抓住三轮车的车帮,神情显得特别无助。承曦看得心酸,几次想叫三轮车夫打回票,但想想今天不去,明日也要去的,只好硬下心来。

到了戒断所,沈文渊已经在那里了,登记之后,几个穿白大褂的把赵母带进去。赵母回头看着承曦,眼神像小孩般无助:"妹妹,你不要跑开,等我一道回屋里去啊。"

过了一歇,沈文渊出来说:"伯母入院手续办好了,你可以回去了。"

承曦忐忑:"我以为只是来登记的,想不到即刻就……"

沈文渊劝慰她说:"既来之,则安之,为啥还要多跑一趟呢?"

承曦一个晚上都睡不安稳,乱梦连连,几次醒转,老娘那句"等我一道回屋里去啊"一直在耳边回响。隔日还是心不定,便又赶去萧山,却被告知病人会见家属两个月只有一次。寻了沈文渊,也说戒毒所的规矩重,不好破例的,说:"你去的话,没有半点好处,病人反而心不定,影响治疗。"

承曦想想也有道理,只希望老娘能够彻底戒断,也不枉费了吃的苦头。

总算到了可以探望的日子,承曦早早赶去戒断所。一见之下,吓了一跳,赵母的头发全白了,穿了一套灰色布衫裤,人瘦了不少,皮肤发灰。老娘神情呆滞,面孔上有条肌肉不停地抽搐,看上去很是怪诞。老娘像是不认识她了,唤了好几声,才朝她看了一眼,即刻把头转开去。承曦晓得老娘心里怪她,可是这是没有办法的办法。承曦耐下心来,陪了老娘说话。说了半天,像是对牢了一块石头说话,老娘除了偶尔翻个白眼,没有任何反应。

承曦害怕起来,茫然四顾,拉了一个穿白大褂的医生模样的人问道:"我娘怎么不会说话了?"那人看了一眼,说:"吃药了呗。"承曦追问道:"不是来戒烟的吗?吃药做啥?"那人不耐烦地说:"不吃药,怎么戒鸦片?"

承曦呆了半晌,时间却已经到了,有人来催。老娘在进去之际,回头毒毒地看了承曦,含糊不清地说了一句:"妹妹你要记牢,我这条命,是送在你的手上的。"

说罢头也不回地进去了。

承曦回来大哭一场,心里愧疚极了。但她什么也做不了,无助之际又去寻沈文渊,想让老娘早点出来。沈安慰她道:"这似乎不大妥,你也晓得,吸毒的人极难戒断,我们有些病人刚从戒断所出去,没过几个月又开始吃了,前功尽弃。与其如此,倒不如彻底治好了再出去,长痛不如短痛。"

承曦虽然明白,但心里还是极其郁闷。

承曦原来是个多么开朗豁达的青年女子,笑口常开,再多的烦恼,她也是头挨到枕头就能入睡。这一年来的种种变故,使她的性格丕变,笑容不再。经受了太多的压力,又没人可以诉说,举目四顾,一个靠得住的也没有。娘姨越来越老,昏庸笨拙,全然无法交谈。家中的长年,接了乡下老婆的口信,心思也开始活络,几次提出要辞工回诸暨乡下分田去。几面夹攻,她真不晓得下面的路要怎么走。

云裳给她留下过余先生的地址,她也给承晚和国粹写过两封信,但是一直都没有接到回信。

七

马赛是个庞大但乱糟糟的滨海城市,二战结束之后,马赛港一直没有得到全面的修复。港口拥挤不堪,停泊着许多二次大战后退役的军舰,大部分疏于保养,炮筒耷拉着,船身锈迹斑斑。一些渔民的捕鱼小舢板,像彩色的蛋壳一样漂浮在蓝色的海面上。

进了城,一眼看去市容破败,许多马路挖开了修理下水道,整个城区里飘荡着一股污水的臭气。老港口附近的酒吧里,聚集着大量的退伍军人和伤兵,以及从北非阿尔及利亚来的季节工人,男人们喝醉酒打架生事。妓女们却很活跃,各种肤色的女子在大街上对人飞媚眼,在光天化日之下公然拉客。

他们在马赛住了一个礼拜,休养生息。虽然上了岸,晕船的感觉却依旧挥之不去,似乎还感到脚下的土地在起伏颠簸。不过,阳光、热水浴,以及马赛鱼汤让他们多少恢复些元气。看来最难熬的旅程已经熬了过来,到了巴黎,一切都可以走上正轨了。

休憩了几日,一俟脚下有点力气,四人便结伴出行。初到异国,万物新鲜,兴致勃勃地大街小巷一一走遍。云鹏有一架德国蔡司照相机,拍下他们四人在圣母加德大教堂平台上的合影。这个十七世纪建造的教堂有出名的圣母金身塑像,宏伟庄严。从教堂高高台阶的护栏上望出去,在一片绿树和延绵的红色瓦顶之上,可以看到蔚蓝色的地中海海湾。海面风平浪静,色彩明媚,极为温柔。四人相视而笑:大海远看是个淑女,走近了却是个泼妇,坐船苦头吃足,这辈子能不坐就不要再坐。说了这番话之后,又觉不妥,有朝一日还是要坐船回去的呀。

一天傍晚,他们从老港口附近一家饭店吃完晚饭出来,这家餐馆以牡蛎和海鲜出名,顾客盈门。他们坐在饭店的花园里,点了牡蛎和鹅肝作为前菜,主菜是红酒鸭胸,煮得非常入味,又喝了两瓶侍者推荐的葡萄酒。马赛的地中海气候温暖舒适,长途旅行的疲惫已经消退。花园里夜色宜人,饭后又享用了香草冰淇淋。吃饱喝足,众人心情都不错，走出饭店时，都有些飘飘然。

在码头对面的广场上，夜间也热闹非常，游人不绝。有个怀抱婴儿的妇人趋近，向他们乞讨。妇人穿着长袍，包着头巾，深陷的眼眶和高耸的颧骨，面有菜色。手上抱的婴儿看起来像是刚出生，很小的一团，不哭不闹，在襁褓中露出一缕棕色头发。

妇人絮絮叨叨说了一大堆话，他们一句也听不懂，但女人的意思是非常明了的：贫穷，挨饿，疾病，需要帮助。云裳动了恻隐之心，摸出皮夹，取了一张五法郎的钞票递给妇人。

妇人咕哝着，好像是嫌少，追着继续讨要。说时迟那时快，突然从暗巷里涌出十几个半大不小的少年男女，一窝蜂地围着他们四人，七嘴八舌伸手要钱，并在暗中撕扯着他们的衣服，把手伸进衣袋里。国粹最先察觉到危险，大声叫其他三人赶快离开。可是在重重包围之下，哪能轻易走得脱？云裳一个不留神，手上的皮夹子，在推搡中被一只手飞快地夺去，转眼便不见影踪。众窃儿见已得手，一哄而散，转眼在暗巷里跑得不见踪影。

众人惊魂甫定，检点一下，那架蔡司照相机，云鹏挂在头颈上，被扯了几下，倒没被扯去。承晚挂在胸前的一只怀表不见了，国粹倒并无损失。最倒霉的是云裳，皮夹子里大概有八九百法郎。众人互相安慰："还好人没事，身外之物就随它去吧。"走出几步，云裳突然想起，他的护照，和去巴黎的火车票，也都在皮夹子里，这下头疼的事情来了。

去饭店求助，人家摊摊手，叫他们去警署报案。警署在城西头，好一阵才找到。警署大门紧闭，门上开了个一尺见方的门洞，按了好久的门铃，一个鞋拔脸的警察冒出头来。国粹结结巴巴地说了半天，还是没把事情说明白。警察一脸不耐烦地咕哝了几句，把门洞一关，干脆不理睬。四人只好悻悻地回旅馆。

第二天去领事馆讨救兵，值班职员告诉他们：那是个专门偷盗游客的吉卜赛人集团，男女老少都有，大城市里常见。你一旦露了财，很少有逃得过的。报案没什么用，抓不胜抓，警察也没办法。所以你们年轻人出门在外，万事自己小心。

云裳自认倒霉，只好填写文件，补办了一份临时证明。在回来路上，承晚显得闷闷不乐，那只怀表是他祖父留给他唯一的信物。法国这么乱，倒还不如回中国去。

云鹏劝慰道："算了，事情也已经这样了，下次小心些罢。"

承晚恨道："都说法国是个文明的社会，想不到也有恶人和贼胚。"

云鹏说："小偷小摸而已，不算是大恶。"

承晚说："偷盗抢夺还不恶？那什么是恶人？"

云鹏说："打个比方，一头野猫，到人家厨房里去偷条鱼，很难说这必定是恶，只能说是求生存而为之。吉卜赛人不会做工，也没田可耕，到处漂泊，在街上玩把戏，求个温饱，其实也蛮可怜的。"

国粹摇头道："云鹏这话说得荒谬，哪有帮了贼骨头说话的？"

云裳苦笑着："早前家里来过一个算命先生，说云鹏是什么罗汉下凡，普度众生来的。所以在他眼里，是很少有恶人的。"

云鹏涨红了脸，驳他哥哥："这世上真的大奸大恶能有几人？还都不是像你我一样，有这样那样毛病的俗世凡人罢了。"

三人一起摇头："我们既不偷也不抢，没啥毛病。有毛病的倒是你，滥好人也是病，看来你病得不轻。"

经过这番折腾，对马赛的印象就不好了，众人决定早点动身去巴黎。行李让旅馆负责托运，只带了几件随身衣物。中午在圣查尔斯火车站上车，睡上一晚，第二天早上到巴黎。订的是卧铺的包厢，上下两层四张铺位。可以到餐车去用餐，也可以让仆役把酒水小食送到包厢里来。看看沿途风光,喝喝酒说说话,时间也蛮好打发的。

国粹在包厢外的过道里抽烟。风从半开的车窗里吹进来一丝寒意,不过令人心旷神怡。沿途景色,像拉洋片似的一幅幅闪过,连绵起伏的坡地,笼罩在暖灰色的云层之下。春季的田野,在一片深褐色中开始透出微微的绿意,牛群在溪边喝水,远方的村庄在酣睡,小教堂的钟楼指向天空。如印象派画家毕沙罗的风景画,安宁而静穆,生生不息。

在车轮有节奏的震动中,国粹有点恍惚,两个多月前,他还身在大雪封城的苏州,为了出国逼着老娘出售水田,在灯红酒绿的百乐门寻欢作乐,在国际饭店与承曦谈情说爱。法国对他说来是个模糊的概念,他对法国的了解,只是通过几本小说书,几幅名画的画册而来。

现在,具体而微的法国呈现在眼前,看到的是法国的风景,乘坐着法国的火车,三餐吃的都是法国的酒和食物,一个嗝打上来,嘴里全是奶酪的味道。耳边听到的是婉转快速的法语,男人说话大着舌头,女人说话像鸟雀鸣啾。虽然国粹在出国前,临时抱佛脚学了几个月的法语,但是身临其境,竟然一句也听不懂,只辨出几个词语,似是而非地在耳边飘过。

相邻包厢的窗前,一个中年女子用火柴点烟,几次都被风吹灭。国粹走过去用打火机帮她点了烟,两人攀谈起来。女人叫阿黛尔,是个自由摄影记者,刚从法属印度支那回国。国粹的法语说得结结巴巴,说几句就满头大汗,只好停下来道歉。阿黛尔笑道:"在巴黎,至少有一半艺术家是外国人,毕加索是西班牙人,夏格尔是俄国人,还有从墨西哥来的,阿尔及利亚来的。在巴黎,每个人都自说自话,没人管你法语说得怎么样,大家真正在意的是——你画得好不好。"

抽完烟，国粹回到自己车厢。云裳好奇道："国粹兄真有你的，听到你在走道上跟外国女人叽叽咕咕说了好多，叫我是一句也开不了口的。"

国粹说："人家只是借个火而已。"

云鹏取笑道："昨夜去警局报案，国粹兄满头大汗，语法也七颠八倒，警察听得一头雾水。今朝碰上了法国小姐，舌头也不打结了，侃侃而谈。"

国粹自己也有些得意："不开口就永远不会，你们也去找人说话呀，嘴上又没贴了橡皮胶。"

正七嘴八舌地调笑，包厢门被敲响，进来的正是阿黛尔。她先跟众人打招呼，然后递给国粹一张纸条："这是我在巴黎的地址，你们如果需要什么帮助，可以写信给我，不要客气。"

众人称谢，等阿黛尔出了门，承晚说："这个女人倒是蛮和善的，但说话的声音比男人还粗哑。我原先认为法国女人说起话来总是鸟语花香的。"

云裳说："老烟枪呀，你没见她的手指头都熏得发黄了吗？"

云鹏笑道："法国女人自由惯了，想做啥就做啥。"

承晚道："听说过法国女作家乔治·桑抽烟喝酒，开车骑马，像男人一样。今日始见，果然不谬。"

三人叽叽喳喳说个不停，国粹在旁边板下脸，说："哎，做文明绅士的第一要点：不要在背后议论女人家，你们几个都要学学。"

早上七点半，火车到达巴黎东南面里昂车站。站台喇叭响起，国粹从梦中惊醒过来。在断断续续的梦中，他和承曦在一个楼梯转角处接吻，吻得心不在焉，因为他马上就要动身去法国。但女人不肯放他走，像条蛇似的缠在他身上，他无力挣脱。远远传来轮船的汽笛声，他没办法再耽搁下去了，匆匆赶到码头，却无论如何找不到船票了，眼看轮船渐渐地驶离码头。

心里一急，就醒了过来，看到火车开始进站，众人都在整理行装，于是爬起身来，准备下车。

四人鱼贯走出车站。站在台阶上望出去，巴黎笼罩在蓝色的晨雾之中，第一缕清晨的阳光透过树丛斜射过来。城市正在苏醒，上班的人群脚步匆匆，糕饼店里飘出好闻的烤面包香味，街对面的小教堂正在敲钟，几个少男少女骑了脚踏车在马路上摇曳而过，一个戴便帽的法国老头坐在咖啡店门口看报纸，一群鸽子扬翅飞起。

就在这一刹那，国粹陡地起了个幻觉：这地方是他来过的，那么熟悉，说不出来的，恍如隔世。随即又自己摇头，怎么可能？这是他第一次踏上异国的土地。幻觉，也许是他刚睡醒的缘故。但是在他们乘了出租车进入市区，路过歌剧院那一带，这种似曾相识的感觉又浮了起来，歌剧院门前的立柱和雕塑，窄窄的街道和店铺，路中间的喷泉小花园，灯光还没熄掉的青铜路灯架，连街角一个遛狗的人都像是见过的，这使他更为恍惚。

接待他们的是余熙民先生，云裳兄弟的姑表亲戚，来法国好多年了，在巴黎索邦大学读书。云裳当初就是请他联系入学的，同时也委托他代为寻找住处。他带着他们看了两处公寓，其一是第八区靠近爱丽舍宫的一处高级公寓，原来是个加拿大外交官的寓所。公寓近市中心、美术馆，以及塞纳河，出行很方便。楼层位于三楼，明亮宽敞，厅房俱全，但房租贵至一千二百法郎。余先生说这个价钱包括家具，还有个厨子每礼拜三天来给他们准备晚餐。

房子是很舒适，也很有派头，但房价大大地超出他们的预算。国粹和承晚都承应不下，说再看看别处吧。于是余先生又带他们去看了一处位于巴黎北端,靠近圣心大教堂的房子,带简单的家具,要价四百法郎,便宜得多。地方倒也够住,只是房子有些年头了,据说是拿破仑时代建造的,门前大理石台阶都被进出的脚步磨得凹下去了。屋子位于六楼,一排大窗朝北,云裳就不喜欢,说房子太破旧了,而且,朝北会很冷。国粹却看中这套房子有个高敞的大厅,拿来做画室是再好不过了,还有两间厢房。而且公寓位于大楼的最高层,没人来打扰。

云裳背着手,站在窗边眺望外面,招呼余先生:"表哥侬来看,那些树丛后面的空地是什么地方?"

余先生过来看了看:"好像是一处公墓吧。"

云裳即刻说:"那不行,这个房子绝对不能住的。"

余先生说:"法国人并不忌悼这些,公墓都是与住宅区比邻而居,修整得好好的,墓园里都是绿树鲜花。还有好多名人的墓地,祭拜瞻仰的人络绎不绝。"

云裳摇头:"再好,也是埋死人的地方,我是不会住这儿的。"

国粹笑说:"我倒无所谓,就是有鬼,说不定也是个国色天香的女鬼,欢迎还来不及了。"

大家笑:"你真以为你是董生啊?万一女鬼缠上你,要跟了回家去,看你娘怎么说。"

国粹笑道:"鬼是买不起船票的,也经不起晕船之苦,半途就要打退堂鼓的。"

说笑了一阵,余先生要他们赶快拿个主意,巴黎一向房子紧张,这两处房子随时都可能租出去,而东南西北满城跑来跑去找房子是很辛苦的一件事。

国粹说:"反正只有一年多光景,至多再加半年,我看这里就蛮可以了。等学堂开了学,只是晚上回来歇息而已。"

承晚也似乎赞同，但云裳铁口咬定："你们要住，随便。我是绝不会将就的，死人就挨在近旁，那么晚上还睡得着吗？"

承晚奇怪道："平时看你傅云裳还蛮洒脱的嘛，竟也是个怕鬼的。"

"这倒不是怕，为了省几个铜钿，住在坟墩头边上，晦气不说，招来血光之灾也说不定的，实在是不值得的。"

众人看云裳犟头倔脑的样子，是当真了，大家都不响了。

余先生有点不耐烦了："要么，你们各租各的，反正两处也离得不远，走路也就半个多时辰。"

原先讲好，出来大家互相照应，分开住的话，就照顾不到了。

云裳说："你们嫌贵的话，我和云鹏出三分之二的房租，你们两人出三分之一，正好是这儿的房价。这样总可以了吧？"

国粹本在动摇，云裳这么一说，却是伤了他的自尊，当即回绝："不必了，我喜欢这个地方，你们两个住过去好了。"

这是他们交往三年多来，第一次心生暗隙。

初到巴黎，样样都新鲜。住处安定好了，他们急不可待地跑去参观大大小小的美术馆，卢浮宫、大皇宫、卢森堡美术馆、拉丁区以及遍布塞纳河两岸大大小小的画廊。从早到晚连轴转，一天三四处看下来，既看得满心欢喜，也看得头昏脑涨。法国的美术馆和画廊里收藏了从古希腊、古埃及到眼下当红的野兽派、立体主义、抽象派，从世纪前洞窟遗迹到非洲土著艺术，再到现代工艺美术设计，琳琅满目，叹为观止。他们近距离地看到历代大师们宏大的格局、辉煌的画面、精湛的技法，以及源远流长的艺术传承。

国粹叹道："过瘾，过瘾。在家里翻阅几本画册，跟实地观看艺术品真迹比起来，就像隔靴搔痒。"

云裳也说:"看到这么多名作,就是晕船,也值得了。"

其实看画展是个体力活,一天七八个钟头跑下来,四人都累得够呛,但坐在咖啡馆里,大家还意犹未尽,神情亢奋地争论不休。云裳喜欢安格尔严峻和精细的古典主义,而国粹则推崇德拉克罗瓦奔放洒脱的浪漫主义,两人一语不合,照例争论起来,互相说些挖苦话,弄得面红耳赤,嗓门也高了起来,引起别的咖啡客侧目。承晚打圆场道:"都说中国人喜欢别苗头,你们看,就我们区区四个人,就有一个保守派,一个激进派,为了一个天晓得的什么'主义',两不相让,厮杀得你死我活。"

国粹道:"真理就是争论出来的。我们说几句算什么,以前还有个国家,一派说吃鸡蛋应该打破大头,一派说应该打破小头,为此还打起仗来了。"

云鹏笑着说:"承晚你弄错了,他俩都是属蟋蟀的,见面如果不吵场相骂,夜饭都吃不香的。"

云裳自嘲:"我这人生来笨嘴笨舌的,哪有资格跟国粹兄斗嘴,无非是他的一只拳击沙包,他哪天气不顺了,吃饭咬到舌头了,跟女朋友不开心了,或者,坐在马桶上拉不出屎了,就跑来寻我岔子,对牢了我一阵猛击。"

国粹笑道:"别把自己说得这么可怜巴巴的,你们真当他是只糯米团子?"

云裳苦着脸说:"不但是糯米团子,而且是正宗苏州五芳斋出品。"

大家笑成一团,承晚道:"国粹兄,你真的不像苏州人。"

笑过一阵,国粹问赵承晚:"承曦有信来否?"

承晚面露忧色,摇头道:"我一到了巴黎,就寄出两封信,都没回音。"

云裳说:"现在江南一带在打仗,邮路不通也是料想中的。我的家信,都是从香港转的。要么,我托香港的亲戚代你转?"

承晚说:"这样再好不过,只是要麻烦你的亲戚了。"

"区区小事,朋友间不要客气。"

国粹也忧虑家里:"不晓得仗打得怎样了?"

云裳摇头:"我最后接到的一封信是四月初,说上海、杭州都被包围得像铁桶一样。我家的老头子,跑前跑后忙煞了,把在上海的商号搬到香港去了。"

闻及此言,大家一片唉声叹气。

云裳伸个懒腰,说:"这是没办法的事,远开了十万八千里,我们在这儿急死也没用,不谈这个了。哎,你们两个,明天过来吃夜饭吧。我家那个帮着做菜的法国人,说是高级厨师,其实呢,也不过如此,拿手菜也就三四样,吃来吃去一个红酒鸭胸,一道干煎板鱼,再加一堆青菜叶子。唯一弄得好些的,是个脆烤鹌鹑,倒是烤得脆而不柴,腴而不腻,酱汁也很妙。还有他推荐的葡萄酒不错,跟中国的黄酒不同,竟然有些花果味。你们晚上过来吧。"

国粹跟承晚住在一起,虽然有个小厨房,但两个人都不善烹饪,平时膳食上荒疏得很。早上睡到近午,到楼下咖啡店叫杯咖啡,合着两枚羊角面包,早中餐一并解决了。下午出去活动,逛画廊,到四五点钟饿了,找个咖啡馆或小餐厅,随便叫些食物填饱肚子。两人都是夜猫子,到半夜肚子又饿了,再出门去找吃的。

国粹笑道:"云裳请客吃饭,好啊,来得正好。这些天嘴里真的淡出个鸟来了,你叫厨子多弄些吃的。烤鹌鹑来个双份,我也吃得下的。"

赵承晚说:"说起来,法国烹饪也算有名,但跟中国人煮的菜不能比。我在餐馆里吃的东西,中国任何一个乡下厨娘都比他们做得入味。噢，云裳，能不能叫你那个法国厨子炒盘青菜？"

云裳笑骂道："承晚你老兄真是异想天开，法国到哪儿去买青菜？而且，法国人烧的素菜可真不敢恭维，全是白水煮，煮成稀烂一团再放点奶油。我是不吃的。"

大家感叹：还是中国好，虽有弊病，但要论吃食，这世界上大概没有一处比得上中国的。

八

第二天，承晚说有些累，还有几封信要写，国粹一个人去看卢浮宫。临走前，承晚提醒他早点回来，不要忘记云裳请客吃夜饭。

卢浮宫，是全世界艺术家心中的圣殿，如果说天堂的模样，大概卢浮宫可以做一个参数。人类因为卢浮宫才显得不是那么俗不可耐，法国的历史有了卢浮宫才得到升华，巴黎有了卢浮宫而在世界各大城市中别具一格。卢浮宫富丽堂皇，精美绝伦，并且包容万象。年长的艺术家展示他们的毕生精粹，早夭的年轻艺术家也占有一席永生之地。最聪明的头脑，最锐利的眼睛，最灵巧的手，都在此地留下了不朽的印迹。生而为人之美好，生而为人之苦难，人类在历史长河中每一瞬间，都在艺术汪洋中波光闪耀。这么庞大的思想和艺术宫殿，看一次绝对不够，看十次也不够。这里是艺术家的灵魂休憩之地，也是他整装出发的始发之地。

在法国浪漫主义大师杰利柯·西奥多的名作《梅杜莎之筏》前，国粹站了总有半个时辰不曾移动脚步。这张巨画是他衷心拜服并叹为观止的。地平线于正中剖开，一半是波涛翻滚的怒海，一半是乌云密布的天穹。一叶用船板桅杆和缆绳扎起的木筏漂流其间，木筏上的幸存者，在战舰失事十几日之后几成饿殍。有些比较羸弱的人已经死去，尸体被活着的人分食。几乎绝望之际，天际出现一缕帆影，众人叠起罗汉，不断地挥舞红色的织物，以期得到救援。画面张力巨大，悲情满溢。世界的凶险，人的渺小，生之欲望的强烈，在一幅五米乘七米的大帆布上淋漓尽致地表现出来。

绘画的功能不止是愉悦眼睛，大师们透过精美的画面揭示人世的真相。尼采说过：一束鲜花，一樽美酒，一曲动人心弦的咏叹调，给我们带来愉悦，但没有这些，我们也能将就过下去；可是在面对人生的大灾难时，鲜花美酒都不会有任何作用，唯一能使人振作起来的是——悲剧，看别人是怎样地跟命运抗争，就算是失败了，也是勇气可嘉。

国粹来卢浮宫已经好几次了，除了第一次从头看到底，其余几次都是专心观摩他心中的杰作。在《梅杜莎之筏》旁边，挂着德拉克罗瓦的《希奥岛的屠杀》和《自由引导人民》。他喜欢画风感情洋溢、充满悲剧性的作品。在同一间展厅里，也悬挂着安格尔著名的作品《土耳其浴室》《大宫女》，他只是瞥了一眼就走开去了。

就在他转身离开之时，大厅中央，一个坐轮椅的女子身影掠过。

一瞥之下，他想都没想就叫出来："钟小姐。"

声音之大，引得别的观众都回过头来。轮椅女子停住，然后慢慢地转过头来，看到是他，椅中人仰起脸来，那张白莲花似的面容，就像波提切利的名画《维纳斯的诞生》，映照得大厅里上百幅世界名画都显得黯然无光。这一刻的画面定格，日后常常在他的遐想中浮起，无端地，诡异地，偌大的展厅天花板高耸，空无一人，坐轮椅的黑衣女子一手托腮，若有所思。而几百幅画中人的眼睛都像探照灯一样投射过来，熠熠生辉。

他闭上眼睛，让幻觉逝去，然后走到轮椅旁边，伸手致意："这真是何等的巧遇，钟小姐，你好吗？"

年轻女子仰头微笑,伸手与他相握,神情甚是愉悦,跟以前的冷若冰霜大为不同。国粹问道:"令堂呢,怎么不见?"

"还在伦敦。"钟樱之见他诧异的神色,微笑着说,"我在伦敦买了个新轮椅,出行可以自由一些。"

国粹弯腰细看那辆新轮椅,底部装有个小马达,而在右边镀铬的扶手上有个开关,一揿按钮,轮椅就往前,关上就停住,甚是方便。

国粹抬头说:"西洋人真是会发明好东西,你现在哪儿都能去了。"

钟樱之说:"可惜还是不能上台阶,刚才在卢浮宫入口处,两个绅士把我连人带轮椅拎上来的。"

从卢浮宫出来,坐进几步之遥 La Maison Angelina 咖啡馆的角落里,看着侍者把矿泉水和咖啡放在面前的大理石小桌子上。然后,国粹点上香烟,礼貌地问道:"钟太太身体可好?怎么没和你一块出行?"

樱之刚才还和颜悦色地微笑着,听了这话脸色就阴了下来,一言不发,只是闷着头抽烟。

国粹上次就发觉她们母女之间有些不和谐,但想不到他只是随便地问候一句,钟樱之会有如此反应。他想缓和点气氛:"我是说,你一个人在巴黎,老太太肯定很挂念你的。"

樱之很烦躁地说:"我好不容易出来一趟,就是要透透气,又不是三岁的小囡,时时刻刻要挂在别人身上。"

国粹不响,心想:这女子白白生了一副好看面孔,但脾气实在是太坏;还好跟她只是萍水相逢,如果相处的辰光长了,不吵翻天才见鬼了。

大概自己也觉失态,樱之自嘲说:"二十四岁的人了,还一直被人当小孩子,非要人看着护着不可。"

国粹微微一笑,说:"女小囡被父母呵护,也是天经地义的呀。"

"我,就是被呵护得过了头,今天才不得不坐在轮椅上。"

这句话是很平静地说出来的,国粹倒是听得目瞪口呆。

钟樱之一脸豁出去的神情:"你想不想听听,我是怎样从一个学芭蕾的女小囡,变成今天困在轮椅上的老烟枪吗?"

国粹猝不及防,先是点头,又摇头道:"钟小姐,你想说呢就说出来,你不想说也没关系。"

樱之狠狠地抽了口烟:"我要说的,否则,你还以为我天生是个怪物;或者是被爷娘宠坏掉,不晓得天高地厚的神经病……"

钟家是抗战胜利后从上海搬去香港的,缘于钟母继承了香港婶婶的一小笔遗产和半山的一幢房子。樱之原来是不肯去的,她师从一个白俄教师学芭蕾舞,已经六七年了。父母当然不肯留她一个人在上海,钟母尤其坚持:"芭蕾舞?陶冶性情可以,但是不能当饭吃的。那个罗宋女人,虽说曾经是圣彼得堡大剧院的头牌,有啥个用?现在不还是窝在人家的后厢房里,酗酒抽烟,有一顿没一顿?"又责怪钟父袒护女儿:"都是你,要啥给啥,宠得不像样子。"家里一旦吵开了头,就此争纷不断,无有宁日。

她来到香港,从第一天起,就不喜欢这个潮湿闷热的南方城市。气候糟糕,市容破败,日本飞机轰炸后的断墙残垣还没全部修复。香港人,说一口粗声大气,佶屈聱牙的广东话,她一句也听不懂。民风更是唯物质至上,搵钱最要紧,笑贫不笑娼。一些上海来的熟人,浸染其中,也变得非常不堪,男人都偷偷地在外面养小,女人则整天搓麻将,讲别人家长里短的八卦。她交不到朋友,常常一个人去爬山,到了山顶,眺望着蔚蓝色的大海,才能稍微化开些郁闷。但是香港经常刮台风,只好在家蒙了头睡觉。

樱之并没有丢失她的舞台憧憬，继续在香港寻找能够跳舞的机会，但家里的纷争没有平息过。钟父跟人合伙做了几笔小生意，不但没有赚到钱，反而被合伙人吞掉一大部分本金。失意之余，钟父沉湎于赌博，借此来抒发郁闷。香港大小的赌博场所遍地皆是，六合彩，赌马赌狗，或是街边档口牌九摊，麻将桌上，赌徒二十分钟可以输掉家里一月的菜金，有人坐了摆渡船去澳门，输掉全部家当都是分分钟的事。钟父家庭不睦，人生失意，更是一头栽了进去，小赢大输，欠了人家不少债，只得频频向家里拿钱。

钟母拿了遗产，手里是有些钱的。只是跟在上海当少奶奶时比起来，钟母变得畏缩了，胆小了，手紧了。原来在上海，也是个爱花爱用的，见过大世面的，到了香港，一下子变得锱铢必较起来。可想而知，家里三日一小吵，十日一大吵，都是为了几张钞票。

樱之找了个业余舞团，有中国人，也有印度人、英国人。跳第三主角，只想是暂时过渡，不至于荒废了以前的基础。早出晚归，每日报到。

在年关前，樱之天天泡在剧团里排演《胡桃夹子》，准备在弥敦道的国际会堂演出。还有个原因，是不想见到家中鸡飞狗跳的场面：父母一旦开仗，都来拉她到自己的一方，叫她来评判谁是谁非，各有一大堆理由。钟父抱怨："上海耽得好好的，就为了区区一点遗产，辞了职，来香港，既没了朋友，也没了根基。就算再想从头开始，香港这地方欺生，只要不是当地人，上上下下都来挤兑你。这一切，都是你妈为了那一小笔吃不饱，饿不死的遗产……"

钟母更是怨恨："你爸口口声声上海好，好个屁！他当初在上海，又何曾好好地做过事体？他这人的白相心太重，一年换三个职位。我如果做老板，也是不要雇他的，上班应个卯，人浮于事。下班不是跳舞打牌，就是跟狐朋狗友聚餐，拿回家的薪水越来越少。

家里的日常开销,都是用我的私房铜钿贴补,才没弄出大窟窿。到了香港,说是要好好做生意了,讲得花好稻好,我还信以为真,一笔铜钿交在他手里,你看看是个啥结果?现在越来越过分了,竟然连赌铜钿的恶习也染上了。"

樱之最怕这个场面,父母一开仗,她一个头变得两个大。能不回去就不回去,只求个耳根清净。但是,树欲静而风不止,家里的纷争愈演愈烈,钟父搬了出去,已经弄到了要离婚分家产的地步。钟母更是请了大律师,说是宁愿钞票打官司用掉,也不会分给这个败家的男人。

在一个周末,樱之排舞忙累了一天,回到家已是十点多钟了,冲个凉,用过简单的晚饭,就上床睡下。刚刚蒙眬入睡,忽听到前面又吵了起来,摔锅踢凳,于平时更为暴烈。实在忍不住,披了件睡袍出去查看。

一瞥之下,樱之遽然大吃一惊。厨房里杯盘满地,狼藉不堪,一向注重仪容的钟父,领带歪了,西装的一只口袋被撕裂开来。而钟母披头散发,追着厮打她丈夫,嘴里叫着:"你去死好了!死了大家清净!"钟父脸色铁青,把案头的一枚景德镇的腊梅瓶一把扫到地下,砸了个粉碎,然后转身往外而去。钟母忿然,还要追上去争斗纠缠。说时迟那时快,钟父不知从哪儿掏出一把手枪,对准了钟母……

樱之说,她完全没意识地,突然就插在他们两人中间,同时去抢夺父亲手中的枪,也没有顾到危险。她的潜意识中,两人争吵到这个地步,父亲一定会杀了母亲,只要他手指一动。而父亲是爱她的,只有她出面阻挡,父亲才会放下手中的枪……

樱之噎住了。国粹一言不发,把女人颤抖的手握在掌心,摩挲着,拍抚着。

樱之喝了口水,哑声说道:"然后,枪就响了。我不知道是如何触发了扳机,是谁?有的时候,我恍然觉得是我,也许在争夺手枪时,用力过猛,误触了扳机;或者,父亲在和我拉扯之间走了火。反正,我不相信他会对我开枪。不过,现在说这些也没有意义了,子弹从肋骨下方射进去,穿过腹腔,伤到了脊椎神经。"

"我没觉得痛,我只是惊骇,一向视我为掌上明珠的父亲,竟然把一颗要命的子弹送进我的身体。"

国粹无意识地把樱之的手越握越紧,而樱之挣扎地把手抽出来:"你把我捏痛了。"

国粹低声道:"别说了,我听着难过。"

两人沉默着,桌上烟灰缸里的烟蒂满了出来。咖啡馆外的街道上,亚历山大三世桥上华灯初上,下班的人群像水流一样从身边流过。旁边餐馆厨房里飘来烹煮食物的气味。两人对视了一眼,樱之的情绪慢慢平复下来,低头看了看腕表,说:"哦,我们已经坐了三个多小时了,该走了,而且,我也饿了。"

国粹突然想起云裳的邀约,遂问樱之:"晚上你有安排吗?如果没有,我请你到一个地方吃晚餐去。"

钟樱之的出现,使云裳寓所顿时气氛活跃起来。众人都显得非常开心,云裳说:"这是什么样的缘分,能让樱之小姐光临寒舍。"云鹏就说:"百年修得同船渡,我们一起坐了两个月的船嘛。"国粹笑道:"哪来这么多废话。要说缘分,我是看中了你的烤鹌鹑而来的。你最好去跟厨子说一声,工夫道地些,不要坍了你这个当主人的台。"

于是云裳跑进厨房去,关照厨子加人加菜。大部分的法国厨子,是把自己当作艺术家的,不肯随便改动安排好的菜单,而且脾气也是有点的。听说临时多了个客人,便很生气地说这不合礼仪,叽叽咕咕地抱怨,好像要挥袖而去的样子。后来走出厨房见到樱之,怔了一刻,态度大变,连说没问题,再等半个钟头就可以开饭。

众人放下心来,聚在客厅里喝饭前酒,说说闲话,看云裳淘来的古董家具和瓷器。没多久,白衣白帽的厨子把晚餐开了出来。餐室里一张长桌上铺了细亚麻的桌布,中间的水晶缸里放了一丛白色菖兰。每人面前叠了三个盘子,云裳介绍说第一个盘子是吃前菜和面包的,第二个是吃色拉的,第三个盘子才是吃正餐的。

承晚笑道:"外国人吃饭,就是繁文缛节太多,盘子不能搞错,刀叉不能碰响,人要坐直,像块排门板,一顿饭吃下来腰也断了,吃点啥倒不记得了。"

云裳轻声说:"那个厨子规矩大得很,不这样,他就不肯弄,说是会坍了他的台……"

正说着,厨子捧了一个大托盘出来了,是一大盘煎成金黄色的蛋饼,厨子用大勺给每人分到盘子里。一尝之下,蛋饼里混合了蘑菇和干酪,有一种特殊的香味。云裳说这是黑松露,很是金贵,全法国只有南部有些省份出产,价钱也是贵得要死。国粹吃了几口,觉得这松露的味道有些奇怪,放下叉子不肯再吃了。配的白酒倒是很爽口,清凉甘洌。吃完色拉,厨子端上来烤鹌鹑,大盘子装饰得花里胡哨,一人只分到一只,烤得确实不错,皮脆肉嫩,配的酱汁是加了白兰地的。国粹和承晚都叫好,意犹未尽。甜点有不同的选择,松子仁酥饼配蓝莓冰淇淋,或者是新鲜无花果加鲜奶油蛋糕。

饭毕,厨子换上了笔挺的西装,戴了蝴蝶领结,帽子拿在手上,风度翩翩地像个大学教授,出来跟众人告辞。云裳递了个放有小费的信封给他,厨子接过,又特意走到樱之面前,先鞠了个躬,眉飞色舞地说了一大篇赞美的话,再捧起女人的手,放到唇边轻吻一下。

饭后，云裳又请大家到书房喝白兰地，看他新买来的一座拿破仑时期的自鸣钟，钟座做成巴黎歌剧院的雏形，鎏金嵌银，花哨莫名。云裳在书桌抽屉取出一把钥匙，转了一圈，钟座底部便开了一扇小门，一个小小的绅士出来，钟声同时响起，听得出是巴赫的赋格曲。

大家啧啧称奇，云裳说在拉丁区逛画廊时，在一家画廊兼古董店里看到这座钟，搁在角落里，蒙满灰尘。一问价钱，便宜得不敢相信。叫了出租车拉了回来，一上油，竟然如新的一样。

从晚餐开始，国粹不时留意着樱之，发觉她的情绪还可以，与众人的谈话也和谐，只是吃得很少，最后上来的鹌鹑差不多没动。有意思的是，当法国厨子捧了她的手亲吻之际，樱之微微地笑着，低了头，表情显得娇羞莫名，本就是一张极好看的脸庞，再加上一股女人最本源，最纯粹的璀璨神情，就像拉斐尔笔下的尘世女子，被一束圣光突然照亮。

只是极短的一刹那。

钟樱之住得离这儿不远，位于皇宫大桥畔的高卢人旅馆。大家兴致正高，都说要送。樱之婉拒，才几步路而已，不必麻烦了，让范国粹代劳就行了。众人哪肯，说正好走走消食。于是一伙人出了公寓，轮流推着轮椅，穿过协和广场，沿着塞纳河一路迤逦而行。时值牧月之初，近十点了，天还是很亮，气候也开始转为温暖，是巴黎最为怡人的季节。商店还在营业，路上行人不绝。转头向塞纳河的对岸看去，圣母院是一抹淡淡的影子，最高法院的尖堡像两支巨大粗壮的铅笔，耸立在淡紫色夜空下。一艘大型平底游船，客舱中灯火辉煌，在河道中无声地滑行。

走到大桥旁边，众人停下歇脚。钟樱之说："这大桥的下面还有一层,我从未下去过,你们去过吗?"

云鹏俯身朝下张望一眼,说:"底下黑咕隆咚的,没什么好看的,倒像是谈恋爱的好去处。"

国粹抢白他:"巴黎这么多咖啡馆还不够,谁跑到桥底下去谈恋爱?"

云鹏笑着说:"也许是鬼魂吧。"

"不许吓唬女生。"

樱之怂恿几个男生:"我才不怕鬼魂呢。我们下去看看吧,难得让你们出把力。"

于是四个人夹手夹脚地搬起轮椅,磕磕绊绊地走下台阶,把樱之放在河堤上。众人环顾四周,二十来级台阶之隔,这儿与上面繁华闹市是两个截然不同的世界,空旷安静,几个夜间游荡者,孤单单地坐在长椅上抽烟。河水就在咫尺之遥,宽阔而缓慢,水汽开始弥漫,气温也跟上面差了好几度。国粹只穿了件薄衫,不觉打了个寒噤。不远处有个坐在长椅上抽烟的男人,戴着遮着脸孔的礼帽,大衣领子竖起,微暗中烟头一明一灭。再远些的桥洞暗影中,突然响起了一把小提琴的呜咽之声,是卡米尔·圣桑的《引子与回旋随想曲》,琴声如泣如咽,随波流淌。

国粹突然有一种荒谬之感浮上来,如一个错乱的梦境:那个坐着抽烟的孤独男人就是他自己,头顶的上方,香榭丽舍大道纷扰而喧嚣,人人兴高采烈,其实是一个虚假的幻象。而他处身的这个半暗微明的空间,阴冷萧瑟,却是真实的,是可以触摸到的人世间。几步之遥,时间之河从脚边流淌而过,河水黑暗黏稠,长年累月冲刷、腐蚀着现实的堤岸。他被自己的幻觉奇想吓了一跳,急转身寻找云裳他们,遍寻不见,只见一张空的轮椅,孤零零地被遗弃在堤岸边。椅面上,一束雪白的百合花正在盛开。

他猛地摇了摇头,顺手在自己大腿上拧了一把。他刚才在云裳那儿酒有点多了。

把樱之送到旅馆后,四人闲逛地走回去。就在分手之际,云裳突然想起来:"差点忘了告诉你们,昨天接到我亲戚从香港寄来的电报,五月二十七号上海解放了。嗯,就是三四天前的事。"

九

赵母在戒毒所里待了四个月,终于被释放回家。人脱了样子,脸色白中带黄,五官也走了位,面皮松扑扑的,猛一看像是胖了,用手节头按一下,才晓得是浮肿。老娘的头发大半灰白了,又剪了个很粗糙的短发,承曦一见之下差点认不出来。据戒毒所里的人讲:鸦片烟总算戒掉了。谢天谢地,这是最要紧的,如今社会发生了很大的改变,过去的生活方式越来越难以立足了。

街道上派了工作组,提倡艰苦朴素,一夜之间街上穿西装长袍的人几乎绝迹,大家都穿中式短褂或中山装,蓝色或灰色。女人家也不敢出风头了,不可以再化妆,首饰亦统统摘下,皮大衣、旗袍都收进樟木箱里。原来隔两个礼拜要去烫次头发,由美发师修成披肩长发,或梳成横爱司的式样,现在一律都剪短发,额前一刀齐,再在耳朵后面一刀补齐,像只锅盖一样,方便打理,倒是省了不少事。

承曦十分钟爱自己的一头长发,留了十多年,不舍得就此一朝割去,于是就不大肯出门,窝在家里陪老娘。

家里不好再像以前那般雇人了,于是把长年给回了。娘姨太老,乡下也没什么人了,只好留着吃口苦饭。为了怕被人说闲话,多年精心喂养的鸟雀也放了生,明知这些鸟雀放出去就是个死,也只好忍痛了。没了清晨黄昏的婉转鸟鸣，这幢老宅显得格外空旷沉寂。西厢房里的茶具用布罩着，自从国粹来杭之后就没动用过，承曦现在喝茶就是在茶叶罐里抓一把，冲上开水，胡乱对付罢了。以前过日子的情趣和雅致都顾不上了，只想老娘能安定些，养好身体。承晚早点读完书从法国回来，那么她肩上的担子可以轻些。再强、再能干的女子，也有心神交瘁的辰光，只想在谁的肩头靠一靠。

有时她在夜深人静之际突然醒来，便再也睡不着了，脑子里太多的思绪翻来覆去。她想阿哥，也想国粹，想今后的日子，也想她和国粹的感情，短短两个月的投入和沉迷，像做梦一样，真希望他们早点回到她身边。但是，她的理智告诉她，这两个人恐怕比她还不能适应当下的气氛。

老娘自从戒毒所出来，看起来还可以，实际上人木讷了不少，常常整日地枯坐，一言不发。开口说话也是抱怨屋里有跳蚤臭虫，因为她身上发痒，从头痒到脚，痒得要死。为此，承曦跟王妈全屋大扫除，被褥枕巾晾了一天井。桌椅床板都用开水泡过，可是老娘还是说痒。承曦恍然悟出，其实老娘是皮肤过敏。寻了秘方，帮老娘洗澡擦药，才稍解苦厄。

赵母平时也不晓得饥饱，叫她吃饭就端碗，不叫她就饿着，整天神思恍惚，像丢了魂似的，并伴有习惯性的呕吐和腹泻。请了郎中视诊，也看不出个所以然来，只说是内热外虚，要调养。

承曦亲自上菜场买菜，亲身下厨，变着花样弄些对老娘胃口的汤水菜肴，还花了大价钱买来野山人参、燕窝、驴皮阿胶之类的补品，为老娘调理身体。这些麻烦承曦还能应付，更使她头疼的是老娘的精神状态：举止乖僻，眼神怪异，常常一个人自言自语，说些旁人不明不白的话语。承曦也只好耐了性子，轻声软语跟她搭话，以解她的心结。老娘有时显得平和,有时看她却带了一股怨气,冰冷的,像犯人毒恨狱卒那种眼神。承曦突然转身瞥见,鸡皮疙瘩都会起来。常常,她注视着母亲的侧影,内心翻腾,有时也会怨怒,更多是歉疚:总觉得父亲出走之后,没有照顾好母亲,才使她自暴自弃吃上鸦片。老娘那句"妹妹你要记牢,我这条命,是送在你的手上的",一直在她心上噬咬不已。但送她进戒断所也是无奈之举,是没有办法的办法。

令她高兴的是,今朝接到承晚从香港转来的信,寥寥半页多纸:平安抵达,一切都好,马上就要开学了,有期待也有忧虑;巴黎的生活也开始习惯了,但常常会想念杭州,特别是家乡的饭食。

范国粹跟他住在一起,但不大见面,各忙各的,也晓得国内政权变动。他曾给家里写过几封信,看样子是没收到。承曦如果按这个地址寄信去香港的话,朋友会转给他的。

承曦把阿哥来信翻来覆去看了好几遍。按理说人在异国他乡,朋友是最要紧的,国粹跟承晚住在一起,似乎没什么交流。难道是两人性子不合?非常有可能——承晚性子是偏内向的,遇事胆怯内敛;而国粹一向率性张扬,不是个好相处的同伴。只是对承曦说来,手心手背都是肉,说不得判不得,真是难煞。

承曦花了一个下午写回信,家里的情况只是一笔带过。承晚人在千里之外,跟他说也无用,倒不如让他放松心情读书。又给国粹写信,原来满肚子的卿卿我我,落到纸上却变得僵硬和滞涩,翻来覆去地改写,直到夜饭时才写好。

承曦去邮局把信发走,顺便买了菜回家来。烧好了夜饭叫老娘吃饭,却前前后后都寻不着人了。承曦跟老娘姨王妈分头出去,巷子前后及菜场一带都找遍了，连人影也不见。

老娘会跑到哪儿去呢？承曦担心死了。老娘自从戒断所出来，平日大门不出，二门不迈，并没有啥熟人可以走动的，这么晚能跑到哪里去？

王妈无意中的一句话："太太不要是想不开，去跳了西湖哦。"

她听得眼泪都要落下来了。在西湖边兜兜转转，一直寻到半夜，全无结果。

第二天，老娘还是不见人影，承曦一夜未睡，又累又乏，精神差不多要崩溃了。到了夜里，承曦情急乱投医地到派出所去报案。警察黑着脸听她说了事由，反过来训斥她说："这种鸡毛蒜皮小事，也要来找派出所？我们工作很忙的噢。去去，不要来胡搞。"

承曦实在没办法了，只好去寻沈文渊帮忙。

沈文渊听了事由，说："一个大活人，怎么会凭空不见了。我只怕一件事，赵家姆妈的老瘾头又犯了，做出些傻事。要晓得，戒毒所给了她重新做人的机会，再犯事，就是自己寻死。"

承曦心里一紧，其实她也想过这方面的："应该不会的，从戒断所出来，她就没碰过鸦片了。"

沈文渊皱紧眉头："难说。我见过太多人反反复复，吸了断，断了再吸。鸦片这样物事，可恶之处不但是损害健康，耗费金钱，而且，让瘾君子在精神上做它的奴隶。只要有一丝机会，马上把以前戒断的努力全部放弃，重新吸上鸦片。"

承曦本来就心急如焚，听沈文渊这么说，更是难过。沈文渊安慰道："你也不要太着急，我在公安局有些朋友的，下午就去跑一趟打听，有了消息就马上通知你。"

承曦回到家,晚饭也没心思烧,好歹用开水泡了些剩菜剩饭囫囵吞下。到了七点多钟,疲累与焦心,实在支撑不住,人都快要瘫倒了。八点多钟,沈文渊来了,他脸色凝重,一言不发。承曦只觉得心直往下沉,只是硬撑着。等到王妈上完茶,退出去后,沈文渊才说:"承曦,情况不太好,你要镇定,听我说……"

承曦眼前一片金星,桌下的两只脚止不住地打战。在桌面上,她用最大的力气克制住自己,惨白了脸,嘴唇颤抖,嗫嚅道:"你讲呀,我没事。"

沈文渊托了公安局的熟人,傍晚时传来了消息,说是有户籍警报上来:在萧山的一条港汊中,发现了一具女尸,已经死了一阵子了,尸身被水草和浮萍掩盖着,直到一个农妇下河洗菜,才发现,吓个半死。

沈文渊说:"人送去殡仪馆了,现在还没确定身份。听我的朋友说,是个中老年女子。"

承曦想要号啕,但克制住了,毕竟沈文渊还没把话讲死。

沈文渊站起身来:"你不要急,明朝我到萧山去跑一趟,希望不是。"

承曦说:"我跟你一块去。"

当夜,承曦心力交瘁,突然发起寒热,到早上还未消退,晕乎乎地头重脚轻。王妈劝她:"还是别去了。生了毛病,再跑到殡仪馆这种地方去,撞上鬼也说不定的。"

承曦犹豫一阵,还是坐三轮车去了龙坞殡仪馆。

殡仪馆后面一间简陋的木棚子里,味道熏人。好几具尸体直挺挺地躺在地下,棚子里光线昏暗,看上去都不像老娘。

承曦刚透出一口气,沈文渊在另一头叫她:"承曦,你过来一下。"

承曦心里一紧，只见最靠里厢的一具女尸，体型显得较胖，面孔上糊了淤泥。承曦蹲下身去用手绢擦去污泥，一张龇牙咧嘴的脸庞显现出来，正是她苦苦寻了两日的老娘。

承曦脚软，一下子跌坐在地上。

停尸棚里死人躺了满地，承曦不敢在此放声号啕，只是心如刀割，头昏目眩，人也摇摇欲坠。沈文渊蹲下，伸出臂膊揽住她的肩膀，否则她真要瘫软不起了。

死人的面容显得狰狞，身下有一摊水。皮肤发青，眼睛像死鱼般没有光泽，牙床骨向前突出，嘴巴里，鼻孔中，耳孔里都有淤泥。承曦用手绢轻轻地擦去，抑制不住成串的眼泪，无声地滚下面颊。

沈文渊俯在耳边轻声说："承曦，人死不能复生，现在不是伤心的辰光，还有许多事情要办理，你一定要节哀。首先，要快点帮赵家姆妈换衣服，晚了就难了。接下去还要去看棺材、寿衣，通知亲朋好友……"

接下去两日，承曦是在恍惚的状态下度过的，总觉得这一切是个噩梦，她在噩梦的边缘挣扎，马上就要醒过来了，但一直醒转不过来。另一方面，沈文渊为了帮忙料理丧事，已经两日两夜没睡过觉了，满面胡楂，眼睛里布满血丝。除了料理诸般杂事，他还要帮承曦与机关打交道。街坊中有人传说赵母是去购买鸦片，被人检举揭发，不得已才走上了绝路。沈文渊利用公安局里熟人的关系，总算弄出了个结论：传有所出，查无实据，按意外落水身亡归档。这结论对承曦说来，要好过得多。

丧事大忙乱过后半个多月，承曦还缓不过来，丧母之痛和人生无常使得她无力振作，人懒懒的，做什么都无情无绪。独处之际，她会突如其来地掩面哭泣，哭得肝胆欲裂，止都止不住。沈文渊常常上门来探访,说些宽慰的话。七七到了,在屋里做了奠祭、烧纸,沈文渊又陪她到庙里做了道场。闲暇时,和她下下五子棋,吃她做的片儿川,天气好时会陪她出去走走,看场绍兴戏,一切都是为了让承曦早日走出丧母之痛。

两人来往频繁,连王妈都把沈当作承曦未来的对象。承曦却从未认可过,她本是一个聪明绝顶的女子,沈文渊的用心用情,她怎么会看不出来?只是母殇未已,心情还顾不得收拾,加上国粹的影子不时地在心中闪过,她不可能去接受任何一个男人的示好。

平心而论,沈文渊的条件是不错的,虽然皮肤黑点,这是继承了沈家三代前种田人家出身。现在劳动人民吃香了,大众的审美观念也跟着变了,黑一点不是问题。沈文渊的相貌也算中等,除了眼睛小一点,五官还端正,是个平平实实的江南男子。但他读过大学,这在普通市民中就算百里挑一了。何况,他现在还有一份公家工作,更是锦上添花了。这样一个青年男子,是有女儿待字闺中家庭的上上人选。

承曦见识过真正富贵家庭中出来的优秀男人,学问渊博,儒雅谦冲,如傅家兄弟和他们的朋友圈子。更经历过与国粹那样天资聪颖、仪表出众的男子谈恋爱。曾经沧海难为水,无论眼前这个男人各方面都不错,前途四平八稳,也难以燃起她心底的热情。她也不能接受男人比她年纪小,她自己的父母,就是父亲比母亲小了三岁,琴瑟一直不合拍,最终弄得家庭破裂,悲剧收场。

还有一件更为隐晦的事情鲠在承曦心里,有人告诉过她:沈老四吃官司是被这个儿子揭发的。虽然吃、贩鸦片都不是好事,沈老四也是罪有应得,但承曦总觉得身为人子,要为父母讳。一个连亲生老子都能检举揭发的人,总有一种靠不住的感觉。

但是承曦实在太孤寂了,而且社会上的各种局面和纷难也不是她能够应付的,这两年来的变化,是她一辈子不曾领略过的。她需要朋友,帮她参谋定夺诸般事宜,需要到时候能为她出头露面的男人。环顾四周,也只有沈文渊不计辛劳,召之即来。女人的情绪是一回事,实际需要又是另一回事。沈文渊本能地晓得这一点,瓜熟蒂落,他是有耐心等待那个时刻的。

十

终于开学了。

洛特教授是个小矮个儿,精瘦,一头干草色的乱发,两眼炯炯发光。第一天上课时,面对满堂学生发表了一长篇滔滔不绝的演说,大意是:

> 你们各位先生,从很远的地方到巴黎来学画,这很好,很好。但是你们要明白,学画第一要紧的是,你得把自己从正常人群中放逐出去,你将不是一个普通的人,你不能指望画画给你带来金钱、名誉,甚至不能保证你的温饱。你有很大的可能不会有正常的家庭,也没有子女,也许你会在贫民院里寂寞地死去。你将会尝到贫穷、失意,不被理解,被朋友背弃,遭亲人白眼。你付出,付出所有,但是不要指望回报。你是艺术女神的奴隶,而她,是喜怒无常,随心所至的,你不得有任何的怨言。
>
> 第二,从今天起,你将为艺术燃烧自己,你一点一滴的生命,都只是为了艺术而具有价值,别的都不值一提。你吃下的每一块面包,只是为了画出一根精准的线条,你喝下的每一口红酒,只是为了捕捉一块暗暗发光的色彩。你必须狂妄,必须

绝对自信，你是负担着开天辟地大任的。你要想象有一天，后人走进卢浮宫，站在你的作品面前顶礼膜拜。而跟你一块排列的，是历史上名声显赫的大师。为什么不？为什么不？你要时时刻刻地对自己说，我会走到那个终点，只要坚持不懈。

第三，你要敬畏，你要敬畏画布和画笔，敬畏颜料，它们不是没有生命的物质，它们是你人生之路上的倚靠，荒僻原野中的粮食。你要珍惜每一片纸张，每一根炭条，凭着它们，使得你的灵魂清晰起来，以一种美的形式展现在世人面前。你要感恩，感恩上帝赐予你双眼，能够领略这个缤纷的美妙世界，感恩阳光，感恩云彩，感恩河流，感恩花朵。请不要忘记，要感恩命运，让你有机会拿起笔来，描绘这个美妙的世界。你也许会物质匮乏，但你通过努力，得以借用造物的眼光来观看这个世界。

最后，我要说的是，学习艺术是条荣耀的道路，但也是条布满荆棘的艰巨之路，比我们能想象的更艰巨，更为困苦，一百个人，可能有九十九个会牺牲在这条道路上。如果你已经开始畏惧，不愿放弃世俗的平实生活；或者，你觉得你是应该赚大钱的，应该享受荣华富贵，那么请让我给你一点忠告：不要浪费你的金钱，也不要浪费我的时间。门在课堂的左手边，请你自便。"

底下学生们鸦雀无声，也不知道是否完全听懂了。全班二十多个人面面相觑，不知道要怎么应对，只有一个学生在喉咙里轻笑一声。洛特先生杀气腾腾地环视一圈，说："没人要退出？那好，我们上课。"

第一堂课洛特教授布置的作业，是用木炭条在四开纸上画伏尔泰的石膏像。画室里一片搬动画架的声音，老油条的学生抢着占据有利的角度。国粹动作慢了些，只占到一个很偏的位置，看得见伏尔泰的三分之一脸部。教室中一片木炭在纸上划过的唰唰声，以及某个学生用力过度而手中炭条折断的清脆声。一只不知从哪儿钻出来的黑猫，大剌剌地从教室这头踱到那头，如入无人之境，最后纵身一跃，跳上洛特先生的膝盖。老头子抽着雪茄，一只手抚摸着黑猫的颈毛。

木炭条是在铅笔发明之前最普遍的素描工具，用桦树的小枝条在特制的窑炉中闷制而成，蓬松而脆弱。文艺复兴的大师们留下很多精美的作品，木炭条可以画出最柔和最委婉的线条，也可以表现出最强烈的明暗对比。但用木炭画画要求刚柔并济，柔比刚更要紧，照洛特教授的话来说，要像一只蝴蝶轻吻一朵玫瑰那样地温柔，那样地似有似无。

国粹的第一堂课搞得一塌糊涂，他原来就没怎么用过木炭条，最多是用来给油画做个轮廓线，又心急求成，一下子画了太多的暗部，及发现不妥，用橡皮去擦，再用手去掸，画面就弄成花里胡哨。再一急，更是手忙脚乱，整幅画面被弄得惨不忍睹。

在他旁边有个小个子青年，是除了他们四个中国人之外，班上唯一一个亚洲面孔，肤色黝黑，穿一套剪裁合体的三件头西装，嘴上叼了一支熄灭的雪茄，法语说得很流利，脸上的表情却有些玩世不恭，刚才洛特教授讲话时，轻笑一声的也是他。看到国粹手足无措，于是拿了块面包给他，并且示范给他看：画木炭画，不能用橡皮，一擦就糊了，要用新鲜面包的馕子，轻轻地沾，把画面上多余的碳粉沾去。国粹试了试，真的，面包馕子很好用，不伤纸质。小个子又拿出一罐松香固定剂，告诉他画到一定的程度要用喷剂定型，这样素描才可以长久保存下来。

下课之后，国粹为了表示感激，邀请小个子一起去喝咖啡。小个子欣然应允。坐下之后，两人来了一番正式介绍。小个子说自己叫阿伦，是第二次上洛特先生的课了。国粹看他高耸的颧骨，深凹的眼眶，棕黄色的皮肤，心想这人应该是安南人，上海法租界里有些做巡捕的安南人，长相就是这般模样。阿伦谈吐温文尔雅，不乏幽默。两人说起洛特教授，阿伦说老头是个好人，更是个怪人，生平不近女色，年过五十还是孤身一人，在画室里养了七八只猫，当作儿子女儿来养，喂它们吃鲑鱼和鹅肝酱。每次上课，提包里都要带一两只过来。今天来课堂里的那只叫安妮，十二岁的美洲多趾猫，右爪有七根脚趾。洛特教授自己作画也很勤奋，画风是后期印象派那一路，但一直不被巴黎美术界所接受，偶尔参加一次画展，也是没什么人赏识，画也卖不掉，只好以教课谋生，不过，他对学生倒是极尽责的。

阿伦促狭地眨眨眼："每年有新学生来，老头照例都要发表一番声色俱厉的演讲，咬牙切齿像是要跟谁决斗似的。问题是他自己还不明白：艺术的成就和勤奋是不成比例的，有人努力一辈子，最后还是死在贫民收容所；有人玩些花里胡哨的新流派，如立体主义、野兽主义、抽象派，或非洲原始人的一套，行情却一路看好，连卢浮宫都考虑要永久收藏了。"

"流派有这么重要吗？依我看，不管什么流派，画得好是最重要的。"

"你看，安格尔一张画要花上半年，而马蒂斯的画只有几根线条。在卢浮宫，他们两人的画肩并肩地挂着，只隔了一个展厅。"

"你是什么意思？"国粹有点困惑地问道。

"我是说老头那套方法过时了。画画不再拘于技法，应该随心所欲,各抒己见。"

阿伦的这番话,国粹心里是接受的,但晓得自己根基尚浅,于是说:"以我目前的状况,是学画为主。你说的流派不流派,不是我要关心的事。我就像一个刚刚睁开眼睛的婴儿,来到巴黎,住在这么美丽的城市,能看到这么丰富的博物馆,还能画画,就很开心了。"

阿伦宽容地笑笑:"你饥饿,所以什么都好吃。等时间耽久些,你的想法就会不同。"

赵承晚接到妹子来信,虽然承曦并未在信中述说家中发生的事端,但字里行间还是流露出一些压抑的情绪。承晚是个多么敏感之人,晓得妹子一向坚强决断,轻易不会显露内心的苦闷。如果她亦不堪承受,那可想而知是受到了极大的压力。因此承晚极为忧虑,晚上和朋友们一起出去喝酒,众人谈天说地,笑语喧哗。只有他愁眉不展,一个人喝着闷酒。

云裳心细,问道:"承曦是否有信来?"

赵承晚点点头,长叹一声:"家里的情况不太好,我心里很烦乱。"

众人闻之,都凑近来。承晚仰头喝干杯中的残酒,说:"我正在考虑是不是要退学?早点回国去。"

众人俱说此举不可,十亭路走了九亭,已经远渡重洋来了巴黎,总要把书读完才回去。何况,你就是回去,也难说能帮得上什么忙。

傅家兄弟常有消息从香港传来,对情况较为了解,当下为承晚分析了形势:"现在回去,何必呢?"

众人也一致觉得:退学是个下下策,无论如何,读完书再说。

国粹感叹道:"承曦真不容易,一个人挑起全部的担子,我们几个大男人，却一点忙也帮不上。"

云裳说："看来，也只有寄些铜钿回去了，有事情可以救救急。"

当下决定，每人拿出三百法郎，让承晚寄回去。承晚推辞，众人说："承曦也是我们的妹妹，大家尽一点绵薄之力而已。"

国粹一直是个散漫花钱的。到了巴黎，缴了房租学费杂费，再买了绘画材料用具，所余不多了。他还是不晓得节约，常常与新朋旧友出去喝咖啡、吃饭、泡酒吧。他觉得只要写一封信回去，苏州就会寄铜钿来。缴了给承曦的份子钱，就只剩几百法郎，这点钞票是撑不到学期结束的。

白天，在洛克教授的人体速写课上，全身光溜溜的模特儿在台上每两分钟换一个姿势，弄得他们这批新上手的学生手忙脚乱，画了脑袋就顾不上画身体，画面支离破碎，狼狈不堪。到后来，国粹摸出些门道：无论模特儿摆出什么姿势，先抓住人体脊椎的基本动向，再依次添上头部、胸廓、骨盆和四肢。画速写，是个手熟的过程，有了正确的方法，画越多，越是驾轻就熟。国粹能在短短的两分钟内，不但画出人体基本的动态，还有些余暇画出脸上的五官，依稀的表情，或者某个特殊的手势，增添了画面的生动活泼。几堂课下来，国粹显然是班上的佼佼者，洛克教授一脸的赞许，还几次拿他的画作为范本在课堂上示范。

但是，要仔细深入地研究人体结构，光靠画速写是绝对不够的。洛克教授说："在你们作为画家的一生之中，一定要画几张一百个小时以上的精细素描，或者油画。这一百个小时，是让你有充足的时间来观察人体每一个细微的转折，人体的骨节在哪个部位，肌肉是如何依附并覆盖着骨骼，关节在韧带的牵引和限制下的活动范围。皮肤是如何掩藏和凸显某条肌肉和骨骼，皮肤之下，由于血管和静脉的分布而显示出不同的色泽。最主要的，是你在观察和描绘的过程中，发现人体的绝美，结构的理性，以及造物的大能。不管你今后的作品采取什么风格，写实主义也好，印象派也好，抽象派也好，这是大厦的基础，是让你一生受用无尽的投入。记住我说的话。"

在卢浮宫，至少有四分之三的杰作含有人体，固然风景静物也可入画，但是人体是西洋绘画的精髓，这是每个学习西洋绘画学生的共识。

非常可惜，学校在暑假班不提供长期模特儿，一是时间有限；二是雇请长期模特儿的费用很贵，而学校没有这笔预算。

于是云裳几个就商量：如果回国，请模特儿更不易，很少有人愿意全身袒露地被画。不如索性大家凑点钱，在巴黎请一个，听说学校备有专门的模特儿索引单，男女老少皆有。有些独立的画家也到学校里来雇佣模特儿。国粹和云裳去教务处问了，真的可以，但索价是六百法郎，一笔巨款。云裳说："千里迢迢来了巴黎学画，还要纠结这几百个法郎吗？"当场就付了钱，说好每个礼拜天到云裳的寓所，画十个小时，共两个半月。

回去的路上，国粹有点尴尬地对云裳说："我的那份，要你先垫了。等苏州寄银票来，才能付给你了。"

云裳很大度地一挥手："不急，等你手上方便再说。"

请来的模特儿叫爱弥儿·达西多，里昂人，个子娇小，体态丰腴，一头姜黄色的鬈发，喜欢说话而且滔滔不绝。据她自己说是学芭蕾出身，也在红磨坊跳过康康舞。生了小孩之后，身材发了胖，才转行来做模特儿。云裳找了一条墨绿色的被单，铺在美人榻上，爱弥儿侧面躺着，一肩微微支起，雪白的肤色与青绿相间的背景，以及古色古香的路易十三家具，很是入画。

国粹、云裳都画油画，承晚画水彩，云鹏画素描。

一天碰到阿伦,问道:"听说你们请了个模特儿?"

国粹点点头:"是啊,你要不要加一份子?"

阿伦不屑地摇头:"谢了。我才不会在模特儿身上浪费钱呢。"

"这怎么是浪费呢?洛特教授说画模特儿是非常必要的。"

"我没说不必要,但出了大钱去请模特儿?这是傻瓜才做的事。"

国粹笑道:"我也想不出钱,但谁会白白地让你画?"

"反正我从来不花这个冤枉钱,最多也就是请她喝一杯咖啡。"

国粹说:"还有这等好事?"

阿伦狡狯地一笑,说:"你不相信?好吧,先讲个巴黎绘画界流传的故事给你听。"

一个雨夜,图卢兹·罗特列克坐在蒙马特的小酒馆里。一个在吧台上捡烟头的老女人走到他面前,乞求他给她买杯酒。罗特列克看这女人又老又丑,衣服破烂,头发纠结成一团,半个身子都被淋湿了。出于怜悯,罗特列克给她买了杯苦艾酒。抽着烟,两人攀谈起来。罗特列克惊讶地发觉这老女人对巴黎绘画界的熟悉程度,跟她那流浪者的外表不甚相配。特别是她对那些已是传奇大师马奈、莫奈、雷诺阿等人的生活细节,谈来如数家珍。酒到酣处,老女人脸色活泛起来,侃侃而谈。罗特列克越看越觉得这女人似曾见过,只是他想破脑袋也回忆不起来,到底是在哪个场合见过这张脸。

时过午夜,酒馆要打烊了,就在老女人站起身来的一刻,罗特列克脑中电光一闪,握了老妇人的手臂问道:"女人,你,可是奥林比亚?"

老妇人闻言一凛,透出一抹凄苦的微笑,说:"也许,马奈先生曾经那么叫过我。"

罗特列克心下震动,看到眼下她窘迫的状况,掏出身上所有的香烟和法郎,要赠予老妇人。

妇人只拿了香烟,却不肯接受法郎,说:"素昧平生,先生你请我喝酒已经是很好了。"罗特列克坚持要她收下,说:"就当是我对奥林比亚的敬意。"老妇人长叹一声:"我已老了,别再提奥林比亚了,那个女孩早已随风而逝了。"

国粹沉吟道:"我倒是第一次听到这个故事,但跟我们请模特儿又有什么关系呢?"

阿伦摇摇头:"你真是木鱼脑袋不开窍。告诉你吧,人生易逝,艺术永存。"

"全巴黎的女孩,都想把自己的形象留在伟大画家的画幅中,特别是那些舞女、戏子、模特儿,靠出卖色相谋生的女孩,都衰老得特别快。她们的人生,没有也不可能有期盼,而且每况愈下。但是,如果大画家把她们最好,最鲜亮的一面留在画面中,是这些女孩梦寐以求的事情。所以,我找模特儿从不花钱,有时请她们喝杯咖啡,或吃一顿饭,什么都搞定了。"

国粹若有所思。不知为什么,他想起了樱之,想起了他们在卢浮宫再次相遇,樱之回首一瞥……

十一

钟樱之到伦敦已经半年多了,每隔两三个礼拜要到伦敦皇家医学院做康复治疗。照她的说法,伦敦也许是世界上最枯燥的城市,伦敦人呆板无趣不说,还一派假模假样。再加上食物难吃透顶,天气又恶劣,如果不是为了治病,她连一天都待不下去。

樱之在治疗的间隔期,就会乘渡轮来巴黎住几天透透气,借宿在高卢人大旅馆。但大部分时间,都耽在国粹和承晚的公寓里消磨时光。

公寓的门垫下有一把大门钥匙,平时国粹、承晚上课去,樱之可以自己开门进来。天气好的时候,她先乘地铁来到塞纳河边,叫上一杯咖啡,抽两支烟,早晨的阳光照耀在塞纳河的两岸。然后去逛逛旧书摊子,看橱窗里的好莱坞老电影海报。遇见周四周六农夫集市,就买点新鲜的水果青菜。法国人对女士很是殷勤,特别是一个漂亮却行动不便的年轻女人,更是得到人们的百般呵护,人们帮她开门,推轮椅,把她买的东西放在轮椅的兜里。偶尔,会有陌生的男人走到她面前,殷勤地送给她一枝长茎玫瑰。

吃完午餐之后,樱之去国粹他们的公寓看书、喝茶。躺在起居室的旧沙发上睡午觉。国粹、承晚住的地方实在不敢恭维,房间里不但凌乱不堪,而且百味杂陈,烟灰缸满了出来,也懒得走几步去倒掉。房间里有一股怪味,樱之找了好久,终于在沙发夹缝中抽出一只臭袜子。在浴室中,下水道常常堵塞,洗衣筐里换下来的脏衣服,带着年轻人特有的荷尔蒙体味。最刺鼻的气味,是靠墙倚着几张还没干透的油画,散发出来呛人的松节油味道。樱之对这一切并不反感,杂乱的氛围中反而有一种波西米亚的气息。她常常裹了毯子,捧了一本书出神。抬头看窗外,天高气爽,巴黎特有的蔚蓝天空。再远一点,圣心堂的穹顶在下午的阳光下熠熠闪亮。

她会叼着烟,转着轮椅在房间里来来回回,帮他们收拾乱七八糟的浴室,把水槽里的碗洗掉,把被褥放在窗口晒太阳。心情好的时候,樱之会做一锅广东人的煲汤,用鸡或者排骨,几片姜,一瓶啤酒,一撮盐,小火炖一个下午。等他们从学校回来,再炒个蛋炒饭。在厨房黯淡的灯下，三人围坐，喝着便宜的白酒，吃着简单的饭食，天南地北地聊天。枯燥的留学生活，有了一个女性的加入，异国他乡的夜晚也很有家庭气氛。

天气温暖的晚上，三人出门散步，到蒙马特去喝咖啡，围观小丑在广场上的表演。如果有好莱坞的新电影上映，三人便兴致勃勃地去排队买票。更多的时候，赵承晚关在自己的房间里看书写信。樱之坐在客厅沙发上结绒线，有一搭没一搭地聊天，国粹拿了本拍纸簿，对着樱之画些肖像速写。到了八九点钟，两个男人送她回旅馆。偶尔赵承晚有事，国粹一个人推着轮椅，走过十来个街口，把樱之送回去。

一路行去，街角的杂货店正准备打烊，满面疲惫的伙计卷起遮阳篷，门前放在木筐里的蔬菜水果，有一股被太阳晒了一下午的甜腻气味。路边的饭店酒吧还是灯火通明，擎着托盘的堂倌穿梭在狭窄的过道上。门前，用完餐的客人聚在一起喝酒抽烟闲谈，小铁皮桌上杯盏凌乱。饭店的后厨门开了，打杂的阿拉伯人跌跌撞撞地搬了一箱空酒瓶出来，通道里飘出酒酸和烤乳酪的味道。

绕过街角，就是安静的居民区。住家楼的大门虚掩着，窗帘后面透出昏黄的灯光，偶有儿童的啼哭声和女人的呢喃声。二楼临街的小阳台门开着，薄纱窗帘被风吹起，巴黎的岁月安宁和平。

在布洛依大街上，有一家修理钢琴的店铺，从橱窗望进去，暗洞洞的店堂里堆满了蒙尘的旧钢琴。在店堂的后部，亮着一盏灯，有人在夜里还工作着，校弦，试音，一个个低音部的琶音连续地敲击着。偶尔，琴师会弹奏一段莫扎特的圆舞曲，触键很轻很柔，像是一个女人在弹奏。有时会犹豫几秒钟，踌躇着，停顿着，或是把一小段音符连续弹上七八遍，然后又像溪水似的流淌下去。不完整的曲调，反而带来悠远的意味，像走到交叉路口。

自从发现了这家钢琴店铺,他们回家时情愿多绕一点路。在春夏之交,头顶上的梧桐树枝已经展开新叶,国粹推着樱之的轮椅,在石子路上发出有节奏的嗒嗒轻响,去寻找时有时无的音乐流水。并不是每次都能听到连贯的曲子,有时整晚只是听到一长串的琶音,但是那份期待是与某种情绪所系。

有段时期,修琴师傅大概是度假去了。他们探头望进去,店堂里一片漆黑,莫扎特沉寂无声,两人悻悻离去,心里若有所失。过段时间,琴声突然又活了过来,叮叮咚咚,像春水漫过河堤。他们站在树荫下抽着烟,聆听着,莫扎特的奏鸣曲低徊缠绵,有如恋人的轻声细语,听者像被催眠般忘了时间。

月亮在教堂塔楼后面升起,温润如玉。微风吹来,他们感受着夜色的清冷和寂静。这种时刻就是一句话不说,也能体味到宁静并且有人默默相伴的微妙感觉。茫茫人海,能跟你同行的人却不多。

在一个初秋晚上,樱之说:"你别送了,我叫出租车好了。"

国粹把手伸出窗外:"雨已经停了。我画了一整天画,也想出去走走。"

两人在街头慢慢走去,空气里饱含水分,路灯光线显得迷离朦胧。国粹划了好几根火柴才点上香烟:"这个天气,怎么跟上海的黄梅天一样。"顺手把点上的香烟递给樱之。

樱之说:"是呀,这香烟抽起来一股返潮的味道。"

国粹说:"我今天早上才买的,大小姐你就担待些吧。"

他俩走到岔路口,国粹问道:"还往布洛依大街去吗?"

樱之看看腕表:"才八点不到。去吧,现在回去太早,除了睡觉,也没别的事情好做。"

街上显得空旷,行人不多,虽然初秋的天气里在雨后散步很舒服，天也不冷，但巴黎人还是愿意待在家里。

钢琴修理店的灯还亮着，里面有人在弹奏。他俩对视一眼，笑笑，今天没有白跑一次。

今天弹奏的曲子变了，不是柔和的莫扎特，而是很激越昂扬的调子，深邃如北方的阴天，风雪肆虐，沉重如大河的咆哮，波涛滔天。国粹第一次听到这样沉重的钢琴曲。

"哦，是拉赫玛尼诺夫的交响曲。我以前的俄国老师最喜欢了。"

国粹耸耸肩说："听起来像是在刮台风打雷一样。"

听了一阵，雨势大了起来，国粹拿出伞，撑在樱之的头上："要走了呀，雨下大了。"

樱之两手紧紧地抓住轮椅的把手，脸上显出缅怀的神情："再听五分钟。"

伞太小，很快，两人身上都被淋湿了。国粹再次催促："好走了呀，这样子你会生病的。"

要走也走不了了，雨越下越大，一阵风吹来，店堂的门竟然被吹开了。国粹走投无路，只好推了轮椅进去，转眼外面的雨下得像倾盆一样。

掩上门，转身打量黑洞洞的店堂，比外面看进来的要大许多。一台台钢琴横七竖八地塞满店堂，中间一条很窄的过道，人要侧了身子进出。

店堂深处的琴声还在昂扬激越，国粹拿出手帕，让樱之擦干头脸上的雨水。说时迟那时快，一条黑影不知从哪儿蹿出来，一声喵呜，突然就跃上樱之的膝盖，再一跃上到钢琴顶部。樱之不防，吓得一声锐叫，只见一只全身乌黑的大肥猫居高临下，弓起了背，两只绿莹莹的眼睛如鬼魅一般。

琴声戛然而止，店堂后部站起一个胖大的男人，灯光把他巨大的身影投射在墙壁上。

"谁在那儿?"

国粹镇定了一下,答道:"对不起,我们进来躲雨的。"

那男人来到面前,满面的胡须,秃头,身形像狗熊一样巨硕,而且看起来很凶。

男人还是很恼火的样子:"我们已经打烊了,你们不可以随便进来的。"

看他气势汹汹,国粹一面道歉,一面赶快推了轮椅离开。所幸外面雨势小了点,两人沿了墙根,急走了半条马路,看到转角上有家咖啡馆还开着,连忙推门进去。

点了热可可,喝了几口,两人惊魂甫定,樱之说:"今天可真是晦气,淋成落汤鸡不算,还被人凶了一顿。"

国粹站在她身后,帮她擦干头发上的雨水:"是你自己送上门去的呀,怪不得人家。"

"进去躲个雨又怎么了?犯得着那么凶吗?"

"他一看店堂里怎么进来黑黝黝的两个人,不要是强盗哦?"

樱之没好气地:"店堂里除了那些破钢琴,有什么好抢的?你也真想得出。"

国粹不响,犹自暗笑。

樱之火大:"你笑什么笑!"

"我想他也可能吓了一大跳,你那一声尖叫,音量之高,连我都吃惊不小。"

"要怪那只猫,黑咕隆咚的,突然一个毛茸茸的东西就跳到你身上来,我身上鸡皮疙瘩都起来了。"

国粹笑出声来:"你呀,人见人爱,连猫也喜欢你。"

樱之给了他一拳:"喜欢你个头。你这坏人,一点同情心都没有。"

国粹笑着闪躲。樱之恨道:"我也是发昏,怎么整天跟你们这些坏人混在一起?"

国粹解嘲说:"这可是你自己心甘情愿的啊。"

樱之嗯了一声:"是的,我自找的,天晓得。"

走了一会儿,樱之突然想起来,问国粹:"哦,那只猫会不会有病?狂犬病?"

国粹说:"你有没有被抓伤?破皮?"

樱之在路灯底下检查自己的双腕,腿部:"好像没有。"

"那就不会。"

樱之还是惊魂未定,追问国粹:"你说那猫这么脏,会不会有狂犬病?"

"不会的。家养的猫很少有狂犬病。况且,你又没有被抓伤。"

女人抓住国粹的手腕,撒娇道:"如果我真的得了病,要你赔……"

送樱之回旅馆,安顿好之后,国粹一路走回家去。夜雾中的路灯朦胧,街上已经空无一人。国粹抽着烟,浮想联翩。在轮船上遇到钟樱之,本是萍水相逢,哪料到会在巴黎又一次重逢,不正就像一只猫猝不及防地跳到膝上,而且跟他从往过密。樱之的身世凄恻,令人同情。话又说回来,像樱之这样好看的女子还真是少见,任何男人都会本能地想要呵护她。烦恼的是,樱之的一言一行,一颦一笑,无不透露出她对国粹的心迹。但艺术家是最不适宜她这样一个女子的。

国粹为了艺术拼搏,自顾都不暇。既不能给女人任何承诺,也不能成立家庭,生儿育女。国粹心里晓得,如果放任情形继续这样发展下去,有一天会发觉走不了。但他又不晓得如何向樱之解释,樱之是那么敏感的人,他不愿意伤到她。

国粹的性格里有其优柔寡断的成分,既然认识到了问题的症结,但又拖延着不去正视,再加上留学生的社交圈子相对狭小,一张漂亮的面孔总是受欢迎的。他不但没有跟樱之保持距离,反而与她来往得更为频繁。

常有女客来访,同屋的赵承晚就比较尴尬了,虽然樱之对他也很友好,但是明眼人都看得出来,人家是专为探访国粹来的。常常是用过晚餐,赵承晚就避了出去,或去傅家兄弟寓所,或是坐在咖啡馆里看书消磨时间,有时在街上漫无目的地闲逛两个小时。国粹看出来了,说钟樱之是大家的朋友,没必要这样避嫌。可是赵承晚还是觉得不自在,总是找个借口出门去。

一个周日,国粹早早地到了云裳那儿,不料爱弥儿送信来:祖母去世,要去参加葬礼,不能来做模特儿了。国粹陪云裳喝了杯咖啡,聊了会儿天,大家都意兴阑珊,便告辞回家来。

在公寓门前,正好遇上钟樱之,携了一大束鲜花来访。

进了屋,樱之在厨房里翻箱倒柜。国粹诧异道:"你找什么?"樱之没好气地说:"找个花瓶呀。"国粹说:"别找了,你又不是不晓得,厨房里刀叉盘子都不齐,哪来的花瓶?"

樱之没理睬他,继续翻找,最后总算找到个煮汤的大瓦罐,放上清水,把花束插进去。她一面修剪花束,一面问道:"你不是去画画的吗,怎么回来了?"

国粹说:"那个模特儿不来了,三天打鱼两天晒网,总是有借口,小孩病了呀,参加婚礼去啊,或者祖母死了。唉,好好的一个礼拜天被荒废了。"

"人家也许是真的有事。"

国粹说："也许吧，女人家的事情总是特别多些。"

樱之朝他白了一眼："去你的。少来指桑骂槐。"

国粹笑道："我是善体人意，你别多心。"

两人你一句我一句斗嘴之际，樱之正靠在落地长窗边，整理着花束。早晨明亮的光线从窗外射进来，透过薄纱窗帘，映照在女人的脸上。本来就极好看的一张脸，在阳光下纤毫毕现，皮肤透明得几乎能看见血管。国粹不由得看呆了，夹在手中的香烟也忘了吸。

樱之抬起头来，嗔道："看什么看，烟灰都掉在桌布上了。"

国粹连忙把烟灰掸去，灵机一闪，说："樱之，我说你闲着也是闲着，就帮我个忙，做一次模特儿吧。"

樱之犹豫道："就这个样子？我今天出门可没有打扮。"

国粹一笑："你天生丽质，这样就很好。"

看樱之还在踌躇，国粹说："我在船上第一次见你，就想画你。"

樱之脸憋得通红："不过，我那个……今天正好来了，有点不方便。"

国粹一下子没反应过来："没什么不方便，你就坐那儿不要动。"

一瞬间，两人都发觉误会了对方的意思，真是尴尬极了。

国粹先镇定下来，笑着说："哎，都想到哪去了呀，就是画张肖像，没别的意思。"

樱之放松下来，理了理鬓发，说："就这样？不用脱衣服？"

说完自己先羞得咯咯乱笑，俯下头去。

国粹也红了脸，自我解嘲说："我哪敢有非分之想。"

樱之说："那就画吧，不过要快点。你晓得，我的背坚持不了多久的。"

国粹在画架上放上一张新的画布，点上香烟。前前后后左左右右观看了一阵，再上前帮樱之调整了一下姿势。突然想起了什么，去房间里拿出一对翡翠耳坠,亲手帮她戴上。

樱之斜头瞥了一下,问道:"奇怪,你一个大男人怎么会有这种东西?"

国粹只是笑笑,并不多作解释,集中注意力埋头作画。

这张油画构图是正中一大束插在瓦罐中的鲜黄色雏菊、散碎的满天星和长颈菖兰,女子的肖像占据了画面右方的三分之一。背景是半开的薄纱窗帘,一缕阳光射进室内,在花束和女子头像之间勾出一抹亮色。画面明暗交错,色彩缤纷杂陈,花束色块的跳跃,活泼灵动。女子肤色洁白,发际下露出的翡翠耳坠,鲜亮透明,与花束中暗绿色的枝叶遥相呼应,给画面带来微妙的平衡。

国粹画得很快,从十点多钟起,到下午一点钟,画像就完成了。樱之足足坐了三个小时,一动不动,也没有要求休息。

国粹画完,一看手表,连忙道歉:"你看我,一画起来什么都忘了,对不起对不起。"

樱之接过国粹为她点上的烟,吸了一口:"闲话少说,现在你赶快推我去厕所,我的腰也要断掉了。"

国粹把轮椅推到洗手间门口,樱之想撑着扶手站起来,试了几次都不行,脸憋得通红,无奈地望着国粹。这时国粹也顾不得避嫌了,弯下身抱起她,一刹那,两人的脸凑得很近,樱之勾着国粹的脖子,眼若秋水,娇态毕露。这种时刻,男人都会心旌摇荡。国粹费了好大力气控制着自己,走进洗手间把她放在抽水马桶上,再掩上门退了出来。

樱之从洗手间出来之后,摇着轮椅在画像前观看了很久,末了,抬起头问道:"我算是个还合格的模特儿吧?"

国粹笑着微微鞠了一躬:"岂止合格,我能为大美人画像是三生有幸。"

樱之脸又红了，像小女孩似的撒娇："我只给你一个人画。"

国粹送罢樱之回来，屋里赵承晚正在观看画架上的画像。

承晚赞叹道："真是杰作啊。樱之这么好看的模特儿，国粹兄你怎么好意思一个人独享？"

国粹笑道："也是兴之所至，临时起意。"

承晚道："这幅肖像与德加的《坐在花瓶旁的女人》相比，也真的不遑多让啊。"

国粹心中得意，嘴上客气："多看大师的作品，确实对画艺大有长进。"

两人又观看了一阵，承晚好像突然注意到，说："画中的这副耳坠，倒是与承曦的那副一模一样。"

国粹才想起画完肖像，樱之并未卸下耳坠，倒也不以为意，说："是的，恰如其分的首饰，使女人更加容光焕发。"

赵承晚沉吟不语，过了一阵起身离开。

再次见到樱之时，已不见其耳坠。

晓得樱之的脾气，国粹小心翼翼问起。

樱之嗔道："天底下哪有这种事，一个男人，亲手给人家戴上的首饰，再讨要回去的？"

国粹只好赔笑："实在是人家的东西，只是寄放在我这儿，改天我买副另外的耳坠送你吧。"

樱之不依："不用麻烦了，我偏偏就中意这副。"

国粹真的急了："这……这样的话，我没法向人家交代呀。"

樱之就沉下了脸，啐道："什么破耳坠，不知被我塞到哪个角落里去了，过几天找出来再还你，急什么！"

说罢摔门而去。

一般来说，女人敏感曲折的心思，话是往往说半句，藏半句。明明面对爱慕之人，却非要使出些小性子，制造些小龃龉，期望男人来迁就、服软。大部分粗心的男人却是似懂非懂，应对得十分笨拙。所以，男人不经意间的一句话，一个再寻常不过的举动，女人却会认为是具有情感意义，而且不依不饶。误会轻易产生，要解开心结却不是那么容易。

认识樱之交往至今，国粹虽已经小心了再小心，但还是不由自主地被卷裹了进去。樱之出众的美貌，作为一个男人、艺术家，不可能不被其所魅惑。但他不敢走进更深一层的关系里去，深知樱之脾气的喜怒无常，会磨损他的个性。做一般朋友，就没有这种问题。

梅杜莎再好看，想到要变成石头，男人还是心有戚戚的。

但是没有女人、性，以及犯难冒险的刺激，艺术家就不可能有完整的社会经验和人生体悟。在范国粹的天性中，既有洁身自好的一面，也有放纵恣意的冲动。作为艺术家，对人性的方方面面都带有一份好奇，越是被社会排斥的，越是违反良好风俗的，倒反而越能吸引他。再加上年轻人旺盛的荷尔蒙，只要一经撩拨，便很容易下水。而他的朋友阿伦，就是个熟知花街柳巷的老手。

阿伦常带他去逛第九区的皮加勒。这里是巴黎著名的风俗区域，被人称为"猪巷"。路灯下肮脏的小广场，狭窄的街道用鹅卵石铺成，两边罗列着廉价的饭馆酒吧、贼头贼脑的小铺子和破败的公寓。街心小花园草地上躺着酒鬼，一张报纸盖在脸上呼呼大睡。暗暗的门洞子里蹲着抽烟的妓女，跟路人飞媚眼。撑着拐杖的伤兵在兜售从医院偷来的吗啡和杜冷丁。皮条客在街上追打不听话的雏妓。失业的海外军团雇佣兵们在酒吧里斗殴，双方都是亡命之徒，有时连过来执勤的警察一块打。这片区域到处都是小偷、私酒贩子、流浪汉和落魄艺术家，偷盗、诈骗、打架生事无日无之。

但这儿有整个巴黎最正宗的苦艾酒，土耳其走私香烟才五个生丁一包，洋葱汤和炸薯条好吃得令人放不下。有穿得奇形怪状的艺术家在街边摆摊，售卖他们奇形怪状的作品；更有艳名远扬的红磨坊歌舞厅，保持着一百年前的风貌，红色的风车缓缓转动，门口贴着大幅的康康舞招贴画，是著名画家罗特列克的手迹。到了傍晚时分，一些很年轻，很苗条的跳舞女子穿过小巷子，从歌舞厅的后门进入。她们脸色苍白衣着寒酸，却青春满溢，她们的腰肢盈盈一握，走路的步态轻快飘逸。咖啡座上闲人的目光追随着她们的背影，一手撑着头想入非非。开在街角上的小酒吧，昏暗幽深，一些衣着暴露的女子终日盘桓在吧台附近，抽着烟，懒洋洋地跟酒保打情骂俏。如果有单身男人进酒吧来，女人会凑上前去搭话，然后要男人帮她买杯啤酒，由此孤男寡女就搭上了。再下去如果谈得入港了，附近有得是简陋的小旅店，销魂一番也只要两杯苦艾酒的价钱。

人说皮加勒是巴黎的膀胱和尿道，这儿的确是一个颓废堕落的地方，但奇妙地具有一种邪恶的魅力，令人难以抗拒。奢靡淫荡却有一种蓬勃生气，万象纷杂，使人目眩神迷。无处不在的肉欲暗示撩拨着人的感官，悄悄地唤起人的深层罪性。

早夭的天才画家图卢兹·罗特列克伯爵，当年也在皮加勒租有画室，白天埋头画画，晚上去酒吧和康康舞女喝酒厮混，留下不少杰作与风流韵事。

国粹住的地方其实离这儿并不远，也常耳闻红磨坊这一带的各种故事，有心领略，却苦于无人带进门。直到有一天，阿伦赌博赢了钱，请国粹去看红磨坊表演，他才第一次登堂入室。浪荡公子阿伦，肯定是老于此道，他跟红磨坊的门童和侍者都很熟的样子，进门就先塞了张钞票，侍者满脸笑容地把他们引到靠近舞台的一张桌子坐下。桌上的水晶樽里插着一枝暗红色的玫瑰。阿伦点了一瓶香槟，两人抽着雪茄，等待表演开始。

欢乐的轻音乐响起，舞台上厚重的帷幕缓缓地拉开，水银灯照得台上一片通明。一眼看去，依次而出的舞女差不多是全裸的，随了音乐节拍在台上举手投足。屏息看去，舞女都是二十来岁的妙龄女郎，青春靓丽，体型姣好。基本上是白种人，也有几个肤色较深，棕黑头发，但也是钩鼻深目，大概是和阿拉伯人的混血儿。舞女们戴着各种色彩鲜艳的羽冠，穿着高跟鞋。几十个漂亮尤物在舞台上随着乐曲载歌载舞，动作划一，舞姿娴熟，不时抬腿踢过头顶。退场之际，全体舞女向观众抛撒飞吻，满座掌声。

波德莱尔笔下描述过的恶之花浓烈放浪，令人迷醉。

国粹虽然画过裸体模特儿，也见过不少裸女的素描和油画，但都是端庄的、静止的，哪见过这种酒池肉林，夺魂艳舞？国粹只觉得脸颊发烫，心魂俱失。你叫一个二十来岁血气方刚的男子怎么抵御得住？

幕间休息时，阿伦咬着雪茄，脸上挂着玩世不恭的微笑，说："范，红磨坊，在某种意义上来说，是伊壁鸠鲁哲学体现在平民生活中的一个绝佳范例。歌舞升平，声色犬马，撩拨人的官能神经。所以，忘记现实吧，前面的人生有着太多的不可知，我们都应该活在当下。看看眼前的美妙女体吧，闪亮的皮肤，流荡的眼神，赤裸的腰肢大腿——这些绝对是造物的杰作，千万不要错过。"

十二

丧母之后，承曦长久地陷在自责的情绪里，这种事没人可以交谈排解。一个花样年华的女子，突然间就跌进一个灰暗的世界里爬不出来。原来的亲戚朋友，都怕惹事上身，几乎断绝了走动。熟人中只有沈文渊，还常常上门来探访，承曦只好勉强打起精神来，泡了茶，红肿着两眼，一声不出。

沈文渊在桌边坐下，长吁短叹了一阵，说："实在料想不到，赵家姆妈会想不开。其实，戒毒这个事情，再苦再痛也要熬过去，一过这关，前面就豁然开朗了。"

承曦心里想道：现在人也没有了，再说这些有什么用？

沈文渊看她没反应，又说："人死不能复生，你要看开些，改造自己，后面的日子还长了。"

沈文渊原本是劝慰的意思，却没想到这句话触动了承曦心境，听沈文渊这么一说，承曦恍然觉得自己也要被送去"改造"了，不禁悲从中来，哭得涕泪滂沱，不能自已。

沈文渊起身去绞了热手巾，让她揩面，再在茶杯里续上热水，默默地陪在一边。

一直等到承曦止了泪，才低声劝说道："承曦，话是那么说，但我真的不是要吓你。我在大学里是读历史的，晓得每一次朝代变迁，都一定会有大起大落。像我们小老百姓，要在新局面下生存下来，只能是改造自己。像你娘年纪大了，又有恶癖，难以改变。而我们年轻人，人生只是刚刚开始，还有极大的可能改造自己。结婚，工作，生子，你才有可能生活下去。你仔细想想，我的话对不对。"

看到承曦听进去些，沈文渊又说："过去的事情，你心里要让它告一个段落，不要再去想。我建议你去报名参加职业训练，帮街道做一些工作，为今后找工作做铺垫。今后最好的出路，是有一个体面的工作。"

承曦用毛巾捂了脸:"我家中的变故,你大概也晓得些的。我十七岁就辍学了,读过的书也忘记得七七八八了。再去学习,也不晓得能读得进去吗?"

"也有那些缝纫室、会计班、幼稚园、饮食行业等训练班,并不需要太高学历的。"

承曦还在踌躇,沈文渊说:"要么,我先帮你报个名,你去试试看?"

送走沈文渊,承曦倒在床上,精疲力竭。连日来的劳神与伤怀,耗尽了她全部的力气,从精神到身体都软瘫下来。

人躺在床上,又无法入睡,东想西想。想阿哥,也想国粹,不知怎的觉得那是极其遥远的事。国粹与她,也许只是春梦一场,而她已经把自己心身都交了出去。国粹去了巴黎之后,只来过一封信,还是和承晚的信一起附来的。信中三言两语,平淡如水。一个泛泛之交的通信,也许还要写得多些。承曦越读心里越沉重,越悲哀。她那么珍重的情缘,隔着重洋,一日日如风而逝。

看样子,国粹是肯定不会再回来了,那也好。以国粹率性而为的性子,是随时可以惹出祸端来的。

由此又想到沈文渊,这段时间一直是他陪伴在身边,帮着处理了不少辣手事情。沈文渊对她的意思,承曦不可能不晓得。以前她一片心思都在国粹身上,对别的男人是不屑一顾的,但现在重压之下,她实在是太累了,如果有个男人能让她倚靠,也不失为一个现实的办法。

隔日,承曦收到阿哥的家信,承晚的信中说了些巴黎的起居日常,学艺进展;还说了几句国粹跟一个貌美的残疾女子走得很近。当然,承晚信中说得很是隐晦。他并不清楚承曦跟国粹的关系究竟要好到了什么地步,但国粹在杭州时,两人之间的热络样子,承晚一桩桩都看在眼里的。承晚写信透露些风声,意思要让妹子作个心理准备。毕竟在时空的隔阂下,一切情况都可能发生。作为一个兄长,要保护自己的妹子,也是人之常情。

这封信对承曦来说不啻于雪上加霜,独自承受着丧母之痛,内心已经极为脆弱,再听到国粹在巴黎拈花惹草的消息,更是一个极大的打击。国粹的花花公子本性,她也是晓得的,问题在于女人一旦热情上头,总一厢情愿地认为:情人跟别人都是逢场作戏,只有对自己是真心的。当这点幻想撞到了现实,无不粉身碎骨,带来的伤痛也更为撕心裂肺。

沈文渊作为区里的干部,近水楼台先得月,替承曦报名去会计速成班进修。相对于别的职业,会计算是相当好的,一些略有文化的家庭妇女,上两个月的基础课,学些珠算、簿记、出纳之类的知识。学出后,被安排到商店、饭庄、批发商场等单位,工作不怎么辛苦、脏累,也不用干体力活,普遍被认为是当时最吃香的职业。

哪晓得,承曦却拒绝去,说:"我娘的七七还没过去,哪有心思去读啥个断命书?"

沈文渊说:"承曦啊,你真不晓得这个名额有多少人想要,我可是打破了头才弄到手的。"

承曦撇撇嘴:"再怎么吃香,也比不过亲生的娘。"

沈文渊不由得顿脚道:"承曦,我求求你不要耍小孩脾气了。你真不晓得其中利害,现在事情说不准的,这次有了,不一定保证下次还有。错过这一班,你会后悔莫及。"

沈文渊好说歹说,最终承曦还是去了会计班,上了几次课,倒是蛮喜欢老师讲的课。承曦本来就聪明,早年也经营过茶庄,对商品进货与出售等关节一目了然，成绩比同班的好了许多，很得老师的欢心。半年多过后，被分配到杭州最大的钱塘江茶叶批发处做出纳。工作也是得心应手，批发处的同事晓得她曾是龙井茶园的二小姐，平日很是照顾她。日日上班，承曦便没有过于沉浸在丧母之痛中，人的气色精神恢复了不少。这不能不说是沈文渊的功劳。

一日，沈文渊来家探访，新剃了头，穿件蓝色哔叽中山装，手里还提了一盒蛋糕。

承曦诧异道："今天是啥个日子？太阳从西边出来了？"

沈文渊只是笑："我说的没错吧？上班，要比窝在家里好多了。"

承曦帮他泡上茶："是呀，真要谢谢你了，不过应该是由我作东的，怎么反了过来？"

沈文渊严肃起来："不说这个，我今朝来是跟你说件要紧之事，你坐好……"

承曦被他按坐在八仙桌旁，狐疑地看着他："有啥事情就说呀。这样一本正经，倒弄得人心惶惶的。"

沈文渊沉吟道："承曦，不晓得你还记得吗，你我幼年时……曾有过婚约的？"

承曦大吃一惊，慌乱之下不知所措，脸也不由得红了。

总算镇定下来，笑了说："啊呀，那是童言无忌，不好作数的呀。"

沈文渊坚持："对我说来，这却不是戏话，我为此等了十多年。而且，我记得那时赵家姆妈也是首肯的。"

"我娘吃了鸦片呀，神经不大正常的。跟她说水门汀上开出牡丹花，她也会说是的。"

场面尴尬，沈文渊喝口茶，清了清喉咙，字斟句酌说道："承曦，我是个老式人，也是个固执的人。你既然不认父母做主的媒妁之言,那我就按照新式的行事,正式向你求婚。你慎重考虑一下,到底一个男子的心思,也不好随随便便搁在一边的。"

承曦料不到沈文渊这般坚持,大部分男人求婚不成,都会知难而退,毕竟可供选择的女子有得是,像沈文渊这样撞了南墙还不回头,倒是少见。

看承曦犹豫,沈文渊又说:"我也晓得这样突然提出来,很是唐突。但我总觉得一件事未竟,心里总有什么堵在那儿,非要有个结果才能平静下来。你就说一句吧。"

平日伶俐善言的承曦,此刻却乱了方寸,涨红了脸,说不出一个字来。憋了好久,才喃喃道:"太突然了,真的太突然了……叫我从何说起?"

沈文渊隔了桌子,伸出手去握了承曦的手腕,说:"男大当婚女大当嫁,也是个顺理成章的事情,我是诚恳的,希望你能够体谅我的心意。结了婚,我会对你好的。"

这句话是用很软和的语气说出来的。

承曦胸中腾起一股委屈,难以平息,她是家里最小的孩子,理应受到更多的呵护和宠爱,但从童年伊始,她肩上负担着整个家庭的重压,父母就不说了,阿哥承晚,虽然对她亲爱友善,但一旦有了事情,实在是不堪助她一臂之力的。相反,做妹妹的还要处处照顾他。承曦是个要强的,嘴上不说,心里还是希望有个男人可以依仗的。听沈文渊这么一说,本来十足要拒绝的话,竟然说不出口,如一个彷徨无措的人,总想着留出一条后路。

沈文渊看承曦不响,于是把椅子拉近些,一只手搭上承曦的臂膊,柔声说道:"承曦啊,你就点个头吧,不要犹豫了。一段良缘,从一点头开始,交托终生。我虽然是一般老百姓,但受过教育,知书识礼,家境也过得去。嫁给我,断不会让你委屈的。最重要是我懂得做人,就在前天,区里的干部找我去谈话,看样子要提拔我到某个要紧职位上。"

承曦心中极乱,沈文渊温言软语,却步步紧逼。如果真的嫁给沈文渊,以他的聪明,审时度势,不说求发达,也至少会过得蛮安逸的。换了别的女子,怕是早就点头应允了。承曦心中也开始动摇,但还晓得终身大事轻率不得,于是咬紧了牙关不作一声。

看承曦一声不响,场面僵住了,沈文渊也有点发窘,沉默地搓着手。过一阵,又试探地说:"如果你决定不了,那么,先订了婚怎么样?相处一阵,也让大家有个适应的过程。假如真的不合适,好聚好散,还可以取消婚约的。"

沈文渊突如其来的求婚,承曦真没有半点思想准备,拒绝吧,沈文渊是她眼前唯一可以商量依靠的朋友;答应吧,真的心不由己。这一切搞得她头晕得厉害。只得闭了眼睛,努力去回想跟国粹短暂相处的日子。许多情景历历在目,现在他人在天边,时空相隔,更显得缥缈。承曦不禁怀疑这个梦,是否可以由她一直做下去,更何况,国粹的身后,始终有别的女人身影出没。明明是两人挤在一起卿卿我我,国粹的另一条手臂却勾了个胖太太,时而窃窃私语,时而掩嘴窃笑。明明在一起牵了手下到舞池,一曲未终,转眼就看见他跟别的女人相拥而舞。那个女人漂亮得不可方物,舞姿却十分突兀,再仔细一看,女人却是个残疾,跳起舞来一瘸一瘸,国粹却非常投入,殷勤有加。

在神思恍惚中有一个声音:"承曦,世上的一切都是逢场作戏,你不必在意。如果你不放心,我们可以先订婚……那么,你点个头就可以了。"

十三

　　日子飞快，掐指一算，他们四人来巴黎竟然已经一年多了。从最初的拘谨木讷到现在的满不在乎，从最初的口腹不适到习惯并欣赏法式烹饪，更是熟稔了塞纳河两岸的大街小巷，知道哪家饭店的西班牙海鲜焗饭最好吃，哪家咖啡店的羊角面包最松脆，哪个年份的波旁红酒口感最好。一年多了，唯一没多大长进的是，大家的法语依旧结结巴巴。也要怪这门奇怪的语言有那么多的繁文缛节，那么多不合理的性别转换，桌子是公的，椅子是母的，那么小板凳呢？好在法国不常见到小板凳。国粹算是托了性格外向的福，比较敢于开口，自然法语也流利些，常帮着大家处理些事情。

　　在绘画教学上，洛特教授还是术有专精的，他看出这几个中国学生对绘画的感觉还好，也很用功，缺的是基本功和对造型的理解。通过给他们特别的作业布置，四人的画面感和技巧都有了很大的提高。国粹画樱之的那幅《女人与花束》，被洛特教授作为范本在课堂上展示并评论。

　　老头子是吝于夸赞的，但还是露出欣赏的口气："现在大家一窝蜂地画新派，好像一朵花已经有人欣赏过了，于是不屑了，转而去欣赏一块砖头、一根干巴巴的木棍，或者一堆垃圾。哦，艺术是有范畴的，并不是新的就是好的，新的垃圾无论怎么弄，还是一堆垃圾。与其标新立异，倒不如坐定下来，把前人美妙作品重温一遍。这是一个必经的路程，对美，对形式，对技巧烂熟于心之后，你自然会孵化出自己对这个世界的看法和相应的表现手法。再看一眼你们面前的这张画，你看出德加的影子，德加是用了光和色彩，具体说来就是花和女人，自然界最轻盈的也是最微妙的元素。元素是公共的，谁都可以拿来运用。但问题是你运用得好，还是运用得一团糟。杰作和垃圾的区别就在此间。"

云裳的一张风景画,画的是凡尔赛附近的乡村景色,也受到洛特教授的好评:"土地,最朴实也最难表现的就是土地。你看这画面上三分之二的都是土地,不起眼的,朴实无华的土地,后面才是起伏有致的树木和村落。但土地,蕴藏着无数的细节,生趣盎然的细节,一段歪倒的篱笆、小灌木、散碎的矢车菊起到了色彩的平衡,车辙里积着雨水,反映着天光。你看着画面,一种宁静之感油然而生。这是自然最基本的面貌,没有被工业文明侵蚀过的,我们视而不见但生生不息的。傅先生能察觉到这最普通的景色所蕴含的美,用最恰如其分的技巧表现出来,我必得向你表示祝贺。"

班上同学都向云裳点头含笑致意,云裳则兴奋得满面通红,站起来向大家鞠躬致谢。

接下去看云鹏的雕塑作品,是个光头女子的胸像。洛特教授要云鹏说说为什么要把女人最美的部分——头发略去?宗教因素?医学因素?或者……洛特教授挑起一条眉毛,做了个大惑不解的表情。

云鹏说无关宗教,他只是觉得女子裸露的头盖骨,比头发更美,像一个教堂的穹顶,细腻、浑圆,结构精巧。头发只是附着物,人工的修饰是符合社会的审美。作为一个雕塑家,他更愿意去芜存菁,使作品表现出人体最基本的美质。

洛特教授不语,托腮沉思。底下有个学生插嘴:"如果是你的太太,你也会让她把头发剃掉,跟你一块出入公众场合吗?"

"Pourquoi pas(为什么不)?如果她的头型生得非常好看。"

课堂底下窃窃偷笑,洛特教授要大家安静,沉思地说:"我个人觉得,傅也许是对的,米开朗基罗曾说过:一件雕塑,要从山顶上摔下去,多余的部分全部被去掉,剩下来的就是雕塑的本源。我以前一直不理解这段话,刚才好像明白点了什么。雕塑艺术是寻找人体最基本的东西，以一件胸像来说，最本源的就是肢体和骨骼的结构。除去头发，更好地表现头骨的形状、结构，对雕塑家来说更重要吧。"

赵承晚的作品是用水彩画在宣纸上的古装人物，洛特教授只是在画前站定了一会儿，什么也没说就走过去了。

课后在咖啡馆聚会时，赵承晚情绪很低落，傅家兄弟试着安慰他："外国人第一不懂中国笔墨，第二更不懂古装，你给老头子出难题了，叫他说什么好？万一说错，还要被人窃笑，只好嘴巴上贴橡皮膏，一声不响。"

承晚闷闷不乐地说："我倒无所谓，只是新派画也流行这么多辰光了，你看那些野兽派、立体派、抽象派，画得像鬼画符，一样有人叫好。我画了几个中国仕女，就不招人待见了？"

云鹏说："是呀，梵高、莫奈他们都画过日本仕女的。"

国粹不以为然地说："承晚啊，你太把老头子的话当一回事了。我问你，你还曾记得小时候老师给你作业上的批语吗？不记得了？要记得，才见鬼了。他说得再好或再坏，也不会影响你长大成人。老头子说得好，你笑笑；说得不好，你只当他耳边风。一个大艺术家，还能在乎他人的看法？你只管走自己的路就是了。"

被国粹这样一说，承晚总算气平了些。大家换了话题，说再过两个月就要结业了，该是要预订回国的船票了。

云裳说："来的时候，觉得一年半是很长的一段时间，竟然过得这么快，转眼就要回去了。只是想到要长途坐船，我的胃里已经翻腾起来了。"

赵承晚说："我回到杭州，第一件事是叫承曦帮我烧一碗鲜笋鱼圆汤，一盘韭黄炒虾腰，一只蟹粉豆腐煲，再狠狠地来两大碗碧糯粳米饭,垂涎已久了。以前常听人说:你吃的什么,你就是什么人。还不怎么相信,这次可真的领教了,外国日子再好,中国日子再难,只要有碗鲜笋鱼圆汤,我是义无反顾地要回国的。"

大家笑他:"你承晚兄也是大人家出来的,什么山珍海味没吃过?到法国来了年半,竟活生生憋成了个馋痨胚,作孽作孽。"

承晚顶嘴:"你们懂个啥?牛吃青草老虎吃肉,天经地义。一方水土养一方人,小孩子生出来,眼睛一睁开就是吃,从小吃到大,口味这东西,要改也改不了的。"

国粹打断众人的调笑,问道:"承曦那儿有啥消息吗?"

承晚说:"我也是有一阵没她的音讯了,前封信,还是三个月前了,说是进了茶叶批发公司做账房先生。"

"那倒也好,茶叶生意是你们家的老本行,应该是熟门熟路的。"

承晚叹了一口气,没作声。

云鹏说:"承曦又要上班,又要照顾令堂,肯定很辛苦。"

赵承晚耸耸肩:"我这个妹子,从小要强,比男人还出趟,很小就是屋里外面一肩挑的。再说家里有长年和王妈在做,我想应该问题不大的。"

云裳突然插嘴:"你们难道都不晓得?承曦她……"

众人诧异:"晓得什么呀?"

云裳张了张嘴,想说什么,又缩回去了。

赵承晚盯牢云裳:"晓得你有不少杭州朋友,消息灵通。你要说什么,就说出来呀。"

云裳支吾着,躲闪着,经不住赵承晚的催逼,才道:"前两天有个杭州朋友写了封信来,说了些瞎七八搭的事情,我是一丝丝也不信的。"

平常老成持重的云裳,这次说漏了嘴,几道目光逼过来,探询、疑惑，云裳只好闪烁其言："我这个朋友靠不牢的，无轨电车乱开，十句中有九句是虚话。"

一向和颜悦色的承晚，也绷不住了，口气很不高兴地说："哎，云裳，你既然已经提起了头，就说出来。吞吞吐吐，弄得人家肚肠发痒。"

云裳额上虚汗都冒出来了，抬手在自己嘴巴上拍了一下："被洛特老头子在课堂上灌了几句迷汤，我也是兴奋得昏了头。本来没有影子的事情，嘴一滑就说出来了，真是该死。"

众人只是一叠声地催他：到底说些什么，快点讲啊。

"说是：承曦订婚了。"

不啻于晴天霹雳，国粹眼睛弹出，手指间夹的香烟落下，在大衣上烧出个洞，也不晓得去掸。承晚像是被人打了一枪，嘴张得老大，半天合不拢。等回过神来，一个劲地摇头："笑话，天大的笑话，如果承曦真的订了婚，我这个做阿哥的会不晓得？还要从你的朋友处转弯抹角地传过来？"

肯定是谣传。

云裳总算松了口气，说："就是嘛，我说过，那个赤佬朋友的闲话信不得的。"

承晚余怒未息，对云裳说："我问你，你的这个朋友，姓甚名谁？我回到杭州，一定要去寻他算账。做啥不好，如此这般造一个黄花女子的谣，我妹子还没出阁呢！"

云裳苦了脸："这种人不要和他一般见识，没意思的。加之，他是长一码大一码的大块头，真要打相打，怕你也打不赢的，算了吧。"

文弱书生承晚一听到打架，不响了。

一直没说话的国粹，突然咬牙切齿地说："就算他是三头六臂，拼了命，我也要请他吃几记老拳。你们信不信？"

云裳内疚道:"要说,最该责怪的,是我多嘴了。你两个要是气不过,尽管过来打我一顿,保证不还手。好不好?"

气氛很是沉重,国粹面色铁青,承晚绷着脸,看得出也是压抑着火气。

最后是云鹏出来打圆场:"说这些没影子的事体干什么呢?嘴巴生在别人身上,管得了吗?我们来巴黎学画,多少还是有长进了。回去之前,倒是要好好地再领略一下法国的妙处,到处走一走,毕竟来一次不容易。"

总算缓解些,众人转头讨论回去之前,要先去什么地方旅游一次,但是心里还是有阴影,都有点心不在焉的。

回到家,云鹏责怪他的阿哥:"真不像你的脾气,这种风言风语,你去说它干什么?弄得大家心里窝塞。"

云裳闷闷地说:"我是一下子嘴滑了,人总有不经意的辰光。你要我怎么办?"

云鹏说:"你看范蛤蜊那副腔调,比承晚还要吃酸。"

云裳沉着脸,若有所思。

云鹏又笑说:"哈哈,原来花花大少范蛤蜊也有吃瘪的辰光。"

云裳叹了一口气:"事体没有像你们想象的那么简单,大块头在信里说了许多,我不便说出来罢了。"

云鹏倒是吃了一惊:"怎么啦?"

云裳去自己房内把信拿出来,交给兄弟:"喏,你自己去看吧。"

写信的朋友姓汪,云鹏以前也见过一两次,不是很熟。信一共有两页,蝇头小楷写得密密麻麻。

云裳贤兄,别来无恙?

想当初，兄曾邀吾一起游学法国，为家中琐事，没能同行。一念之差，现在后悔莫及。就在这一年半之间，情况变化很大。如果没有亲身经历，真是不可想象。……身边朋友中有很多人申请去港澳，并不是那么容易。偶尔听说有人以继承财产之借口，通过罗湖边境跑出去的。吾要不是九个月前结了婚，家中老父又有高血压、痰喘，吾大概也要试一下的。

吾新婚妻子叶心梁，新雅饭店的那次派对上，兄大概也见过。我们断断续续也交往了两年了，原来为了想出国游学，婚事犹豫着一直定不下来。现在这个形势，结婚，也是想互相有个倚靠罢了。想起来了，她的小哥哥叫叶康梁，画漫画的，跟杭州城里画水彩的赵承晚走得很近的。听说他妹妹赵承曦小姐，也在前阵子订婚了……

云鹏看到这儿惊呼："这么说来是真的了？简直不能置信！"

云裳皱了眉头："白纸黑字写在那儿，有什么不可相信的！"

"我还在想承曦这朵美人花落入谁家，范国粹呢，还是我阿哥？想不到被外人捷足先登。"

云裳脸色煞白："我已经烦煞了，你少说两句行不？"

云鹏宽慰他哥道："这种事情，其实也平常，历代都有。我不说透，你也许会郁结在心里，以致弄出病来。所以呢，佛说人间之苦，求不得是其中之一。你我生在富饶之家，从未受过匮乏之苦，人生也算是顺利。但人终其一生，不可能十全，都要经历波折，从中学到教训，体尝到酸甜苦辣各种况味，才能悟透人生。你说是吗？"

云裳说："我是一个大活人，不是什么佛陀。"

云鹏说："佛——本来就是看透了的人。"

云裳挥手道："去去去，别给我装神弄鬼的。我只求做个普通人，没有这么多的烦心事。"

云鹏道："人嘛，都有三千烦恼丝，割也割不断的。"

十四

承曦一直懊悔不已，怎么会一下子昏了头，鬼使神差地答应了沈文渊的求婚？她根本没有这个意愿，也没有半点喜欢过这个人。但当初又怎么会点头的呢？她百思不得其解，只好对自己说那次魂不在身上，从此铸下人生大错。

人一旦受到了憋屈，特别是在感情上，目光往往会产生偏差，像只被人撸倒毛的猫，脾气也变坏。沈文渊工作上打交道，那副点头哈腰，满口奉承的样子，她会觉得特别地猥琐："为了工作，你一定要满脸堆笑，把个头点得像鸡啄米似的？"沈文渊解释道这是礼貌，也是对上级的尊重。承曦马上反驳："尊重，也要是双方的，人家跟你说话手背在身后，居高临下，只是鼻子里出气。我是凑不上去的。"沈文渊只好耐着性子解释："俗话说：伸手不打笑面人。放低身段，也是为了工作顺利些呀。你作为我的爱人，千万要理解我。"

承曦只是鼻子里哼了一声。

每次当沈文渊在外面称呼她为"我的爱人"时，承曦浑身的鸡皮疙瘩都会竖起来。虽然现在这样称呼，算是新派，她还是觉得肉麻无比。"爱人"这两个字，是个极其私密，极其亲密、个人化的称呼，甚至当了真正爱人的面，也不好轻易出口的，现在就这样被人挂在口边轻薄。无论是称呼先生太太内人，或者俗称的家主婆，都比叫"爱人"来得自然。于是沈文渊就嬉皮笑脸地说："那么，你早点嫁给我，我就好叫你家主婆。"

承曦只是回他一个字："呸。"

承曦想忘掉但忘不了的爱人，当然还是范国粹，只是这个形象一天天地淡薄下去，那些令人缅怀的共度时光，像是前辈子的事情了。现在的通信越来越不便，通过香港转，也要几个月的延搁。因此，国粹差不多绝了音信，阿哥赵承晚也来信寥寥。承曦又想看到国粹的信息，又怕阿哥说他又交了哪个新女友，真是磨折煞人。承曦有时竟生出无端恨意，早知道有一天会成为天涯路人，又何必当初卿卿我我？而承曦自己，当年也是晓得范国粹的风流性子，却不管不顾地往里跳。看来，这世界上最靠不住的是情缘，在漫长的时间和遥远的地缘分隔之下，一切都会变质，早些晚些罢了。

承曦也明白，沈文渊为她在外面挡掉了不少杂事与麻烦，承曦才得以有一段相对平静安宁的日子。赵家一向被街坊们认为是富裕人家，家里有产业，兄妹俩平日生活又绰阔讲究。殊不知其实赵家内里空虚，茶园的股份也早已经抵押掉了。几次街道上门，都是沈文渊明里暗里排解掉的。

沈文渊这样做，无非是讨承曦欢心，早点答应和他成婚。承曦虽然应允了订婚，但看得出不是期盼的，半心半意的。沈文渊担心承曦会得反悔，所以加了力气，尽力让这桩婚事定下来。

但是承曦一次次地拒绝他举行婚礼的要求，推托说：就是要办，也要等阿哥回来再办，婚礼总要有个娘家的亲人在场的。平时也不肯跟他亲近，订婚至今差不多半年多了，连个嘴都没有亲过，最多就是在公园里拉拉手，还没走上几步，承曦就把手抽回来了。

一日，承曦意外地接到一封香港转来的信，拆开一看，不是阿哥或国粹的来信，却是云裳写来的。信中说：从朋友来信，也晓得些国内的状况。承曦如果要出国的话，现在就要进行了，今后看来只会越来越难。承曦若有这个意思的话,他倒可以帮上忙。已经有朋友顺利出去了,但时间一长就不敢保证……

承曦一点没有犹豫地回了信,说她倒真是想去外面看看,最好可以生活一段时期。"更主要的,是想念你们当年一块欢乐与共的朋友,如果能够共同周游观光,那是再好也没有了。"

云裳回信来说:"届时有香港朋友来与你联络,也会指点你如何申请护照出关一应事项。"承曦只须跟着信上的要求去做就是了。

大概过了一个半月光景,一封来自香港,落款是"陈缄"的信函寄到涌金门赵宅。正好沈文渊来串门,就把信带进来交给承曦:"我不晓得你家还有香港的来往,小心点罢。"

承曦嗔道:"是人,总有个三亲六眷,赵家以前也是大人家,整日高朋满座的。哪像现在,连个鬼都不上门来。"

沈文渊就讪讪地:"我只是提醒你一下,还被你刮三刮四,你当我听不出来话中有话啊。"

承曦先是掩嘴偷笑,随即又板下脸来:"晓得就好。还不是你自讨的。"

沈文渊走后,承曦读信,信的开首就称她为承曦二侄女,曰:

近年诸事繁复,家中也有人事变动,忙于处置安顿,久未联络,还望谅解。上个月你大姨妈故世,她膝下无子女,遗产就分为五份,我家小儿,四姨妈的一子一女,再加承晚和你,每份总有二十万港币左右,还待承办律师算清费用,作最后的分割。律师事务所近日来函,要求各继承人早日来港签字,以便交送遗产法庭批准。贤侄女可持此信向政府有关方面申请来港,事不宜迟,一旦有所拖延,整个法律程序都要从头开始,所费不赀。切切如嘱。

承曦心想：这个云裳倒是办事快捷，真正用了心思为她设计。但她对如何申请出境一点头绪也没有，而且，看到派出所那些居高临下的办事员就肚皮里一包气。看来还是要由沈文渊去打交道。

拿了信给沈文渊看，沈文渊第一个反应就是："你去了香港，就不会回来了。"

承曦反驳道："胡说八道，去香港拿了遗产就回来。我耽在那里做啥？人生地不熟的。再说，我家的房子还在这里，几代人传下来的。我怎么可以撒手不管？承晚回来了，也要住在这里的。"

沈文渊只是摇头："不会的。我晓得你这个人的。"

承曦急了："你这个人见到风就是雨，让你帮个忙，这么多的闲话。算了，我自己也可以去办的。"

沈文渊："不是不肯帮忙，我是担心你我的婚事要不入港了。"

"担心什么？我会赖婚？"

沈文渊沉吟："倒不是，但现在情况不明，今朝不晓得明日，你出去了回不来怎么办？"

"不会的。"

沈文渊沉思一阵，说："承曦，要么，不要等承晚了，我们先行把婚事办了吧。我已经满廿一岁了，你也要快廿三岁了，差不多是辰光了。"

照沈文渊的意思，只要把婚结了，一切都好办。他也会尽力去打通一切的关节。否则，他是不同意承曦出去的。

两人不欢而散。承曦不相信离了沈文渊就做不成事情，自己拿了信，到派出所去递交申请。接待她的是一个戴眼镜，剪短头发的女户籍警，看样子倒很文气，但态度生硬，言辞犀利，一个劲地盯着她问："你的大姨妈姓啥名啥？家庭成员几个？在香港以何为生？

你最后一次与她们联系是什么时候？有没有以前来往的信件？"

承曦没料到会有这么多的追根刨底，很多问题都答不上来。最后，那女人黑了脸，把信和申请单子推出来，说："就凭这一封信，不足以证明你去香港有正当理由。"

承曦不服："我是去接受遗产呀，去了还要回来的呀。"

那女人冷笑一声："不批准，也是为了你好！香港有啥好？资本主义社会，老百姓生活在水深火热之中。"

承曦怏怏地回到家中，想着虽然云裳热心帮忙，可是她大概是没有出国的命，就算她再会处理事情，可是没有碰到过这种场面，面对派出所之类的官家机构，还是心虚，如果那个女警察再多问几句，她大概会连信都不要了，落荒而逃。

一股悲哀袭来，承曦觉得她正是人所说的"心比天高，命比纸薄"，父母是这个样子，唯一的阿哥也帮不了她什么，反而处处要她照顾。欢喜上一个男子，偏偏又是个风流种子。难道她真的只能嫁个小市民，生儿育女，柴米油盐，蹉跎一生吗？

她心有不甘，潜意识中晓得：如果不趁着年轻时拼命搏一记，今后只会越来越难。

沈文渊隔了几天上门，绝口不提那日的龃龉，嘘寒问暖，表现得非常地体贴。承曦知道，凭了沈文渊在区里的人头熟，讯息灵通，肯定早已晓得她是无功而返，心里大大地松了口气，所以今天献殷勤来了。承曦也不去点穿他。

十五

时光如梭，一年半的留学日子，竟然如此飞快地度过。

法国之行，真没有使人失望，留学生涯大大地扩展了他们的眼界。洛特教授的课，也为他们打下了扎实的基础。但最大的收获，是遍布巴黎的美术馆和画廊，在卢浮宫这个世界上最著名的美术馆里，古来今往的大艺术家们，像奥林匹斯山上的神祇，如日月星辰，光耀后世。在拉丁区大大小小的画廊里，看到那么多来自世界各地的艺术家各显所能，向他们展示了艺术家无限创造的可能性。再回头看去，故国就像一幢风雨中的古宅，那么晦暗沉闷。他们学成回去之后，真要多打开几扇窗子，让新鲜的空气进来。

想到留学生涯将尽，不知何日才能再来，大家都有些不舍。众人说好了在动身回国之前，先去欧洲各地旅行一次。关于旅行目的地，云鹏提议去意大利的翡冷翠，文艺复兴的起源地，朝拜米开朗基罗的雕塑，欣赏拉斐尔画的微笑圣母，走一走阿诺河上的叹息桥，参观古代斗兽场。但是表哥说最近意大利有激进党闹事，工人大罢工，罗马街头满是垃圾，交通停滞，暴徒也常趁火打劫。

云裳一听就说："不去不去，马上要回国了，还是太平点吧。"

云鹏嘲笑道："阿哥，你在马赛被抢了一次，吓煞了。就像杜甫说的：至今残破胆，应有未招魂。"

云裳斥责阿弟："这么热的天，啥人愿意去垃圾堆里打滚，恕我不奉陪。"

大家正七嘴八舌，这时坐在一旁的樱之说："我也听说有一处地方，在法国南部有个城市叫露得，是圣母玛利亚显灵的地方，坐火车也可以到达的。不晓得大家意下如何？"

众人都没听说过这个地方。

云鹏还是想去翡冷翠，跳出来否定："去那里干什么？烧香拜佛？我们又不信天主教。"

樱之正在尴尬，在座的余先生说："这个地方，我倒听说过，前阵子，在《费加罗日报》上也有过报道，说是去朝拜的信徒，很有些是得了绝症的病人，医生都束手无策。去朝拜之后，多年的顽疾，竟不药而愈，神奇得很。露得出了名之后，大批的信徒蜂拥而至，以致附近的客店一房难求。"

樱之看着大家，脸上的神色又像是祈求，又像是哀告。

云鹏说："喔，真的假的？"

国粹白了他一眼："你是什么意思？"

云鹏道："这种报道常常有，现在是科学年代了，不药而愈这种以讹传讹的事情，是否经得起推敲？"

国粹决绝地打断他："管它真的假的，只要有万分之一的可能，跑一次还是值得的。"

众人犹豫，国粹说："你们不去？没关系，那我一个人陪樱之去好了。"

众人大叫："我们又没说不去，只是太突然，没有反应过来而已。"

坐在轮椅上的樱之突然掩面哭泣，肩膀一抽一抽的。众人都慌了手脚，劝解安慰，乱作一团。樱之抬起头来，梨花带雨地说："我哭，是高兴。我再命运乖舛，也交结了你们这批朋友，肯为我出力。我心里真是感激。"

云裳说："开头我们都没想到，表哥这么一说，当然要去试一试的。只要你好起来，比啥都值得。"

大家也七嘴八舌催促余表哥，赶快买火车票去。

露得是个古老而偏僻的小城市，处于比利牛斯山脉之间，冬季要封山。一条叫波河的河流绕城而过。由于闭塞，居民的生活还是保持着两三百年前的状态。一八五八年，圣母在此显灵十八次，又引出泉水为人治病，从此露得名声大噪，教廷封圣，造起了大教堂。

无数患有疑难杂症的病人和医学研究者从世界各地涌来，夏季更是挤满信徒和还愿者，以致国粹一行人到了地方，竟然找不到宿处。奔波好一阵子，才在一个旅馆里找到一间房，柜台说：还是为体谅这位女士的不方便，经理把自己的值班房间让了出来。实在是找不出多余的房了，连放被单的库房都搭了铺。

众人说特殊情况，大家将就些打地铺吧，可是进房去一看，那个所谓的"房间"，大概是值夜班职员打个盹的地方，小得只能放下一张单人床，再转个身都不行。大家就犯了难，打退堂鼓吧，好容易千里迢迢赶来，没有旅馆难道睡露天不成？虽说在春夏交接之际，晚上还是很冷的。柜台告诉他们，在半个小时路程之外还有个小城，那儿一般会有房间，不过要赶快过去了，天黑了就难说了。

也只好如此了。

但也不能留下樱之一个人，大家面面相觑，不用讨论，也总该是国粹留下了。国粹说："你们走吧，我在旅馆厅里的椅子上对付一晚就是了。"

夜深了，旅馆的前厅里熄了灯，值班职员不知跑到哪里去了。在山里，白日的气温和入夜之后相差很大，国粹抽着烟，喝着威士忌，越坐越冷，他的行李存放在樱之的房间里，冻得实在受不了，只好进房去取些衣物。樱之却还醒着看书，见他进来，抬起身来说："你守在外面，我也是睡不着。出门在外，没那么多的讲究，随便对付一晚吧。"

国粹一天奔波下来，身心俱疲，也真的有点吃不消了。但他拒绝了樱之邀请他并排在床上躺下的建议："我从小的睡相极坏，就是在睡梦中，还会拳打脚踢。还是不要惊扰你的清梦。我就在地板上歇一会儿吧。"

149

房间实在太小，大概是三米乘一米半，放了一张三尺半的窄床，一个脸盆架子，只有床边留下一块仅可容身的地方。国粹在地下铺了条毯子，枕在行李袋上，刚才喝下的半瓶威士忌，现在身处暖和的房间里，酒意一下子上来，很快地进入梦乡。

身下是硬邦邦的地板，人疲倦极了，睡下去也不怎么觉得。半夜，国粹一个翻身醒转来，伸手不见五指。狭小的房间中，男女气息混杂，在男人的威士忌宿醉的酸性气息中，杂有香水、口红、粉底、洗头膏、尼古丁的味道，再混合了暧昧的男女荷尔蒙气息，在黑暗中散发着一丝暧昧和不安。

生命从黑暗中诞生，欲念，也从黑暗中诞生。

国粹在迷糊中感到樱之的一只手从床上伸下来，轻轻地抚摸他的脸颊和肩膀。国粹闭着眼睛，一动不动，那只手在他脸颊上停留了一歇，又游移着，蠕动着，慢慢地，从肩膀移到胸膛上。指尖划过肌肤，如蚁之爬搔，如蝶之逗吻。国粹被她撩拨得睡意全消，一丝无名的欲火，从身体深处燃起。国粹本能地晓得，在还未失控之前，他应该阻止这局挑逗的游戏继续下去，一旦越过了界线，欲火熊熊燃起烧毁一切，局面将不是他能够控制的。而另一方面，国粹又很享受这种暧昧的触碰，放纵的，妄为的，天马行空，却又像在梦中一样随波逐流，像熟睡的婴儿那样被动的，下意识的，不需要负任何责任。

在包容一切掩盖一切的黑夜中，疲累的躯体睡着了，潜藏的欲望却时时刻刻醒着。有谁知道潜意识是多么不羁，在没有监管的情况下，随时随地冒出头来。弗洛伊德说：梦是被压抑的我们自身，而醒着的我们只是社会的产品。佛经也说：心象如云彩投影于寒潭之上，一只飞鸟掠过，所有的平静都会被扰乱。而人，是不由自主的动物。

这样甜蜜的苦刑，作为一个男人，他再也不能忍了。要么一刀斩断，要么全线崩毁。他猛然坐起身，攥住那只不安分的手，轻轻地搁回床上去。

没有抗拒，也没有挣扎。国粹点燃了香烟，借着打火机的微光，床上的女人俯身睡着，额发披散在脸颊上，吐气如兰，像安琪儿一样。国粹甚至怀疑，那一幕也许只是个旖旎的乱梦？

再也睡不着了，他起身走出房间，来到外面，猛吸一口香烟再吐出去。星空湛蓝，一钩新月沉在西边的山峦之巅。

他们起了个大早，两人七点不到就来到圣母大教堂前，入口处已经排起了长长的队伍。在他们前面的一家人是祖孙三代，为首的老祖母，六七十岁的年长妇人，鬓发已经斑白一片，但是腰背挺直，目光沉静。穿拖地长裙的女儿面目姣好，体型婀娜，正是风华当年。而小孙女大概五六岁的样子，胖乎乎的脸蛋，满头金色鬈发，穿一条镶蕾丝边的泡泡裙，白色的小皮鞋，很是活泼可爱。小女孩怀里捧了一大束鲜花。看见坐在轮椅上的樱之，祖孙三人都向她微笑致意。老妇人俯首跟她的小孙女说了些什么，小女孩便从花束中抽出一支粉红色石竹，跑到樱之的轮椅面前，抬头仰望着，眼中的神色又天真又好奇。樱之俯过身去，笑着摸摸女孩的头发。小女孩羞涩地把花递给她，然后跑回她母亲的身边。樱之连忙双手合十称谢，老妇人一家也微笑着颔首致意。

樱之显得很高兴，把花凑到鼻子底下闻着，仰头对国粹说："石竹，是我本命之花，今天真是个好兆头。"

露得自从圣母显灵之后，教廷梵蒂冈花了大本钱，建立起宏大雄伟的礼拜堂、圣母殿及修道院等一应设施。施行浸礼的大厅更是考究，哥特式的穹顶高耸，雪白的大理石铺地，从山上引来泉水，源源不断地注入正殿中一个拜占庭式的池子里。大厅里人头熙攘，嗡嗡之声不绝。在高高的莲花宝座上，圣母玛利亚身着蓝色长袍，一脸慈悲地往下注视着。于一片香烟缭绕之中，上了年纪的神父喃喃地念着经文，信徒们一个接着一个，只穿了单薄的贴身衣物，在两个教会执事的护持下，连头部带身体，一起浸入冰冷的圣水中，如此重复三次，洗涤罪人们的身体和灵魂。

浸洗池分男女入口，排着长队。在一道帷幕前，一位身穿黑袍的修女，从国粹手中接过轮椅，说男士请在外面等候，这位女士会得到很好的照顾。

国粹趁这个空闲机会，独自里里外外兜了一圈。这里是比利牛斯山脉中的一块谷地，波河穿过小镇，山巅之上建有宽大的瞭望台，可以远眺群山。整个圣母大教堂建在山坡之侧，占地甚大，前庭宽广，栽种了大量的绿树和鲜花。在一处幽静山岩之中，有一个位于半山腰的岩洞，供奉着白衣圣母的塑像，四周绿植环绕，从底部涓涓涌出清泉。又在山后开辟出一个雕塑园，重现了耶稣受难的情景。沿着山路，布置了各种《圣经》中人物的群像，低了头悲怆的圣徒们、猥琐的犹大、一脸木然的罗马士兵。而头戴荆冠的耶稣，背负着沉重的十字架，脚步踉跄地向上而去。在山顶的广场上耸立着三具十字架，耶稣和两个罪犯被钉在十字架上。

一圈看完下来，累了，坐在广场喷泉边上抽烟。广场上人山人海，哥特式的大教堂从外部看去，嶙峋高耸，金碧辉煌。通体洁白的大理石外墙，以各种马赛克的图像装饰。两旁围绕着拱形的走廊，正门两边建有盘旋而上的阶梯，走上去是个广阔的平台，在平台上抬头仰望三座塔楼，直上云霄，高处不胜寒。再走进教堂内部，也称玫瑰大殿，雕花廊柱成排，穹顶高耸幽暗。镂刻着众多《圣经》故事的马赛克玻璃长窗精工细雕，一束阳光透入，色彩迷幻，带来天国的许诺。祭坛的右侧，一架巨大的管风琴奏着抑扬顿挫的弥撒曲。大殿中到处是供奉圣母的鲜花和蜡烛。簇拥着的朝圣人群，从世界各地而来，白衣修女，褐袍僧侣。既有披金戴银的贵妇，亦有前呼后拥的仆役，还有粗衣敝屦的农夫，独自跪在圣像前祷告。

国粹其实是不相信什么"神迹"的，他记得小时候常常被年迈的祖母带去庙里烧香拜佛，祖母在蒲团上长久地跪着，捻香祷告念念有词，家里大人小孩一一惦记到：阖家平安长命百岁招财进宝祛病延年子孙满堂顺风顺水，连母猫生小猫都要观音菩萨保佑平安。最后还要往功德箱里塞铜钿，祖母平日俭省，可是捐献时毫不吝啬，大把的钞票、银洋钿，甚至金项链、玉镯头，由一只苍老变形的手颤颤巍巍地塞进那个无底洞里。可是家里还是一年年衰败下去，子孙一样还是不争气，唯一的功效是：祖母从庙里回来，脸上一副心满意足的表情，晚饭也多吃一碗。

这次陪樱之来露得，至少她能了个心愿，人生有个希冀，大家兴师动众来一趟也就值了。

国粹远远看见送了樱之一枝石竹花的祖孙三代，并排坐在弥撒席上听神父讲道，低了头，一脸的虔诚。讲道完了，老祖母还在地上跪了一两分钟，合掌祷告。然后，一家人来到祭台前，小孙女把银币投入捐献箱，取来蜡烛，母亲接过，把蜡烛和鲜花供奉在圣母塑像之前，最后由老祖母点燃起来。

民众淳朴的信仰，一代代的虔诚和承传，宁静脸庞，感恩的心，这情景就像让·法朗索瓦·米勒在他画幅中所描绘的那样。

时过正午，国粹想两三个钟头了，大概浸礼仪式也进行得差不多了，于是去教堂后部的出口处接人。等候良久，不断有信徒出来，头发湿着，脸上是完成大功德的喜悦。但是见不到樱之的身影。问把门的，也不得要领。国粹早上没来得及吃早餐，此时肚子饿了起来，遂去广场外面的小铺子里，买了个熟肉三明治充饥，店员说他们店里有卖热的葡萄酒，是此地的特色。他也叫了一大杯尝尝。

吃完喝完，并不敢多加耽搁，马上又赶回来等候。天气渐渐热了，在广场上的艳阳下晒着，此刻不禁睡意渐起，国粹昨晚没怎么睡好，现在上下眼皮直打架。一眼望去，三三两两的游客在草坪上散坐着，小孩子们互相追逐嬉玩，大人抽着烟闲聊。也有不少人在花坛旁的草坪上躺卧，一顶草帽盖在脸上，好不自在。于是，国粹也找了个树荫处，可以望见浸礼池出口的，自己说就小歇一会儿，可是一会儿就睡实过去了。

梦中，不知是何年何月，在古老的姑苏城里，千年的城墙巍然耸立，沧桑寂寥。空中大雪纷飞，房檐街市遍地皆白，长长的空巷杳无人迹。但不知为何缘故，家家户户的大门都敞开着，空空的厅堂上寂然无声，雕花的窗扉在风中砰然开合。斑驳的墙头上，探出一枝枯瘦虬结的红梅，将绽未绽。他信步而去，雪地上自动出现两行脚印，引导他前行。不知不觉地走近自家的屋子，一声呜咽，黑木大门自动敞开。天井中，一个小小的女孩儿，衣衫单薄，旁若无人地在雪地上独自起舞，裙裾飞扬。他下意识地呼唤："小妹，这么冷的天气，你怎么还在园中？别感冒了，快进屋去吧。"女孩儿回过头来，恍然是久别的承曦，长发盘起，翡翠耳环叮当，一脸的巧笑倩兮，牵了他的手与之耳语："听这曲子，是吉特巴哎，国粹哥，来吧。"国粹情不自禁，在雪中跟了女子相拥而舞。天井如舞台，大朵的雪花飘扬，卷裹着这对舞伴。环顾四周，原本光秃秃的梅树、杏树及海棠树，竟然在冰天雪地中开出硕大的花朵，热烈而狂放，奇妙而诱惑。

怀中的女子抬起头来，瞳仁深邃，含情脉脉，嘴边却浮起一个嘲讽及诡异的笑容。国粹本能地觉得不对，再仔细一看，这怀中的女子分明是钟樱之，一脸含冤带嗔……

大惊之下醒来，怔了好一会儿，才想起他们一行人特地来到露得圣母大教堂祈福。而樱之一早上就进了浸礼池，直到现在还没见人影。抬头看去，天时已近黄昏，鸽群在修道院上空盘旋，准备归巢。西边落日炫目的光线，从钟楼后面直射过来，在他的瞳仁上形成一圈虹影，看人和看物，都罩上一层如幻如梦的色彩。在熙熙攘攘的广场上，朝圣的高峰已过，退潮般的信徒们朝出口处走去，三三两两的褐袍僧侣也徐步蹀回僧舍，步态中有一种习以为常的慵懒。眼前的景色显得祥和、宁静，圣地日常的傍晚。

但是，钟樱之人呢？

国粹跳起身来，一面埋怨自己睡过了头，一面急急赶去浸礼池出口处。早已是铁将军把门。国粹拍了好久的门，才有个上了年纪的马脸修女出来，一副被打扰了的不满神色。国粹一心急，一口法语也讲得支离破碎。马脸修女更是不耐烦了，一个劲地摇头："Non, non, 浸礼堂里已经没有人了。"然后，不由分说地在他眼前把大门关上，任他怎么敲门也无回应。

国粹直如没头苍蝇似的，又前前后后地跑了一遍，穿过教堂里的大厅，撩起忏悔室的布幔向里张望，卖纪念品的小卖部也去兜了一圈，连教堂后面的僧侣墓园也去找过了。在夕阳斜照之下，墓园中墓碑倾圮，玫瑰凋零，天国的这个角落显得分外寂寞。

偌大的露得圣母堂，前山后坡，到处都找遍了，还是没见着樱之的人影。国粹跑得腰酸腿软，气喘吁吁，一颗心直往下沉，不可能的事情真的发生了,他竟然把樱之给弄丢了。

　　天色暗了下来,一轮新月悬挂在远方山巅的边缘。空荡荡的广场上已经杳无人迹,国粹颓丧地踞坐在教堂的台阶上,双手捧头,樱之是不可能自己回旅馆去的。那么,人呢?人到哪儿去了?

　　脑中一片空白,国粹竟有大哭一场的冲动。

　　一个影子出现在他面前,国粹抬头看去,一个身穿褐色僧袍的老者,白色的胡须隐在罩帽下的阴影中,老者的声音低沉和缓:"我的孩子,有什么烦恼我可以帮助你吗?"

　　国粹一直有个毛病,平时可以口若悬河,但一旦发急,说出的话便零落破碎,不成腔调。现在心里实在惶急,对老者说的一大篇话,前后颠倒,歧义百出。说完了,自己也不明白到底说了些什么。

　　老者只是静静地聆听,并不提问题打断他。等他说完,把手放在他的肩上,说道:"年轻人,不要忧虑,不要着急。在圣母圣灵的护佑下,在平安之地,你的朋友不会有事的,我们在此,都沐浴在天国的圣光之下。圣主爱我们,爱天下所有不幸的人们。你要安下心来,不要忧虑。"

　　老者如来时一样,隐去,也是无声无息。

　　国粹太沮丧了,也太恍惚了。老者所说的话语,他似乎听懂了,但又不明所以。月亮升起来了,整个广场上已经空无一人。在炽亮的煤气灯下,他佝偻的身影显得分外突兀,烟头抽了一地。在这山中谷地,白天和入夜的温差巨大,国粹越坐越冷,寒气侵入他单薄的衣裳,人瑟瑟发抖,连擎烟的手指都冻僵了,这才恍恍惚惚地站起身来走回旅馆。

　　刚转过街角,差点和一个急匆匆的行人撞个满怀,定睛一看,竟是跑得满头大汗的云鹏。云鹏一把拖住他,抱怨道:"国粹兄,大家都在找你，找得急煞了，你究竟上哪儿去了？"

国粹还在恍惚："你怎么会在这里？"

云鹏说他们四人今晨回到露得，总算找到了旅馆房间。安排妥当之后，大家也相偕去了圣母大教堂参观游览。正好遇见修女推着樱之的轮椅出来，却怎么也找不到国粹。众人只好先带了樱之回旅馆再说。入夜之后，还不见他人影，众人开始不安，云裳兄弟和承晚分头出门寻找，说再找不到的话，就要去警察局报案了。

云鹏说："想想你一个大活人，不会这么糊涂，把樱之丢下凭空消失吧。要么，就是喝醉了，自己回了旅馆。可是回到旅馆没见人，众人真的急了，樱之都急得哭了起来，口口声声地说要去报警，被大家阻止了，我说再找一遍再报警不迟。你究竟上哪儿去了？"

国粹本想解释：他也到处在找樱之。再想想，所有混乱的起因，就是自己睡着了误事，再说也无用。所以只是简单地说："一切都是我的错。我就是个人鬼共厌的大混蛋。"

云鹏本来还想说他几句的，但看到国粹的面色铁青，神色颓丧，也就闭口不言。两人一前一后地回到旅馆。

当国粹跨进旅馆大厅时，云裳和承晚已经回来了，正围着樱之和余表哥说话。

国粹一踏进门，四个人一起回过头来，云裳露出松了一大口气的样子，说："啊呀，你跑到哪儿去了？可真把我们给急死了，差一点……"

云裳话没说完，看到国粹脸上的神色大变，就顿住了。他再回头一看，也是惊呆了，张口结舌地说不出话来。

只见原本坐在轮椅上的樱之，竟然直挺挺地站在那儿，有些摇晃，但是不用人搀扶，没有任何支撑，就那么直直地站在旅馆的大厅中央。

十六

承曦进了钱塘江茶叶批发处做事,一开始还蛮开心的。

旧时做茶叶生意的,固然有其竞争,但总算是个风雅的行业。茶叶行的掌柜和茶博士都是长袍马褂,文雅谦恭,语言得体。就是在栈房里扛大包出力气的伙计,也大都是勤勤恳恳的老实人。还有,行业中人拜的都是同一个祖师爷陆羽,所以吃茶叶饭的,论资排辈起来,都算是师兄师弟。有起事情来,想要赊点货色,临时调个头寸,业内同行都会帮忙。平时过年过节,不论老板伙计都在一张桌子上饮酒吃饭,都客客气气。在这种氛围下,承曦这份新工作还算做得顺手,情绪也很平静。

但是没过多久,茶叶批发处也像外面一样了。工会主席是沈三根。沈三根七岁时从安徽逃难到临安,十一岁就在茶场里做小工,吃了几十年茶叶饭,也算是行业内老法师了。但这人脾气不大好,好争论,所以到处都做不长,换过好几个茶场。解放后,苦出身的沈三根被派做工会主席,管着百把口人,从开工资、发奖金到评劳动模范都说得上话。沈三根生平第一次尝到了被人仰视的味道,以前他讲话,人家朝他翻翻白眼;现在不一样了,他可以叉了腰讲别人,人家却没有回嘴的份。工作嘛,当然是更积极了。今朝开职工大会,明朝团体学习。在大会小会上,沈三根声色俱厉,底下人听得肚肠吊紧,面上又不好表示出来。

承曦平时不拿这些上心的,但凡这种会议,承曦虽然人到场,只是低了头结绒线,台上讲点什么,似听非听,一只耳朵进,一只耳朵出。想不到台上一声断喝:"就是说的你!赵承曦。"

承曦一抖,抬起头来,见所有的人都看着她。

沈三根盯牢了她:"赵承曦,你自己说说,是不是混进劳动人民中的资本家？我们老茶工一笔账清楚得很，不要以为可以混过去。"

承曦定了定神，说："沈师傅，话不是这么讲的，虽然屋里厢在茶场有点股份，也是过去的事情了。我现在跟大家一样，是凭自己的劳动吃饭。"

沈三根冷笑一声："讲得倒蛮轻松，坐在账房间里拨几下算盘，风吹不着，雨淋不着，就算是劳动了？太便当了吧，资本家娇小姐！我们茶农，日日顶着辣豁豁的毒日头在山上摘茶，空手赤掌在滚烫的炒锅里炒茶，几百斤的茶篓子挑到船上去。你哪一样做过？资本家就是资本家，还想偷懒耍滑，现在是不容许的了……"

承曦当场跟沈三根争吵了起来。哪料到平时都相处得蛮好的同事和伙计们，不是低头不响，就是附和了沈三根来指责她的不是。承曦不由得又羞又恼，回到家后，蒙头痛哭一场之后，情绪还久久不能平复。

女佣王妈老年昏庸，看不出女主人心情不佳，在一边絮絮叨叨说起："听说巷子西头的徐太太吃来苏尔药水了，蛮登样的一个女人，年纪轻轻，还不曾生养，哪能会一下子想不开，真是作孽煞了。"

说起这个徐姓女人，承曦倒是认识的，比她大了一两岁，当年亦算是杭州小有名声的一个交际花。人是相当活络的一个，长得黑里俏，乖巧活泼，很会得穿衣打扮，兼之琴棋书画都蛮拿得起来，早前倒是在杭州城里风光过一阵。只是命运乖舛，年纪一年年大了，谈过好几个朋友，嫁人却总是没头绪。最后不得已，做了卓英化学社小开的外室。安定下来后，倒也是洗尽铅华，用心持家，安分守己做起坐家妇来。承曦平时在菜场里碰到她，两人也会寒暄几句：今日啥个小菜蛮新鲜的，猪肉怎么又涨价了。有次坐公共汽车，正好跟徐妇同站上车,徐妇客气,抢先买了两张票。虽是几只角子的事情,但也是人家的一份好意,徐太太真是蛮会做人的。

这样一个八面玲珑的人竟然会自寻绝路。

王妈低声嘀咕:"外面都说是大房里去告发,说小开藏了一批黄金美钞在徐太太那儿。派出所带人上门,总共不过四五根小黄鱼,徐太太也全部交了出来,但是派出所和里弄干部说不止这些,一定是徐太太私藏起来了,要追查……"

承曦眼前浮起在菜场里,徐太太梳了个横爱司头,身穿夏季旗袍,挎了草编提包,提包里装了刚买来的鱼鲜蔬果,言辞得体,巧笑倩兮的样子。这样一个活泼泼的生命,一夜之隔,竟然就没了。

承曦为此好几日神不守舍,茶饭无心。

沈文渊前来探望,看到承曦一副怏怏的样子。说起了缘由,只会摇头。他近来参加了不少学习班,晓得对工商业的改造是怎么回事,因此也是无从劝解。两人相对枯坐了一阵,承曦只觉得烦躁,刚想让他走,沈文渊突然抬起头来,说:"承曦,我们还是结婚吧。"

看到承曦疑惑的神色,沈文渊又说:"结了婚,你申请去香港的可能性会大些。"

承曦不能置信:"真的?不要骗我。"

沈文渊就跟她分析:"有了家庭,也就是有了牵挂。批出来可能性大些。"

承曦踌躇着,沉默不语。

沈文渊很诚恳地说:"我并不是强人所难,只是想帮你一把。"

承曦似乎有些被触动了,轻声说道:"我真的出去了,也许一时不会回来的。"

沈文渊点头:"我晓得。"

承曦凑近沈文渊，问道："你为什么要这样做？"

沈文渊面孔上的神色很复杂，过了一会儿，缓缓道："你这个人啊，看样子真不怎么适应，再多耽下去……还有，你晓得的……我真的一直很喜欢你。"

承曦不作声，过了一会儿，她双手捂脸，泫然泪下。

他俩的新婚之夜，并无多少喜气。不多几个宾客散去之后，他俩在洞房里单独相对，都不晓得说什么好，不免尴尬。承曦疲累了一天，先自去卸妆洗漱了，回来见沈文渊还坐在床前抽烟，闷声不响，神色凝重，似乎面对两人角色突如其来的变化也是无措。

这个男人，追求了她好多年，现在竟然真的成了她的丈夫，真的将与她同床共寝。这话放在半年前，承曦是无论如何不会相信的。但事实就是事实，无论她再怎么心不甘情不愿，事情已成定局了。再一想，古往今来，小说中也好，戏里也好，世界上的男人女人大都是无奈的，难以犟过命运的。于是也坦然了，转头对新郎官说："你也早点睡吧，忙累一天了。"

说罢熄了灯，自己先卸了衣上床。

承曦侧面朝床里厢，缩起身体，把自己蜷成虾米那般，以抵御不可知的新婚之夜来临。沈文渊走出房间，听到他刷牙洗漱的声响，过后又进房来，在微明薄暗中，听到男人沉重的脚步一步步地往床前来。沈文渊掀开被子，在床的一边躺下，承曦屏住呼吸，一动不动，心里却紧张得别别跳。沈文渊并没有进一步动作，只是摸了摸承曦的肩膀，咕哝一声："你也累了，好好睡吧。"

虽然出乎意外，承曦并未放松下来，一夜间睡睡醒醒，甚不安宁。几次做乱梦做到国粹，却是面目模糊，说的话，也听不甚明白，两人似乎彼此生分得厉害。醒来后就觉得悲哀：再好的感情亲情，被时间地域分隔开之后，竟然会褪色得这么厉害。

长夜将尽，她在淡淡的晨曦中又一次醒来，突然看到睡在身边的男人，打着轻轻的鼾，还以为在梦中。但一切的一切告诉她，这是现实，不可逆转的现实。

第二夜，沈文渊也还是没有碰她，承曦觉得诡异，倒是忍不住，背着身，嗔他道："结婚也是你几次三番提出来的，现在结了婚睡在一张床上，倒像两个陌生人，你到底是什么意思？"

沈文渊撑起身来，很认真地看了她一眼，说："我晓得，虽然结了婚，你心里面还是跟我生分。真正的夫妇是要完全接受了对方，才能合为一体的。"

承曦不响，沈文渊又说："另外，我现在心里有很多事，要摆平了才放得下心来。"看到承曦询问的神色，沈文渊复又躺下，说，"我想，当务之急，是要把你去香港的申请弄出来。"

承曦不由心中感动，平日待沈文渊也温柔了许多，铺床叠被，操弄膳食，倒是显出几分新婚夫妇的情意来。有时想想，旧时大多数夫妇莫不过如此，结婚前连面也没见过，高矮胖瘦也不晓得，结了婚住在一起，吃在一起，一段日子下来，也接受了对方。如果不能去香港，跟沈文渊平平安安过一生，也不是个最差的结果。

国粹呢？国粹已经很遥远了，在风中，在梦中。在现实中，他是远隔重洋的一个影子，一段残留在记忆中的老电影的片段，更确切地说，他是一根插在她指甲缝中的刺，不小心碰着了会痛彻心扉。

第二章　拣尽寒枝不肯栖

十七

  轮船过了马六甲海峡,再掉头北上。站在甲板上,他们再一次感受到赤道附近的热带季风,吹在皮肤上感觉像热刀子切牛油。白天骄阳当空,船舱里如蒸笼一样,人稍一动弹,就汗如浆出。国粹和承晚几个人也顾不得斯文了,在舱里脱得只剩一条裤衩,还是汗如雨下,抬起胳膊,自己也闻得到一股汗酸味。晚间,钢铁的船身经过一天的暴晒,像一只搁在炉子上的锅,热量却散得极慢,旅客在封闭的船舱里像烙饼一样,辗转不得入睡。在江南,也常有燠热的天气,气温高达四十摄氏度,但总能找到一块阴凉之处,树荫下,或水边,不像在船上逃无可逃。
  唯一的慰藉是,离故土越来越近,难熬的日子很快要到头了。
  同船回来的云裳兄弟,计划先在香港停留一周左右,再转去柬埔寨的暹粒,拜见他们阔别两年的父亲。老头子最近在那儿买了一大片橡胶园,割下来的原生橡胶,送到法国去做轮胎。而国粹和承晚准备取道罗湖到广州,再乘火车去浙江、上海。
  日据时期,时局动荡,香港的房地产不值钱,傅家老爷子于是广置房产,在半山上有幢花园大洋房,十几间卧室,有土耳其浴室和花洒,地下室里有弹子房,在大阳台上搭有遮阳的长篷,可以一面喝冷饮,一面遥望维多利亚码头及海湾。好客的云裳兄弟留他们在香港多住几天,带他们游览香港景色,再请他们尝尝香港有名的酒楼饭肆,以解去国两年多的馋念。国粹本是闲云野鹤,有吃有玩再好不过。赵承晚却归心似箭,一到香港,隔日就要去买车票,说只能小住三四日,老母及妹子都在等他回杭州呢。

翌日,众人起身后喝咖啡,外面日头正旺。云裳说:"香港,中环弥敦道大浦九龙青山维多利亚港,统统加起来,也就巴掌大的一块地方。天又热,一圈兜下来也就厌了。说起来,香港真正的好处还是在一个'吃'字上头。记得上次来香港的时候我才十六岁,正生长发育头上,胃口特别好,可以一日吃五六顿。早上饮茶,几十碟茶点一扫而空。中午吃一大盘龙虾捞面。等到三点多钟,再去吃英国下午茶,说是吃茶,各种三明治和巧克力小点心塞足。没过两个时辰,又去吃牛排。十二盎司的一大块牛排吃下去,加上蛤蜊浓汤、烤薯仔、奶油布丁,吃完起身都起不了。哪想到半夜又被三表哥拖去吃宵夜。我说真不行了,肚皮快要爆炸了,表哥说就算陪我好了。等到了夜市,一见各种各样的鱼蛋粉、生滚靓粥、咖喱牛杂、汤水、甜品,一张嘴又把持不住了。肚皮吃得滚圆,回来倒头就睡。第二天眼睛一张开,又想着今早吃什么……"

大家笑,说到了香港,总算是老鼠跌进米缸里了。大肚汉云裳,今晚要带我们去吃什么?

云裳眉飞色舞:"当然是去吃中餐咯,在巴黎心心念念想的,一是淮扬菜和上海菜;二是香港独一份的卤味和烧腊,今晚我们去镛记,那里的烧鹅一流。"

的确,镛记的烧鹅名不虚传,皮脆肉嫩,配了特制的酸梅酱,一口咬下去满嘴油香。另外,镛记的小食也别出心裁,卤油鸡、蜜汁叉烧、皮蛋酸姜、蛤蜊蒸蛋、鱼翅捞饭,都很上水准。这几个人在国外待了几年,真的斋狠了。一旦美食当前,大快朵颐,吃得盘子叠盘子,侍候上菜的堂倌看在眼里,心里直发噱:这四个后生仔,看起来文质彬彬,吃相活像饿死鬼,胃口赛过码头上的踏车夫。

酒足饭饱,出门散步消食。中环这一带,电车叮当,人流熙攘,正是华灯初上,热闹得很。大家心情不错,说说笑笑,兴致颇高。去国两年多,再回到熟悉的环境中,吃了一顿好饭食,听着乡音,颇有恍然隔世之感。灯火飘摇的巴黎,像个渐渐淡去的梦境。

等红绿灯之际,对街有一个高个子的瘦男人,比一般人高出大半个头,在人群中鹤立鸡群,格外引人注目。国粹一瞥之下,恍然觉得这人很像是二弟国樟,但即刻摇头否定,世界上像的人多了去,国樟在上海读书,怎么会跑到香港来?肯定是他的酒喝多了。当绿灯亮起时,那人越过马路趋近来,跟他正面相对,两人都不约而同地大吃一惊,竟然真的是两年多没见的国樟。国粹一把拖牢:"国樟,你怎么会在这儿?"

国樟畏缩地前后左右环顾一番,说:"哎哟,阿哥,一言难尽,我们找个地方说话吧。"

国樟看来落魄非常,消瘦枯槁,头发也很久没修剪。众人唏嘘一阵,国樟还没吃饭,于是找了个就近的茶餐厅,叫了食物和啤酒。

国樟大概是饿狠了,一声不吭地埋头大嚼,一大碗牛腩面狼吞虎咽下去,灌下半瓶啤酒,再点上国粹递给他的香烟,才闷闷地开口道:"阿哥啊,苏州的家,没有了。乡下的田,也是没有了。"

大家吃了一惊,国粹晓得家里捉襟见肘,日子不好过,但没料到兜底翻转。脑子里一团乱麻,只是催国樟详尽道来。

国樟吐出一口浓烟:"乡下的地,被没收了。一顶工商地主的帽子戴上来,从此处境大不一样了。"

承晚叹道:"听你这一讲,我真是心急如焚,不晓得杭州情形如何了?"

国樟道:"据我晓得,整个苏沪杭地区,都是差不多的样子。"

国樟又叹道:"本来还有一年可以毕业了,我心一横就退了学,冒充了一个朋友的身份,逃来香港已经两个多月了,经人介绍,在一家木行栈房里做粗工。"

云裳尴尬地笑了笑:"不过讲句正经的,还是先观察一阵,等情况稳定些再回去不迟。"

云鹏也劝道:"不如,国粹兄跟我们一块到暹粒去走一趟,权当度个假。"

国粹不语。

十八

不管众人如何劝说,赵承晚还是一心要回杭州去:"这种漂泊日子我已经受够了,吃不好,困不着,像条无家可归的野狗一样。我回去,不会没有我一口太平饭吃的。"

话说到这个分上,众人也不好再说。云裳张罗着,在傅家大宅里举行了好几次派对,聚餐送别赵承晚。临走的一天,坐了傅家的包车,众人送到罗湖关口。赵承晚自己提了皮箱,跟众人一一握手告别,不免都有些唏嘘。云裳叮嘱:"到了家后,写封信报个平安,大家也好放心。"

回来的路上,大家都沉默不言,快到家时,云裳摇摇头说:"不敢相信,真的各自东西了。"

云鹏也叹道:"从此,遍插茱萸少一人。"

承晚走后，众人也开始做去高棉的准备。从香港到西贡，是四天的船程，还要从西贡乘坐法国人的火车到金边，到了金边，傅老太爷的橡胶园管事，会派车子来接他们一行。

一路同行的，除了傅家兄弟，国粹与国樟，还有傅家的表兄余先生。当初刚到法国时，余先生像个长兄，办入学、找住处，前前后后帮了他们不少忙，所以众人对余先生很是感激，他说的话大家都肯听的。五月底，余先生在巴黎的索邦大学毕了业，获得化学博士学位。学成归来，傅家老爷子近水楼台先得月，委聘他去做新开橡胶园的总经理。一行人中，他显得最为与众不同，除了是东方人的面孔，举止言谈完全是外国人作派，平时讲法语比讲中文多。天气再热，出门也一定是西装笔挺，金丝边眼镜，一手擎了支雪茄，一手拄了根手杖，完全是标准的欧洲老派绅士的派头。

一行人乘轮船到达西贡，不料正好赶上湄公河发大水，黄汤铺天盖地，冲毁了通往金边的铁轨线。据报上说，修复通车至少要一个多月。

五个人就此被困在旅馆里。时值七月，东南亚的夏天暑热逼人，白天艳阳高照，马路上烫得可以烤面包，根本不能踏出门去，连打几局桥牌也会一身大汗淋漓。几个人只好躲在旅馆里喝喝啤酒，吹吹电风扇。就是坐着不动，一天也至少要洗三四个澡，刚洗完，汗珠马上就冒出来了，真想一头再钻进浴室去。

几天下来，身上真是要憋出霉花来了。国粹兄弟私下嘀咕："夏季的南洋，真叫剥皮地狱。真是昏了头，挑了这个季节过来。"

终于下了一场大暴雨，倾盆而泻，逼退了一个礼拜的暑热。黄昏时分，雨停住了，天气放晴并伴有微风。总算可以喘口气了，五个人出门散步。西贡是法国多年殖民地，受宗主国的文化熏染，街道、城市的建筑颇有法兰西风格，又混杂了南洋风情的随意。绿树浓荫之下，路边的咖啡店坐满了客人，多数是西洋人士，放松地喝酒抽烟闲聊。当地年轻的女人黝黑矮小，高颧骨大脑门，戴着竹编斗笠，穿着紧贴腰身的纱裙，挑着水果担子摇曳而过。精瘦的黄包车夫，赤脚踩在水洼里，啪啪地奔跑，很快活的步态。敞篷的吉普车上，载满了光着膀子的美国水手，鸣着喇叭驶过。

路过一个广场，聚集了好几家露天酒吧，吧台上放着留声机，音乐喧天。酒吧里面挤满了美国大兵，年轻得像一群放假的高中生，大声地喧哗，兴高采烈地闹酒。云裳摇头，说了一句："跟法国人比起来，美国人简直就像乡下人。"于是国粹转头瞥了一眼，不想在人群中看见一张熟悉的脸。那人也看到国粹，大叫着冲出酒吧："哇拉拉！范，什么样的奇遇，竟会在西贡碰见你！"

国粹和阿伦当街相拥，大笑着互相拍肩膀。云裳兄弟与阿伦也是一个班的，都认识，只是不如国粹那般与之深交。众人握过手之后，一起进入酒吧坐定。阿伦介绍他的一个朋友给大家认识，一个高高瘦瘦的法国男人——安德鲁·费劳伦先生。做航运生意的，大概四十多岁，穿一件洗旧的大花衬衫，短裤，脚上的镂空皮鞋已经很破旧了。鬓边灰白一片，容貌显得很是沧桑，谈吐却很有教养，一口纯粹的巴黎腔，像个不修边幅的大学教授。阿伦说，安德鲁的祖上是法国路易十六的宫廷大臣，在英法百年战争中立过功劳，封有爵位，并在卢瓦河谷地区有自家的城堡。显然，安德鲁显赫的身世和他目前的境遇不甚相符。如很多生活在远东殖民地的欧洲人，夹在宗主国和殖民地的利益冲突之间，法国在北非和中南半岛（包括越南、老挝、柬埔寨）的领地都有不小麻烦，风云一日一变，于是眼睛里总有一丝焦虑的神情。安德鲁不太讲话，只是闷头喝酒，云裳他们一杯啤酒还没喝完，安德鲁已经喝下两杯琴汤尼，然后示意酒保再来一杯。

七嘴八舌之后,国粹说起滞留在西贡的缘由。阿伦哈哈大笑,说:"难得会有这么凑巧的事,我正和安德鲁商量这个事情,要弄艘船去金边,可巧你们就一块来了。"

国粹不敢相信自己的耳朵:"你也要去金边?"

阿伦微笑道:"为什么我不能去?虽然我常住法国,但是二十三年前,我出生在那里。"

国粹支吾道:"喔,我一直以为你是安南人。"

阿伦摇头:"范,你我认识也有一年多了,你连我是高棉人都不晓得?"

国粹尴尬地笑笑,心想:你又从没告诉过我,况且,安南人、老挝人、高棉人,我看你们都长得差不多的样子。

阿伦说:雨季要开始了,届时到处一片泥泞,铁路的修复肯定是遥遥无期。与其困守在这儿,唯一可行办法是乘船去金边。他跟安德鲁商讨租船的事宜,正巧看见你们路过。

虽然都不喜欢坐船,但困在旅馆里发霉更令人讨厌。云裳兄弟向安德鲁询问了租船的细节,以前每礼拜有船从西贡沿着湄公河去金边,比乘火车要快捷方便。但是几年仗打下来,湄公河沿途又不安宁,常有抢劫绑票,船公司都倒闭得七七八八了。现在要去金边,只有零星的私人包船,也可以直接去暹粒。安德鲁说,现在太多商家要租船运货,包船并不好找,价钱也不会便宜。

云裳认为价钱不是问题,安全才是最为重要的,一旦碰上抢劫绑票,那可不是玩的。大家都是第一次来东南亚,不知道这一路过去,是否会有危险?

阿伦不以为然地说:"世界上没有百分之百的保险之事。现在战争时期,危险是有的,但也不见得因此不出行,不做事。"

安德鲁一笑，说："你们和阿伦一块同船去，应该是很安全的，比雇佣了一队兵，更要安全些。"

阿伦做了个手势阻止安德鲁说下去，说："你们都是我的朋友，到了我的国家，相信我，我会尽最大的努力保证你们的安全。"

两天后，在西贡一个内河小码头上，国粹他们见到了要搭乘的那条船。这艘蒸汽小火轮大概六十尺长，船身锈迹斑驳，从蒸汽机发动机喑哑的嘶吼声听起来，船龄肯定有些年头了。船员是三个肤色黝黑的高棉人，一个是船长兼掌舵，一个是水手兼火工，还有一个上了年纪的男人是杂役，一路上由他负责烧饭。国粹一行人不由得踌躇起来，这艘破船看来应该是要报废的，弄得不好会在河面上散架。但安德鲁保证：船虽然看起来破旧，但绝对没问题，而且船长与水手都是一辈子在湄公河上行船，极有经验的，大可安心。

在动身前的一天，安德鲁单独来旅馆拜访他们。坐下之后，仆役送上咖啡，寒暄一阵之后，安德鲁拿出一个首饰盒子，递给云裳，说："诸位来西贡一趟，也许想要购买些纪念品，这儿有件古董出让，我想诸位应该看一看。"

虽是求售物品，安德鲁还是端着一副贵族派头，高傲并勉为其难的作派。

云裳疑惑地接过来，打开，见是一条银项链，上面有个坠件，也是银制的，仔细看去，雕的是女子的头像，微微地昂起，半个银币大小，雕刻精细，面容姣好，头发被风扬起，呈扇形散开。

云裳只匆匆一瞥，就随手递给国粹。国粹接过来，女子的面容使他想起在船上遇见樱之那一刻，心中一凛，再仔细看去，坠子做得非常精细，头发丛中镶嵌了细小的蓝钻，女子的面容栩栩如生，纯净柔美，神情却有一丝哀怨。

法国人的开价是两百法郎。安德鲁有点窘迫地说："这条项链是我祖上传下来的，你看这镶嵌和手工，大概是十六世纪意大利珠宝工匠的作品。你看这面容，说是受难天使也可，说是圣母玛利亚也可。你看这么多的精巧的细节，现在人们是做不出这么精细的艺术品了。"

听他一说，国粹再低头去看，银坠子的表面由于年代久远已经黯淡，他掏出手绢在坠子的表面擦拭，女子的脸清晰起来，双目半阖，嘴角上翘，有一种似笑非笑的表情。盯视了久些，国粹竟然感到一丝晕眩，赶紧把首饰盒子关了起来，递还给安德鲁。

看见众人并不踊跃购买，安德鲁显然有些失望，昨日见了这几个中国人，看起来像是有钱的公子哥儿。越法战争一拖再拖，船公司生意更是难做，前一阵子，还沉了一艘货轮。因此安德鲁焦头烂额，房租已经几个月没付了，厨师和花匠的工资也发不出；外面欠了好多债，单单酒吧里就有上百法郎。酒保已经告诉他，再不偿还的话，酒吧就不再赊账给他了。

国粹倒是喜欢这坠子，但他没钱，前前后后已经欠了云裳七八百法郎，这笔饥荒不晓得什么辰光才能还上。况且，现在国樟跟他们一起，又多了一笔开销。

场面尴尬，安德鲁环顾众人，咳嗽一声，嘶哑地说："价钱好商量。"

国樟稍微懂些典当行情，从他阿哥手中接过坠子，摘掉眼镜，凑得很近地研究一阵，对他阿哥说："这件东西虽是古董，但是银子做的，最多值二十个银元。以前在当铺里，常常收到这种西洋首饰，一两多重的廿四开金链子加上坠头也就值个三四十。"

国樟晓得他这个阿哥，在银钱上是有些呆气的，看到喜欢了的物件，并不计较价钱。所以范应氏不要他在当铺里做事，收进的东西，盘不出去，价钱还往往超过本身的价值。说他几句，总要回嘴："这能有几个钱嘛！'喜欢'两字本身，也是有价的呀。"

哪知国樟不说还好，一说国粹却来劲了，问安德鲁："一百法郎卖不卖？"

这条银项链，是安德鲁所剩不多的传家之物，也是被债主逼急了，他略一思索，便点头同意。这下变成国粹犯难了，他口袋里只剩有几块零星硬币，根本掏不出一百法郎来。倒是安德鲁还蛮有气度，说："没关系，你可以留下看看，我明天再来拿钱好了。"

国粹只得再次向云裳借钱。云裳笑笑，数了五张二十元的钞票给安德鲁。

十九

小火轮在绵绵细雨中出发，一行人站在甲板上极目眺望，望出去湄公河水面开阔，波平浪静。两岸连绵不断的热带丛林，浓郁得化不开般的绿。近岸处，浮了一层绿藻，水面上蚊蝇纠结成团，直往人身上扑，一掌拍去，掌心中总有三四个血糊糊的蚊尸，拍之不尽。

船首远处，一片雨雾迷蒙。

这艘蒸汽驳船的确很老旧了，从上船第一分钟起，随着蒸汽锅炉鼓风机的轰鸣，脚下的甲板、栏杆、门窗都在有节奏地震动。云裳对此颇为担心，多次追问阿伦："船是否会出毛病？希望不要在河上面散了架。"阿伦安抚他："船上的蒸汽机在工作，总是有点响动的。"云裳说："以前也坐过船的，好像并没这么大的动静。"阿伦语气中就带点嘲笑了，说："Monsieur，你以前坐的是玛丽皇后号远洋邮轮，我们现在坐的是只铁皮盆子，加了个蒸汽发动机而已。"

既然已经上了贼船，云裳一行也只好听天由命了。所幸一路行去，除了闷热和颠簸，及苦于蚊叮虫咬，别的还算顺畅。船走走停停，因天气极是炎热，船上存不住任何食物。所以每到一处乡村市集，做饭的老头就要下船去采买菜蔬食材。等候的那段空隙，众人就扒了上衣，穿了短裤，在水浅处蹚一蹚，借此消除些暑热。

他们与船员语言不通，一切交往全得依仗阿伦在中间转达。船上老头做的饭菜，用了许多当地奇怪的调料，如发臭的鱼露虾酱、又小又辣的朝天辣椒、异香扑鼻的九层塔和极酸的酸茅，口味倒也蛮新奇。问题是老头做饭不大讲究卫生，菜和碗筷就是用河水洗的，便桶也是在同一条河里涮的。加之天气酷热，苍蝇极多，终于吃出了毛病。除去船员和阿伦，别的人都患上了肠胃炎。最严重的是云鹏，除了腹泻，还患上了要命的疟疾，体温忽高忽低，摆子打得人都脱了形，面色发青，嘴唇灰白，躺在床上起不来。阿伦随身带有奎宁，几剂吃下去还不见好，大家不由得紧张了，都说先行救人要紧。这时已经进入高棉地界，阿伦让船长直接开去他家乡。

原想，阿伦的家乡应该有着医术良好的医生，至少也是交通便利的地方，万一病情加重，也可以转去大城市，那里有法国人开办的医院。毕竟这是性命交关的事，如果出了意外，云裳真不知道如何向他父亲交代了。

但是小火轮所经之处，一丝也没有大城市的影子，只有大片的水域，无边无际。水上有些零星的寨子，几幢棚屋如浮萍般漂荡在汪洋之中。简陋的房舍是用木桩架在水平面之上，木板或铁皮的屋顶，有宽大的木制露台，晾着渔网和洗过的衣物，一些几乎全裸的小孩蹲在露台上看着小火轮驶过。云裳他们从未见过这样的地方，前不着村，后不着店的，不知当地居民在一片汪洋水域中怎么生存下去。云裳更是心里发毛，拖了国粹再次去找阿伦："这里根本是荒僻之地，我们究竟要把病人送到哪儿去？"

阿伦靠在栏杆上抽烟，一声不吭。最后转过身来，他眼里有一丝犹豫闪过："我说过，我会尽力保证你们的安全，但我完全没料到云鹏突然生病。现在，我的担忧比你们更甚。这儿离金边至少有两百公里，可能需要三天到四天才能抵达。据我看，云鹏的病情可能撑不到那个时候。唯一的办法是先去我的家乡，大概傍晚就可到达。寨子里有老人会治这个病。当然，如果你们有更好的办法，我也愿意照着去做。"

云裳已经六神无主，也只得依了阿伦。

再回舱里去看视云鹏，正值疟疾发作，一下子冷得发抖，一下子又热得浑身虚汗，牙关紧咬，身体痉挛不已，人已经半昏迷了。众人急忙掐他人中，再七手八脚地用冷水毛巾帮他擦汗，云鹏才醒过神来，朝了云裳虚弱地笑："不要难过，阿哥。生死有命，随缘罢了。"云裳伤痛莫名，又不好表现出来，只得安慰他道："好好休息，我们就要到了，会有医生来给你治病的。"

下午时分，到了阿伦的家乡，也是个建在水上的寨子，但占地面积很大，上千幢乌蒙蒙的木板房屋连绵成一片，鳞次栉比，港汊错综，蔚为奇观。很多房子的露台下系着小船，寨子里又设有简易的商店作坊，看这个规模，倒像是个小型的水上城镇。阿伦说这样的水上村寨，湄公流域有许多，历史也久，总有上百年了。当年是为了躲避战乱，一些渔民索性住在水上，以水产渔获与岸上交换日常用品，过的是最低限度的自给自足的生活。早前是小规模的村寨，渐渐发展成现在的样子，而且不断地扩展。

小火轮在弯弯曲曲的港汊中滑行,靠上一个木制码头,有人来迎接。阿伦一声召唤,云鹏被几个年轻的高棉人背了起来,送入一间很大的木屋,安置在中央。众人也跟随其后,鱼贯而入。房间里别有洞天,看起来比外部要阔大,火塘上吊着炊具。房间前后贯通,忽而一阵穿堂风吹过,颇觉周身舒爽。家什是极为简陋的,竹帘竹凳竹榻,地上铺了篾席,从脚底下的木板缝隙中,可以看见下面的河水淙淙流动。

众人担心着云鹏的病情,坐立不安。阿伦安慰大家:"我已经禀报了族长,派人去请医生了。"大家才安心了些。未久,一艘小船接来了一年老妇人,看不出具体的岁数。矮小干瘪,黑色的土布缠头,脸上皱纹密布,一张牙齿掉光的瘪嘴。更为殊异的,是从前额到右边的颧骨处文着一条蟒蛇的刺青,猛一看上去极是惊悚可怖。老妇人手擎一支长长的竹制烟管,不住地吞云吐雾。上身穿紧身束腰黑衣,下面着黑色宽大裤管的长裤。脖子与手腕上佩戴着各种各样的银制首饰,走起路来叮当有声。裸露在外的手脚,皮肤如蛇皮似的,紧紧地裹在突出的骨节上。她一踏进房内,众人噤声,一个个恭恭敬敬地向她合掌、鞠躬。阿伦低声向国粹他们介绍说:"这老妇人是方圆百里内最高明、最受崇敬的大巫师,法力强大,不但精通民间医术,又擅长安宅镇鬼、驱邪招魂。四周寨子亏得有她长期守护,几次大瘟疫,都得以安全避过。但她年岁已高,近年来不大肯出门看诊。这次情况危急,特地由族长出面,请来给云鹏治病的。"

自从老妇进门,众人惊愕不已,眼见阿伦请来的竟是这样一个"医生",跟想象中的简直相差十万八千里。虽然阿伦一再邀大家去旁边房间喝茶歇息,众人哪敢离开半步,一并留在房间里照看,心里忐忑。

老妇人在篾席上盘腿坐下，即刻有人过来上茶水，帮她的烟管袋点上火。巫师如老僧入定，一声不响地抽了半袋烟。然后来到云鹏的身边，缓缓地蹲下，先是用鼻子凑得很近去闻云鹏头发、腋窝、掌心及足底，再用枯瘦的双手在云鹏全身上下游走一遍，嘴里念念有词。这些事情做完，老妇人退后，又盘腿坐下，吩咐下人先在房间的四周、床头床脚点起艾香，烟雾缭绕，一股奇怪的辛辣草木焚烧气味弥漫了房间，云鹏在这股强烈的药草烟雾中安静下来，慢慢地沉睡过去，呼吸也平稳了许多。

国粹他们从未见过如此怪异的"治病"方式，一个个看得目瞪口呆。接下来巫师的做法更使人吃惊。有人送来一只活鸡，当场在房间中杀掉，淌下来的鸡血接到一只钵子里。巫师在其中倒入一包药粉，念着咒语，然后用一根羽毛把鸡血涂在云鹏的额上、腋窝、掌心及脚底。在大家还没回过神来之际，坐着的巫师突然跳跃起身来，一蹦老高，眼睛翻白，喉咙里发出一连串奇怪的咒语，时而尖利时而暗哑，根本不像是人类发出的声音。一面手舞足蹈，从房间这头蹦到那头，时而轻盈时而激烈的动作，根本不像一个上了年纪的妇人能做出来。再环顾房内，所有的当地人都低头合掌，嘴里喃喃地低诵，一脸的虔敬，好像这样治病再正常不过了。于是，众人都不敢造次，屏声息气地看着巫师作法。

云裳他们从未见过这种场面，神秘又鬼魅，大巫师的作法带有一股不可解释的原始魔力。酷热的气温也不觉得了，随着巫师的尖声嘶叫，背后竟冒出津津的凉意。时空也混淆了，巴黎的优雅褪色了，上海家乡回忆也模糊了，所有的意识只有眼前这幅景象，一个似人非人的生物，做出不可思议的蹦跶腾跃。无意义的咒语像鸟儿一样生有翅膀，在房间里到处扑腾。渐渐地，每个人都进入了半催眠的状态，身不由己地随着巫师的节奏前后摇摆。

总有一盏茶之久，巫师才渐渐地静息下来，看起来精疲力竭，最后竟然瘫倒在地，口吐白沫。几个年轻人进来把她抬了出去。这场巫术大作法，看得众人灵魂出窍，惊骇不已。此刻才想起去看视云鹏，只见他正睡得深沉，呼吸也趋于均匀，额上一层细细的汗珠。大家才稍稍放下心来。

步出棚屋，他们站在临水的露台上，时近黄昏，满天的晚霞把西方天际染得一片嫣红，水天一色，渔舟唱晚。在这片隐蔽在热带雨林中、穷得几近原始状态的地方，也同样呈现出天地大自然的绝美。这几天的经历，酷暑、疾病，以及亲眼目睹了不可描述的神秘力量，实实在在给了这几个自视甚高的巴黎学子上了一堂课：世界上不仅仅有勃艮第美酒和香草焗蜗牛，还有肮脏的水源，沾满苍蝇的粗劣食物，局促简陋的居住空间。但你为了活命没有选择，必须咽下去。你认为自己年轻力壮，健康良好，前一日还活蹦乱跳的，隔一日就可能在生死边缘上挣扎。你以为时代进步，言必尊崇科学，但科学也有束手无策的时候。而在原始的黑暗中，却有一股人不能解释的神秘力量。

这个世界实在太深奥，太阔大了，一切的可能都蕴含在不可能之中，人类是太脆弱了。而理性是那么经不起挑战，不可依持。

一个裸着上身的少年走上露台，手上的托盘里有一瓶一九三六年份的科涅克白兰地和六个雕花酒杯，阿伦给每个人斟酒，然后举杯："欢迎你们来到古高棉王国。"

二十

承曦记得很清楚，她是一九五一年五月廿三号，从杭州南站乘慢车去广州。火车上非常拥挤,听人说在南方山区一带还有零星战斗,为此铁路上的调度非常混乱,走走停停,原本两天多的车程走了将近四天。最令人头疼的是,从第二天下午起,餐车上就没吃的东西卖了,乘客们只好趁停车之际,到月台上去买老乡的红薯和煮玉米充饥。厕所也没人打扫了,秽物满溢了出来。车上人挤人,天又热,车厢里更是浊气冲天。

承曦原是有点洁癖的,但面对这种逃无可逃的情况,也只好忍下了。

承曦买的是普通的硬座票,在对面座位上,一个是老年妇女,带了很多箱笼什物,闲话极多,讲一口硬邦邦的萧山话,说儿子在两年前去苏北跑单帮,被一颗流弹打中了脊椎,瘫痪在床。而她为此吃了长素,刚去过普陀山烧香,求佛祖保佑儿子好起来。再过去一个座位,是个中年男人,却没有随身行李,始终把帽檐拉得低低的,不大跟人交谈,好似一直在打瞌睡。

为了给边境人员去去就回来的印象,承曦只带了一个简单的皮箱,一些夏季替换衣物。贴身的口袋里藏了派出所的通行证,倒像是揣了只活蹦乱跳的兔子,每当一个穿制服的人从走道上走过,或者乘警偶尔多看她一眼,承曦都会一阵心惊肉跳。她心里晓得,如果真的盘查起来,要出毛病的,香港并没有什么遗产等她去接受。

在她派司下来的那天,沈文渊很是严肃地跟她谈了一次话。

"承曦,你要走了。俗话说:开弓没有回头箭。你想清楚了?"

承曦刚刚松出一口气,通行证批出来了,终于可以去香港了。听沈文渊这样说,不解地问:"你是什么意思?"

沈文渊犹豫了一下:"我要关照你一声,你此行去香港,是有一定的危险性的,怎么讲呢?你的通行证是有破绽的。"

承曦皱起眉头，疑惑地看着他。

沈文渊低声说："我想来想去，还是要跟你说清楚，这张派司，我是用了四根小黄鱼跟派出所的韩副所长换来的。"

"姓韩的不是副所长吗？既然给了你证明，那为什么会有破绽？"

"据我晓得早在一个月前就有文件下达，去香港的派司一律收紧。姓韩的也说，他是冒了风险，搞来的这张派司，如出了事体，也会连累到他。"

"那怎么办？"

沈文渊沉思一阵："箭在弦上，不得不发。看样子，今后的机会越来越少了。只是，你要小心了再加小心。"

承曦点头。

承曦又问："我记得当年蒋经国打老虎，民间的黄金不是都被收缴去了吗？你从什么地方弄来的小黄鱼？"

沈文渊开始不肯讲，被承曦逼着，才说："老头子是生意人，身处乱世，只相信黄金美钞的。早年赚了铜钿，总要买些大小条子、外国洋钿藏起来。后来的确是上缴掉了一部分，但也偷偷地藏下了一些，说总是要给我留点娶媳妇的彩礼钱。本来，我还想着是不是要上缴，现在倒好，索性挪作买路钱了。"

"四根小黄鱼，是不少的钱啊。"

"跟你的心愿比起来，再多钱财花出去也是值得的。"

承曦真的被感动了，走过去，从背面抱着沈文渊，又伏在他肩上，并且低下头来亲吻他的脖子。这是从她结婚以来，对沈文渊做出的最为亲昵的举动了。沈文渊转身揽她入怀，亲她，抚摸她的头发。夫妇两人无声地拥抱了好一会儿。最后，沈文渊按了按女人的肩膀，说："承曦，我还有些事情要关照你。"

承曦有点紧张地看着男人。

"你要走，就早点动身。夜长梦多。"

夫妇俩都沉默不语。

动身前一夜，承曦特意烧了好几只时鲜小菜，还烫了一壶黄酒，招呼沈文渊道："也算是饯行吧。我陪你喝一杯。"

沈文渊感叹道："结婚四个多月，第一次放下心情，夫妇和和睦睦地一块吃饭。"

承曦不响，心里难过，低了头帮他斟酒搛菜："你多吃点。"

沈文渊光是吃酒，菜却没怎么动。

承曦说："小菜味道不好？"

沈文渊反而放下了筷子："唉，我怎么吃得落？明朝你就要走了，不知哪年哪月才见了。"

承曦不禁垂下泪来。

是夜，沈文渊和承曦第一次真正合房。一切都是承曦主动的，过后，承曦伏在沈文渊的胸前，低声地抽泣，沈文渊则搂紧了她，一言不发。

良久，承曦停止了哭泣，抬起头来对沈文渊说："我过去了，一定想办法帮你也出去。"

沈不响，过一会儿说："路，要一步步走，饭要一口口吃。出去后，最要紧的是站稳脚跟。外面不像这里，样样要靠你自己。"

承曦点头答应。

沈文渊又叮嘱道："不要记挂我，我适应力比较强的，不管在何种情况下都可以生存下去的。"

"当然会记挂的，你是我男人呀。"

沈文渊感叹："照理说，夫妇理应相守，现在也只好暂时搁一搁了。"

承曦说："不管怎样，结了婚夫妇总要在一起。分离了，日子再好过，也是缺憾。"

是夜，夫妇俩都不曾合眼，迷迷糊糊地睡一阵，醒一阵，亲热一二，再讲几句关照之言。窗上透进灰蒙蒙的光线来，这是个阴天。

承曦的座位靠着窗口，她心情忐忑，偶尔倦极小睡一阵，大部分时间向外眺望，但也没多少景色好看。虽然已是早稻收割季节，但田里稀稀落落没几个农人劳作。有些村落在战争中经受了炮火，断墙残壁还耸立着。

在半睡半醒之中，母亲的脸浮现了出来，虽然脸容忧思，但还年轻，还未吃上鸦片。暗藏的记忆，也自动翻了出来。一个秋日的下午，父亲竟然带了那个戏子回家，虽然以前也颇有风言流语，但至少隔了一层，大家都装聋作哑。三头六面之前，母亲遽然失控，大发雷霆，家里的古董瓷器也被她摔坏好几枚。三人在客堂里大吵一场，父亲当夜就携了女戏子出走，十四岁的承曦，从此就没再见过生父的面。接下去一个礼拜，承曦经历了她最难的一段时期，要看住母亲不让其寻短见，要筹出家中的度用，要请医生看诊老娘的心口痛，要接过家里茶园的诸般烦难杂事。而亲哥哥承晚，却帮不上什么大忙。

不过，难归难，承曦并不失乐观，人生中总会有烦难的，家家如此，只是藏着掖着，别人不晓得而已。打仗，逃难，胜利，解放，日子像流水浮云般过去……

她肯定是瞌睡过去了，所以当她被阵阵嘈杂声惊醒之后，一时弄不明白究竟身在何处，又发生了什么？

一大群人围在她座位四周，连背后都有人趴在椅背上，朝她那排的座位处围观，脸上满是紧张和兴奋的期待之情。承曦的脑袋嗡的一声，一个可怖的念头掠过：她的派司出了问题，派出所派人追了来，要捉她回去。再定神一看，众人的注意力并不在她这里，而是集中在那个戴鸭舌帽的男人身上。一个束了皮带，穿着黄军装的军人操着北方口音，正在盘查鸭舌帽。承曦不是很听得懂。只见那男人缩在座位上，低了个头，闷声不响。军人挥了挥手，几个武装士兵就过来把男人拎起，押送出车厢去。

隔座的萧山老太，兴趣盎然地看了一场好戏，此刻余兴未消，还在聒噪："这人原来是个国民党的特务，我一上车看到他，就不怎么顺眼，贼头贼脑的。捉了去好，捉了去好。"

天色苍茫，远处的村庄黑灯瞎火，山峦、大地都渐渐隐没在暗下来的暮色之中。火车正在转弯，从窗口看出去前方一道强光，对面有火车迎面驶来，看起来慢吞吞的，越是趋近，速度越是加快。两车交身而过之际，轰隆隆地掀起一股旋风，承曦不防，被迷了眼。只觉得对面车厢里光影闪动，人影幢幢。她仰身倒回座位上，揉着眼睛。

她不知道的是，北去的车厢里坐着她的胞兄赵承晚，归心似箭。

二十一

幸运的是，经过大巫师作法，以及阿伦族人的悉心照顾，云鹏的病情大有起色，虽然还是非常虚弱，但总是在往恢复的路上走。大家都松了口气，阿伦说："何不趁了这个时机，带你们去观光一下，此地虽是穷乡僻壤，但也有些稀罕的景色，是别处看不到的。"

众人欣然应允，阿伦便让人备船出行。云鹏听说了，不顾还在恢复期，也执意要同行，众人劝道："你病体还未好透，出去吹了风,淋了雨,再次发作怎么办。"云鹏固执道:"你们倒好,自顾自出门快活,撇下我一个孤单种子死守在这里,没人说话,跟当地人语言又不通,闷也要闷死了。"

众人还是反对,倒是阿伦说:"巫师的法力,至少持有一段时日,不过分劳累的话,大概是不碍的。"

船开出去,到处是白茫茫的一片,大水滔滔,无边无际,根本分不清东南西北。人是可以生活在如上海、巴黎这样的大都市,享受种种现代生活的便利,也一样可以在最原始、最荒凉的地方,刀耕火种地生存下来。一路上见到不少青年妇女,头上扎了块布,或坐在如木桶样的小划子里,或冒出个头,在水上漂浮着。靠近了,赫然见到她们都是赤裸着身体,晒得乌漆墨黑。看见有船过来,笑笑,也并不避人。

阿伦说这是些采珠女。湄公河产珍珠,质地优良,但水流无定,采集不易。大家兴趣盎然,叫船长停了船,看采珠女潜水。女人们腰间系着绳子,一头潜下水去,隔了很久才冒出头来,把捞上来的东西放进小划子,然后再一次地潜下水去。这些采珠女戴着护目镜,套了脚蹼,像水豚一样上上下下,用简单的工具,只凭着经验和运气采珠。

几个人都说这是绝佳的绘画题材:河流,裸女,异国风光……

阿伦说:"这是件很辛苦的营生,采珠女冒着危险采到上好的珍珠,自己赚不了几个钱,被二道贩子层层盘剥。还有,你们看着好玩,其实这行业很危险,湄公河的潮汐落差很大,水底漩涡很多,常常有采珠女潜下水去,人就上不来了,水底暗流把人带走了。"

国粹问道:"这么辛苦的事,怎么都是女人在做?男人呢?"

阿伦就笑了:"这个国家是女多男少,所以高棉男人是家里的佛爷，被供奉着好吃好穿。平时喝酒打牌，最多做点小生意，日子过得很舒服的。"

大家感叹一阵。

黄昏时分，船来到一个小小的水上寨子，便有当地土著的小艇迎上来，邀请客人上去休息参观。这小寨子里弥漫着一股浓重的腥味，使人掩鼻。气味来自寨子中央的水池子，众人走近，伸头一看，乖乖！整个池子里挤满了鳄鱼，大大小小总有上百条之多。一条爬在另一条的身上，互相簇拥着，叠加着。见到工人提来了整桶的鱼头和内脏，鳄鱼们骚动起来，扑腾不已，有些竟直直地站立起来，一条条庞然大物张开血盆大口，敏捷地扑食工人撒下来的饲料。一时间搅得水花四溅，血沫翻飞。

他们第一次见到这样大规模地饲养鳄鱼。阿伦说这些鳄鱼就是寨民的羊和牛，亚洲淡水鳄鱼皮是制造女人高跟鞋和皮包的原料，法国的时装公司每年都要派人来收购的。

寨子里竟然有法国咖啡招待客人。休息期间，国粹和国樟想活动活动腿脚，于是抽着烟，沿着一条长长的甬道，信步走到寨子的后部。赫然见到在一木制平台之上，血迹斑斑，几个工人正试图缚住一条巨大的鳄鱼，先用绳索套牢了脖子、四肢，铁线捆住口部，使得其无法噬咬，再合力把它翻转身来，鳄鱼力大无比，尾巴在地上一顶，就翻过身来。工人都是做惯这个的，在鳄鱼再一次被翻转之际，一根穿过滑轮的粗绳把鳄鱼吊了起来，鳄鱼乳白色的肚皮被呈现出来，一个工人动作迅如闪电，一刀插进鳄鱼的咽喉，国粹甚至没看清他是什么时候出手的，只见一道血柱喷溅而出。鳄鱼吃痛，挣扎得更厉害了，扭动着身躯，尾巴大力地拍击着平台。但工人从四面八方拉紧了绳索，鳄鱼终于力竭，渐渐不动了，工人进一步开膛,冲洗,剥皮。

无意中撞见这血腥的一幕,看得兄弟两个震撼不已,国樟不住地干呕,差点吐出来;国粹也脸色煞白,猛吸香烟,手却抖得不能自持。文明世界长大的年轻人,杀鸡都很少看的,哪见过这样血淋淋的屠戮,一条活蹦乱跳的生命,几分钟就消失了。

兄弟俩急忙逃了回来。

从水面上望出去,西天一片嫣红,残阳如血。头顶上方的黑色云层却更浓重了,天空好似一大幅泼了缤纷油彩的画布,明暗侵蚀,冷暖交替,最后一缕余光黯淡隐没之际,黑暗一下子来临,世界显得无比空阔和深邃,一万年也穿不透的黑暗。风吹在脸上,黑暗中传来起潮的水声,一波波地拍击河岸,夹杂着蛙鸣及水鸟叫声。慢慢地,水面上的寨子由近及远,依次亮起一闪一闪的烛光。

国粹原来是跟阿伦很熟络的,在巴黎,他就是个学画的浮华少年,有钱,贪玩,喜爱艺术也注重享乐,世故老到,交际广泛。但阿伦的艺术才情却是有限,虽然一直浸泡在艺术圈里,却始终没有画出使人眼睛一亮的作品,也许是不够刻苦,也许是过于看透,可以想象,他的艺术前景也没有多大的期许。这样的少年,在巴黎何止是成百上千。作为腻友,他带国粹认识了巴黎的方方面面,他的人生态度是玩世不恭的,正好与国粹浪荡不拘的性格不谋而合。人有一种天生的直觉,有时会在另一个人身上看到自己的镜像,优缺点都一望而知,因此成为知己或夙敌。国粹自以为对阿伦是了解的,但高棉之行,却发现了阿伦身上许多以前不为人知的一面。在巴黎,阿伦总是穿着讲究,笔挺的西装,质量很好的皮鞋,戴着礼帽,系着黑色的领结,叼着雪茄来学校。他对巴黎的享乐生活了若指掌,醇酒美食,烟花陌巷都数如家珍。国粹从他那儿习得了巴黎人精细的品位和生活情趣，体会到伊壁鸠鲁哲学的真谛：人生短促，最好以开放的心态来领会大自然的馈赠，过好每一天。但是在船上度过了一个礼拜，国粹有时怀疑这个阿伦和在巴黎的是不是同一个人。那个叼着雪茄的花花公子整个变了，整天光着脚板，踩着窄窄的跳板上船下船。穿着跟当地土著一样的黑色衣服，质地有些像香云纱的。当地人用红白格子的布巾缠头，阿伦则戴一顶巴拿马草帽。所到之处，不管是当地的官员、族长，还是满脸沧桑的渔民，都对阿伦毕恭毕敬，不但脱帽，有的还鞠躬。阿伦自己对此解释是：高棉人是一个谦和的民族，这跟全民信奉佛教有关。国粹笑说："阿伦，你怎么看也不像个佛教徒。"阿伦却说："本相无相，你不能以一个人的当下，来评判全部的人生。佛祖释迦牟尼当年也是经历繁华，看透繁华的。"

一天，余先生突然对他们说："你们知道阿伦是谁？"大家一起摇头。余先生又问："你们知道他姓什么吗？"大家只晓得他叫阿伦，只有国粹因为与他走得近，晓得阿伦的姓氏是诺罗登。余先生说你们跟我来。一行人来到一间大厅里，中间供奉着高棉国王的肖像，案前有鲜花香烛祭配。平时也见过，但没人去仔细看一下。余先生指着肖像底部的文字，问国粹："是不是这个姓？"国粹也大吃一惊，想不到这个花花公子竟是高棉王室的一员。

阿伦自己却轻描淡写道："我的曾祖父有七个老婆，祖父那辈就有四五十个'王子'，到我这辈就更数不清了。有的王子去做小学教师，也有王子做渔民的。你们中国人是不是对这种虚衔很感兴趣？"

国粹耸耸肩，笑道："清朝倒台时，也有无数的八旗子弟，个个都是如假包换的世袭贵胄，连路上拉洋车的都是一等伯爵。"

阿伦点点头道："这就对了，做国王，做乞丐，做画家，都是体验一世人生。"

二十二

过罗湖关口时有惊无险,关员的态度生硬,但没有过多盘问查询,就挥手放行。在踏上香港的土地之际,承曦一下子腿软得站不住。

给她写信转信的陈叔叔,是傅云裳家的世家,也是承曦在香港唯一认识的熟人。到港翌日,满头白发的陈叔叔请承曦吃了一顿晚饭,其间给了她一个信封,里面是五百港币,说已经在大浦道上的一家旅馆给她订好了房间。承曦刚到,人生地不熟,不晓得今后何去何从。陈叔叔说他年事已高,能力有限,也只能帮她到这个地步。

旅馆在十二层楼,要乘坐鸽子笼似的小电梯上去。房间极小,除一床一椅再无余地,连转个身都艰难。从窗口望出去,密密麻麻的老旧楼群,鳞次栉比,如蜂巢般排到天际。深井筒壁般的楼底下,拖着辫子的电车如蠕虫似的在窄窄的街道上爬行,熙熙攘攘的行人,如蝼蚁般爬行,嘈杂的市声隐隐传上来。

天气极为闷热,房间里待不住,承曦下楼出门,信步往热闹处而去。一路上所见的店铺都是门面狭小,黑黝黝的店堂,海味干货,南北特产都堆在门口,百味杂陈。路过菜市场,更是嘈杂,人声沸腾,鱼虾腥气扑面,生猪的内脏放在案板上,鲜血滴答,上面聚了许多苍蝇。隔壁的小面铺,桌椅摆放在路上,杠夫们光着膀子,围坐着吃干炒牛河。高大肥胖的印度巡捕扎着大红色包头,竟然讲一口广东话,神气活现地站在马路中间指挥交通。点心铺门前三姑六婆排了队买葡国蛋挞,像麻雀一样叽叽喳喳聒噪个不停。穿香云衫的老头子们腋下挟着报纸,叼着牙签,托着鸟笼满街闲逛。一辆消防车呜呜驶过,中环广场上的大群鸽子受惊,突然腾飞,与心不在焉的她撞个正着,惊吓之下花容失色。站在天星码头的栏杆旁,对面九龙过来的渡轮正准备靠岸，一声汽笛长鸣，空气颤动。

承曦从没打算长留香港。在她看来，香港只是块去法国的跳板，巴黎才是她的最终目的地，绿树成荫的香榭丽舍大道，高耸的巴黎圣母院，集世界绘画大成的卢浮宫……从未踏足的巴黎曾多次在她梦境里呈现，总是在即将上船之际，船票却无论如何也找不到了，而时间一分一秒地滑过去，眼看就要脱班了，承曦急得跳脚，于是就惊醒过来，对着一屋子的黑暗满心惆怅。

去巴黎的首要之计是筹集旅费。虽然承曦从杭州带了些钱钞首饰出来，可解一时之虞，但又能维持多久呢？坐吃山空，承曦太晓得这个道理。所以在动身去巴黎之前，当务之急是先要赚些钱，承曦已经做好了吃苦的准备，任何职位，售货店员、会计做账、裁缝针线、烹饪帚扫，只要有人愿意雇她，都肯去，工作一年半载，筹够了路费，她就可以去订船票。

各种报纸夹缝的广告栏里，马路的电线杆上，商店的排门板上到处贴满了雇人招贴，承曦用笔记下，挑出合适的，一一上门去应聘。商家从头到脚地打量她一下，先问："识无识讲广东话？潮州话？客家话？"承曦初来乍到，懵查查一问三不知。于是就处处碰壁，偶有店家留她试工，也是一两日后就回了她。一个月下来，大小姐承曦竟然一份工都没落实，车马铜钿倒贴进去不少。

承曦不由紧张起来，旅馆的开销太大。她在油麻地找了一间唐楼的后房，总有上百年的楼龄了，摇摇欲坠。玻璃窗揩不干净似的昏蒙蒙，白天也要开灯。地板开裂，黑咕隆咚的楼梯又陡又窄，一个不小心就会崴脚。前面店堂是家海货店，门口摊着咸鱼海虾螺头蚝干，气味熏得死耗子，每次进出都要捏紧了鼻子。后门出去是条热闹的横街，白天还好，晚上沿街的大排档开张，就变得很是喧闹。承曦平日吃小摊子，买最便宜的洗头膏，自己用火钳烫头发，拼命节约每一个铜板。就这样，口袋还是一日日瘪了下去。不得已，承曦也贴出小广告，给自己寻了个室友。

室友是个上海女子依琳，白净脸庞，瘦长身架，戴副白边赛璐珞眼镜，比承曦大个四五岁的样子。搬进来时就带了一张床垫，一把牙刷。承曦看她随身的衣物首饰倒是很考究，右手无名指上还戴了只火油钻戒，大概家里是有些底子的，跟她一样舍弃了一切，只带了随身细软从内地出来。看样子也是把香港当块跳板，一旦有机会就远走高飞。于是就有了些同是天涯沦落人的惺惺相惜。室友安静寡言，搬来半个月，两人之间讲了还不到廿句话，大都是依琳抱怨居住环境，如楼下的气味难闻，后街市声嘈杂。承曦心里想，清净的地方香港也有，可是我们这些天涯浮萍般的女子负担得起吗？抱怨，又有什么用处。

依琳平时总是捧了本书，或是在拍纸簿上写字，很少出门，也不见她买菜做饭。有时承曦做好了饭菜，叫她一块上桌随便吃点，也总是被谢绝。偶尔，见她吃几块苏打饼干，喝一杯牛奶，就这样对付着过一天。

承曦在夜里醒来，看见窗下的床垫旁亮着小台灯，深夜静室，如萤火一点，依琳还在看书。承曦自己，从杭州到香港，要命的事情一桩接一桩，浑身的精力去对付现实还嫌不够，哪里有心思再去看书。但人与人是不一样的，世事繁复，有的人就躲匿在书本里，借此忘怀一切，以避开纷乱的现实。但承曦躲无可躲，在此夜深人静之际，承曦突然感到无尽的孤独，令人精疲力竭的孤独。

她给沈文渊写信，在第一、二封信之后，却觉得没什么可写。香港就这么巴掌大的一块地方，尖沙咀、弥敦道、沙田、油麻地，除了楼，还是楼，描述一两遍也尽够了。要说光鲜繁华，也只能说是上海的雏形，还远远地及不上。而她在这儿过的日子，并不尽如人意，说不出，也讲不明白，很多事情也只能笼统地一笔带过。而沈文渊的回信，写得更是简单，除了天气如何、身体还好之外，竟半页纸也写不满。她晓得沈文渊是避嫌，而且又在风头上。

国粹有多长的时间没给她来信了？她抑制着自己，不要再去想国粹，那一页已经翻了过去，她结婚了，两人的关系从此画下了终止号，再去忆旧，对谁都没好处。可是没用，在平时恍神之间，或午夜梦回之际，国粹的音容笑貌翩然而至，还是那么风流倜傥，满头长发往后甩去，脸上含着嘲讽戏谑的微笑，手指间夹了一支刚燃上的哈德门香烟，俯下身来跟她轻轻地说情话。在梦中，承曦心迷神醉，身不由己……然后醒来一次再一次地自责。

她不时地会去探访陈叔叔，希望有法国转给她的信。陈叔叔摊摊手："一封也没有。听说他们都回到内地去了，有人辞官归故里，有人漏夜赶科场。进去出来，出来进去，真是忙煞。"

承曦脸上笑着，心里却一片空白。

在秋日的一个傍晚，承曦从外面回来，赫然见到依琳病倒，发着高烧，不断地呛咳，喉咙里好像堵住似的嘶嘶作响。承曦帮她绞了热毛巾，倒了开水，问她是否要去医院看诊？依琳说不要，嘶哑地请求她："侬帮我在转角药房里买瓶阿司匹林就好。"承曦买了药回来，服侍依琳服下。清晨醒来，听到呻吟不断，惊起点灯，只见依琳烧得满面通红，头发散乱，已经神志不清了。承曦吃了一大惊，连忙奔出门去，拦了一辆三轮车，恳请车夫把病人背下楼，送去圣玛利亚医院。医生量了热度，再一听诊：大叶性肺炎。当即留下住院。

承曦同情依琳只身在外，病了也没人照顾，于是熬了鸡粥，置了二三清淡小菜，在傍晚时分又去探视。一间大病房，六张床位，虽然用帘子隔开，陪客进进出出还是很嘈杂。撩开依琳病床的帘子，一张惨白的面容，单薄的身体裹在一条白中泛黄的床单下，像是风都刮得走的。承曦不由得感叹："你实在是太瘦了，饭还是要吃的，否则没有抵抗力。"依琳在她的坚持下，勉强喝了两口粥，就不肯再吃，转头向里。

正好护士进来换吊瓶，说家属请到护士台来一下，病人的资料需要登记。承曦刚想说自己不是家属，依琳的面孔又转回来看着她，眼神中有着说不出的凄凉。承曦心软，遂跟了护士去登记。有一格是家属关系及联系方式，承曦略一思索，写下"表妹"。又问及是否还有别的亲属，承曦拿了表格去问病人，依琳沉默良久，说："一个也无。"

在医院住了一个礼拜，依琳的病情好好坏坏，医生说病人长期营养不良，抵抗力太差，情况不容乐观。承曦虽担忧，但还没太在意，现在科学发达，肺炎不是不得了的疾病，有人说就是严重些的感冒，何况圣玛利亚医院是香港最好的医院，有许多外国医疗设备，医生护士也很尽职。依琳体弱，恢复比别人慢些，也是情理之中的事。

这天她出乎意料地接到陈叔叔转来的信，竟然是傅云裳写来的，信中说：

> 我们一行目前在东南亚游览，国粹也与我们在一起。而前一阵子承晓动身回国去了，如你还在杭州的话，兄妹应该聚首了吧？他在巴黎之时，一直念叨着家里，放心不下。希望国家渐渐地好起来，老百姓能够安居乐业。
>
> 又：鉴于我们在巴黎所习得的绘画方式和理念，与现在国

内的想法不太一致，也许不会被接纳、重用。所以众人也有踌躇，本来出国留学，就是想学得一技之长，可以回馈给国家、同胞。事到如今，几人争论不休，还是未有定夺。你比我们在内地多待了两年，也有切身感受。倒是想听听你的看法。虽然你比我们小了几岁，云鹏和我一直赞赏你的直觉与聪慧。你的意见对我们非常要紧。

国粹附笔问好。

云裳于高棉暹粒

承曦读罢，心中五味俱全。通上了信，总算是与朋友一种团聚。愁的是，承晚怎么就不管不顾地闯了回去？这个阿哥，一直要承曦为他担心，国内国外，无穷无尽。好在王妈还在杭州看守老屋，明朝写信要沈文渊去看视他一下。恼的是，国粹竟然只是附笔，虽然承曦要自己放下，但是过去的恋人薄情至此，还是心寒。急的是，云裳转转弯弯把她办了出来，自己怎么又要一头扎回去？昏了头了？云裳云鹏国粹，这几个公子少爷，哪一个能够适应当下的情形？尤其是国粹，他那副吊儿郎当的作派，那副臭脾气，平时又那样口不择言，如果他再犟头犟脑……必须马上写信给他们。

第二天写了一天的信，给云裳，给阿哥，给沈文渊。心有旁骛，就没去探病，直到信入邮筒，才想起依琳，只是提不起劲头再跑一次医院。回家倒头就睡，却不安宁，梦中乱象连连，百乐门舞厅的暖气开得太大，人又太多，她与舞伴跳得满头大汗。突然间舞客们齐齐喊起口号来了，押到台上的竟然是她姆妈。老太太嘴里喃喃说着语意不明的话，依稀听出，是"我的命是送在你手上的"……

早晨起来头痛欲裂，想着一天多没去探望依琳，还是强撑着赶去医院。进入病房，撩开帘子，看到的却是一张空床。于是跑去值班护士台询问，病人到哪儿去了？新来的护士翻了翻记录说："人走了。"承曦还是没会过意来："出院了吗？"护士白了她一眼："往生去了呀。"承曦心里一颤，但自己对广东话的理解没信心，再问一遍，得到是相同的答复，不禁张口结舌，脑子里一片空白。

怎么会？怎么会？依琳只是患上肺炎，一场重些的感冒而已，就这样一去不复返了？要说她体质差，但她还年轻啊，才廿七八岁。很多中老年人患上比肺炎严重得多的疾病，还能拖个一年半载。年轻人总比老年人扛得住些，依琳怎么就这样撒手而去了。

生命倏忽，转眼生死相隔。

医生也来了，说："你表姐也许原来就有心脏的问题，这次病情发展得非常凶猛，用了抗生素，肺炎倒是压住了，可是已经影响到心脏。最后的死因是心脏骤停，抢救都来不及。人死不能复生，请务必节哀。"

护士说还有些文件要她签署一下，承曦昏头昏脑地在指定的表格上签下自己的名字。然后护士交给她一个马尼拉信封，说是死者的遗物。承曦接过，放入手提袋，昏昏沉沉地回家来。也不想吃晚餐，就在床上躺下，又翻来覆去睡不着。坐起来打开小台灯，抱着膝盖对着一屋子的夜色，和那张空荡荡的床垫发呆。好几次产生幻觉：依琳赤了脚，从房外飘了进来，带了一身来苏尔药水的气味，伸了个懒腰，再捡起床边的书本埋头阅读。间中突然抬起头来问她："你有没有闻到一股腐臭的气味，像咸鱼一样？"

承曦随即害怕起来，幻想中出现的依琳那样鲜活，死亡像是不存在似的。但她又确切知道死亡的的确确发生了，曾经躺在这张床垫上看书的年轻女子孤身在港，没几个人知道她的到来和离去。像深山老林里的一株植物，突然被雷电摧折。如今，她再也不会回来了,就像一个人走进大雾之中,一点点隐没,直到完全消失。

更让人害怕的是,如果她自己患了急病,会不会也这样撒手逝去?会的,她操劳,她郁闷,她的身体不适应香港的气候。最主要的,她无依,她独居。真的犯了病,可能没人会倒一杯水,更没人会送她上医院,可能病死了几天才会被人发觉。想到此处,承曦不寒而栗。

心里烦躁,承曦站起身走到窗边透气。楼下夜市灯火明灭,街上人头攒动,各种叫卖的声音一波波传来。世间的喧闹永远是蓬勃,热气腾腾的。承曦实在不想一个人待在屋里,打算下楼去喝杯奶茶。打开手提包寻找零钱,一个黄色的信封就掉了出来,承曦才想起,护士交给她之后就忘了,一直没打开看过。于是拿来剪刀拆开封口,先取出一张折成四折的毕业证书,是圣约翰大学在1944年颁发的,照片上戴学士帽的依琳很年轻,像个初中生,笑得很纯。再掉出几张港币,数了数,有三千多块。承曦再把信封抖了抖,掉出来是一个小绢包,打开,赫然是枚钻戒,白金镶的,正中那颗钻石质量上乘,估计总有两克拉多。

二十三

很多年后,国粹在一次参观卢浮宫时,已经到了闭馆之际,人群散去,他得以很近地面对了那幅著名的画像《蒙娜丽莎的微笑》。四目相对,不由得想起他人生旅途中的另一幅"微笑"。同样是那么神秘,那样不可解释;同样是眼睑低垂,目光内视,而上扬的嘴角给脸容添上一层宁静的光辉,又有一种诡秘的况味。注视得久了,竟有些昏眩的感觉,就如喝酒喝得微醺那样。

在暹粒做客时，橡胶园的总管事因老东家的大少爷、二少爷驾到，招待得很是殷勤周到。他们住在一幢殖民式的大房子里，白色的围栏，有游泳池和网球场。好吃好喝之余，还特地安排他们去吴哥窟古迹游玩，雇了一个当地人潘兴做导游。潘兴是个高棉和法国的混血儿，亚洲人的相貌多些，三十多岁，受过很好的教育，讲一口流利的法语。一行六人，分乘了两辆橡胶园的吉普车，兴致勃勃地出行。雨季已经过去，天气又不是太热，是他们来到东南亚之后最舒服的气候。

吴哥窟是十二世纪建造的佛教古迹，在世界上久负盛名。只是高棉连年战乱，民生维艰，古迹更是没人维护。当天进入吴哥窟的，除了零星的几个欧洲人，很少有别的游客。隔了护城河望过去，天朗气清，树木扶疏，早晨的阳光斜射过来，古老的城墙后面，五座佛塔巍然耸立。潘兴介绍说："高棉王国以前的版图大得多，包括现在的寮国和暹罗，以及安南的一部分，历史上也有过很强盛的时期。高棉人最初是崇奉印度教的，后来慢慢地转为崇信佛教。这些规模宏大的寺庙和佛塔是十二世纪建造的，那时中国还在宋代，而欧洲还处在中世纪。"

走近，学雕塑的云鹏，看到寺庙的建筑主要是用砂页岩垒起的，说欧洲人建造庙宇多用大理石，砂页岩与大理石相比，容易风化。的确，经过漫长年月的风吹雨打，大部分佛寺的墙廊已经倾圮，发黑，爬满苔藓，遍地散落着砖石残片，废墟里多有鸟兽出没。很有沧桑之感。

寺庙门前有条长长的回廊，回廊上的石壁雕有各种佛经故事，以及古代吴哥人的敬神、打仗、狩渔、耕作的画面，很是精美。待要细看，潘兴却催促："吴哥窟是世界上最大的佛寺，粗粗地逛一圈就得一天工夫，可看的东西也很多，我们得抓紧时间。"于是一行人跟了潘兴，拨开蔓延到走道上的树枝杂草，往纵深而去。

道路两边的柱头上，雕着吐信的毒蛇，守护着吴哥窟这座古宫殿。越往里走，越是荒凉。在雨季过后，遍地草木疯长，恣意蔓延，一眼望去荒草萋萋，路径已经不可辨认。有些地方，平台和阶梯全部倒塌，满地残砖碎石堵满了通道。要通过，必须手脚着地爬行过去。宏大的祭殿里廊柱环绕，建筑结构繁复精巧，墙壁上，柱子上雕满了各种佛像、菩萨。头顶的藻井装饰着曼陀罗和热带花草的纹饰。

想当年寺庙全盛之时，佛像林立，偌大的祭殿里聚集着几百个和尚念经，香烟缭绕，铙钹声声，众僧咏佛号佛之音直上天顶，应该是很宏大的场面。而现在寺内空无一人。风过回廊，飕飕有声，台阶上满地落叶，屋檐间杂草丛生，鸟雀筑巢，到处可见整片的祭台和山墙倾倒，碎石一地。寺内空地上，到处生长着一种不知名巨大的树木，直接顶开地基，穿透断墙残垣，参天拔起。而裸露在外的根系，如一条条手臂般缠绕、包裹着女墙和廊柱。树冠上有无数的鸟巢，见有人进来，几百只鸟飞起在空中盘旋。在废墟面前，人不由得深思，被奉为圭臬的文明，在历史的起伏中格外脆弱，易朽，几百年的汲汲营营，心血灌注，大自然只要轻轻地一抹，就面目全非。正如佛经中所说的无量劫，生了灭，灭了再生，再生再灭，循环不已，无穷无尽。

走走停停，下午之时，一行人来到吴哥窟的腹地，巴戎寺。此为当时的高棉国王阇耶跋摩七世所重建，寺庙依坡而建，四十九座佛塔鳞次栉比，用巨大的砂页岩雕成，高低错落，每座佛塔的四周都雕有佛面，或庄严，或肃穆，或沉思，或内视。潘兴带了他们爬上爬下，介绍各个佛在梵天里的代表意义，最后停留在一具佛面之前："看。"

他们站在一座小坡之上，正面对着的一张佛面，衬在绿色的浓荫之中，大概有一张床铺那么大，或者更大些。佛像面容丰满，冠冕巍峨。在下午的阳光映照之下，石雕的表面岁月沧桑，风雨斑驳，但佛容却呈现出一抹不可言说的莞尔，眼神低敛，嘴角舒展，如沉静的湖泊中荡开涟漪，乌云密布的天空突然射下一缕阳光，又如雪地上开出一株明媚娇艳的花朵，千年冰河在春风下渐渐地融化。

这就是著名的"高棉的微笑"，无解之谜。

时隔多年，国粹想起来一切还如刚发生在眼前那样，此刻是下午三四点钟之间，日头已经偏斜，佛像的大半部脸庞隐在阴影中，脸上微笑却如云层中的明月，熠熠生辉。这微笑带了太多的含义，宁静、睿智、看透、安慰，甚至还带了些嘲讽的意味。

他们六个人爬上一个岩石凿出来的狭长平台，两尺来宽，没有栏杆，而且高低不平，下临深三米左右的另一个平台。这应该是观看"高棉的微笑"最好的位置，差不多是平视的角度，无遮无拦。因居高临下，大家都下意识地贴紧了身后的墙壁，不敢过多移动。国粹注意到佛塔下面的草丛里，有一窝野兔子，白色灰色兼有，不时地探出头来，三三两两迅疾地跑过下面的平台，蹿进另一处草丛里，来来回回，忙碌不已。便指给身边的云鹏看，云鹏说："我也看见了，一窝有好多只。人类辛苦建立起来的寺庙，荒成废墟，却成了野兔的乐园。到处都是石缝树洞，水草又丰富，兔子繁殖起来很快的。"

两人正在闲聊，平台另一端又来了几个西方游客，好像是美国人，大花衬衫，脖子上挎着柯达照相机，也许想寻找一处良好的角度拍摄"高棉的微笑"，看到平台的尽头处还有些空处落脚，便向众人点头示意让他们过去。大家都尽量贴紧了背后的墙壁，只有云裳会错了意，以为美国人想要借他的位置。于是跨出一步，往国粹和云鹏处靠拢过来。哪晓得不巧到极点，因阳光晃眼，他没看仔细，左脚踩着的那块石头突然松动，云裳瞬间失去平衡，眼看人就要摔下去，众人一齐惊叫，亏得身边的国粹眼明手快，一把拉住他的手臂，避免了一场非死即伤的事故。

　　大家还在惊魂未定之际，只见那块像书包般大的石块脱开基座，直往下坠去，掉落在下面的平台上又弹了几下，随即听到一声"叽"的锐叫，坠下的石块，不偏不倚地击中下面一只兔子，血花溅起。

　　大家急忙走到下面的台阶，只见掉落的石块击中兔子的后半部，脊骨和尾巴、大腿都血肉模糊。兔子还活着，挣扎着想要逃走，只是动弹不了。众人唏嘘不已，美国人移开石块，叫道："My god, poor thing."但也爱莫能助。几分钟后，兔子眼睛闭上，众人用泥土和树枝把死兔子掩埋在一个石洞里。

　　云裳脸色煞白，人抖个不停，好久才回过神来，唏嘘道："国粹兄，如果不是你拉住我，今天我就是那只兔子。"

　　国粹也受惊不小，但试着安慰云裳："这是你自己命大福大，祖上积德，保佑你大难不死。"

　　经过这一回惊吓，众人已经无心游玩，时辰也不早了，潘兴带了大家原路返回。一个半小时之后走出山门，精疲力竭之际，再一次转身望去，只见满天的晚霞，赤碧交织，映在五座佛塔背后的天幕上，大批的鸟雀鸣叫着，掠过树梢。又见一弯新月，淡如处子，悬在西南方向。众人在这片日月同辉的景色之前，都沉默不语。直到上车之际，云鹏突然没头没脑地说了一句："生死无常，来去倏忽。兔子是人，人是兔子。"

二十四

云裳一伙人回到香港之际,赵承晚有一封信来,只是寥寥几笔,写得莫名其妙。

云裳看罢,递与众人,说:"总算到了,也了了他的心愿,只是惜字如金啊。"

国粹调侃:"承晚兄忙着大饱口福,自然没闲暇写信。"

云鹏却把信拿在手上,翻来覆去看了又看,又皱了眉头。国粹说:"就这么几句话,云鹏你还看出朵花来?"

云鹏大摇其头:"你们都糊涂,我想承晚兄这次回去,筵席没吃到,苦头倒大概吃了不少。"

何以见得?众人都转向云鹏。

云鹏说:"你们跟承晚也同进同出了两年多,应该晓得他的个性,言语虽不多,笔头子也不至于如此简捷。总要报告下,房宅是否安好,家人是否健康。这在信中一概不提,写了几句话,都无关痛痒……"

众人又取了信来看,一片啧啧,说:"还是你眼尖,我们竟无一知觉。"

云裳道:"承晚本是归心如箭,为何现在会作如此之语?"

国粹还是赌了气:"我就不相信,回去又怎的?"

国樟叹道:"阿哥你真不晓得厉害。"

云裳打断他兄弟俩:"你俩就不要吵了,先说说下一步怎么走。"

讨论的局面是一团混乱,说不出个所以然来。

国粹捧了头,烦恼道:"现在真叫进退两难,已经离开了巴黎,香港也非久留之地。除了回去,我还能怎样?"

一向稳重的余先生说话了:"国粹啊,匆忙决定,必有疏失。

何不再观察一段日子，仔细打算。国粹你如果不想待在香港，我过几天采办完毕，就动身回暹粒。公司分配给我的宿舍够大，六个房间，上下两层，有女佣打扫，还有厨子烧饭。你兄弟俩去跟我做个伴，也不错的。"

国粹苦笑："再回高棉？这下真无处安身了。"

云鹏突然提起："怎么没听到承曦的消息？她一向灵醒，从她口中说出来的情况，更确实可信些。"

事实是，陈叔叔年老多忘，明明承曦就在咫尺之遥，在转信给云裳之时，竟没有提一笔，承曦就在香港。

承曦正忙着订船票，备行装，弄签证，种种忙乱，不一而足。还亏得依琳留下的一小笔财产，使得她的巴黎之行成为可能。承曦也有过挣扎，照理来说，这笔财产应留给依琳的家人。可是在填表格时，依琳是明明确确地说过"一个也无"，而且说这话时，语气决然，神色幽怨。可能的是，依琳孤身在外，与家人之间有很深的怨结，以致亲情斩绝，或是家人已遭遇不测。并且，医院方面，也把承曦作为唯一出现的亲属，因此依琳的遗物就留给这个"表妹"了。承曦对自己说：今后如有能力，再回香港来为依琳重修坟冢，也要报答一二。

在承曦的心中，巴黎像个海市蜃楼，在遥远的天边飘着，现在却要踏上台阶去了。雀跃之余，承曦又是务实的，也曾想过到了法国之后怎么办？一不会法语，二没有一技之长。身边的几个钱，开销掉船票和必要的行装，余钱不够生活一年半载的。承曦思前想后，还是没有结果。索性心一横，不去管它了，船到桥头自然直。

人都是善于给自己营造梦境的：香榭丽舍大道绿树成荫，塞纳河流水潺潺，巴黎圣母院的钟声，卢浮宫的辉煌，一起织成她绮丽的梦境，这梦境，甚至比真实的还美妙。但是在梦境之中，不时有个鬼魂出现，脸上挂着含讥带讽的微笑，嘴角叼着香烟，一副吊儿郎当的样子，恼人，但又挥之不去。在梦境中，在塞纳河边逛书摊子时，摊主戴着一顶无檐帽，低了头专心看报，一抬头，竟然是那张熟悉的脸。或是在巴黎圣母院行走在高耸的穹顶下，仰头欣赏玫瑰花窗，一位须发皆白的神父走下布道台，在她身边轻声细语地说："女士，可要我听你告解？"于是承曦在小隔间里娓娓叙述自己的心事。一龛之隔，竟然笑出了声。那熟悉的嗓音，使她羞愧莫名。在这个困境中，她竟然毒恨起国粹来了，那么短一段恋情，在她人生中竟留下如此深的痕迹，他倒是潇洒，转身就走，不带走一片云彩。而她处处受困，怎么也摆脱不了。

但是潜意识是不受控制的，关于国粹的联想，每次都在猝不及防之际，浮了起来。

相对说来，跟云裳兄弟打交道还简洁单纯些，没有感情的牵连，可以直叙心怀。而且云裳对朋友真是没说的，她能到香港来，都是云裳提供的帮助。在她动身之前，一定要留个信息给他。

云裳，云鹏两位长兄：

见字如晤，我已来香港半年有多，一直在忙于各种繁琐，疏于联络，真是不应该。其中一大原因也是居无定所，又怕信件丢失。前阵子去看陈叔叔，接获你们转来的信，距发信日期已逾两月有余。不知你们现在是回了巴黎呢，还是滞留在暹粒。我正在努力办理去法国之事，希望我们能团聚在大洋彼岸。

当年与兄长们相聚，谈天说地，百乐门通宵酣舞，还历历在眼前。忽忽已近三载，世事竟如此反复颠倒。幸亏云裳兄热心搭桥，陈叔叔鼎力相助。我如果真的能去成巴黎，就是做个售货店员，或者缝纫女工，日出夜归，有一口太平饭吃，有一间小房间住，也会非常满足。

你们的消息，对我说来极为珍贵，因为我在世上，抬头望去，只有你们这几个兄长是我可信赖的，也是我仅有的，狭小的人间。所以，到了法国之后，我想还是请托陈叔叔帮着转信，虽然慢些，但是可靠。如果你们写信，也麻烦他转寄吧。

你们的承曦妹妹

二十五

傍晚时分，赵承晚从跨进门，放下行李的那一刹那，就本能地感觉什么地方不对劲。

首先映入眼帘的是一张装在黑镜框内赵母的照片，供在屋里的香案上。准确地说，是一张据早年两寸左右小幅相片，画匠摊子用炭精粉画出来的黑白画像。一般都是家中有人故世之后，作为遗像而作的。承晚心里一凛，难道母亲故世了？什么时候的事情？又是为了什么缘故？上次接承曦来信，竟未曾提起过半句一句，家中发生这么大的事情，他竟然一无所知。

画像上的母亲显得陌生，也许是年龄的关系，也许是画匠的技艺拙劣，母亲的额头发暗，眼睛一只大一只小，嘴角下垂，看起来一副苦相。

香案上的宣德炉里，插着几炷残香，案前供奉的果品已经干瘪朽坏。西窗前的一排鸟笼空着，房内光线黯淡，门窗也多日未开启过，一股霉味，空气极是滞塞。承晚脑子里乱成一团，张皇间，大声叫唤妹妹的名字，竟然无人应答，连王妈都没有影踪。在恍惚之中，承晚不由得怀疑自己是否走错了门，或者还在梦中。他颓然在太师椅上坐下，努力定下神来，左看右看，宅子虽更陈旧了，确实是自己家里没错。但人呢？承曦呢？

放鸟笼的长案上蒙满灰尘，桌底下传来一声猫叫，一只毛发斑驳的老猫，认出他来，走出来蹭他的裤管。昏黄的夕阳，从蒙尘的窗玻璃上斜射进来，屋里的气氛更是有种颓败之感。

半个时辰后，王妈买菜回来，看见大门虚掩着。进得屋来，地上堆放着尚未打开的行李箱笼，大吃了一惊。再踏进客堂一看，赵家少爷承晚，在贵妃榻上合衣睡着了。即刻摇醒了他："少爷你可真回来了。"承晚睁开睡眼，怔忪地问道："承曦人呢？"老妈子两手一拍大腿，眼泪汪汪："少爷，你真不晓得！这个家死的死，走的走，可真是要散了呀。"

在厨房里，承晚吃着面，王妈在一边叙述着这两年多来，家里发生的种种事情。王妈的叙叨，本来就零碎不全，再加上很多她自己想当然的补充和渲染，听得承晚更是错愕不已。

"我娘平时大门不出，二门不迈，人究竟是怎么死的？"

"承曦为啥不写信告知我？这么大的事情。她难道不晓得这样会陷我于不孝之地？"

"什么，承曦真的结婚了？那个男人是谁？沈老四的儿子？不可能不可能。"

王妈一个没读过书的女佣，怎么讲得清两年多来的变化？乱麻只会越缠越乱，越乱越缠。承晚听得头都痛起来，只听得王妈浓重的诸暨口音嗡嗡地响，但说了些什么，全在他脑子里搅成一团糨糊。

第二天醒来，头还是痛。早餐王妈包了虾仁馄饨，原本心心念念想煞的江南美食，吃在嘴里全无滋味。吃毕了早饭，承晚在前院后厢兜了一圈,院子里原来有一棵老梅,三棵梨树,春天开花,夏末结果。现在没人浇水照料,枯死了一棵,还有两棵也是奄奄一息。才两年多,整幢屋子,比记忆中的衰败了许多,墙角里挂着缕缕蛛网,家具上蒙了厚厚的一层灰。仅是早秋时节,后花园里已是遍地落叶,角落里青砖地漫起了绿苔。承晚回到屋内,站在一排空空的鸟笼前发呆,房内毕静。本来他是为了亲情和家庭赶回来的,可是这儿一切都出人意料,母亲故世,妹妹远走。王妈一会儿说承曦去了香港,一会儿说去了法国。

那么,他匆匆赶回来是为了什么?

下午有客来访,正是莫名其妙地做了他妹夫的沈文渊。说起来两人早年也认识,只是人生兴趣不同,并没什么交往。而且,承晚还很有一些破落士大夫子弟的心理,虽然自家日子过得拮据,但还是看不起做生意家庭出身的。这次见了面,两人不由得都有些尴尬,不晓得怎么开场。

王妈送茶水进来,见两人冷了面孔,相对无言,便对承晚说:"这段日子啊,麻烦事情多多少少?打秋风、刨黄瓜的人交交关关。多亏得姑少爷帮忙打发,否则我这个老太婆,人家讲啥就是啥,这幢房子都保不住的。"

承晚哪有心思在房子上,三言两语把王妈敷衍走了,转头直截了当地问沈文渊:"听说你跟承曦结婚了?"

沈文渊抽着烟,避开眼睛去:"你不是知道了嘛。"

承晚恼火地说:"现在知道有什么用!结婚是一件大事,哪有这样先斩后奏的?我到底是她亲哥呀。"

沈文渊转回头来,两眼炯炯:"是的,你是亲哥。但承曦有难之时,你在哪里?"

承晚闷住了，半晌说："我人在外国，音讯不通，心有余力不逮。"

沈文渊微微一笑："承晚啊，正是你说的不通音讯，有些事是实在没办法，必须做，即刻做的。"

承晚不响。

沈文渊放缓和了声调："承晚兄，我们现在是亲戚了，不要一见面就争执好不好。有些事情是不得已，你处在那个情况下也会同样做的。"

承晚问："我妈是怎么死的？"

"意外。"

"王妈说是被逼死的。"

沈文渊沉吟道："也不能这么说。"他揉了揉前额，继续道，"承晚，你走的两年，是变化最大的两年。吃鸦片的恶习是一定要连根拔去的，你娘又离不开这一口。那么，出毛病是预料之中的。承曦夹在当中，你想想她有多难。"

承晚一口气还是没处出，讥讽道："所以，你就乘人之危了？"

沈文渊面孔涨得血红，好容易抑制住没有发作，闷了一歇，说："这个，你要去问承曦，别人是讲不清的，我再辩解，只会越抹越黑。"说罢站起身来要走，走到门口，想了想又转回来，对承晚说，"承晚，我晓得你心情，但现实如此，我们每个人都要面对。届时你自己和承曦谈一谈，就晓得了。这样吧，你再歇一两天，过后我陪你去给赵家姆妈上坟。"

赵承晚在踏上故土之前，其实并没有真正想好，回来要做什么。他是散漫惯了的性子，总认为家里再虚空，一口饭，总归是有得吃的。他可以像以前一样，不奢求成功与荣名，如闲云野鹤，逍遥在江湖之间。画几笔画，朋友之间观摩交流一番，听几句赞美之词，也不枉吃了两年多的法国面包。最好再办个艺术沙龙，偶尔能开个小画展。收几个学生，补贴家用一二，人生虽如轻烟淡墨，但波澜不惊，也说得过去了。

这小小的冀望，现在看来根本是行不通的。

承晚去拜访了几位以前的同好相识。朋友们劝说："你既然回来了，虽然说画画没什么用处，但也要去寻个事情做做。现在，人人要劳动才得食，游手好闲或无所事事，会被人看不起。每个人都要有个单位，工厂机关也好，学堂也可以，最不济也得在街道上，拿一份工资，这样你才算有了着落。现在，老百姓都被组织起来了，在单位有人管着，在街道上也有人管。你一个人单吊着，是不容许的。"

承晚更是不懂了："我又不犯法，干吗不容许？"

朋友的口气更透出承晚是"孺子不可教"的神情，摇头道："这个跟犯法不犯法没关系。私底下告诉你一句，现在刚刚解放不久，国民党蒋匪帮还不死心，还想着反攻大陆。前阵子，还派了飞机到上海掼炸弹，死掉了交关人，据说是有特务分子里应外合。所以，把居民组织起来，也是有个互相监督的意思。"

承晚嗫嚅着问道："那么，你看我能到哪里去找事做？"

朋友沉吟道："叫你去工厂做工，吃力得很，又龌里龌龊，你老兄大概是吃不消的。不过你总算还有一技之长。依我看，能找个中学去教美术就蛮好，如果不行，小学也是可以的。"

承晚倒没有职位高低的顾虑："教小学生也不错的，如果有机会，拜托你给我留意一下。"

二十六

香港住了两个多月，考虑再三，傅家兄弟决定回巴黎去。

云裳说:"这也是不得已啊,这世界上最惬意,我最想居住的地方,一个是上海,一个就是巴黎。现在看来回不去了,只剩一个选择,再回去做洛克教授的学生。"

国粹说:"我是不想再去做学生了,是人,总有断奶的一天。叫我说,常去卢浮宫观摩,再找个画室,画些自己想画的画。"

余先生说:"云裳,你还是再考虑一下吧。当然,巴黎自有巴黎的好,香港嘛,也不错,虽然广东话听不懂讲不来,但字还是看得明白的。膳食更是对胃口,南北兼有,中西俱全,要吃啥有啥。饿了,随时可以上街吃碗牛腩面。你们在这儿,我度假时可以来找大家玩……"

国粹鼻子里哼了一声:"香港好个屁,这地方真是无聊至极!人待在这儿,除了吃吃吃,就是赚铜钿。整个城市没有一家博物馆,连像样的书店也寻不出几爿。要我说,香港就是一块文化荒漠。"

云鹏也说:"五香牛腩面跟奥古斯特·罗丹,我肯定是要选择罗丹的。"

大家笑,云裳问国粹:"你们兄弟俩怎么打算?"

国樟看了看他的长兄,有点迟疑道:"我又不学画,法文也讲不来,去法国没什么意思。我想还是留在香港,寻个机会做点小生意。"

大家转向国粹:"国粹兄呢?"

国粹闷声道:"我?大概只有去跳海的。"

众人面面相觑,一叠声劝道:"何必呢?国粹兄你千万不要走极端。"

云裳说:"国粹兄还是跟我们一块回巴黎去吧。没了承晚,再没了你,巴黎再好,趣味也要少了一大半。"

国粹把头埋在手心里:"你晓得,就是我想去巴黎,现在身无分文，连船票也买不起的。"

云裳沉吟道："这个，你就不必担忧了，我来负责。"

国粹抬头，冷笑道："云裳，你真不愧是个救苦救难的散财童子，口袋里钞票用不光似的，总是急吼吼地掏腰包，会钞、会钞。我都记不清已经欠了你多少铜钿了。你有没有想过，也许我会赖账？不要到辰光连朋友都没得做了。"

云裳脸色一暗，随即笑道："啊啊，我才不担心。等你成了大画家之后，再一起还我好了。"

"如果我一辈子画不出头呢？"

"那也无所谓，就当这点铜钿被吉卜赛人抢去了。"

大家又笑，连国粹也禁不住咧开嘴，说："云裳啊，这样大手大脚，再多的铜钿，也会被你挥霍光的。"

"嗐，近朱者赤，不就是跟你国粹兄学的嘛。天生我材必有用，千金散尽还复来。你说是不是？"

船票订好，行李也已备妥。云裳他们在动身的前两天，买了只烧鹅，并点心水果，去看望陈叔叔，感谢他两年多来帮他们转信寄信。不料竟吃了个闭门羹，问了左邻右舍才晓得，陈老先生一礼拜前心脏病发作，送医抢救不及，已经往生去了。众人大感懊悔，应该早点前来拜望，不想竟然天人永隔。又索问邻居详情，说是陈先生的家人儿女在马来西亚，已经好多年没回来过了。前一阵子倒是有个年轻女子，来看望过陈先生好几次。众人心中一动，便追问那个女子长得什么样子？邻居又说不清了，已经隔了不少时日，当时也没刻意留心。所以越说，众人越迷惑，最后还是不得要领。

回来的路上，大家心里都不住地忐忑，那个年轻女子，是不是承曦？如果是的话，为啥陈老先生转信时一句不提。如果不是，那么说明承曦还在杭州,承晚来信时,总应该提上一句,代问个好等等,为啥也是音讯全无。

国粹凭了直觉,一口咬定:"肯定是承曦,不会再有别人了。"

云鹏说:"最后接到承曦的信,也有近三个月了。我们从高棉回来也一个多月了。再怎么间隔,也总会有一星半点的消息。这女子也许是陈叔叔的远亲,或者医护人员,邻居不知所以,我们不要捕风捉影,大家白高兴一场。"

众人失落,沉默不言。

云裳摇头道:"我实在想不明白,有家,却不能回,亲戚朋友无通音讯。真是百年少见啊,被我们碰上了。"

壬辰年正月,国粹与傅家兄弟第二次到达巴黎。天气寒冷,三人先在旅馆住了一个礼拜,又开始找房子。傅家兄弟找到一间公寓,离他们原来的住处不远。国粹在他们公寓里借宿了两个礼拜,睡在客厅的沙发上。最终也在克利齐附近找到宿处,是一幢公寓大楼的顶层,长长的甬道两旁排列了十几间鸽子笼,公共盥洗室在走廊的尽头,老是有人霸着不开门。这种房间,以前大概是给佣工住的,斜顶,有一扇老虎天窗,推窗看出去是一大片灰色的屋顶,下面是个深深的天井。房间极小,大约摸六七个平方米,放下一张单人床,一张吃饭的小桌子,再竖一个画架,就转不过身了。好处是房租极为廉宜,一个月就是两包香烟的价钱。

傅家兄弟来看了,云裳劝道:"国粹兄,这地方实在是太小。还是在我们那儿先住上一阵,等有了合适的房子再说。"

国粹摇手:"谢谢好意。云裳你又不是不晓得我的臭脾气,又何必放个随时会爆的炮仗在你家客厅?不要哪一天吵翻了,连朋友都没得做。"

云裳笑道:"看你说的,又不是没吵过。我们不是直到今天还是朋友吗?"

"罐子一次次往地下摔,总有一天会摔破的。还是这样吧,我这个人放任惯的,你们不要管我。"

云鹏说:"问题是,你这儿连大一点的画都不能画。"

国粹打哈哈:"其实这个画架是个装饰,提醒我到法国来是干什么的。我已经在学堂里申请做旁听生,一学期才几十法郎,可以利用学校里的画室,一直开放到半夜十二点钟。"

云裳无奈,耸耸肩道:"既然如此,悉听尊便。"

开了学,国粹申请了旁听生的资格。每天一早就去学校,做些收发信件,打扫画室之类的杂务,以此赚些零用钱。学生上大课时,他在教室角落里竖立一个画架,想画的话,就画几笔;不想画,就溜出去泡咖啡馆,看书,翻阅人家留在咖啡桌上的报纸。随身带了本速写簿,顺手画些街上的行人、小贩、招揽客人的妓女,或者是邻座下棋的弈者,倒也是自由自在。

晚上学生们都散了,偌大的画室空出来了,便是国粹一个人的天地。长夜寂静,无人来打扰,国粹在白炽灯下一个人埋头作画。累了,去隔壁咖啡店买个三明治。回到画室,在角落里席地坐下,一面吃他寒酸的晚餐,一面看自己画到一半的画。吃完三明治,烟瘾上来了,摸出烟盒,发现只剩下最后一支压扁的香烟,但这最后一支烟的滋味特别好,他吸到只剩短短的一截才按熄,尼古丁的滋味美妙无比。

直到半夜,看门的阿尔及利亚老头要关门落锁了,他才收拾起画具离开。

除了画画，国粹常常在街头乱逛。无论白天黑夜，巴黎永远醒着，白日可以去看大大小小的博物馆、画廊。在河边的旧书摊上翻阅二十年代的老画报和招贴画，画报中有几个版面介绍最后一次举行的印象派画展，便买了下来，顺便向书摊老板买包土耳其走私香烟。有次参观了荣军院出来，街角上有音乐家在卖艺，弹吉他的小伙子看上去文弱、秀气，面有菜色，不知怎的联想到自己的三弟，看了一会儿，便掏出不多的几个零钱放进琴盒里。回家时在杂货店买食物，掏遍口袋，才想起刚才把晚餐钱给了那个小伙子了，只好自己啃一块干面包。

在河滨漫步，正好看到年轻的新婚夫妇从对面教堂里出来，宾客漫天撒花瓣，大家都一派喜气洋洋，新娘子挽了新倌人臂膀，登上古色古香的马车迤逦而去。国粹冷眼看着，心里若有所失。洛特教授的话语在耳边响起：你将不会有家庭，不会有正常的生活……

在干涸的喷泉旁边喂鸽子，一把面包屑撒向半空，鸽群便像轰炸机般俯冲而下。巴黎的鸽子体型圆润，性格却很强横。大部分是灰色的，偶尔有一两只白色的，往往受到鸽群的排挤，国粹看不过去，会特意多撒两把给它们。

早上，国粹人还未完全醒转，坐进路边咖啡座，打着哈欠，喝着不加糖的黑咖啡。邻座是位穿高领黑衣的末日教派教士，一本黑封面的《圣经》放在桌上，颔首低目，在默默地抽烟。当一个漂亮女人扭着腰肢款款而过，立刻，艺术家和教士都一下子来了精神，眼珠子像牵了线一样，一路紧随不舍。直到女人走远，男人们才回过神来，互相交换个眼色，微微一笑，心照不宣。

某个春天晚上，巴黎空气里饱含骚动的气息。国粹在画室里画画，突然有一股空虚莫名的情绪袭来，难以专心在画幅上，于是早早地收拾起画具，走上街头。

时值八九点钟，天色还未完全暗下来，路边梧桐树展开的嫩叶，在路灯和天光之下呈现出像翡翠般的绿色。而街上正是热闹之际，人流熙攘，喧哗处处，小姑娘们手里擎着冰淇淋，蹦蹦跳跳，一个不小心撞在行人身上。高个子的年轻夫妇推着童车，像一对仙鹤踱步在人流中间。路边咖啡馆一位难求，跑堂忙得像只陀螺，而顾客们坐着闲望野眼。小广场上情侣们勾肩搭背，驻足围观小丑表演杂耍。在拉丁区的小酒吧里，酒客们像鸡似的在高脚凳上蹲成一排，听全法足球联赛的广播。蓝调爵士背景音乐低沉忧伤。外地来的单身汉有心寻艳遇，涎着笑脸跟邻座的女酒客搭讪，女人开始时冷若冰霜，半醉之际，便开始滔滔不绝，嗓音沙哑，词语也趋向暴烈。单身汉反而吓了一跳，又一时走不脱，只好满面尴尬地假笑着，一面左看右看，寻机脱身。也有街头的醉鬼，衣衫褴褛，坐在公园的长椅上，不时地仰头灌上一大口。喝得大醉之后，脚步飘摇地走下堤岸，在桥洞底下掏出家伙，酣畅淋漓地小便。

这是巴黎之夜的前奏，喧闹而放纵，像一个慵懒美女知道自己好看，所以恣意地伸展肢体。巴黎此刻是物欲的，贪婪的，醉意和情欲在大街小巷里暗暗地流淌，诱惑和陷阱也在暗中龇开利牙，等待猎物心甘情愿地上钩。黑夜混沌，既抚慰着甜美平静的睡眠，也掩盖着淫荡不堪的罪行温床。席卷一切，湮灭一切，像母亲的胸脯，包容一切。

从学堂里走回家中，大概需要四十来分钟，途中要穿过一些老旧衰败的街区。这些区域街道狭窄，好些铺路石块被人撬走，路面坑坑洼洼高低不平。路灯又常常坏掉，一不小心就会跌个大跤。街区转角上堆着没收走的垃圾，不知什么地方飘出下水道的阵阵臭气。街道两边，都是些两三百年的老房子，大概从拿破仑时代起，就没有怎么修葺过。外部的墙面千疮百孔，布满涂鸦；里面环境更是糟糕透顶，地板下陷，楼梯颤颤巍巍，老鼠蟑螂横行。这种街区更是危险丛生之地，不法之徒出没，体面的市民们避之不及。房主只能招徕些领救济金的穷人，退休者，外国人，收取低廉的租金。

但奇怪的是，这种地方虽然破败，却是热闹得很。白天，小广场上搭了帐篷，各种生意人，菜贩、布贩、变戏法的、卖旧家具的、卖脚踏车零件的都有自己的摊位。乡下农夫在售卖新鲜鸡蛋、奶酪、水果，以及自家烘烤的点心。路边咖啡馆里也坐满了人，下棋的，聊天的，谈恋爱的，无所事事的，两个老头买杯咖啡，可以屁股不挪地坐上一整天，也不知他们哪来那么多话可说。深夜之后，大街小巷里还是人影幢幢。年纪很小的吉卜赛女孩子，向酒吧里的客人推销快要蔫掉的玫瑰花，五十生丁一朵。白衣白帽的阿拉伯人守在简陋的店堂里抽水烟，一大坨羊肉疙瘩悬挂在旋转烤肉炉中，慢火烹烧，整条街上肉香弥漫。国粹常常去买他们的羊肉煎饼做晚餐。满面胡子的大汉拿了把剔骨刀，把羊肉一片片削下来，再用一张煎饼包裹了，浇上各种酱料，加上洋葱丝、胡萝卜丝和香菜。味道还不错，更主要的是价钱便宜。

一些鬼鬼祟祟的小铺子，暗灯瞎火，终夜开着门，做的是私酒生意，也卖吗啡、杜冷丁，据说各种止痛药品在退伍兵中需求量很大。还有销售各种赃物的黑店，从偷来的珠宝、古董、烈性犬，一直到各种军火武器，听说只要肯出大价钱，二战时的轻机枪、冲锋枪都能买到。更令人提心吊胆的是，在黑暗小巷的路灯下，门洞里聚集了好些流氓恶棍、醉鬼、皮条客，一个个面目凶狠，神情鬼祟，有如杜米埃版画中的人物。在每个街角都站着三五个妓女，高跟鞋哒哒地在石子路上敲过，在幽暗的街灯下来回走动，抽着烟，招徕着寻芳客。

刚搬来时，每次经过这些街区，国粹总是脚步匆匆，人家告诉他过这地方是充满危险的沼泽，这些游荡者更是一串麻烦果子。吉卜赛人偷东西的手法高明，防不胜防。而成群结队的流氓会无端寻衅，攻击路人。某个酒鬼，前一分钟还躺在角落里喃喃自语，下一分钟会突然跳起来大发神经，把酒瓶子砸在行人的头上。也有妓女如果拉客不成，会不依不饶地跟在过路人背后，跳着脚破口大骂。种种想不到的意外都可能发生，他一个外国人，法语又不怎么道地，一旦被这些人缠上，那可是叫天不应呼地不灵。

到目前为止，国粹还没碰到什么大麻烦。反而，他被这种生机勃勃，层次丰富的底层生活所吸引。常常，他会情不自禁地在广场的角落里坐下来，在树荫下抽根烟，饶有兴趣地观看煤气灯下上演的种种剧目。情侣们赌气吵架，便衣警察抓吉卜赛小偷，妓女们争风吃醋。有虐有闹，又哭又笑，真如一幕巴尔扎克笔下的人间喜剧。

比较锥心的是看到一个侏儒，坐在一部婴儿车里，被家人推到广场上来卖艺。这侏儒的身体如三岁孩童，却长了一张成人的脸，涂满了白粉，在腮上点了两块胭脂红，戴着小丑的尖锥帽，童车上还挂了几枚破旧的玩偶。而他的表演基本上是以插科打诨，讲滑稽笑话来招徕观众。由于身体无法动弹，全靠了脸上的表情和两只短短的残手来发挥。演来演去，也就是那么固定的几套戏法来博路人一笑。国粹却更多地看到人世间的悲凉和无奈。

有时看到路边的妓女堆里，有一两个雏妓混迹其中，年纪不过十四五岁，一脸的青涩，却在肮脏的街头拉客。而且脸蛋身材就是去做明星也是可以的。国粹心中大呼可惜：如花似玉，大好人生，何必去做这个勾当？从事这个行当的女子，衰败极快，难道她们就不晓得珍惜？还是命运弄人，有其不得已的苦衷？

不过感叹之余，国粹也晓得，人生难以论断。妓女这个特定人群，在法国的艺术史中有其不可忽视的地位。在雨果、巴尔扎克、小仲马、梵高、罗特列克的作品中都留下痕迹，像罪恶之花一样芳香扑鼻。

去得多了，在这令人眼花缭乱的地方，国粹竟然还交了几个朋友，他跟刚认识的人一块喝酒，听阿拉伯音乐，看街头舞者表演。高谈阔论，恣意大笑，以致忘了时间，等到人群终于散去，他起身走回家时，常常已过半夜。淡青色的晨曦已在寂静的街上浮动，空中响起第一声鸟鸣，拐角上飘来新鲜出炉的面包香味。国粹推开公寓的大门，穿过铺着青石板的天井，疲惫地爬上七楼，倒在被褥凌乱的床上睡去。

这一切都是艺术家梦寐以求的，放纵天性，无拘无束。但是，如地狱般的贫穷，也如影相随。确切无疑的是，苏州家里是不会再寄钱过来了，国粹现在没有收入，房租不管多廉宜，还是每个月要缴的。酒要喝的，画布和颜料也是要买的，而且死贵，唯一能做的是节衣缩食。他本来就瘦，来了巴黎七八个月，更见消减，面有菜色。虽然云裳说过，他那儿随时可以通融。但以国粹的个性，宁愿挨饿，也不会轻易跑去傅家求援的。他现在仅有的进账，是给授课教师做助手，帮他们买咖啡。每当下了课之后，还要收拾整理画室，扫地清垃圾，为下一节课安排模特儿。这样一礼拜可赚几十个法郎。有时在咖啡座上为客人画速写，偶尔会卖掉一两张，这点小钱只够他买香烟，吃上一顿还像样的饭食。

国粹的作息是早上睡懒觉，下午去学校，晚上画画或出游，到住宿处已经是过半夜了。他很少见到同楼层的邻居，有时在楼梯上匆匆一瞥，都是些脸色青白，满面晦气的失意者：身份不明的女人，或是风烛残年的退休老头儿，刮胡子刮破了脸，贴着渗出血迹的纱布，穿着正式的三套头西装，但长年没有清洗，反而更显得邋遢。可怜的老头儿挣扎着不灵便的腿脚，下楼去买些食品杂货，再喘着大气爬上楼来，中途至少要歇个十来次。巴黎老公寓的楼层特别高，底楼是门房、洗衣房及储藏室。二楼的公寓是最昂贵的，越往上越便宜，公寓虽有电梯，也只到六楼。七楼至少相当于十楼，就算国粹这般年轻力壮之人，下楼之后忘了东西，都懒得再爬一次去拿。楼里的人见了最多点个头，互相不交谈，都是沦落之人，认识了又如何？

在他房间的斜对面，住了个年轻的外国人，看来才十八九岁，淡亚麻色头发，长得高大肥胖，满面雀斑的婴儿脸。他跟国粹差不多的作息，终年晚归，在楼梯上遇到过好几次。每次碰到国粹，总要问一声：今天是礼拜三还是礼拜四？开始国粹还一一作答，后来就发现了不对劲，哪有人同一个问题问上几百遍的——这个年轻人的脑袋瓜肯定有问题。仔细看去，好像眼神也不对，直通通地盯着人，眼白多眼黑少。傻大个虽然聒噪，不过倒是人畜无害，有时还会提了半瓶伏特加来敲国粹的房门，一开门，也不等主人邀请，直别别地就挤了进来。国粹的房间本来就小，又挤进一个大块头，更是局促了，只好坐在床上喝酒聊天。

年轻人是俄国移民的后代，有个长得不可思议的名字。国粹笑说："这么长的名字，听听头都晕了，我是绝对记不牢的，我看还是叫你礼拜三好了。"年轻人也点头笑纳。

礼拜三的父母是三十年代末，从圣彼得堡逃到法国来的犹太人，但混血已经混得很杂了。父母生下他之后就不知所踪，礼拜三是在孤儿院及各种救济所里长大的。读书也只是断断续续地读到普通中学，身无长技，所以只好在洗衣作坊里做些跑腿送货之类的低级工作。

礼拜三东拉西扯一阵，又神秘兮兮地告诉国粹，说他是有残疾人身份的，每月可从政府机构得到一小笔津贴，而他把这笔津贴全部花在嫖妓上面："法国政府帮我娶老婆。哈哈。"

国粹惊诧："你把这个叫'娶老婆'？"

礼拜三扳着手指头算："嗯，一个月二十五法郎，睡一次十个法郎，这月娶两个，下月就可以娶三个。"

国粹摇头："哦，不要搞出病来，不合算的。"

礼拜三晃了晃手中的伏特加酒瓶，说："不要紧的，搞完了，用伏特加冲一下，就行了。"

看国粹不尽同意，礼拜三又说："不让我搞，是不行的，这桩事情比吃饭还要紧。如果不能搞女人，我宁愿死掉。"

国粹看他那像狗熊一样的身板，脑子却不怎么管用，做的又是枯燥活计，身体里的精力真是无处可去。不让他去嫖妓，大概真会憋出病来的，或者是发泄在更为邪门的地方。这样一想，国粹也宽容了，凡人都是为食色性欲苟活于世，漂浮于海。他也在其中，幸运的是，他还有一块艺术的绿洲，可以憩息。

贫穷，孤独，前途渺茫，国粹一个本来出身于富足家庭的纨绔子弟，终于开始尝到人生的况味。所有的东西，没一件是可靠的，可以长久拥有的。故乡、家族、地位财产，随时可能随风而去。在这些东西消逝之后，接下来面临崩毁的是人的心绪，健康，以及对人生的信心。一旦到了这个地步，也就是真正地坠落到底层了，如佛家所说的"阿鼻地狱"。

万幸，国粹虽然落魄，但还算健康，心绪也没有太大的波动，最要紧的，是他对艺术热爱没有丝毫减少，相反，由于艰苦的境遇，艺术是他唯一的慰藉和支撑，使他能在异国他乡孤独地捱下去。

二十七

到达巴黎的第一个礼拜,承曦是在梦幻般的恍惚中度过的,对她说来,巴黎是个遥远的梦,而如今真的身临其境,在感觉上简直不可思议。

第一夜,她辗转反侧,通宵失眠,一清早就跑出去,走到巴黎圣母院前面的小广场上。清晨的阳光浸染着塞纳河的两岸,水流平缓,波光闪耀,空气中充满了河水的湿润气息。怔忡之间,一群通体洁白的鸽子从身边掠过,宛如梦中。转身仰头看去,蜜糖般的阳光洒在脸上,高处教堂的塔尖与蓝天融为一体,钟声倏然响起。承曦的双腿抑制不住地颤抖,梦寐已久的景色,此刻竟然真的——呈现。

她随着望弥撒的人群走进圣母院,在高高的穹顶之下,大玫瑰花窗色彩迷幻,折射出天国之光,令人目眩神迷。宣讲台前摆满鲜花,祭坛上烛光闪耀,须发皆白的神父在讲道,抑扬顿挫,承曦一个字也听不懂,但不妨碍她随着众人画着十字,一起下跪。大风琴响起,一群儿童在祭台旁颂唱圣诗,童声宛如天籁。神圣的感觉,像春雨般沐浴着她疲惫的身心,人生中所有的不如意,在这一刻如风中的鸿毛翩然而逝。一个半小时的弥撒,对她来说过得太快。弥撒出来,她站在圣母大教堂前,轻轻地抚摸着大门上的浮雕、石壁和栏杆,又坐在圣母堂旁边的小花园中,久久不忍离去。

这里是巴黎,一切都是美的,身下的石凳摸上去是温润的,吹落在脚边的树叶保持着完美形态,街边咖啡店里的橱窗五光十色,各种点心勾人馋涎。连路上汽车排出来的废气也令人陶醉,是工业文明的一道小小的注解。

承曦羡慕那些白衣黑巾的修女,宁静的脸容,飘逸的身姿。她们远离尘世，一心侍奉上帝。没有纷争，焦躁，疾病和愁苦，灵魂如水般透明和纯净。如果有来生，承曦愿意投胎做个修女，潜心静修，在晨钟暮鼓中度过平安的一生，不要男欢女爱，不要家庭牵挂，只要天国的和平与上帝的眷顾。

承曦住在左岸小旅馆里，晚上躺在床上，还是心潮起伏。人如果不需要睡觉该多好啊，那就可以多出很多时间，把大街小巷逛个遍。巴黎是那么丰富安宁，色彩明快，承曦在一大清早走上街头，看乡下人的卡车在菜市场卸下五颜六色的新鲜蔬果，沾着露水的鲜花。烘焙房门前，主妇们排队购买刚出炉的面包。转角上的咖啡店正在准备营业，年轻的女招待睡眼惺忪地擦桌子，摆餐具，等待第一批客人上门。

塞纳河上起着蓝色的晨雾，一艘平底船无声地在水面上滑行，河对岸的建筑物如海市蜃楼般缥缈。承曦徒步穿过整个城市，从旅馆走去埃菲尔铁塔，跨过亚历山大三世大桥走到凯旋门，再沿着香榭丽舍大街一直走到圣迈科广场，来回十来个小时走下来，一点都不感到疲累。路边的鲜花铺子里花团锦簇，承曦见到许多她从未见过，叫不上名字的花草，它们的形状、色彩、香味都使人心旷神怡。百货商店的橱窗里有那么多的新奇展品，漂亮的布料、时装、鞋子、钟表、精致的餐具、女人家的首饰，各种各样的奢侈品。她虽然买不起，但是看着也是好的，想象着有一天也许会拥有这些东西。或者，就算是一辈子买不起，能够厕身其间也是令人欢喜的。她会在路边小咖啡摊坐下来，点一杯加了起泡牛奶的咖啡，和一块名曰拿破仑的酥皮小点心，一口咬下去，新鲜的奶油满溢口腔，那美妙的滋味使人有飘飘欲仙之感。看到路人在喷泉上喝水，承曦也用手掌接了一口，清凉甘洌。这是她生平第一次喝生水，以前在杭州的虎跑泉水，打回来也要烧开之后再喝的。

每天一早，承曦在背包里放两个苹果，插一条面包。一个礼拜下来，逛遍了埃菲尔铁塔、先贤祠、凯旋门、卢森堡花园、查理三世大桥、协和广场上的方尖碑，巴黎的宏伟和美色令人眼花缭乱。承曦还有最后一个心仪之处——卢浮宫没去，就像小孩子把喜爱的糖果留到最后一刻那样。一直听承晚和国粹他们说起，那是个像圣殿般的地方，最高最美的人类文明荟萃之地。

终于要去卢浮宫了，承曦刻意打扮了一下，薄薄地施了胭脂，敷了蜜色的唇膏，穿了条红绿相间的精纺格子呢长裙，英国货，她在香港买的。上罩一件淡米色镂花羊毛衫，系了条西湖丝绸围巾，提了小牛皮手提包。对镜自览，竟然有点像去约会那样的心情，还缺了什么？一对耳环？回忆瞬间袭来，物去人非，不由使她感伤。赶快搁开这个想头，去看卢浮宫应该有个好心情。

今天是个阴天，卢浮宫正举行秋季大展，是巴黎一年一度的重要活动。门前广场上聚集了很多参观者。男士们穿礼服戴礼帽，领结系得端端正正；女士们也是礼服长裙，各尽其妍。近年来法国流行女士戴帽子，各色各样的顶上风光极有看头，或是宽檐帽装饰着彩色羽毛，或是圆形无檐帽缀了一大朵绢花，也有带半截面纱的古典式，更有俏皮的女生穿了西装，反戴了男式鸭舌帽。承曦看得眼花缭乱，一顶帽子也能变出这么多的花样。

里面人更多，在通往胜利女神雕像的台阶上，人们摩肩接踵，某男士的高筒礼帽落地了，像皮球般在人们脚下滚来滚去；某女士的坠地长裙给人踩住了，差点绊跤，身边的护花使者不答应了，坚持要那个无心惹祸者道歉。再往前走到挂着名画蒙娜丽莎的厅里，人更多了，里一层外一层围着，风度翩翩的绅士们也顾不上女士优先了，一旦有个空隙马上挤进去。承曦不能算是矮个子，但前排的看客不是高头大马就是帽子遮着视线，她使劲踮起脚尖，也只看到蒙娜丽莎的半张脸。承曦千辛万苦地跑来法国，就是为了完完整整看一次蒙娜丽莎呀，无论如何都要挤到第一排去，不能有任何人，任何物体挡在她和蒙娜丽莎之间，才可以了却这么多年的心愿。

在承曦往内圈挤进去时，有个男人也在她身边推搡。承曦还特地回头看了一眼，那个男人黑发黑须，穿得倒是蛮得体的，三件头的西装，戴了个蝴蝶领结。男人大概晓得举动不甚合礼貌，含含糊糊说了句"Pardon"，咧嘴一笑，露出一排黄色的烟垢牙。

大概被那副不太雅观的牙齿影响到了，承曦站在蒙娜丽莎的画像之前，心里多少有一丝失望。年深月久使得画面发黄，暗棕黄的调子使得蒙娜丽莎的皮肤看起来有陈年牛皮的质感，而完全不像传颂中那样，是风华绝代的年轻女子。黑色的衣裙看起来像是寡妇穿的，连背景中的风景，也是枯黄一片，天空是黯淡的，地上的山川河流都缺少活气，恐怕承晚阿哥的水彩风景画都要来得高明些。这样想着，承曦又觉得自己有大不敬之违，既然阿哥、国粹、云裳他们这些行家对这张名画都推崇不已，肯定是自己没看出好来。于是又左看右看，终于看出，那脸上的一丝微笑的确是神秘异常，女人的眼神含情，嘴角上翘，欲言未言，好像一个旖旎的故事就要发生，又在踌躇和停顿之中，像只猫伸出前肢，脚掌却还未着地那般。从这个角度看来，画家的确是高明的，含而不发，一个女子隐秘的心情萌动，以一抹若有若无的微笑表现出来。

卢浮宫如海，无边无际，承曦像条鱼似的在艺术的波峰浪谷中巡游，有时被一具美丽的雕像带到天上，有时又站在一张描绘可怕灾难的油画之前战栗不已。她总算有些明白，为啥阿哥和国粹等人会得如此着迷，一会儿大喜，一会儿癫狂，一会儿沮丧。艺术的魅力直如鸦片，令人欲罢不能。而其中蕴含之精神，竟能如此阔大、深邃，洞穿世事，上达天庭。

从早上十点钟进入卢浮宫，不停不歇地走了四个多小时，出来时，承曦才感到腰酸腿软。在里面时不觉得，上上下下只顾了看画，人高度兴奋，此时却感到又累又饿又渴。她走进一家咖啡店，点了杯咖啡和一份简单的餐食，吃完才觉得缓过来些。准备付账时，她发现什么事情不对了，她手提包的搭扣被打开，里面的钞票、香港身份证、进入法国的旅行文件全部不翼而飞。

承曦的脑袋一下子像要爆炸了，赶紧把手提包里里外外翻检几遍，所有的夹层都找遍了，只留下一条手绢，一支口红，以及一些女人出门的小装备。她的思维停滞了好一阵，脑袋一片空白，想着是否把钞票和证件留在旅馆了？平时以防旅馆里不安全，她总是把所有值钱之物和重要的证件都带在身上。今天会不会是个例外呢？

见她迟迟未付账单，侍者的脸色变得很难看，两人又语言不通。承曦又急又窘，不由得掩面而泣。店主也来了，还是牛头不对马嘴，最后承曦留下手上的一只戒指，说了届时拿钱来赎，才得以脱身。

赶回旅馆，房间被她翻了个遍，枕头被褥下，床底下，小柜子里，自己的行李箱被打开又关上，关上又打开，心里已经晓得了，但还是抱一丝侥幸："老天啊，求求你了，不要让我刚踏入天堂，又坠下地狱。"人在异国他乡，人生地不熟，语言又不通，身边的钱财被偷，缴不出旅馆费用，连下一餐都没着落。

坐在凌乱的床上，承曦的大脑空白了好一阵子，被一个念头反复地纠缠：钱包是什么时候丢的，如何丢的？用早餐时？排队时？上盥洗室时？都不像，其中最大的可能是在看蒙娜丽莎的时候挤丢的，但她明明记得，提包的搭襻是扣上的。那么，唯一的可能是当时身边的男士，紧贴着她，还朝着她笑……但可能吗？法国人应该是彬彬有礼的绅士，吟花弄月，画些美妙的图画，怎么可能去做这种贼骨头下三滥的勾当？

想着想着，承曦头都疼了起来，房间角落里有个洗手的水斗，承曦打开水龙头，用凉水泼在脸上，却一眼看见镜子里朦胧的人影，头发蓬乱，眉头紧蹙，眼神空洞，牙关紧咬而面容扭曲。

承曦被吓住了，这是我吗？怎么变得像个神经病一样？！

窗外，天已经全黑了，附近的教堂响起最后的钟声。承曦像头困兽似的在狭小的房间里打转，站起坐下，一刻不得安宁。最后实在累极了，终于合衣倒在床上睡着了，但是睡得很不安稳，时醒时睡，依稀的梦境中，她和国粹坐在一辆黄包车上，到了一座桥顶，车夫突然放把，车子沿着倾斜的桥面，不受控制地飞速滑行而下。

二十八

十一月的巴黎是灰色的，天气阴寒入骨，终日下着蒙蒙细雨，人也被弄得情绪全无。这天傍晚，国粹早早地从学校回来。最近人莫名觉得烦躁，作画也极不顺手，往往一张画画到八九成了，自己却越看越不顺眼，改来改去，只是越改越糟，最终是用刮刀全部刮去。反复几次如此，着实令人泄气。其实自从他来巴黎之后，看多了大师们的名作，自然会对自己的作品产生不满，诸般破绽一眼明了。可是艺术的精进并不是一蹴而就的，再具才情的艺术家，也总会有阻塞停滞，挣扎了前行，又是停顿，被磨得遍体鳞伤，也不见得能攀上下一个高峰。

回到宿处，国粹倒头小睡了一阵，醒来是九点多钟。百无聊赖，趴在窗口抽烟。望出去鳞次栉比的屋顶，延绵在黯淡的夜空下，一轮昏月，隐在时雨时驻的云层之中，犹如英国画家透纳某张阴沉的水彩画。他窗口正面对着六楼人家的餐厅，这家人大概在举行盛大的家宴，宾客们笑语喧哗，推杯换盏，一道道菜肴不断地被端上来，直引得他饥火中烧。晚餐时，国粹只吃了个冷的三明治，两片面包夹了一片奶酪，一片薄火腿，早就消化到爪哇国去了。找遍斗室，只找到两个干瘪的橘子，多日前被他遗忘在小橱中的，拿来剥了吃下，反而更饿，很想来碗热乎乎的汤羹，再加一盘火腿蛋炒饭，或者是在苏州街头巷尾的馄饨摊子前，站着吃一碗滚烫的小馄饨，汤里有紫菜和虾皮，滴上几滴辣油，那将是多么美妙。国粹想得口水直流，冲动地想出门去吃个宵夜，摸摸口袋，只有零碎几个角子。再想想，也懒得雨夜出门，只好喝了一肚子的凉水，抽了两支烟，重新上床躺下。

国粹却睡不着，各种思绪缠绕不已。天花板上光影浮动，如水波荡漾。隔壁窗台上，传来鸽子的咕咕夜语。雨夜斗室，分外寂寞，不由得想起故国种种的热闹：在这秋冬交接之时节，家家宴请，朋友间也互相回请，白天晚上，差不多顿顿都有应酬。江南物产既丰富，苏沪地区更是食不厌精脍不厌细，常有大户人家，专请了名厨掌勺，接连几日烹制佳肴待客。这季节，阳澄湖大闸蟹也上市了，一两块洋钿可买一大蒲包，清水煮了，温了花雕酒，三两好友消磨一个秋雨之夜。过后打牌搓麻将，跳舞听戏看电影，节目不断。他总是人群的中心，派对的王子，只逞了少年意气，众多女子对他青眼有加，却都被他一一辜负。明知艺术是条荒僻寂寥之途，却执意为之。如今食不果腹，蜗居在巴黎的小阁楼上，独听冷雨敲窗，也算是自找的。

樱之在初秋时节回了伦敦，一直没信来。各人都于羁旅之际，收不到信也是寻常之事。不知她仍在伦敦，还是随钟母回了香港？

当年画的得意之作《女人与花束》,为了便于旅途携带,从画框上拆了下来,与别的油画卷在一起塞在床底下。几次想寻出来重新裱框,只是懒心懒肠地提不起劲来。

又想到承曦,不知在天涯何处。这个女子倒是真正使他心动过的,西湖山水之间,灵隐大雪之时。一颦一笑一侧首,肌肤相亲,缠绵悱恻,恍然还在眼前。实际上却缘分极浅,算下来也只交往了十几天的工夫。如今鸿影无踪,不知此生是否还能相见。

缘浅又如何?缘深又如何?假如承曦真的跟了他,他能让她住在这么逼仄的地方吗?他能让她在巴黎过上一份像样的生活吗?吃饱穿暖,品茶侍花,观剧出游?他不能,他连自己的温饱也顾不上。历来,嫁给诗人和艺术家的女子,多是下场凄惨,当年莫迪格里亚尼穷困交迫,患肺病辞世,他不满二十岁的情人,也抛下尚在襁褓中的稚儿,从窗口一跃而下。更加不堪的是,太多的当年佳偶,所有的热情被点点滴滴平凡生活磨去,从情人变成路人,再从路人变成仇人,终日吵吵闹闹,人生也在鸡鸡狗狗中消磨殆尽。莫迪格里亚尼的例子是惨烈,是极端,而大部分人没勇气走到那一步,只好在日常的污水坑中慢慢淹死。

过去的,就让其过去吧。如果你现在没有房子,就永远不要建造,你现在孤独,就永远孤独,看书,写长长的信,在林荫道上散步,落叶纷飞。

国粹在朋友们之间是出了名的懒笔头,你给他写十封信也不见得会回你一两封,就是写了,也是寥寥几笔。好像多写一个字就占用了他大好时光似的。照他自己话说:"常常见面的,写什么信,多此一举。"

在这个雨夜,他却莫名其妙地有着写信的冲动,找了半天没有信纸，只好把香烟壳拆开，用铅笔在反面空白处写下：

承曦吾爱：

　　一别经年，甚是想念。回溯以往时日，百乐门之舞，杭州之游，国际饭店之夜，一切历历在目。此情可待，却为留学，劳燕分飞，原想一年半载即可重聚，但命运弄人，世情丕变，竟然隔绝至今。

　　人世所择有数，万难两全，为艺术放弃爱情，抑或为爱情而放弃艺术？当年之决绝，似无转圜之可能。如今回想，竟不能肯定是耶非耶。人生太过匆匆，缘分错过，不知哪一天才能重续，每每想及，惘然不已。

　　虽不宜在此际提起你我之约，但也不容易放下。我只晓得，如果再容我作选择的话，也许跟当年大不同。此间偶有流言，说你订婚了，我是一百个不信。乱世蜚言，信者信之，不信者恒不信。知你者，莫如我。骄傲聪慧如你，必不会随便许身下嫁，毕竟配得上你的，全世界数过来，也不会有几个。况且，能与你同声同气的，还远在巴黎，画未竟，墨未浓。

巴掌大小的香烟壳纸，很快写满。自己看看，也觉矫情并肉麻得可以，刚想撕去，又不忍，此信竟是他有生以来第一次对一个女子抒发思念之情。虽软弱彷徨，但也是他当下心情之写照。想了想，反正也没处可寄，便随手把纸片夹在一本书中。

　　国粹所不知道的是，他所思念的女子，正住在离他居所直线三点二公里的地方，此刻正陷入一个巨大的困境之中。

　　在学校里不常遇见云裳兄弟，虽在同一学校，见面的机会并不多。课次时段不一是主要原因，还有一个原因是国粹有意避开云裳兄弟。没人想天天面对债主的，虽然云裳绝口不提钱的话题，国粹还是觉得不自在。

云裳他们由于余先生的关系，认识了一批留法学生，常开派对，也几次写信过来，请国粹有空过去坐坐。国粹都没有应邀。

这天在学校门前碰见了两兄弟，云裳一把拖住他，说："国粹兄，总有三四个礼拜没碰过头了吧。几次聚会，晓得你闲云野鹤，也不敢来招你烦。这个周末余家阿哥来巴黎出差，有个派对，邀请大家过来聚聚。"

国粹淡淡地："代我向余先生问好，派对嘛，我就免了吧。"

"可这次还有个朋友会来，而且点了名要见你……"

"是谁？"

"人家关照过的，不得透露。反正，你来了就晓得了嘛。"

国粹苦笑："云裳啊，你真是个派对大王。可我能不受打扰画画只有晚上那段时间。"

云鹏打哈哈道："画画是一辈子的事情，也不在乎一个晚上。"

国粹还是摇头："算了，你们俩就放我一马吧。"

云裳看国粹坚拒，没有办法，只好和盘托出："啊呀，实话告诉你吧，是樱之写信来，说她订婚了，跟未婚夫到巴黎来旅游。关照了要见你，你好意思让人家不开心吗？"

"真的？"

"当然是真的，这种事不可以开玩笑的。"

"喔，这倒真是个好消息，真为樱之高兴。那么她男人是做啥的？"

云裳摊摊手："我们也没见过，据说家世不错，人也老实，对樱之很是照顾。"

国粹犹豫不定。

云裳催迫："那就说好了喔,这个礼拜五夜里七点钟,我屋里的地址你还记得吗?总有三四个月没来了。"

国粹晚到了十五分钟,一出电梯门,就看见一部轮椅摆在过道里。客厅里笑语喧哗,有香槟酒开瓶的声响和餐具的叮当声,宴会已经开始。国粹在过道上的镜子前理了理领结,看见自己的鼻尖冻得发红,便搓热了手,在脸上捂了一会儿,才走进客厅。一眼看见樱之端坐在窗前的一把古董椅子上,身边围了好几个客人。其中一个陌生的小个子男人,戴副金丝边眼镜,头发中分,一身西装笔挺,神色颇为拘谨。国粹想这人大概就是钟樱之的未婚夫了。

樱之一转头,看见国粹进来,便撑了一支玉色的象牙手杖站起。偌大的客厅突然静了下来,在众人的目光下,樱之步履蹒跚地向他走来。国粹一言不发,微笑地看着她穿过大厅,来到他面前停下。樱之抬起头来,脸容如花盛开,眼中的神色像第一天看见那样,纯洁无辜得使人心痛。国粹不由得微微晕眩。时光停驻在这一刻,大厅里鸦雀无声,暗流涌动。

樱之摇晃着,站立不稳,好像是要倒进他臂抱中。国粹赶紧一手扶住,展开一个笑脸问候:"总有一年多没见了,你都还好吗?"

樱之一句话也不说,只是盯牢了他,轻轻地点了点头。

晚宴开始,国粹被安排坐在樱之和未婚夫中间,这样的安排反而使他觉得不舒服。做船运生意的未婚夫彼得倒是彬彬有礼,讲一口带广东腔的国语,间或夹杂着几句英语,只是国粹跟他没什么共同话题,谈话难以融洽。更使人不知所措的是,樱之在整个宴会期间,恣意妄为,全然不顾别人的眼光,不时地把手放到国粹的手臂手背上,还用叉子从他的盘子里挑拣食物吃。这样的亲密举动令所有的宾客们感到尴尬,未婚夫则是少见的好涵养,正襟危坐,目不旁视,专心对付盘中的香草焗蜗牛。云裳看在眼里,装着是老友间的寻常,一面尽力把客人的注意力引开去。

"你们说,会不会引起另一场世界大战?"

"那也相隔得太近了,第二次世界大战才结束了没几年。"

一个客人惊魂未定地说:"老天爷保佑啊,千万不要打仗吧,打起仗来实在太可怕了。当年日本人在香港掼炸弹时我才十二岁,一辈子记得那种炸弹掼下来时的尖啸声。撕心裂肺,几秒钟后轰的一声大响,然后是房子倒塌的嗤嗤声。一头一身的灰尘,也顾不上哭,快点逃命。说不定第二颗炸弹又下来了。"

另一个客人说:"现在有了原子弹,没有什么'第二颗'了,一颗掼下来就玉石俱焚,人都死光。"

"据说苏联人也造出了原子弹。那么好了,苏联美国,前世冤家,互相掼原子弹,这个世界要完结了。"

"这不太可能,政客们不肯与民众同归于尽的。最后还是地面战争决定胜负。"

"美国人打仗还是有两下子的,当年有诺曼底登陆,打败德国人。"

有人大笑:"嘘,你这样夸赞美国人,法国人要不买账的。"

"法国人自从拿破仑之后,没有打赢过任何一场战争。不买账又如何?"

席上起了一阵轻轻的笑声,就算这些留法、亲法的侨民,对于法国人嘴硬骨头酥的作派还是晓得的,不时也会调侃一番。

余先生为生意来往高棉、香港及巴黎多次,消息灵通,是众人关注的另一个中心,只见他叼着雪茄,一副胸有成竹的样子,说:"要说呢,危机,其实也是商机,打仗这个物事,也就是拼个人力物力。原来二战之后,我们橡胶园的产品一直滞销,但近来打仗要造飞机大炮,生橡胶的行情看好。我后天就要乘飞机去香港,据说内地也有意购买我们的货色。"

云裳有点忧心:"老头子晓得吗?"

"就是舅舅给我打电报,要我赶快去香港,他已经在那里了。本来我还想在巴黎多待几天的。"

客人中有人嘀咕:"这个当口回去做生意,是否太冒险了?"

余先生皱了眉头,说:"危险当然有的,但是你晓得,做生意的要诀就是'财在险中求'。要安生,开爿咸鱼铺子好了。"

云裳兄弟还是有所不安,余先生安慰道:"别担心,舅舅他做了一辈子生意,每次都是掌握先机。多少次风浪过来,都是全身而退,还赚着了钞票,他老人家精明着呢。"

酒足饭饱,有人吵着要跳舞,于是撤去桌椅,沙发移到墙边,腾出一块地方,大概可容下四到五对舞伴,再有人加入的话,就要互相撞车的。调暗了灯光,在一架留声机播出的法国香颂中,宾客们翩然起舞。

暗影之中,国粹坐在沙发的角落里,而樱之紧紧地靠着他。国粹越是往里让,樱之越是靠过来,还生气地捶了他一下:"怎么啦,这么不待见我?"国粹轻声说:"别这样,客人们都看着呢。"说着向樱之的未婚夫方向努努嘴。樱之气恼地说:"那么我让他先回旅馆去好了。"国粹急忙阻止:"倒不如是我先走的好。"待站起身,看见樱之怨怪的眼神,心中不忍,复又坐下:"好好说说话吧,大家都为你订了婚而开心。"

樱之咬着下唇,微微地摇了摇头:"你们大概是担心我嫁不出去吧。"

"瞎说，你想到哪儿去了？"

每当樱之摆出这种挑衅的姿态，国粹就有一种无力感，不知道要怎么应对这个又迷人又难缠的女人。

樱之凑到他耳边，轻声道："我问你呀，你觉得我报名去学画画怎么样？"

"你怎么突然想起要学画了？"国粹疑惑道。

"可以留在巴黎，跟你们这些坏人做伴呀。"樱之拍了一下国粹的手。

"那么，你未婚夫赞同吗？"

樱之撇撇嘴："他要不肯，取消婚约好了。"

国粹迷惑道："真有这个必要吗？"

"什么叫必要？"

国粹不响，伸手在口袋里摸香烟。

樱之盯牢了他："怎么不作声，还是你认定我没画画的天分？"

香颂低徊缠绵，舞客的裙裾摇曳，薄暗中，女人的瞳仁炯炯发亮，国粹低头抽烟，一声不响。

二十九

所有的医生们，包括伦敦、香港等地的名医，都说钟樱之小姐受了这么严重的伤，还能够重新站起来是个奇迹，虽然他们不敢确定是康复疗程的效果，但并不妨碍他们把这奇迹归纳为现代医学的巨大进步。钟母更是如同重生，感激涕零地跑去露得，捐了一大笔款子给圣母大教堂。云裳兄弟说那一趟露得之旅太值得了，这是他们人生中唯一一次见到圣母显灵。而樱之自己，一口咬定是因为国粹失踪了而又出现，在突然的刺激之下，使得她的神经系统一下子贯通的。

她心中认定国粹是她的贵人。

其实樱之还说不上痊愈，她必须依仗手杖行走，最远的距离不超过两三百米，所以轮椅还是必备的。也上不了楼梯，三四阶的台阶，要一手撑了手杖，另一手扶了扶手挣扎上去。而且，在寒冷潮湿的天气会背痛，厉害时必得靠吗啡止痛。但是跟完全瘫痪在轮椅中比起来，已经是不可同日而语了。

樱之的容貌，原来就出众，现在年近三十，又添了一股经历人世沧桑的韵味。沧桑并未减弱她容颜的美好，倒像是玫瑰带霜，兼有冰霜与春风，凌厉和娇艳。

在樱之回香港休养之际，一次节日聚会上遇见了世家子弟彼得。彼得乍见樱之，惊为天人，随即对樱之展开锲而不舍的追求。不管樱之身有残疾，并且拒绝了他一次又一次，也不以樱之喜怒无常的脾气为忤，彼得展现出无比的韧性。樱之莫名其妙地大发脾气，彼得还是和颜悦色，不愠不恼。好几次，樱之暴跳如雷把他赶出家门去，第二天彼得还是一篮鲜花送到门口。樱之这么硬心肠的女子，也被他的择善固执所触动，甚至直言相告："你这是何苦呢？我们不是同一类人，不要在我身上再浪费你的心思了。还是去找个合适你的女子吧。我大概这辈子不会再谈恋爱的。"彼得却答道："爱情是个互相感化的过程，精诚所至，石头都会开花的。至少我在努力，哪怕只有一丝希望。"

钟母和她身边的朋友都看不过了："樱之啊，莫要搞错！彼得是少有的好男子，这种好脾气的男人，现在已经觅不着了，能遇上，就是前世福气。"再加上彼得家庭背景良好：老窦（注：粤语中父亲的尊称）是英国爱丁堡大学毕业的工程师，在香港做到级别很高的职位；母亲娘家是广东中山有名的望族，跟香港许多头面人物都是亲眷；彼得自己亦在英国留学，归来之后在船运公司做高级职员。这样的优秀男子，自是众多待嫁女子的首选。可是彼得偏偏情有独钟，甘愿做低伏小，殷勤备至，以讨得樱之一个笑脸，或者一个赞许的眼神。

在众多亲朋压力之下，樱之无情无绪地跟彼得订了婚。多一个选择无妨。

大众的认知是，艺术家，是不可能也不会好好过日子的。樱之身边的例子太多了，国粹就不说了，就像是云裳兄弟，那么温文有教养的人，也是把一间豪华公寓住成狗窝，被单上、桌布上，甚至浴室的毛巾上都是颜料。换下来的衣服丢在床下，冰箱里除了伏特加和啤酒之外再无其他。幸得他们是生于富贵之家，可以雇请用人来打扫，隔三岔五有厨子上门帮他们料理餐食，否则的话也是饥一顿饱一顿。都说人生是正餐，艺术仅是饭后一道甜点，如果人生过得糟糕无比，那小小一坨甜点又有多大的意思呢？毕竟不可能每个人都成为梵高的。

如果不是受了大伤，少女钟樱之也会有个正常的人生，读书，习舞，在某个律师楼做见习，遇上某个家世良好的男孩子，谈上一两年恋爱然后结婚。生儿育女，置办家居。如同大部分的香港女孩子，走过平实的一生。

但是经过人生这么大一个挫折后，无数的夜晚，樱之辗转在病榻之上，突然看出生命的无常，你以为设定好的生活计划，一下子可以被全盘推翻；你以为人生会按部就班走下去，却不知道意外和明天哪个先来。她这条命也可说是捡回来的，失而复得，她要随心所欲地再活一次。

但是被困在轮椅上，何谈随心所欲？家庭破碎成这样，父亲入狱，母亲变得神经兮兮，亲戚朋友一夜间避之不及。身有残疾的她不可能有正经的工作，也不可能再去上学。跳舞——本是她人生中唯一的寄托，而现在连走路都是痴心妄想了，这样行尸走肉般的人生的确了无生趣。正如钟母所说的，在船上，是她自己松开了轮椅的固定轮子，如果在风浪中滑入海里，与蓝天碧海融成一体，对任何人来说也许是个最好的结局，快速、干净、凄美，风过无痕，并且没人会被责备。

她不知道是应该感激还是责怪国粹，如果不是他拉住轮椅，她今天已经与一切的烦恼告别。但是，你既然挽留了我，那你就要对我的余生负责。

樱之倒并非一定要嫁给范国粹，她要这个男人对她动情，更要俘获这个男人的心。

但范国粹的风流秉性人尽皆知，钟樱之怎么可能看不到这点？那副翡翠耳环，一看就是哪个女子给他的定情之物。樱之既是赌气，也是好奇，她要看看，究竟是什么样的女子能使国粹动心，所以她偏要扣住这副耳环，看国粹急得像热锅上的蚂蚁，心中好笑。

三十

赵承曦的个性，温柔和决绝兼备。平时看起来柔弱，向往着舒适美好的东西，但一旦陷入了绝境，反而把她身上所有的求生欲都激发出来。

钱包看样子是找不回来了。旅馆方面，还好当她住进来时，预先缴付了两个礼拜的房钱，暂时还不到燃眉之急。眼下，她要尽快找个工作，支撑她的日常生活用度。她安慰自己，车到山前必有路，当年她在香港，一不会当地方言，二无半点谋生之技，不也是苦苦地撑了过来吗？听人说，在巴黎东南区，靠近里昂火车站那边，有些东方人开的店家和作坊，也许会招人做工。无论什么重活苦活，只要能在巴黎耽下去，承曦都愿意做。

翌日早起，她就安步当车，一径往里昂火车站方向走去。

这是个非常破败的区域，街道肮脏，人员杂乱。由于靠近火车站，四周是大片的储货仓库，车辆进出频繁。间中有些手工作坊，修理旧家具的，刻墓碑的石器作坊，皮件作坊和成衣铺子，也有阿拉伯人开的羊肉店，蔬果杂货铺，以及一些冒着蒸汽的洗衣坊。有运货卡车停在作坊门前，卸下整筐的被单和桌布，再装上洗干净熨平、打包叠好的衣物开走。承曦并没有确切的方向，只是凭了感觉，走过了三四个街区，既没见到哪儿有东方人开的店铺，语言又不通，也不知如何向人询问。她心中开始慌乱起来，不晓得如何是好。

傍晚时变天了，下起了濛濛细雨。承曦饿着肚子，一身湿漉漉地回到旅馆。当晚，她用最后的一点零钱买了个三明治，就着白开水吃下。面对着房间里四面光秃秃的墙壁，承曦的心情灰暗到极点。在杭州，最难的辰光是老娘遽逝，亏得身边还有个沈文渊帮着处理大小事宜，虽然伤痛入骨，但是还有人一起分担。就是在香港，也没有这么孤单的感觉，看到街上的市招，来来往往的黄面孔，晓得至少是同文同宗，心里也就没那么无依。在巴黎，人家一看你就是个外国人，而且是没钱，没根底，不懂也不会讲法语的外国人。这儿不是你的国家，要来观光小住是没问题的，但如果要扎根下来，谈何容易？

真叫人欲哭无泪。夜深了，承曦疲乏至极。入睡后乱梦连连，依稀回到杭州，西湖烟雨濛濛，老屋衰败却温暖，天井中的老梅树绽出新叶。姆妈应该还在，隔着走廊，房间里透着一股熟悉的鸦片烟的幽香。厨房里，王妈正在煎炸烹煮，炊气弥漫。阿哥慵懒的声音传来:"承曦啊,今朝夜饭吃点啥?"

醒来发现泪湿枕巾。

第二天照样出门,走了一上午。从昨天早晨起,她只吃了一个三明治。越走脚越沉重,几乎迈不开步子,承曦实在被逼无奈,在一家小铺子里偷拿了个面包,掩藏在衣襟下,步履匆匆地出了门。回头一瞥,老迈的白发店主正怀疑地注视着她,神色惊诧,但什么也没说,默默地看着她走出了店门。承曦走进一座街心小花园里,躲在树丛后匆匆地吃下干乎乎的面包,巨大的羞辱和委屈一起袭来,不禁泫然泪下。赵家大小姐,曾经的龙井茶园主人,如今却沦落到在异国他乡做贼骨头?但是没有这只面包充饥,也许下一刻她就会脱力昏倒,饿毙在巴黎街头。不管你是皇亲贵胄,还是升斗小民,都要肚里有食,一根背脊骨才能挺得起来。

承曦奔走了两天,一无所获。时近正午,正是做工的人吃中饭的时间,咖啡馆、小饭店坐满顾客,面包篮里堆着新鲜的面包,厚瓷盘子里盛着肉类和蔬菜,整条街上飘着一股烹煮食物的味道。承曦只觉得胃里一阵痉挛,随即眼前金星乱冒,胃里直泛酸水。两天下来,她只吃了很少的食物,前天那个偷来的面包,还有一包在旅行箱里找到的饼干。实在饿得受不了,还是走进前天去过的铺子里,白发店主看到她进来,眼睛一暗,随即装出忙着招待别的顾客的样子。承曦心如鹿撞,强忍着夺眶而出的眼泪,如果能扑到柜台上大哭一场,也许能稍微化解她心里的苦恼。但她不能那样做,人家在做生意,不管个人有多少不幸,社会还是要以一种文明的姿态维持在那儿。你受了伤?回到你自己的洞窟里去舔伤口罢。

承曦在店堂里兜了一圈,拿了个最便宜的面包。悄悄回头一瞥,正好看见老店主满是怜惜的目光。

傍晚回来,心思恍惚地走错了路。途经一处陌生的街区,发现在幽暗的街道上，低档酒吧门前，或是公寓台阶的两侧，有很多女人无所事事地闲逛，也许有上百个。仔细看去，发现各个人种都有，大多数是白人，也有一些阿拉伯人和黑人。年龄从十几岁到四五十岁，很多是年轻的女孩，但已经是满脸的风尘。还有些女人看起来有把年纪了，肥胖臃肿，头发都灰白了，也站在那儿。这些女人们个个都浓妆艳抹，涂了脸，戴了很夸张的假睫毛，抹了鲜红色的唇膏，穿着很短的裙子，脚上蹬着高跟鞋，把两条光溜溜的大腿露在外面。在幽暗的街角小广场里，更多的女人聚成一堆，抽着烟交谈，有人在高声喧哗，像是在吵架。也有些单个女子一面在街上漫步，一面左顾右盼，从街这头走到那头。走累了，就靠在墙上抽烟，抬起一条腿抵在身后的墙上。承曦注意到一个喝醉的年轻女子，从轮廓看起来像是混血儿的模样，身材也很是曼妙，从酒吧出来，蹲在矮墙上，从挎包里掏出烟盒，发觉没烟了，随手一扔，站起身把手里的小挎包甩在肩上，高跟鞋嗒嗒地敲响着石子路面，走进对街的小烟纸铺里去。

另外，这条街上很有些鬼鬼祟祟的男人，拖着脚步从这头走到那头，帽檐遮住大半个脸，风衣的领子竖起，侧了头，打量着路灯下的女人。偶尔会停下来，轻声跟某个女人交谈几句，然后就跟了女人闪进旅馆去。

承曦再迟钝无知，也大致上晓得，这就是烟花市场，是女人出卖自己的地方。但第一次亲眼目睹，内心受到震惊是必然的。巴黎的人肉市场规模竟如此庞大，莺莺燕燕熙熙攘攘，延续两三条街，又如此地肆无忌惮。妓女们的目光漠然，直通通地看着她，就像看一棵树，或一杆路灯，脸上透出一股无谓又轻蔑的神情。但一旦见到个男的，也许是潜在的客人，这些女人的眼中就放出像狼一样的幽光，大抛媚眼，讨价还价，互相争夺。然后是谩骂，几乎大打出手。在巴黎光鲜的外表下，竟然也有这么一群女人，为了几个法郎，不但廉价出卖自己的肉体，还把女人的自尊也一起踩在脚下。

　　承曦七高八低地一路摸回旅馆来，脚骨还在打颤。在感叹之余，承曦突然间想到：再有三四天，旅馆的账单就要到期了。看样子，她如果找不到工作，是不可能付得起旅馆的费用的。不付账的结果，就是她将流落街头。那怎么办？三四天奔波下来，脚骨都要跑断，却还是一筹莫展，承曦真正到了山穷水尽的地步。难道……她也会像那些女子，走上这条路？

　　像一个晴天霹雳打在面前，承曦不由得停下脚步，会吗？会吗？她赵承曦真的到了这个地步，被逼得要出卖自己的肉体来生存下去？为了赚几个糊口的法郎，被逼得要去勾引陌生人，在张三李四面前宽衣解带，跟他们行苟且之事？她这么骄傲的一个女子，将被那些恶心的男人玩弄，侮辱？她剩余的人生，将在那条黑暗的小街上踟蹰，流荡；她的肉体，将在肮脏的旅馆房间里被分割，被廉价出售；她的人格和自尊，将被踩在脚下，辗转呼号，永不复生……

　　承曦想到此情此景，已经是魂不附体，不敢再想象下去了。

　　进了房间，坐在床上，浑身还是瑟瑟发抖。承曦接了一杯冷水喝下，极力镇定下来。冷冰冰的现实放在面前，承曦清楚地看到眼前的绝境，没有钱，也找不到工作，无人可以求告。除非回杭州去？不对，回杭州是要路费的，而她下一顿餐食都无从着落。

　　黑暗中，她仰起头向虚无呼唤：上帝啊，佛祖啊，不要把她的一切都拿走吧。让她保持清白之身，和最后的一丝尊严吧。

　　佛祖和上帝都一声不响，黑暗广袤无边，人间太过遥远。

三十一

承曦在出门之前问自己：真的一无办法了吗？

饥饿，和失身，哪个更可怕？

她回头看了看狭小的旅馆房间，床上摊开的箱子里除了几件替换的衣装，什么也没有。她随身的挎包，也是空空如也。而她，已经是一整天没吃任何东西了。

是的！已经到了山穷水尽的地步，面前只有两条路——她要么去跳塞纳河，要么，出卖自己的肉体。

已经没有退路了，承曦反而平静下来。

承曦没有那种超短的裙子，依照中国人守旧的观念，女人穿裙子露出膝盖是不登大雅之堂的。从香港带来的替换衣装里，只有一条长及脚踝的绸裙，淡绿色，镶了荷叶边的。眼下没啥选择，也只能是它了。上身的衣装，她挑了好久，唯一露得比较多的是一件绉纱无袖短衫，开斜襟的，盘扣一直扣到喉间，倒是把肩膀和胸脯的线条衬托出来了。她盘起头发，在镜子里看来看去，几番颓然。这副不三不四的装扮，实在不像是要上街去勾引男人，反而像煞是去参加舞会似的。她对自己苦笑：舞会，那是前一世的事情了。现在是到了生死存亡的关头，还去想舞会那种不着边际的事情。她只有这些衣装，唯一能补救的是，把脸上的妆尽量化得浓一些。

从走上街头的第一刻，承曦的双腿不禁瑟瑟发抖，她迈不开步子，自感像是被剥光衣物，赤身裸体地走进了斗兽场。斗兽场巨大无比，暗处布满了绿幽幽的窥视眼睛，贪婪又凶狠。承曦知道那是一头头潜伏着的猛兽，下一刻就会露出獠牙，突然跳出来咬住她的咽喉。而她也明白，如果要在巴黎耽下去，羊入狼口是没办法的事。她唯一希望的是，被咬的第一口不要太疼。

路灯下的那些妓女，先是用诧异的眼光看着这个东方女人，过了一刻，凭了女人的直觉，便晓得来了个抢生意的，并且是个新手。虽然都是沦落之人，并不妨碍她们滋生出天然的敌意。一个大块头女人，走过她身边时，故意别转脸，用肩膀很重地撞击她，再假惺惺地道歉，顺便把一口烟喷到她脸上。有些年纪大的妓女更是恶劣，直接朝她身上啐唾沫，用一串串快速的法语粗鲁地咒骂她，并作势要用香烟烫她的脸，叫她滚远点。

承曦原本还有点缩手缩脚的，被众妓女们一挑衅，反倒坚定了她的意志：再苦再难，我也要在巴黎活下去。既然下定了决心背水一战，你们这些小伎俩别想吓退我。她冷着脸，不去理睬那些人的叫骂，真的靠得太近了，就站定脚步，目光中带着被逼到角落里猫的凛然——你再进一步惹她，也许真的会拼死一搏。

那些女人虽然吃相难看，倒也没进一步的动作。

承曦并不怎么害怕那些女人，但是当一个个男人从她身边经过，她会不由自主地双腿颤抖。这些面目模糊的陌生男人，不管高矮俊丑，都将是她的债主，每一个都可以掏出几张钞票，把她带去街边的下等旅馆，在那里承曦将被剥去衣物，任由他们糟蹋蹂躏，还不得反抗。此时此刻，承曦才真正体会到"人为刀俎，我为鱼肉"的绝望，只有当自己沦落到"鱼肉"的地步，才能体味到人间至惨，不过如此。

但奇怪的是，承曦在街边站了很久，却没一个嫖客上前询价。也许是她东方人的外貌，也许她的打扮有异于别的妓女，以致嫖客们迟疑着不敢确认；也许是她不懂这行这业的门槛，不懂怎么搔首弄姿用眼风来勾引客人，站的也不是地方。反正男人们从她身边经过，朝她投来暧昧的注视，诧异并好奇，但没有进一步的动作。这对于承曦来说又是宽慰又是惶恐。宽慰的是，待宰的羊羔至今还未被牵上屠宰场，对一个女人说来，还未临到最不堪的地步；惶恐的是，如果连这最低贱的卖身求存都办不到，她要如何在巴黎生存下去？

承曦身心俱疲，万念俱灰，也许她只有一条路可走，从查理三世大桥上一跃而下，那样就可以一了百了，至少她还保持清白之身……但她才只有二十三岁，正是苏小小的年纪，人生果真是一场接一场的悲剧吗？

在街角的路灯下，一个高个子男人停下脚步，向她望来。承曦看这人穿着得体，正式的三件头西装，蝴蝶领结，头戴礼帽，不像是一般的寻芳客，倒像是一个温文尔雅的教书先生。承曦有些畏缩，但还是强迫自己朝着男人微笑。男人犹豫了一下，便朝她走来。来到她的身边，男人摘了礼帽，俯下头来看她，目光诧异，脸上的神情带着惋惜。男人开口说了一大串法语，承曦一句也听不懂，只会惶急地一下摇头一下点头，手足无措。男人看到别的妓女正朝这儿看来，便挽起承曦的臂膀，带她走进不远处的一家咖啡馆。

男人叫了两杯咖啡，点起香烟，与承曦隔着桌子对面而坐，久久无言，一对湛蓝的瞳仁盯视着她。承曦被他看得不安起来，在桌下绞着两手，战战兢兢，不知道接下来这个文质彬彬的男人会有什么举动？也许妓女和客人一块喝咖啡是为了培养气氛？就像中国人嫖妓喝花酒那样，行苟且之事的前奏？承曦神志错乱地臆想着，猜测着。对方却只是沉默地抽着烟，一言不发。承曦低垂了头，眼角的余光看见男人放在桌上的一只手，夹着香烟，同时神经质地轻轻敲击桌面。男人的手指修长，指甲修剪得很整洁，在食指和中指间，有一抹尼古丁熏出来的黄色痕迹。这一瞥，无来由地使她想起国粹，这个可恨的男人手型也是如此瘦长，指间也是有这么一抹尼古丁的留痕。心中不由得泛起一腔酸楚。稍一抬头，正好撞上对面男人的目光，专注、好奇、责难，又蕴含着一丝抚慰。承曦心中大愧，但又苦于语言不通，解释不清，只能再次低头不语。

在夜幕笼罩下的咖啡馆里，人声喧哗，灯红酒绿。巴黎的夜生活一如既往地生气蓬勃，人们不倦不眠地追求世俗的享乐，欲望蒸腾，如汹涌的河水奔流而过。一个个失意者，痛苦沉沦或走投无路，在他人眼中都是那么不足道，宛如激流中一株浮萍，混合了细碎的泥沙，转瞬即逝。

面前的咖啡杯子，小小的一枚，比箍鞋底的顶针大不了多少，盛了浓黑的液体，如柏油般黏稠，尝之极苦。但过一会儿，唇齿间又有回甘的醇香。在相对无言中，又在咖啡因的强烈刺激下，承曦心神恍惚，情绪迷乱。她的意识中不断浮起一幕幕的幻觉，绮丽却荒诞，又极快地变异、消逝。意识离开了肉身，居高临下地看见自己，赤脚行走在一处悬崖边上的宫殿里，远处的落日风景奇异瑰丽，深浓的玫瑰红蕴含着末世的感觉。而身边熙熙攘攘的都是陌生人，说着奇怪的语言。她脚步踟蹰地漫行其中，随手拨开迎面而来的人群寻找着。但是具体要寻找什么，自己也不甚明了。她内心被一种无名焦虑所驱使，过去的年月，熟悉的风景，亲近过的人，都如走马灯似的在身边一一飘过，她一概熟视无睹，继续跌跌撞撞地做她盲目的寻索。意识深处有一个声音，催促道：赶快，赶快，就要来不及了。声音尖锐而急迫，使得她停不下脚步。而遥远的云层中有一双瞳仁，像星辰般闪烁，穿透前世的重重迷障注视着这一切，若即若离，无可描述，只有在灵魂交接之际才能确认。

对面的男人笃笃地敲响桌面，承曦倏然惊醒过来。男人看了看腕表，站起身来，很严肃地盯着承曦，眼中有一种怜惜的神色。承曦在这般眼光下觉得像被烈日烧灼一样，羞愧得连头都抬不起来。男人又俯下身，把手搭在她肩上，很诚恳地说了一番话，看承曦还是不懂，男人无奈地苦笑一声，摇了摇头，从西装内袋里拿出钱夹，数了几张钞票放在咖啡杯下，转身走出了咖啡馆。

男人的背影一俟消失，承曦便极快地俯身过去，用颤抖的手指取回了那几张钞票，紧紧地握在手心里。她本是经手过无数银钱的人，但此时此刻，这几张被捏成一团的钞票，比她一辈子所拥有过的财产显得更沉重。她感到手心中的纸币，湿润，微微地颤动，竟如小动物般呼吸着。一股巨大的虚脱感瞬间浸透承曦全身，如一个即将溺水之人，没顶之际双手乱抓乱舞，突然被她抓住一根树枝。虽然没有完全脱离危险，但至少可以喘上一口气了。

走回住处，清点男人留下的钞票，在手心里都捏出汗来，钞票上头戴花环的女神面目糊成一团。她用手指把钞票展开抻平，一共是四张二十法郎的，一张五法郎，一张一法郎的钞票，共计八十六法郎，承曦小心翼翼地叠好，藏在贴身的口袋里。她毕其一生，永远记住了一个陌生绅士的馈赠，也永远记住了八十六这个数字。

翌日，承曦又回到那家小小的杂货店，老板正在看报，见到她进来，照例把眼光调开去。承曦在店堂里兜了一圈，拿了一个小面包，径直走向柜台，放下一张五法郎的纸币，又向老板深深地鞠了个躬。老板脸上现出诧异的神情，但什么也没说，把找零给她。承曦笑了笑，摇手拒绝，又鞠了一个躬。

就在她将要出门之际，老头嘶哑地喊住了她，并撑了手杖，一瘸一瘸地走出柜台。承曦转头看去，老头总有六十多了，手一直在抖，脸上冒出的胡渣子全白了，而且是个残疾人，少了一只左脚，裤管底下露出一截木棍。承曦不由得大感惭愧，这么一个风烛残年的可怜人,自己却几次去偷他的面包。老板的神情严肃,却很诚恳,一直重复地说一个词:travail(工作)。看到承曦点头,老板显得很高兴,即刻关店落锁,撑起了双拐,把承曦引领到横街后面一个很大的院落,一长排库房罗列两旁,院子里晒满了各色衣服被单,扎着头巾的女工在收取晾干的衣服,空地上有股强烈的烧碱味道。老头打开其中一间库房的后门,一大股蒸汽涌出。隔了乳白色的蒸汽,承曦看见不大的库房里,有七八个模糊的人影,正在洗衣烫衣,一房间的忙碌。

老头叫住人群中一个精干的中年女子,把承曦引到她面前,说:"玛雅,这就是我上次跟你提起过的女子,她不会讲法文,可是她愿意工作。看在圣母的面上,留下她吧。"

承曦看着玛雅,像是欧洲和北非人的混血,轮廓很深,一头鬈曲的黑发裹在头巾里,脸上长了些暗疮,嘴唇上有淡淡的茸毛,在说话间,正举起手臂整理头巾,露出腋窝里浓重的腋毛。玛雅嘴上叼着香烟,一边整理着头巾,一边上上下下打量着承曦,一边跟老头说话。末了,抓住承曦的手,摊开了手掌仔细审视,不认同地摇头:"哦,皮埃尔,你看这手,这手上的细皮嫩肉!她是吃不了这个苦的。"

承曦在一旁看着两人的对话,她是何等机灵之人,虽然听不懂法语,但看到玛雅的犹豫神色和老板尴尬的表情,即刻明白人家是嫌弃她不一定能胜任这工作。如果她想在巴黎待下去,而不想再走到街头卖笑的境地,那么,这份工作是她目前唯一的救赎。

承曦出生在富裕人家,的确是从小到大没洗过衣服,但她至少看见过王妈怎么洗衣服。她当即脱去外套,挽起袖子,把一双细皮嫩肉的手浸入堆满衣物的铝盆里,一声不响地洗起被单来。

三十二

学校里在春假期间，常常举办一两次小型画展。在大教室里展出四五十幅画作及雕塑，一方面是汇报展出，另一方面也有意招收新的学生。展出时举行个小型酒会，邀请报纸记者，收藏家，以及画廊经营者前来参观。偶尔有人会出资收购几张画作，被选中的学生就如中了头彩那样。

云裳的一幅油画被人买走了。

云裳画的是拉丁区的一幅街景，阳光显得沧桑，老楼危立，包着头巾的阿拉伯人走在石板路上，转角上有间鲜花铺子，一丛五彩缤纷吊出了画面的亮度。画幅很小，十五乘二十一厘米左右，用笔极为细致，细节丰富，连花瓣上的露珠都画出来了。装配了金色的雕花镜框，巴黎的中产人家用来装饰小客厅，或者挂在过道里显得很是合适。

这幅画是云裳上学期和国粹一起出去画的写生，国粹那段时光迷恋野兽派画家郁特里罗和保罗·克利，热衷平面，用线、变形、幻觉及抽象。两人画画时还不忘互相调侃一番。

国粹的嘴巴最是不肯饶人："云裳，我看你连吃奶力气都用出来了，巨细无遗，但还是画不过照片，何苦呢！"

云裳反驳道："修拉说过：每一幅自然景色都可以分解成最纯粹的颜色。最宏观的自然也是由最微小的分子所组成的，我的画，师法自然，解构自然，岂是照片可以比拟的？"

国粹摇头嗤笑："算了吧！乔治·修拉的《大碗岛的星期天下午》，把人都画成了木偶。在我看来，这个运动，那个思潮，最为失败的就是修拉这一伙，不知中了什么邪，把一个活活泼泼的世界，画得像洋铁皮剪出来似的。云裳你也真是的，既然剃了头落了发，却拜了个最不会念经的笨嘴和尚做师父。"

云裳反唇相讥:"啊,你的师父——那个保尔·克利也好不到哪里去,画像幼儿园儿童的涂鸦,人不像人,鬼不像鬼。现在,外面各种各样的野狐禅多得很,阿狗阿猫画两笔画,再弄个乌鸦嘴理论家吹捧几句,报纸上一登,啥个新流派就出来了。其实是没啥价值的。"

"哎,你到现在还在谈论'像不像'?从印象派后期起,艺术已经走出形似的范畴。这点都没有超越,我看你法国是白来了。"

云裳说:"房子总是从地基开始,油画对中国人来说是全新的画种,路也走不稳,就想去赛跑?所以说你国粹兄好高骛远不是没道理的。"

国粹只是冷笑。

云裳还不罢休:"我说啊,你这种风格最是尴尬了。保罗·克利,虽然普罗大众看不懂,至少在评论界看来,他也算是自成一派,多少还会有些市场。你跟在后面画虎成猫,又是小巴辣子一个,没啥名气,评论界不会把你当一回事,大众也不会来买。真叫驼子跌跤,两头不着地。"

"不是我说你,云裳,你家财万贯,怎么还是这么的俗气,开口闭口就是卖画?家里又不等你的米下锅。"

"国粹老兄,卖画,不见得就是俗气。莫奈,德加,印象派大画家们哪个不卖画?梵高这么一个画痴,也心心念念想卖掉几张画,来维持他的日常开销。一个画家,能够以他的作品谋生,并赢得世人的承认和喜爱,这是作为一个艺术家最高的境界。"

国粹说:"这个你就不懂了,梵高如果不画画,真的会死掉。就算一张画也卖不出去,他不还是照样没日没夜地画,毒日头底下跑出去,夜里黑咕隆咚回来,把自己弄得像人干一样。可见,画画跟卖画是两回事。其实照我看来，画画与卖画的关系，有点像人类要交媾，这是原始的冲动，抑制不了的。至于生孩子，只是交媾后的副产品。"

云裳不由得嗤笑："越说越离谱了。要说开无轨电车，你国粹兄该是全世界第一块牌子。我投降，好了吧。"

卖出了第一张画，是件大事，傅家兄弟借这个由头开了个盛大的派对，邀请所有在巴黎的朋友参加。请了饭店的厨子来烧菜，开了两箱香槟酒。云裳被众宾客们一一敬酒，不觉有了几分醉意。平时一向内敛低调的他竟然放出大话——总有一天，要把作品挂进卢浮宫。这本是每一个学艺术的青年的终极目标，无可非议；但由云裳这么一个学业还未完成的学子口中说出来，多少有点狂妄的意思。只是在这种欢庆的场合，众人没觉得有何不妥，起哄笑闹一阵，也就忘记在脑后了。

生性敏感又自傲的国粹却被刺激到了，整个晚会期间，他一直独自喝着闷酒，喝得脸孔发白。醉眼蒙眬地望出去，满屋子的人都被一种浅薄的喜悦裹挟着，一张不入流的写生画，侥幸被人买走了，竟然觉得就此在艺术神庙中登堂入室了。这些人既无知又可笑，艺术竟会如此廉价？

那么，他干吗混迹在这些人中间？就为了吃一顿丰盛的晚餐，同时开怀畅饮各色美酒？是的，国粹近日买了一批亚麻油画布，加上二十支狼毫画笔。口袋里剩余的钞票仅够吃三明治充饥，喝小铺子里最便宜的劣质酒。的确，饥饿使人意志软弱，被人家一招呼，就兴冲冲地来赴宴了。现在肚子填饱了，但逆反心思又腾起了。

还是早点离开好。国粹晓得再耽下去，自己控制不住会说出难听的话来，甚至与人吵架都有可能。云裳也没有多作挽留，倒是云鹏送他下楼。分手之际，云鹏盯着他问道："国粹兄，你近来气色不是很好，是否有啥难处？要是我们帮得上忙，千万不要客气。"

国粹冷笑一声："我是个成年人了，不好总在人的羽翼下过日子的。既然做了艺术家，烦难是免不了的。多谢你们一次次下问。"

说罢，头也不回，扬长而去。

回到宿处酒意上来，国粹倒在床上迷糊了一会儿，却被一阵拍门声惊醒。

开门赫然见到对门的邻居礼拜三，庞大的身躯一堵墙似的堵在门口，笑得脸如满月。国粹正酒醉渴睡，实在无心思与这个大块头纠缠。刚想拒绝他，礼拜三只是轻轻地把他一推，就像头河马似的挤了进来。国粹头脑晕乎乎的，看出去满房间都是礼拜三，像一串巨大无比的气球，小小的房间都要被他撑破了。

礼拜三一屁股在床上坐下，从怀里掏出一大瓶伏特加，拧开盖子自己先喝了一大口，再把酒瓶递给国粹，搓搓手，很认真地说："画家先生，我过来是想请你帮个忙。"

"请说，我能帮你什么忙？"

国粹只想早点送他出门，再去睡回笼觉。

礼拜三掏出一截铅笔，几张信纸，神秘兮兮地凑近国粹："是这样的，我想请你帮我写一封情书。"

国粹大吃一惊，冷不防一口酒呛在喉咙里，一阵大咳，好容易平息下来，不禁莞尔："你跟妓女睡觉，还要写情书？"

礼拜三摇着一根像胡萝卜似的手指头："Non, non, 这个情书，是跟妓女没关系的。画家先生，告诉你一个天大的秘密：我恋爱了。"

这真是天大的奇闻，国粹只觉得好笑，这世界真是荒谬至极，连这傻子也要谈恋爱？

他忍住，不让自己笑出声来："太好了，真是为你高兴。不过，这情书，还是要你自己写，别人是不能代劳的。"

礼拜三苦着脸："要是我能写就好了。"

"你不是也上过初级文法班的吗？再怎样，写一封简单的信，还是没问题的吧？"

礼拜三摇手，说："不是法文信，我想请你帮我写一封……中文的情书。"

国粹简直不敢相信自己的耳朵："你说什么？为什么要写中文信？难道，你是看上哪个中国姑娘了？"

礼拜三猛点头，笑得嘴咧到耳根处："我做事的地方来了个Belle fille Chinoise（美丽的中国女孩）。"

国粹好笑之余，只觉得这傻子荒唐透顶——整个大巴黎地区，就没有几个中国侨民，中国女人更是凤毛麟角，傅云裳家里开大派对，来宾差不多全是男的和尚头。偶尔有个外交人员的家眷，面孔像被熨斗烫过似的扁平，也被人众星捧月似的围着。怎么会冒出来个中国女人，就这般轻易被礼拜三看见了？还爱上了。这傻子脑筋不清楚，一定是哪个亚洲国家的女人，安南人，老挝人，或是暹罗人，被他看上了，却误以为是中国人。

礼拜三又把酒瓶递过来，眼中一股迫切之情："画家先生，求你了。无论如何你要帮我这个忙。赶快写吧，完了我请你到MAXINE去吃饭。"

如果礼拜三说请客去喝杯啤酒，倒还不怎么离谱。但靠近协和广场的MAXINE，是全巴黎最贵的饭店，像礼拜三这种做苦力的外国佬，一辈子都不可能走进MAXINE。情急之下乱许愿罢了。

国粹被逼无奈："好吧，那么，这个Belle fille Chinoise叫什么名字？"

礼拜三想了半天："这个？我也不知道她叫什么。"

国粹摇头："连名字都不知道？还谈什么恋爱！好好好，你说吧，我帮你用中文写下来。"

礼拜三虽然上过法国的普及学堂，但他的白痴脑袋存不住任何东西，程度跟文盲差不多。只见他抓耳挠腮地想了半晌，还是啰里啰嗦地语不成句。只好求助国粹："我实在说不好，你就代我拟吧，尽量拟得动人些。"

国粹本来就情绪不好，酒醉睡下了，被这个礼拜三无端搞醒，此刻头痛加渴睡，不由心里就起了个恶作剧念头，何不捉弄一下这个傻子，省得他下次再跑来求代笔。

于是喝了一大口伏特加，趁着醉意，潦草地一挥而就。

某某小姐大鉴：

听说你来自中国，貌美如花，而且准备与这个礼拜三谈恋爱，真是要恭喜你了。他傻人有傻福，能把一辈子过成一天，睡下去之前是礼拜三，醒过来之后也是礼拜三。你如果嫁给他，真是太好了，今后的日子永远是礼拜三。这样的人生，倒也简单了，不必为明天发愁。正如古语所说：譬如蚍蜉，朝生暮死。

话说回来，我们都是人形的蚍蜉，男蚍蜉，女蚍蜉，再繁殖出一批小蚍蜉。生下来，活十几年或几十年，然后死掉。循环以往，生生不息。

唉，我不知道为什么要跟你这样一个素昧平生的人说这些，但我也抑制不住自己，因为我是个被摒斥于世界之外的失败者，在寂寞中长出了满身的毒刺，就想恶毒地嘲笑一些人，一些事。而你正好被礼拜三端到我面前来，那么就由你来承受吧。虽然你是无辜的，但萨特说过：他人即地狱。无辜并不是保证我们不受伤害的必要因素。

亲爱的小姐，当你读完此信，千万记得要给我们亲爱的礼拜三一个大大的拥抱，然后告诉他这封情书写得如何美妙，你被感动了，差不多就要动情了，并且在认真考虑与他结婚，这样他会感觉人生之奇妙。为什么不呢？这个世界是这么荒诞，使得任何恶作剧都显得微不足道。戴上面具，投身于这场化装舞会吧。不要忘记，我们都是朝生暮死的低贱生物。

礼拜三赞叹道："画家先生，你可真能写，一写就是一大篇。叫我，写两行就没词了。你都写了些什么啊？"

国粹已经是倦得连眼睛都睁不开了，敷衍道："当然都是写的好话，她看了保证高兴。"

礼拜三把信纸叠好，小心地放入贴胸的口袋："画家先生，我要请你好好喝一场酒，还要请你去美心大酒家……"

国粹把他推出门去："好了，好了，今天晚了。祝你幸运。"

门一关上，国粹像摊泥似的倒在床铺上，睡得人事不知。

三十三

玛雅并没有言过其实，洗衣坊的工作，看起来简单，但并非是谁都承受得了。承曦差一点就熬不过去。劳累枯燥且不去说，最使她受不了的是，作为洗衣女工，意味着一双手必须终日浸泡在碱水里。承曦干了一个礼拜之后，手上开始大片地脱皮。两个礼拜之后，手上皮肤就像田鸡皮一样，轻轻一撕，就被整片地撕了下来。新的皮肤长出来没两天，又起泡脱皮了。整双手变得又粗粝又残破，手指肚也起皱脱水，掌心像砂纸一样，指缝的中间都露出红的嫩肉，又痛又痒，连手指甲都变脆，一不小心就豁掉一块。承曦本来有着一双兰花般的纤手，光洁修长，皮肤细腻。现在伸出来十指破碎，伤痕累累，令人目不忍睹。但是为了活下去，每天早上，她还必须要咬紧牙齿，把这双伤痕累累的手浸到碱水中。

一天做十个小时，赚来的菲薄工资，仅够承曦维持最起码的生活。她在靠近巴黎植物园的拉丁区租了个小房间，和几家人合用厨房厕所，整幢楼都是工薪阶层，穷，人种混杂，小孩众多，锱铢必较，吵吵闹闹无日不有。承曦努力置身事外，想尽办法节约每一个生丁。自己带午餐，晚饭也吃得很简单，吃完就早早地上床睡了，因为第二天要早起，走路四十分钟去洗衣坊上班。这种出卖体力的底层工作，对于出身富裕家庭的承曦的确是个挑战，不但是肉体上的，而且还有心理上的。以前你支配别人，现在你被别人支配，全然地否定你的一切自我认同，叫你向东不得向西。不服？工头一句"你明天别来了"，就可以要了你的命。

女工头玛雅是个精干泼辣，但处事非常公平的女人。出生于马赛，有四分之一的阿尔及利亚血统，家里贫穷，靠了坚韧吃苦爬到这个位置，所以她对别人的要求也是吃苦第一。洗衣坊如果来活儿多，工作做不完，那工人就必须加班，八点不行就加到十点，十点做不完就加班到半夜，偶尔，做个通宵也是有的，没有额外工资。并且工人不得有一声抱怨，玛雅会当场跟你翻脸，手一挥让你结账走人。

承曦刚来时，有点怕这个像鹰隼一样的女人，眼睛一瞥看到你骨子里去似的。承曦吃亏在不懂法语，也正因为如此，免去了不必要的交流。有时承曦正在埋头干活，却感到玛雅两道挑剔的目光紧盯着背脊上。这也难怪，承曦初来乍到，又有语言隔阂，有时领会不了工头的命令，出了差错，使得玛雅大光其火，几次大喊大叫，把她洗过的衣物扔在地上，命令她重新洗涤。承曦心里无尽委屈，却一声不响地拾起衣物，含了一泡眼泪重新洗过，新洗出来的衣物比原来还要干净。几次之后，玛雅终于认可承曦的努力，对她的态度趋向平和，就是承曦偶尔出了差错，言语上也不是那么咄咄逼人了。其实洗衣是个纯体力的活计，但也有些诀窍，聪明人稍微用点心思，就可以事半功倍。承曦人聪明，当年也曾家务茶园一肩挑，当然晓得事情要区分轻重缓急，力要用在关口上。没过多久，承曦手上的活就比老伙计干得还要出色，还要干净利落。

玛雅只是个作坊管工，上面大老板还另有其人，听说是个犹太人，为人吝刻，拥有多种生意，家财万贯，从未在工场里露过面。这片小作坊总共十一个工人，六个洗衣女工，三个熨衣女工，还有一个专事修改补缀。只有一个男的年轻杂工，五大三粗，包揽了作坊里所有的重活脏活。此人满头黄毛，眼睛斜视，笑起来傻相毕露。人倒是热情，不管生张熟魏，见人就来一个大拥抱，也不管人家是否吃得消。承曦第一次被他熊抱时，虽然晓得是法国人特殊的礼节，但还是差点憋过气去，从此就怕了这个没轻重的家伙。别看这男人傻乎乎的一个，却是万绿丛中一点红，是作坊里众多女工的开心果子。日常里做工无聊，双手忙着，嘴巴却闲着，常常把傻大个拿来打趣配对，女工们都是粗人，配对的意思，不外是男女裆下那点事情。有时说过头了，弄假成真，互相之间争风吃醋也是有的。男人傻乎乎的，还真以为自己是大众情人，到头来，发觉是被人戏弄了，大发一通蠢头脾气，把作坊里的东西乱砸一气，差点伤到人。玛雅火大，几次警告他如果再犯，就要开除他了。但是，傻子正因为是傻子，被人一挑逗，即刻故态复萌。玛雅虽然嘴上威胁着，但真的要换个人也是麻烦。傻子嘛，你又能拿他怎样？只好糊里糊涂地混过去算了。

这些都与承曦无关,她秉承着上班干活,下班走人,回到住处倒头就睡,毕尽全副精力,努力在巴黎生存下去。

但渐渐地她就发觉有些不对头,这个男人老是在身边打转,很殷勤地帮了承曦绞床单、搬重物,以及七七八八一些重活杂活。对此,承曦是心存感激的,洗衣坊里有些吃重的体力活,一个女人独自是很难做好的,比如说绞干床单,承曦就没那么大的手劲,怎么也绞不干。承曦开始会说些简单的法语,"你好""谢谢""对不起"之类的日常用语,也对他表达了感谢之意。但这男人接下来就邀请承曦出去喝咖啡了,承曦本能地晓得,这是法国人男女勾搭的最初步骤。来巴黎两个多月了,作为一个女人,虽然她有时也被某个白种男人的英挺俊俏外貌所吸引,会有片刻间的目眩神摇,但眼前这个男人,绝不是承曦可以承受的类型。首先,浑身是毛,像野人一样。人又长得过分高壮和胖大,一大团肉山肉海,平时他在旁边晃荡时,承曦会有一种被泰山压顶之感。他的言行作派,跟小孩子一样,常常与女工们肆意调笑打闹,大家都是乱来,上下其手无时不有,有时会闹过头,男人和女人在作坊里大打出手。说明此人没受过太多的教育,也就是出卖体力者的阶层,今后也不会有多大出息。笑起来倒是很饱满,像个孩子般没心没肺,声如洪钟,震得人耳鸣。承曦最为讨厌的是,他身上有股浓烈的酒酸味,一靠近就冲鼻而来,像是泔水桶里腐烂的水果,令人窒息。

虽然承曦刻意跟这个男人保持距离,但这一根筋的胖男人,岂是肯轻易罢休的?下班时他会在门口等着承曦出来,不管承曦装作听不懂他的邀请,他会直别别地上来,搂着承曦的肩膀。承曦哪见过这个架势,被他吓得够呛,好不容易才挣脱出来。第二天下班,承曦刚想出门,一眼望见院落大门口有个庞大的身影堵在那儿,跨出去的脚又缩了回来。直等到玛雅下班,才挨着玛雅战战兢兢地一块出门,总算躲过一场纠缠。

玛雅点着自己的额头,跟承曦说:"这胖子的脑子有点问题,作坊里每个女工都被他纠缠过,不理睬他就是了。他人不坏,是那种没心眼的,像发情小公狗一样,你踢他一脚,他吠几声,过会儿就忘了,还会跑来舔你的手。"

承曦无语,加快脚步,并不时回望,生怕胖男人追来。

玛雅抽了一口烟,耸耸肩说:"话说回来,男人都是公狗,没有例外。"

这种狠话,也就法国女人敢说,中国女人,从小在男权的社会中长大,几千年来的男尊女卑熏染下,男人们,父兄们再无能,再无良,还是女人头上的一片天。承曦心中动了一下,可不是嘛,她人生中的一个个男人,从父亲到兄长,再到恋人,都是这种差劲货色。可他们却是一家之主,高高在上,拥有绝对的支配权。承曦作为一个传统的中国女子,活了二十多年,竟然对此从未质疑,直到今天被玛雅一句话唤醒。

不要给男人好脸色,否则只会把他们给惯坏。

洗衣坊里有个改衣服女缝工随了老公回家乡去了,职位空了出来。这是最轻松,也最赚钱的位置,工资高,既不用辛苦地洗衣熨衣,而且常有主顾们打赏小费,所以作坊里人人都盯着那个职位。想不到玛雅竟然让来了没两个月的承曦去顶这个职位。这引起众女工的不满:这个东方女人连法语都不会说,她凭什么一来就占据了作坊里最好的工作?

其实精明的玛雅有她自己的打算,缝、改衣服是个精细活计,而这些底层出身的女工都是粗人,手指头比擀面杖还粗,并不一定能够胜任。承曦虽然落魄，但看得出有过良好的家教，也肯努力。稍加点拨，应该没问题。而且，法国的工会势力强大，各行各业的规定多如牛毛。小小的洗衣坊也有个分会，工会会员接了缝衣工，必须要增加工资。不如给了临时工承曦，还是拿着原来的钱，一举两得的事。

福祸相倚。承曦刚来时，弱小无助，楚楚可怜，大部分女工们对她还是很友好的，遇事也肯帮忙。现在这个新人突然占据了众人都向往的位置，所有的脸色一夜之间全部变了。承曦早上进作坊，与人说早安，竟然没一个人回答她。在日常工作中，跟她有关联的女工会显得相当不耐烦，摔摔打打，语气尖刻。接下来，承曦发觉自己被众人孤立起来，像当时她在街头被所有的妓女看成眼中钉那样。

作坊里只有两个人还与她交谈，玛雅与她沟通是工作上的必须，客人的要求、想法，都是要通过玛雅来传达。另外，只有胖子还是对她一往情深，傻人往往固执，不管外界，我行我素，一门心思。

承曦想不到会处于这种尴尬的境地，人情冷暖，本来就晓得一些，现在再次领略一遍，嘴里的味道就更苦涩了。她不由得对胖子友善了许多，但还是不能流畅地沟通，也不肯和他一起出去喝咖啡。

承曦晓得，如果要在法国长久耽下去，只有一份工作是不够的。她必须要学会法语，学会与人打交道。据说拉丁区有夜校是免费教法语的，承曦就去报了名，下了班也顾不上吃晚餐，急匆匆地赶去上课，一直要到十来点钟回到宿处，热碗汤，胡乱吃下然后上床歇息。

早前承曦一挨着枕头就可以睡熟的，但现在要入眠变得吃力，总是东想西想，在半迷糊中觉得一切好像是不真实的。她竟然从风轻日暖的西子湖畔来到遥远的法国，从一个闺秀小姐变成一个缝纫女工。白天，头都不抬地在缝纫机前忙碌，晚上睡在一张窄窄的床上，听到隔壁邻居的吵闹声，楼下一层传来野女人肆无忌惮的叫床声，承曦竟然无动于衷。最使她惆怅的是，巴黎再好，但是举目无亲。以前一起相聚欢笑的兄长，恋人，朋友，一个都不在身边。她写过好几封信给承晚，通过香港转寄，却一直没接到回信。

在睡意蒙眬中，承曦心绪万端，想象着自己是个弃儿，父母双亡，一个人躺在命运的摇篮里，在黑暗中顺水漂流，无目的地，无方向，也无人顾惜。教堂的钟声在远方响起，夜空中有鸟的叫声，而孤寂无边无际。每想及此处，承曦会心里一阵抽痛，突然在床上坐起，开了灯茫然四顾，只见光秃秃的墙壁上，一枚前房客遗下的木质十字架陈旧不堪，耶稣悲苦的面容已经模糊不清。再抬头，一扇盈尺木窗，衬着暗灰色云层的夜空，没有星星和月光，不由得自悲自怜一阵，擦干眼泪之后，却再也睡不着了。

承曦披起衣服出门，在街角通宵的露天咖啡座找了张角落里的桌子坐下来，叫一杯咖啡，一份玛德琳蛋糕。用小勺子搅动着咖啡，人却只顾了出神，一无所思。时近午夜，咖啡馆里烟雾腾腾，还有六七成客人，侍应生忙进忙出穿梭不已。明亮的街灯下，从隔壁餐馆出来的情人们勾肩搭背，手牵手，眼风流荡，正酝酿着下一出浪漫情事。夜里出门遛狗的老人在树下抽烟，放任贵妇犬在人行道上拉屎。一个女人在街口大声叫唤计程车。市声偶尔停歇之际，听得到两个街口之外塞纳河哗哗的流淌之声，如城市的深层脉动。远处可以看到埃菲尔铁塔的塔尖，灯光像把长戟似的刺向夜空。

时空停驻，直坐到要打烊了，侍者打着哈欠收拾残局，把桌椅用铁链锁起来。承曦才搁下大半杯咖啡，踽踽地走回住处，一头倒在床上睡去。

第二天头疼欲裂，但还得去上班。身上所有剩余的精力都得集中在手上的活计，无暇他顾。不管你有什么借口，活干得不好，玛雅是毫不留情的。今天送来的活又特别多，承曦干得天昏地黑，不晓得进食，不晓得上厕所，也不晓得什么时候作坊里人都走空了。还是玛雅过来提醒她已经过了下班的时候。

承曦昏头昏脑地起身，看到缝纫台上有封信，因为玛雅要锁门，就往兜里一塞，回到家躺下就睡。半夜醒来，记起日间的信，心生奇怪，怎么会有信寄到作坊里来？及拆开，信竟然是用中文写的，读了第一遍未懂，一头雾水。仔细读了几遍，总算悟出些意思来了。信中所言简直是匪夷所思，她在巴黎不认识任何人，也没准备跟谁结婚。一定是谁把事情搞混了，也许就因为她是中国人，谁就把信送到她的工作台上来了。法国式的糊涂，张冠李戴也是常见的。

但内心生疑，写信者的口气是似曾相识的，像个鬼影般恍惚不定，但具体的对象又对不起来。承曦把这封奇怪的来信归纳为错发错收，就像香港人说的"乌龙"。明天拿回作坊去，问问玛雅是否能把信退回去。

三十四

承晚回到杭州已半年多了，很少出门，终日像只老鼠般把自己关在老宅子中。外面的世界使他无所适从，街上走一走，到处是标语口号，锣鼓喧天。跟朋友见面聊天吧，人家满口新名词，总是居高临下地指责他跟不上形势。话不投机，那只好窝在家里，当然跟王妈是没什么好谈的。画画也没啥心思，大多数的辰光是拿了本旧书，对了一排空空的鸟笼发呆。

沈文渊偶尔来访，两人之间还不是很融洽，只是勉强维持着亲戚的面子。不管如何，沈文渊是个干部，天天在外面跑，消息也比较灵通,他说的话,承晚还是肯听的。上次沈文渊说过:"承晚你既然回来了,不好蹉跎时日的,应该要寻个工作来做,想靠画画生活肯定不现实。"

这个,承晚自己也深有体悟,回来之后没有进账,手中拮据,只好把祖上传下来的古玩字画,红木家具等,逐件送进旧货店去。可还是杯水车薪,屋里厢处处要用钱:老宅的屋顶漏雨,以致一部分梁柱已经因虫蛀毁坏;另外还有许多待修之处,一直拖延着。老娘姨王妈,也已经几次暗示他了:自从承曦走后她就没拿到过一分钱的工钱,算下来,赵家已经欠了她两年多的工钿。"这个不好赖账的,罪过的啊,这可是我老太婆的棺材铜钿啊。"还有日常支出,小菜铜钿,油盐酱醋,也是天天要给出去的。天长日久,账上加账,压力极大。承晚本来就不善于处置这种杂务,现在更是只好做鸵鸟了。如果能有个工作,有了固定收入,不啻于救之水火。

但承晚面子薄,赵家大少爷,不好意思到处托人。看来也只有靠沈文渊帮他留意了。

这日夜饭时分,沈文渊来了,叫他坐下吃饭不肯,说讲一件事马上就走,有个教职,教初中音乐美术,一个礼拜七节课。

承晚踌躇:"音乐?倒是没教过……不晓得可以吗?"

"音乐美术,这些都是闲课,无关大局。你主要教学生画画,偶尔让他们唱两句就可以了。"

承晚放下心来。沈文渊又说:"只是有一样,学堂在余姚。"

"这么远!"

"学堂里提供宿舍,平日住校,一礼拜回来一趟。"

承晚犹豫了。

沈文渊说:"你不晓得现在工作难觅,就是在余姚,也有很多的人报名要去。"

承晚心中还是没底。

沈文渊说:"那么你考虑一下,想定当的话,通知我。"

承晚想了一夜,第二天决定还是算了。余姚是大乡下,承晚早先去过一次,路难走,乡间小路一落雨遍翻浆。也没啥吃的,乡下人家的饭菜不但粗粝,而且咸得要死。晚上宿在旅馆里,被褥不干净不说,还被臭虫咬得一身包。想来学堂的宿舍也不会好到哪里去。于种种畏难借口之下,恐怕还是觉得自己一个留法学生,去教乡下的小孩,会被旁人耻笑。

沈文渊耸耸肩:"好吧,随便你。我总归是尽了力了。"

承晚赔笑道:"实在是太远了。稍近些,至少王妈可以照顾我一些。你晓得,我一向是不大会料理自己的。"

沈文渊只是摇了摇头,什么也没说。

薄薄的阳光,照在天井里斑驳的女墙上。四月,鸟雀筑巢,园中海棠树开花,枝叶绽展,结出三两枚小小的果实,微红返青,一眨眼就凋零落地。倾圮的老宅一日日衰败下去。承晚龟缩在家,能不出去,就不出去。老宅里的气息杂陈,春季,台阶上有蜒蚰爬过的痕迹,地砖缝里透出青苔的腥气。在连绵阴雨天中,陈年的木结构散发出的霉味儿。书桌上砚台里的隔宿残墨微微的臭味,栈房里堆放着空的茶叶篓子,厨房里的柴火气和油烟味,也透过板壁渗进来。这些至少是他熟悉的。而外面的陌生世界,处处使他紧张不适。

因为书房漏雨,承晚睡在西厢房里,这儿原是承曦的闺房,处处遗留着女人的气息。承晚倒像是被这股气息所安抚,所慰藉,睡得也比较安宁。早上,他总起得很晚,在拥衾怔忡,半睡半醒之际,旧日的世界依次浮现,轻奢、安适、静好,如今一切如烟远遁。醒来后不无惆怅，也不无宽慰。躺在床上，长时间双手枕于脑后，盯着头顶上一排排的椽子发呆。终及起身，用过早餐，再泡上壶浓茶，书架上翻翻旧书，读半首唐诗，被触动，又陷入沉思。偶尔想提笔作画，已经准备好了画具纸笔，又觉得懒心无肠，复掷笔在案。院中传来鸟鸣，婉转动听，如泣如诉，开窗见一只小小的翠鸟在树梢，只是一瞥即逝。触景之余，打了盆清水，把几枚空鸟笼揩拭一遍。听人说花鸟市场里偶尔会有八哥和黄雀出售，心也动过，几次想去看看，结果还是作罢。在此时节，养鸟或养人，都是问题。反观自己，不就像一只被关进笼子的鸟？

白昼匆匆，等中饭吃毕，下午看几页书，再睡个午觉，醒来差不多日已西斜。傍晚出门去走几步，活动腿脚。在此日暮时分，人迹寥寥，遥望西湖，薄霭隐隐，柳树婆娑，宛如卡米耶·柯罗的名画——《枫丹白露之回忆》。诸多画家之中，承晚自认最是贴近中国人怀素和法国人柯罗，性格恬淡，与世无争，只寄情于山水之间。夜幕沉降，走回家去，沿湖一圈隐隐灯火，闪烁明灭。此情此景，不由得勾起他对巴黎的念想，夜里的塞纳河上腾起雾气，香榭丽舍大道上的一长串煤气路灯延绵不绝，有如美妇人颈间之琥珀项链，熠熠生辉。他们一行同学四人，酒意阑珊，深夜漫步在巴黎街头，如夜鸟穿越沉睡的森林，远处，圣母院的钟声缓缓响起。去国两年来的经历，现在却像是个醒不过来的梦。

他生来是个性子安静的人，一间房，一壶茶，一张书桌，几笼鸟，他便可以窝在家里一步不离，但此刻，他有生以来第一次在自己的家中感到孤单。

地方上是不可能让一个从外国回来的人终日无所事事的，一个不事生产的居民很可疑，你靠什么生活？有否剥削他人之嫌？是否有国外的资助？与资助人是什么样的关系？在这种压力下，承晚不得已再一次去求助沈文渊，余姚就余姚，住校就住校，都肯了。沈文渊不禁摇头苦笑，怎么会摊上这个碰鼻子转弯的大舅子，真以为余姚的教职会一直等着他吗？当然，郎舅关系还是要维持的，也不能当面嘲笑他，只好答应再帮他留意了。

最后，托了人情，沈文渊总算帮他找到一个丁桥小学的教职，竟然是教体育。承晚书生一个，既不会赛跑也不会做操，球类运动，更是提都别提了。看他为难，沈文渊说："现在不能多说了，先把位置占好要紧，将来再作别的打算。"

承晚苦了脸："我真是一点不会，怎么可以去教别人？那不是误人子弟吗？"

沈文渊揶揄他道："叫叫口令会吗？甩甩手踏踏步会吗？教体育是最简单的事，阿狗阿猫都可以教的。"

承晚低了头，脚尖在地上画着圆圈，末了还是摇头。

沈文渊不禁顿脚道："我的承晚老阿哥啊，你真是留学留得蠢掉了。现在不是会不会的事，而是一个萝卜占一个坑的关头。你不去占，自有人抢着去占。"

赵承晚终于在妹夫的横竖劝说下，来到丁桥小学报到。可是报到第一天，就被小学堂的简陋吓坏了。学堂设在一间老祠堂里，地砖开裂，门窗漏风。除了一块黑板，课桌椅子一概全无，学堂要求学生自己带来。白天上课时，方凳板凳，一片零零落落。上课上到一半，屋梁上有老鼠打架，扑簌簌掉下一捧灰来。祠堂前巴掌大的一方天井，就算是操场。隔壁就是农人家的猪圈，臭气熏天。所谓教师宿舍，就是晚上把几张桌子拼一拼，铺上被褥，早上再卷起来，放在讲台下面。学生呢，从五六岁到十五六岁都有，衣衫褴褛，拖着鼻涕,根本就是一群小叫花子。

照承晚的性子,行李都不想打开,原路返回就是了。

小学的校长姓朱,单名一个勉字。三十多岁的胖子,剃个光头,穿套蓝布中山装,也是杭州下来的。见承晚执意要走,便挽留道:"夜都夜了,车子没了。要走的话,也是明朝了。来来来,先吃了夜饭再讲。"

丁桥是朱勉的老祖家,至今还有一个姑姑住在镇上。走过一座石拱桥,鸡肠小巷中有一幢两层楼砖木结构老房子。走进门,堂屋里青砖地凹凸不平,正门开向街面,放了一张八仙桌,两扇菱形砖窗透进幽光。右手边出去,小天井里有口水井,青苔蔓延,一张石板搭成的洗衣台子,一只肥胖的黄猫蹲伏其上。紧邻着灶间,竹竿上晾着一串对半剖开的鳗鲞。一道狭窄的楼梯通向楼上卧房。房子是江南小镇上典型的民居,当年用的木料结实,手工也蛮不错的。只是年深日久,失于保养修葺,有股衰败的气息透出来。

姑姑显得手脚无措:"阿勉啊,跟你说过多少次,有客人来要知备一下。我啥准备都没有。"

朱勉笑着,按了老姑姑的肩膀,说:"姑姑,随便弄弄就好。你吃啥,我们就吃啥。"

老姑姑嘴里叽叽咕咕地抱怨,胳膊上挎了个篮子出门。朱校长泡好茶,两人在堂屋坐下,门开着,聊家常。

"不瞒你讲,此地虽然是乡下头幺尼角落,其实,我们这小地方也是蛮实惠的,每日三节课,从早上到下午两点,就放了。学生程度浅,也没啥要备课的。放了学,睡个中觉。晚些出去走走,买点菜。东西都很便宜⋯⋯"

因为丁桥地处偏僻,师资不易。八九十个学生,连朱校长自己,一共只有三个教师,每人要兼好几门课,忙得脚都跷起来。好容易来了个年轻人,而且还是法国留学回来的,如果他肯留下,说起来对学校声名都好。所以,朱校长下足嘴上工夫。

承晚只是啊啊地应着,心想这么个破地方,朱校长你就是讲出花来,明朝还是要走的。

"回杭州,也蛮便当,镇上有两班长途车,礼拜三一班,礼拜六一班,也就一个多钟头,打个瞌睏就到了。"

朱校长又说:"还有呢,这儿的乡下人没啥文化,也比较简单,直来直去,没有花花肠子。上海、杭州常常搞运动,到了这里只是走个过场,不会伤筋动骨。"

承晚听进些了,他最怕的是搞运动,内心有种下意识的恐惧,不晓得哪一次会临到自己头上?特别是他这种从外面回来的人,首当其冲,连四周邻舍乌眼鸡都盯着呢。

夜饭开出来了,小地方人朴实,凡有客人上门,都是尽了最好的小菜来招待。在暗洞洞的电灯泡下,八仙桌上摆了五六只碗碟。当中一大碗是用陈年咸菜露蒸的大黄鱼,总有两斤左右,老姑姑说是从刚回港的捉鱼船上觅来的。鱼身闪闪发亮,筷子攮开来的蒜瓣肉,入口糯滑清香并极有弹性。一碗是新鲜的蛏子,壳薄肉满,放点酱瓜露清炒,盐都不放,尝之鲜美至极。一碗蒸蛋羹,里面放了几枚蛤蜊。一碗是田里刚摘下的菜薹,绿中带紫,又嫩又脆。最为惊艳的是一碟咸蟹,从一个小瓮里取出来,散发出一股浓烈的酒香。雪白的蟹肉软如凝脂,蟹黄像琥珀一样满溢欲滴。朱校长帮承晚斟上善酿,攮了一大块带蟹黄的肉身放在承晚碟子里:"乡下地方,没啥小菜,饭要吃饱。"

这顿夜饭改变了承晚的心意,老姑姑烧的家常菜肴,不比云裳家的厨子来得差,更比巴黎的法国大菜合他的口味。鱼虾都是当天捉来的,新鲜至极。乡下人的烹饪虽然简单,却保持了食物的原汁原味。醉蟹更是一绝，老姑姑说是混合了黄酒和高粱酒、海盐、生姜、陈皮和花椒，要腌上个三四天后才能食用。在杭州，王妈因为拿不到工钿，所以在膳食上也不甚用心，总是草草了事。承晚欠了人家，也不好过多抱怨。他回杭州之后不记得吃过一餐适口的饭食，直至今朝。

他跟朱校长两人喝了一斤黄酒，连吃了三碗饭，满面通红，心满意足。如果真的在这里待下来，上课去应个卯，下课画点小品写生，晚上再喝点小酒，闲云野鹤般，倒也不失自在潇洒。执大乘，殊是不易，只好奉行小乘，随遇而安，活好自己的人生。

心下已是肯了，只是还有一点，微醺的承晚对朱校长说："叫我睏课堂间是不行的，我本来就睏得轻，睏不好的话，第二日就没精神。"

朱校长托腮想了一阵，说："学堂里没宿舍，睏课堂也是没办法的事。但也有人在外面寻个近段房子，出个几块钱租人家间房。"

承晚说："我人生地不熟，两眼一抹黑，到哪里去寻房子？"

朱校长拍了拍额头："这里，"他用手指了指天花板，"楼上还有一间厢房，用来堆东西。要么，我让姑姑收拾出来，你住过来？"

承晚还在犹豫。朱校长又说："这样好，我早前怎么没想到。索性，你再付点钱，搭伙在这儿。我姑姑死掉的老头子，裤子有洞鞋子脱跟都没关系，但就好一张嘴，一生挑精拣肥。所以她做的饭菜总是很入味，否则，那个死鬼要发脾气的。"

这个不言而喻。

当下，朱校长就去后面，跟老太太嘀咕一阵。回来说："姑姑说：收你六只洋一个月，每顿饭至少一荤两素一汤，房钿亦包括在内，你看怎样？"

看承晚点头，朱校长开心道："那么，今朝你到我处挤一挤，明朝我就叫人把房间收拾出来。"

三十五

承晚原以为避居到乡下小地方，就可以安贫度日。

但是任何的安稳只是暂时的幻象。没人能够未卜先知，至少，沉浸在幻象中还是很欣慰的。

正如朱校长说的，乡镇小学的要求很低，上课没什么章程，也没啥备课的压力。体育课让学生们排成一排，伸手踢腿一番，然后就是放之自由活动。承晚还兼了学校里的代课老师，语文算术，图画手工，什么课缺人了，都拿他去顶缸，竟也被他一一对付下来了。朱校长是个嘴上抹蜜糖的，会上表扬，私下夸赞。承晚面上客气，心里确实很是受用。

心情一旦放松，对现实也比较能容忍了。小镇虽然陈旧破败，但还是蛮祥和的。镇民们也朴实恭谦，在茶馆里看到细皮白肉的读书人，晓得家中有子弟在他手底受教，都要弯腰恭敬一声："先生来了？"满脸皱纹笑得像朵老菊花。

从茶馆出来，信步走去水陆码头，看渔舟晚归，风尘冉冉；看民生营营，柴米油盐，乡人为一毛钱争得面红耳赤；也看酱色母鸭带了一群鸭雏在水里巡游，像一支小小舰队。在路边，有学生端了个面盆在卖河鲫鱼，还是活的。于是就让学生用草绳穿了，一并买下。学生却不肯收钱，说是自家捉来的，哪好收取先生的铜钿？承晚必须要像打相打般扭扯半天，才把几张毛票塞进学生衣袋。结果第二天学生带了一蒲包煮熟的菱角，在课间休息时放在讲台下面。

老姑姑把承晚拎回来的河鲫鱼，用油煎透之后，放老酒酱油冰糖，再放大把的葱段小火焖烧。直烧得鱼骨也酥透了，葱段的味道全部吃进去了。尝之鲜美浓郁兼有，鱼肉味美细腻，葱段亦贮满鱼汁，如此佳肴，承晚夜饭也多吃了一碗。第二天早餐，剩下的鱼冻配来吃粥，竟比昨夜的还要入味，鱼肉宛如凝脂，鱼冻则入口即化，配了一小碟醉方，几粒黄泥螺，承晚吃得满头冒汗，意犹未尽地上课去。

承晚付的膳宿费，在丁桥小地方是一笔可观的收入，特别是对姑姑这种没什么进账的乡下老妇来说，六块钱已非同小可，简直是天上落下来的外快。而承晚是个安静、干净的房客，又欣赏她的烹调。老姑姑就用足了心思，不时烧些时鲜小菜来待客。春季，马兰头从地里挖来，洗去泥沙，烫了切碎，拌五香豆腐干，清香满口。三月半蚕豆上市，剥出来葱油清炒，又糯又嫩。四月份清明前后，几场春雨一下，遍山遍野冒出笋来，附近山民挖来，挑担前来镇上售卖，既新鲜又便宜。老姑姑自己腌了蹄髈，又做了鲜笋咸肉汤，鲜笋鱼丸汤，片儿川，油焖笋，荠菜炒白玉片，天天翻花样。承晚是个嗜笋如命的，放开肚皮吃，一直吃到胃出血，被朱校长送去镇医院打点滴。还好没有大碍，休息了一个礼拜又回来上课。

小镇入夜早，八点钟不到就灯火沉寂，家家户户掩门就寝。承晚休养在家，白天睡多了，晚上就清醒，走到天井吃烟，抬头见满天星斗皎洁，突然就起了兴致夜游，于是披了件衣服，拿个手电筒，掩上门扉，漫步往水边行来。

青石板路在月光下白得发亮，两边民居偶尔透出黯淡的灯火，传来小囡夜啼，做母亲的睡意蒙眬地哄他，片刻平复，大概是喂了奶。夜间毕静，远一些的地方有淙淙水声，轻微而连续不断。屋檐间突然响起野猫一声长嘶，倒让承晚冷不防打了个寒战。突然看见前面就是河堤，黑暗中使人失去了距离感。

河道里长满各种水生植物，水位很低，有些地方露出了河床，水面上映出了月亮，光晕荡漾，像水彩一样洇开。对岸的农田，村舍低低地贴在地面，空旷安静。极远的地方传来几声狗吠，更显得天高地夐，世界深邃无限。承晚站在河堤上，风吹在脸上，带来一丝凉意。月光下，陪伴他的只有自己的影子。

一股深深的惆怅从肺腑而起。

承曦，犹存于世的唯一亲人，你究竟在哪里？

承曦的工作稍微稳定之后，就搬离了原来的住所。公寓里嘈杂混乱不说，隔壁的妓女夜夜交媾的声浪更使人受不了，刺激着身体里不受控制的欲望，会使人烦躁及放弃生活的目标。她常常提醒自己，现在的日子，虽然尚可，但还是如履薄冰。一个不小心，狞厉的现实就会把她扔回街头乞食。她必得打起十二分的精神，对付每一天繁重的工作和紧张的学习，同时计算着手中的钱，善用这些少得可怜的钱，把自己尽量安排得好一些。

新的住处是靠近奥德翁剧院，也是在左岸。老式联排屋的顶层，据说以前作过巡警的宿舍。门口有个小花坛，种了几丛半死不活的红色瓜叶菊，斜披石片屋顶，铸铁楼梯扶手。进门是方方正正的一个房间，大概只有十来个平方米，这房间集客厅饭厅起居室于一身，有一架可以折叠的梯子通向阁楼。厨房极小，比壁橱大不了多少。厕所则像是为小人国建造的，洗手台的龙头关不紧，好在有一个发黄的浴缸，至少可以洗澡。从昏蒙蒙的后窗望出去，围着铁栏杆是一片杂草丛生的后院，几只无人喂养的野猫，蹲在石阶上晒太阳。

承曦非常满意这个地方，麻雀虽小五脏俱全，有自己完全的独立空间，私密，温馨。小厨房有一个水斗，一具炉灶，煮些简单的饭菜也够了，窗台外面还有一个吊篮，让你把隔夜的食物储藏在通风的地方。厕所虽小，但半躺在浴缸里泡个澡，是她一天劳累下来莫大的享受。阁楼就两三个平方米，一半地方直不起身，本来是用来堆东西的，承曦放了一张床垫当作睡处，那么楼下房间就显得空旷些，家具的布置也有了余地。阁楼上有一方天窗，半夜醒转看到月光斜射进来，人会觉得茫然。在下雨的礼拜天，承曦捧了一杯咖啡坐在被窝里，看打在天窗上的雨水淙淙淌下，世界半暗昧明。

一个廿五岁的女子，不可能对将来没有憧憬。承曦最基本的愿景：不要再一天十个钟头埋头在缝纫机前。她希望有一日能离开洗衣坊，进入法国的高等学校去读书。但她晓得自己的法语、算术、科学底子都不够，这个愿景恐怕是难以达成。还有个想法是去学画画，也是她长远埋在心底的憧憬。小时候临摹过芥子园画谱，加上从小看阿哥画画，耳濡目染，对绘画具有天然的亲近感。但有时又有一种无力感，她真能成为一个画家，作品被悬挂在卢浮宫里，有这种可能吗？

一个偶然的机缘，她晓得这排公寓中就有艺术家居住。公寓管理人送错了信件，她亲自按门牌号码送过去。那位跟她一样，用楼下的空间画画，楼上的阁楼作睡觉的地方。而且，是个女的，花白头发，有点年纪了，单身一人和三只猫一起生活。承曦看到过她在庭院里抽烟，扎着头巾，光着脚穿了男人宽大的衬衫和工装裤，衣服上面布满了斑斓油彩。承曦觉得她有一种巴黎女人另类的好看，通透，自信，随意，在阳光底下放怀大笑，如一捧灿烂的花束。承曦对自己说，如果真有哪一天做成了女画家，她要穿上白色的旗袍，也是沾满了五颜六色，在盛夏的黄昏，赤脚走在门前那条铺了鹅卵石的路面上，微烫的路面使她走路的姿势像是跳跃和舞蹈，一步一跃地到街角小店去买汽水和冰淇淋。

但在目前来说，这一切都很遥远。

不管再忙再累，承曦只要抽得出时间，礼拜天都去逛画廊和博物馆。卢浮宫也算是她的伤心之地，以致她进了门还不停地左看右看，生怕黑衣绅士再一次施展妙手空空。但是她很快就被琳琅满目的画作吸引了，东张西望目不暇接。如果再来一个黑衣绅士也会同样得手。

卢浮宫实在太大了，一次全部走遍太过于耗费力气，反而不能好好地领略艺术在各个不同时段的美好。所以她每次都只看一部分，从希腊、古罗马一直看下来。安安静静地，凝神屏息地站在画幅前面，感受与鉴赏着不同时代艺术家们的风格和技巧，也细细去分辨不同艺术家之间气质的殊异。或者，远远地坐在展厅的一角，耐心地等簇拥的观众散去后，整座洁白的米罗维纳斯大理石像显现在眼前，绝美的裸体熠熠生辉，半侧着身子，无形的手臂提起裙裾，像是马上要从基座上走下来。承曦感受到伟大的艺术品跟观者会在某个特殊的时刻沟通，就像米开朗基罗画的西斯廷穹顶画，上帝的手指在一刹那与亚当沟通那样，身体如电流通过，灵魂战栗。

她喜欢印象派的风景画，一派阳光明媚，自然赏心悦目，使人感到生命的美好。她久久地站在莫奈画前，画中阳光灿烂，阴影深邃。莫奈善于描绘同一景物不同的角度、光线、时光一荏荏地移动，每一幅景色如同钟表的分针刻出来的。她看得出西斯莱画中所描绘的恬远安静，淡淡的朝阳照在小街上，烟囱里升起第一缕炊烟，薄云在天，空气颤动，树木抽芽，也看得出画家避世独行的孤独，甚至带了一些羞涩。而雷诺阿最为擅长的享乐场面，莺飞蝶舞，使她忆起当年去百乐门跳舞作乐，无心无肺地，憧憬着人生就像一只奶油蛋糕，不由得就勾起一丝惆怅，好花不常开，好景不常来。

疯狂的梵高，承曦隔了好长一段时间才接受他，而且越看越好，让人浑身战栗地好，感动莫名地好，张牙舞爪地好。但是，梵高过于癫狂，过于浓郁，而且具有天然的悲剧成分。作为小女子的她，不敢太接近，不晓得自己会不会被烈日灼伤。奇怪的是，跟梵高同时代的高更，比起梵高来更为阴郁，更弃世，也更不近人情。他的画却使她入魔般迷恋。她会在高更一张半裸的棕色女子肖像面前站上半天，完全被迷了进去。就是自自然然的正面构图，简单的单线平涂，热烈的大色块，怎么会这么完美地塑造出一个天然、绝无雕琢的原始人儿。肤色如蜜，乳房饱满，肢体舒展，沉静的目光直直地注视着你，一望无遗，勾魂入魄。

高更的画，震慑她的不但是原始的宁静、自然、祥和，还有着人类心中难以察觉的不羁。

有一次，承曦在靠近爱丽舍宫一家画廊里看见高更的一张自画像。身着蓝色的毛衣，侧光的脸，鹰钩鼻子，很高很宽的颧骨，一个很长的下巴，两撇微微上翘的胡须。阴郁狞厉的眼神不像画家，而像是一个面目凶狠的警察，或是低阶的收税员，这种人是不讲情面的，对人间苦难无动于衷的。画像背景是一片鹅黄色，有个褚红色巨大的波西米亚偶像，面目狰狞。在右面的背景上，草草几笔添了个钉在十字架上的耶稣，头歪在一边，眼睑下垂，单薄的身子瘦骨嶙峋，脸上的表情不见得有多少苦痛，下耷的嘴角倒像是在冷冷地嘲笑这个世界。

很多人在画像前稍作停留就走了过去，在他们说来，自画像就是看画家究竟长得什么样子。高更的相貌不甚讨喜，甚至有点粗野，看一眼尽够了。

承曦在这张画前足足站了两个小时，第一瞥之下，画中人的眼神就与她锁定，好像在说："你终于来了，哼！"

承曦在这道目光下感到晕眩，震惊于其中的强横与不羁，她在害怕的同时，又不由自主地被吸引。高更的目光里除了对人的冷酷和不屑，还有一种反驳不了的真实和诗意，真实是这个世界的本相，残酷与慈悲兼有。而诗意是我们了解了世界本相之后的顺服和融入。

如果光是一张自画像，以上可以说是一己之见，或者一厢情愿。但是高更在画的背景里设置了两个不同的象征。画面的右边是波西米亚偶像，暗红、暧昧、丑陋、狞厉，象征了巨大而黑暗的原始力量，跟这个原始力量比起来，人类弱小如蝼蚁。沿着画面的中轴线，左边一片柠檬黄使得画面显得温暖，如盛夏的阳光。基督瘦削得像稻柴秆般身体悬挂着，两只细细的胳膊展开，而脑袋歪在一边。画家描绘基督的手法像是画漫画，不经意的，信手涂鸦般，带有使虔诚信徒受不了的亵渎意味——我们所依仗的，抵御黑暗的救主是那么单薄和无助。

承曦第一个反应是不解、迷惑，她闭上眼睛，过了几秒钟再看画面，三角形的构图，画家如一座山似的处在画面中心，右面是黑暗和沉重，左面是光亮和轻扬。目光，还是画中人凌厉的目光，直射观者的心脏，像拷问一样——你明白了吗？你明白这个世界的邪恶比光明强大得多了吗？

谁说画像不会说话？

承曦久久地站在那儿，与画像无言地进行对话。思辨的帷幕一点点打开，在画中，画家代表了人类，站在光明和黑暗的分界线上，成佛或成魔，全在我们一念之间。成魔的道路容易得多，人类本身就带有惰性，太容易被诱惑，被收买，被欺骗；而成佛的道路难得多，你得舍弃，舍弃财富名利，舍弃家庭，舍弃健康和肉身，舍弃得失之心，才能挣脱黑暗，上升到无我无他，清明通亮的境界。

但我们是人类，是软弱的代名词，虽然我们知道光明和黑暗的界限，但我们约束不了自己，我们永远踟蹰在那条明暗分界线上。

尘埃落定，所有人生哲学思考都是在静逸中突然启动的，承曦也是在美术馆里被无明的想法触动了。我们都从同一个地方走来，但是，我们会走到哪儿去？我们之间不同的文明又代表着什么？这一切的大千世界又会是怎么样的一个终局？我们还来得及调整我们的人生吗？

答案是否定的。在我们短促的一生，很少有人能在既定的道路上调转方向，现实比我们强大得多，我们往往高估了自己，只是因为看不透业力。看不透时间的过程也是衰败的过程，等到我们发觉这一点，一切都已经晚了。

承曦并没有找到答案，但是看画和思索给她的人生开了一扇窗，光线开始透进来。虽然还是混沌微明的，但是渐渐地明亮起来。她可以设身处地站在一个艺术家的角度上去看问题。米勒碰到这种景象会如何描绘，梵高或高更又会怎么描绘？要知道，所有的"描绘"后面是个对事情，对世界的基础认识。艺术家不只是创作出美丽的作品，他们的想法，他们想要展示给观众看的东西，更为本质，也更为重要。

年轻时，承曦为了管理茶园和支撑家庭，高中一年级读完就辍学了。到了巴黎，观看博物馆好像是继续学业。她在巴黎一年多的经历，教给她的比全部的人生加起来还多。有苦难，有破裂，有失落，更多的是知识和艺术的启蒙。正因为如此，在博物馆里的收获更为宝贵，是人类精华的浓缩，是普通学校教不来也不可能教的。

一想到明天可以去看美术馆了，一礼拜下来的劳累全部抵消了。每到周末，她总是很早地吃完晚餐，洗个澡，放松心情，早早地上床休息，以便明天有充沛的体力在美术馆里度过一整天，她是这样如饥似渴地想要充实自己。

在一个阳光很好的秋日，巴黎最活跃的季节，卢浮宫举行印象派女画家班特·莫里索的回顾展。首日，承曦起了个早，从卢浮宫一开门就进去了，她记得第一次听到这个女画家的名字，还是在云裳的家里。但到了法国之后，看得并不多。据说女画家存世一共只有三十多张油画，以及一些小品和素描。大多分散在私人收藏家手里。这次的回顾展，卢浮宫花了大力气从私人藏家手里借来，当然不可错过。

画展在叙力大厅中举行，当然布置得很隆重，除了女画家的作品，还附带展出了马奈的一些画幅。有些写生画看得出是他们同时画的，只是取景角度不同。看了画展介绍，承曦第一次知道莫里索原来是马奈的弟媳妇，马奈的风格对她影响不小，近水楼台先得月啊。莫里索的画是印象派的路子，笔触潇洒，用色清淡明快，画中人物不是少妇就是孩童，花枝招展，一派优雅闲适。但是看过了梵高和高更，莫里索的画就显得单薄，画中人不知人间疾苦，养尊处优。一看之下，觉得轻松愉悦，再看，也就不过如此。承曦兜了一圈，稍微有点失望，但是机会难得，下一次画展就不知道是何时何地了。于是她准备转回到入口处，再重头看一遍。

无意中一瞥，她整个人好像一下子掉入冰窖，所有的身体机能都一下子凝固住了。从展厅的入口处走进一个男人，同时侧了身子往后看，并伸出手去，像是在等待什么人。三年多了，承曦还是一眼就认出那个身影，侧面的脸容更显得消瘦，轮廓更深，但更有男人气了。头发还是那么长，被他轻轻一甩往后披去。无论承曦对他有多少怨恨，在这无意的邂逅瞬间，全都消逝得无影无踪。她的心脏雀跃，眼睛直直地盯在前方，如果不是身处人满为患的大展览厅，她肯定要飞奔而去。

还没等到挤出人群，她就看见那只伸出的手，牵了一个白衣女子，款款步入大厅。承曦一下子噤住了，即刻抬起手来掩住嘴，迫使自己不要在大厅里叫喊起来。所有关于国粹的传说，一下子全涌了上来，他的风流韵事，拈花惹草，以及跟一个美丽女子的暧昧，如今都猝不及防地呈现在眼前。承曦像是被急速的水流冲击，腿软得要跌倒在地。她咬紧牙关，在心里对自己说：再难受，也决不能倒下，决不在这个男人面前示弱。

她站在展厅的一个角落，边上有扇门，一般情况下都锁上的，外面连着一条长长的走廊。承曦随手一推，门竟然开了，她闪身在走廊上，借着窗帘的遮挡，向厅里看去。

国粹背身对着她，正在观赏《阳台上的女子》。他的女伴挽着他的臂膀，整个上身靠着男人。国粹不时侧了头跟她说些什么，状极亲昵，再慢慢移步到下一张画前。女子个子纤细，体态姣好，只是走起路来有些怪异，不自然地拖着一条腿，要靠着身边伴侣的扶持，才吃力地迈出步子。而国粹显得非常耐心，每一步都小心翼翼，一直平端着胳膊，一副尽职的护花使者姿势。

承曦心中真是五味杂陈。时隔三年，对这个男人一直是爱恨交加，猛一见之下，汹涌的情愫还是不管不顾地冲破好不容易建起的藩篱，但即刻被一个白衣女子迎头痛击回去。不管有意无意，他太会折磨她，伤她的心了。所谓前世冤家，大概就是这样，以为放下了，平静了，但在一个不经意的时刻，又被狠狠地伤了一次。

不经意间，白衣女子的披肩滑落在地上，国粹殷勤地帮她捡起。而那女子把手扶在国粹肩头，侧过身来，一转头之间，承曦看见一张美丽的侧脸，直而挺的鼻梁，精巧的下巴线条，洁白的肤色，眼睛大而有神，宛如晨星。脸上的神情像安琪儿一样，纯洁得令人心痛。承曦心中再不情愿，也不得不承认这是她见过最好看的脸庞，千万人之中也难得一见。就在国粹把披肩给女子披上之际，女子的鬓发被撩起，承曦清晰地瞥见一抹熟悉的绿色在耳际闪耀。

承曦尽最大的力气控制住自己，不要冲出去把耳环从美丽女子耳朵上扯下来，那样的话明天《费加罗日报》头版一定会有大幅的报道；也不要从走廊另一边跳出去，下面是个大理石的平台，人跌下去一定非死即残。她浑身发抖，腿软得站立不住，只好扶了墙壁，慢慢地任自己滑坐到地上。

天哪，把一个女人的定情之物，转赠给另一个女人，并且让她佩戴着公然招摇过市。怎么样的寡情人能如此这般羞辱一个女人？当年再甜蜜的爱情，在此一刻转化为毒汁般的仇恨。承曦的嘴里感到一股咸味，用手一抹，竟然一痕红色，她一定是咬紧牙关之际把自己的舌头咬破了。

承曦撑着扶手，想站起身来，试了几次，腿软得像棉花一样，只得再次蹲下。一个男人从展厅里出来，衔了一支雪茄，正准备点火，看见承曦跌坐在地上，便走过来弯下腰，关心地询问："小姐，你是不舒服吗？"

承曦神志迷乱地睁眼看去，一瞬间她有个幻觉，高更从画幅里走下来跟她说话。此人也是生了一只鹰钩鼻子，高颧骨，也有两撇微微上翘的胡子，眉窝很深，蓝色的眼珠子有冷嘲的意味。但他的表情和话语却是温和的，抚慰的。

承曦摇摇头，再一次地挣扎着站起，男人伸出一只手搭住她的臂膀，扶着她站起身来。好一阵，眼前金星飞舞，只是男人支撑了她,才没有再次跌倒。

"你的脸色非常不好,需要看医生吗?小姐。"男人的语调非常关切,"我可以为你叫一辆出租汽车。"

承曦摇了摇头:"不需要,也许是大厅里太闷了,我呼吸一下新鲜空气就会好的。"

男人看她坚持,扔掉烟卷,扶了她,从走廊的另一端台阶下去。出了卢浮宫,沿着河边走了一阵,在亚历山大三世大桥附近,才叫到出租汽车。男人一直把她送到街角,承曦无论如何不肯让他送回家,才算作罢。

男人也叫保罗。

三十六

虽说孤独对于艺术家是必要的,但是极端、长期的孤独却是有害的,会引起神经的高度绷紧,对健康也不利。国粹现在就处在这个点上。

他已经好长时间没参加任何社交了,朋友们的来信拆都不拆就扔掉,时间一久,人家也懒得邀请他。他的日常作息就是画画,干活,回家睡觉。在某种意义上来说,他像只蚕一样,结了个茧把自己封闭起来。茧会成蛹,但这样封闭自己,会有什么结果?

他不知道。

唯一的解脱之途是埋头画画,他的潜意识里有一鸣惊人之想。但首先过不了自己这一关,刚画完时满心得意,过一阵再看看,所有的不足之处全部浮了上来。苦恼之后再冷静自我探讨,最大的毛病是:缺乏强烈的个人风格。

强烈的个人风格就是,观者看了第一眼就说:这是某某人的作品。不用看介绍，也不管画什么题材，从画面上透出来的一切已经宣告，这是谁谁谁的作品，好也好，不好也好，就是舍我其谁。

风格建在人生磨砺上，文化认知上，以及文明传承上。

人生磨砺是每一天每一刻的事，聚沙成塔，生活会带你前行。文化认知是读书多少的事情，认识和知晓开拓人的眼界。文明传承的范畴就更大了，除了表面上呈现的冰山一角，还有掩盖在水面下更为庞大的体量。更深厚，更不可改变，也更潜意识化。

学德拉克罗瓦也好，学莫奈也好，都不可能带来真正的成功。你学保罗·克利学得再精到，再惟妙惟肖，也是一种重复，或模仿。没人被选入卢浮宫秋季大展是因为他模仿某个名家而功成名就的。你必须锤炼你自己的风格，把对世界的认识，自己的语言，和与生俱来的文化标志，熔于一炉。

说来容易做来难。

国粹在尝试了多种风格之后，全都不满意。撞了墙之后，索性停了笔，一头钻进各个美术馆去看画，不带任何成见去看画。以前的画家为什么要这样画？他又想表现什么呢？他试着站在画家当年的角度，从选材开始，一直到收笔结束，画家的心路历程是如何一步步走过来的？他可以长长久久地站在一张名作之前，神游太虚。想象画家身处那个时代，流行的审美，技巧的精进，以及绘画材料的改革，都是他推敲的课题。他同时也关注一些新进画廊的画展，很多从美国过来开画展的艺术家，展出最狂野，最不可思议的绘画作品。照他以前的审美标准，肯定会拂袖而去。这些没有任何形体，只有几块颜色，或者像油漆匠打翻颜料桶，弄得一地狼藉的作品，也算是艺术？也许连涂鸦都算不上。但是他慢慢地看出些名堂来了，并非是随手乱涂，这些画幅中有些内在的东西。画家在追求某种内涵，某种气韵，或者是某种时代的投像。玛瑟维尔看来是受到东方书法的影响，德·库宁的裸女极力表现现代生活的不确定性引发的人内在的狂躁。而狂野的杰克逊·波洛克，随便挥洒的作画风格使他迷惑不已，这种随机性的绘画到底要告知观众什么？背后有人轻蔑地说："美国垃圾。"他虽然迷惑，但却晓得非垃圾可以形容，画家如果锲而不舍地画出几百张"垃圾"来，背后一定有他执着的缘由，他是要显示给观众某些东西，但是观众不懂。波洛克的画展举行两礼拜，国粹去了四次，每次他站在画面前，苦苦思索，但还是不得其门道。

礼拜天，国粹还没起床，有人来敲门。国粹被吵醒，想必是礼拜三又来纠缠，非常不悦，咕哝着骂了一句粗话。门外却是楼下看门人的声音："先生，你有客人，请下楼到门房来一次。"

自从搬进来之后，国粹平日极少有访客，心中诧异谁会在礼拜天一早来寻他？跳起身来，撸了把头发，脸都没洗就下楼了。连奔带跑下楼一看，不禁大吃一惊。

钟樱之一袭白衣白裙，挂了一支手杖，腋下挟了一条新鲜面包，站在中庭笑吟吟地看着他衣冠不整的样子。

"你怎么来了？"

"为什么我不能来？"

国粹手足无措："那么你等一会儿，让我先上去洗个脸，换件衣服。等会儿我们出去喝咖啡。"

樱之却莞尔一笑："我要跟你一块上去。"

"不行，我那儿乱得跟狗窠一样。还有，我住七楼，是没有电梯的。"

樱之眼勾勾地望着他，说："那么，你背我上去。"

国粹做出一副痛不欲生的样子："你这是要累死我啊。七楼啊，我肯定吃不消的。"

樱之命令道："喂，别废话。快，我想要上厕所了。"

国粹被逼无奈，只好背起女人上楼，才爬了两层楼，就脚下无力，大口喘气了。

樱之不忍："我自己走一层吧。"

国粹不肯，歇了一会儿，又背起樱之，一手托住她，一手撑了扶手，脚步跟跄地往上挣扎。

背上的女人还不老实，一歇把脸伏在他的脖颈间厮磨，一歇又像只猫似的在他头发里嗅来嗅去。

国粹没好气地斥责："闻什么闻！我很久没洗头了。"

樱之只是嗤嗤地笑："还好意思说！真是的，臭气冲天。"

到了五楼，国粹实在精疲力竭，放下樱之坐在楼梯上喘气。正好礼拜三下楼，国粹连忙请他帮忙。礼拜三像是背个布娃娃，三脚两步登上七楼，把樱之放在国粹的房门口，又殷勤地鞠了个躬才离去。

樱之坐在床上，好奇地四处张望。

国粹略略漱洗后，一面煮咖啡，一面说："就这么巴掌大的一块地方，你再看也看不出名堂来的。"

樱之调侃说："我是看有没有女人藏在你房间里呀。"

国粹又好气又好笑："有啊，在床底下，你找找看。"

樱之抽抽鼻子，说："这小房间还真像艺术家住的，进门一股松节油味道。"

国粹耸耸肩："松节油是男人的香水，我一天不闻就浑身不舒服。"

樱之微笑着盯着他看。

国粹把咖啡放在窗台上："小心不要打翻了。"

然后打开窗子，像变戏法似的从外面拿进来一盒白脱油，一瓶果酱。切开面包,涂上白脱和果酱,递给樱之。

"什么,你把食物放在窗外?"樱之大感好奇。

国粹指给她看,窗台外有个如信箱大小的盒子,四周用铁网围着。说:"这房间是最高一层,太阳直晒,一到下午就热得受不了。食物放外面通风,可以保存久一些。"

樱之兴奋得像个小孩子:"哇,真有趣。你还有什么秘密?"

"哦,有一次我忘了关门,结果早上起来一看,一个面包,两条腊肠都被鸽子吃了。"

"不是猫?"

"七楼,猫上不来。"

国粹盘着腿坐床上,樱之坐在床沿,捧了杯咖啡,唯一的一把椅子上铺了条干净的毛巾,放着面包、白脱和果酱。

国粹歉意地说:"地方实在太小,只好委屈你了。"

樱之不响,伸长头颈看窗外,阳光照在对面楼房的墙壁上,有人打开一扇绿色百叶窗,风吹起了薄纱窗帘。

"不过,这是你自己找上门来的,怪不得我。"国粹解嘲道。

樱之突然转回头,看着他,喃喃说道:"如果你娶了我,我就跟了你住这个小房间。"

国粹正在点香烟,听了这话一抖,香烟从手里掉下,落在床单上,赶紧手忙脚乱地掸去。

"你又来了。胡说些什么!"

樱之双手捧了咖啡杯,睁大眼睛看他,目光中有嗔怪与困惑。

国粹烦恼地说:"樱之,我们是很好的朋友,就这样简简单单地相处不好吗?老说这个就没意思了。"

"什么叫没意思?"

国粹诡笑了一声:"我是说,这么小的地方,你还要来插一脚。

真的结了婚，有了小孩，尿布都没地方晾。"

樱之皱着眉头不响，国粹又说："都说艺术家不适合婚姻，而我，大概是艺术家中最不适合结婚的那个。"

"为什么？"

"我自私，我放浪，我不会量入而出，也不会为家庭着想。"

"还有呢？"樱之眼中竟然有丝笑意。

国粹没好气道："多着呢。我不懂怎么去谋一份职业，也不懂怎么维持一个安乐家庭。"

"你没试过怎么知道？"

国粹苦笑道："这还要试吗？你难道没看见，我穷得连自己也养不活了。嫁了我，一块喝西北风吗？"

"没到那个地步。"樱之朝床上努了努嘴，"我们有新鲜的咖啡，面包，还有鸽子吃剩的白脱油和果酱。"

"真是好一张犟嘴。"国粹笑着，用指尖点着樱之的额头，"然后呢？顿顿吃白脱果酱面包？"

樱之躲避着他的指头，仰身倒在床上，咯咯地笑说："老天爷不饿死瞎眼的麻雀，总归会有办法的。"

笑过，国粹帮两人点上烟，严肃起来："不说这些了。哎，你的未婚夫怎样了？"

樱之撇撇嘴："还在香港吧，写信说要来看我，我叫他千万别来。"

国粹摇头："你也是够狠心的。"

樱之脸上的笑容逝去，狠命地抽了一口烟："我晓得，他对我就像我对你一样，自作自受。"

国粹不响，俯过身去帮樱之点上烟，心想人与人的缘分真是奇怪，明明唾手可得的，偏偏不要，绝无可能的，反倒是锲而不舍。不过，心里却颇认同这样，他自己又何尝不是如此：不肯循规蹈矩，最烦在安乐窝里待着，宁可冒险犯难，宁可在外面撞得头破血流。人都是天生一根贱骨头。

樱之靠在枕头上，擎着香烟，用脚尖碰了碰他的膝盖："哎，范国粹，从实招来，你这个从石头缝里蹦出来的人，有没有人曾经被你牵挂？"

国粹埋头不响，樱之继续用脚踢他："说呀。"

"有过一个。"国粹点头。

樱之一下从床上坐直："是谁？"

国粹不作声，只是闷头抽烟。

一只鸽子落在窗台上，咕咕地呢喃一声。

"现在人都不晓得在哪儿了，牵挂也是白牵挂。"

樱之逼问："我问你是谁？"

"一个女孩子，赵承晚的妹子。其实，我们只见过三四次面。"国粹好像在自言自语，"后来我就到法国来了。"

樱之的脸色煞白："我早就猜到了，每次云裳他们说起赵承曦，你就像吃饱了老酒一样，一下青筋暴出，一下眉飞色舞。"

国粹没回答，只是把面包瓤子挖出来团成小丸子，丢给窗台上的鸽子。

"你会娶她吗？"樱之不无醋意地叮问。

"曾经那么想过。"

"呃……结果呢？"

"没有结果。都是空想，现在她人在国内，好久都没联系了。"国粹若有所思，"人，有时候会发痴的。"

樱之讥讽道："想不到铁石心肠的你也有发痴的辰光。活该。"

"还是这样好。"国粹吐出一口烟，"我不适宜结婚。"

在国粹送樱之回家的时候,她突然想起来:"那副翡翠耳环,是不是赵承曦的?"

国粹默不作声地点了点头。

樱之咬牙道:"我真笨,原来是定情之物啊。"

又诧异地说:"我不懂赵承曦给你一副耳环是啥个意思?男人又不戴耳环的。"

国粹不响,过一阵说:"我当初应该让承晚带回去还给她的。"

"怪我咯!"

"我说过是别人的东西,是你扣住不肯还给我。"

樱之生气地啐他:"呸!不要说得这么难听,好像我是贪小的,我才不稀罕那副破耳环呢!什么辰光你见到她,我一定双手奉还。"

第三章　又见巴黎，再见巴黎

三十七

从香港重返巴黎亦有两年多了，书读完了，傅云裳兄弟却分家了。

作为一个雕塑家，从泥塑、灌模、翻制，到后期打磨、精修，不但需要很大的空间，也会弄出很大的动静。在居家公寓里搞创作显然是不合适的。两个多月来，云鹏一直在巴黎各处找工作室，最后看中在蒙马特附近的一间破旧的栈房，坐落在一处平缓的小山坡上。站在栈房门口，看得到一片巴黎灰色屋顶之海。这儿冷落僻静，离蒙马特公墓也不远。

新租下来的地方面积很大，总有五六百个平方米，跑马都没问题。栈房原来做过机器修理铺子，脚底下水泥地坑坑洼洼，干结千年的黑色油垢洗都洗不掉。国粹受邀去参观时，三四个阿拉伯工人正在粉刷，天顶和四壁，一律刷成浅灰色。头顶上有一排大天窗，采光倒是很好。角落里竟然还有部用人力拉动的吊车，几根铁链条已经生了锈。云鹏说很喜欢这个新的工作室，准备花上一笔铜钿来改建，铺上新地面，再装上热水汀，那么在冬天也没问题。云鹏对国粹说："你觉得怎么样？我一直想要有个大大的工作室，可以随心所欲做作品，不用收拾，不用顾虑邻居，想怎样就怎样，天塌下来也没人管。"

国粹笑道："的确，你们两个大艺术家就住在小布尔乔亚公寓里，不觉得闷得慌？叫我是手脚都没地方放的。"

云鹏讪讪地："是云裳喜欢那种派头，你晓得，我总是让着他的。"

问起云裳，说刚在吉维尼买了一幢十八世纪的别墅，带一个院子。有个当地人园丁负责帮他打扫，做些杂务。巴黎的公寓还是留着，进城来可以住宿。

云鹏没说，其实兄弟俩分家暗地里的原因是，云鹏寻了个女朋友，日本神户人氏，在巴黎美术学校里学建筑设计。两人交往有一阵了，说是等毕了业，就要结婚的。由于傅家在战争中吃过东洋人不少苦头，云裳心结很重，明里暗里一直表示反对。结果兄弟俩弄僵了，只好一拍两散。

国粹去看房的那次，云鹏的日本女朋友井泽良子也在场，面孔圆圆的，像只红苹果，一脸的孩子气。跟五短身材的云鹏站在一起，正好相配，像两只胖胖的松鼠，煞是相映成趣。国粹从来不相信人以群分那一套，日本人也好，中国人也好，法国人也好，都有好人坏人，而他最讨厌的是装着一本正经，骨子里却是矫饰无趣的人。眼前这个小姑娘，剪个童花头，天真纯朴，讲几句话，面孔都要红的。看来云裳是反应过度了。

良子租住在蒙马特高地，靠近圣心大教堂的小公寓里，离云鹏的工作室亦不远。国粹被云鹏邀请去吃了一顿很不错的日本火锅。良子的小房间里收拾得一尘不染，家具除了一张榻榻米，一张小矮桌之外，空无一物。国粹和云鹏进门时，良子着一身家居和服，蹲在地上帮他们松鞋带，递拖鞋，并绞来热水手巾。待他们坐定，良子像只松鼠般在狭小的房间里忙进忙出，在小厨房里做饭团，布置碗筷，温清酒。国粹环视小小的房间，见墙上挂了一张条幅，凑近看是密密麻麻写着天上十界诸神的名号，什么大梵天王帝耀天王大广目天王大月天王，还有鬼子母神、大罗刹，最奇怪的是一个叫美恼乱方头破七分，也列在上面。国粹说："这是什么鬼魅玩意儿！"云鹏赶紧嘘了一声，轻声说："这是日本青莲教的咒符，良子信这个。你小声点。"

火锅端上来了，里面是鸡肉、蔬菜与蘑菇，蘸着甜酱油，口味清淡。国粹笑说："云鹏，你找了个好老婆，把你伺候得不错，人也温顺脾气好。"云鹏却说："别看良子像个洋娃娃似的，说话轻声轻气，其实也是非常有企图心的，说要做全日本最好的设计师。也很刻苦，画起图纸来可以通宵不寐，一直是班级上名列前茅的学生。"

火锅已经见底，两人抽着烟，喝着清酒，说些熟人间的琐事。又说起傅云裳，作画很卖力，近来也卖出好几张画。他和其他几个画家准备在左岸的一家画廊举行展览，据说已经谈得差不多了。

国粹听了，只是啊啊地虚应着，心中一点也没有波动。近来，他对绘画的前景产生了怀疑，从希腊罗马起，到文艺复兴、印象派，再到现在的毕加索、布洛克的立体主义、达达主义，绘画的十八般武艺全都用尽了。如果只是按照前人的路亦步亦趋，缺少原创，那么一点意思也没有。展出，卖画，都是些浮云。巴黎至少有几万个画家，心灵手巧，技术出众的也不少，那又如何？绝大部分会被人忘怀。就是进了卢浮宫，也是挂在角落里，观众瞥上一眼就走过去了。什么叫虚幻？人的一生全部扑进去，只是得了一个不好不坏的结果。照国粹看来，这比完全没结果更坏，只是证明了你不过是一个中庸之才，可以一头在南墙上撞死了。

云鹏微笑着："想当年，国粹兄也是个画艺的狂热追随者，来到艺术之都巴黎，倒变成一个怀疑论者，也是始料未及。那么，你对自己的绘画前景，有什么计划与期盼呢？"

国粹喝了口清酒，神情显得迷惑："这个，其实我也心中没数。就像上了一列火车，突然发觉并不是直接去目的地的。但在哪儿转车，没人告诉我，问也问不出个结果。"

"西谚说：条条大路通罗马。中国人也说：船到桥头自然直。国粹兄大可不必挂虑，沉潜有时，奋进亦有时，顺其自然吧。"

国粹说："我也告知自己，急也没用。但总有一股焦躁之气，在身体里盘旋冲撞，这却不是我自己能控制的。"

见国粹情绪不对，云鹏换了个话题："前两天表哥余先生来信，说现在人回去做生意，去过一次杭州，拜访承晚不遇，听说去了乡下做小学教师。"

"照承晚的脾性，如果能够平安度日，画些画，教教稚子，倒也不错。"

云鹏有些踌躇地说："信上还提到他妹妹赵承曦，说是也没见到，两年多前就去了香港，后来辗转也来了法国。"

国粹一个激灵，动作过猛，把酒杯碰翻："真的？在巴黎吗？"

一阵手忙脚乱，良子抹干桌上的酒渍，同时收拾起碗盏，给男人们斟上了日本的大麦茶。

云鹏说："只是听说，也不晓得是否确切。信是从香港转来的，已经是好几个月前的事了。"

国粹沉吟不语，云鹏又说："如果在这里，早晚会碰到的。巴黎虽大，但东方人并不多，路上很容易认出来。"

旁边一直少言少语的良子："学堂里贴出海报，下个礼拜，卢浮宫有班特·莫里索的大展，也是女艺术家喔。国粹君也应该会去的吧。"

三十八

承晚来到丁桥教书已经四个多月了,也逐渐习惯了这里的生活。虽然日子单调,可也平和安宁,远离喧嚣。地方是穷,但山青水秀,民众朴实。有时在无人之际,巴黎缤纷的留学生活会在眼前浮起,左岸的风光,金碧辉煌的卢浮宫,车水马龙的香榭丽舍大道,像煞是一幕海市蜃楼,转眼即逝。不免一阵惆怅。不管如何,现实摆在面前,也只有接受。

春日的一个早上,承晚正在跟学生们上语文课,却见朱校长推门进来,走到他身边耳语道:"赵老师,上头来了两个人,叫你到校长室去一下,有点事情要问你。"

承晚一愣:"找我?有什么事?"

朱校长说:"不晓得呀,你赶快去一趟,大概是不会太久的。"

"课正上到一半,怎么办好?"

朱校长头一摆:"没关系,让学生自修好了。"

承晚心中忐忑,到了校长室。在八仙桌的桌首,坐了两个穿灰布中山装的男人,正在看案卷。见朱校长陪了他进来,招呼他在对面坐下,遂对朱校长说:"没你的事了。没有叫你,不要进来。"

于是朱校长便点头哈腰地退了出去。

对方继续翻看案卷,甚至都不抬头看他一眼。房内气氛沉重压抑,承晚本来就心里紧张,看到这副阵势,更是通通心跳。这两个人一个年轻些,另一个大概四十岁左右,黝黑消瘦,短发,领口扣得紧紧的,面孔板得铁紧。承晚想来想去,实在想不出他们为什么要来找他问话。

对方终于合上了宗卷,问了他姓名住址籍贯。承晚太过紧张,不是前言不搭后语,便是把对方问题的意思搞错,惊慌之态表露无遗。

中年人切入正题："你认不认识一个姓余的人？"

承晚想了一下，近亲好友中并没姓余的，就摇了摇头。

对方逼视着他："真的没有？好好想一想。"

承晚开始回想，把四周的熟人排一遍，确实是没谁姓余的。最后想到云裳的表哥，依稀记得好像是姓余，要么是他了。但是，承晚与他隔了一层，总共也没有碰过几次头啊。

年长者语气很严厉地跟他说："赵承晚，今天我们来找你谈话，是件很严肃的事。你要老实交代，这也是对你自己负责。要知道，你说的每一句话，都要一五一十记录在案的。如果最后我们发现有与事实不相符的地方，你可能要担负很大责任的。明白了吗？"

"明白的。"承晚嗫嚅道。

承晚一辈子没经历过这种场面，花了好大力气才重新集中精神，专心回答对方的问题。

"你开始说不认识这个姓余的，后来又说见过面。"

年纪较大的是主要的问话人，一面抽着香烟，一面眯着眼睛看案卷，大部分是他在提问："你们究竟是什么样的关系？"

"普通的朋友关系呀，我与他真不怎么熟识的。"

问话人有些嘲讽地说："你说与他不熟，人家却说与你很熟悉的，上个月还特地去杭州涌金门拜访你呢。"

承晚大吃一惊："这个，我一点也不晓得，也没有见过他。三四个月来，我一直在丁桥没离开过。不信，你们可以去问朱校长。"

"问谁不问谁，这是我们的事，你就不要管了。而你要做的，就是仔细去回忆，把所知道的都说出来。越具体越好。"问话者的语气很生硬。

承晚本来就胆小，被这样一逼问，方寸已乱。

年轻些的说："你也不要有太多的负担。我们今天来调查，也是对你负责的意思。你要相信人民政府，不会冤枉一个好人，也不会放过一个坏人。"

听了这话，承晚镇定了一下，开始回忆："姓余的，的确是见过几次面，第一次是在朋友的饭局上。因为不熟，大家又口口声声叫他表哥，姓什么倒忘记了。并不是有意隐瞒。"

"后来又见过几次？"

承晚仔细回想："在法国，我们一起吃过几次饭，但没啥深入交谈。噢，对了，最后一次在香港，也一起吃过顿饭。"

对方摇头道："这么说，是见过不少次了，应该有印象。可见你前面说的不大老实。我问你，你们都谈些什么？"

"他是学化学的，我是学画画的。我们之间本来就没有太多的谈资，刚到巴黎时，他帮了不少忙，比如说找房子……"

"我不问你这些，你把你们之间的交谈说一说吧。"

"我真记不起什么具体的事情来了。"

年长的看来要发火，一直在旁边记录的年轻人按住了他，问道："你们谈政治吗？"

承晚想了一下："我对政治不感兴趣，所以我们之间不谈这些。余先生倒好像是说过要回中国做生意的。"

"具体说了些什么？"

承晚真的不记得了，他只好硬拼凑了些零碎的回忆："他说过，有机会做大生意。还说过，冒险才能有钱赚……"

这场问话，从第二节课开始，直到过了中午才结束。承晚出来之前，这两人告诫他谈话内容不许外泄，还说他们可能再要回来跟他核实一些事情。承晚被这次谈话弄得失魂落魄，下午在课堂上，写在黑板上的算术习题演算，好几次出错。晚上回到宿处，老姑姑烧了他喜欢的目鱼大烤和雪菜豆瓣酥，可是承晚一点胃口也没有，匆匆扒了两口饭就回到自己房间。

躺在床上，却辗转不能入眠。他想起白天的情景，犹自心惊。承晚想不通他到底在哪里触犯了禁忌，姓余的跟他实在是泛泛之交。按照承晚懦弱的性格，从小不愿意也不敢惹事的，平日看到路上有人争吵都会绕行。一生奉行"人不惹事，事不惹人"。正在胡思乱想，忽听门上有轻啄之声，开门却见是朱校长。承晚让进房内，朱校长脸上笑着，但明显带着一丝不自然，搓着手，几次欲言又止。承晚看他这副样子，心中更是忐忑。

朱校长东拉西扯一阵，终于说道："赵老师啊，你来了几个月也没好好休息过，要么，放你两个礼拜的假吧。"

承晚不免狐疑，眼下既不是寒暑假，也不在年节当口，放啥个断命假？

朱校长只好承认了，上有命令下来，在赵承晚的调查问题没有明确之前，不能进课堂执教鞭。

朱校长一脸抱歉："赵老师你千万要理解，这是上头的意思，我也是没有办法的。"

承晚心中翻腾，本以为，早上来人问话，他也所知尽言，应该没事了，想不到首尾远远未清。沉默了一阵，承晚说："既然这样，放了假，那么我想回杭州去住一阵。来丁桥快半年了，还未曾回去过。"

朱校长只是摇头："不可，不可，你要等着，调查人员随时可能再来问话的。"

凭承晚再好性子，也冲动起来："既不让教书，也不让回去。那么，朱校长请你告诉我，我这样不上不落算个啥意思？"

朱校长嘘了一声："啊呀，赵老师，不好这么大声讲的呀。你要看开些，做一世人，总会碰到些冤屈的事情。发脾气是不解决问题的,还是要耐下心来,等调查结束,再回去教书不迟。"

赵承晚烦恼道:"调查!调查!一个点头之交,跟我何涉?我真不明白,为啥要寻到我头上来。"

朱校长站起身,先把门掩上,再过去把窗子关好,回到承晚身边,低声说道:"早上来的人,跟我透露过一句,说这个姓余的,可能是个台湾特务,特地回来搞破坏的。"

承晚不信:"搞错了吧。他是香港人,跟台湾浑身不搭界的。"
"不好这样说的啊。"
"他一个化学工程师,文质彬彬的,怎么会去做特务?"

朱校长道:"我的老阿弟啊,这就是你太幼稚了,特务的额头上又没有写着字。再说,特务也有各种各样的,这人大概是个……经济特务。"

承晚本能地感觉到了危险:"到底是不是特务,我不晓得。我根本不了解这个人。"

朱校长说:"是呀,从不了解到了解,总有一个过程。你也好好地回忆一下,协助破案,也是我们老百姓应尽的责任。"

三十九

阿拉伯工人做事体拖拖拉拉,历时四个多月,工作室还有三分之一的工程没完工。云鹏自己天天督工,扯高了喉咙与匠人们争执,有些打马虎眼的地方,再逼着他们返工。前后六个多月,工作室终于改装好了。原本破烂的栈房焕然一新,七高八低的地面被填平,重新铺上了原木地板。三米高的天顶,敞亮通透,是极为理想的创作空间。靠东面墙上开了两扇大窗,摆了沙发和咖啡桌,窗外蒙马特半山坡上蜿蜒起伏的风景,在黄昏的夕阳下一片金黄。工作室顶棚上安装了白炽灯，靠墙一排架子，放置了云鹏大大小小的雕塑作品。居中处，设了一个模特儿展示平台，四周围绕了大中小三具雕塑旋转台，未完成的泥塑用湿巾围着。室内也安装了取暖的火炉，烧木柴，烟囱从天花板上伸出去。云鹏还想造一个浇铸模型的车间，可是要安装熔铜钳炉的申请，因容易引发火灾，被市政办公室否决掉了，原来的地方就空了出来。云鹏就邀请国粹把画室搬过来，两人也好做个伴。

国粹说不心动是假的，虽然学校里可以让他晚间作画，但总是受到时间的限制，画画的灵感说来就来，说去就去。想画的时候，课堂里却有学生上课，晚上再来，灵感早已跑到爪哇国去了。国粹当然也晓得，维持这样一个私人画室花费不菲，而这笔花费是国粹目前负担不起的。

云鹏说："什么花费不花费的，你不来，不也是照样空在那里。国粹兄，你一向潇洒，就不要拘泥此等小事了吧。"

国粹说："你是晓得我脾气的，不肯吃嗟来之食。租金我就不跟你客气了，至少让我分担一部分电费取暖费吧。"

云鹏笑道："每个月拿张燃气单来问国粹兄收钱，这样的事，我是做不出来的。你一定要付？那么这样好不好，每年让我挑选一张你的作品，这样总可以了，我们两不相欠。"

国粹认同了这个提议。他近来的作品尺寸变得很大，因为他发觉同样的题材，同样的作画手法，尺幅大的冲击力比尺幅小的大了很多。举例来说：杰克逊·波洛克的泼彩画，小尺寸的画，可能被人认为是块边角料，甚至是垃圾；而一张两米半乘一米半的大幅油彩泼墨画，淋漓地挂在一个展览大厅里，观众的注意力不可能不被吸引。在工业社会蓬勃时期，小幅装饰性绘画已经过时。随着公共场所的空间增大，观众们更期待欣赏巨大尺幅的，具有强大冲击力的作品。现在国粹最新的画幅,具象绘画的成分减少,而着重构图气韵和颜色节奏,起承转合,早年学的一些中国山水画功底,不知不觉地融进去了。画面显得既有油画固有的厚重,也有东方的空灵。虽然还有生涩的地方,但是已经显出自己独有的风格了。

云鹏到他画室来看画,说:"国粹兄,完全是新的风格。看来你终于摆脱保罗·克利了。这张大作猛地一看,深山大谷,云雾笼罩,有点像你老祖宗范宽《溪山行旅图》的气韵。"

国粹有点得意:"像谁也不如像自己。"

"的确。我们刚来时,对大师们崇拜得五体投地,连画面上的霉点也要临摹下来。现在想挣脱却要花大力气。"

国粹开玩笑道:"对画家来说,摈弃以前的画风,就像跟女人恋爱,刚遇上时惊为天人,赤了脚也要拼命追;日久生厌要离婚,却是桩伤脑筋的事。"

云鹏叹了一口长气,没说话。

国粹觉出了点什么,问道:"今天良子没过来?"

"我们吵架了,两个礼拜没见面了。"

"为啥呢?良子那么好的脾气。"

云鹏苦笑:"你别看日本女人看起来柔顺听话,但是交往下来才晓得,性子倔得像牛一样。哎,你讲得一点不错,艺术家大概是不适于结婚的。但是没有女人,又太孤独了。"

国粹想,你们男女朋友,牙齿和舌头打架,顶针箍的事体也说得天大。我就不来掺和了。

于是换了个话题:"云裳呢?近日他干些什么?"

"不晓得呀,我也很久没见到他了。"

"你们兄弟不是很要好的吗?发生什么事了?"

云鹏有些踌躇地说:"听一个同学说,阿哥有了女朋友,也不知真假。"

国粹笑道："这不是好事情嘛。女朋友是中国人呢还是法国人？"

"好像是中国人。不过他遮遮掩掩的，不晓得要瞒点啥。"

国粹笑道："瞒，能瞒多久？你我找个时间过去突击一趟，不就一清二楚了吗？不要通知他，给他一个措手不及。"

云裳前阵子跟画友去了一次吉维尼，参观莫奈故居。他与这个安静的小镇可说是一见钟情，回到巴黎之后也念念不忘，又特地去了几次，计划着要搬去那里，在大师生活过的土地上画画。吉维尼在塞纳河的上游，离大巴黎大概四十分钟火车车程。小镇优雅平和，树林里有松鼠和野兔出没。绿荫覆盖的小街上，安放着铸铁的长凳，居民可以小憩歇脚，听鸟声啾鸣。石卵子路面光滑洁净，孩童们在街心小公园里嬉戏，粉色蔷薇花在民居后院开得一片灿烂。咖啡馆的遮阳篷下，一个穿西装的老年绅士悠闲地看报纸。这儿居民大部分是退休的公务员，生活节奏缓慢舒展。黄昏时分，街角小教堂的钟声悠扬，村口有牧人赶着羊群回栏，竟然如一个世纪之前米勒笔下的风景。怪不得近年来有许多艺术家从世界各地搬来此处。

经纪人带他看了几处房产，结果云裳看中了弗农小镇的一幢诺曼底式房屋，加勒万大道一一三号，离吉维尼十五分钟的步行路程。这幢中世纪的老房子建于十八世纪中叶，有一个前院，汽车可以直接开进来。跨进大门抬头望去，哥特教堂式的大客厅层高达三米，阳光从穹形的拼花玻璃窗射进来。一整面墙的书架上列着一排大英百科全书，落满了灰尘。还有一个巨大的石砌壁炉，走廊上的水晶灯具古色古香。这幢大房子有五个睡房，三个马赛克浴室，配了镀金的水龙头。厨房却是十九世纪的，保留着烧木材的铸铁炉头，横梁上挂满一排擦得锃亮的紫铜炊具。地下室里有个胡桃木的酒吧，吧台上有一架蒙满灰尘的留声机，是四十年代初哥伦比亚广播公司的产品。房子的占地面积很大，花木扶疏，后院纵深，可以一直走到河边，这条河与巴黎的塞纳河相通。远远望去绿茵一片，风中白杨树丛摇曳，水面平和，有人划船，河堤上有人垂钓，一派风轻云淡。

经纪人指着门楣上一处布满绿锈的铭牌，说这幢房子曾经是某个男爵的宅邸，有其历史的意义。虽然房子已空置了两三年，且不乏多处需要修葺，但卖主的要价极为廉宜，也就是巴黎市内一层公寓的价格。云裳倒不在意房价，他喜欢的是这儿的环境，一眼看出去碧绿生青，又靠近塞纳河边，房屋一旦有着水流环绕，就有了生气。云裳又是个古典主义的拥趸，关于建筑的风格，跟巴黎近年来新设计的房子相比，他肯定是选择古典式房子的格局，精工细雕，年月浸染，处处透出一段时光荏苒，温暖悠久的韵味。而巴黎新造的房子像塑料积木，虽实用便捷，但寒酸局促，像煞是即用即弃的便宜货。

恒生银行一笔铜钿汇过来，这幢房子就姓傅了。傅家老爷子一向赞成买进实业和土地，和所有老派中国人一样，老头子的信念也是"有土斯有财"。儿子一说要在法国买个长居之处，老头子二话不说让账房先生寄汇票。还有一个要考量之处是：东南亚近年来更为动荡，法国人一九五三年在奠边府吃了大败仗，在东南亚所有的国家内，反政府势力攻城略地，势力越来越壮大。虽然目前还没危及傅家的产业和生意，但作为商界的老狐狸，总归要未雨绸缪。

近日，还有一件事使傅家老爷子忧心不已：他的外甥，到内地去商谈生意已有个把月了，开始在广州，还有电报跟信函来，说要去上海、杭州一趟，探亲访友及游览，一个多礼拜后，就此没了音讯。这时候傅老爷子还不太担心,人在旅途,通讯有所不便也属正常。两个礼拜之后,还是杳无音讯,老头子想不通问题会出在哪里?外甥是用暹粒橡胶公会秘书的身份,受广东外贸公司的邀请,去广州谈判进口东南亚橡胶的事宜,完全是商务出差。这个外甥,是傅老爷子寡姐的独子,虽然踏入商界不久,但长期生活在法国,差不多是半个法兰西绅士了,不但一表人才,又说一口流利的法语,以及他对橡胶专业的了解,都给这个商业代表加分不少。老头子晓得做生意人在第一次会面之际,对方的形象、气度、派头,往往会留下深刻的影响,在以后的讲斤头时,是占了先机的。老头子做了一辈子的生意,觉得做生意是双方互惠的事情,就是做不成,也不会平白无故翻面孔,毕竟下次还有机会。因为有这层考虑,才放胆让外甥去跑一次,做成最好,做不成,也不至于出大的差错。

老头子在懊恼之余,一方面让暹粒橡胶公会去函查询,另外亲自写信给几个他早前的生意搭子,并附信给云裳兄弟,希望他们通过国内的朋友,了解一下究竟发生了什么事。

云裳兄弟远在欧洲,当然不会很快地有消息。但老头子在上海的一位老朋友,工商界的灵通人物,回信来多多少少透露了一二。据说,余先生大概在上海拜访旧友世交时出了毛病,其中有一位他的高中旧友,是当年国民党军统调查局的高阶,有地下党人命案在身。余先生不明所以,跑去叙旧,人是没碰到,倒引起了怀疑,暗中盯梢了几日,从杭州回沪之后,就出问题了。

老头子可谓撑了一辈子顺风船,早年赤手空拳开拓上海商界,凭了过人的眼光和胆识,做得风生水起。到了香港重起炉灶,虽说是强龙不压地头蛇,但也善于周旋三教九流,融龙蛇于一窝。香港竞争激烈,僧多粥少,即奉行"我有人无,人有我走",重辟南洋疆土。傅家老爷子的人生可说是百战不殆,受尽了上天眷顾。这次却碰上了难题。

风声一俟透露,寡姐便颤颤巍巍寻上门来,三句话未完,开始擤鼻子抹眼泪。傅家老爷子年轻时得到姐夫家不少襄助,才有了今日之家业。如今,人家传宗接代的独子王孙出了事,怎么向姐夫家交代?老头子的表面还撑得住,内心却日夜煎熬。半旬匆匆过去,一无办法,老头子决定亲自跑一次上海,找他外甥。

众亲友都说此举万万不可,老头子却有自己的考量,他身为南洋华商协会的副理事长,亚洲最大橡胶园的东主,在东南亚也算是举足轻重的巨商。凭他的交际手段,暗底里交结几个关键人物,金钱人情双管齐下,不相信会有过不去的关口。老头子信奉"天下熙熙皆为利来,天下攘攘皆为利往"。他外甥只是个生意人,好吧,做生意有赚有赔,我傅某人也认栽了,现在乖乖上门赔礼送钞票来,至少好面孔要给一副的吧。

傅家老爷子把一应事务交给账房先生代管,订了香港到上海的火车票,照他计划,一个月,最多一个半月应该可以回来过端午节。

四十

云裳接到画廊的信函,说他有两张风景画已售出,傅先生可在方便之际来画廊取支票。

画廊的东主艾迪是个又高又胖的哥本哈根人,圆胖脸庞血色很好,两撇往上翘的胡子很像玉米须,鼻梁上架了一枚单片眼镜。终日衔着一支粗大雪茄,喜欢双手拇指插在背心里,在人前挺出一个圆滚滚的肚腩。艾迪人很好,但是个天生的话痨,喜欢滔滔不绝地讲老掉牙的笑话,不厌其烦地把每句话都重复一遍,讲完了并不管别人的感受,自己一个人声如洪钟地大笑。如果艾迪在二十分钟内没找到人跟他讲话，就会憋得面孔发紫。其实支票大可以邮寄，省事方便，艾迪把人叫来画廊，就是为了可以陪他说说话。

云裳到了那儿，免不了要花上个把钟头听艾迪讲笑话，还要做出听得津津有味的样子。中国人拉不下面子，人家有点小癖好，不伤大雅的话都尽量去满足。何况艾迪是他的画廊东主，大家都晓得一个得力的画廊对画家们有多重要，可说是衣食父母。云裳倒没有卖画缴房租的压力，售出作品更重要的意义，是对他作为一个画家的肯定。艾迪那条三寸不烂之舌，鼓动客人掏钱买画的功力不可小看。

画廊坐落在拉丁区，靠近先贤祠。不算很大，但被布置得颇有层次感，大门是玻璃钢制的，就是在打烊后，街上的行人也可以看到布置在画廊里的画幅。进门处有张秘书小姐爱茉莉的办公桌，爱茉莉是个三十多岁的老姑娘，也是个学画的学生，在巴黎大学读书籍插图专业，一礼拜三天来画廊为艾迪工作。画廊呈L形，被分隔成四个部分，每次的展出不超过四十张画，因此布局显得疏密有序。艾迪在顶棚上装了柔光灯，画廊中光线柔和。角落里的留声机放着香颂音乐，女歌手伊迪丝·琵雅芙幽怨的嗓音低徊：玫瑰人生，玫瑰人生，一切都已流逝……艾迪自己的办公室处于画廊后部，正中摆了一张路易十六的古董书桌，桌上有一具小型的青铜雕塑《吻》，是罗丹当年做的小稿。背后的玻璃橱里放满案卷，办公室有一扇通往后天井的玻璃门，开出门去，天井里红砖铺地，角落里长着一株巨大的无花果树，此时正结满了紫红色的果子。艾迪在后院山墙下安放了一具古董马槽，是他在诺曼底乡下收集来的，上面覆了一块厚玻璃，权当咖啡桌使用，秘书小姐在桌上放置一瓶鲜花，再配几把镀铬太阳椅，布置成一个喝咖啡、谈生意的绝妙之处。

爱茉莉为他们端来咖啡和白兰地。云裳抬头看去，无花果树的叶子像一片大大小小的手掌，遮住了直射的阳光；而在枝丫间，一枚枚紫色的果子成熟得正好，顶端裂开渗出淡淡的蜜汁。于是顺手采下一枚剥食。

艾迪皱起眉头："啧啧，你喜欢吃这个？"

云裳说为什么不？新鲜的果子非常美味，并摘下一颗要艾迪尝尝。胖子摆手拒绝，说那种东西是松鼠和鸟吃的。他从来不吃任何的水果蔬菜，只吃肉类和土豆。

天气很好，巴黎最美妙的五月天，两人喝着咖啡闲谈。艾迪说最近他看中了一幅毕沙罗早年的小幅风景油画，正在犹豫要不要买下来。他拿出一张照片给云裳看，常见的法国乡村小景，很简单的构图，左面是树丛，右面是米黄色的乡村房子，一条乡间土路贯穿其间，路上有两个小小的人影，远处纵深是树林和远山。画面很朴素，用了很大的笔触，不像毕沙罗为人熟悉的点彩画法。云裳仔细地端详了很久，不敢肯定这画是毕沙罗的作品，右面的房子倒是有点像他刚买下的那幢，心中喜欢。于是说："毕沙罗的画本来就少见，都被博物馆收藏了。好不容易见到一幅，就不要放过。"

艾迪说近来刚缴完了税，手头有点紧。做画商的，最怕货色留在手上卖不出去。

云裳笑着说："那么，你先拿下，加上你应得的利润，卖给我好了。"

艾迪挑起一条眉毛："一个画家，竟然向他的画商买画。这世界怎么颠倒过来了。"

云裳笑道："凡事都有例外，这个世界才精彩。"

艾迪摇头道："我真弄不懂你们中国人……"

他们坐在后院聊天，通往办公室的门是开着的，看得到大部分的展厅。有时客人会问些奇奇怪怪的问题，爱茉莉答不上来就会到后院来叫艾迪。但有时半天也没一个客人,艾迪得以在后院的暖阳下享受他的午后咖啡。

云裳无意中朝画廊开着的后门一瞥,展厅中好像有客参观,一位戴着宽大草帽,背着身子的女士,正在与爱茉莉交谈着。院子里和风煦煦,头上的无花果树散发出甜腻的气味,树丛间一只硕大的蜜蜂嗡嗡地盘旋不去。坐在对面的艾迪又说了个笑话,而云裳心不在焉,置若罔闻。那个背影莫名地唤起一缕深藏的回忆,如同遥远的召唤,某种情绪开始激荡。可能吗?还是他眼花了?

艾迪正在说巴黎画商间流传的一个笑话,早年间毕加索穷得一文不名,平时在画室里衣衫褴褛,倒也无所谓。有次人家请他赴宴,他只得向好友博拉克借了一身出客行头,但博拉克的脚太小,毕加索穿不进他的鞋,只好仍旧穿了破皮鞋出门,被勃拉克叫住,拿起画笔,在毕加索的破皮鞋上用白色油画颜料画了两笔高光。结果在宴会后的合影里,毕加索脚上的皮鞋闪闪发亮……哈哈哈。

云裳木然地听着,眼睛不时瞥一眼昏暗的画廊里,那个身影若隐若现,宛如惊鸿。

他突然站起身来,丢下谈兴未艾的艾迪,穿过后院,踏入昏暗的画廊。

环顾前后,画廊里已经空无一人,云裳怀疑是否眼花。跑到前台询问爱茉莉:"刚才是否有位女士来看画?"

"是的。一位很年轻的女士。"

"人呢?"

爱茉莉转头看了看:"刚才还在的呀,大概走了吧。"

云裳很紧张地问:"是不是中国人?"

一头雾水的爱茉莉答道:"这个我不知道。不过,我确定,她是一位非常优雅的东方女士。"

云裳又问:"你看没看到她往哪边走的吗?"

没等爱茉莉回答,便转身推开玻璃门冲出画廊。

午后阳光猛烈,扑面而来,云裳从阴暗的画廊里出来,一瞬间不辨东南西北,几秒钟之后才缓过神来。放眼望去,右手边的人行坡道缓缓向上,尽头处是先贤祠的一级级台阶和一排排立柱,托起庞大的梵蒂冈式的穹顶;左手边是鳞次栉比的商铺、书报摊、服装店以及无数的咖啡馆。行人摩肩接踵,如恒河沙数,一个背影倏忽即逝,何处追寻?云裳的脑子里一片空白,右面是历史和功勋,左面是熙熙攘攘的尘世,他稍一犹豫,就向左手边疾步而去。

承曦两年多来经历了人生大变,也尝尽了世道之艰,人缘之变,因而晓得了人都是身不由己的。在当今乱世之中,平淡安宁的日子,是可遇不可求的奢侈,她不想让过去的阴霾来影响今日。自从她寻得洗衣坊的职位,日出而作,日落而息,年月荏苒,承曦心中的旧日情伤,原已慢慢收口结痂。不料在卢浮宫里不经意地一瞥,伤口被猛然撕开,愈加疼痛,也愈加煎熬。

缘起缘落,也已经许多年了。承曦想不通的是:她为什么始终摆脱不了与范国粹的情仇纠缠。承曦也曾多次下了决心,一定要作个了断,忘了这个男人,忘了关于他的一切,但收效甚微,他的魅影像个无赖,挥之不去,驱之又来。在清醒之际,她也知道,不能全怪范国粹,他天生就是个风流种子。而爱上这么一个薄情寡性的艺术家,大概是她承曦命盘中的一个死劫。也许,正是他给她带来那么多的痛苦和煎熬,承曦才爱恨交加到如此铭心刻骨。好比烈马与驭者,烈马一次次地把驭者摔下地来,驭者虽然伤痕累累,心中还是牵挂着烈马,同时憧憬着驾驭着烈马跃过深渊大谷。

如果冤家们一直保持着相当的距离,过了许多年之后,怨恨的毒素会慢慢褪尽，剩下的是惆怅和缅怀。要命的是猝不及防地劈面撞上，原来的伤口被触动。更不堪的是，当年的定情之物被另一个女人佩戴着，不啻于旧创未愈，新伤更添加了极大的痛楚。

承曦请了两天的假，没去上班。经过这遭打击，在心灵上和肉体上无异于生了一次大病。这几天，天公也不作美，阴雨连绵，一片灰蒙蒙的雨幕包裹着城市和街道，浸染着人的心情。承曦整日地躺在阁楼上，望着天窗上的雨水淋漓而下，不思不想，不吃也不喝，怨恨之情消耗着她的精力，人生之无聊，缘起缘灭，谓之无谓，最终一切归于寂然。

在虚无之中死亡的念头遽然升起，这世界的本质是无意义的，不管是在中国还是法国，所有的美好都是虚幻，而且很快地逝去，留下的失落却长久地侵蚀心灵，直至死亡。

死亡是一切归零。

承曦上班的地方，走十分钟就有个小公墓，她有时在午餐后活动腿脚，走到那一片区域散步。说是墓园，更确切地说像个公园，安宁静谧，草地绿树，大理石雕刻的带翅天使在墓前沉思。承曦从来不敢深入墓园，只是在大门前稍作停留即离去。

现在想来，人活得真是无谓，吃喝工作憩息受苦受累都是为了这具躯体能生存下去，但躯体却受情绪所累，佛说：有情即苦。如能摆脱这具躯体，静卧在绿草之下，跟这个世界再也无涉，永归宁静。

再心灰意懒，人还活着，就不可能一天不起来。承曦一整个下午就这样躺着，最后被尿意逼着起身，下楼去盥洗室解手。坐在马桶上，突然一阵寒意袭来，感觉什么地方有两道目光注视着她，一抬头，倒是吓了一跳，盥洗室的窗台上蹲着一只黑猫，隔着玻璃向她凝望。承曦从最初的惊慌中镇定下来，认出这只猫是附近街区的弃猫，在公寓的台阶上曾经看到过。这幢公寓有些房客们养了猫，但在搬家之后常常把猫留在原址。这些被遗弃的猫们也不走远，寄居在鲜有人迹的储藏间和地下室里，有一顿没一顿地度日。

承曦起身束好裤带，再打开窗子，一人一猫互相注视着。最后，黑猫轻轻地"喵"了一声，但蹲伏在窗台上不敢进来。承曦看去，黑猫浑身已湿透，冷得簌簌发抖，一双微绿的眸子期盼地凝望着她。公寓的居民们一般不去招惹这些野猫，一是脏，二是养不家，由其在街上自生自灭。但此刻承曦心动了一下，伸出手把黑猫从窗台上捧了下来，用一块旧毛巾把它身上的雨水擦干，黑猫乖乖地一动不动，任她照拂。承曦又找出一罐沙丁鱼罐头打开，放在盘子里喂它。黑猫风卷残云地一扫而空，看来是饿了很久了。承曦想了想，把窗子半开着，浴室的门关上，想等雨停了之后，黑猫可以从窗口回到街上。

傍晚雨停之后，再进到浴室，看到黑猫在浴室的垫脚毯上蜷成一团睡着了。听到有人进来，黑猫抬起头来叫了一声，像是跟她打招呼。承曦蹲下身来，黑猫的眼睛里有一丝期盼——请不要赶我出去。承曦为难了，她丝毫没有养任何宠物的愿望，自己还顾不上来呢。但此刻黑猫的无助眼神，就像当初她丢失了钱包，四处彷徨那样。承曦叹了口气，打开水龙头，帮黑猫洗澡。作为一只街头野猫，黑猫算是乖的，就是被肥皂水辣了眼睛，也只是轻轻地搔刨她的手指，提醒她小心。

承曦还是把它关在浴室里，找了个纸盒子，里面放了几件旧衣服，作为猫窝。浴室的窗关上了，通宵打开不安全。如果明天天气放晴的话，她准备把猫带到公寓前院放走。

半夜里，承曦在迷糊中听到一两声猫叫，伴随着猫爪轻轻的搔门声。承曦抑制住自己下楼去查看的冲动,在黑暗中醒着。和另一个生物共处一室,却驱走了关于死亡和墓地的胡思乱想。承曦渐渐睡实过去,一夜无梦。

承曦在第二天醒来时,突然想到,如果范国粹他人在巴黎,那么,承晚兄长和傅家兄弟也有极大的可能同在此地。前两天真是气昏了头,竟然没想到这点。但是,要到哪里去寻找他们?在几百万人口的大巴黎,同处一城,也可能是鸡犬相闻却碰不到面,而承曦实在是太想见到他们了。

四十一

云裳沿了车水马龙的乌尔姆大街一路寻觅过去,快步走了二十分钟还是不见那个人影。他懊恼自己反应太慢,错过了稍纵即逝的机会。但是,那个身影真的会是承曦吗?他只是瞥到一个背影而已,不敢肯定。巴黎是个大都市,有时会见到身材苗条纤细的东方女性,多数是日本人、越南人,当然也有中国人。云裳怀疑天底下哪有那么巧的事,承曦怎么会正好出现在他的画廊里?虽然这样安慰自己,但内心又不甘,如果真的是承曦呢?那千载难逢的机会不就被他错过了吗?

身边是家生意兴隆的咖啡店,里里外外都坐满了食客。大红色的遮阳棚底下,众声喧哗,红男绿女一对对地隔桌而坐,啜着红酒谈情说爱,老年人看报纸抽雪茄。系着白色围裙的堂倌擎着托盘,上置酒水杯盘,如蝴蝶般穿梭在各张桌子之间。一个走江湖的卖艺者,站在马路沿上拉着小提琴,波兰圆舞曲快速的旋律在弓弦下跳跃着。一只毛色脏兮兮的金色寻回犬,耷拉着舌头,蜷伏在他脚边。

云裳一路疾步急赶,走得气喘吁吁。前面是一个带喷泉的小广场,游客众多,人头攒动,看着熙熙攘攘的人群,云裳更是不晓得到哪儿去找人。眼看无望,身边咖啡店里有个面对着马路的座位正好空着,索性走进去坐下,点了一杯红酒、一份橄榄。

午后的阳光眩目迷离,在蓝色的氤氲中,街上的人群像是庞大的鱼群在水里来回巡游。谁能记住一条鱼的相貌,再从千千万万条鱼中分辨出来?

卖艺者拉完一曲,蹲下去整理他琴盒里的零钱,然后拿了一些硬币向堂倌买了一杯水喂他的狗。

云裳慢慢地啜着红酒,近来事多烦乱,情绪也难以平复。昨日接了父亲一封信,信中先说了些家中琐事,末了提了这么一句:

前个月,公司派你表哥去上海谈些生意,不料弄出了些麻烦。直到今天,人还未曾返港。鉴此,我可能会亲自去内地一趟。

云裳阅后,立即觉得父亲此举非常不妥,今朝一早便拍了封电报回去,劝老头子三思。人在欧洲,鞭长莫及,云裳能做的,也只有这样。

不知怎的,云裳近来常常感到孤独。原来在上海的辰光,他是个最喜欢交结朋友,也喜欢热闹的人,大小派对一个不落,家里也常是宾客盈门。来到巴黎之后,朋友们之间却渐渐冷落下来,大家好像都很忙,都有着处理不完的事情。国粹现在是难得见上一面,就是云鹏,一起长大,形影不离,也有了女朋友,兄弟难得相聚了。照中国人的传统,一家兄弟婚娶大事,总归要等兄长结了婚,然后再弟弟们一个个跟上。在国外,这些都说不得了。可是云裳到现在还没有跟女小囡正式交往过。

按理说，云裳既是富家公子，家财雄厚，又是学艺术的文雅男子，交游广阔，应该有不少女小囡会愿意跟他交往。其实，云裳是个内心羞怯的男子，而且对自己外貌没有信心。好几次双方有了意思，到了要表白之际，云裳又缩了回来，生怕被拒绝，被人笑话。到了法国，女少男多，更是没机会。

在云裳的记忆中，赵承曦的样子还是第一次到他家来的时候，戴顶紫红色法国帽，修长的身材，白净肤色，语言举止有着少女的活泼和清纯，笑起来又很娇嗲。一见之下，云裳即有了好感，还未等他有任何表示，却被范国粹先一步抢去了风头。当晚上在百乐门舞池里看两人跳舞，国粹玉树临风，舞姿翩翩如鸿；而承曦脚步轻盈，腰肢柔软。看到这两人舞姿显示出来的相配和默契，云裳就晓得自己大概是没有希望了。随后他们一起去了杭州，竟然没有一句邀请他这个主人，可见承曦眼睛里只有范国粹一个人。云裳虽然暗暗伤神，但从来没在众人面前表现出来过。

这么多年来，天各一方，云裳没有忘记过他与承曦的短促交往。

在上海时，借参加各种各样的交际活动，身边有朋友环绕，云裳没有感到那么失落。等到在巴黎读完了书，艺术生涯也开始上路了，还买下了自己喜欢的寓所，突然发觉——人生好像还缺了点什么。环顾身边的朋友们，有些已经娶妻成家，范国粹一直是艳遇不断，现在连云鹏也有了女朋友，只有自己还形单影只。

繁华夹缝里的孤寂，玉璧上的一条裂缝，难以弥补。

云裳面前的酒杯已经空了，又叫了一杯，继续坐在那儿苦思。马路沿上的卖艺者喂完了狗，拍拍狗的脑袋，站起身来调整了一下琴弦，开始拉下一首曲子。乐声昂扬起伏，是圣桑的第三小提琴协奏曲。琴声喑哑忧伤，如泣如诉。咖啡馆里的食客们停止交谈，侧过身去，听琴师拉琴，路上的行人也渐渐围拢来。云裳从他座位上透过人群看去，正好看见趴在地上的老狗，四目相对，一人一狗好像无言地互相倾诉大千世界的无尽寂寞。

琴师的技艺非常出色，圣桑的音乐惆怅悠远，跟那些浅薄的圆舞曲是天壤之别。虽然只是独奏，一把琴声也显得抑扬顿挫。听着，听着，一缕温柔与感伤沁入人的灵魂。但是大众并不接受深刻的艺术，宁愿听欢乐但肤浅的曲子。人群聚集起来聆听几分钟，又匆匆散去，在琴盒里并没有留下多少赏钱，只有几张小面额的钞票和一些铜板。一曲奏完，琴师低头向琴盒看去，失望之情溢于言表，不知他和老狗今晚食宿在哪里。

云裳看不下去了，掏出一张五法郎的钞票，让堂倌去交给琴师。不料堂倌白了他一眼，咕哝着说："几步路，你自己走不动吗？年轻人，难道没看到我忙得差不多要飞起来吗？"云裳碰了个钉子，大愧。早就听说巴黎咖啡馆的堂倌脾气都很大，今天总算让他当面领教了。

云裳喝完杯中的咖啡，结账出了咖啡馆。琴师演奏已毕，云裳走过去，弯下腰把钞票放在琴盒里。金毛犬半蹲着，一双善解人意的眼睛望着他。琴师向他鞠躬并致谢，他好像是波兰或匈牙利那一带的人，法语带着很重的外国口音，说："您夫人刚才已经给了钱，您又再一次给钱，你们真是善良的好心人。"云裳听得一头雾水，微笑答道："我还没有太太。您大概搞错了吧。"琴师显出略为尴尬的表情："刚才过去的那位女士不是您夫人？我还以为你们是一对儿呢。"云裳疑惑道："您说的是哪位女士？"琴师环顾广场，朝着喷水池的方向指去："那位坐在喷水池畔的女士，不是您太太？"

云裳随他指的方向望去，喷水池边一群鸽子正好飞起，一位体态苗条的女士坐在池畔，正在把提袋里的面包屑撒给鸽群。女人侧着身子看不到脸，但是云裳可以肯定，她，就是他寻找了半天的那个身影。云裳甚至来不及跟琴师打招呼，拔腿就往广场奔去。

及到近处，那女子抬起头来，云裳的脚步一下子停驻，同时停驻的还有他的心跳。这不是承曦，虽然眼前女子身形脸容都与记忆中的承曦相似，但是承曦的眼神不可能显得那么沧桑，嘴边的法令纹也没那么深，她还是个二十出头的姑娘。就在他犹豫不决之际，坐着的女子站起来了，向他迎来，并且开口道："云裳哥，终于遇上你了。我知道会有这一天……"

云裳不敢相信自己的眼睛，刚才喝下去的那杯红酒全部涌上头来。这是真实的吗？还只是他的幻觉？但站在面前女子的微笑，召回了他依稀的记忆。承曦第一次到他家时，跟大家打招呼时羞怯又好奇的神情；在百乐门舞场气喘吁吁又眼睛放光的瞬间；最后离别之际的不舍，余韵犹在。而眼前的女子，又多了一层陌生的气息，除了眼角的沧桑，脸上还有着一丝苦相，像所有生活艰辛的人不经意地显露出来那样，就是在微笑中也带着一份失落。

面前的女子微微一笑，灿烂如下午的阳光，嘴边的法令纹消失了，眼角充满盈盈笑意。如隔世恍然，云裳从怔忡间醒来，跨前一步，拉了承曦的手，有点哽咽地说："真的是你吗，承曦？"

那女子走前一步，像是真正的法国人那样，给了云裳一个贴面礼，然后挽上云裳的臂膀。

四十二

国粹这天睡了个懒觉，到蒙马特的工作室已经晚了，一进去，就感觉室内气氛不对，一条女人的披风扔在过道上。再走到云鹏的工作室，更是一地凌乱，一个大陶瓷花瓶碎裂在地上，满地是水，一大束白色菊花扔在工作室的地板上，看起来是被脚踩过，枝叶散乱。更甚的是，一件完成了的小型人体雕塑，已经包了石膏外模，连雕塑带架子都倒在地上，石膏崩开，里面的泥塑已经变形了。

云鹏却不见人影，平时这个时候他都在工作室里忙碌的。

国粹紧张起来，这片区域地处偏僻，也曾报道过发生入室偷盗的。特别是他看见后门开着，就顺手拿了把砸石膏的锤子，走出门去查看。

后门外是一片空地，以前的修理铺有些搬不走的老旧机器还堆在那儿。云鹏蹲坐在一个木板箱上，两眼空洞，全然没注意到国粹。

国粹见云鹏没事，放下心来，打了个响指。云鹏一惊，回过神来。国粹在他对面的石阶上坐下，点上烟问道："怎么回事？工作室遭抢劫了吗？"

云鹏这才回过神来，苦笑一声："工作室里除了泥巴就是石膏，有什么好来抢的？"

国粹挑起一条眉毛，疑惑道："发生了什么事，你跟良子吵架了？"

云鹏不答，伸手向他："还有烟吗？给我一支。"

国粹把整包烟扔给他，他是知道些小两口的矛盾的，有时在闲聊间，云鹏会透露出一些。良子为人温柔，读书也努力，并且秉持日本女人的勤勉持家作派。但交往了一阵之后，云鹏发现良子患有甲状腺功能亢进的毛病。大部分时间好好的，也没有什么外显的病症。但是发作之际，最突出的表现就是控制不住自己的情绪，突如其来地发脾气，为了很小的一点事由，或者根本没有事由。开始云鹏还以为是女孩子生理期的神经质，或是不同文化的摩擦。良子在正常的时候，也晓得检讨自己，但过一阵，又控制不住了。两人间的争吵多了，感情自然就淡漠。为此国粹也曾对云鹏劝说："男人嘛，多担待些吧。"

云鹏苦笑："你是晓得我的，并不是要处处争个明白的性子，但有时实在是难以忍受。"

"你不是在学佛吗？肚大能容，人家打你左脸，再把右脸送上去。"

云鹏苦笑："国粹兄，你怎么胡子眉毛一把抓，把基督和佛混在一起，一锅烂糊三鲜汤。"

"意思是一样的。我总不见得鼓励你跟良子去吵个天翻地覆吧。要记住，你是个艺术家，做出好作品是第一要务，别把精力浪费在这种地方。"

云鹏闷闷地垂头不语。国粹又说："要不，出去散散心。前阵子说过要去云裳那儿看看，也好顺便参观一下莫奈花园。"

云裳活了二十七岁，明白了一个事理，一个男人有过女人和从来没有过女人是不一样的。

他心疼承曦去做辛苦的洗衣坊工作，也心疼承曦竟居住在那种龙蛇混杂的下等地方。他费了好多口舌，希望说服承曦搬来吉维尼："房子够大，有得是房间，从房间的阳台上可以眺望塞纳河河岸，还有两个房间面对着葱葱郁郁的树林，早上推窗鸟声啾鸣，空气清新，带着好闻的松脂香味。说句笑话，你不嫌麻烦的话，可以每天晚上换不同的睡房。不，你不用打理家务，一年四季有园丁照拂花园，每礼拜有个法国老妈子会过来收拾屋子。如果你愿意，也可请个厨子来料理三餐，不过可能找不到会煮中国菜肴的人才。如果你喜欢亲自去逛菜市场，吉维尼每个周三和周六都有农夫市场，乡人们带来自家农场的产品，不但蔬果新鲜，还有卖鲜花果仁禽蛋蜂蜜干酪及各式烘焙点心，就是什么也不买，走一圈也赏心悦目。"

"那我要做什么？"

"你累了，你需要休息。我不能想象这几年你是怎么撑过来的。我要你养养，享受法国的一切美好。我们可以早上散步，到镇上去喝咖啡；黄昏去塞纳河上划船，看河面上的落日，我会去购买一条两人坐的平底小舟，花不了多少钱。吉维尼有许多乡村小餐馆，风味独特，所有的食材都是农场里自产的，你点完菜，厨子直接去菜园里采摘，你可以想象那个美妙滋味；或者，我们可以乘火车去巴黎看电影，任何好莱坞的新片，一个礼拜之内会在巴黎的电影院上映。可以到巴黎歌剧院去听歌剧，我现在开始对歌剧感兴趣了，古典的或现代的，各有其所长，就像国人对京剧那种热情，你只有沉浸进去，才能感受到西洋歌剧不可言传的妙处。如果时间晚了，我们可以在巴黎住上一两天，我以前的公寓还保存着，第二天再去逛逛画廊和美术馆，在晚饭前可以回到吉维尼来。"

"云裳哥，你为我想得太周到了。我不知道能不能适应这种悠闲的日子，你知道我很小的时候就料理家里的各种事情，忙惯了。太闲的话，我反而会觉得无所适从。"

云裳托腮想了一阵："我想起来了，承曦你可以进学校去学法文。法文是非常优美但非常难学的一门语言。我来了六年多了，法语也只能应付日常而已。你可以的，女人的舌头灵巧，说起法语来如行云流水，特别好听。我有时坐在咖啡馆里一下午，就是为了听邻座的女客说法语。或者，你还可以学画画，我记得你曾经向往过的。"

"你真的觉得我能学画吗？我可不像你们，琴棋书画俱通。而且，我年纪也不小了，再过两个月就要二十四岁了，在这个年纪学画还来得及吗？"

云裳哈哈一笑："不晚，不晚。柯罗四五十岁时才开始画画；梵高也是二十七八岁才动笔；高更以前是个股票经纪人，到了四十岁扔下一切投身艺术。你才二十四岁,大好年华啊。"

"吉维尼有美术学校吗?"

"我不确定。但是我可以做你的入门老师,这点你应该相信吧。"

"当然,云裳哥如果肯收我做学生,是我的福气。只怕我太笨了,会使云裳哥失望。"

"你是有天分的,只是还没被发掘出来而已。我要做的,就是让你的天分充分表现出来。"

承曦好像是被说动了,踌躇地说:"云裳哥你是认真的吗?要搬过来的话,我可不是一个人啊。"

云裳脸都发白了:"我不知道你跟人同住,谁?是你的男朋友吗?"

承曦调皮地莞尔一笑:"是男的,不过,是一只黑猫……"

有美同居,夫复何求?

云裳生于大富之家,种种奢华都见识过,享受过,就独独缺了女人的温柔滋润。老天不可能面面俱到,常常给了你鱼就忘记了熊掌。你可以不住别墅住小公寓,你可以不吃鹅肝酱而吃三明治,你也可以走路搭地铁而没有私家车,这都不影响正常的人生。但是作为一个男子,到了年纪而没有伴,不但肉体备受煎熬,精神也极为孤寡。这种煎熬难以对人诉说,只是像稀硫酸一样慢慢地腐蚀掉他的青春。

一幢房子如果没有人气,再怎样奢丽考究也是死的,由冷冰冰的石头和没有生命的木头构建起来的一处洞窟,再美轮美奂也是洞窟。

但是有个女人住了进来,一切都不一样了,房子里里外外彻底改观,就像清晨的一束阳光照进窗棂,屋子里的一切都显得生动活泼起来。室内桌明几净,透明的薄纱窗帘被午后的微风吹起。黑猫无声地踮脚穿过过道,跳到美人榻上呼呼打盹。承曦从农夫市场买来一大捧芍药，放置在大厅里的古董柜上。在散步时，随手采来各种不知名的野花，插进水晶瓶里清香四溢，颇有乡野风情。早上起居室里有摩洛哥咖啡和烤面包的香味，下午客厅中有好闻的大吉岭红茶和柠檬的气息。

晚餐往往由承曦亲自下厨，请来的厨子给她打下手，或只有在一边看的份。承曦可以把西方的食材做出各种江南口味，把当地产的白芦笋烫熟，用意大利的生火腿片包裹起来，浇上日本甜酱油；或是把当地特产的牡蛎，放上蒜蓉和橄榄油清蒸；再或者烧一道西班牙血肠炒意大利茄子，放上番茄和新鲜的罗勒调味。云裳吃得赞不绝口："承曦你真是有金手指，善于化腐朽为神奇。到法国这么多年来，我只是求个吃饱，营养均衡而已。自从你来了，我又感受到食物的美妙，享受即将坐到餐桌边来的那一刻。"

承曦只是淡淡一笑："云裳哥，只是些普通家常菜肴，你喜欢就好。"

云裳真是喜欢，不但承曦烹饪的饮食合他的口味，整个屋子里的气氛，更使他感到莫名舒畅。早上，他在大厅里画画时，听到有脚步声轻盈地从楼上下来，一路走去厨房里泡茶。一墙之隔，云裳听到女人低低地哼着《魂断蓝桥》的插曲，水龙头的水哗哗流着，杯碟叮当。过了几分钟，承曦端了个托盘走进大厅来，托盘里是一杯加了柠檬的红茶和一碟奶油小点心。承曦把托盘在小桌子上放下，问他要加几块方糖，再走到他的身后，把一只手搭在他肩上，看他画。他不用回头，就可以闻到承曦早上用过洗发膏的幽香，以及刚切过柠檬的手，搭在他肩上，还留有清新的余香。下午之际，云裳收拾起画具，问承曦要不要一起去河边散步？不听见回答，云裳从楼上找到楼下，最后发现承曦躺在院子里的一张吊床上睡着了。

一本书掉落在草地上，黑猫蜷伏在她的脚腕处。云裳从来没有这么近地观看一个女人婉约的睡姿，再抬头环顾四周，此时夕阳斜照，不远处塞纳河水波轻拍，园丁在早上刚剪过草坪，院子里散发出植物的清香。此刻的吉维尼，安详，静美，对云裳说来就是天上人间。

他们还没睡在一起，虽然他们的睡房在同一层楼。云裳在男女之事上是很迂的，他只知道男女先要结婚，才能有性生活。而且，他对性生活是怎样一回事，也不甚了了。虽然他在学校的讲台上看过并画过不少女子的裸体，晓得女人的身体结构是怎么回事，但从解剖学走到社会学、心理学的道路又是另一回事。云裳所晓得关于男欢女爱的一些零星知识，还是从国粹、阿伦那些老油条处听来的，又云里雾里不说个明白，直教人心痒难熬。

云裳是相信该来的总会来的。他进了一趟城，就偏偏遇上了承曦，他们也前前后后寻觅了两年多，却踏破铁鞋无觅处，可见一切自有天意。他也说服了承曦，辞了工作，退掉公寓，跟了他一起住到吉维尼来。一切的一切，水到渠成。所以，云裳秉承有教养男人的礼仪姿态，一直对承曦以礼相待，没有一丝轻薄的举止。

直到一个雷雨之夜。那天从中午起，瓢泼大雨下个不停，啪啪地打在玻璃窗上，疾风从塞纳河上空呼啸而过，望出去后院的好些树木已被摧折。恶劣的天气一直延续到傍晚，入夜后，雨势不但没有丝毫减缓，风好像更狂暴了，并且雷电交加。这种天气，看样子帮厨的女人也不会过来了，承曦刚打开灶火，准备煮些简单的餐食，突然就停电了。

在地广人稀的乡村，碰上停电的黑夜，又没有月亮星光，那是绝对的伸手不见五指。云裳翻箱倒柜，好容易找出一小截蜡烛头。一点微弱的烛光，摇晃着，把人的影子投射在天花板上，更显得房子空荡。广袤黑暗的外部世界，狂风刮过屋顶，发出嗤啦啦一阵声响,也不知是折断的树枝撞击,还是屋顶的瓦被吹走了。

承曦还想着弄晚餐,云裳阻止了她:"蜡烛很快就会燃尽,届时不上不下。别忙了,我们随便吃点吧。"

承曦在厨房里搜寻,说:"面包柜里空空如也,本来帮厨的会带新鲜面包过来,这雨下得……碗橱里只有几块苏打饼干。"

"没关系,苏打饼干就挺好。"

承曦踮起脚,举着蜡烛继续在碗橱里搜寻:"看,我还找到一罐果酱。"

云裳把两把椅子放到窗边,茶几上是半壶冷茶,一包苏打饼干和一小罐杏子酱。大玻璃窗上的雨水瀑布般倾泻而下,承曦笑道:"这雨下得可真大,我们像是身在水帘洞里。"

云裳把涂了果酱的苏打饼干放在承曦的碟子里:"我觉得像诺亚方舟。"

"什么是诺亚方舟?"

"《旧约》中说上帝要毁灭人类,只让义人诺亚造一艘方形的船,洪水来临时带上妻子,公牛母牛、公羊母羊、公鸡母鸡等一系列家禽上船避祸。"

承曦幽幽道:"那也太残忍了吧,干吗要毁灭人类?"

云裳说:"人类就是在毁灭和重生中循环。夏虫语冰,我们感觉不到而已。"

"那个诺亚,就是避过了洪水,也太孤单了吧。"

云裳说:"只要和自己喜欢的人在一起,不会孤单的。"

承曦不作声。

过了一阵,云裳在暗中摸索着去握承曦的手,承曦稍微挣了挣,也就让他握着。

"我喜欢你,承曦。"云裳哑着嗓子说了句。

窗外一道闪电掠过，一瞬间照亮室内。云裳瞥见承曦紧咬着嘴唇，脸上的神情极为复杂。

两人都不作声，长时间的沉默中只听到哗哗的雨声，房里什么地方大概有扇窗被吹开了，不时传来窗框的开合声。

最后云裳说："这雨下得越来越大了，看样子一时半刻不会停的。你先去睡吧，我去楼下查看一下。"

果然，楼下有一扇侧门被风吹开，水淹进屋子里。黑暗中的滂沱大雨，带着塞纳河水特有的气息。云裳费劲地把门关上，就这么一会儿，飘进来的雨把他淋了个半湿。他摸黑上楼，用干毛巾擦干脸上身上的水，然后进入睡房。

他掀开被单，准备在床上躺下之际，一条手臂伸过来勾着他的颈子。云裳开始吃了一惊，马上就反应过来了。遐想过多次的场景，就在一个倾盆大雨之夜突然来临。他全无准备，也不知道如何取悦女人，更是一句话也说不出，只是紧紧地抱住怀中的女人，身体抖得像片风中的叶子。

在深浓的黑暗中，一只温热柔软的手，沿着他背上的脊椎线，从上到下，轻轻地抚摸着，间或，按摩着他的肩膀与脖颈。半响，等他终于平静下来之后，一个润滑的身子贴上来，肌肤如水，柔若无骨。云裳在一双纤纤素手的引导下，如蜻蜓点水，走遍了高山大谷，深泽浅滩。云裳在人间蹉跎二十八载，全靠承曦步步引导，云裳在风雨之夜完成了他作为男人的第一次。

四十三

朱校长备了一桌酒菜，请赵承晚吃夜饭。菜肴很是丰富，有天目山鞭笋炖蹄髈、黄鱼鲞蒸肉饼，还有承晚喜欢吃的咸蟹。但承晚没啥胃口，那两个人来过之后，学堂一直没有让他回去上课，就这样吊在半空中，不上不落，再好的筵席摆在面前，也是吃不下的。

本来想着学堂里要给他个交代了，可是朱校长却一字不提，只是一个劲地劝酒搛菜。承晚勉强吃了几口，实在是食不下咽，放下筷子，说："朱校长，我几时可以回去上课？"

朱校长哈哈一笑："不急不急。"

承晚诧异道："那么，是不是朱校长有啥事情要告诉我？"

朱校长把一块咸蟹搛到承晚的碟子里，打哈哈说："再大的事情，也没有吃饭重要。来来来，这一钵咸蟹是老姑姑特地给你腌的，尝尝味道如何？"

也不晓得是嘴里发苦，还是心有旁骛，承晚只觉得今天的咸蟹太咸，壳也太硬，全没以前的鲜美适口。两人心不在焉地吃罢晚饭，朱校长泡上茶，搓着手，几次欲言又止。承晚心里明白了一大半，说："朱兄，是不是学堂要回掉我了？"

朱校长尴尬地笑着："赵老师，我就直说了吧。镇里已经寻了我谈了好几次了，我一直说再等等……"

"还要等什么？"

"等给你一个结论呀。不作结论，我也不敢让你去教课的呀。"

承晚掐指算算，从那两个人来丁桥至今，已经是一个多月了。

"那么，能不能去问问？"

朱校长连连摆手："去问谁？又能问点啥？没鬼，去招个鬼来，岂不是自寻麻烦？"

"朱校长你晓得，这麻烦又不是我去寻来的。我也尽力配合了，叫回忆就回忆，叫交代就交代，还要我怎样？"

朱校长又搓起手来："是这样的，赵老师，今天我们不谈这个，倒是还有个工资的问题。你晓得我们是个小地方,也是个穷地方。镇上的工作人员,都是一个萝卜顶一个坑。每次去领工资,会计朝我哇哇叫呢。"

承晚不响。

朱校长踌躇道:"这样吊在半空中也不是个办法。赵老师,你看看这样行不行?你请个病假,回杭州休息一阵。啥辰光事情解决了,你再回来上课?"

承晚闷了几分钟,然后喝干杯中残酒,带着歉意说:"朱校长,难为你了。"

承晚提着简单的行李,推开老宅大门,院子里遍地落叶,一片无人照管的景象。青砖过道上落了只死鸟,很多虫子萦萦飞绕。进了客堂,承晚叫了两声王妈,没有人应答,倒是一只王妈养的橘猫,瘦得皮包骨头,听到动静,过来蹭他的裤腿,喵喵地叫。承晚放下行装,四下环顾,一眼见到八仙桌上有封信,蒙满了灰尘,掸去灰尘,竟然是承曦从法国寄来的。

承曦在信里说:

半年多前,经由香港辗转到了巴黎,现在在一家缝纫公司上班。一切都还好,只是举目无亲,实在是孤独得很。阿哥如果晓得傅云裳兄弟的地址,请来信告知。我可以在休息日去看望他们。阿哥如今应该是到杭州了吧?

抱歉母亲故世的消息没有及时告知你,一是当时有种种难言之隐;二是不想影响到你的学业,毕竟远隔重洋,力有未逮,反倒扰乱了你的心情。如果你见到沈文渊,他可以告知你一些当时的情况,以及种种无奈之处。阿哥如果去坟上祭拜,务必请代我向母亲大人多磕几个头。

常常感叹,想也想不到的,今日你东我西,一家人竟相隔了那么远。想起你我当年为了出国的争论,现在看来真是无谓,人在乱世,身如浮萍,竟是半点也不由自己。不过,我还是庆幸能来到法国,吃了从未吃过的苦头,但也见识了巴黎的种种壮观,尤其是美术馆中许多杰作,真可谓"朝闻道,夕死可矣"。

忧心你一个人在杭州,王妈老了,手脚亦不如从前利落。所以你要照顾好自己,吃好穿暖。有事的话可找沈文渊商量,他人头熟,也肯出力。

不知这封信是否会被你收到?我每次查看信箱时,就想起古人说,家书值万金。阿哥如果有便,就给我来信,寥寥几字也没关系,让我晓得唯一在世的亲人还是安好。

妹子承曦

阅毕,承晚很是欣慰,终于得到妹子的信息,想起当初一心赶回来,却全然不是想象中的结果,真叫阴差阳错,造化弄人。闷坐了半晌,时辰已经过午,肚子却饿了起来。于是起身去街上觅食,在小饭店里吃了一碗面。吃毕转来,日头已经西斜,还是不见王妈,连王妈睡觉的偏厢也去叫过了,只好自己提了行装去西厢房安顿。承晚推开掩着的房门,房内竹帘低垂,光线昏暗,一股说不出的味道扑面而来。承晚定睛一看,垂着蚊帐的床上好像有人。心惊不已,叫了几声没动静,过去撩开帐子,一大群苍蝇飞了出来,承晚胃里一涌,刚吃下去的那碗面全部吐了出来。

户籍警来了,火葬场的车子停在门口,邻居们围成一堆,叽叽喳喳说个不停。据户籍警讲,邻居们已经有两三天没看见王妈了,还以为她回诸暨乡下去了,哪晓得竟会死在赵宅的西厢房。赵承晚坐在客堂里接受警察的问话,他受惊过度,脸色煞白,人家问他话,答得七嘴八舌,有几次竟还冒出法语,以致警察好几次不耐烦地训斥他:"严肃点,这是人命关天的事情。"

第二天沈文渊来了,唏嘘一阵,说:"人真是朝不保夕,今晚睡下去,不晓得明朝起得来吗?王妈说老也不老,只不过五十出头点,哪知道会发生这样的事体呢。"

承晚眼睛发直:"我真是弄不懂,她为啥要去死在西厢房?二十几年来,她是一直住在偏厢的。"

沈文渊摇头,说:"承晚你就不要去钻这个牛角尖了。人也死了,问也问不出来的。"

承晚烦恼道:"她这样莫名其妙地死在西厢房,我还住得下去吗?"

沈文渊劝导他:"不要去多想,杭州的老房子,哪幢没有死过人?难道都不住人了吗?"

承晚苦着脸:"虽是这样说,但眼不见为净,你不晓得当时那个情景……"

沈文渊不响了,过一阵说:"还是请个和尚来做趟法事吧,但不要张扬,最好是在傍晚,那时邻居都在家里烧夜饭,越隐蔽越好。"

虽然请了和尚来做过法事,但承晚还是不安心,西厢房是不敢再住了。收拾出原来的书房,胡乱住了下来。

四十四

没经过这道人生洗礼的男子,就如一株植物没有开花授粉结果,只是无声无息地破土，抽芽，拔节，再无声无息地枯萎。

云裳的人生从来没有像现在这样饱满，在风景如画的吉维尼乡下，与心爱的女人相伴，过着远离尘世的神仙日子。平日，云裳六点钟不到就起来了，盥洗之后，他习惯到后院去活动腿脚。沿着花园小径走上一圈，再走到塞纳河边上，天色微明，草地上带着细细的露珠，云雀在空中啾鸣。第一缕阳光从树丛中透过来，塞纳河水平静无波，河岸，树丛和玉色的晨曦，倒映在镜子般的水面上。云裳眺望着河岸景色，清晨的空气清新甜美，不禁想起西斯莱笔下的乡村景色，也是如此恬淡宁静。法国的田野和河流，一草一木，天生就带着画意与美感。能在这种像诗一样的地方居住和生活，应该说是福气，天大的福气。

散步四十分钟回来，神清气爽。云裳带了杯咖啡，走进他的画室，在承曦起床之前有三个钟头可以安心地画画。前阵子他把楼下的一间大睡房改成了画室，向北的窗子扩大，装了大支光的灯架。画室挂满了他近来完成的画作，中央安放了一大一小的两个画架，他可以在一张画没有干透之前开始画另一张。

心情舒畅，画起画来也得心应手，近几个月是他的丰产期。

承曦大概在十点钟左右下楼，刚刚洗完澡，头发还是湿的，嘴里有牙膏的清爽气息。云裳喜欢一面画画一面跟承曦闲聊，说些法国艺术界的趣事和典故：德加把钱看得很重，平时除了画画就是写信向他的画商纠缠要钱；塞尚跟左拉的友谊为什么会翻脸，因为左拉更佩服莫奈，塞尚吃莫奈的醋；听说高更在大溪地的私生女到巴黎来打官司要继承遗产，不知是真是假，还有刚出版不久即轰动的梵高和他兄弟里奥的通信集……

有一件事云裳暗自感到奇怪，承曦来了几个月了，从不开口询问关于云鹏和范国粹的事情，一次也没有，好像她从来不认识他们似的。云裳当然晓得承曦和国粹之间的感情，但对其中来龙去脉并不清楚。他当然不会笨到去问承曦，当下岁月静好，他才不会去自找麻烦呢。

到了十一点半，园丁的老婆就会过来伺候他们午餐，午餐的菜肴是她在家中准备好了带过来。园丁老婆擅长烘烤各种家常糕点面包，以及烹煮各种各样的乡下浓汤。她煮出来的洋葱汤是一绝，浓郁鲜美，伴着洋葱的清香，融化的干酪拉得老长，云裳说这是他吃过最好的法国洋葱汤。园丁太太带来的新鲜面包也是自家烤炉烤的。农民过日子实在，麸子磨得很粗，烤出来的面包质地紧密，有股绵密的麦香，有时还掺了磨碎的山核桃、茴香籽和腌过的橄榄，吃在嘴里很有咀嚼感。承曦吃了一小块就感觉饱了，说中国人的胃还是更喜欢江南稻米煮出来的米饭。

承曦常常向园丁太太买一只他们农场的活鸡，亲手宰杀了，褪毛破肚，准备晚餐煮一锅松茸鸡汤。云裳在一边摇头笑道："你心可真硬，杀鸡也下得去手，叫我是无论如何不敢的。"

承曦便还嘴道："哼，没有我的心狠手辣，哪来适口充肠的鸡汤？要么，大画家你晚上就吃清炒卷心菜吧？"

云裳只好尴尬地笑："喔，我说说罢了，松茸鸡汤还是要喝的。"

这样小小的拌嘴也是情趣之一，不会影响到过日子的舒适悠闲。

在夏天的周末，吉维尼的市政中心广场上有农夫市场，四周的农民过来摆摊。木条箱里装着各种蔬菜水果，都是自家地里的产品，一清早采摘下来，绝对新鲜。大小形状不同的洋葱就有几十种，大如拳头小如指甲；番茄有红色绿色紫色黄色的品种，圆的扁的长的奇形怪状的；一排小箧盒里盛着鲜红欲滴的草莓，嫩黄色的樱桃和霜紫色的覆盆子，色彩缤纷，看看也是赏心悦目；各色各样的海鲜摊位，剖开的鱼、巴掌大的海虾、大小不一的牡蛎、鱿鱼则是放在藤条筐里，下面垫着冰块；还有些摊位出售家制灌肠和乳酪，烤好的果酱馅饼，新鲜鸡蛋和插在大铅桶里的鲜花。

他俩都很喜欢逛农夫市场，这是周日的一大消遣。承曦穿着露出胳膊和肩头的连衣裙，戴着地中海草帽，提了个草编篮子，兴致勃勃地一个摊位接一个摊位逛过去，草篮子里已经满载了，承曦还是意犹未尽。云裳则是背了他那架蔡司照相机，到处都是入画的镜头，在斑斓的阳光下，脸部轮廓鲜明的农夫们有如从米勒笔下走出来。各种颜色的水果和鲜花本来就是一幅静物画，而他心爱的女子，衣裙飘逸，莲步款款，穿行在阳光和阴影之间，这种画面的光影和色彩是连莫奈都要羡慕的。

有时，他们连午餐都一块在市集上解决，买一份农家煮好的西班牙海鲜饭，一瓶白葡萄酒，再买一盒无花果，用手绢兜着，找一块草坪的荫凉处坐下来，把买来的食物放在摊开的报纸上。远处教堂午祷的钟声响起，两人胃口很好地分食乡下的食物。西班牙海鲜饭下料十足，里面有鱿鱼和海虾、灌肠和青豆，味道浓郁，配上淡淡的白葡萄酒，相得益彰。餐毕剥食无花果，熟得正好，软而不糜，中心一包蜜汁般的软兜。承曦说在杭州时，后面邻家也有一棵巨大的无花果树，结果累累，青丹紫玉。小时候不免眼馋，夏初果熟之际，便伙同了承晚阿哥翻墙去偷采，边采边坐在树丫上剥了吃，吃得两手十指都是黏黏的。有一次不小心还摔下树来，把膝盖也磕破了。

云裳心疼道："几个果子能有多少钱？还要去偷采，难道不怕被人捉了去？"

承曦笑道："小时候手里不过钱，但几个无花果还是买得起的，只是，你不晓得，偷来的果子滋味特别好。"

那一年吉维尼的夏季很热，下午的气温升高到三十摄氏度以上，人一动弹就汗流浃背。云裳本来人就胖,更是怕热,这种天气不能画画,却养成了他要睡午觉的习惯。还是承曦发现的,整个大屋子里最凉快的地方是河边那排大树底下,树大招风,空气流通,又有浓荫覆盖。云裳让园丁在树下放了一架铁床,铺上白色的床单。人躺卧在床上,凉风习习,耳畔是河水淙淙声、风过树梢的沙沙声,夹杂着清脆的鸟叫声,真是绝妙的避暑之处。

近来承曦变得慵懒,午睡倒下去可以睡上两三个小时。云裳只道是天热的缘故,他喜欢看着后院这幅图画,绿草茵茵中一架白色的铁床,白色的床单一角被微风吹拂着,一具曼妙的女人体在床上舒展地躺卧,黑发披散,腰间的曲线起伏迤逦。树枝间光影浮动,摇曳不已的光斑投在被单上。此情此景,真像大师柯罗笔下的水边风景,满眼生翠,在水一方,有女如花。

这种美和奢侈也只有在法国这片土地上才能遇到,倒并不一定关乎银子的事。土地、树木、河流,与世隔绝的安宁,只是这幅拼图的一部分。而隐私的保障,文化的沉淀,人际的融洽,尊重与被尊重,才是法国千年不衰的根底和基石。

一日吃过晚饭,他俩在河边散步。云裳兴致勃勃地说东说西,承曦却一路沉默,最后云裳也看出来了,问道:"你最近是否身体有点不舒服?"承曦只是摇了摇头,还是一声不响。云裳体贴道:"要么我们去巴黎住上几天,散散心。我先打电话让他们把公寓收拾出来?"承曦低声说:"哪儿也不想去。"云裳就有些诧异了:"看你心事重重的样子,能告诉我为什么吗?"

他俩坐在河边的一张野餐桌上,落日的余晖照在对面的河岸上,树丛和灌木都被抹上一层金色。几只白色的水鸟依然在水面上游弋,远方传来教堂晚祷的钟声,在东边的天际,一弯新月淡淡地映了出来。

云裳看着承曦的侧面,在天空的映照下,女人面部的轮廓线纤细精巧，表情却充满了忧虑。云裳的怜爱之心顿生，抚着承曦的肩头，说："有什么心事就说出来。是否有承晚的消息？"

承曦还是沉默不语，云裳感到承曦的肩膀在微微颤抖，更是迫切了："说呀，有什么事情的话，我们一起承担。"

承曦缓缓地转过头来，眼神迷茫，哑着嗓子说："傅云裳，我想……我是怀孕了。"

四十五

自从得知承曦怀了孕，云裳既惊又喜。经医生确诊后，云裳多次向承曦表示，既然已经有了小囡，最好尽快结婚，让小囡在一个正常的家庭出生。这个看来是合情合理的提议，却一次次地被承曦拒绝，并且，死也不肯说明原因。他俩为了这事争执了好几次，虽然说不上大吵大闹，毕竟也有伤感情。弄到后来，既然每次话题都脱不开这件性命交关的事情，两人都变得畏缩了，同住在一幢房子里，却都有意无意地避开，就是不得已在晚餐桌上见了，也是相对无言，各人默默地吃自己的饭。餐毕，承曦走进客房，关上门，一个人独自过夜。

岁月静好的日子，如冰雪消融。云裳烦恼不已，想借画画来忘却些吧，却百爪挠心，根本没心思提笔。香港橡胶公司主管又来电报说：老头子几周前回去后一直没有音讯；偌大的公司又不能一日无主，作为傅家的长子，云裳需要尽快来香港签署一些必要的文件。

这消息对云裳来说不啻于蜡烛两头烧：一边是音讯全无的老头子，一边又是怀了孕却与他闹别扭的女朋友。前一日他已经订好了飞机票去香港，过一日又去退了。他不放心让怀了孕的承曦独自在此，虽然园丁老婆可以帮忙照顾，可是她一口乡下土话很难听懂，承曦的法语又没有完全过关。傅家一直把头生儿子看得很重，万一有个闪失，将会悔之不及。

　　唯一能给他解困的是兄弟傅云鹏，也许云鹏愿意跑一次香港，以解家族的燃眉之急。算算他兄弟俩已经四五个月没见面了。当年天天腻在一起的兄弟，竟会变得如此生分。云裳有点后悔不该对兄弟的女朋友说三道四，当初原想的是兄弟手足，说几句也不会有大碍。哪知男人有了另一半之后，就不完全是原来的那一个了。

　　云裳苦笑一声，这个定论也包括他自己。

　　他们三人从里昂车站上车时是高高兴兴的。云鹏和良子重归于好，这其中少不了国粹的劝解说合，因此良子送给国粹一盒哈瓦那雪茄作为酬谢。在火车上，两个男人各衔了一支，兴高采烈地谈天说地，有点像关久的猴子挣脱了链条一样。

　　良子说："我还没见过你哥哥，你们长得像吗？"

　　国粹笑道："见了你就晓得了，他俩一个模子里刻出来似的。"

　　云鹏也笑道："还是有所区别的，我长得黑，他比我白净，而且，他看上去比我文雅。"

　　良子抓起云鹏的手抚掌："是呀，看你这双手，像是个修汽车的。"

　　国粹说："我与云裳总有四五个月没碰头了，三个不速之客去敲他的门，你猜猜他会怎样一副表情？"

　　云鹏笑道："大概是吃惊得下巴都要落下来，而且托也托不上去。"

　　"说真的，我不晓得云裳在那种地方怎么待得下去？风景再好也是乡下，一整天连个人影也见不到。叫我，大概是要憋出毛病来的。"

　　"我看你老兄在巴黎也是独来独往的，半天不说一句话，并没憋坏嘛。"

　　"说话，只是人与人交流的一种。而观看，倾听，厕身于人群，感受人世间的喜怒哀乐，感受一个男人对邻座少女的欣赏，你不要想入非非，欣赏她丰盛的长发和脖子上的茸毛，观察她纤纤十指上残留的蔻丹，薄薄的耳郭透过阳光而显出鲜红色，同时提醒自己近在咫尺的美色凛然不可侵犯。坐在小酒馆里，街边乞丐问你讨点小钱去喝一杯啤酒，你摸出铜板之际会突然想到自己，也许有一天会沦落到同样的境地，谁会来给你买杯啤酒？在街心小公园里，年轻的妈妈怀抱小婴儿，你看着看着就想起自己当年也是这样小小的一团，生命初始如此不可知，人生道路又奇幻莫测。你早上出门，看到邻居老人挟了条面包，拖着脚步爬楼梯，喘得像条老狗。你会想到他当年也是个精壮男子，而生命日落西山，使人感到无奈又悲哀。云裳住在那种乡下地方，能体会到这活生生的一切吗？我倒不是说完全不能住在乡下，太早了。莫奈也是到了晚年才住到吉维尼去的，云裳他还没到七老八十的。"

云鹏笑着："国粹兄还是那么偏激。人与人大不同，臭干酪有人热爱也有人痛恨，不可一概而论的。"

国粹讪笑道："你说到我的心坎上去了，我可是爱死了臭干酪的。"

云鹏道："我们这次闯了过去，不晓得会见到云裳的女朋友吗？他一直神神叨叨的秘不示人，不晓得是何方神仙？"

国粹说："这又是何必呢。云裳也是廿八九岁的人了，有女朋友也是正常的。"

云鹏叹了一口气："我真是很怀念第一次到法国的那段日子，四个人不分你我，赤诚相待。"

"也会吵架。"

云鹏笑道："还说呢，挑事的总是你，像只刺猬。"

国粹讪笑。

"不过，现在回头看看，就是吵架也是好的。至少比现在大家客客气气的冷淡要好。"

国粹也有些触动:"聚散有时,人总要走自己的路。再遇到时,大家还是朋友就是了。"

旁边的良子打断他们:"喂,你俩能不能说法语?我一句也听不懂。"

两个男人都坏笑:"我们讲的事情,用法语是很难说清楚的。"

良子有点恼火道:"你们究竟说些什么?"

两个男人对视了一眼,嬉皮笑脸道:"我们吗?我们在说臭干酪,当然,还有臭男人和女人……"

已是秋季,吉维尼近郊的森林开始色彩变幻,一部分的叶子变黄,却是那种明亮透彻的黄,如伦勃朗的金冠人像,在一片浓绿的底色中跳跃而出。沿途的房子小巧精致,绿漆门窗在日晒之后褪了色,颜色呈现出铜雕般的锈绿。院墙上探出淡红色的木槿,鹅卵石路面洁净如洗。一个年轻的妈妈推了部童车,与他们迎面而行,童车里的小女孩儿,看到三个东方人,好奇地睁大眼睛,伸着小手点着他们,呢喃着含糊不清的童语。年轻的母亲带着歉意嫣然一笑,宽脸上的笑容像极了勒帕热笔下的乡村羞怯女子。

到了弗农,他们在村里人的指引下找到云裳的住所,却见铁门紧闭。

三人面面相觑,国粹是提议直接闯过来的,搔搔头皮:"云裳这家伙溜去哪里了?看来我们白跑一趟了。"

云鹏安慰道:"我们可以先去莫奈故居,从这儿走过去也不是很远。"

正在说话间,大铁门的边门开了,一个年老的法国妇人探出头来,三人一致认为是找错门牌号码了。但为了保险起见,国粹还是问了一声:"这儿是不是傅先生的住宅?"不料老妇点头称是,并开大了门,延请众人入内。

古色古香的大门是厚重橡木雕刻出来的,屋内百叶窗半掩着,大客厅显得晦暗,一个苗条女子正站在大餐桌前整理花束,背对着他们。听到开门声,女人回过头来,手中一大捧白花撒落在地。刹那间,国粹和云鹏震惊至极地呆立在那儿,一句话都讲不出。国粹过于震惊,还浑身颤抖起来。

空气中静电乱窜,所有在场的人都被这不期而遇弄得不知所措。事后,唯一置身事外的良子说:"这是我见过最诡异的场面,足足有两分钟之久,他们两个死死地盯住对方,好像失散已久的亲人。但那个氛围,又像是有深仇大恨似的,下一分钟就要拿出刀来互相砍杀,我心里只有一个念头,赶快逃出门去。"

一边不知情由的老妇人招呼他们:"傅先生大概在后院,你们请坐,我去请他回来接待客人。"

国粹置若罔闻,他陷入梦境一样的恍惚:太离奇了,承曦突然出现在云裳的屋子里!但真的是承曦本人吗?以前那个天真热情的承曦到哪去了?这个女人的眼光是陌生的,疏离的,全然没有记忆中的亲密。她脸上的表情冷淡,甚至不像是认识他们,更像是面对几个闯错门的陌生人,主人的好心情突然受到打扰,尽量抑制着不耐烦,希望这几个不识相的人尽快滚出去。但是一切的一切,都告诉他,眼前的这个修长身材的女子,就是他多年来求而不得的那个赵承曦。

"承曦。"

他终于听到自己吐出的话语,嗓音暗哑而空洞,像是梦呓。

女子的瞳仁暗了一下,刹那间冰消雪倾。但只是一秒钟,又恢复了冷若冰霜的姿态。她转过身去,用法语对正要出门的园丁老婆说了句:"去把傅先生找来,我不认识这些人。"说完转身进了另一扇门,哒的一声关门落锁。

在大厅的三个人尴尬至极,没人招呼他们,站不得,坐不得。半晌,良子轻声说道:"喂,你们没看出来吗?她怀孕了,所以会脾气这么不好。"

正在这时,云裳推门从后院进来,见了他们三人,也是一愣,但马上露出不耐烦的神色:"哎,是你们……怎么没通知一声就过来了?"

云鹏不敢置信地说:"你不是写信来要找我商量去香港的事情吗?"

"那也要先写信告知一声,最起码先打个电话。"

云鹏还想说什么,他身边的国粹却把他拨开,跨前一步,脸色铁青地发问道:"傅云裳,我问你,那是不是承曦?"

往日在国粹面前总是畏缩三分的云裳,竟然不屑地回答:"不关你的事。是又怎样,不是,又怎样?"

云鹏在旁插话道:"阿哥啊,不管你和承曦是怎么样一个关系,你也应该告知我们,免得大家有所误解。"

没想到云裳一下子发火了:"为什么要告诉你们?难道我不能有些私人空间吗?到法国这么久了,怎么还是中国人那一套!"

在一边的良子,看到国粹腮帮子发青,太阳穴上一根筋暴突,拳头攥紧又张开,看样子像是要冲出去打人了。良子下意识地拖住国粹的袖口,却被他一把甩开。

国粹透口长气,再开口,语气倒是还算平静:"云裳,我们不是来与你吵架的。多日不见了,我们是开开心心过来的。不曾想到,竟然在此意外见到了承曦，是好事，是大家都盼望了几年的大好事。只是想不通你为啥这样子对待我们，大家都是多年的朋友了，没有道理这样做的。"

云裳冷笑道："算了吧。国粹兄，你看起来率直，其实是个自私到骨子里的人，'宁我负天下人，不可天下人负我'。你想过吗，干吗人家不肯见你？"

国粹像是被大棒击中："胡说！承曦，她是不会拒绝见我的。"

云裳只是摇头，不作回答。

国粹咆哮道："你可以让她当面跟我讲一句：不想见我。我发誓从此不上你的门！"

云裳扭过头去："没这个必要。"

国粹也不与他争辩，径自走到刚才承曦进去的那扇门前，大力拍门："承曦，你听到吗？我是范国粹呀。你出来，我们说几句话。"

云裳上前推开他："你这个样子胡来，我可以拨电话叫警察来的。"

此刻国粹肾上腺素剧增，冲动之下，出手更不知轻重，只是随手一拨，云裳一个跟跄，差点跌倒。

云裳呼哧呼哧地直喘气，国粹已经是脸红脖子粗，面目狰狞，看着也吓人。看到两人真的要动手，云鹏和良子连忙上前劝说，好不容易才把两人隔开。

此时，紧闭的门悄然洞开，脸色惨白的承曦出现了，眼中似有泪光。她谁都不看，一手指向大门："出去，我不想见你，也不想跟你说话。"

众人都惊呆了。虽然承曦没有指名道姓，但是大家都知道她是对范国粹发出的逐客令。

屋子里的气氛紧绷到了极点，空气中似乎有弓弦拉满，响箭飒飒。云鹏一时产生无数个千奇百怪的幻觉：这房子有鬼，多年前曾是古战场，死去的魂魄依然在屋子中飘荡着。此刻他们浮在空中，操纵着这几个人的情绪，引逗着他们的怒气，在他们身体里点起一把火，让他们互相砍杀。冥界的厉鬼渴望着人世间的祭祀和奉献。

像是回应他的胡思乱想，突然屋子里传来一声凄厉的嘶叫，众人转头看去，一只通体乌黑的黑猫，像个幽灵似的蹲在书橱顶端，眼睛里射出幽幽绿光，居高临下地看着大厅里的人群。屋里人惊骇莫名，像是被施了巫术般一动不动。眼看着黑猫飞快地跃下书橱，越过大厅，蹿上楼梯进入二楼。

四十六

在等火车回巴黎时，良子说："傅君，你们中国人是不是都跟我一样，患有甲状腺亢进的毛病？"

云鹏没好气地说："你在胡说些什么呀！"

良子说："啊，一个个脾气都这么暴躁，范君的样子像是要杀人似的。"

云鹏狠狠地怼回去："真要说杀人，东洋人干得可不少，侵略中国八年，至少杀掉了几十万中国人。"

良子一脸天真："傅君，真的吗，我看报上一直说中日亲善呢。"

云鹏心里正烦，他们被承曦撵出门之后，像三条弃狗似的，在吉维尼街上毫无目的地打转，最后国粹说要一个人走走散散心。云鹏晓得阻止不了，只得由他去了。本来已经一肚子窝囊气，偏偏这个井泽良子说话不知轻重。

"亲善个屁！"一向文质彬彬的云鹏爆出了粗口，"拿着机枪大炮到另一个国家来杀人，你说这是亲善？你去问问你的同胞，美国佬是不是拿原子弹来跟日本人亲善？真是死不开窍的日本矮冬瓜！"

良子还是一脸天真,眼睛睁得很大:"傅君,你这样说,也包括我吗?"

云鹏的一腔邪火正没处撒,狠声道:"对,也包括你。哭去吧!"

良子真的哭了,静静地,眼泪一串串地沿着脸颊滚落下来。云鹏有点后悔,但刚发过狠,也不好马上去安抚。突然,良子一转身跑开了,两手掩面。车站上等车的旅客都朝着他们看,云鹏本想追上去的,结果还是坐在候车椅上没动。

国粹坐在塞纳河边的一个桥墩上,一无所思,一无所感,风吹在脸上,脚下暗绿色的河水,看似平缓,实为湍急地往东南方向流淌而去。

像是发了一场高热,热度退去之后只觉得浑身无力,连愤怒都显得有气无力,一股深深的挫败感从头到脚地笼罩了他。国粹不敢相信曾经温柔并善解人意的承曦会变得这么冷酷。虽然他与云裳差一点动手,此刻倒并不怎么怨恨傅云裳,他晓得男人是会为了一个迷人的女子而发疯的,他当年也是跌进温柔乡而不能自拔,差点为此放弃了留学法国的机会。但他不解的是,承曦为什么视他为仇敌呢?

是的,他们曾经山盟海誓,非卿不娶,但时空相隔,事违人愿,责任并不尽在他这儿。通信断绝,雁踪渺茫,即便如此,他又何曾一日忘却与承曦之间的承诺?百乐门的淋漓酣舞,西湖边的浪迹萍踪,时时浮上心头。但错综复杂的人生,并不是只靠了回忆就能支撑下去的。平心而论,国粹在法国的五年多时间,面对种种诱惑,还算把控着自己,他自认没什么对不起承曦的。

女人,到底是种什么样的生物?温柔起来可以极尽缠绵,怨恨之时又可以极尽刻毒。国粹回想起那短短的几分钟会面,承曦的每一个眼神、表情、语气和动作，莫不透出对他国粹的极度厌恶、藐视，甚至可说是仇恨。国粹此刻的心情，如一樽珍藏已久的佳酿，在打开的一刻发现，竟然是一腔酸水，像硝镪水一样点点滴滴腐蚀人心。

此刻，并非是愤怒，而是悲哀，浓重的悲哀像乌云一样压在他心上。

桥下的河床正位于转弯处，泥沙在河道的中间积起了一处河心岛屿。上面长了茂盛的植物和大丛芦苇，在风中飒飒作响，像一阕幽怨的哀歌。

国粹在堤岸边足足坐了两个小时，抽了无数支烟，脑袋昏昏沉沉，想不起来下一步要做什么，直到烟盒空了，才站起身来去买烟。

从烟草店里出来，国粹发觉身边的人群起了骚动，年轻人在奔跑，年纪大的也朝那个方向张望。国粹本无心顾及，但听到身边有人嘀咕：那个女孩子被汽车撞了，据说伤得很重。

国粹听了置若罔闻，一早上的伤透心肺，他对痛苦的感受变得迟钝了，这个世界上天天发生灾祸，有人受伤，有人死去。有人在医院中弥留，有人在车祸中丧生，有人在海难中溺亡。看透了，就会觉得在大千世界中，生命是那么轻忽，如草木，如虫豸。万物生成是偶然的，离去却是必然的，有什么必要一惊一乍呢？顺其自然，如风拂过，如水流过，如收藏已久的珍宝在一刹那破碎，如心底的恋情似水流逝。

回到巴黎，国粹找了个酒吧喝得大醉，回到住处倒头就睡，一睡就是一天一夜。在梦中没有执念，没有羞辱，也没有起始和终结。梦抚平焦虑，医治伤痛。梦是困惑者的避难所，是失落者的忘却之浴，现实中难以解开的，在梦中随风而逝。

第二天去工作室，没见到云鹏。也好，大家都是受了一肚皮的气，需要躲起来疗伤。但第三天也不见人影，国粹感到有什么事不对劲。但云鹏人不在，一切都无从说起。国粹想借画画来忘却些，可满脑子都是承曦冷冷的眼神，鄙夷的语气和视他若敝屣的决绝。心情灰暗到了极点，根本不能集中精神，一天下来，面前的画布还是空空如也，只是产生了一地的烟头。

晚上心烦不已，又出门去喝了个烂醉。酒入愁肠，吐得一塌糊涂，吐完就在附近公园的长椅上睡了过去。

半夜里，恍惚觉得有人在掏摸他的口袋，国粹被弄醒了。坐起身来，见到长椅的另一头是个瘦削的年轻人，脸色苍白，衣衫褴褛，看上去跟他差不多的年纪。那人朝着他一笑，也不逃跑。国粹头痛欲裂，只想再睡会儿，于是对那人说："公园里有的是椅子，你干吗不去坐，偏要跟我挤在一起？"年轻人向他伸出手来，又像是乞求又像是命令："给我五个法郎。"国粹掏遍口袋，只剩有几个生丁，便掏给了年轻人："我只有这些了。"那人接过零钱，朝国粹诡异地笑了笑，突然就一拳打在他脸上。

国粹被打懵了，本能地想要回击，只是醉酒无力，脚步踉跄，眼看着年轻人一溜烟地跑远。待喘息甫定，觉得左眼看出去有些异样，伸手一摸，竟摸到一手的血，这才惊慌起来。想找人帮忙，现在天还刚蒙蒙亮，公园里偶有几个早起遛狗的，看到国粹这副满头是血的样子，都躲得远远的。最后有个老者陪他到公园的出口处，指引他去最近医院的方向，并且说："年轻人，我不知道你遇上了什么事，但你的伤势需要尽快地去看医生，眼睛肿得厉害。"

去了医院，医生给他做了检查，发现眉弓上开了一条半厘米的口子，还好没伤到眼睛。在医院缝了针包扎之后，医生给了他三天剂量的止痛片。

回家时，在楼梯上碰到礼拜三，说了缘由，礼拜三大笑："画家先生,你喝醉了也不该闯到妓女窝里去啊。"

国粹被他说得一头雾水:"我就在公园里长椅上小睡了一下,哪有什么妓女窝?"

礼拜三就解释给他听,这个公园叫作布洛涅森林,是巴黎一处著名的寻芳地,更是很多逃家少女少男的卖春之地。入夜之后,男人们开着汽车,到那儿去寻找猎物,谈妥价钱之后就在路边林子里、长凳上,或在车上解决。

"你大概是霸占了他的地盘,不打你打谁?"

"我说打我的这个人是男的。"

"那又怎样?也许是个皮条客,你占了他招呼客人的地方。也许,他本人就是个男妓。你要知道,很多巴黎男人都是屁精。"

什么乱七八糟的,国粹听得头痛欲裂。

隔了一天,国粹在家里躺不住,躺在床上,脑子里来来去去都是承曦的一张冷脸,再这样下去人要发疯的。于是头上包着绷带,又去了工作室。

刚进门,国粹就感到工作室里有一股诡异的气氛,大门没锁,里面又好像没人,静悄悄的。到云鹏的工作室一看,室内像是遭到打劫一样,雕塑架子倒在地下,好几个石膏像被砸得粉碎,一地狼藉。盥洗室里,洗手台上的镜子被打破。国粹又跑到云鹏的卧室,推门也是不见人影,再仔细一看,地上却躺着一具躯体,凑近去看,是昏睡不醒的云鹏。国粹大惊,摸了摸他的脉搏,倒是跳得很快。于是国粹把他架上床去,敷了块冷毛巾在他额上,再返身回到工作室,把地上的石膏碎片打扫干净。

黄昏时,卧室里有了动静。国粹过去一看,云鹏已经醒了,坐在床边,脑袋埋在手里一动不动。

国粹在床边坐下，摇了摇他的肩膀："喂，云鹏，你怎么啦？"

云鹏还是没有反应。

国粹只好陪他坐着，点了支烟送到他面前，也不接。外面的天色像是要下雨，室内显得昏暗，工作室里有扇窗没关上，被风刮得砰砰作响。国粹起身去关上，回来看见云鹏木了一张脸，定定地看着前方，眼神空洞如灵魂出窍。

"喂，云鹏，你到底怎么了？"

云鹏转头向他，动了动嘴唇。

"你说什么？"

"良子死了。"云鹏的语气像机器人一样。

国粹不敢相信自己的耳朵。到底他妈的是怎么一回事？这世界一切都乱了套。承曦对他横眉冷目，他给人零钱却遭到毒打。现在良子又突然死了。他是发了疯，还是在梦中？

云鹏喃喃自语："我不该，我真不该跟她吵架的，我怎么会知道她出了车站就被车撞了呢？她说服了药，甲状腺亢进的毛病已经平缓了，但是……"

国粹恍然记起，就在他从烟草店里出来之际，人群的奔跑和尖叫，一切场景，声音都历历在目，像是一部旧电影。但他哪知道出事的就是良子呢？哪想到一个如花似玉的青年女子就在他拆开烟盒，衔了香烟正要点火那一刻命丧黄泉呢？

一切都起因于那次倒霉的拜访，说那是死亡之旅也不为过，他，面对情殇伤心欲死，良子是真正遭到了横祸，而云鹏，经过这遭打击，脸色和神情看上去都和活死人一样。

外面开始下雨了，巴黎在这个季节总是淫雨霏霏，城市沉浸在一片灰色的雨幕之中。人的心境也是晦暗不明，国粹和云鹏就在昏暗的工作室里坐了一个下午，不看对方，不言不语，两人只是不停地抽烟,并且喝完了一整瓶黑牌约翰走路。在无常面前,人是无能为力的,只有让酒精和尼古丁来麻醉神经。

已经是入夜了,也没有开灯,两人就在黑暗中坐着。最后,国粹问道:"现在你准备怎么办?"

云鹏木然地回答:"我也不知道。"

赵承晚向街道居委会打报告,要把涌金门的赵宅无偿交给国家,唯一的要求是给他另外分配房子,小一点也没关系,远一点也可以接受。

沈文渊晓得之后,即刻赶来,进门就说:"承晚你这是昏了头吗?住了几辈子的祖宅就这样交了出去?"

承晚道:"这个房子啊,我实在住得心不定,吃也吃不好,睏也睏不好。既然如此,想想还是上缴算了。反正我一个人也不需要住这么大的地方。"

"你从小在这房子里出生长大,现在怎么反而会心不定的呢?"

"你不晓得,你不晓得。"承晚一个劲地摇头。

"不晓得什么呀?"

"我一夜数醒,房子里有鬼,到了夜里就窸窸窣窣出来。"

"乱讲,那是闹老鼠呀,杭州城里的老房子家家都有的。你这么大的人连这个都害怕?"

承晚争辩:"不全是老鼠。有时我夜里回来,一开门,就听到暗洞洞的房子里有人在叹气,难道老鼠还会长吁短叹?"

"是穿堂风呀。你真是草木皆兵。"

"还有,明明听到有人敲门,出去一看,人影子也没有。有时我坐在书房里,隔着窗户看见,放在廊下的油布伞会自动撑开收拢。你说这不是有鬼吗?"

沈文渊摇头:"你胡说些什么呀!想不到你这个留法学生还相信有鬼,现在连小脚老太婆都破除迷信了。"

"不仅仅如此,这幢房子已经多年没修葺过了,处处漏雨,一排椽子都烂了。雨季中,墙角落里会得长出蘑菇来。不修理,哪天房子塌下来也是说不定的。"

看承晚如此固执,沈文渊说:"我倒要问你一句,如果有一天承曦回来,你把祖宅上缴了,叫她住到哪儿去?"

承晚沉吟:"承曦既然出去了,大概是不会回来的,我晓得她这个人,不要看她是个女人家,心比我还野。"

"我是说万一。"

承晚有点不耐烦了:"她真回来的话,我把我的住处让给她好了。我?就是再没办法,也可以去做和尚的,灵隐寺里总归有一处空的蒲团、一只空饭碗的吧。"

沈文渊无语,只得随他去。

当年十一月,承曦生了个男孩。

头胎的关系,产妇从进医院伊始,直到小孩出生,整整挨了四十多个小时,最后还是打了催产针才生出来。云裳在产房外也等得焦苦,几天下来茶饭无心,头顶心都快要冒烟了。等到护士前来通知他小囡生出来了,云裳竟一下子瘫倒在走廊的椅子上,虚汗直冒,心脏咚咚跳,坐了足足半天才起得来身。护士带他到育婴室外面,隔了玻璃,躺在一排婴儿床里的小毛头裹着蜡烛包,戴着绒布帽子,看起来都差不多。护士指给他看,靠墙第二个就是他的儿子。云裳跷了脚望过去,绒布帽子下露出一缕黑发,左脚大脚趾上系着铭牌。小婴儿不哭不闹,安安静静地睡着。云裳心一下子融化了,一股从未有过的柔情涌了上来,这个小小的肉团就是他的儿子,是他的骨血，是承曦给他的礼物。

出院那天，云裳叫了出租汽车，把新妈妈和小孩接回家中。婴儿的房间早已准备好了，小床带有围栏和纱帐，墙壁漆成天蓝色。承曦却不放心让小孩独处一室，结果是云裳被赶到书房去睡。大卧室的门窗紧闭，窗帘低垂，跨进房门，一股奶腥味和婴儿的尿布气扑面而来。云裳又花重金雇了个专职的保姆，四十几岁的诺曼底乡下女子，膀大腰圆，生过七个子女，请来专门伺候母子俩的饮食起居。

家里多了小婴儿，各种杂事亦跟随而来，忙得不亦乐乎，但最使云裳揪心的是香港传来的消息。表哥的事情到现在还没有眉目，傅老先生为侄子获释多方活动，奔波两个多月，结果还是无功而返，回到香港就病倒了。医生诊视下来，说是胃癌，而且已经是第三期了。看这情况，云裳必须去香港一次。但是这一头是刚刚分娩的产妇和新生婴儿，也需要他的照顾，真叫左右为难。

想来想去，香港还是必须要去一次，身为傅家长子，对家族事业有不可推卸的责任。老头子也近六十了，万一有个三长两短，他会抱憾终生。承曦这一头，有保姆二十四小时陪护服侍，再加园丁夫妇的帮忙，应该问题不大。好在现在飞机出行，节约不少时间。他准备去一个月左右，把事情办好就即刻赶回来。

承曦生产之后人变得很安静，好像是注意力全集中到小婴儿身上，别的都无暇顾及。但是听云裳在这个关头要去香港，承曦当然心里忐忑："一定要去吗？小毛头还这么小，我怕我一个人照顾不过来。"

于是云裳给她耐心解释，一切都安排好了，不会有什么问题的。

承曦有点怨怼地说："喔，你既然肯把新生儿子撇下，香港应该是要天火烧了。去吧，去吧。"

虽然不放心，云裳还是走了，吉维尼开始下雨，灰色的冬天即将来临。

四十七

一个绳结解不开怎么办？

唯一的办法是不去解它，忘了它。

国粹把全部精力都放到绘画上，早上进了工作室，不饮不食，一直画到天全黑了，才回到住宿处。如果口袋里还有余钱，就在小店里买个三明治和一瓶威士忌。一天才吃这么一顿，人很快就脱了形。礼拜三在楼梯上碰到他，说："画家先生，你真像个鬼一样，我看着你飘啊飘地上楼来。"

国粹的房间里没有镜子，他也不想看到自己那副尊容，眼睛闭上就可以想象自己胡子拉碴的落魄样子。人活着就是一张皮囊，更重要的是皮囊里的那股锐气，没有了锐气，再光鲜的皮囊也是皮囊。

可是终究有颓倦的时候，日常的画画已经不能释放焦虑了。极端的神经紧绷需要寻找另外的出口。有时国粹很想在酒吧里找人打上一架，揍人或被人揍，寻求肉体的疼痛来代替精神的重压。

某日，在蒙马特一家酒吧里，国粹喝得半醉之际，看见吧台上有一张似曾相识的面孔，灰发的女子胸口挂着照相机，不停地抽着烟，却无论如何想不起在何时见过。那女子也侧了头看着他，用食指轻轻地叩着前额，然后站起身，端着酒杯坐到他桌上来。女人一开口，沙哑的嗓音使国粹猛然想起，他当年刚到法国，在从马塞到巴黎的火车上和这女子有过短暂的交谈。

女人笑笑，先开口介绍自己："阿黛尔。我们见过面，好多年以前的事了。"

国粹伸手与她相握："是的，在火车上，总有七八年了。"

阿黛尔热情地为他俩叫了一轮酒，然后转头问国粹："你和你的朋友们都好吗？"

国粹不知道自己为什么苦笑了一下，回答："好得不能再好了。我们是在巴黎嘛，人间天堂，还能不好吗？"

阿黛尔微笑着沉默不语，末了说："哦，看来你正在经历所有艺术家都会经历的那一部分。没关系，每个人都是这么走过来的。"

国粹叹了口气，说："也有走不过来的，太多的人像只老鼠似的死在半道上。"

阿黛尔微笑着："当然，艺术是条不归路。不过，大家都是心甘情愿的。"

国粹没说话，阿黛尔转了话题："还在画画吗？"

"不画我还能干什么？"

"人活着，能画画，那就很不错了。"

国粹点头表示认同。阿黛尔又点了支烟，问道："你的画室在哪里？"

"不远，就在蒙马特。"

"能参观吗？"

国粹点了点头，说："不过，我现在画完一张，马上就不喜欢。再画另一张，也是同样的结果。所以，很多都是半成品，你不要失望。"

"自我否定？像蛇蜕皮一样。"

"也许吧，我是一条自噬其尾的蛇。"

国粹留下地址，约好了后天早上在画室见面。

国粹回到画室，意外地见到云鹏，距离良子的事情已经过去半年了。云鹏很少出现在工作室，见了面也很少交谈，好像生怕触动了还未痊愈的伤口。云鹏在三个月前，把他以前做的雕塑全部打掉，开始塑制东方风格的作品，人物的姿态、形象都像古代的佛像。国粹晓得题材的选择是反映心境的端倪，不管怎样，云鹏在他的人生中寻找新的方向,是件令人宽慰的事情。

云鹏脸色灰暗,见了他,说:"正好要寻你,国粹兄。我最近可能要出国旅行一次,这儿就要拜托你了。"

国粹晓得傅家在香港有些麻烦,老爷子的健康也每况愈下。想来云鹏也是赶回去照顾,于是宽慰道:"没问题,尽管放心去吧,什么时候动身?"

云鹏又说:"我这一去,可能会有些时日。不过,栈房的租金两年一并缴付了,我在抽屉里留了五百法郎,作为水电费。国粹兄要做的,接到账单后请按时缴付就是了。"

国粹答应了,又问:"行装准备好了?是否要我帮忙?"

云鹏突然鬼魅般地一笑,惨白的笑容有着说不出来的况味,既是凄苦,又是冷嘲;既是决绝,又是自弃:"人都是赤条条地来去,要什么行装?最好连这副皮囊也一块抛了,彻底轻松。"

国粹吓了一跳:"云鹏老弟,千万不要想不开啊!"

"那倒不会,国粹兄,我还不至于那么脆弱。"

国粹安慰道:"放宽点心,事情总会过去的。"

云鹏点头:"是的,我这次去,主要是把良子的骨灰送回日本安葬。日本人和中国人一样,讲究个入土为安。当年良子也曾说起过,死后想埋在一棵樱花树下。我要为她完成这个夙愿。"

"哦,我以为你要去香港呢。"

云鹏耸了耸肩,没作答。

国粹的工作室乱到极点,画完的画和画到一半的画堆在一起,颜料在地上踩扁了,却还没干透,满地都是五颜六色的脚印。油画刷子东一把西一把。空的颜料瓶就权当烟灰缸了,一个不小心,烟灰却掸到喝水的杯子里,也不知不觉地喝下肚去,有时中午吃剩下的食物忘记扔出去,发了霉长了毛,发出刺鼻怪味。他自嘲说:"这地方是脏得连老鼠都要逃走的。"想着阿黛尔要来参观,为礼貌起见收拾一下吧,收拾了一半又放弃了——这本是我的日常工作状态,没必要为一个临时参观者而改变,法国人说过,艺术家有权利不修边幅的。

阿黛尔准时来了,带了一盒新鲜的可颂面包。国粹去转角店里买了两杯咖啡,回来正好见到阿黛尔钻到桌子底下,把他以前的旧作一张张拖出来看。这些画是画完后他觉得不满意,胡乱塞在桌底,角落里,突然一下子被放到光天化日之下,像一群弃儿,被领到生身父母面前的感觉。仔细看去,有几张画还是不错的,雾中之花,需要时间的沉淀。

阿黛尔洗了手,两人坐下来喝咖啡。阿黛尔一边抽着烟,一边眯着眼睛看画。阿黛尔认为国粹的画,已经初步有了自己的风格,但是还不够强烈:"你看,这世界上有才华并努力作画的画家多了去,但是一辈子默默无闻,为什么?个性!个性不够强烈。再好的作品,俱在古往今来、铺天盖地的优秀作品中被湮灭了。只有带有强烈个人风格的作品,像乔托和梵高那样地惊世骇俗,才能使人过目不忘。"

国粹抽着烟默不作声,心里认同阿黛尔所说的。只是,他不可能像乔托那样去杀人逃亡,也不可能像梵高那样割掉自己的一只耳朵。个性,在另一种意义上来说,就是宿命,生命就像火把,用什么材料扎成,就决定了火把会怎样燃烧,细细地,长久地,还是猛烈地冲天燃烧,但很快就化为灰烬。

阿黛尔侧了头看着他,突然说:"范,上次在酒吧里我就觉得,你的情绪好像很是消沉,是有什么事困扰着你吗?"

的确,这几个月来,国粹在精神上、感情上受到接踵而至的压力。他凭着一个男人的自尊忍着，从未对任何人显示出来，但内心的受损是无疑的，连才见了两面的阿黛尔都看了出来。

国粹自己也不晓得为什么会在一个萍水相逢的女人面前吐露内心，也许是甫认识之初，阿黛尔就表示出很多善意，是个值得信赖的朋友；也许是内心的压力太大，时时刻刻在崩毁的临界点，必须找到个泄洪口；也许是她比他年长，有更多的人生经历，更能够了解生命的无奈和善变。

阿黛尔静静地听着，一言不发，只是一根接一根地抽烟。很快，面前的烟灰缸就堆满了烟蒂。国粹也真是憋坏了，竟滔滔不绝地说了半个小时，从艺术上的碰壁说到个人感情的受挫，从文化环境说到生命的无奈，从不服命运说到抗争的失败。直到被一口烟呛住，连咳不止。

阿黛尔站起身，把门窗都打开，转身回来，没说任何言不及义的安慰话，只是淡淡地说："出去走走吧，巴黎很大，我带你去看点东西。"

他们约好第二天下午在拉雪兹神父墓园门口见面。

初秋下午的阳光从云隙中透过，国粹在画室里画完画，信步走去蒙马特地铁站。放眼望去，圣心大教堂在他右手边，白色穹顶衬在碧蓝的天幕上。在高高的台阶上，坐满了密密麻麻的人群，游客们在喷泉边上喂鸽子，情人们在金色天穹下拥吻。地铁站旁的垃圾桶满了出来，入口处边上有小丑在卖艺，小丑身材肥胖，穿了红白方格子紧身服，戴顶缨络帽子，滑稽中带点忧郁，很像毕加索粉色时期的人物。一张沿街的咖啡桌上，两个上年纪的老男人面对面坐着，抽着烟，做着手势，在激烈地争辩着什么，面前是空空的咖啡杯和餐盘。法国人对夸夸其谈有一种特殊的爱好，对法国人来说，口腔的运动肯定有某种生理快感，看样子不到打烊他们是不会离去的。

阿黛尔关照过他：如果公墓大门不开，在地铁站出口过去两个街口，有一条不为人注目的小巷，公墓的另一个入口处就在小巷的底端。

国粹找到这条小巷，隔着铁栅门，望进去是条林荫道，遍地落叶。斜阳从树干间照射过去，一缕缕蒲公英在逆光中飞舞。铁门旁转出了阿黛尔，一头红发，手上夹着香烟，一身繁复的衣装，黑色长裙、绣金丝的墨绿色大披肩、束腰，再加一件有很多口袋的背心。手腕、耳朵、脖子上挂满了银饰，高筒靴子，胸前挂着她永远随身携带的蔡司照相机。她送过脸颊来和国粹贴了贴，两人进入园门，信步沿着林荫道向墓园深处走去。

时近黄昏，游人不多，阿黛尔的靴子在砾石步道上橐橐有声。

国粹低头点烟时，冷不防嗖的一声，一道黑影从脚边很近地蹿了过去，吓了他一大跳。抬眼望去，是只瘦骨嶙峋的黑猫。在墓园靠近围墙的空地上，在低矮树丛中间，有无数只野猫聚集在那里，或蹲或卧，或互相追逐厮打。再远一些的地方，一片荒草萋萋，其间也有绿莹莹的眼睛在夕阳中闪烁。

国粹惊魂甫定，倒要看个仔细。他沿着小道走过去，更多的猫出现了。这些野猫群居在倾圮无主的墓椁之中，全部都是骨瘦如柴，毛色凌乱，身上一大块一大块的癣斑。有些猫咪看起来才一两个月大，却已经残疾了。国粹看见有只小猫两眼都瞎了，凄惨地嘶叫着，想往母猫怀里钻，而母猫一直在回避，最后被缠不过了，索性把它衔到空地上，自己转身而去。也有些小猫天生一副强盗相，眼神凶狠，缺了一只耳朵，看到有人过来就弓起背，龇出牙齿。大部分的猫像是听天由命，活也好死也好，都无所谓，懒洋洋地卧在草丛里，或蹲在墓碑上用后肢搔痒。

可想而知，动物的世界跟人世间一样残忍，一样为生存而殊死拼斗。

这些野猫们畏缩而警惕地瞪视着路人，一旦有人靠近，随时准备逃走，或者，扑到你脸上撕咬。

空地上一股腥风吹过，国粹手臂上的汗毛一根根竖起，心中大为震动。墓地里的野猫再低贱，也是一条生命，却活得这么凄惨。法国人喜欢把博爱和善待动物挂在口上，文雅的女士们常常在街上募捐，用来帮助流浪动物。可是如杯水车薪，生命并不是有了良好的愿望就可以圆满的。

佛说有生即苦，而我们世人是短视的，贪欲的，趋利避害的，当生命以狰狞的面目呈现在眼前，我们只会转过头去，因为脆弱的神经承受不了。

国粹站起身，看到阿黛尔站在路边等他，安静地抽着烟，脸上一副视如无睹的神情。

拉雪兹神父公墓是建在一片坡地之上，地势由低趋高，公墓规划为一块块墓区，编了号。较老的墓区早已挤满了，墓碑鳞次栉比，年月沧桑。

上坡道路是用长条的花岗石和砾石铺成，两旁是挤得密密麻麻的坟场，一排排墓室掩蔽在松柏的阴影之中，有些墓室造得很是考究，大理石或者花岗岩的基座，十字架上绿锈斑斑，到处安置着青铜和大理石的雕像，或是摩西手持十诫跣足而坐，或是一位少女低头沉思，或是一位在决斗中死去的年轻贵族仰躺在棺椁之上。艺术，在最后的时刻，给死亡之地带来些许诗意。

走上半坡，回首望去，透过树丛，看得见一部分城市的街景。

虽然还有一抹夕阳斜照，但是紫色的阴翳掩了上来，墓地特有的萧瑟之感愈发浓重。

国粹突然想到：当初雨果撰写《悲惨世界》时，不晓得他是否也来这儿散过步？日暮之际在墓地林间徜徉，从而目睹了猫科动物的悲惨世界。他在小说中所描写的底层人物，冉阿让、芳汀和她的孩子，跟这些自生自灭的野猫们何其相像，低贱的生命在死亡的阴影下为生存挣扎。

阿黛尔对这个墓园很是熟悉，带了国粹来到一处文化名人憩息的墓区，其中有巴尔扎克、普鲁斯特、肖邦和王尔德。普鲁斯特墓由黑色大理石建成，墓前光秃秃的，没人祭扫，斯万家族大概已经风吹云散了。巴尔扎克的墓碑上塑有他握着鹅毛笔的一只手，指端粗大，人间万象由这只稍显肥硕的手底流出。王尔德的墓碑前有几束枯干的花束，包装纸在风中簌簌作响。只有肖邦的墓碑前有只小花瓶，插了一束新鲜的紫罗兰。

无论你生前如何功成名就，作品名满天下，身后也是寂寞无限，唯有鸟兽和清风做伴。

这片墓地中也有大量的野猫，躲匿在碑石的后面，在已经锈蚀毁坏的墓椁铁栅门里。荒草丛中不时有黑色、黄色的身影快速地蹿进蹿出。在巴尔扎克雕像旁的一座墓碑上，蹲坐着一只精瘦的杂色老猫，一只眼睛已经蒙上白翳，另一只眼睛却映着夕阳金光四射，像一个心怀歹意的抢劫者似的盯着访客们。国粹被它看得心里发毛，随手把手中的烟头向它弹去。老猫嘶了一声，牙龇了出来，弓起了腰，转身跃下碑座，在荒草丛中消失了。

阿黛尔的声音在背后说："范，不要去惹它们，这些猫都很野，曾有野猫咬死婴儿的事发生，况且，有些猫可能带有狂犬病。"

夕阳的余晖一点点黯淡下去，拉雪兹神父公墓占地又深又广，在一些年代久远的墓区里，很多墓碑已经碎裂倾圮，荒草萋萋，墓中人的子孙大概也已经寿终正寝了。

起风了，树梢摇曳，墓区里阴影幢幢，大批归巢的鸟雀在墓地上空盘旋聒噪。国粹和阿黛尔抽着烟，走走停停，不时地驻足，试图辨认镂刻在碑文上的墓中人的生卒年代。从十六世纪起一直到现在，男女老少，各种阶层，辉煌或平淡，尊贵或贫贱，都毫无例外地被遗弃在虚无之中。

他们转身向出口处走去，一路上，墓园中还有零星的身影徘徊。在一座新起的坟墓前面，一位身穿紫色衣服的年老妇人跪在地上祈祷，再起身把一捧白色的花束供在墓前。

死亡时时刻刻地潜入生活，这老妇人祭拜的是她新亡故的夫婿，还是先她而去的子孙？国粹走出好远，那个老妇人孤单而忧伤的身影还在眼前，忍不住再回过头去，碑林和树木都已隐没在一片薄暗之中。

时间慢慢地、不停不歇地腐蚀一切。落叶在阴影中无声地飘落，暮色浓重地合了起来。

在出口处，国粹去上了个洗手间，出来后，看到阿黛尔站在墓园铁栅前抽烟。在茫茫夜色中，她像极了一个从无依之地飘出的幽灵，脸庞在袅袅烟雾下显得模糊而苍白，只有一头红发依然如火。

晚饭是在附近一家阿拉伯馆子吃的，幽深的饭堂里只有他们一桌食客。堂倌头戴白帽，系一袭脏得要死的围裙。阿黛尔点了薄荷茶和色拉，国粹点了份烩羊肉加米饭。阿拉伯人烹饪的食物味道真不怎样，色拉就是黄瓜片和切碎的番茄用醋和油拌一拌，羊肉由于放得时间太长，变得很干很硬。不过两人的谈话兴头明显大过面前的食物。

国粹感叹："其实，这个墓园离我以前的住处也不远，每次经过，也没想到进去看一看。不过，在中国，墓地都是远离城市的。"

阿黛尔说："当年巴黎还没有这么大，拉雪兹神父墓园也算是边缘的。"

国粹笑说："刚来的时候，我们找的房子在墓地边上，我的朋友吓坏了，怎么也不肯住。"

"为什么？"

"中国人对死人是很排斥的，凡是挨到死的事情，都唯恐避之不及。"

阿黛尔挑起眉毛："人都是要死的。"

国粹啊啊道："是的，但是不能说，也不能挨着住，城市里更不能有墓园。"

阿黛尔不以为然："为什么不？生与死是一体两面。人在城市里恣意享乐后，看一眼墓园，我们最终的归宿之地，惊觉人类、社会都在死神的注视下苟且偷安。不是吗？"

国粹笑道："就像那些野猫？"

阿黛尔不动声色，自顾自地又点上一支烟。

国粹还在纠结："法国人不是喜欢标榜博爱的吗？为什么没人去管一管那些野猫？"

阿黛尔说："人类能管好自己已经不错了，野猫们，就让自然法则去管吧。"

"哦，让它们自生自灭？"

阿黛尔看了看他，眼睛里有很冷硬的神色："生物界是有等级的，每个生命自有它的际遇和挫折。没有办法，这是自然要生物必须走过的路。再说，太过痛苦的生命，死亡也许是更好的解脱。"

国粹被阿黛尔的神色和语气震慑了，平时和蔼可亲的女摄影家也有她冷酷的一面。国粹欲言又止，从烟盒里取出香烟，阿黛尔把打火机凑过来："你不这么认为？"

国粹吐出一口浓烟："你的意思是，生命在很大的程度上是无意义的，比如这些猫。"

阿黛尔淡然答道："生命当然有意义，不同的生命有不同的意义。这些野猫生命唯一的，也是最重要的意义是——自由。"

当"自由"这两个字从阿黛尔嘴里缓慢地说出来，国粹如一桶冰水从背脊上浇了下去。是呀，历史，就是个大墓园，人类只是昙花一现，无论你是功成名就者，还是默默无闻的小人物，最后都被埋葬在一片广袤的虚无之中。生命是没有终极意义的，真要追究，生命所有的意义就在活着的一刹那，自由自在地做自己。做一只瞎眼的小猫，做一只惹不得的老猫；做一个贫穷但随心所欲的艺术家，做一个一事无成但参透生命真谛的人。

夜深了，满面倦容的堂倌把碗盏碰得叮当响，意思是饭店要打烊了。阿黛尔把烟蒂在满满的烟缸里按熄，站起身说："喂，范，别想得太多，人生很高尚，也很低贱。实在烦闷了，去找个妓女，发泄完了，你会觉得一大半麻烦也随之而去。"

四十八

云裳在圣玛丽医院单人病房中见到了他父亲。傅老爷子原来是个非常精明的生意人，从宁波慈溪到上海，从上海到南洋再到香港，商海沉浮半辈子，大风大浪，风云诡谲，啥个场面没见过？老头子而且是个极有自信的人，自忖从小智力比同龄人高出一大截，虽然也是苦出身，但一步步从穷途险境中走过来。他在商界做出的决断，可谓洞烛先机，一次次反败为胜，也为他证明了这点。

云裳从小文弱，文弱的孩子总是有些怕他的强势父亲的。老头子虽然宠爱这个长子，但对他的艺术追求并不以为然。艺术玩玩可以，作为癖好也可以，但人生最大的生活目的是在一张纸上涂抹上五颜六色，你说能有多大出息？

好在家中资财够几辈子吃用，老头子也不去拘束他，但日常言语中还是常常流露出艺术无用的调调，不无讽刺讥笑。所以，除了亲情之外，父子间多少有丝隔阂。

这次见到老爷子，云裳不禁大吃了一惊，不知是不是疾病的关系，还是事情不顺利，老头子从没如此委顿。不但脸色发灰，眼神黯淡，而且以前那种"无论如何，我就不信白相不过侬"的精神头没有了。老爷子看到儿子风尘仆仆从万里之外赶回来，再看了小孙子的照片，顿感莫大的安慰。在用人和云裳的帮助下，从病床上坐起身来。云裳捧起熬好的参汤，用汤匙一匙一匙喂父亲。喝完参汤，老头子精神足了点，说起他的内地之行。

傅老爷子本来打算一个礼拜搞定事情，最多也不过半个月。他在上海经营廿多年，有一大批工商界头面人物的朋友，有一两个朋友讲起话来应该有些作用。最主要的，老头子熟悉上海人的行事作风，侬敬我一尺，我敬侬一丈。人在江湖，总会碰到些事体，这次你帮了我，下次也许有我出力的场合。商场就是个人场，人际关系搞好了，生意也就一帆风顺。老头子有这个信心，他只要一开口，朋友们都会鼎力相助的。

他在国际饭店住下，发出请帖请老朋友们在新雅饭店吃饭，结果二十个人只来了六个，其中两个人是来打招呼的，屁股还没坐热就拱手告辞。老爷子心里凉了半截，但面上还是声色不露，也绝口不提来此目的，只是往老交情上面说。席散之后，客人都走得差不多了，其中一个又返回来，说："傅老，大家也晓得些你家的情况，头颈不要犟,早点脱身为是。"

老爷子说:"我还是蛮感激这位朋友的,他返身回来提醒我,也是冒了风险的。只是我来也来了,怎么可以不试一下就打退堂鼓,回去怎么向你孃孃交代?不管怎样,用尽我在上海的老关系,也要试一试的。"

跑公安局,跑工商业联合会,脚骨亦跑断,还是不得其所以然。老爷子做惯了大老板,多年来都是他吆喝人家,哪有被人吆喝的。如今可好,被门房吆喝,还只好忍住脾气,赔上笑脸。为了外甥的获释,老爷子啥个冤屈都吃得下,再吃不下,嚼碎了也要咽下去。

尽管跑断腿,尽管赔笑脸,但是两个礼拜过去,半点进展也没有。这时想起朋友的忠告,不是没有道理的。

正在一筹莫展之际,有个老相识来国际饭店拜访。说是老相识,也是商场上打过交道,做过几笔小生意。听人说,这位人士是黑白两道都兜得转,因此老爷子防他三分,生意照做,但一直并无深交。来客寒暄过后,直入主题:"傅先生侬出去也好几年了,我是为朋友着想,跟侬略微指点一下形势。"

老爷子一拱手:"洗耳恭听。"

来客点上一支雪茄烟:"第一点,侬外甥是否犯了法,会经过调查得出个公平的决定。没有这一点,啥也不要谈。"

老爷子感到话语里的分量,一声不响。

"第二点,作为海外侨胞,尽最大的力量来支援祖国的建设。国家目前百废待兴,需要侨胞们鼎力相助。"

老爷子一听就明白了,只要能帮到外甥,出点血也在所不惜的,于是说:"这当然,大家都是中国人,血浓于水不是?我会竭尽全力的。"

来客说:"目前中国人民志愿军在前线保家卫国。前方战士急需胶鞋,倷傅先生是做橡胶生意的,应该可以助一臂之力。"

老爷子当即表示,愿意捐献两百吨熟胶,一俟回到香港就着手办理。

客人显得既满意又不满意:"能有这个心思就好。不过啊,傅先生倷家大业大,理应可以做更大的贡献。"

老爷子连忙解释,橡胶这物事,在市场上还没生产出来,先已经在交易所卖了。商家怕市场有波动,手里一般都不留太多的存货。两百吨,是他目前能拿出手的最大数目了。

客人意犹未尽地说:"前面的路还长呢。你的言论是一方面,更看重你的行动。"

老爷子连忙保证:"只要我做得到的,一定会尽力去做。"看到客人要起身告辞,老爷子追问了一句:"我外甥的事,也恳请助一臂之力。"

客人打官腔道:"我不是说过了吗,一定会秉公处理的。另外,也是要看倷的表现……"

云裳一声不响地听着。

老爷子又说:"我晓得了,这个情况之下,我待下去也没什么用。再过几日,或许连我都走不脱了。"

云裳道:"一无办法了吗?"

老爷子叹道:"鸟为食亡,人为财死。生意人的死穴呀。"

云裳小心翼翼地问道:"那表哥怎么办?"

老头子眼睛黯了下来,好一阵不作声,末了眼带泪花地说道:"我真对不起倷孃孃。如果我此生办不成这桩事体,就要交给你了。只要有可能,无论如何要救你表哥出来。"

云裳看父亲伤感,连忙劝慰道:"爹爹先养好身体,别的都好从长计议。"

老头子固执道:"我要侬答应我。"

云裳说:"一定会的。我们不但是表兄弟,而且他亦是我最好的朋友。"

老爷子又问道:"云鹏近来如何?"

云裳有点踌躇:"我们见得不是很多,他住在巴黎,我住在吉维尼。"

老头子一听就晓得兄弟俩有了隔阂,不高兴地说:"不管住得多远,兄弟就是兄弟,没有比这个再亲了。侬是阿哥,有啥事情要多让着点云鹏。"

云裳唯唯答应,老爷子这才平静下来,拿起放在床头的孙子照片,再次细细端详。

涌金门赵宅上缴后,赵承晚搬家了。新的住处在南山路上,三间瓦房呈品字形。正中的一间承晚用来做了书房兼客堂,朝北的一间做了厨房,朝南的厢房是承晚的睡房。这房子其实年份也不少了,只是刚刷了墙,用水泥铺了地。承晚匆匆看过就应下了。他中意的是门前有棵大柳树,走出门就看到西湖,小菜场就在一步之遥,生活起居倒是蛮方便的。住下后,才发觉离客堂后窗不远是个公共厕所,人来人往,时时刻刻尿臭逼人,只好把后窗钉死,但是天热之际,还是有一阵阵熏人的阿莫尼亚气味飘来。

房子是要付房租的,三块七角一个月。承晚现在没收入,付这点房租也感到吃力,于是一面托人寻合适的工作,同时写信向妹妹赵承曦求援。

承曦很快寄来了五百法郎,承晚手里有了度日之资,放心不少,寻工作也不太上心。他早上睡个懒觉,起来后泡壶茶,可以发上半个时辰的呆,再翻翻书,去街边报栏上看报,或跑一趟花鸟市场。

午饭是一碗片儿川打发的。说是下午要画画了,可拖三拉四,半天都没开张,或者觉着困意又上来了,再回到床上小睡片刻,结果醒来天就暗了。

承晚荒废了画画的心思,长年累月无所事事,人很容易疲沓下来。现在他手里有了一笔五百法郎的外汇,这在当时算是一笔巨款,也不用上班应卯,可以让他在一段时期内衣食无忧。承晚本来就是个好吃的,现在更是沉溺于口腹之欲。一人吃饱全家不饿,承晚三天两头到外面下馆子,凡是杭州有大名声的饭店被他吃了个遍,坊间有所口碑的小饭铺也常常去光顾。吃罢了饭,回来还要细细记下,今日所食何馔,并一一写下评语:哪家的东坡肉做得好,腴而不腻,诀窍是猪肉煮熟后要过一遍冷水;哪家的龙井虾仁炒得生脆滑糯,除了进货要新鲜,虾仁要不大不小,油温、勾芡、着味、起锅都要恰到好处;哪家的清汤鱼圆做得灵光,鱼骨拆得干净,鱼茸要在砧板上甩上三四十遍,如此做出的鱼圆口感润滑鲜美,弹性十足。承晚吃得多了,口味亦愈发刁钻起来,对厨师的烹饪手法也了然于心,有时会生出"大饭店也不过如此"的心思,于是自己尝试烹制。承晚原是个聪明人,在烹调上用了心思,又在法国生活过几年,吃过上等筵席,晓得食物原味之可贵,中西融会贯通,很快就学会烧一手出色的杭州菜。请了沈文渊和几个画友吃饭,六菜一汤,味味精彩,大家都吃了一惊:"承晚你啥辰光学会这一手厨艺的?西湖醋鱼竟然做得比知味观还要赞。"承晚只是笑笑,并不多作解释。

承晚有时会想,虽然看不到什么前途,但日子能过得平稳,还有些不足道的小乐趣,人生也可以交代得过去了。毕竟不是人人都能成就大事业的,时代、命运、机缘、个性、能力,种种因素,他不是最弱的,也肯定属于中等偏下的。晓得了物竞天择,万物如此。

他尝试过了,也就心安理得了。

四十九

在香港已经待了一个半月了,老爷子的情况还是起起伏伏,没有大坏,也不见好转。云裳却不能再等下去了,他的新生儿子在吉维尼,也答应过承曦尽早回去的。在临行之前,他与公司的会计师谈了一次话,这会计师是牛津大学毕业的,他父亲也为傅家做账房先生多年,是可以信任的世交。

会计师叫安东尼,西装笔挺,年纪不大却已经谢顶。他点上一支哈瓦那雪茄,说:"云裳,你要有心理准备,老爷子这个毛病,就像黑暗中走路,晓得前面是悬崖,但是什么时候一脚踩空却没人知道。"

云裳疲倦地撸了把脸:"所以我坐到这里来听你的高见。"

"公司不能一日无主,你要考虑搬回香港来。"

云裳踌躇道:"这需要从长计议了。我住在法国也八九年了,不是说搬就可以搬得了的。"

安东尼很犀利地盯着他:"我想,你大概也不是很热衷于接手公司。"

云裳点头:"的确。说起做生意,我是一个白丁,既没有这方面的经验,也没这方面的热情。"

安东尼托腮沉思,好一阵不作声,末了说:"我理解。如果作为长子的你不想从商的话,那么云鹏呢?"

云裳苦笑着摇头:"他更不是那块料子了,叫他去做生意,只怕会是把本都贴给人家。"

安东尼不解地笑道:"你们傅家兄弟怎么会是这个样子,让你们继承生意,做大老板,像是要你们的命一样。"

云裳说:"天下无不散的筵席。再说,人各有命……"

安东尼严肃起来:"这样的话,公司只有一个出路,清盘出售。你可要想清楚。"

云裳耸耸肩:"C'est le destin.(也只能如此了。)"

安东尼迷惑地说:"你说什么?"

云裳回到法国已经是十一月底了,这年冬季吉维尼终日下雨,房子里的气氛也变得晦暗。而且,承曦的脾气也变了,变得隔膜和生涩,面对远途归来的云裳显得非常冷淡,甚至拒绝与他同床。请来照顾母婴的诺曼底女人私底下告诉他,他在香港这段时期,承曦常常一个人关起门来哭,一整天也不出房门,而且,对小婴儿也不是很上心。云裳听了忧心如焚,私下跟家庭医生探讨,晓得女人会患上一种叫"产后忧郁症"的疾病,只有靠耐心引导,疏通情绪,假以时日才能恢复过来。

于是云裳愈加小心,处处迁就承曦。在吉维尼的大宅子里,表面上生活继续着,男人和女人互相间也算平和。但是云裳知道,他们之间的亲密感还是没有恢复,自从他回来之后,承曦只与他同床共寝了一次,做爱时也显得心不在焉。男女之间的感情标尺,没有比性生活的和谐更能说明问题了。云裳也婉转地跟承曦提起过,承曦却不以为然:"小孩子都有了,你老是提这个没意思。"云裳虽然郁闷,但也不好多说什么。

云裳有时会想,两年之前,一切看起来都是那么顺畅,他的画开始被画廊接受,在收藏家中奠下了一定的口碑,还买下了理想中的房子。更重要的是,他竟然鸿运当头,和一直心仪的女子在一起了。虽然他们没有结婚,但这是在法国,人们更看重男女之间的感情，远远超过那张结婚证书。法国的大文豪萨特跟波伏瓦的故事被人广为传颂，况且他和承曦还有了一个儿子，还有什么比这更能证明感情的契合，父精母血，这个小小的人儿身上承载着两人的希冀、愿望，和生命的延续。但曾几何时，一切都脱出了他的掌控，变得酸涩并莫测了。

云裳太在意承曦了，他不可能悟出，世上的花开与花落，都有着它的缘由，其中的变化缓慢而不易察觉，无论怎样，结果是一定会显现出来的。不管你惆怅还是追悔，千百年来世界就是这样运行的。

就这样过了半年左右，傅家老爷子终于不敌病魔，在四月的最后一天往生了。云裳又去了一次香港，主持大殓。使他吃惊的是，虽然早就打电报到日本去通知云鹏了，他竟然没有来香港出席葬礼，而且没有一个字的解释。使云裳特别尴尬的是，他不晓得如何向众多来吊唁的宾客解释。葬礼在愁风惨雨中匆匆结束，云裳即刻又陷进老爷子的三房妻妾财产争夺战之中。自家的老娘天天跟他哭诉，抱怨老头子怎样偏心袒护另外两房；而另两房的姨娘也都不是省油的灯，面上客气，但言语犀利，事事争夺，锱铢必较，人心永远是不会满足的。

这次云裳在香港待了两个多月，总算摆平家中的麻烦。接下来还要对付公司的事宜，跟客户，跟银行，跟海外橡胶园的管事，跟欠债的，跟债务到期的，无数琐碎繁复但必须处理的事情。云裳一个画画的，哪曾有过面对这种处理账册、报表、税务、收支平衡表、库存、工资单，以及林林总总无数伤脑筋的事情？一个头真的变成两个大。也就是在这当口，云裳下定了决心要把公司处理掉。如果他一旦松口接了手，那么，他的前半生将被完全否定掉，成为一个庸庸碌碌、终日钻营的商人。而且云裳自忖，他可能连个一般意义上的商人都做不好，他没有那种唯利是图、嗅觉灵敏兼杀伐果断的心性和素质，与其委屈自己，不如现在抽刀断水，早点做个了断，反正傅家的财产也够他们这辈人生活无虞了。

于是，找物业捐客上市，去律师楼开会，到机关办理必要的手续，付掉欠账，追讨未付款，三头六面交割，整个过程像煞是一场小型战争。如果没有安东尼在一旁襄助，云裳真的想要去撞头了。好容易告个段落，接下来的收尾事务全权委托安东尼，云裳像逃命一样逃回了法国。

在吉维尼，一封冷冰冰的信在等着他。承曦在信中表示，她已经尽了最大的努力维持他们的关系，但遗憾的是，情况实在超出了她能承受的界限。她的精神与肉体都濒临于崩溃的边缘，为了挽救自己，也为了他，她决定搬出去独立生活一段时日，静心想一想今后到底怎么走，让云裳不必担心，以前再辛苦，她也撑了过来，现在至少对法国更了解了，法语也有所长进，想必是不会有大问题的。

她留下儿子，虽然不舍得，但一则她在漂泊无定之际，带个婴儿是不现实的，而孩子留在吉维尼，诺曼底女人会很好地照顾他；第二作为傅家长子长孙的儿子，对云裳的意义大过对她的，她不想把事情做绝。

她带走了一千法郎，就算是向云裳借款，一俟她有了能力即会偿还……

不啻于一个晴天霹雳打在面前，云裳读了三遍还没弄懂信里的意思。在香港耽搁了些许时日，他想过承曦也许会抱怨和争执，但绝对没料到她会如此绝情地一走了之。他双手发抖，脑子一片空白，不晓得如何应对这个局面。

当晚，他晚饭也不吃，在育婴室坐了一夜，喝光了一整瓶威士忌，痴痴地盯着看儿子的睡容，听着小家伙对他喃喃吐出不成章节的字句，想不通这么可爱、这么无助的一个宝宝，当娘的怎么舍得离他而去？

生活对穷人不易，对富人也会露出狰狞之容。

一夜数醒，清早起来，在浴室的镜子里看到自己面容，双眼通红，腮帮浮肿，鬓边突然生出了很多白发。这一年，他才虚岁三十一岁，在记忆中，他的家族没人有少年白头的先例。

接下去几个月，云裳一直在寻找承曦的下落，总觉得如果能好好地恳谈一次，也许能够改变承曦的心意。但是到哪儿去找呢？吉维尼当地不可能，就这么一点地方，每个街坊邻居都互相认识。内陆也不太可能，一个外国单身女子很难生存下去。唯一可能的去处是巴黎，只是巴黎这么大，要找一个人，不啻于大海捞针。但云裳相信既然当初他能在乌诺大街上碰见承曦，现在看在待哺婴儿的分上，老天也会赐予他机会。

他跑遍了整个巴黎二十个区，在地铁口的咖啡座上一坐就是半天，注意进出的人群中有没有承曦的身影。他去妇女用品商店，承曦的大部分衣服还挂在吉维尼的衣橱里，诺曼底女人说她离开时只带了两只小手提箱。她总要添置些换季的衣服吧，在巴黎，女人不可能老是穿同样的几件衣服，就是下层女工也会根据季节流行更换衣装。他去菜市场，去越南人开的东方杂货店，去承曦以前住过的街区，以及她工作过的洗衣坊。凡是他能想得到的地方都去过了，可是上帝没给他第二次机会。

坐在咖啡座上，云裳常常陷入恍惚，他的人生出了什么问题？就如一个健康的人突然被一种不可名状的疾病所侵蚀，前一天还好好的，活蹦乱跳的，接下来就被放倒在床上爬不起来。云裳自认他对承曦是一片诚心，愿意结婚成家，愿意承担责任，愿意共度余生。当然他有疏忽和不到的地方，但是谁又没有呢？主要的，他是深爱承曦的，像一个男人爱女人那样想跟她生儿育女，白头终老。但是他的一片诚意被弃之如敝履，承曦竟然毫无留恋地抛下一切，决绝地走出了他的生活，连新生儿子都挽留不住。

在一家偏僻的咖啡馆外面，云裳看见两只狗在街上游荡，一灰一黄，差不多大小，都戴着项圈，大概是附近公寓大门没关好偷跑出来的。黄色那条狗应该是小型的猎犬，细腰长腿，敏感并警觉；而灰狗是条很明显的杂种狗，耳朵耷拉，毛色有点乱。两只狗东嗅西嗅，慢慢凑近，然后小心翼翼地去嗅闻对方的体味。黄狗的尾巴绷得笔直，灰狗却一直在摇着尾巴，从摇尾巴的频率上来看，灰狗很有讨好对方的意味。突然，毫无征兆地，黄狗开始对灰狗凶狠地咆哮，并且龇出獠牙，摆出攻击的姿态。灰狗一愣，畏缩地转身跑开，一直摇晃的尾巴也夹在胯下。

云裳只是心不在焉地观看着，外界的事物很难进入他的内心。旁边有个咖啡客却看得津津有味，在灰狗跑开之后，转头微笑地对他说："Elle ne l'aime pas.（她不爱他。）"

说者无心，听者有意。云裳闻言，如被一桶冰水灌顶。男人和女人，如同母狗和公狗，没有化学反应的话，再献殷勤也没有用。

她不爱他。也许，她还爱着范国粹。这是一切问题的症结所在。

五十

爱情能与仇恨并存吗？这又是个无解的问题。

在一切冤结之中，情仇也许是最难解开的一只死结。因为情仇意味着付出与背叛，牺牲与出卖；意味着最隐秘的欲望被折损，在人格上被否定，尊严被撕去。女子那一方更是在意始乱终弃，杯中美酒从此变毒药，喝下这杯毒药，心灵上非死也残。

诡异的是，虽然在情感上已经全然否定了对方，把对方从存在的意义上判了死刑，在日常中也持着敌对的态度。但那个影子却化为无形的鬼魅，隐身于潜意识的领域，在最不设防之际出现，骚扰她，调戏她，羞辱她。女人却全然没有办法反击，因为这个鬼魂是住在她心里的，是她自己召唤来的。

这一切都是潜意识中的潜意识，被紧紧地按在水底下，不容许上浮到日常中来。但那种内在驱动力却始终存在，使人做出阴差阳错的决定和行动。

承曦生完孩子之后，情绪变得起伏不定。乡村生活、吉维尼的大房子、花园、河畔的风景、集市，都不再带来新鲜感。日复一日，世界变得刻板与狭小，察觉到这一点使她陷入一种无名的烦躁之中。照理说，她的人生经过大起大落，现在的状况应该说是最安定的。只要她愿意，这样的安定可以一直延续到生命的终点；她只要点个头，云裳就会为她举行盛大婚礼。可是她顾虑到和沈文渊的关系，从未应允。隔了重洋，就这样含糊地过下去也不会有什么问题。云裳是个温良宽厚的好人，给了她温暖和允诺，但代价是放弃她自己，仅仅做一个母亲和妻子，别无其他。可是承曦还有梦想。

承曦从这个时候开始抽烟，她原本是不大喜欢女人家吃香烟的，觉得总有种风尘气。后来因了国粹身上的烟味，香烟味道变得可以容忍了，甚至还被吸引，毕竟家里的父亲和阿哥都是抽烟的。第一支香烟是流浪在街头时吸的，只为了人家看她不是那么稚嫩。在洗衣坊时，偶尔也会跟玛雅抽上一支。搬到吉维尼来后，就没再抽过了。一直到生完小囡，庞大的空屋子，远在天边的男人，作风强横事事要做她主的保姆，压抑的气氛使她沉寂终日。想起这几年来的沉浮，她心底突然破开一个洞。香烟在这时就不单单是装饰，而是必须的透气孔了。

她始终没忘记要去学画，梦想有朝一日也许她的作品能像班特·莫里索一样挂进卢浮宫。虽然是极为遥远的梦想，常言道千里之路始于脚下，但也要有契机去启动这个梦想。云裳当初说过让她学画，但共同生活几年来，他从未再提起过这个话题，在他看来，大概女子的人生就只安于在一幢房子之内，一个摇篮之畔，一具炉灶之前，而绘画和艺术却是跟女人无缘的。她的确为此忧郁过一阵，在生完小孩之后，这种忧郁的感觉反而增强了，并带有时不我待的急迫感。如果再生一个到两个孩子，这辈子就不要再幻想去学画了。

出走，是在一个早上突然决定的，她与诺曼底女人都在厨房忙碌，她从花园里回来，正在整理花束准备插瓶，诺曼底女人在煮奶瓶，小孩的摇篮就放在旁边，听闻到小孩啼哭，两人都过去查看，不料儿子竟然视她于无物，却伸出双手要诺曼底女人抱。就在这一刻，承曦卸下一个大包袱，心里同时感到酸楚与解脱。她什么都没说，很平静地回到自己的房间，写下给云裳的信，然后收拾了简单的行装，在下午乘长途汽车来到了巴黎。

在旅馆里住了几日，承曦在蒙巴纳斯附近找到一个顶层小公寓，里头有简单的家具。再经过一段时期的搜寻，承曦报了名参加一个教授初级学画者的私人画室，一礼拜上四天课，两个白天，两个晚上。

上第一堂课时，教师推开门走了进来，承曦直觉得这人怎么有点眼熟，可是一点也想不起来何时何地见过面。直到课程要结束之际，教师做了一个不经意的动作，承曦突然记起这个颧骨高耸眉框很深的男人，跟她在莫里索画展上曾有过一面之晤，在她差不多要昏倒之际，男人搀扶了她下台阶，走过两个街区，还给她叫了计程车。

她也恍然记起了这个男人叫保罗。

同在巴黎这样一个大城市中生活，熟人碰见的几率虽然很小，但却始终存在。承曦就在巴斯蒂尔广场地铁站转车时，见到过国粹一次，但当时国粹面向站台，并没有注意到她。远远地望去，国粹夹着香烟，长发扎成一束垂于脑后，他穿了件铁灰色的长风衣，风衣下摆上沾着油彩。人还是那么消瘦，而且背竟然有点驼了。侧面看去，国粹的神情寥落，疲倦，并且不断地咳嗽。在一刹那，承曦心里突然涌上不可抑制的柔情，过去种种伤害、怨怼，一下子烟消云散。国粹站在离她二十米远的站台上，只是一个脆弱的男人，身上散发出来的失意和伤感，就是隔了熙熙攘攘的人群也传递了过来。承曦熟悉这个冤家的一切，他的身体，他的气息，他的微笑，他的脾性。只要她有勇气走过这二十米的距离，嫣然一笑，从背后拉一下他的袖口，他就会回转身来，在惊讶的神情浮上脸庞之前，先把她一把抱住，浑然忘我，恍如隔世。

拐角上的墙壁挡住了她的身影，承曦最终还是没有跨出这一步，心中的暗伤，以及自尊，使她挪不开脚步。她只是远远地凝视着那个身影，一无所思，直到地铁进站了，国粹随着人群上了车，列车离开站台进入隧道，她才转身离去。

那段时日国粹的确处于他人生的低潮时期，情人的绝情，朋友的离散，生活的困苦，艺术又停滞不前。作为一个感性的艺术家，他不可避免地走上一条孤绝和避世的道路。他常常在画室里不吃不喝地画上十几个小时，累了就在满是垃圾的地板上小睡一会儿。等到这个阶段的绘画热情消耗殆尽,他就几天不去画室,在小阁楼里蒙头大睡,半夜里出去喝酒,喝劣质的杜松子酒,喝到自己胃穿孔。并且,在礼拜三的怂恿和带领下,他开始嫖妓。感情死了,但肉体还苟活着,并且像一头野兽般要吃要喝要发泄,过后,才晓得自己在堕落。唯一支撑他的是,他还有很多画没画完,绘画的终极目标没完成,而这个目标无形无状,像海市蜃楼一样在前面时隐时现,他要不顾一切地追上去,攫取他的猎物。他的身体,已经有崩坏的前兆,但他并不很在意,肉体怎么破败都可以,而心中的艺术使命像根鞭子一样,抽打着这具破败的肉体,逼着他前行。

钟樱之跟他纠缠多年,眼看结缘无望,终于决定要回香港结婚。临行之前,樱之最后一次来到他的小阁楼。这是个秋天的落叶时分,窗外云层浓厚,欲雨未雨,小阁楼里晦暗微明。国粹开了一瓶波旁白兰地,是一个画廊老板送给他的。国粹把琥珀色的酒斟在杯里,递给樱之,同时举起自己的杯子:"谢谢你陪了我这么多年,也许,在我的人生中,你是唯一痛惜我的。"

樱之自嘲:"也是一个赶都赶不走的。"

"我从来也没赶你啊。"

"每次离开时,你都如释重负。你敢说你没有?"

"你看你说到哪儿去了!"

樱之哼了一声,把酒一饮而尽,眼神迷离,苍白的脸上升起红晕:"我问你呀,我欠了你的,你也欠了我。我们要怎么还?"

国粹也是半醉了:"你就要走了,我们能不说这些吗?"

"偏要说,不说就没有机会再说了。"

国粹苦笑:"你一定要说,那就说吧。"

樱之叹了一口气:"我自问也是尽力了,却还是没缘分。"

"但我们不是最好的朋友吗？这比什么都重要。"

樱之嗤之以鼻："对一个在恋爱中的女人，仅此是不够的。我再问你最后一次，你说一句，我就不走了。你肯娶我，那最好；你不娶我，但就这样腻在一起，也挺好。"

国粹环顾了一下寒酸的小阁楼，缓缓地摇了摇头。

"不行，如果我答应了你，将来你会恨我的。"

看樱之不响，国粹又说："你知道，我养不起你。"

"我不要你养，而且，我会养着你，让你一心画画，为你做模特儿。"

看到国粹挑起一条眉头，做出不相信的表情，樱之说："钱，我可以去问我妈要。并且，我是独生女，我妈的财产总有一天归我。"

"那钟太太要恨死我了。"国粹笑道，"而且，你是知道我的，我是不会让你那么做的，这与我的人生信条不符。"

"我也可以去做女工啊，再不然，就是去做妓女也行……"

话还没说完，就被国粹一把捂住嘴："不许胡说。如果到了那个地步，我还算个人吗？"

"你不知道当女人被逼急了，什么事都干得出来。"

国粹嘶哑着声音说："我最不愿意看到的是你去糟蹋自己。这个世界已经够污糟了，求求你，就不要把我心里最后一丝光亮也掐灭了吧。"

樱之咬着嘴唇，久久不作声，最后低声说："喂，你转过身去。"

听到背后脱卸衣衫的窸窣之声，他知道樱之在做什么，却无力阻止。

国粹走到窗前，俯身向外眺望，七层楼的天井深不可测。他思维停止，只感到身心处在一个极为软弱的时刻。在灰暗的云层底下，一对鸽子在对面公寓的屋顶盘旋，久久不肯栖落下来。

等他回过身来，一具雪白的玲珑肉体，在薄暗中熠熠发光，脸含桃花的樱之，扶着椅背站在房间的中央。

"你能抱着我吗？"

国粹一声不响地走过去，抱起她，女人的发丝拂在他脸上，带着江南深秋的桂花气息。樱之像个婴儿似的蜷缩在他的怀里，光裸的肉体轻盈，皮肤冰凉。国粹把她放在床上，拉开毯子盖上。自己坐在床边，两人的手握在一起。

窗外，一街之隔的小教堂，晚祷的钟声响起，断断续续敲了七记，夜色掩了上来。

在薄暗中，樱之把他拉近，很轻地耳语道："问你呀，你真的不想要我的身子吗？"

国粹摇头："我已经脏了，我曾去找过妓女。"

樱之抚着他的脸颊："我不在意的呀。"

国粹还是摇头："你要结婚了。"

樱之有点幽怨地推了他一把，说："你这是何必呢！其实我是什么都肯答应你的。"

"正因为如此，我更做不得这件事。那太辜负你了。"

樱之躺在黑暗中静静地哭泣，偶尔哽咽一下。国粹一只手撑着额头，一只手被樱之紧紧地攥着，两人一句话也不说。

时光流逝，酒喝完了，窗外月色迷离。

国粹背着樱之下楼时，肩膀上被狠狠地咬了一口，一个趔趄差点摔下楼梯去。国粹痛得叫出声，只听得樱之在身后幽幽地说："我真是恨死你了。一个没心没肠的坏人，不咬你咬谁？"

钟樱之的未婚夫彼得特为飞到巴黎来，陪护未婚妻回香港。在动身的前一晚，彼得邀请国粹参加他们的告别晚宴，订位在靠近爱丽舍宫的一家香港人开的餐馆。国粹本来是不想去的,他见了彼得,总觉得几分尴尬。但是樱之也写了信来,说:"你不来的话我会很生气的。"于是就换好了衣服去赴宴。餐馆不错,低调但奢华,菜品也很不错,香港大厨师融会中西之长,炭烤小羊排,葱姜龙虾和松茸饭都别具一格。可是面对美食佳肴,三个人都吃得很少,话语也很少,席间气氛压抑。最后樱之命令她的未婚夫:"你先去对面的酒庄挑几瓶波旁白兰地,回香港去好送人。"

彼得很听话地站起身,说:"你们慢慢吃,慢慢聊。"

国粹看着彼得的身影消失在餐厅门口,对樱之说:"你这又是何必呢。"

樱之却置若罔闻,从随身挎包里取出一个信封递给国粹。打开一看,是用五张百元法郎钞票叠成的一个万字结,万字结里还包有东西,拆开来,叮当一声,两枚翡翠耳环赫然在目。睹物思人,国粹不由得一声长叹。

樱之幽幽地说道:"这下称了你的意吧!可以拿去跟她交差了。"

国粹摇头苦笑:"你晓得的,物是人非。不过我会想办法转交予她。"

又把钞票推回去:"钱我不能收。"

樱之眼睛一瞪:"你不怕我从窗口里跳出去吗?"

"哎,但你也要顾着一些我的自尊心呀。"

"我要回香港了,法郎于我一无用处,拿好呀。"

国粹无奈,收好耳环与钞票,点上香烟,樱之也伸手要了一支。

国粹突然想起了什么:"差点忘了。"伸手在西装内袋里摸索,随即掏出一个纸包,递给樱之:"给你做个纪念。"

樱之挑起一条眉毛,诧异道:"哦,太阳从西边出来了?是什么东西?"

国粹笑道:"自己打开看呀?"

樱之打开看到是一挂银链,又拈起坠头细看,脸上表情复杂。"像不像你?"

樱之点点头,撑了桌子站起身,走到国粹面前,命令道:"帮我戴上。"

国粹帮樱之戴项链时,感觉到女人身体微微颤抖。

回到座位坐下,两人抽着烟,一声不响,此时无声胜有声。樱之的脸容经过了十来年,烟酒不辍,却并无多大变化,依旧黑发如瀑,额头平展明亮,肤质光洁细腻,瞳孔深得像一潭湖水,盯着看久了,真的会晕眩。

国粹晓得,樱之此去,他的一部分人生也将随之而去,前路更是孤单。

五十一

云鹏一走两年多,开始时还偶尔有一两封信函,国粹由此得知他从神户搬去了京都,借住在清水寺附近的一间僧舍里。云鹏还在法国时,受当时迷恋东方文化的风气影响,雕塑的风格就已经趋向于安静内省的佛教艺术,所以国粹也没觉得他住僧舍有什么问题。但后来通信就越来越少,最后绝迹了。只是蒙马特工作室的租期到了,房东询问国粹是否还要继续租下去。国粹为此事连续给云鹏写了三封信,但一无回音。这个高昂的租金国粹当然是负担不起,只好搬家。大幅的油画塞在公寓的地下室里,小幅的堆在自己的斗室之中,这样更是连转身的余地都没有了。

人生道路越走越窄,国粹现在真的是孤家寡人,云裳与他不来往了,云鹏又行踪飘忽,承曦视他如仇敌,承晚也久未通信,如今连钟樱之也不在了。他平日交往的人变得只剩两个，一个是礼拜三，还有就是阿黛尔。

一般都是礼拜三来找他，带了酒，烂屁股一坐就是三四个小时。天南地北地吹牛：哪个阿尔及利亚的小婊子被他收拾得像一帖药；哪个比利时小姐有一对妙不可言的乳房；又有哪个女人和他在旅馆里弄得惊天动地，连警察都来了。国粹有时被他说得血脉偾张，但有时又感到悲哀：万物之灵的人类，贵族和平民，艺术家和体力劳工，同样被低等的欲望驱动和消耗，兽欲常常占上风。他看自己也不是个东西，常常迷恋于沉沦的快感。

有时实在无聊了，他也会被礼拜三拖着去泡酒吧。一个晚上兜兜转转跑四五个不同的酒吧。喝酒，一半是消愁，一半是下意识去勾搭酒吧里的单身女子。在巴黎的酒吧中，并没有很公开的妓女拉客，做得太露骨了，酒保也许会过来干涉。但某些女客人的确是干那行的，来酒吧只是她工作之余的休闲而已。如果看得上眼的话，大家都晓得这场戏怎么唱下去。国粹碰到过大学的学生、小戏院的女配角、跟他一样住在阁楼里的女作家，当然也有年轻不安分的女工、夏天来巴黎度暑假的外国学生。礼拜三喜欢那些粗野风骚的，体力充沛的，因此常常嘲笑他对女人的品位。同样，国粹也看不上礼拜三那些毛孔粗大，屁股像磨盘一样，洒了大量廉价香水也掩盖不住腋下狐臭的女子。他情愿自己解决。

有时，身边的女子已经在催他走了，而半醉的他，却凝望着酒吧的深处。恍惚间，图卢兹·罗特列克的鬼魂从吧台后面一瘸一拐地走过来，再爬上邻座的高凳，凑近他耳边窃窃私语："老弟，艺术家的人生，就是如此跌宕，你是帝王也是乞丐，所有的美好，所有的脏臭，都是我们要去领略的。在美学上，美丑是一视同仁的，也许，邪恶的美在某种程度上，更胜于常规的美，层次更为丰富，其内在的挣扎，顽强的生命力，以及孤注一掷的绝望，都有一种耀眼的美，正如波德莱尔所咏的恶之花……"

阿黛尔常与他见面，带他去长时间地散步，到乡间，到附近山里，乘火车去波尔多，拜访一座差不多被废弃的酒庄。整个酒庄建筑是石砌的，品酒室设立在一个岩石山洞里，隔着大幅玻璃，栏杆外面就是很深的峡谷，风景极美极奇崛，酒也不错，但客人寥寥。阿黛尔说："你看这个酒庄，小时候父亲带我来过，酒庄主人是个非常有格调的老派绅士，穿燕尾服戴高顶礼帽接待客人，生意做得很成功。但传统的手工经营抵挡不住商业大潮，等到酒庄主人故世，下一代就耐不住寂寞，酒庄经营得心不在焉，变成我们今天看到的样子。"

他们在出游期间常会有很严肃的交谈。阿黛尔的身上有一些很矛盾、很奇怪的特质，很沉潜也很极端。比如她说："时间就是上帝，人类在时间中是很偶然的现象，人依存自然，但自然并不一定需要人类。如果你留意，在我们不算长的一生中，我们可以看到很多事物的消亡和兴起。从大的方面来说，在你们中国，马克思主义者取得政权之后，一个有两千年历史的国家彻底改观。这一切的斗转星移，都在我们不知不觉之中完成的。"

国粹多少有点迷茫："你说的这些，离我很远，而我眼前的烦恼是怎么在艺术中找到自己。"

阿黛尔目光炯炯："我的忠告是，剔开你自己。"

"'自己'就是握着画笔的我啊，怎么能把自己给剔出去？"

"这我不能告知你，你要自己去体会。"

阿黛尔有时会带他去一些有趣的沙龙，其实就是些不入流的文化人聚会。国粹见到了一些患忧郁症的作家，据说忧郁症是当下最流行的富贵病。某位小有名气的作家,脸色苍白得像具石膏像,胡子修剪成左拉的样式,跷了腿抽着烟斗,满面严肃地批评戴高乐总统的阿尔及利亚政策,对苏联的斯大林政权又大加赞扬。另一位作家穿了件夏威夷大花衬衫,色眯眯地看人,说些什么"男人跟男人恋爱是爱情的最高境界"。国粹本能地厌恶这种人,避之唯恐不及。

更多的是会见一些和他一样贫穷的画家,这些家伙都住在旧仓库里、废弃洗衣坊的阁楼上,床和家具都是捡来的,人永远处在半饥饿的状态,依然卖力地画着也许永远卖不出去的画,并自认为是毕加索第二。见了国粹的东方面孔,便认定他是日本人,而且是画毛笔画的。国粹去看了他们的画展,并没有觉出什么新意,还是炒立体主义和野兽派的冷饭,便在心中暗笑。首先,艺术贵在独创性,不可能有毕加索第二的,这些法国人可能没听过齐白石说的"学我者死"那句话吧;再者,那毕加索老头儿像条变色龙似的,你才学到一半,他又变了,你岂不是累死?

但国粹也在这些人身上看到自己年轻时的影子,一名艺术新兵所特有的狂妄和青涩。走出好长一段路,再回过头来看自己,不由得感叹万分。

还有些痴迷的戏剧爱好者,有年轻人跟上了年纪的,从演戏学堂里学出生意来,自己又演又编又导又做杂工,节衣缩食,众筹租下半荒废的小剧院,到处送戏票请人去看。或者就在旧仓库里开演《哈姆雷特》,几幅床单一拉算是背景,观众席地而坐。演到奥菲莉亚溺水那一幕,突然身边有女观众就地躺下,翻着白眼作溺水状。据说这是最新的现代潮流,台上台下演员观众互动,使人有临场之感。每次演完,总会接着开一个乌烟瘴气的派对,有阿拉伯羊肉煎饼吃,有最便宜的红酒喝,这群人就很满足了,男男女女又笑又跳又自我表演,通宵达旦地胡闹到天亮。清早三四点钟,国粹从派对出来,已经疲倦得连眼睛都睁不开,脚步飘摇地走回家去。途中穿过沉睡的城市,街道一片静谧,天色已经透出淡淡的青色雾霭,空中有鸟鸣声传来,而街角的面包房飘来烘制新鲜面包的香味。

阿黛尔在所有的人际圈子当中都游刃有余,也受到大家的欢迎。她会做很好吃的乳酪蛋糕和果酱馅饼,在派对上众人分食之际,她叼着烟,端起相机咔嚓咔嚓地拍照。国粹第一次在火车上见到她时,就觉得三十来岁的她显得很老相。这十来年过去,阿黛尔的头发花白了,脸上的皱纹更深了,香烟是从不离嘴的。那种黑烟丝的摩洛哥香烟,一天总要消耗掉三四包之多,这显然对她的健康造成影响。但阿黛尔自己好像并不在意,偶尔有人谈起这个话题,她总是轻描淡写地说:"非洲人的平均寿命是三十一岁,我已经超过他们好多了。"

阿黛尔的为人处世常令国粹迷惑,法国女人风情万种是有名的,文学和艺术都离不开这点。但阿黛尔却好像没有性别上的特质,既不会引起男人的遐想,也不会跟女人争风吃醋。相熟的男人女人,甚至都可以当着她面换衣服,而不会感到尴尬。她也对所有男女一视同仁,和任何人都能打成一片。但国粹看出,她也不会跟谁走得太近,换句话说,真正的知心朋友,可说是一个也没有。国粹也不知道为什么阿黛尔对他一个外国人、穷画家倒是照顾有加。

阿黛尔身上最令人看不透的,是她对世界上发生的任何事情都不在意,如果有人说明天要在巴黎扔原子弹了,阿黛尔也会好整以暇地把她的底片冲洗出来。同样的,她对发生在自己身上的得失也不大在意,她的吃饭家什照相机被偷走过好几次,家里两度被撬窃,唯一的亲人姑妈过世,她都表现得很平静。甚至当她的身体有恙,医生说:"抽这么多烟,你的肺会烂掉。"她照样是照抽不误,抬抬眉毛,说:"喔,医生,活到老年,是一种折磨,我才不要活到七老八十。"

在国粹的潜意识里,不管在什么情况下,生存是第一重要的。正如那句"好死不如赖活",不管是士大夫还是贩夫走卒,包括自诩为艺术家的,无不如此。在阿黛尔身上,国粹看到了对生命的另一种理解:自在,自由意识跟生命本体在一条平行线上,但又是两个独立的个体;自由意识冷眼看着生命在进程中的种种变化,因为晓得不管怎样,最终的归宿都是一样的,所以理解更重要,而不是代入,体验更重要,而不在乎得失。

这种潜移默化的世界观对国粹的画也有所影响。阿黛尔从不评价国粹的作品,要说,也是泛泛而论。比如她说,一张照片,除了你看到的,没有被看到却被你感知的那部分更重要。当时听了不觉得,但事后想起,觉得她的说法很是透彻:看到的是第一扇门,引起感知的是第二道门,触及魂魄引起战栗的是第三道门。平面绘画艺术一样得有纵深,不然,绘画只是一块挂在墙上的装饰品而已。

生活在巴黎十来年,国粹此时的绘画已经摆脱了具象的因素,他从宋代画家米芾的大墨点写意画中得到灵感,摒弃细节、透视,以及三度空间,追求气韵、律动,特别注意留住画面上的偶然性效果。他面对一张空白画布伊始,完全不晓得在结束时会出现什么样的画面效果。在作画的过程中,他尽量使自己处在随心所欲的状态中,不预设,不追求完整性,不限于材料的运用。把以前学校教他的东西,能抛弃多少就抛弃多少,像一个婴儿般去看世界,让多年的绘画本能自动介入。

一年多下来,在这种试验的过程中,他的画面呈现出两极,有些画绝对不能看,是完全失败的试验品,但有些画却美妙至极,浑然天成。画面没有人工刻意的痕迹,好像是颜料在画布上自由地流淌、舞蹈、相撞、融合,互相渗透,互相烘托。在一片不同色相、不同深浅的绿色中,一抹妖艳的粉红色突兀跃出,红绿相映,相冲相克,却结合得天衣无缝。在蓝色的氤氲之中,细细一线柠檬黄贯穿,如同黎明在峡谷中看到日出;或者就是黑白大混战,在犬牙交错中却有一点鲜红溅出,如响箭嗖的一声射入肌体,血珠涌出,又如美人在战乱中策马出逃,一骑绝尘。

国粹觉得他一直追求的绘画理念和风格,在混沌中开始冒头了,如同水中巨蟒,虽然还深藏在水下,但已经几次腾出水面。只是惊鸿一瞥,他可以确定,水下有蟒。

开始有画廊注意到他了,参加了几次画展,偶尔会卖出一两张。国粹终于看到希望,可以用绘画来养活自己。但是有一个问题,每次他画画的时候,如果脑子里腾起"这幅也许能卖掉"的念头,这幅画就一定画不好,屡试不爽。孰取孰舍?当然是画好画。如果说为了赚点小钱而去画平庸讨好的画,等于把他的人生全部颠覆了,还不如守着家传的当铺混吃等死一辈子。

但现实是毫不留情的,国粹可以一天只吃一顿饭,可是香烟和酒是少不了的,没这两样东西他就画不了画,做不成任何事情。他安慰自己,要成为一个大画家,必须经过受穷这一关,莫奈、梵高、毕加索、莫迪格里亚尼,都穷过,而他们在穷困年代的画作,反而是最纯粹、最有内涵的作品。人生的载体有限,容纳了太多物质的容量,留给精神和灵性的空间就会减少。

樱之常常来信,诉说些对香港生活的不满。每次都在信里夹上一张百元港币的钞票,在钞票上写着"香烟钱"。国粹好气又好笑,说了她几次不听,只好把钞票往枕头底下一塞。到了真的山穷水尽之际,翻箱倒柜找出来,拿去银行兑换了,也真不无小补。

靠飞鸟衔来的食物过日子只是个美好的童话,一个人的生活再简朴,也还是有很多意料不到的开销。除了烟酒,国粹最大一笔支出是画布和颜料，画布，有时还可以反复运用，画得不满意可以涂掉重画。颜料是越来越贵了，国粹又习惯于厚涂和抛甩，颜料的消耗极快，而手边不囤积大量颜料的话，国粹会睡觉都不香。每次画廊付了他钱，总是先买好大量的画布、颜料，像一个贪婪的商人大量囤积货物一样。

顾了这头顾不了那头，画布颜料痛快一买，有时房租就缴不上了，虽然没几个钱，但是一分钱真的会难死英雄汉。代收房钿的门房老太太，见了他脸色也不是那么好看了。国粹甚至想过去卖血，可是他日夜颠倒，饮食不周，身体已经很瘦弱了，人如果生病倒下，那窟窿就更大了。

死循环，你必须留住本钱才能画画，但画画又特能消耗本钱。纺织厂织布，铁厂造机器，消耗的是棉花和铁矿。艺术家创作，消耗的是人生和健康，同时榨干灵魂。

第四章　寂寞沙洲冷

五十二

都说入门容易深造难,承曦凭她的聪明和勤勉,以前看阿哥画画时的耳濡目染,在绘画班上学了三四个月后,竟然能初步掌握基本的造型和色彩了,连她自己都不敢相信。

保罗教授是个很开放的老师,第一堂课就说:"什么是绘画,绘画就是玩耍,不要太认真,你画一个圆一点的苹果,或者画成扁一点的苹果,苹果的滋味不会改变,这个世界也不会因此革命。记住,我们是在营造一个虚拟的世界,而虚拟世界中,是容许奇奇怪怪的东西存在的。"

或者说:"已经有高更、梵高和塞尚在前面领路了,你还想做个拙劣的具象世界模仿者,我真替你的银行账户惋惜。虽然我收到了学费,但在我心里还是要骂你是个不堪调教的笨蛋。绘画,就是画你自己的五脏六腑,画在你视网膜上一闪而过的幻象,画你的绮想,画你的梦。或者,画你最说不出口的欲念。"

最后,保罗教授斩钉截铁地说:"在现代艺术中,画龄不重要,技巧也不重要,而个性,是决定你作为一个艺术家是死是活的唯一要素。"

承曦就在这种惊世骇俗的指导下画出了她第一张油画——《白色与黑色的交响曲》。画面由白色和灰色组成，大小不一，形状各异的白色色块，间隔着黑色与深灰色的轮廓线，画面上厚薄不一的笔触，形成波动的节奏，右下角画有隐隐约约的一株玫瑰，像一道干枯的血痕。

保罗教授抱着胳膊看了很久，挑起眉毛问她："女士，别告诉我，你真的从来没学过画画？"承曦摇头。其实，她心里大概知道这画意象的最初起始：早年某个春日，阿哥刚刚写完的一幅书法，才揿上印章，一只灰猫突然跃上书桌，棉纸被掀起，墨汁淋淋漓漓，互相重叠粘连。但她不晓得只是很久以前生活中不起眼的一幕，为什么变成了她生平第一幅油画。

保罗教授从此对这个女学生另眼相看，他并没有认出这个女子在卢浮宫里曾与他有过一面之缘。以前也有外国人来他画室学画，大都是有钱有闲者，崇尚法兰西文化，到他画室里来蜻蜓点水一下，不管成不成，也算沾了点文明之光。这个女子却有些不同，但何处殊异，他也讲不出来。

保罗教授不像法兰西学院那些冬烘先生，穿三件头的老式西装，散发着一股酸气。他梳一个大背头，浓密的胡子和鬓角修得整整齐齐，服饰和皮鞋永远是巴黎最时尚的。平时开一辆红色英国敞篷小跑车，招摇过市，很容易被人认为是个纨绔子弟，但他的确是个有修养，也具有独特眼光的艺术教授，同时也是个伊壁鸠鲁的信徒，注重当下，看淡名利，讲究人生享受。

在结业时，学校里办了个小型画展，承曦第一次看到自己的画，被装在镜框里，挂在大厅中展览。那种感受一言难尽，可能与不可能之间的屏障突然消失，像阴霾的天气太阳微微冒出头来，世界开始微笑。本来低沉的情绪一扫而空，前面的风景在雾气弥漫中渐渐显露出道路来。

有一天,她也许会有自己的画室,不需要太大,但要有明亮的大窗户,结实的橡木地板;有一张旧的,但货真价实的路易十六时期的美人榻,可以在画画间歇时半倚着看画;有罗马式的大理石花瓶,插满了四季鲜花;有俄国式的银质大茶炊,画室内茶香弥漫;画商们跟她约时间来看画,为她举行画展;周末从画展开幕酒会回来,她将脱掉高跟鞋和旗袍,穿着文胸和内裤在空荡荡的画室中独自跳舞,再喝个烂醉,在美人榻上睡得人事不知……

一个念头突然来到心里,阿哥如果到画展上看到她的画,会不会惊讶莫名?他将会怎样评论?还有那个人,他会怎么想?

遐想被打断,擎着酒杯,头戴巴拿马草帽,一身花格子西装的保罗教授来到她身边,俏皮地举了举帽檐:"赵女士,你是这个班上,唯一学费花得不冤枉的学生。我有这个荣幸邀请你跳舞吗?"

有时,赵承晚会把在法国时期画的画拿出来,摊在桌上,背着手一张张看过去,好像是看别人的画作。这些画作的确有种陌生感,他诧异当时怎么会有那种感觉?阳光明亮,色彩优雅,画面呈现着朝气蓬勃的气象。再看现在的画作,透出一股郁闷滞涩的味道,颜色浑浊,笔触也显得僵硬。"橘生于淮北为枳"大概是有些道理。画画也讲究天时地利人和,天时和地利是主要的,人在不同的环境下,认识不同,感受不同,手下画出来的东西也不同。

他回到杭州之后,画画的欲望好像减弱了,十天半月不动笔,内心也没有什么歉疚感。作为一个普通老百姓,生活中比画画重要的东西多了,安定的日子,口腹之欲与小乐胃,身体健康和阖家平安,都直接关系到你的人生。

南山路三间简陋的平房,的确是他托以隐身的南山,每天去菜场采购来的食材，就是他人生中天天绽放的一片菊花之海。

教书是教不成了，但在当下的环境里，不劳动者不得食，任何人都不好窝在家里游手好闲的，左邻右舍会有闲话，街道里也不会放你过门。但承晚除了画画之外别无所长，虽然会讲法语，可惜中小学不开法语课，去教大学嘛又有些不够资格。高不成低不就，最后给他安排在一个街道工厂工作，在信封车间里粘信封。承晚上了几天班，觉得倒是还好，不需要什么技术，不用动脑筋，也不怎么累，就是工资太低，除了缴房租吃饭，可说是一无剩余。还好承曦每隔几个月，会给他寄来一两百法郎，让他改善一下生活。

晚春时节，承晚沿着南山路散步，柳树飘絮，西湖湖面上积聚了一片茫茫白絮，水面显得浑浊。路过苏小小的坟，已经被铲平了。他记得上次是跟国粹和承曦一起来的，曾几何时，大家飘零四海，音讯寥寥。人生竟会有那么大的变幻，如柳絮一样，身不由己，今朝不晓得明朝。

既然明白了命运的不可测，安排好个人的小日子是唯一可做的。承晚三十出头了，还是独身一人。也有热心的街坊给他提过亲，承晚被催迫着去看了，不是嫌对方相貌平平，就是相处下来觉得无话可说，总是不成。介绍人就不高兴了："拿什么架子，也不看看你自己，法国留学生在粘信封。还不如人家一个正儿八经的学徒工，有工资有奖金，还有劳保。你有啥？亏你还要挑三拣四。"

承晚笑笑，道个歉，也不反击。心里晓得将就的婚姻，不是委屈了自己就是委屈了别人。更何况贫贱夫妻百事哀，单身，结婚，怎么过，都是一辈子。

放下了这层心思，日子倒是过得更潇洒了，一人吃饱全家不饿。手上有钱的话就下个馆子。现在承晚觅食的门槛更精了，晓得有些菜肴名过其实，像是西湖莼菜汤，从来不叫。有些自己家里也能烹煮的菜肴，如东坡肉，选取好的猪肉，用足料，讲究火候，成品不一定比饭馆的差。他下饭馆，专门挑选那些要费大工夫的，或者在家里没有条件做的菜肴，细细品尝，自得其乐，人生也仅在于咀嚼之间。

不过，午夜梦回之际，承晚看到自己和国粹等一干志同道合的朋友，年轻而生机饱满，在深夜漫步于巴黎街头，在卢浮宫里流连忘返，一张张伟大的杰作闪着天堂之光。醒来不禁怅然，短短几年，初心已逝，但艺术的光照不曾完全消失，在他平淡无奇的日子里牵起一丝余韵。

五十三

这一年的冬天，大巴黎地区流行着一种很可怕的感冒。国粹也中招了，发高热，咳嗽，浑身酸软，连续两个礼拜不能起床。后来总算痊愈了，但对他身体消耗太大，每天爬七楼变成一个大挑战。而且，由于他多次拖欠房租，与公寓的管理方面也闹得不太愉快，因此国粹一直想搬个家，但苦于合适点的房子太贵，便宜的房子又太小，或太远。

最后，有个熟人给他介绍了一处位于圣米歇尔广场的房子，离巴黎圣母院不远，在四楼，房租也很便宜。国粹去看了，房子差不多有两百年了，是路易十六时期建的。门面看来还不错，黄铜扶手，廊柱上雕刻着圣经故事，房子有着法兰西全盛时期的余韵。但仔细看去，外部台阶下陷，地砖缺失；里面泥灰墙面开裂，门窗都关不严，房子像个年逾古稀的老人，颤颤巍巍地还站立着，只是沧桑得很。在三楼走廊的尽头，一扇小门后，有一道窄窄的楼梯通往阁楼，走上暗洞洞的阁楼，一股灰尘味道扑面而来。走道两边分隔成一小间一小间,挂着锁,是楼下公寓住户存放杂物的储藏室。在朝北的尽头,有一间稍大些的房间,人字形斜顶,有一扇窗户对着塞纳河,看得到圣母院的塔尖。国粹估量了一下,房间里大概能放下一张单人床,另外还有十来个平方米地方可以画画。风景不错,朝向也是他喜欢的,当即表示要租下。公寓的管理人说:"按理说,这儿是不能住人的,因为这一层是储藏室,没有盥洗设备的。以前有个歌剧女演员住这里,每天吊嗓子,楼下住户抱怨,被我赶了出去。如果你保证不弄出太大的声响,影响到别的住户,我可以睁一眼闭一眼。"国粹问道:"那么,我要上厕所怎么办?"管理人踌躇了一下:"我可以给你一个便壶,像医院里用的那样,你自己负责清理。"带国粹来的介绍人觉得不合适,没厕所不行,怎么能住人,拉了国粹要走。管理人冷笑一声:"你要晓得,这种路易时代的房子,从建造伊始就没有厕所,几百年不是也过来了吗?"国粹倒是觉得没什么大不了,说:"平时我可以到楼下的酒吧去用盥洗室,夜里,有个便壶也就可以了。我们中国乡下的房子,大多数是没有盥洗室的。"

介绍人只好耸耸肩:"反正是你住,我才不在乎呢。"

国粹身无长物,一张单人床垫,一只小书桌,一把椅子,再加上一台木制画架,雇了一辆出租车就搬了过来。当夜,他被窸窸窣窣的老鼠活动声闹醒,恍惚之余,有一阵子不知身在何处。抬起身,望见窗外一弯新月挂在圣母堂的钟楼之畔,才恍然想起这已经是他在巴黎第五次搬家了。

国粹等到住进来后才晓得,阁楼上不通风,不但有挥之不去的灰尘味,还有老鼠做了窠的味道,以及屋顶上大量鸽子粪被太阳蒸晒出来的味道。所以一直得把窗开着。但在深秋时分,有几天巴黎的气温降到四五摄氏度,整夜开窗冷得吃不消。国粹只好一根接一根地抽烟,以此掩盖那股百味杂陈的老房子味道。

他的作息习惯是晚睡晚起，白天要睡到近午才起来，然后下楼喝咖啡，顺便借用厕所，料理一下个人卫生。楼下的德国酒吧在白天是咖啡馆，也供应一些家常餐食。国粹总是点他们的煎蛋卷，满满的一大盘，蛋卷里面有蘑菇、腌肉、洋葱，以及很多的奶酪，配上油煎土豆块，这一盘够支撑他大半日。时间久了，只要等他一坐下，老板娘兼女招待克洛伊就会朝他微微一笑，吩咐厨房：中国人要的煎蛋卷。然后她把咖啡送上来。

某夜，国粹下楼去买香烟，克洛伊正在天井里洗刷酒杯。看到国粹就叫住了他，把一大袋食品递给他。国粹不肯收受，克洛伊说："这些食品都是没动过的，你不拿，也是要扔掉。"国粹看她满脸诚恳的样子，只好接了。回到楼上打开一看，计有用蜡纸包的德国的大蒜灌肠两大条、荷兰硬干酪一大块、几听酸菜罐头，还有一大条当天的荞麦面包。也算是雪中送炭，这些食物够他吃几天了。

看来传说中乌鸦给苦行僧送粮食还真有其事。

国粹跟酒吧里的上下都混熟了，大家都知道他是个画家，也许有一天会出人头地。国粹在酒吧里帮人画肖像，有时把新画完的油画挂在酒吧里展览，偶尔会有人来买。据克洛伊说买家是美国来的游客，还要把画打包，给他们寄到纽约去。卖了画，国粹手头相对宽裕了点，这才想起他需要买些衣服和鞋子，脚上那双鞋底已经脱胶了，随时都可能散架。在歌剧院附近的商场里，不期然见到傅云裳，正在购买童装。想到当年的好友就这样不复来往，国粹心里忐忑，但也没有转身走开。云裳付完款一抬头，也见到国粹，两人踌躇了几秒钟，然后互相趋近，握手，两人都语无伦次，眼里泛着泪花。

到咖啡馆坐定，一时都找不到话头，最后还是国粹先开口："是个男小囡？"

393

云裳点头："三岁多了，差不多要四岁了。"

国粹发觉云裳神色有点难言之隐，便笑笑说："好事情啊，又是一个未来的画家。"顿了一顿，又问，"承曦她都好吗？"

云裳脸上的表情扭曲，像是要哭出来似的，闷声说道："在两年前，她离家出走时，小囡只有几个月。"

这下轮到国粹吃惊了："怎么会？这完全不像是承曦的作派，你们吵架了？"

云裳沉重地摇头："吵架倒好了，至少我可以晓得啥地方做错了。她就这样留了一张字条，就此不见影踪。"

国粹一句话都说不出来，望着云裳头上新生的丝丝白发，内心百感交集。

两人沉默好久，最后国粹转换话题："有啥云鹏的消息吗？"

云裳摇摇头："我正想问你呢。很久没他的音讯了，老头子的大殓他也没来。"

"我接到他最后一次来信也是两年多前了，说是在京都的一个僧舍借居。"

云裳的眼睛黯了下来，幽幽地说："他真的做了和尚，我也不吃惊，但一下子听到这个消息，还是难以接受。"

国粹安慰道："信上说只是住在僧舍里，不一定是做和尚。"

云裳长叹一口气："是啥命，就是啥命，犟不过去的。"

咖啡凉了，两人站起身来告别，互相说保持联系，但心里都晓得，再也回不到过去那样的状态。人生到了一定的分岔口，余下的路，注定了要你独自去走完。

云裳回到吉维尼已是傍晚了，诺曼底女人正在给小宝洗澡，小家伙是个好动的小囡，在浴缸里玩大轮船，尖声大叫，溅得浴室里满地是水，诺曼底女人身上也湿了一大片。看到爸爸进来，即刻乖了几分，眼睛眨巴眨巴的。云裳拿出新买的衣服，让诺曼底女人给小宝浴后穿上，然后来到自己的书房。

单身男人带个小囡，总是有许多说不出的困扰。云裳最大的困扰是：要不要回掉诺曼底女人。倒不是说她带小囡不尽职，相反，诺曼底女人母性实在太强，太过于独占孩子了。小宝叫她妈蒙，不但是昵称，小宝实际上也真的依恋这个妈蒙。爸爸站东头，妈蒙站西头，如果有选择，小宝一定是飞奔妈蒙而去。相反，云裳为小囡做点啥，妈蒙一律有话要说，不是嫌云裳不懂育儿，就是说动作不够轻柔，要弄疼小孩子了。可气的是小宝一听这话，马上小嘴一咧，做出一副要哭的样子。云裳担心长久以往，他会完全失去对小孩的掌控力。

但是幼儿天生对女性的怀抱有所依恋，何况小宝从小便失去母爱。云裳也不想家里一大一小两个男人对煞，可是诺曼底女人得寸进尺，越来越不把他这个做父亲的放在眼里。云裳觉得是时候做出取舍了，心里油然生出抱怨：承曦如果不是这样甩手一走，怎么会轮到他去伤这个脑筋？

两年多了，他还是没弄明白，承曦为啥要出走？承曦跟他偶然相遇，然后住在一起，是水到渠成的结果。就算上床，也是承曦主动，他并没有一丝一毫的逼迫跟强求。他一直独自回溯与承曦交往中的一情一景，一切看起来都那么正常，温馨又甜蜜，就与所有恋爱中的男女一样。就是在她出走之前，也没有任何反常的征兆。

唯一的，也是很牵强的解释，承曦还对国粹怀有某种幻想。这是他今天见了国粹之后，突然跳入脑海的一个念头。但是看国粹的言谈磊落，不像有所遮掩。那么，到底是为了啥？

云裳长啸一声，仰躺在靠背椅中，双手掩面。

差不多在国粹和云裳坐在咖啡馆里交谈之际，隔了几条街，在一家叫"花神"的咖啡馆兼餐厅的二楼，赵承曦跟保罗教授相对而坐，打着领结的侍者殷勤地送上菜单。但承曦因为紧张，只点了咖啡和一片清蛋糕，一杯矿泉水。保罗教授则叫了一杯白葡萄酒，鹅肝和面包，以及半打牡蛎。承曦环顾四周，座位临窗，窗外设了花坛，鲜花簇拥。这时已经过了午餐高峰，餐厅里只有两对食客，倒是个清静的聊天好场所。

承曦跟了保罗教授出来，是反复犹豫过的，保罗是个好教授，犀利但不失幽默，也晓得如何去激发学生的潜能，在他手把手的指导下，承曦画出了她生平第一张油画，树立了莫大的信心。承曦非常感激教授的鼓励和肯定，可是当保罗教授邀请她在课后去咖啡馆坐坐，她很明白这后面的意思，不由得踌躇。

保罗教授应该是高卢人和摩尔人种的混血，黑须黑发，体格强健。大概是三十八九岁的样子，身上焕发着一股强烈逼人的男性气息，而且不加掩饰。如果承曦和他在课堂里靠得近些，一股古龙水，加了蜂蜜的烟草，混合着强烈的男性荷尔蒙味道扑面而来。如果他站在几步开外，双臂环抱，一只手托了下巴，盯牢了你看，那种感觉简直是他用眼神在一件件地剥除你的衣服。承曦作为一个经历过男女情事，且正当盛年的女人，当然晓得他的"邀请"是什么意思，那种赤裸裸的生物信号，无耻而直截了当。但承曦面对着一个异国男人，有着本能的惧怕和畏缩，并且，她刚开启了人生新的篇章，不想有个男人来搅乱心境。

但保罗教授岂是轻易回绝得了的，他的表情和眼神明确无误地告诉你，拒绝他的邀约是一件多么愚蠢的事情。在保罗教授多次锲而不舍地邀约后，承曦松动了，觉得仅仅是一块喝杯咖啡，应该是不要紧的,于是同意在只上半天课的周六,午餐后一块喝个下午茶。

第一次坐上保罗教授的汽车,座位很低,仿佛贴地而行,车内部的空间也很小,有一股鞣革混合了汽油的味道。教授一手擎着香烟扶在方向盘上,另一手伸过来搭在她肩上。承曦本能地想摆脱这只搁在身上的手,又怕干扰了教授驾车,只好僵着肩膀不动。教授是个急性子,车技也很了得,红色小跑车像箭一样掠过大街小巷,在高低不平的卵石路面也不怎么减速,承曦觉得骨头架子都要散了。到了地方,教授打开车门扶她下车时,承曦感到一丝晕眩,此时她恍然看到她的人生分为两条岔道,她正身不由己地踏上一条不可知的道路。

席间,基本上都是教授一个人在说话,承曦静静地坐着,小口啜饮着咖啡。她的法语还没到可以深入讨论问题的阶段,聆听是最适合的姿态。

她并不是完全听得懂教授关于现代绘画和哲学的关系,也分不清教授嘴里出来的一串串人名谁是谁。承曦坐在教授的正对面,放平视线正好看到教授敞开的领口、下颌与喉结。保罗教授长着一个很方正、坚硬的下巴,胡子刮得铁青,在咀嚼食物时,牵动着腮帮子上结实的肌肉。而男人在仰起头来大笑之际,粗大的喉结上下滚动,给人一股强横的,如动物发情似的视觉冲击,迫使承曦垂下眼帘,不敢再看。而教授持着刀叉的手,骨节分明,稍微挽起的袖口,露出一小截前臂,长满了浓密的体毛。他正用两根手指托起一个带壳牡蛎,挤上柠檬汁,递到承曦嘴边:"很新鲜,要不要尝一个?"

承曦摇着头避开,笑道:"我们中国人不吃生的食物。"

"哦,你不知道你错过了何等的美味。"

保罗教授把牡蛎凑到自己嘴边,用叉子挑起半透明的牡蛎送入口中,然后一仰头喝干壳里的汁液,说:"新鲜牡蛎的味道像是亲吻女人湿润之唇。"

教授说出这么隐晦挑逗的话,湛蓝色的瞳仁纹丝不动,像是给一个严肃的学术问题作结论。承曦半懂未懂,但显然被话语中的暗喻所刺激,脸一下子飞红。

教授放下叉子,用白色的餐巾抹嘴,很平静地说:"赵,我从来没有过东方女人。"

承曦的直觉是她应该马上站起来走掉,但是她太慌乱了,说这话的是她的教授,下学期还要跟着他学,她不想刚刚才建立起来的融洽关系,就此被破坏掉。再进入深一层的内心,那儿有股陌生的、骚动的情绪在冒头,在盘桓。无关理智,无关感情,也无关爱,只是一种原始的冲动,想体验冒险,也想取悦对方的性。但她嘴里说出来的却是一句莫名其妙的话:"我是不想结婚的。"

保罗教授笑了:"跟我一样,但这并不妨碍我们享受一些乐趣。对吧?"

五十四

傅云裳想不到承曦就这样闯了进来。

他正在自己的画室里作画,听到育婴室传来儿子的哭声,以及诺曼底女人的争执声,急忙放下画笔,开门出来查看。

在大客厅里,云裳惊诧地看到,承曦正抱着两年多没见的儿子哄着。不过小宝并不买他妈妈的账,正号啕大哭,一个劲地挣扎着要往妈蒙怀里扑。而诺曼底女人双手叉腰,满脸嫌弃地在一旁絮絮叨叨,直说得承曦火起,大喝一声:"闭嘴!"

诺曼底女人不响了,噔噔噔地走进厨房,把门重重地摔上。

小宝一见保护人走开了,哭得更是大声了,平时,爸爸并不是他的首要选择，但总比被一个陌生女人抱着要好，于是转身向云裳扑来，哇哇地哭叫，眼泪鼻涕糊了一脸。

云裳太过意外，也太过激动。承曦突然出现，使得他不知道如何应付眼前的局面。心里还有一丝侥幸，也许是承曦想通了，女人最终的结局都是回归家庭。他要好好地想一想如何应对这个局面，把握了这个机会，破镜也许可以重圆。

他站定不动，没有上前一步把挣扎不已的小宝从承曦手上接过来。

突然，一个黑须黑发的高个子男人，不知从哪里冒了出来，款步来到他面前，伸出手来，要与他握手。

云裳大感愕然："你是谁？你怎么会进来的？"

男人抬了抬帽沿："在下是保罗·达萨里，艺术教授，赵女士的朋友。"

云裳压抑着心中的怒火，敷衍地与他握了一下。随即向承曦走去，两人在一步之遥站定，互相看着一语不发。承曦怀中的小宝，大概也感到了氛围的凝重，停止了哭泣，头转来转去地看着父母双方。

"我来看看儿子。"承曦垂着眼睛，声音带点嘶哑。

云裳的喉咙里像是被什么东西堵着，脑子里也极其混乱。那个男人的出现，如同一棍子敲醒了他，承曦已经不是以前的那个承曦了。她依附于另一个男人，一个法国男人，而且公然把他带来此地。从那男人大大咧咧的态度看来，他们绝对不止只是朋友的关系。

被侮辱的感觉在云裳心底漫起，他抑制着自己不要发作出来。再羸弱的男人，也是要尊严的。男人女人之间不管有着怎么样的恩怨，都有消亡或修复的机会，但当另一个男人参与进来，一切都不一样了。承曦到底跟他有什么深仇大恨，要如此这般来羞辱他？

承曦感觉到云裳的怒气，想缓和气氛，微笑着说："小宝他大了许多。"

云裳板紧了面孔一声不响。

"我们今天去参观吉维尼的莫奈故居，顺便就过来看看小宝。"

"两年多了，你才刚刚想起来要看他？"

承曦把臂弯里的小宝放下地，直起身来，说："云裳，我是来看看儿子，不是来与你争吵的。你大可认为我是个不合格的母亲。至少，他在你身边长得很好。"

云裳怒极反笑："说得好轻松，小孩子岂是见风就长的？承曦，你怎么不想一想自己作为母亲的职责？"

承曦的眼神变冷："我说过了，我不是来与你吵架的。如果你认为我没有尽到职责，那么，我可以马上带他走。"

云裳用尽全身力气大喝一声："你没有这个权利！"

小宝被父亲的吼叫声与扭曲的面容一激，又放声大哭起来。诺曼底女人从厨房出来，一把抱起小宝要走。承曦一愣，随即赶过去，想要把小宝从诺曼底女人的怀中挖出来。云裳一看情形不对，也上前阻挡。三个大人加一个大哭的小孩，客厅里乱成一团。

那个陪同承曦前来的保罗教授，本来远远地站着，背着手望了窗外，一副与他无涉的姿态。此刻一步跨了进来，他双臂环在承曦胸前，把她拉护在身后，不无恫吓地伸出一根手指，指着云裳说："老兄，你不可以这样对待一位女士。"

面前的男人高大健壮，空手赤拳是打不过他的。云裳如果此时手里有支手枪，他不晓得自己会不会朝着这人扣下扳机。云裳极力抑制着怒意，一手指向大门："你，你没资格来说三道四。请你出去。"

那男人却微微一笑，露出雪白的牙齿："保持风度，我说老兄，在任何情形下都要保持风度。这是做一个绅士的第一条准则。"然后转身向着承曦，伸出手臂，说，"亲爱的，在这种情况下，我觉得我们不适于再待在此地。请吧。"

云裳眼中要冒出火来，看着承曦示威般倚在法国男人的手臂上，走出门去。保罗在带上大门之际，还不忘把头伸进来，抬了抬帽子。随着门锁嗒一声锁上，留下云裳一个人站在客厅里发呆。

大餐桌底下扔着一顶草帽，女人们在社交场合戴的那种宽边草帽。诺曼底女人平时扎一条头巾，从没见过她戴草帽。云裳走过去，捡起草帽来查看，米黄色的细麦秆编织的，做工很精致。草帽外层围着天蓝色的缎带，里面也有一圈防汗带。云裳把帽子凑到鼻子前面闻了闻，一股熟悉的，久违的味道沁入鼻孔，不由使他颤抖了一下。然后，云裳用手指小心翼翼地从防汗带上，拈下一根长长的黑发。

红色的小跑车向巴黎疾驶，承曦的长发在风中扬起。两人都沉默着，保罗直视着前方，轰着油门，超过路上一辆又一辆的汽车，车速越来越快。

承曦晓得保罗的脾气，遇到事情不顺心时，喜欢开快车来排遣郁闷。今天的会面的确很糟糕，承曦没料到与云裳一见面，两人火气都会那么大，以前他总是很温和，很包容的。两年多来，承曦也常常自责离开了儿子，但养育儿子和承曦想做画家的梦想有所冲突，出走也是无奈之举。

承曦转头看着保罗，想要他把车速放慢一点，现在是下班时分，公路上的车辆众多。像保罗这样高速驾驶并不停地变换车道，是很容易造成危险的。但是又一想，保罗并不是那种肯听人劝说的个性，你越说他，他可能把车开得更加疯狂。

承曦常常回想跟保罗同居的这段时间，其中有太多的无奈。有时会自问：到底爱不爱这个男人？承曦自己马上否定这个问题，在经历了被抛弃和背叛之后，再来提这个问题是愚蠢的。承曦现在只爱自己，只关注自己的艺术前景。对旁边这个浑身汗毛，强壮的法国男人，只有肉体的贪恋，如果这也算是一种生理之爱。她跟保罗的关系，像是牛奶掺进了咖啡，你中有我，我中有你，难以简单地用爱不爱来定义了。

保罗带她进入艺术大门，也给她充分的自由去探索。保罗把她的作品送去参展，给她介绍画廊，也给她介绍私人收购者。在有关艺术性和商业性怎么平衡的问题上，保罗有很中肯、很实在的建议。可以说承曦走到今天，保罗有着切切实实的、不可磨灭的功劳。以前遇见的男人，没有谁真正认为她承曦可以成为一个艺术家，包括国粹和她的亲哥哥承晚。保罗是第一个，他认真地发掘她的潜质，鼓励她，扶持她。承曦不可能不感激保罗为她做的一切。

所有的关系都在不断地被催化，如果能保持施教者与受教者的关系，那最好了。可是承曦没能守住这条底线，轻易地跌了进去。男女一旦上了床，所有的化学成分都改变了，这不是愿意不愿意的事情，身体醒过来了，要夺取理智的话语权，看事情的眼光也会变得不一样。

承曦经历过不止一个男人，也生过孩子。但她并没有了解到男女之间性的奥秘，其中的丰富与玄妙，可以从一到无穷数。就如一片处女地，以前只是表层土壤被触动过，可以说还是一张白纸。但是这片土地被一个熟练的农夫，驾驭着一头力大无穷的耕牛一遍遍地深耕之后，土地的物理化学成分都不一样了，长出来的植被也呈现出不一样的景观。

保罗像头公牛似的强健，法国男人又天生懂得在床上怎么伺候女人，取悦女人。性的深层快感使人欲罢不能，飞升到某个临界点之后，人就回不来了。他们曾经在比利牛斯山谷的旅馆床上，三天三夜没起身。时值四月，春雨绵绵，整个世界都是湿漉漉的，没有任何地方比一张舒适的床更使人留恋了。旅馆的建筑古色古香，铺着彩色陶瓷地砖，有着带骑楼的阳台。他们的房间在楼上，绿色百叶窗。窗外是一片褚黄色向上延伸的坡地，坡上岩石嶙峋，树木低矮，典型的比利牛斯山峦景观，偶有山羊和野兔出没。第三天，承曦在清晨醒来，发觉月经来了。在浴室里，镜中的自己头发散乱，眼睑浮肿，由于纵欲而苍白的脸容，像极了聊斋中的某个女鬼。承曦怔立了半晌，脑中一片空白。回到卧室，保罗还在酣睡，头侧向一边俯卧着，全身赤裸，伸展着强壮的四肢。承曦凝望着这具人体，静止中依然散发着强烈的性诱感。承曦点起一支烟，披了件浴袍走到阳台上，蒙蒙细雨与清晨的雾气交缠缭绕，山谷里透出一片淡绿色的氤氲，在雨水中渲染开去，铺天盖地。

所有的欲望都会成瘾，这是生物的蛋白质特性所决定。不要说人类是理性的动物，历史的风向往往在欲望的催动下转向，朝代的更替也与荷尔蒙脱不了干系。作为一个女人，承曦如同山谷中一株植物，久旱逢甘霖，枝叶伸展，全身的细胞都感到欢欣。不说是贪得无厌，至少也是乐此不疲。退一步来说，这样的人生倒是简单了，心灵的追求是艺术，肉体的慰藉是性爱。哦，上帝的归上帝，撒旦的归撒旦。

但是，女人始终有个与自己心灵告解的时刻，爱，还是不爱？哈姆雷特式的，锲而不舍地追问。承曦不得不对自己承认，与保罗的爱，是肉体的欢欣之后的延续，强烈并醉人。但她在肉体的碰撞中找不到灵魂之爱，像当年爱范国粹那样，欲生还死，把自己确确实实全部交出去的爱。也许人生每一个阶段，对爱情都有不同的诠释。那么，最好还是安于现状。

五十五

国粹与傅云裳约了在巴斯蒂尔广场一家咖啡馆见面，是云裳写信邀约的。自从上次在百货商场偶遇之后，国粹常常想起云裳头上的一大丛白发。看来每个人都有不如意处，有钱人穷人，男人女人都一样。国粹自己，自从上次患了重感冒之后，落下一个咳嗽的病根，发作起来咳得上气不接下气。医生叫他戒烟，国粹他岂是肯乖乖就范的性子？医生说归说，咳嗽药水像喝水一样地灌下去，但烟还是照抽不误。

傅云裳的气色比上次见到时还差，国粹吃惊地问："你怎么啦？"云裳闷闷地说："请你出来，是要拜托你一件事。如果我死了，请你多少照看一下我的儿子。"国粹大惊，一把握住云裳的前臂："你发什么神经，死啊活的，到底发生了什么事？"

云裳双手掩面，一声不响。过了一阵才说："其实也没什么，只是突然想到，如果我有个三长两短，儿子竟无人可托付，才把你约了出来。"

国粹大摇其头："云裳啊，你真是捏了个鬼来吓自己，没病没灾的，说这些做什么？人生不易，遇到再大挫折，也是要硬了头皮扛过去的。最不好的就是死啊活的，千万不要想不开。"

云裳道："倒并非如此，我只是越来越觉得，人生无常，今天看来一切都蛮好，花好月圆，下一分钟就可以改变。以前我们都浑浑噩噩地活着，如梦游一样，突然惊醒，发现原来是走在一条羊肠小道上，旁边俱是深渊，不由得吓出一身冷汗。"

国粹皱了眉头，说："云裳你是言过其实了，人生无常，没人晓得将来，每个人都这样活着，也只能这样活着。不能去东想西想，所以郑板桥说'难得糊涂'。好像记得以前还与你争过，现在倒是你犯浑了。"

云裳不响,国粹换了个话题:"好了,不说这些了。小囡好吗?"

"四岁多了,皮得要命,是闷皮。"

国粹笑了:"像你吧。"

云裳摇头:"不完全是,脾气犟得要死。有时我盯了他看,弄不懂这个一半像我一半不像我的小家伙是哪儿冒出来的。"

"也许像云鹏吧。"

云裳一拍脑袋:"你看我这记性,真是的。"伸手从口袋里摸出一封信来,递给国粹,"云鹏来的信,其中也有些话是对你说的。"

国粹接过信来,有点好奇,消失了好几年的云鹏终于想起要写信了。

淡青色的信封上有隐约的印花,信却是用毛笔写在旧式纸笺上的,已经多年没看到这种样子的信笺了,展开读之,恍如时光倒流。

云裳:

此信也许是我最后一次与你交谈,两日后,我将割断尘缘,落籍于大石禅寺,从一个普通沙弥做起,寻求我的第二次人生。

你们不要过于在意,我并不是走投无路才做此决定。日本的佛堂同时亦是一间学堂,让困惑的众生,参透自己存在于这个世界的意义:"世"是当下,而"界"是给你划出的局限。我曾经纠缠于世俗,寻求成功,失落于情缘的得失,终日焦躁而不得解脱,直至寻得佛理,才如醍醐灌顶般醒悟过来。

佛的地界是个清凉所在,引导和教育众生认识到我们所见所闻的局限与无谓,我们看到的世界,只是自身的幻象,如飞鸟在潭水之上的投影。佛理擦亮众生心中的灯,告知我们在一仰一俯之间的漫长和流逝千年的匆匆。时间之外还有时间,世界之上另有世界。由此我们晓得了人是小如芥子,又大如天地。晓得了这些,我们就可以穿越过去和未来。我们从何处来,到何处去。

所以,我能跨进佛门的槛,心里是欢欣的,从此卸下了人生的负重,变得一身轻。不会反顾,也没有留恋。

如你遇到国粹兄,请代我向他告别。作为朋友,我们相伴了许多年,也是可贵的缘分。虽然我们在尘世不再交往,这缘分亦不会消亡。今后他继续在人间修炼,而我则换了另一处学堂而已。告诉他,后会有期。

云鹏鞠躬

国粹沉默地看毕,照原样折好放回信封里,递给云裳。

好久国粹才开口:"看来他真是铁了心的。"

云裳说:"云鹏小时候就有些与众不同,阖家去庙里做法事,云鹏总是流连忘返。后来也曾多次说起过——他前世是个和尚。我总有个预感,也许他到年老时会出家。只是想不到他在盛年之际,就遁入空门。"

"哎,青灯黄卷,做啥不好,去做和尚。"

云裳耸耸肩:"他自己做的选择,旁人再说也是没用的。话说回来,如果你国粹兄做出某个决定,肯听别人劝吗?"

国粹笑了:"当然不肯,谁说也当他放屁。"

"那就是了。"

"只可惜从此少了一个伙伴。"

"天下没不散的筵席啊。"云裳感叹道,"现在巴黎就剩你我两个了,我们要多保持来往啊。"

国粹双手抱在脑后,像是在出神,心里想:人本来就是孤独的。

早年聚在一起,只因为不晓得自己到底要什么,抱团取暖罢了。现在都走了不同的道路,所谓的保持来往,也是表面上的。倒不是刻意疏远,实在是人生到了不同的阶段,找不出太多的共同话题来。

想着是告辞的时候了,不想云裳又说:"还有件事想跟你说说。上个礼拜天,赵承曦突然过来看儿子。"

国粹一激灵:"喔,这倒是件新闻。她还好吗?"

云裳一脸尴尬地苦笑:"我想还不错的。不过,她竟然带了个法国男人一起过来。"

国粹心想,这大概就是云裳约他今天出来的主要原因了。

"那人据说是个艺术教授。"

"你怎么知道?"

"他自己介绍的。"

国粹尽力让自己平静,微笑道:"你怎么招待他们呢?"

云裳摇头:"还招待呢,承曦差点跟保姆打起来。"

"为什么?"

"赵承曦她想带走小宝。"

"要我说,女人家想要孩子,也是情理之中。你就放开手,给了她,一身轻松地画你的画,多好!"

云裳沉重地摇头:"国粹兄啊,你是从来没带过小囡,说说风凉话容易。小囡又不是物事,说掼下就掼下,说带走就带走?"

"嗬,你真是想不开。"

"你叫我怎么想得开?一个哇哇哭叫的小囡,又要喂奶又要换尿布,费心费力地带了三四年,突然一下子要从你身边带走,每个人都会受不了的。"

国粹笑了:"又要怨天怨地,又不肯放开手。所以我说的没错,倒是你想不开,一点都不同情你。"

云裳有点恼怒地说:"小囡三四岁被人带走,想到他也许会叫别人爸爸,而把你忘个精光,没有一个做父亲的受得了。"

国粹也收起笑容:"所以说你想不开呀,就是叫一声爸爸,又如何嘛。中国人有句老话:子女都是上一辈子找来的债主。想想我们自己,也是生下来就一直在讨爷娘的债,回报却是少之又少。你说是不是这样的?"

云裳气极反笑:"我真是昏了头,忘记了你国粹兄是有名的歪理大王,竟寻上门来讨安慰,也是我活该。"

国粹却一本正经地说:"云裳啊,我不是来跟你讲道理的。我晓得,现在无论说正理或歪理,你反正都听不进去的。我要说的是,像云鹏一样,要放得下。因为人生中有太多的事情你左右不了,有时连得上帝和菩萨都是没办法的。我们唯一可以做的,是完成自己的职责——画画,画出心中想要画的画,力所能及。除此之外,一切都是空话屁话。"

云裳不响,似乎有所触动。

两人默默地坐了几分钟,外面下起了小雨。国粹站起身来,戴上帽子,拍了拍云裳的肩膀,说:"好了,你自己多保重。"转身离去。

云裳端坐不动,看着国粹离去的身影。他注意到,国粹右面的裤腿已经破得丝丝缕缕,一只鞋的鞋跟,已经脱了胶,走起路来像张嘴巴似的一张一阖。

国粹为了省地铁的钱,冒雨走回家来,从巴斯蒂尔到圣米歇尔广场,紧赶慢赶也要半个钟头,到家时身上差不多湿透了。进了门赶快脱下,再把湿了的衣服挂起来。穿着内衣坐在床沿抽烟,环顾房间,这么小的地方也是塞了林林总总不少杂物。除了床和书桌,多出了一个镜子碎裂的大橱,楼下住户扔在楼道里不要了,他搬回来置放替换衣物的。斜对了窗子,有个一人高的画架,上面放着一张一米见方的画布,刚刚起了个稿。靠墙还有同样尺寸的一叠空白画布。

前一阵拉丁区有个画廊答应给他举办一个画展,要求他画一批同样风格的画作。画廊经纪人拉斯曼说:"你必须向收藏家们证明,围绕着同一个概念,你的风格是可以不断创作出新的作品,有可能形成一个新的流派。所以说,你需要以数量来证明这点。你如果有二十到三十张的话,我可以给你筹备一个展览。"

国粹在法国待了十多年,深知当前绘画界是一场混战,所有的流派都轮番登场,都想以自己似是而非的观念压过别的流派。在这种混沌的状态中,一个外国人跟随在这些流派之后,是永远没有出头的可能。倒不如从自身的文化中寻找,将一个东方人看待宇宙人生的感觉融合到画中去,以东方人的表达方式来阐述天人合一。阴晴圆缺,周而复始,东方人很早就对天地与人之间的关系有独特的理解。他要做的就是找出一种特殊的语言在画布上阐述这些思想。

东方人是以点和线来描绘视觉感受的。西方人讲究三度空间和透视,不过在近代,西方的画家自己推翻了规则,重新回到二度空间,毕加索和马蒂斯都把绘画中的理性因素降到最低,甚至以儿童的心态来处理画面。新的绘画着重开创性,随心所至,着重另辟蹊径,自由发挥。

国粹点上香烟,把油彩颜料挤在调色板上,从一个大瓶子里倒出松节油,顿时整个房间里充满了挥发性的松节油气味。国粹深吸了一口气,他喜欢闻这股味道,很阳刚的感觉。亚麻仁油的味道也很诱人,没松节油那么强烈刺激,温婉得多,像个不声不响却事事给你安排得妥帖的女子。

但是今天却情绪不佳,画思屡屡中断。云裳说的那些事情,一直在他的脑海里打转,令人分心。最使他触动的,倒不是赵承曦跟法国人同居,虽然那也使他心里不好受,也不是云鹏出家的消息。反而是云裳托孤的那些话语,引得他遐想连篇。他们几个到法国已经十多年了,时光如梭。仔细看去,每个人的身上都发生了巨大的变化,跟当初在马赛港口上岸时,已不可同日而语,生活在不知不觉中把每个人都颠了个倒,面目全非。傅云裳大概也是悟到了世事无常,才会对他有托孤之意吧。

这个世界上每日有人出生,也有人死去。有人成功,也有人失败。只是谁也不晓得变化会何时到来,哪一刻是你最后的凝望,你最后的时刻又会和谁在一起,那时你渐渐凝滞的瞳仁会留下什么样的印象。每个人都在逃避死亡,却又知道是逃不了的。于是想在最后的时刻到来之前,尽量在世界上留下自己的印记。小狗到处撒尿,鸽子无休止地追逐异性,一小时内不停不歇地进行二十次性交。艺术家到处涂鸦,办展览,千方百计地亮出自己的羽毛,其内在的冲动是一样的,想让自己的印记尽可能留存得长久些。

他不就是像狗一样,被艺术女神牵着,希望能在大大小小的画廊里撒点尿,留点印记,让观众们闻一闻,最好把尿撒进卢浮宫去。想到这儿,国粹自己不禁失笑,这个喻想虽然荒谬,但与事实很相近。狗不撒尿要憋死,艺术家不画画,不展览也会憋死。

五十六

承曦很快发现保罗教授还有别的女人,而且还不止一个。

这是凭逻辑推理就可以得出的结论。风流成性,而且具有强大男性魅力的保罗教授,活跃在充满诱惑的巴黎艺术界中,怎么会没有女人?承曦虽然还没天真地认为保罗是个冰清玉洁的童男子,但至少不希望自己同时和一个或多个女人分享一个男人。

保罗倒也并不隐瞒,他很坦然地告诉承曦:"有时还同以前的情人们有着联系。我不想隐瞒。是的,有时我们也会上床。不过,这都不重要。重要的是,承曦,你和我,我们拥有共同的生活,一起画画,一起看展览,一起吃饭睡觉,分享彼此,这比什么都重要。但有时候,我也需要从一成不变的日常中出走一会儿,透口气,见一些新的面孔,寻找一些新意,也需要占有一些新的肉体。这对我的身心健康有益,别忘了我是个艺术家,需要每天有新的、不可知的刺激来振奋我的灵感。"

承曦当然心有不甘,在某次争吵中她问保罗:"我问你,如果我回到吉维尼儿子的家里去住上一个礼拜,你会怎么觉得?"

哪想到保罗笑眯眯地回答:"我一点不在意,希望你有个开心的假期。我相信,等你回来之后,我们会更融洽地相处。"

承曦气极:"如果我决定不再回来的话,你觉得如何?"

保罗只是耸耸肩:"作为一个画家,你已经上路了,没有我,你也会在绘画道路上走下去的。你知道我对你抱有很高的期望,虽然不在一起,但我会期盼着在某个画展上欣赏你的作品。"

承曦知道保罗说的没错,像他这种艺术家绝不会有从属感,也不会要求女伴一定要从属于他。好即合,不好即分,更不会有从一而终的概念。对他说来,每一个女伴只是在人生旅途上的某一个驿站,没有道理他会为了驿站上的风景而留下不走的。

承曦又能怎么办呢?保罗是法国人,老话讲"非我族类,其心必异"。她虽然人在法国,天天吃法国饭,讲法文,学习法国人的文化,但法国人在男女关系上的轻率和滥情却是她难以接受的。这无涉人品，也不关责任。只是两种不同文化的相异之处，保罗说服不了她，她也改变不了保罗。

承曦不会再像少女一样把自己无条件地交付出去，她也不会要求跟保罗结婚。虽然看到，也感到保罗与她之间有着根本认同上的分歧，但是在现实中，承曦还是依恋着这个男人。按理说，女人原来是肉体跟着感觉走的，没有感情的话，肉体不会有反应的。但是时间一久，却产生了微妙的变化，在男女关系的取向上，肉体的因素大大地上升，在某种程度上可以跟感情分庭抗礼。她现在晓得，在孤独时有个赏心悦目的男人相伴意味着什么？而一场淋漓尽致的性爱对一个三十出头的女人又意味着什么？

意味着昏晕、痴迷、狂喜、逃避现实、放弃自己的意志，意味着身不由己，也意味着理性无足轻重，更意味着女人到达了很少有人领略过的彼岸，无生无死无明无晦无始也无终的彼岸。

承曦好像明白了些，当年老娘为什么戒不掉鸦片。内心的支撑倒了，人就必须借助于一些外部的事物来支撑自己。对某些人说来是鸦片，对某些人说来是性爱。

承曦是幸运的，人生中还有绘画支撑着她。

所以承曦跟保罗吵归吵，但还一直住在一起。

苦闷的是，她没人可以诉说，一个也没有。她在世上唯一的亲哥哥，承晚也跟她话越来越少了，偶尔来信，信中除了说些家里的琐碎小事，就是抱怨诸事不顺，日子怎么难过。封封信都是抱怨之语，像一个受尽委屈的孩子。承曦看得又郁闷又冒火，有时真想骂他几句，再一想，他生来就是这样懦弱的个性，骂了他，也不可能有任何改变。作为他仅存的同胞姐妹，唯一可做的是，尽可能地周济他一些。

五十七

范国粹的画展可以说是成功的，巴黎绘画界唯新是瞻，还没有见过这样把东西方的审美、不同的绘画元素，以新颖的手法糅合在一起的风格。但也有些不确定，众说纷纭，各种褒贬的评语都有。《费加罗日报》专写美术评论的让·阿瑟·伦内斯，是个出名的毒舌，很少说人好话，也写了一段评语：

……范的绘画，命曰"无题"，也真是无可名状。一瞥之下，使人想起跌下脚手架的油漆工，又打翻了油漆罐子，颜料飞溅，整个画面混乱不堪。参观者会皱起眉头："喔，又来了一个杰克逊·波洛克的模仿者。"真是要命，伟大的法兰西传统就被这些自称画家的野蛮人给污染了。

我们听见安格尔在坟墓中痛哭，看见德拉克罗瓦在天堂里捶胸顿足。

但且慢，你无奈，是的。既然大老远地来了，哭也哭过了，不妨仔细地看上几分钟，奇怪的事却发生了。你会发觉同样是打翻颜料罐子的游戏，这个家伙的手势却比波洛克少了些粗暴，多了些文雅。波洛克的画面表现出一种杂乱和不拘，范，却显示了某种内敛和控制，同样是飞溅，溅得到处都是的色彩却分布得那么美妙，就像一棵不经修剪的树，天生拥有美丽的身姿。画布上的每一块斑点都是清晰可见的，但又好像的确是在流动的，斑点与斑点交相辉映，像秋天的落叶覆满河床，水流淙淙。

我恍然看出画面里有一种深思，像戴高乐将军伫立在阿尔及利亚的广袤荒漠之中，突然撞上终极的考问：世界是偶然的，还是必然的？同时，人在空旷之地感受到了时间的宏大与荒凉。

最后，画中还有一种古老的文化咒语，沉潜又高昂，但我不懂它要传达的信息。

在技巧上使我迷惑的是：这些不可思议的色彩组成的韵律画面，真是随机洒上去的吗？换句话说，梅里美闭着眼睛用一只手指在打字机上随机敲打，真的能写出伟大的小说来吗？也许能，也许不能。世界难解，昨是今非，我们永远得不到准确的答案。我仅知道的是，中国人是不可思议的。他们生活在一个谜一样的国度，有自己独特的食物、哲学和审美。他们长得与我们不同，他们的脑回路也许和我们不一样，眼睛看到的景色也与我们不同。我们认为是实体，他们认为是意象。因此，最后落到画面上的也不一样。

这是我看了画展的仅有印象——中国人是个谜。

如果人类真是从外星来的，那么我们和他们肯定来自不同的星球。再多我也说不出什么了。如果你还有别的问题，干吗不多走两步，去问那个中国人，他正站在画展的角落里抽烟，身上的西装已经很旧了，头发也没怎么整理，而脸上的表情，好像我们全都他妈的欠了他一样。

别来烦我，我正忙着看画，晚上还有评论要写呢。

国粹在画展酒会上见到过这个伦内斯，估计是五十来岁，小个子，留着花白山羊胡子，穿着考究，戴一个单片眼镜，耷拉着眼皮，跟人说话爱理不理的。后来知道他天生是眼睛有问题，出生时，视神经被产钳给夹坏了。伦内斯见了国粹，用手抬一下单片眼镜，问他："喔，你就是这个画家，日本人吗？"

国粹礼貌地说是中国人。

伦内斯嗯了一声："我想也不是，日本人舌头短了一截，他们说的法语真令人难受,像是锉刀在磨我的牙齿。你说的话,至少我还听得懂。"

国粹不禁好笑,这个怪老头夸赞人也夸赞得别出心裁,说你的好话也让人觉得芒刺在背。

但画却卖得不甚理想,收藏家们还在观望,一个画展还说明不了问题,不晓得这种新颖的画法是否是昙花一现。半个月下来,只被订购了三张画,一大两小。国粹所分得的钱款,除去了材料费,所剩无几。这还不是最要紧的,国粹因连续几个月不眠不休地赶画,劳累之外再加饮食荒疏,香烟又抽得没节制,他的重感冒不但没有痊愈,反而转为肺炎了。刚过了新年之后,国粹突然咳嗽不止,伴有吐血,下楼时脚一软滚了下来。公寓管理人把他送进医院,住了两个礼拜才出院。病愈后再爬上三楼,都觉得气喘脚软。

推窗望出去,是巴黎圣母院高耸的钟楼,正沐浴在金黄色的夕阳之中。沿河一排排建筑、树冠和教堂的穹顶,在天穹之下都像是铜雕的质地。黄昏淡紫色的阴影下,一群鸽子在盘旋。塞纳河上游船无声地滑行,轻软缥缈若在梦中。再远处,圣米歇尔广场上点点灯光已经开始闪烁,入夜之后的巴黎将无比灿烂。国粹站在窗前,感觉整个人是空的,无思无想,也没有作画的冲动。世界和他,缓慢地开始分离、脱序。这种心情就如一个手工匠人,做完了活拿了工钱出门,再回头望一眼曾为之付出心血的地方。

国粹觉得这仅是一时的感触,他只是工作得太久了,有点累,休息过来就好了。医生一再叫他戒烟,但戒了烟,连人生最后一点赖以纾解的东西也没有了。

在神经绷紧之时不觉得,但大病初愈之际,人一旦松弛下来,一丝孤独感潜入心中,弥漫开来,世界突然显得无比空旷,人与人之间显得何其遥远。这个世界上有几十亿人,但与他亲近的,几乎可说一个也没有。他的原生家庭，远在地球的另一端，已经多年没有他们的音讯了。最近收到的一封信，还是三年前国樟从香港寄来的，说是小妹滋祯在六年前嫁到横塘，妹夫倒是忠厚老实的手艺人，细工木匠出身，不过也是做一日吃一日。老母亲范应氏已经到了风烛残年，也只好搬去横塘跟了小妹过活。至于苏州祖传的当铺房产等等，早就公私合营了，已经不用去再想。

他伤感，那个世界已经离他很远很远了，但记忆深处的童年和少年，有时还会出现在睡梦中，如一间久闭屋子里的蒙尘之镜，偶尔回光返照般，使人恍如隔世。这些年来他一个人在异国，一直是孤身独行。此刻环顾，身边竟如此荒凉，独立不羁如他，此刻也渴望能依偎在某个人的身边，一个能够面对面畅怀倾诉，或者面对面沉默不语的伴侣，只要感到身边另一个人的体温、呼吸，或是仅仅的一个眼神交流。

孤独是一只青鸟，在蓬莱之路上下翻飞。

他流浪得够久了，人生中所有的疲惫和软弱在一刹那全部袭来，忘记绘画吧，忘记卢浮宫博物馆，忘记艺术所带来的狂喜和痛楚，像一个被遗弃儿童那样寻找一些温暖吧。弓弦已经拉开到极限，在下一次箭镞射出去之前，松弛一下，让一切恢复原状。世界无限，但人生来脆弱。这么多年下来，应该明白，我们只是一群朝生暮死的渺小生物，永远填不满这个无垠之海。

窗外暮色四沉，河上紫色的氤氲弥漫。国粹擎着香烟，眺望着天空中一只孤单的鸽子徐徐降落在对面屋檐，频频向他这个方向回首，再钻入窗台下面的巢穴。圣母院的钟声响了七下，一弯淡淡的新月悬挂在塞纳河上空，离水面很近。下面楼层里有人在弹奏着巴赫的弥撒曲，琴声若断若续，一音节有，一音节无地缓缓流淌，安静如水却隐含忧伤。国粹想起了曾经跟钟樱之一起走过初夏的林荫道，也有人在黑洞洞的店堂里弹奏萧邦的乐曲，不同的曲子，却是同样的情绪，月照古人亦照今人。

他如果给樱之去封信，樱之肯定会毫不耽搁地赶来巴黎，但他不想这样做。

国粹扔掉烟蒂，关上窗子，回到书桌前坐下，打开最上面的抽屉，取出一个小木盒子，里面放着承曦的翡翠耳环。他想要物归原主，但一直没有机会跟承曦碰面。而且，托云裳转交也好像不太合适。就这样，这副耳环还留存在他这里，被装在一个小锦袋里，躺在抽屉的深处。平时他不敢取出来，生怕睹物思人，更不愿因为伤感而扰乱了心境。

这只锦袋如火柴盒大小，用乳白色的绸缎制成，翻盖上缀有两颗小珠子，用一根红色的绫丝线系在一起。国粹解开绫丝线，把两枚绿色的耳环倾倒在手心里。一抹鲜艳的绿色在他掌心中微微颤抖，像是活物一般，浅浅地呼吸着。当年在舞会上初次见这副耳环，冬夜里，承曦在百乐门舞池中酣舞，刚认识的年轻女孩羞怯地低眉含笑。薄暗之中，吉特巴乐曲回荡，女孩跳得微微冒汗，喘着大气，扑面而来的青春气息令人迷醉。曾几何时，一切都面目全非，只留存下这两枚绿色的余韵。

国粹直到现在还未明白过来，为什么承曦会视他如仇人？在吉维尼的那一幕像个可怕的噩梦，如今他一闭眼，承曦那副咬牙切齿的表情还历历在目。他对承曦的感觉没变过，在分离的年月里，他身边有女人，没错，这毕竟是二十世纪，男女可以自由地交往。但他仅仅对承曦一个人许下承诺，而且，至今也一直信守了这份诺言的。

我们的一生，注定会遇上许多猝不及防的改变，现实与愿望相逆，努力与收获不成比例，而误解像蛛网一样缠绕了我们的前世今生。但作为一个后知后觉的凡人，面对了这一切，又能如何呢？

承曦和保罗又发生了一次激烈的争吵。缘起是工作室雇请了一个模特儿，卡莉，十八岁的黑色鬈发阿尔及利亚女子，小骨架，淡淡的橄榄色皮肤，体态非常丰腴和肉感。鹅颈细腰，年纪不大，胸脯却发育得很好，异常饱满却不下垂。手腕和脚踝上戴着一串银环，举手投足叮当作响，宛如德拉克罗瓦画中所描绘的中亚细亚女奴。但是最令人过目不忘的是她的眼睛，又大又黑，长长的睫毛忽闪忽闪，一闭一瞥之间，秋波荡漾，简直是勾人魂魄。当她绾起头发，擎了支香烟，披了一件绣着仙鹤的日本浴衣走进教室，莲步款款，腰胯一体，像只猫一样侧身坐上模特儿展示台，腰带一抽，金蝉蜕壳似的卸下浴衣，袒露出诱人的胴体，连承曦都被她惊艳到。教室里更是起了一阵骚动，学生们低低地惊呼，有个调皮的男生吹了一声长长的呼哨。骚动中，教室后面一只画架啪的一声倒下。卡莉骇叫一声，随即掩口而笑。那种娇媚样子连保罗教授都忍不住动容。承曦注意到他的瞳孔收小，喘息变粗。承曦对身边这个男人太了解了，这是他情欲亢奋的预兆。就如猛兽不会放过猎物，保罗不会放过任何一个引起他欲望的女人。

担心也没用，事情在一礼拜之后急转而下。

承曦在课间下楼买了杯咖啡，回来路过学校的后巷，不料正巧瞥见卡莉坐上了保罗的红色跑车。保罗伸出手臂亲热地揽住女人，而卡莉则凑过身去亲吻男人的脸颊。跑车很快转过街角，一晃而逝。承曦一整个下午魂不守舍，面前的画布上是一团糟的颜色，并且一个心不在焉，还被调色刀割破了手掌。当晚，保罗没有归家，承曦也一夜没阖眼。以前和保罗太多次地发生争执，没有结果，承曦也学会睁一只眼闭一只眼,不让自己去动真格。就如保罗说的,艳遇只是个偶然事件。但这次有所不同,承曦下意识地感觉到,自从她和保罗同居之后,最大的危机来临。

保罗竟然两天没露面,课也不来上。学生们也猜得到是怎么回事,教室里人心惶惶,各种传言都有。承曦本想以画画来忘却烦恼,人在教室却根本定不下心来,画了半个钟头,胡乱收拾一下就回家去了。

公寓是以保罗的名义租下的,承曦回家洗了个冷水澡,抽了两支烟,想定下心来,仔细想一想今后何去何从。保罗他私下偷情,承曦也就忍了,但这样公开地招蜂引蝶,是个女人都会受不了的。唯有跟他摊牌,要么辞退那个卡莉,要么一刀两断。

承曦很快地收拾起自己的衣物,装进还是当初来巴黎时的那两只皮箱。环顾这个跟保罗共同生活了三年多的公寓,通往阳台的长窗敞开着,微风拂动薄纱窗帘。餐桌上玻璃缸中插花已经败了,落英缤纷。而卧室里浮动着男人薄荷剃须膏和床笫的气息。承曦不由得思绪万千,回想从杭州出走至今,一直漂泊流离,一次又一次地搬家,但这趟与前几次有所不同,以前是抱了强烈的求生欲望,而这次离去,却感伤莫名,并且身心俱疲。

承曦在楼下等候出租车时,看见保罗的红色跑车在对街快速地驶来,一个U形转弯,在她面前刹住。保罗下了车,诧异问道:"你这是要出门去?啊,你的手怎么啦?"承曦告诉自己,面对了他,无论如何要坚强,眼泪却不听话地淌了下来。保罗见了一愣,走过来揽住她,低声说:"喔,别小孩子气了。"承曦挣脱出他的搂抱,斥责道:"你实在太过分了。"保罗看定她,说:"我们能不能心平气和地谈一谈?"承曦脑子一团混乱,拒绝道:"已经谈过多次,有用吗?"保罗说:"你如果能冷静下来,我们好好地谈一次,这对你我都有好处。"承曦情绪激动地再次拒绝:"我不想听,也不想谈。"此时正好有出租车停下,承曦跳上车子,两个皮箱还留在街沿上,司机下来搬箱子,而保罗双手插在裤袋里,也没阻拦,默默地看着出租车离去。

　　住宿在旅馆的前两天,承曦不晓得日子是怎么过的。旅馆,总是会给人一种漂泊的暗示,前台职员的假笑,隔壁的客人鬼鬼祟祟,空空的走廊里总有莫名其妙的脚步声。因此晚上睡不安稳,早晨连起床的劲头都没有,茫然地看着淡青色的天光从窗帘中透进来,不知道这一天要怎么度过,最后强迫自己振作起来,简单地收拾了一下,去塞纳河边走走。是个阴天,塞纳河的两岸依然生气勃勃,亚历山大三世大桥上游客熙攘,在卢浮宫前看展览的人排了长队。承曦裹紧了披肩,机械地,无目的地走着,风拂在脸上,竟然有凉意,才晓得不知不觉地流泪了,于是就狠狠地责怪自己:"你的骄傲呢?你的自我呢?记住,你到法国来不是为了任何一个男人,而是为了你自己。你有自己的人生,自己的绘画,让男人都见鬼去吧。"
　　承曦在咖啡座上喝了杯咖啡,抽了两支烟,感觉好了点。回到旅馆,发现自己例假来了。当时离家时神魂俱失,好些必需品都没带出来,必须回去一次。她估计此时保罗应该在学校上课,于是搭了地铁回家来。
　　上楼后发觉公寓的门虚掩着,保罗平时大大咧咧,不锁门是常有的事,承曦并不在意。她轻手轻脚地走过过道,来到客厅,却发现屋中有个陌生男人,背对着她坐在桌前。那个男人听到动静,转过头来。承曦诧异地问道:"你是谁?你是怎么进来的?"
　　男人站起身来,并没有马上回答她的问题,只是让她在餐桌边的一把椅子上坐下,并为她倒了一杯水,再给她看了证件,是十二区的警官。承曦心里一紧："发生了什么事？警官先生？"

警官埋头在桌上的案卷中，一边微微地摇头："真是不幸……女士，你必须镇定……"

承曦哪定得下心来，各种可怕的念头涌上来，是保罗，保罗他发生了什么事？

警官在案卷中抽出几张照片放在承曦面前，她一眼辨出这是保罗的红色小跑车，车身被撞得完全变了形，挡风玻璃粉碎，一个轮子不见了。承曦惊呼一声，扔下照片，双手掩住了面孔。

据警官说，在前天半夜十一点左右，这辆红色的小跑车在里昂火车站附近以极快的速度行驶。车篷没拉起，因此有人看到车上的一男一女好像在吵架。女的曾经用手拍打方向盘，又站起身来，想从高速行驶的车子里跳下。男人一手驾车，一手去拉女人，险象百出。但是车子撞毁的地方是离火车站有一里多路的贝西公园附近，那地方夜黑人稀，没有目击者看到失事的经过，只是街区的住户听到巨响，才由警察局派人去查看……

承曦已经心神俱失，耳中听到警官的话语，但不怎么明白话中的意思。

去勘察的警察也迷惑，当时虽是黑夜，但还有路灯，车祸地点的路况也不是很复杂，怎么车子就会偏离了马路，撞到六百米远的树上去呢？"女士，我今天过来，就是想找你谈谈，教授是否有心脏病的病史？"

承曦摇头。

警官翻阅卷宗："他是个老司机了，驾龄已超过二十年。那么，他喝酒吗？我是指喝很多的酒。"

承曦先点头再摇头："他是喝酒，但最多也就是三四杯红酒的样子。"

警官摇头:"是吗?所以我们难以下结论,车祸可能是由于驾驶不专心引起的;也可能是出现机械问题,如刹车失灵,爆胎等等;也可能是喝酒闯的祸。不过,现在说什么都晚了。"

警官在胸前画了个十字。

承曦回过神来,问道:"保罗他人在哪?"

警官有点怜悯地看着她,说:"以近一百公里的速度撞上大树,人是很难生还的。女士,你要节哀。"

承曦已经有点疯狂了,拉住警官的袖子:"他在哪里?我要去看他。"

警察再一次摇头:"不行。女士,不是我阻拦你,尸体撞得不成样子,认不出来了。我们是根据汽车牌照和钱包里的驾驶证才确定教授的身份的。"

承曦感到眼前一片空白,像是要昏厥过去的样子。

恍惚中听到警官的声音从很远的地方飘过来:"女士,你还好吗?要不要去看医生?我的汽车在下面,可以带你去医院。"

承曦深吸一口气,强迫自己回过神来。警官已经收拾起案卷,在一张纸上写了个地址,交给她:"这是殡仪馆的地址,你可以联系他们。如果有需要帮忙的地方,可到十二区警局找我。"

在出门之际,承曦问道:"警官先生,我能不能问一下,那个女的怎样了?"

警官耸耸肩:"当然活不了。可惜,才十八岁。"

五十八

国粹的健康状况并没有改善,肺炎虽说是好了,但他自己不在意,依然故我,拖着羸弱的病体继续作画。几个礼拜下来,咳嗽变得更为剧烈,常常咳得喘不过气来。食欲也变差了,一天不吃东西也不觉得饿。人瘦了七八斤,他本来就是偏瘦的体型,这样一来竟有形销骨立之感。

阿黛尔见了他,说:"范,你真应该注意点自己的身体了,画画——没那么要紧,世界上的美术馆已经够多了。"

国粹笑道:"再多,我至今还不得其门。"

阿黛尔摇摇头:"身体弄垮了什么都没有,放松些吧。"

国粹不屑地说:"小心翼翼地活到七老八十?眼花手颤,排队领救济,然后拖着脚步爬楼梯,喘得像条狗?老天,我才不要活成那样。"

阿黛尔笑道:"说得也是,老来苦,我也不想活那么久。"

两个人坐在咖啡座上聊天,又抽了一整包烟,其间国粹又一次大咳。阿黛尔担心地望着他:"说是那么说,但你还是要去看医生,听到吗?"

国粹喘息道:"医生没什么用,等会儿我上药店买一瓶止咳糖浆。"

阿黛尔凶他:"你会把自己咳死的。"

国粹苦笑:"我已经四十三岁了,死而无憾。"

阿黛尔斥责道:"胡说八道。"国粹耸耸肩:"还不是跟你学的?你自己说过的话忘记了?"

两人相视大笑。

但是一语成谶,国粹在两天后又一次病倒了,这次发病来得很凶险,一连三天起不了身。幸好公寓管理人留了个心,上来探视,见国粹病得人事不省,连忙叫了救护车,把国粹送进了医院。

这间博纳医院在二战前是天主教会所创办的贫民医院,现在是属于社会福利性质的医院,主要由政府拨款维持,病人也多是下层市民及退休的老年人。医院显然负荷过重,医生和护士都疲累不堪,一脸的苦相,病人受到的照顾也不会好到哪儿去。但是医护人员还秉持着希波克拉底誓言,以有限的资源,尽最大的可能来救治病人。

国粹一进医院,就被送进急救病房,拍摄了 X 光片,用药扩张气管及输氧。待病情稍微缓和些,国粹被送进加护病房。

第二天早上,国粹清醒了些。前来查房的是个中年医生,耳朵上架了支没点燃的香烟,自我介绍是勒庞博士。他眼光犀利,口气却含讥带讽的,翻了翻病历,嘀咕道:"嗬,是个艺术家?梵高的教训还不够?"

国粹虽然还是喘得上气不接下气,但也忍不住反唇相讥:"教训是,千千万万的人知道梵高,但有几个人晓得一个小小的医生?"

勒庞博士倒是笑了:"哦,为了艺术死而无憾,对吧?"

国粹说:"如果能做到像梵高的一半,也真的死而无憾了。"

勒庞博士摇头道:"别发痴了,你成不了梵高的,你只能成为你自己。再怎样,为了一个虚幻的理想而舍弃健康和生命,是不值得的。"

国粹朝医生翻白眼:"你一个小布尔乔亚懂什么!值得不值得,只有自己知道。"

勒庞医生竖起一根手指,威胁道:"喂,老兄,别忘记,我是你的临床医生。"

国粹耸耸肩:"我才不在乎呢。你有你做医生的准则,我有我做一个艺术家的准则。"

勒庞博士的神色柔和了些,微笑着摇头,他大概从未见过这样的病人。

"好吧,现在不是争论这些狗屁准则的时候。我当然会尽我的职责，但现在的你，不是他妈的什么艺术家，是个病人，配合好医生护士是你的职责，明白了吗？"

国粹点点头。勒庞医生最后说道："好吧，你如有任何需要，请让护士通知我。"

国粹说："我现在就有一个小小的请求。"

"什么？"

"你能不能把耳朵上的那根香烟给我留下？"

傅云裳收到一封陌生的来信，寄信人的姓名从未听说过，但地址却有些眼熟，拆开后发现是国粹的公寓管理人写来的。

> 先生，非常冒昧地写信打扰，但我觉得有这个必要通知您，您的朋友范国粹先生，在一个礼拜之前突发重病，被送入巴黎公立医院的博纳分院。医生表示情况很不乐观，委托我寻找他的亲属或监护人。于是我用备用钥匙进入范先生的房间，仅仅找到您的地址。请您尽快跟医院方面联系，具体地址是圣安托万路三一号，医生的名字是皮埃尔·勒庞博士。希望上帝保佑他。

云裳自己家里也是一团糟，前一阵诺曼底女人的女儿生小孩，请了假回去照顾女儿。新请来的保姆跟小宝不合，儿子不肯要她，老是缠着爸爸，使得云裳分身无术。但想到国粹身患重病，又是孤身一人，朋友的责任，使他无法袖手旁观。于是硬起心肠撇下哭闹不已的小宝，隔天就动身往巴黎来。

第二天赶去医院探望，惊见国粹鼻孔里插着氧气管子，脸色发灰，人竟瘦得脱了形，意识也不是很清楚，讲话讲到一半就昏睡过去。云裳不禁唏嘘,离上次见面,也就是半年多的样子,到底发生了什么?这时护士过来说:"医生有些话要跟你说,请到护士室去等候。"

云裳坐在空无一人的护士室里,心绪难平。刚认识范国粹时,两人都是不满廿岁的青涩少年,狂妄无知,作天作地。只是秉持了一腔对艺术的激情,相偕来到欧洲闯荡。二十多年过去了,人生跌宕,回头一望,变化竟如此之大。

国粹的病情看样子不容乐观,同代人竟已经走到生命的边缘,真是悲从中来。再想自己,里里外外也是伤痕累累,表兄被拘至今,父亲因此亡故,兄弟遁世远走。而最大的伤痛是承曦出走给他的打击,心里的创伤一直恢复不过来……

医生进来了,草草地打个招呼,坐下就取出烟来,点上火抽了一大口。勒庞博士看来也就是他们这个年纪,四十出头点,但是看起来很憔悴,头已经秃了,原来应该是很英俊的相貌,也因为有两个很大的眼袋显得沧桑。也许是抽烟过多,脸色也是发灰。如果不是他身上那件白色的医生褂子,很有可能被人认为也是医院里的一个病人。

医生一面翻看病历,一面抽完两支烟,才抬头对云裳说:"病人的情况不大好,你要有所准备。"

云裳虽然早有预感,但医生这么说,还是感到压力剧增,问道:"是很严重吗?医生?"

勒庞博士也不作答,从病历里抽出两张 X 光片,招呼他:"你过来看。"

在日光灯惨白的光照下,医生举起的 X 光片呈现出两根纤细的锁骨,下面是一个穹形的胸廓,围着一排细细的肋骨,乍一看,好像不真实似的。云裳有一个非常奇怪的念头浮起,他跟国粹太熟悉了，熟悉国粹从年轻到中年的面容，也见过国粹的方方面面，喜怒哀乐，但这是第一次见到国粹的身体内部。人类放在 X 光下都是这么一副没生命的骨骼，不管外表如何光鲜，我们都是一个个行走的皮囊。

勒庞博士衔着香烟，要云裳注意左边的一片阴影："看看，全部浸染了。就是说，左边的肺已经是一块死肉了，右边也有问题。肺功能直接影响到心脏的功能，现在是靠药物和氧气吊着。"

云裳喃喃道："前几个月还好好的，怎么会呢？"

勒庞医生举起手里的香烟："是这个。"

云裳不禁目瞪口呆。

勒庞自嘲地说："不要这样看着我，我二十多年来医治病人，也希望哪一天有人会来救治我。"

云裳半晌回过神来，问道："医生，情况有多严重？"

勒庞博士盯着他，眼神像是死鱼，又狠抽了一口烟，答道："你说一个人只剩四分之一的肺，还能活多久？"

云裳心里抽痛，但还是固执地问："多久？"

勒庞掉开眼光："好的话，两个月；坏的话，几天。"

说完站起身来，在出门之际又回过身来，说了一句："记住，悲伤无益。有一天我们都是要死的。"

一连七八日，云裳都陪护在病房里。国粹有时比较清醒，能够坐起来交谈几分钟。两人都避而不谈病情，只是说些过去的轶事，偶尔还开几句玩笑。国粹虽然病着，还是秉持着一贯的作风，尖牙利嘴，一句也不肯让人。云裳跟他你一句我一句地斗嘴，心里却是高兴的。直到国粹感叹一声，说："云裳，我记得还欠了你不少钱，届时把我的画拿去吧，好歹能抵上几许。"

云裳连忙打断他："你胡说八道什么，我才不要你的画。赶快好起来，卖画赚钱还我才是正经。"

国粹虚弱地笑了笑，说："好吧。"

过一会儿，又把云裳叫过去，轻声说："帮我一个忙好吗？"

云裳猛点头："当然，当然。"

国粹调皮地咧了下嘴："说话要算数？"

"我什么时候说话不算数了。"

"好，帮我去买包香烟来。"

云裳差点跳起来："什么？你不要命了！"

国粹嘘了一声，压低声音："我不抽，只是闻闻。"

云裳苦笑："真没见过像你这样的。"

国粹打哈哈道："啊啊，二十多年朋友做下来了，你还不了解我？"

回到自己巴黎的公寓，云裳已经半年没过来了，这里到处蒙着一层薄薄的灰。他也懒得叫人收拾，拉开床罩合衣躺下。人是身心俱疲，但心思却翻腾不已，想到范国粹，二十几年的朋友，不管他们之间有什么过节，但举目四望，能够交谈，互相理解，又志同道合的，也就是这么几个，而国粹是最知根知底的。如今一个这么有活力，生趣满满的人，躺在病床上，命悬一线。想到也许今后世界上再也没有一个范国粹，不禁一阵寒意袭来。人生真是不可思议，原以为是天长日久的，也许下一刻就会失去。

迷迷糊糊地小睡了一下，醒来已是黄昏，想起一整天还没吃过东西，于是下楼去找了一家咖啡馆，胡乱吃了点东西，就回公寓来了。进门时，公寓管理人叫住了他，递给他一封电报，说是刚送来，他代为收下的。

拆开电报,竟是吉维尼的保姆拍来的:"有个陌生女子,几次过来要抱走小宝。你最好能回来一次。"

云裳不觉大惊,这女子是谁?诺曼底女人?还是承曦?保姆也不说清楚一些。现在儿子是他唯一的亲人,性命交关,他必须要回去一次了。

真叫蜡烛两头烧,这儿国粹生死未卜,那儿家里又出麻烦。云裳烦得一夜未睡,第二天,先去医院雇好了两个看护妇,轮流值班看护国粹,自己再雇了车回吉维尼去。

回到吉维尼,惊见只有保姆一人在家,云裳忙问:"小宝呢?"

保姆满不在乎地说跟了他妈妈出门上公园了。

云裳更是紧张:"你怎么可以随便让她带走小宝?"

保姆是个大而化之的卢瓦河谷乡下女人,也不甚晓得小宝父母之间的过节,答道:"我没有权利不让一个妈妈带小孩出去玩。"

云裳被噎住了,心想跟她也解释不清,只好返身出门去寻找。

弗农是一个小得不能再小的镇子,公园在南面,靠近吉维尼,走十来分钟,过七八条街就到头了。时值傍晚,小镇歇业得早,一些面包铺和咖啡馆已经上了窗板,准备打烊了。云裳脚步匆匆,想到马上要再次见到承曦,心里不由得忐忑,不晓得她那个法国男人是否也会在场。他告诫自己,无论如何,不能像上次那样失态了,回想起那一幕,云裳自己也觉得不像一个有教养的人。

吉维尼公园虽小,但里面树木成荫,草坪连绵,门口没有围栏。园中置放了长椅,有喷水池,一座儿童滑梯,几架秋千。此时阳光西斜,隔着半个街口就听到小孩子的欢闹声。

走近公园,云裳看到一个女子的背影站在树荫之下,亭亭玉立,而小宝和一个陌生的男孩子在草地上飞奔着疯玩。这幅景象使云裳陷入某种幻觉,就像他本来心目中所描绘的家庭生活:远避尘世的家居,宁静的午后,活泼健康的孩子和温良贤惠的妻子。

但是,现实和希冀之间隔了一条看不见的鸿沟。他站在几步远的树荫下,好一阵没作声,不知如何开口跟承曦打招呼。

还是小宝先看见了他,欢叫一声向他奔来,承曦也转过身来。云裳先接住了儿子,再抬起头跟承曦打招呼。一眼看去,承曦好像非常憔悴,脸色苍白,带着两个黑眼圈。虽然承曦微笑着向他致意,但那微笑明显地带有苦相,云裳从来没见过承曦这种神态,不由一下子呆住了。

他们相偕走出公园,一路默默无语。在街角,承曦站定,说你们回去吧,她准备去找一家客栈过夜。云裳想了想,说:"你还是住在家里吧,你的房间还空着。"

小宝在一旁雀跃,牵了承曦的衣襟,满脸是期盼的神色。承曦摇头,说:"小宝乖,妈妈明天再来看你。"

云裳叹了口气:"承曦,是这样的,我明天必须要赶回巴黎去,也许会耽搁一阵子。你如果能住在这里一段时间,陪伴小宝,我也比较放心。"

承曦抬头问道:"为什么?"

"范国粹躺在医院里,很可能不久人世。"

像是被一个霹雳打中,承曦本来就苍白的脸色顷刻变得像死人一样,下嘴唇不由自主地颤动,手里拿的包掉落在地上,小宝捡起交还给她,她也视若无睹,人不住地摇晃。云裳生怕她突然晕过去,连忙伸出手去搀扶。

承曦甩开他的手,声音像是在梦游:"他怎么了?"

云裳被承曦的反应吓着了,不敢讲得太肯定:"范国粹生了肺炎,已经住在医院里一段时日了,医生说他情况不太好。"

"怎么个不好？"

"一边的肺已经烂了。"

承曦突然就蹲下身去，双手掩面。云裳想去扶她，承曦晃着肩膀躲开。小宝也受了惊，一叠声地叫妈妈。

良久，承曦自己站起身来，脸色还是很难看，但已经恢复了镇定。她对云裳说："那么，我今晚就跟小宝住，明天我跟你一起去巴黎。"

深夜，云裳翻来覆去睡不着，再次与承曦在同一个屋顶下过夜使他心潮难平。自从国粹生病，他想了很多，浮生如梦。而人生不啻于暴风骤雨中的一条破船，随时都可以倾覆。现在想来，以前是对身外之物太在意了，什么艺术成就、朋友间的意气之争、男女感情上的占有，跟生命一比，全都不值一提。可惜他醒悟得太晚了些，也许还不晚……

这时，他听见通向花园的门开了，从窗口看见承曦在月光下走向河堤，飘忽得像个夜行的女鬼。云裳心里一紧，连忙披衣下床，赤脚跟了出来。

月光如幻，映照在浅蓝色的草坪上。望出去四周的风景朦胧，静寂无声，不似在人间。草坪上暗生露水，沾到赤裸的脚踝上，一片凉意沁入身体。云裳远远望见承曦伫立在河岸边，月光清晰地勾勒出她的身影，孤单而缥缈。

等他趋近，承曦回过头来，脸色惨白得像死人一样。两人相对，一言不发，河水在脚下无声地流淌。此时一股奇怪的气味传来，云裳走前一步，抓起承曦的左手，扳开手掌，只见一截尚未熄灭的香烟蜷握在掌心，而掌心里已经是燎泡连连，疤痕处处。

云裳的嗓音颤抖："你这是何苦呢？"

承曦不答，挣扎着要把手抽回来。云裳轻轻地拥住她："回去吧，明早一早就要动身。"

回到屋内，云裳为承曦清理了手掌上的伤口，再用绷带包扎起来，然后回到自己的房间里躺下，但是翻来覆去就是睡不着，太多的事情在脑子里打转，像是走马灯一样。这时他听到隔壁承曦的房间里有响动，开门的吱呀声，先是到了客厅，渐渐地，脚步声来到他的门前，踟蹰良久，然后房门被推开，一个人影站在那儿。

云裳坐起身，扭亮了台灯，嘶哑着声音问道："你也是睡不着吗？"

承曦一言不发，自行上了床，背对着他躺下。云裳一时手足无措，过了一阵，才轻轻地抱住承曦。黑暗中，可以感到女人一直在抽泣，并且一阵阵地颤抖。云裳本能地晓得，在这种时候，任何安慰的话语都不会起作用。他所能做的，只是安静地拥住女人，眼看着窗外天色一点点亮了起来，花园里的鸟儿开始鸣叫。

五十九

国粹把云裳给他买来的香烟拆开，像个守财奴藏匿财宝似的，一支支地藏在盥洗室的卫生纸卷里。瘾头上来了，拖着输液瓶，走到后院，坐在树荫底下抽上一支；或者，在半夜里无人之际，躲在盥洗室里偷偷地抽上两口。尼古丁是天使又是魔鬼，烟雾沉浸到衰败不堪的肺脏，引起剧烈的呛咳，然后是闷闷的胸痛。但同时，尼古丁也松弛着他的神经，平缓他躁动的血液。

至于生与死，他没去多想。已经一只脚跨在门槛上了，多抽一支烟与少抽一支烟没有太大的关系。

最近，他常常梦见当年与朋友们在湄公河上旅行的片段。炎热的天气，蚊蝇肆虐，一望无际的滔滔大水，冲刷着岸边的红色土壤。每个人都大汗淋漓，空气中弥漫着热带水果腐败的气味。他们在陌生的城市里探寻，迷失在错综难辨的大街小巷。青藤缠绕的废弃宫殿里众佛寂寞，枯坐千年，在衰败和虚无的时光中拈花微笑。黄昏将临，护城河水映着天光，大批的鸟雀在天空盘旋，废弃的皇宫显出诡异的美，一个曾经辉煌的时代消失在历史缝隙之中。

梦境是断断续续、飘忽不定的，但最后定格的总是一张神秘莫测的笑脸——高棉的微笑。这张石头刻出来的笑脸在他意识中盘旋不去，仿佛是一道咒符，一个谜，终其一生还未解开的谜。

他咳起嗽来一次比一次凶猛，简直是撕心裂肺，下意识地知道自己来日无多。他能感觉到身体里的器官开始断断续续地罢工，肺会像溺水般透不过气来，而心脏会停止跳动十来秒钟。但他并不是很害怕，倒是像深夜来临，一天工作的劳累泛上来，总算踏进家门口，渴望能睡个深沉的好觉。

回顾走来的路，有所遗憾吗？当然有，他不是个好儿子，也不是个好长兄，甚至不是个好情人，他辜负了承曦和樱之，虽然不是他的本意，但造成的事实如此。而对于选择了艺术这条人生之路，一点遗憾都没有，不管成功与否，也不管画得好画不好，他已经走完了这条参悟之路。艺术，与宗教一样，是引导信徒寻找真相的生命之路。

他今年四十三岁，虚岁才四十四，应该说正是盛年。人生匆匆，白驹过隙，就此离去，当然有些失落。但太多的人活到七八十，却是碌碌无为一生。与长命百岁比起来，他更愿意活得精彩和丰富。

所以说，他也不遗憾。

不过，他还有几封信要写。

承曦在医院门口收住脚步,点上香烟,犹豫地对云裳说:"还是你先进去吧,我要想一想。"

云裳一晚上没睡好,此时眼睛里布满了红丝,嗓子也有点嘶哑:"怎么啦,又改变主意了?"

承曦咬着下嘴唇,慢慢地摇头:"我,我心里慌得很,大概还是没做好准备。要么,我明天再去看他吧。"

云裳很疲倦地说了声:"好吧,随你的便。"

走出几步,又返回来,掏出钥匙交给承曦:"这样吧,你到公寓里去休息一下,睡个午觉,你昨晚也没怎么睡。"

承曦点头,转身离开,她虽然很是疲累,今早清晨七点就起来赶班车。但她现在不想去公寓,她要走一走,好让纷乱的心情平复些。

她心里挣扎不已,还是不晓得如何去面对以前的情人——躺在垂死病床上的国粹。

她毫无目的地沿着勒杜·罗兰车站,一直走到生机勃勃的巴斯蒂尔广场,承曦拐进一家咖啡店,坐下来喝了一杯咖啡,抽了两支烟。午餐时分已过,咖啡馆里还是人群熙攘。邻座有一对青年男女,一刻不停地在接吻,粘粘糊糊地像煞是一对相思鸟儿。承曦心中感慨万千,人人都曾年轻过,都对爱情趋之若鹜,其实我们不知道的是,爱情这种东西,也许这一刻是蜜糖,下一刻就是毒药,神魔互相转换只要一刹那。回想起自己半生走过的情感之路,心中苦笑,人生是怎么样的一出荒诞喜剧啊。

喝完咖啡,她折向南面,沿了巴斯蒂尔大道一直走到塞纳河边,再走到圣路易岛,越过大主教桥,前面就是勒内·维维亚尼广场。她站在河堤上眺望塞纳河,此时正值退潮时分,绿色的河水湍急,西堤岛裸露出了一段石基。她的人生也如河流般奔腾而下,湍急而失控。再转过身来，阳光正好从西面照射过来，高高耸立的巴黎圣母院在逆光之中一片蒙眬，像是莫奈画的教堂系列某张作品。承曦身心俱疲，神思恍惚，此刻突然产生了一个幻觉，她竟然在广场上的人群中，很清晰地看到了范国粹，站在对街莎士比亚书店前的喷泉旁边，正在用手掬了泉水喝。范国粹还是年轻时的样子，长身玉立，脸容清癯，头发被晚风吹起。喝完了水，国粹抬手整理了一下头发，在人流中回过头来，朝她莞尔一笑。

然后融入熙熙攘攘的人群消失不见。

承曦怔了半晌，然后腿一软，跌坐在路边石沿上。刚才那不可思议的一幕，使她受到极大的震撼，手也抖得厉害，连续擦了几支火柴都点不着香烟，最后还是一个路人把打火机伸到她面前，帮她点上了香烟。承曦狠狠地吞下一大口烟雾，心中一阵抽痛，她明白，她人生中最大的怨结一下子消融了。如果她的第六感觉正确的话，范国粹的魂，在这一刻已经离开了巴黎，离开了这个世界，也永远离开了她——赵承曦。

巴黎的黄昏，正是一天享乐开始的时刻，广场上人流熙熙攘攘，没人注意到这个蜷缩在广场角落，把面孔埋在手心里的女子。也许某个心细的路人从她肩膀的微微抽动，可以看出这女子在哭泣，但没人停下来。巴黎人是世故的，而且很尊重人与人之间的隐私，谁没有些难以诉说，难以排遣的事呢？也许，她哭上个几分钟就会好的。在巴黎最大的好处是，谁也不认识谁。

但低声的啜泣渐渐变成凶猛的恸哭，承曦一辈子没这么痛楚过，痛到她自己根本抑制不住。多年来压抑的情感，爱也好恨也好，此刻全化成眼泪汹涌而出。她一定是哭出声来了，有人停下，递给她几张面纸。一个女人用很沙哑的声音问道："喂，你还好吗？宝贝儿。"

承曦泪眼蒙眬地望出去，面前是一双穿着玻璃丝袜的腿。抬起头，一个浓妆艳抹的女人，穿着暴露，双手交叉在胸前，涂着丹蔻的手指擎着香烟，居高临下地看着她。承曦凭直觉猜出这个女人是做街上生意的。

承曦含糊地应了一声，擦去眼泪站起身来，同时把烟蒂掐灭在手心里，然后走出人群摩肩接踵的广场。她完全不辨东南西北，也不知道此刻要到哪儿去？虽然云裳给了她钥匙，但是她晓得自己不会回到那间公寓去，那里不是她的归宿。她也不会赶到医院去，因为她晓得范国粹已经离开了，她不想要面对一具没有生气的尸体。

天一点点暗了下来，塞纳河边的旧书摊上，亮起了一串串的挂灯，摊主们整理书箱，准备打烊。靠在码头上的游船倒是灯火辉煌，甲板上响起香颂乐队的演奏——在巴黎的天空下，歌女的声线沙哑而娇柔。街角上的酒吧和饭店开始上客，兜着围裙的仆役端着托盘忙进忙出。马路上车水马龙，流光溢彩，巴黎的傍晚是一天中最具活力的时候。

承曦头脑里一片混沌，范国粹，这个一生一世的冤家爱人，真的走了？真的从此告别了这个世界？再也看不到他时而严肃时而嘲弄的脸容，不再有机会和解，也不再有平静的心情回首来路。这个死结再也解不开了吗？

人生仿佛一下子被掏空，她不知道接下来要怎么办。她此刻能做的，只是机械地在河堤上疾步漫行，惶恐，无措，像一头被猎人追杀的动物。风吹拂在脸上，而眼泪一直流，被风吹干，脸上的皮肤因此绷得紧紧的，嘴唇上一丝咸味。

她在半昏晕的状态下，一路走到东头的托耐尔大道，在一个公车站台坐了下来，两眼空洞，神情呆滞。公车司机打开门招呼她上车，她全然无视。坐了几分钟，又站起身原路折返回来。走到西边圣米歇尔的桥头，又一次踟蹰不前，然后再次回头，像极了一条惶急流窜的迷路狗。

天完全黑了下来，突然，身后半个街口之外巴黎圣母院的大钟鸣响，钟声洪亮，穿透夜色，回荡在塞纳河上空。承曦浑身一凛，耳朵里嗡嗡作响，人倚在堤岸的石墙上动弹不得，一无所思，一无所想。

钟声是时间的分割器，是一段乐章的休止符，是过去时光的帷幕，落下之后永不升起，更是生命的最终结算——Le point sans retour（不归路）。

云裳赶到医院时，已经是午饭时间了，走廊上飘着烤鸡和咖啡的味道。值班护士要他去家属等候室等着，说现在是医生的午休时间，不能去打扰。

等候室在走廊的另一头，半截墙壁漆成深蓝色，半截漆成淡米色，墙壁上挂了些拉伯雷寓言故事的版画插图。室内不通风，有一台小风扇嘶嘶地响着，气氛压抑。云裳进去时，里面已经坐了几个等候的人。角落里一个阿拉伯男人，大胡子，戴着顶小白帽，正闭了眼睛，平摊了双手，前前后后摇摆着念着祷词。

云裳找了个空位坐下，闭上眼睛。他真的累了，一礼拜多在医院陪护，又匆匆地赶回吉维尼。昨晚根本没怎么睡，今天一早又赶了出来。

在梦中，他大汗淋漓地在密林中行走，身边虽有同伴，但看不清他们的面孔。晓得不是他一个人在荒无人迹的地方独行，至少比较安心。密林中道路崎岖难行，而且看不到前景，但这时不能回头，只好继续向前。

终于看见光亮了，前面是座峡谷，有条小路蜿蜒而下。他们一行人鱼贯而行。峡谷中的崖壁上雕着各种各样的石面人像，表情各异，有怒目圆睁的，有愁眉苦脸的，也有玩世不恭的。其中一尊石像，始终微笑着，云裳觉得很是眼熟，却无论如何想不起在哪儿见过。然而一分心，脚下一个没踩稳，人就直坠入山谷。

云裳倏然惊醒，头顶上的日光灯直刺眼睛，角落里的阿拉伯人一下匍匐在地，一下直起身，大声念着祷文。同室的人都垂着视线，不去看他，此情此景实在怪诞。怔忡间，墙上的喇叭响了起来，云裳听到叫他的名字，要他去护士室里见医生。

还没走近护士室，云裳就闻到一股呛人的烟味。推门进入，勒庞博士从报纸上抬起金鱼眼看他，眼神中有股奇怪的神色。云裳心里咯噔一下，已经有了不好的预感。当他战战兢兢地坐下之后，勒庞博士又客气地问他要不要喝水？云裳拒绝之后，医生再拿出香烟问他要不要来一支？云裳心烦意乱，又不能催他，只好忐忑不安地沉默着。

勒庞博士今天好像谈兴旺盛，先从六十年代戴高乐退出北约说起，是跟美国人撒娇，这撒娇又如何影响到中东局势，直接导致了蓬皮杜的石油政策失败。又说起索菲亚·罗兰近日在巴黎引起的轰动，人们都发疯了，简直可以说是倾城而出……

医生亢奋地滔滔不绝，就是不提国粹究竟怎么样了。

勒庞博士把手里的报纸折成小块，又把写字桌每个抽屉打开又关上，手忙脚乱地一阵翻找，不知要寻找什么。一面继续他的话题："石油政策影响到每一个人，医院比平时忙一倍，但收入没提高多少，为什么？石油涨价了，百货都跟着涨，咖啡涨价了，送蔬菜的运费涨了，肉类也涨了，连医院的救护车油费都超出一大截。人们一发愁，健康也跟着往下走。社会的烦恼，人类的烦恼，人生的烦恼是连续不断的啊。依我看，从这个角度解释，索菲亚·罗兰就是巴黎人的麻醉剂呀。"

云裳实在听不下去了，找个岔子打断勒庞博士："医生，我的朋友怎样了？他还好吗？"

勒庞博士把手边的抽屉很重地摔上，人突然瘫软在椅子里，眼神空洞地直视前方，语气颓然喑哑："先生，我要告诉你的是，你的朋友幸运地摆脱了这一切，他再也不会烦恼了。"

六十

云裳从护士的手里接过范国粹的遗物，一只旧的欧米茄手表，表面已经磨损，秒针还在滴答走着，一双鞋底磨得薄薄的皮鞋，一件呢大衣，肘部已经起毛了。护士说病人贴身衣物有传播病菌的可能，已经被处理掉了。

"哦，还有这些信，是在他床边的抽屉里发现的，我看不懂上面的文字，也交由你处理吧。"

云裳把所有的东西装进袋子，把三封信揣进上装内袋里。现在他脑子完全滞止，所有的动作都是机械性的，护士怎么说他就怎么办，像个木头人。

走出医院大门，一只黑色的鬈毛狗正在路边撒尿，边尿边斜了眼看他，好像说你看什么看，没见过狗儿尿尿？告诉你，世界上再没有比尿尿更重要的事了。云裳呆呆地看着狗儿一路小跑跟上主人，再回过头来看了看博纳医院破败失修的大门，想到一只狗还活蹦乱跳，而一个大活人范国粹就此走完了他的人生路，一瞬间悲从中来，热泪涌出眼眶，不能自已。

回到自己的公寓，承曦不在。云裳跌坐在椅子里起不了身，神思昏昏，一直觉得同龄人死亡是件非常遥远的事情，现在却猝不及防地来到了身边。世界上再也没有那个风流倜傥的范国粹,连同他的才气、固执和不讨人喜欢的坏脾气一块消失在茫茫黑夜之中。云裳此刻还不敢相信,这样一个活生生的人再也不会回来,他宁愿相信他是出了一趟远门。但是残存的一丝理智告诉他,是的,范国粹永远不会回来了,他的人生中从此缺了一块。

良久,云裳在恍惚中醒转来,天色已经暗了下来。承曦不见人,也许是去了医院。云裳有些担心,但也只能等待。突然想起国粹留下的信件,从内袋里取了出来,一共是三封,其中有一封写着他的名字。

云裳吾友,是到了说再见的时候了。

你还记得吗?在民国三七年,你和云鹏,还有几位朋友到苏州来玩,我们去了寒山寺,那天下着大雨,寺内空无一人。我们几个捣蛋鬼,在人家寄存棺材的空房间里装神弄鬼,互相吓唬,又在大殿上打翻了香炉,撞倒了经幡。云鹏还被我们撺掇着撞了几下大钟,钟声之宏大,把我们自己都吓了一跳,笑说正晌午的钟声也到客船。结果却不妙,声响唤出来个胖大和尚,手中捏了一支扫帚,作势要劈头打来,我们几个连滚带爬地逃出山门,淋成落汤鸡回来,煞是狼狈。

二十多年前的一幕闹剧,历历在目。年轻人真是不晓得天高地厚,恣意妄为,但生趣也满满。还有很多趣事,至今想来都使我莞尔一笑。我真的很庆幸交结了你们这批朋友。

还要嘱托你一件事,我房间的书桌抽屉里,有一个小盒子,里面有一副耳环,请你想法子带给承曦。这事是我一直想办而没能办到的。千万拜托你了。

同时,请你顺便把我的房间整理一下,交还给公寓管理人,在我居住期间他一直很照顾我。我的那些油画，就留给你作纪念了。好也好，坏也好，你是我人生一路走来的见证人。

另外两封信，一封请你当面交予承曦。另一封，请你寄给香港的樱之。我蹉跎一生，最对不起她俩，这是我内心最为歉疚的心思，要恳请她俩包容宽恕我些。

国粹绝笔

云裳读信之际眼睛已经模糊，读完信，再也撑不住，泪水泫然。自从他成人之后，从没这样伤心欲绝。既是对友人离世之痛惜，也是哭自己，生命中最堪回味的一段华彩，也随着国粹离去而随风消逝。心里一直堵着的块垒，开始松动，所有的恩怨、龃龉和误解，随着泪水的涌出而消融。人生其实很狭隘，你活得再长，周游再广阔，真正能与你生命相交的就那么几个。和谐也罢，冲突也罢，你们的生命互相磨砺，像古人佩戴的两枚玉佩，相击相倚，叮当作响而满身晶莹。

国粹宿处的管理人，是一个沉默寡言的瑞士老头，他引导云裳登上三楼，再掏出钥匙打开通往阁楼的侧门。在踏上楼梯之前，云裳好像看到范国粹的影子，在深夜疲惫地回来，走上三楼，已筋疲力尽，不得不扶着门框歇一歇。再打开昏暗的楼道灯，登上阁楼窄窄的楼梯，两旁扶手上蒙了一层灰尘。阁楼上，别的房客遗弃的家具什物堆在过道两边，如静止不动的史前化石。楼道里终年有一股久不通风的隔宿味道。

管理人沉默着，在一大串钥匙中找了好久，终于打开了国粹曾居住过的斗室。云裳隐约闻到一股熟悉的烟味，是国粹常抽的高卢人牌香烟。跨进门之前，他满脑子想象着国粹在此生活的点点滴滴，现在身临其境，如果国粹突然出现在室内，他也不会太过惊奇。管理人把门开着，说他在下面还有些事情要办，先下去了。如果有啥需要，在窗口叫唤一声，他就会上来。

云裳转身环顾，首先映入眼帘的是国粹的单人床，铸铁床架的漆皮已经剥落了；被褥像是匆匆叠起，床上的枕巾被单也不怎么干净；墙壁上挂着国粹的几套替换衣装，衣物上落满了灰尘。云裳认出那件藏青色西装是在培罗蒙定做的，从上海带来，一直穿到现在。再转过身，朝北的窗下，竖着一具很大的画架，占据了半个房间，旁边搁着的画笔和调色板都已经干掉了。画架背后，一大叠一米高乘一米五宽的油画，面向墙壁排列着。云裳匆匆地翻看了一下，这些年来，国粹的艺术观全然脱胎换骨，其中不乏有一些陌生的，但具有挑战性的画作，云裳出于多年浸淫艺术的直觉，晓得是杰作，不过现在无暇细看。

床边的小书桌亦是最便宜的货色，人家用来给小学生做作业的，又矮又小，不过好歹有两个抽屉。云裳先拉开右面的抽屉，里面有两包还未拆开的香烟，一把旧的刮胡子剃刀，一些零碎硬币。拉开左面的抽屉，里面是些信件，扎成一束。一个雪茄烟盒子，打开，是一个锦袋，乳白色缎面已经褪色。云裳心跳不已，掂在手上久久不敢打开，这副耳环岂止是件普通首饰，更是国粹生命中最紧贴的两个人的感情见证。而云裳自己，在这段感情中一直处于一个尴尬的地位。

云裳摇摇头，苦笑一声，把锦袋中的物件倒在手心里。叮的一声轻响，两枚翠绿色耳环滑出，熠熠生辉，握在手心里凉意透骨，仿佛是两枚尖锐的箭镞，嗖地穿透年月，鲜活地带来二十多年前点点滴滴的回忆。曾几何时……宾客满堂，笑语欢颜，一个豆蔻年华的少女出现在他的客厅里，巧笑倩兮，如一株水仙含苞欲放。冬雪之夜，在百乐门大舞池中金蛇狂舞，摇曳生姿，迷倒众生一片。翠色的青春，翠色的人间，翠色的坐标，标示出二十几年的沧海桑田，白驹过隙，死生瞬间。

云裳在房间里坐了好久，恍恍然像做梦一样，一会儿思念故友，一会儿伤感并自伤。直听得邻近教堂晚祷的钟声响起，才醒转过来。整理好国粹的遗物，把信件和雪茄烟盒子收在皮包里，余下的家具和衣物都不要了，让公寓管理人去处理。画幅都要带走，明后天再请搬家公司来人运走。门背后，挂着一顶深棕色的呢帽，国粹平时常常戴的，云裳要带走留个纪念。

要走了，还有什么遗留下的？这伤感之地，挂角之巢，云裳是再也不会来了。那么，最后检查一遍吧。

与吉维尼的乡村大房子相比，这里只是一间蒙尘的陋室，面积亦不过廿来个平方米，一眼看尽。家具也极其简单，一床一桌一椅，仅此而已。云裳环顾四壁，只是不经意地一撩床单，赫然发觉床底下有一具扁扁的便盆，是医院中给卧床病人使用的。而在这枚床下的便盆里，竟然还有一团大便，已经干结变硬，时日长久，所以不闻异味。

云裳震惊得无以自持。从眼前这个小小的细节来看，可以想象国粹在病重之际，境况是怎样地凄惨。病中无人照顾，饮食肯定是缺乏的，也许连要杯热水都得不到。腿脚乏力，连走到楼下咖啡店去用盥洗室也如跋涉荒山大川，只好用简陋的便盆解决，也没人帮他清理。

云裳狠狠地捶着自己的额头，心酸至极。最后一次在咖啡店见到国粹，已经看出他的情况不太好。余下的时日，忙东忙西，竟没有去关心。作为年轻时一路走来的老朋友，也实在是太说不过去了。

傅云裳泪流满面地走下楼梯，把钥匙交还给公寓管理人时，竟然哽咽得说不出话来。瑞士老头一声不响，把他带进自己的小公寓，让他坐在破沙发上，然后在厨房里烧水煮茶，给了他一杯热茶，一小碟饼干，并在茶里滴了几滴白兰地。云裳一口喝完，才觉得好些。

接下去一个礼拜，傅云裳忙得手脚不停。去巴黎市政府部门办理死亡证明，报纸上登讣告，挑选墓地，安排葬礼。巴黎人做事拖沓是出名的，到政府机构去办事，更是需要有无比的耐心。云裳一天要赶几处地方，不得不为了些细枝末节和办事人员扯皮，直弄得自己口干舌燥，身心俱疲。在这期间，承曦一直没露面，既没电话也没信件，也不知道她是否晓得国粹已经亡故。云裳虽心生诧异，以他对承曦的了解，她就是再恨国粹，也不会对一个死者这样绝情的。

下葬这天，微雨蒙蒙，空中掠过的寒鸦、满地落叶和相邻墓前的残花更是衬出了墓园的寂寥。但葬礼上还是来了不少人，有几个是艺术学校的同学，当时俱是菁英少年，现在都秃顶了。令人意外的是，洛特教授也来了，老头七十多岁了，胡子头发全白，一只眼睛起了白翳，走起路来也颤颤巍巍。云裳与洛特教授握着手，唏嘘得一句话也说不出来。老头子只是一声接一声地叹气，连说："可惜了，可惜了，范是很有才华的。"

管公寓的瑞士老头和楼下咖啡店的老板娘也来了。还有一个高大肥胖的年轻人，自我介绍是国粹当年的邻居。云裳觉得他怪怪的，说话粗声大气，逢人便问："今天是不是礼拜三？"但实在太忙，无暇多想。

有个女客看来面熟，但无论如何想不起在哪见过。这女子一身黑衣，鹰鼻深目，面容很是苍老。但神情宁静，有一种祸福不惊的从容。云裳直到看见她点烟之际，才想起来，这个女人是他们从马塞到巴黎的火车上见过的。云裳抽了空跟她聊了几句，晓得她一直跟国粹有所联系。靠近了看，女人虽然口气淡然，但眼神里还是有一股物伤其类的悲哀。

葬礼预订由当地教堂的神父主持，云裳晓得国粹是个无神论者，但葬礼的费用中就包含了神父的费用。云裳一礼拜忙下来心神交瘁，也就答应了。

雨渐渐下大了，神父在雨中含糊不清地念着祷文，没带伞的宾客们开始四散开去躲雨。云裳带了一把伞，看见洛克教授淋在雨中，就过去给他撑伞。就在这一刻，他瞥见有个熟悉的身影在人群后面一晃而过。他急忙把伞交给教授，老头却拖住他："你不要走，葬礼后，我还有话要跟你说。"云裳花了不少工夫给老头解释，再转身去寻找，却找不到那个身影了。云裳不禁疑惑是否自己看花了眼？或者是雨雾迷蒙？

葬礼过后，云裳被一股颓丧的气氛所包围。天气又不好，一连下了两个礼拜的雨，本来很明亮的公寓，白天也是阴沉沉的，更是令人郁闷。云裳整日地横卧在沙发上胡思乱想，已经好多时日没画画了。云裳现在觉得，原来显得很重要的艺术，在生老病死的日常中不过是个点缀。没有艺术，人们还是欢笑，哭泣，为琐事烦恼，为小事争执。世俗是强大的，日子是一天天地过，烦恼也是你不去找它，它会来找你。相比之下，国粹的一生倒是真正的潇洒，不拥有，不留恋，也不被羁绊。空身来空身走，一生游戏人间。云裳自问是做不到的，真正的艺术气质是与生俱来的。

可是，艺术女神并没有眷顾一生都侍奉她的艺术家。

那天葬礼之后，云裳和洛特教授坐在咖啡馆里，两人都被淋湿了。洛特教授的眼镜上泛着雾气，他一边擦拭镜片一边说："哎，像我这种完全没用的老头子不死，倒是我的学生先走了。"他举了举手中的老花镜，"上帝大概是丢了祂的老花眼镜吧。"

云裳哑着嗓子说："是的，范国粹，他是走得太早了些。"

"老天是不公平的，给了你才华就不给你寿数，古来如此。老了，有时比死还无奈，像莫奈和雷诺阿的晚年，画的质量也是大不如以前。"

两人沉默不语，暗自神伤。过了一阵，云裳说："范有一些画留了下来，等我整理完毕之后，请你过来看。"

洛特教授用手帕抹了抹眼睛，点头道："那是一定要来看的，我一直对你们年轻人的新奇想法感兴趣。"

云裳说："范有些想法非常新颖。如果有可能，我想筹备一个回顾展，向大家介绍他的艺术，同时也是对逝者的纪念。"

"好！好！范如果地下有知，会很庆幸有你这样的朋友。"

六十一

承曦是从报纸的讣告上晓得国粹的葬礼日期。

她下意识地害怕接到这个讯息，前天在勒内·维维亚尼广场上，一定是自己喝了太多的咖啡，从而产生了幻觉。现在的医药发达，国粹也没到七老八十。再说，上帝也不应该那么苛刻，保罗出了车祸才刚走，死亡的阴影不会这么快地再一次降临到她的头上。

但心中一直焦躁不安，也不敢打电话给云裳，生怕从他口中证实了这个噩讯。整整一个礼拜，饮食荒疏，夜晚失眠，白天人如行尸走肉，什么事也做不了。唯一不忘的事是，一清早出去买来各种报纸，整个上午就坐在咖啡馆里抽着烟，翻看各种报纸的讣告版。

这一日翻阅到《费加罗日报》第四版上的讣告，曰：

中国画家范国粹先生的葬礼将于某年某月某日下午两点，在蒙马特墓园第×××号墓位举行……

承曦死死地盯住黑方框里的两行花体字，双手捂面，黯然神伤。

噩耗既被证实，痛定思痛，承曦反而平静了下来。如同生了一场大病，几日几夜地昏睡，终于在一个清晨醒来，虽然还是浑身酸痛，但头脑却清醒了。

她会去参加葬礼吗？不晓得。她想到自己也许会在葬礼上失控。

她与范国粹的情缘，直到现在还难以理清。那段二十几年前的相遇，既是心里的瑰宝，也是心中最深的创痛。如一个解不开的怨结，在人间纠缠不休几十年，现在终于等来了剧终。死亡像一场漫天大雪，掩盖了所有的不堪、恨意、嫉妒和辜负，倒是显出一片晶莹的景色来。人生一世，毕竟有过那么纯净的爱情，少男少女如雪地上两只白兔，相戏相逐，相亲相爱。如今生死相隔，恩和怨也到了尽头，剩下只是伤痛和缅怀。

她会去的，她要去跟国粹告别。但这是她和国粹之间的私事，承曦不想出现在众人的面前，她不要别人看到她哭泣。

葬礼那天，天色晦暗，雨下一阵歇一阵。秉承了法国人一贯拖拉延迟的作风，葬礼晚了差不多一个小时才开始。承曦到达墓园之后，望见人群还聚集在墓前，踌躇了一下，她转身拐上另一条小径，往相反的方向走去，毫无目的，在墓地里踟蹰徘徊，神思飘忽，从一个墓区走到另一个墓区。一直等到葬礼结束后，人群开始散去，走远，她才从相反的方向走出来，来到刚合拢的国粹墓前。

蒙马特墓园已有两百多年历史，离圣心大教堂不远。二十世纪以来，接连发生了两次世界大战，阵亡者众多，很多战死的军人都埋葬在这里。还有众多的历史名人和艺术家，安息在此墓园中，吸引着大量游客慕名来朝。虽然从上个世纪起，墓园已经过几次拓建，至今还是一位难求。园里每个区域都分号，密密麻麻的墓位连着墓位，空间显得拥挤不堪。

一眼望去，墓园依坡而建，园中树木扶疏。花岗岩石块铺成的步道两边，处处是达官贵人考究的墓室，巨大的大理石墓碑，罗马式的石柱，安放铜制棺椁的墓室。墓园中到处竖立着青铜和大理石的雕塑，或者是忧伤的天使，或者是沉思的哲人。时光荏苒，风雨侵蚀，大理石已经发暗变黑，野生的藤蔓悄悄地爬上墓台，小动物在其内作巢。而风霜、雾气，使青铜雕塑蒙上了斑斑绿锈。

墓园亦是直观的生死课堂，任你生前声名显赫，家财万贯。百年之后，寂寞毫无差别地抹去一切。

国粹的墓位在园中偏僻的东南角。左边的墓位上，竖着一块很朴素的灰色花岗石，粗糙的石面正中镂刻着一个十字架。一个叫佛朗索瓦的女人躺在那儿，生于一八九二年，卒于一九四五年，享年五十三岁。墓碑上镂刻着一行花体字，承曦仔细地辨认了一阵，碑文的意思是：有一天我们会再次相遇。右面是个男孩子的墓，死于一九五二年，只活了九岁。家人一定很伤心，小孩子已经逝去了二十多年，墓前还供奉着玩具火车和新鲜的花束。

国粹的墓穴是很窄的一块，如一张单人床般狭长，刚覆盖上去的新土松软，湿漉漉的泥地上遗留着几束参加葬礼客人带来的花束。

承曦站在花岗岩步道上，踟蹰不前。她还是不敢相信：这个男人，现在就冰冷地躺在三尺泥土之下。

在走到墓穴之前，承曦从手袋里掏出化妆镜，整理自己的鬓发和脸容。下意识地，她不想要国粹地下有知，看到她如此苍白憔悴的模样。

承曦今年刚过四十岁，算起来，人生中已经历了四次死亡事件。每一次都痛彻心扉，像是从她生命中剜去一块。

母亲的遽逝，是她年轻生命中第一次直面死亡。每当想起停尸房中，母亲牙齿暴出，死不瞑目的遗容，她还是如雷殛击，心脏一下子为之紧缩。

有时，曾经同屋的依琳会飘然来到梦中，还是捧了一本书，低着头目不旁视。突然间抬头，幽幽地问她："你真的有亲戚朋友吗？我可是一个亦没有。"她从梦中醒来，一身冷汗淋漓。

保罗，是她走上艺术之途的引路人。他为她打开了一扇自信之门，她曾经徘徊很久，一直不得其门。在这点上，承曦非常感激他。强壮的保罗也是她的床伴，着实让她领略了法国男人的热情和风流。几百个巴黎的日日夜夜，日常交融，有喜有恼，有得有失。承曦有时会觉得，虽然跟这个男人日夜相处，在一张桌上吃饭，躺在一张床上，但总有些说不出来的隔阂。在肉体上保罗可以令她疯狂，在情绪上和心灵上，保罗却始终不能与她趋于一致。承曦又宽慰自己，天底下没有十全十美的男女关系，大家都是如此这般将就着，她也懒得去改变。

本来以为日子就如此这般过下去了，却怎么也想不到这么一个充满活力的男人，突然就在一夕间被车祸带走。

从此她领教了什么叫作无常，"旦夕祸福"这四个字，可以猝不及防地发生在每个人的身上。

而面前这个躺在泥土里的人，真的算起来，与她相处的日子最少，前后不过两三个礼拜，却影响了她半世人生。初心为他而起，初夜，也是给了他的。长久以来，承曦的情绪为他起伏，内心最深的喜悦与怨恨也是由他而被牵动。承曦不止一次地自问，为什么这个人像魔障一样存在于她的人生中？

从来没有答案。她也曾一次又一次地对自己发狠，发誓要把这个人彻底从记忆和思绪中驱除出去，再不去想他，就当从来没认识过。但是，关于范国粹的回忆一次次地潜回来，搅得她时时不得安宁。

直到此刻，在死亡面前，一切的爱恨也随之消逝，终极的和解降临。

连绵的雨，下一阵停一阵，承曦独自撑着伞，站在墓前，孤影伶仃。雨丝飘洒，她的下半截裤腿已经全淋湿了，脚也冷得像冰一样。脸上化的妆已经全糊了，头发粘在前额上，泪水和雨水交融一片。

天色暗了下来，风雨交加，墓园里碑影重重，大批归巢的鸟雀聒噪声此起彼伏，墓园中更加显得无比凄凉。承曦不禁感到一丝害怕，身后的走道上已经没什么人了。一个多小时站下来，承曦腿也酸了，情绪上也快撑不住了。

是告别的时候了，死者安息，生者，还得继续在人间跋涉。

她收起伞，蹲下身来，伸出两只赤裸的手掌，覆在潮湿柔软的泥土上，深深地按下去，直到泥土全部没过手掌。她做这些是无意识的，只觉得这是分手二十多年之后，她在物理距离上最接近国粹的时刻。最终她站起身来，由于蹲久了，一阵晕眩袭来，晃了晃，差点跌倒。此刻突然天上传来一声响亮的鸣叫声，抬头看去，一只体型庞大深褐色的大鸟，从她头顶上振翅掠过，向渐渐黯淡的西方天际飞去。

承曦回到家中，又冷又累，情绪也极低落，衣服没脱就躺倒。

本想歇一会儿，却就此起不了身。到了夜里，承曦发起了高烧。人在乱梦中昏昏沉沉，好像回到当年，第一次到访傅云裳的家中。客厅里有人在弹奏钢琴，是熟悉的《魂断蓝桥》，琴声缠绵悱恻。而众人正在高谈阔论，同时都在抽烟，一房间的烟雾弥漫，直呛得她咳嗽连连。承曦走到窗边，想呼吸口新鲜空气，却被一个背身而坐的人挡住。她情急之下，猛推那人的肩膀："让开点呀，我气也透不过来了。"那人身子沉重，无论如何也推不动。她憋气憋得难受，差不多要哭出来了。那人慢慢地转过身来，竟然是国粹，朝她粲然一笑，说了句什么，然后顺手推开身后的窗户，窗外呈现出一片春天的景象，万物正在复苏，一片绿意盎然。她疾步走过去，想做个深呼吸，却不防长裙子被家具钩住，一个踉跄，人就跌出窗外，无底深渊，落叶纷飞。

她遽然醒转过来。

承曦在床上坐起，心脏还在怦怦地跳，伸手摸到床边柜上的香烟，点上后深吸一口，即刻引来更厉害的呛咳，只得又按熄在烟灰缸里。

这是从来没有的事，老娘走了一年多，才在她梦中出现。七八年来，也仅仅梦见过一回依琳。保罗去世八九个月了，承曦从未梦见过他。而国粹在下葬的第一天，就与她在梦中相遇，清晰得如在眼前，连他的笑容，也依旧温暖如斯，又带着一丝邪魅和调侃的意味。

但他说了句话，承曦没听清。明明看到他的嘴唇翕动，字节很短，就两三个字。到底是说了什么？还是要告诉她什么事？承曦抱膝坐在床上，努力地回想，但是一无所得。

接下去几天，承曦什么事也做不成，魂不守舍地一直想着国粹在梦中说的那句话，但是毫无头绪。隔了一个礼拜，承曦又去了一次墓园，心想也许看到了国粹的墓，她会突然想起来。

墓园里，承曦看到几个工人正在安装墓碑。水泥的基座已经浇铸好了，墓碑是块粗糙的花岗岩。青灰色，只在上半部有一块地方抛光，抛光处镂刻着两行文字，一行是法文名字，一行是中文名字，然后是生日卒年，非常简洁。

承曦直等到工人安装完毕，收拾起工具离去，才走上前去，抚掌着新石碑粗糙的石面，把指尖按在国粹的名字上。她叹了一口长气，然后把带来的花束放在墓碑上。

你说了什么？国粹哥，你到底说了什么呀？

承曦在心里一遍又一遍地问道。

坟墓沉默着。四周安静，偶尔传来一声鸟鸣，像是提醒承曦——死人是不会说话的。

六十二

国粹的中年亡故，给傅云裳带来的精神打击很大，虽然在表面上看不出来。这个出身富家的男子，第一次体验到生死不由人的无奈。他变得消沉，不时在眼神中流露出惶然的神情。他只有让自己忙碌，像安排国粹的葬礼，定制墓碑，以及一系列的杂事，以此来减轻些对老友照顾不周的内疚。国粹留下的两封信，写给樱之的早已寄出，但是要给承曦的信，以及那副耳坠，却一直延搁下来。

承曦自从出走之后，云裳并没有她的联系方式，但他是知道她学校的地址的。亲自跑了去，却被杂务告知赵女士已经很久没来学校了。云裳无法，只好留了个字条，说国粹托他转交些东西给她，希望见信后尽早联系。

承曦在一个多月之后上门，云裳看到她的面孔蜡黄，气色灰败，不禁担心地问道："你还好吗？"承曦摆了摆头，说："没什么，上个礼拜有点感冒，才恢复。"云裳下意识地伸手去摸她额头，被承曦躲开了。云裳感叹道："国粹这次生病，使我想到，我们都不年轻了，要当心自己。"

承曦咬着嘴唇不作声，走到阳台上，从包里摸出烟来，背着他点上火抽了一口，问道："小宝呢？他还好吗？"

云裳说："保姆带着。我这些天也分身乏术，一等事情完结，我要把这个公寓退了，这样两面跑太累了。"

承曦只是抽着烟，不置一词。

沉默了好久，云裳又说："承曦，我想了很久，你还是回来吧。不管我们之间有怎样的隔阂，我们总还是小宝的父母，他才刚刚五岁，他的成长途中需要我们。你可以画画，我会继续雇佣保姆照顾小宝，不会有干扰的。但是你在他身边，他会更加安心，也有利于他的成长。"

承曦没转过身来，也没接云裳的话。

云裳看着承曦的背影，这个四十出头的女人，还是有着婀娜的腰身，修长的腿，圆润的肩膀。云裳暗自承认，在他心底里，还是很喜欢这个女人，如果她肯回来，那么云裳愿意尽最大的努力来修补他们之间的关系。

承曦慢慢地转过身来，云裳惊诧地看到她握紧的拳头里，有一缕细细青烟遁出。但承曦脸上纹丝不动，只是很平常地问道："喔，我还有个约会要去赴。云裳，你要交给我的东西呢？"

国粹的信是写在便条纸上的，一共七张，字迹忽大忽小，可以看出是分几次写完的。

承曦，见字如晤。

我常常想起那次在杭州醉酒，那是我生平唯一的一次大醉，和你脱不了干系。

想起来，那岂止仅仅是一壶女儿红，第一次见到你，我就感到你会是我人生的醉意。我还记得当你跨进傅云裳家的客厅时，双颊冻得通红，眼睛却亮晶晶的。我吻了你的手，但是，你不知道，你的手却一下子触碰到了我的心。

我一直怀疑那次杭州之行，根本就是一次醉乡之行。山也醉，水也醉，茶醉片儿川醉，灵隐寺里的和尚哪是在念经，分明在咏唱着醉酒之歌。

所以，你轻易地用一壶女儿红就灌醉了我。

这醉，不是一宿睡过就能醒转的，我一直沉醉到今日。

我带了这醉意来到法国，在艺术长河中随波逐流，与我所见到、所身受的苦涩现实比起来，我情愿沉溺在你带给我绵长的醉意里。

还记得我们说过的梅杜莎吗？爱情就是梅杜莎……

看她一眼，人就变成了石头。

看到此处，承曦如醍醐灌顶，郁结在心的疑问一下子贯通。在梦中，国粹微笑地说了个词——梅杜莎。

梅杜莎住在人心中，凡是求而不得的意念，就郁结成梅杜莎。

她将长久地追随你，在你心里河流上唱歌，昼伏夜出，我一直听到那歌声，就是现在，在医院的病床上，歌声还在我耳边萦绕。（第一页）

我承认自己是个失败者，我既不能使自己喜欢的女人幸福，也未能在艺术上取得成就。我有个教授说过："艺术是座高山，很少有人能一路攀到顶端。途中还有人跌倒，受伤，甚至送了性命。"那么我也没什么好抱怨的了。每次我想起教授这个比喻时，我脑中就出现一幅画面，高更在大溪地的月夜，穿着土人的木鞋，登上山冈。月光清亮，四周寂静，只听到木鞋的鞋底敲击着花岗岩道路的声响，坚实，沉重，富有节奏感，回声飘落脚下的谷地。也许这就是投身艺术的意义：无论能不能攀登到顶峰，只为在空虚的世界中，用一步步的脚印，敲出自己人生的回音。（第二页）

我很少对自己的过往后悔，但我确实后悔没有花更多的时间跟你在一起。总以为来日方长，却不知人间的情缘转瞬即逝。现在说这些已经晚了，但我还是庆幸我们有幸相遇。人世匆匆，触目所及的是大片的荒漠，觅得一方清泉难能可贵。与你相遇，滋润了我孤独的一生。再回想一下，只要是真心相爱，时间长短又如何呢？我躺在医院的病床上才悟出，人的一生，到最后日子里留存在记忆中的，只是为数不多的几件事，几个人。而你我之间的一切，始终清新如昔。（第三页）

有一句话，我想了好久。你应该不会责怪一个行将就木的朋友，那我就不妨直说了吧。我很希望你能和云裳在一起，请你代我好好照顾他（我知道男人也会非常软弱），一家人在一起，小宝也会开心得多。我晓得，云裳是非常喜欢你的。他是个好人，好朋友，我当年也不知珍惜，常常意气用事，言语冲撞他,调侃他。只有经历过人生种种困境,才晓得有朋友跟你一路走来,对你不离不弃,是多么难得。

人间不易,哪有事事都尽如人意的,我们都是一身毛病的平常人,还得互相体谅担待为好。(第四页)

我身无长物,想给你留点纪念也找不出来。你跟云裳说一下,在我留下的画里挑两张吧。关于画,我还在尝试,总觉得没达到我向望的效果。画是我人生苦苦求索的一个印记,也是我的一声叹息。(第五页)

噢,如果你去选画,我建议你选那张《绿色系列1971》,大概是60×50厘米左右。画并不大,但是我自己很看重的一张。我画此画时,发着高热,产生了幻觉。耳边常有一股声音伴随着,不是音乐,是与音乐有些相似的一种律动,像大海深处的暗流潮涌,无光无色无声无生无灭,但是感到在呼吸,很深很广,很有规律地呼吸。

一会儿又像是在废弃的古代宫殿里,长风吹过,空荡荡的房间和天井发出回声,像是被幽闭的灵魂在呼啸。

或者是暗夜里,在森林中独自行走,不知前路在何。头顶上方的树梢在不停地摇曳,夜鸟振翅,声响诡异。一束月光透进密林,穿过层层枝叶,像是一串晶莹的翡翠首饰。

还有一件奇怪的事,此画在接近完成之际,我眼前常常浮起一张微笑的脸庞,深思而宁静。这张脸,似曾相识,但又并非我认识的任何人,反而像是一种很遥远的记忆,也许是几辈子前的记忆。我现在变得很相信灵魂不灭,穿梭轮回,否则我们活着,我们所做的一切都毫无意义。(第六页)

是说再见的时候了。我要谢谢你，承曦，给了我此生美好的理由。再见的意思，就是一定会见到。承曦，我的爱。（第七页）

承曦看到一半，已经哭得不能自已。以致最后两页只看到一个个字在眼前跳跃，却不明了其中意思。去浴室冲了个冷水浴，强使自己镇定下来，可是一拿起这几页大小不一的纸，手就剧烈地颤抖。她点燃香烟，吸了两口之后，再在手心里掐灭。肉体的疼痛暂时压制了情绪的动荡，勉强集中精神，心如刀割地看完了最后的两页。

她倒在床上，已经欲哭无泪，脑子里只有一个念头：人生怎么会错得这么厉害？我现在怎么办？

不知道。梅杜莎……

一个初春的下午，云裳正在画室里作画。近半年来，他曾多次想静下心来画些画，但是办不到，每次拿起画笔，脑子里就浮起国粹房间里的那坨大便，像是一个辛辣的嘲笑，不禁自问做一个艺术家的意义究竟何在？经过了相当一段时间以后，他才能抛开种种杂念，每天画上几个钟头。云裳非常珍惜这安静的片刻，关照保姆，如果不是要紧的事情，不要来打扰他。

所以当他听到前院的大门开了，只想大概是园丁把他的卡车开进来，也没去关注，照旧专心画自己的画。但听到楼下的门也打开了，保姆在门厅里跟人说话，他浑身一激灵，跑到窗前，正好看见一辆出租车离开。

他赶紧扔下画笔奔下楼来，在楼梯转弯处，云裳看到门廊里搁了两个行李箱，保姆一手牵着小宝，正在与谁交谈。听到他下楼的脚步声，门廊里的两个人一起回过头来，他一眼瞥到赵承曦憔悴的脸，两人目光一瞬间对上，承曦眼中的神情复杂，其中含有踌躇，疑惑，警惕，还有，祈求和解……

附 记

巴黎散记

二十年了，年年都想再回巴黎看看，总未成行。

我知道，巴黎已经不是我当年自由自在游荡时的巴黎，几年前法国加入了欧盟，法郎从此消失了，随着年月慢慢失去的，还有国界和文化差异。本来欧洲之美妙，就在于一墙之隔，别有洞天；就如你搭了欧洲夜班火车，每天睡醒先伸出头去看到了哪个国家，然后喝不同口味的咖啡，从口袋里掏出不同的钱币付账。现在倒是方便了，但方便的另一个意义是"乏味"。

法国人的钞票印得花哨，文人、艺术家头像琳琅满目，捏上去的手感却轻飘飘的。我在法国时一美金换五个法郎，皮夹子里满满一把大票，却不怎么耐用，当时汽油是五法郎一升，一杯咖啡是十法郎，一盒法国黑烟草香烟是二十五法郎，两人同去吃个麦当劳套餐，法郎一百大洋是逃不掉的。法国吃的东西特别贵，超级市场里食品包装得像珠宝首饰一样，法国人又多是饕餮之徒，挖空了心思满足口腹之欲，一般家庭的三分之二收入都扔在餐桌上的。像我这样的流浪汉，别的花销可以节省，但吃总要吃的，怎么吃得不错又不会负担过重是一门大学问，我是住了些日子之后才摸出些门道来的。

首先是睡懒觉，那么一顿早饭可以省去，十二点钟起来喝咖啡，吃个羊角面包，早中餐一并解决了。下午去上法文课，看看班上是否有新来的美女。或者去左岸小巷子里闲逛，皇家美术学院后面阿拉伯人聚居的街道上，女人从头到脚包得严严实实，家家户户把衣服晾得满天都是。或在蓬皮杜广场上和摆摊的画家们闲聊斗嘴，或者坐在奥塞美术馆顶楼的平台上，无所事事地眺望灰蒙蒙一片的巴黎屋脊。在这个城市里，你永远是游客，永远有权利好奇。

一个羊角面包是顶不住多久的，肚子很快就饿了，街头到处都有三明治叫卖，一段 baguette 当中剖开，夹几片熟肉和番茄，要价十法郎。一般我是不买这种三明治的，熟肉到下午已不怎么新鲜，面包也已发硬。我跑进超级市场买个苹果，或者光抽烟也顶饿，情愿再熬上一会儿去吃自助餐。在离圣迈柯广场不远的地方，米罗雕塑的喷水池旁边，有一家位于地下室的自助餐厅，价钱还合理，食物也算新鲜，有汤，有各种沙拉，肉食最好的也只不过炸鸡和熏肠，鱼虾是想也别想的，米饭是阿拉伯式的，放了葡萄干和香料，煮得半生不熟，这些都计较不得了，最主要的，我在这儿能吃到蔬菜，热汤，一天全靠这一餐了，我总要起身添加个两三次，惹来柜台上一串白眼。

十三区那儿有众多浙江青田人开的中国饭店，装潢得五颜六色，骗骗法国佬和游客的，饭菜滋味最多就是个镇上馆子的水平，价钱就是老鼻子了。中国人没事不会上那儿去挨斩的，除非搭上哪个法国妞了，带她去领略一下中国风情，坐在那里心里那个肉疼啊，春卷炒面吃在嘴里也辨不出个味道来。

再肉疼也没用，口袋里的钞票还是一天天少下去，只希望晚上生意好一点。说生意，这倒真正是做人头生意的：在灯光灿烂的香榭丽舍大道上为游客画肖像，一张用色粉笔画的肖像要价一百五十法郎，还真有人坐下来画的。当年在中国学画时练出的速写功夫派上用场，二十分钟后一张惟妙惟肖的画像展示在客人面前，看得他们喜笑颜开，皮夹子掏得爽快。这钱好赚，可惜生意时起时落，忙时忙死，上厕所也憋着，闲时就生出很多事来。

生意好首先得占上好位置，所以一大早众艺术家就放好了板凳，楚河汉界不得越界。但不免中途去喝杯咖啡，上个厕所，打个电话，回来一看板凳被人扔在角落里，位置也没有了。大家都闷头画画，没人睬他的茬。后来画家们就按了族裔抱团守望相助，你嘘嘘时我替你看板凳，我办事时你帮我招呼客人。

也有走神和眼不到的时候。有次一位同胞要我看着板凳，我忙于画画数钱，一疏神，被一个阿拉伯人钻了空子，同胞回来就用责怪的眼神看我，我头脑一热就一脚把阿拉伯人的凳子踢了。这下可捅了马蜂窝，那个矮个子的阿拉伯人像只马熊似的跳起身来大叫大嚷，他一嚷，很多阿拉伯人像是从地底下钻出来似的，至少有八九个，把我们几个中国人围在中间，推推搡搡，还有个家伙不知从哪儿抽出一支长鞭，像哈里森·福特在印第安那·琼斯电影里的那种，举在头上"嗖嗖"地挥舞。中国人也操起可作武器的一切物件，板凳画架，口袋里削水果的小刀，气氛一下子紧张起来，围观的人群聚集起来，里三层外三层，没一个人出面阻止。

啊，来自亚洲的中国人，和来自非洲的阿拉伯人，在欧洲的首都，巴黎繁华的香榭丽舍大街上打群架。真是应了一句话：我们来自五湖四海，都是烂命一条，为了赚几个小钱，走到一起来了，拳脚相交。

正在剑拔弩张之时，人群中有人高喊一声：警察来了！双方马上作鸟兽散，还好，没有弄到血流披面的结果。这以后我们上街画画都带着刀。

看过一些欧洲游记，读不了几页就被我扔下，写文章的书呆子们向往巴黎"波希米亚"的生活方式，同时带了最大的误解来赞美这种生活：风光旖旎，醇酒美人，游戏艺术，潇洒度日。他们不懂得"波希米亚"这个词还包括挨饿、居无定所、挣扎在逼仄的生存空间、阮囊羞涩、孤独和随时随地会遇到的人身危险。身边的同伴往往不是文人雅士，而多是市井之徒，其中不乏鸡鸣狗盗之流，不时惹出些麻烦来。照我看来，跑到巴黎去喝喝红酒，再去红磨坊兜一圈是成不了"波希米亚"的。真正"波希米亚"的意义是不被体制所融合，包括政治的、经济的、思想的、社会准则的、传统理念的。换句话说，就是最大限度地保持独立的眼光、独立的思考和独立的行事。要体验真正的波希米亚生活，必须持有绝大的勇气。

我在巴黎住得离凯旋门不远，凯旋门以香榭丽舍大道为主轴，离爱丽舍宫、卢浮宫、大皇宫、小皇宫、巴斯蒂广场，都只有一箭之地。以凯旋门为中心，周围十六条街道呈星形放射延伸，我住的公寓楼就位于其中一条叫 Boulevard de Courcelles 的街上。楼是有些年头的了，门前石阶被脚步踩得凹下去，黄铜门把却擦得锃亮，进门一个天井，设有门房，楼高七层，巴黎的惯例是公寓第一层最贵，依上减之。七楼，旧时是给佣工住的，不用说是最便宜的了。沿着一条长廊，两旁排列着几十间鸽子窝似的狭长小房间，一扇老虎天窗，一个搪瓷水斗，此外就能放下一张窄床。洗澡房和便器是位于走廊上公用的，要命的是常常有人长久霸着不开门，大概是在里面注射毒品吧。住七楼的看上去都是失意者和边缘人，个个形容衰败，脸色不正，也不像是有正当职业的，大家从不寒暄，见面连"嗨"都不说一声，调转眼光看着别处。偶有一两个像是上班的，穿着廉价的西装挟了皮包匆匆上下楼。还有就是老人，满头白发，脸上有刮胡子刀割破的血痕，粗呢外套上沾了污迹，气喘吁吁地提着食品袋，爬一层楼梯要歇上好久。巴黎的楼高，七楼至少等于我们的十楼，别说上了年纪，像我这样年轻力壮的人，走到楼下发觉忘了太阳眼镜，都懒得再爬一次楼梯去拿。

有一次在街上画画碰到一个年轻女子，交谈之间她说一个礼拜没在室内睡过觉了，困得不行，只想随便谁能带她去家里，睡一晚太平觉，怎么都行。在巴黎有很多从东欧来的年轻人，受过不错的教育，会讲英语，无所事事地在城市里游荡，用身体换取食物和住所。蓬皮杜广场和黑森林公园是他们的聚居之地，这些人并非窃贼，也非职业卖淫者，只是不愿意工作，不愿意羁居一地，情愿漂泊，情愿流浪，你在街头画画，他们在你身后看，很容易就交谈起来，然后向你提出各种要求。大多是要香烟，要点小钱去买食物，或者是要求借宿一晚。

还有一次，我画完画回来已是深夜两点，在黑糊糊的走廊上被绊了一下，仔细一看是个人事不省的男人，脸色潮红，呼吸急促，也不知道是喝醉酒还是用毒过度，大惊之下跑下楼去拍公寓管理人的门，打电话叫来警察，救护车送去医院，折腾到早上才上床睡觉。

我的前任房客给我留下一张弹簧松弛的旧床，和窗台上一盆半死不活的瓜叶菊，从老虎天窗看出去，能看到六楼人家的饭厅，和连绵不断灰色的屋顶。碰到下雨的日子不能出去画画，百无聊赖地倚着窗台看人家吃饭，从九点开始，一道菜，一道菜地端上来，直要吃到半夜。弄得我饥火中烧，转身回顾巴掌大的房间，翻翻枕头，掏掏外套口袋，希望找些吃食出来，明知到处空空如也，脑中却有个幻觉：也许昨天还剩半块三明治，上衣口袋里还有根巧克力？找到最后还是两手空空，只好喝一肚子凉水，然后上床睡觉。躺在那里还翻来覆去想上海小摊上的生煎馒头有多香，撒满胡椒粉的鸡鸭血汤有多鲜，现在能吃上一顿有多棒。或者实在不行，一包方便面也能解决问题。可惜，这点小小心愿在巴黎是无法达成的。

偶尔也有荷包充盈时，就约了狐朋狗友去吃牛排。半夜十二点钟，饭店还门庭若市，纽约牛排开价两百多法郎一客，再加酒水甜食，每人消费三百多法郎，折合六七十美金。这无疑是笔大数目。但是用"今朝有酒今朝醉，哪管明天西北风"来形容街头画家，格外贴切。

更多的是画完画之后去吃羊肉煎饼，靠圣麦柯广场有一家阿拉伯羊肉摊子通宵营业，从香榭丽舍大道走去也要个把小时，权当夜游了。沿着塞纳河一路晃去，桥洞下有人在拉小提琴，水流潺潺，呜咽声声，如泣如诉，听得人脚步都软了。直到过了高等法院，圣母大教堂的双塔在望，才匆匆奔煎饼摊而去。伙计削下羊肉，配上胡萝卜丝和芫荽，卷在松软的饼内，二十五法郎一个。捧了去圣母大教堂台阶上坐下，明月当空，举饼相邀，吃完打一个大大的饱嗝，浑身酸软地起不了身，直抽掉半包烟后才施施然地离去。

巴黎对妓女和艺术家进行统一管理，发营业执照。申请执照要等很久，而且一大堆繁琐的手续。拿了执照的画家们在蒙马特广场上画地为牢，弄了一堆花花绿绿的范本，像约翰·列侬，史泰龙等，像皮条客似的招呼游人上他们的当。而我们晚上在香榭丽舍大道上画画是非法的，就像无证摊贩，一只眼睛永远盯住有没有警察过来。法国街头的警察头戴船形帽，肩挎冲锋枪，脚蹬战斗靴，在街上随时可以把人拦下检查身份证。像我们这种无证摊贩被抓住就要去局子里关上一夜，画具没收，还要在签证上留个记录，下次再入境时给你找些麻烦。所以画野画的家伙们都说我们的档次排在妓女后面，算是社会的最底层了。

当然地狱十八层，水更深，火更热的地方也是有的，凯旋门过去不远有一大片空地叫做黑森林公园，夏季时有很多露宿者。那里也是野鸡野鸭的巢穴，生意的柜台，寻欢的眠床……穿皮夹克剃光头的男人开着英国的捷豹汽车，驶进公园停在路边，就有脸色苍白、满面饥容的少男少女迎上来，经过一轮讨价还价，然后搭上车子离去，或者就地解决。你如果清晨去黑森林公园散步慢跑的话，长椅边、树丛里，随处可见满地狼藉的纸巾和保险套。

在离蒙马特高地不远，绕过一片公墓，有条妓女街，从头到尾，妓女们像插蜡烛似的每个门口插满，燕瘦环肥，美丑各异，极尽风骚，唧唧哝哝地和寻芳客讲价。开着的门后，坐着满身肌肉的汉子和眼中精光四射的老鸨，我想起当年图卢兹·罗特列克就是泡在此种地方完成他那些精美绝伦的画幅的。而亨利·米勒也是在巴黎某个破败公寓里写完他的《北回归线》。

优雅当然美丽，其实，邪恶也有一种不可抗拒的美质，也许层次与质感更为丰富。

我一直认为法语是世界上最生动的语言，音乐性十足，无论是情人之间的呢喃，还是街上粗声大气的叫嚷，或者是舞台上的低吟浅唱。而且，女人讲的法语远比男人更为动听。所以，夏日炎炎我常坐在路边咖啡馆里，手指挟着一支香烟，像吉普赛人一样读着沉淀在杯底的咖啡渣，耳朵却像兔子一样竖起，听着旁边的女客的对谈。法国女人音色之柔和，元音辅音一气呵成，重音如钟悠扬，轻音如琴流荡，爆破音在唇齿间巧妙地滚动，对我说来不啻于乐曲，听在耳里是一种绝大的享受。法国女人是这个世界上少有的逸品，身材纤细柔软，眼神聪明狡黠，举止优雅闲适，穿着素雅得体，脖项优美，锁骨平直，肩膀有骨点，露在外面的胳膊细细瘦瘦，小腿和脚的形状很好看，而脸上总带着一丝淡淡的忧郁。

听着鸟语般的昂扬顿挫，看她们斜着头皱了眉头点烟，姿势美妙地用两根手指把烟送到嘴边，再徐徐吐出青烟，一举一动之间溢出无可言状的性感。我常有一种隔世恍然之想，从巴尔扎克的《搅水女人》到罗丹的《吻》，从小仲马的《茶花女》到雷诺阿笔下的圆润女裸体，从狄德罗的哲学文献到西蒙·波伏娃的女性运动，别看法国艺术家、文人辈出，但法国的女人，才是他们灵感的泉源，才是永远的缪斯。

最后要说的是奥赛美术馆。如果你闲适，去奥赛。如果你苦闷，去奥赛。如果你失恋，去奥赛。如果你走投无路，还是去奥赛。这个火车站改建的美术馆贮满了美：强烈的美，出格的美，怪异的美，延续的美。如果天下雨，口袋里没剩多少钱，如果你昨晚落了枕，不用躺下，但也无法工作，那就去奥赛，让你灰暗的一天明亮起来吧。

从底层看起，杜米埃、柯罗、卢梭、杜比尼、库尔贝、米勒、夏尔丹、芳亭·勒托，一个个响亮的名字罗列在一幅幅精美的画幅之下，法国的城市和乡村，天光水色，田野山林，俗人雅士，日常生活……在画幅上穿越时空，我们因此知道一百多年前农妇可以把木鞋穿得那么优雅，家织粗麻的蓬裙那么浑厚，富于层次。也可以感觉蒸汽机发明之前世界是那么宁静，山明水秀，令人恋恋不舍。再走上二楼，准备好了吗？你将被巨大的美所掳获，所震撼，所击倒。

马内的酒吧夜景醉生梦死，奥林匹亚榻上玉体横陈，莫奈的十二张《鲁昂大教堂》光色迷离，西斯莱的水边风景摇曳生姿，毕沙罗的田园曲径通幽，雷诺阿的出浴裸女风情万种，而德加，这个不近女色的古板绅士，冷眼观世，笔下舞女翩跹，极尽风流。虽说盛世胜景可怀，无奈烟云过眼即纵。你又怎能错过塞尚、高更和梵高呢？这三个孤独的人，说孤独，因为他们心中太过丰富，常人不能解，常人不配解。塞尚隐居，高更远遁，梵高在阿维农的高热下产生幻觉，无数株向日葵在田野开放，疯狂而热烈，一切都染上金黄一片，迷醉的星夜之旋，麦地惊起的昏鸦，死亡的阴影盘旋俯冲而下，空旷之野一声枪响，点点血色给世人留下永远的惊艳……

然后你拖着发软的双腿走上三楼，在人声鼎沸的咖啡厅里，掏出三十法郎买杯咖啡，再推开门走上高处的阳台，朔风扑面，你像是刚从极美的深渊里浮出来，回到茕茕人间，依旧恍然。深吸一口气，手抖得厉害，咖啡已经洒掉半杯，点上香烟，鸽子在栏杆上咕咕低语，相拥的情侣们沉默远眺，极目处之巴黎，烟雨濛濛一片。

巴黎的记忆是连续的，鲜活的，穿过世纪而来，如梦又如幻。

2008年

又及：

巴黎，是每个艺术家心中的圣地。直到在巴黎住了一段时日之后，你发觉更好的形容是：巴黎是个巨大的万花筒。巴黎有着无数张不同的面容，美的极美，丑陋的也极丑陋，人生百态，淋漓尽致。而这正是艺术家所需要的，想象无限，创造力被充分地刺激，明知前路崎岖，却依然义无反顾。

三十年间，我造访巴黎不下数十次，短的停留数日，长的年把。每次从戴高乐机场乘车进入巴黎市区，都有一种几近昏晕的心之雀跃，触目所及的市容、建筑、氛围、色彩，甚至街角陋巷散发出来的特殊气味，都宣告了这就是巴黎。独一的、骄傲的、优雅的、喧闹的，更是喜怒无常的，会无缘无故摆出一副臭脸，顷刻间又换成如花美颜，令人目眩。

《惊鸿》这部小说，包括多年前写的《巴黎散记》这篇小文，都只是巴黎旧梦的一些印迹和碎片，并不足以呈现当时所见所感的万分之一，却始终是一个浪迹者的缕缕思念，更是几代艺术家的隔世恍然，梦魂所牵。

2024 年 2 月

图书在版编目（CIP）数据

惊鸿 /（美）范迁著. -- 上海：上海文艺出版社，
2024. -- ISBN 978-7-5321-8720-1

Ⅰ. I712.45

中国国家版本馆CIP数据核字第20242BA090号

发 行 人：毕　胜
责任编辑：张诗扬　吴　旦
封面设计：陈威伸
内文制作：艺　美

书　　名：惊鸿
作　　者：［美］范迁
出　　版：上海世纪出版集团　上海文艺出版社
地　　址：上海市闵行区号景路159弄A座2楼　201101
发　　行：上海文艺出版社发行中心
　　　　　上海市闵行区号景路159弄A座2楼206室　201101　www.ewen.co
印　　刷：上海盛通时代印刷有限公司
开　　本：890×1240　1/32
印　　张：14.875
插　　页：5
字　　数：359,000
印　　次：2025年1月第1版　2025年1月第1次印刷
Ｉ Ｓ Ｂ Ｎ：978-7-5321-8720-1/I.6870
定　　价：88.00元
告　读　者：如发现本书有质量问题请与印刷厂质量科联系　T:021-37910000